मैत्रेयी पुष्पा

स्त्री होने की कथा

TM
किताबघर प्रकाशन
नयी दिल्ली

मैत्रेयी पुष्पा
स्त्री होने की कथा

संपादक

विजय बहादुर सिंह

प्रकाशक
किताबघर प्रकाशन
4855-56/24, अंसारी रोड, दरियागंज, नयी दिल्ली-110002
फोन : 011-23266207, 23255450, 23271844

E-mail : kitabghar_prk@yahoo.com • kitabgharprakashan@gmail.com
website : www.kitabgharprakashan.com

संस्करण : 2016

आवरण : नरेन्द्र श्रीवास्तव

मूल्य : चार सौ पंचानबे रुपये

मुद्रक : बी.के. ऑफसेट
नवीन शाहदरा, दिल्ली-110032

MAITREYI PUSHPA : STRI HONE KI KATHA *(Hindi)*
Edited by Dr. Vijay Bahadur Singh
Price : ₹ 495

ISBN—978-93-80146-84-3

स्वातंत्र्योत्तर भारतीय उपन्यास के हिंदी समय में मैत्रेयी पुष्पा द्वारा प्रस्तुत की गई ग्रामीण समाज की प्रखर अभिव्यक्ति विलक्षण कहलाने की अधिकारी है। जिस अनुभव और कौशल से मैत्रेयी ने देशज गतिविधियों का सामाजिक वृत्तांत बुना है वह आत्मसम्मोहन और आत्मपीड़क उपन्यासों के पाठ से उन्हें अलग खड़ा करता है। राष्ट्र के ग्रामीण जीवन से उभरती सामाजिक, राजनीतिक स्थितियाँ, पीढ़ियों और रूढ़ियों के द्वंद्वात्मक पैंतरे मैत्रेयी के लेखन की नई नागरिक चेतना को प्रमाणित करते हैं।

—कृष्णा सोबती

इस विमर्श की जरूरत क्या है?

विजय बहादुर सिंह

आजकल डिस्कोर्स का चलन है। यानी विमर्श। विचारों का सत्संग। नहीं जानता कि इसमें पूर्वपक्ष और उत्तरपक्ष होते हैं या नहीं। भारत के समाज में तो पूर्वपक्ष को बगैर समुचित आसन दिए उत्तरपक्ष होता ही नहीं। होता हो तो वह विमर्श नहीं, दुराग्रह है। अपने ही पक्ष को एकोब्रह्म द्वितीयो नास्ति और अनन्य मानने की हठधर्मिता। आने वाला समाज इसे शायद ही कभी विमर्श माने।

यह भी कि साहित्य के विमर्श सबसे पहले आलोचना में नहीं रचना में शुरू होते हैं। यह तुलसी में भी दिखता है, गालिब में भी। भारतेंदु में उतना नहीं दिखता, जितना प्रेमचंद, प्रसाद और निराला में। अज्ञेय और मुक्तिबोध में व्यक्तित्ववाद और तीखी आलोचनात्मकता है, किंतु भारत का जो विश्वासबहुल परंपरागत लोक है, वह वहाँ सिरे से अनुपस्थित है। ये नगरीय, सो भी सुशिक्षित मध्यवर्ग के अतिसुपठ संवेदनशील रचनाकार हैं। अपनी रचना में अपने-अपने पक्षों की वकालत-सी करते हुए। आलोचना में रामचंद्र शुक्ल का आना प्रकारांतर से पूर्वपक्ष की ताकतवर वापसी है। वे भले ही लोकमंगल की बात करते हों, किंतु उनके लोकमंगल का गांधी के रामराज्य से शायद ही कोई रिश्ता और तालमेल बैठ पाता हो। गांधी प्रख्यात ऐतिहासिक राजवंश के नायक नहीं हैं। वे औपनिवेशिक साम्राज्यवाद के अंतर्गत एक उत्पीड़ित गुलाम आबादी के सदस्य हैं। इसी आबादी को लोकमुक्ति के प्रबल जुझारू देवता/गणनायक कहा जाता है।

आजादी के बाद भारतीय समाज के अभेद्य दुर्ग में सेंध लगाने वालों में एक अंबेडकर दलित-मुक्ति का प्रश्न लेकर आते हैं। दलितों की दलित स्त्री की यातना की पीड़ा और उसके प्रति उपजी करुणा का व्यावहारिक सोपान राजा राममोहन राय, दयानंद, ज्योतिबा फुले और सावित्री बाई फुले के सत्कर्मों में भी दिखाई देता है। स्त्री सती न बनाई जाए, उसे शिक्षा के अधिकार से वंचित न किया जाए, उसे भी पुरुष के समकक्ष मान सामाजिक-राजनीतिक अधिकार दिए जाएँ, यहाँ तक कि वैधानिक भी। यह लड़ाई जीती जा रही है, धीरे-धीरे ही सही। ढेर सारी उलझनें, बाधाएँ उसका रास्ता रोके आज भी खड़ी हैं। परंपरागत रूढ़िवादी मानस आज भी उसकी मुक्ति के रास्ते में खड़ा है। प्रश्न शासक (पुरुष/पति) और शासित सेविका

(स्त्री/पत्नी) के बीच नई मर्यादाओं की माँग का है और पुरुष मानसिकता बिना युद्ध के इसे इंच-भर का अवकाश देने को तैयार नहीं है। इसमें कई धुरंधर लेखक और स्वयं को महान् मानने वाले आलोचक बगैर किसी घोषणा के संगठित और संघबद्ध हैं। वे जानी-मानी स्त्रियाँ भी, जिनके बावजूद नववधुएँ कन्यादान की कथित धार्मिक विधियों के दरवाजों से प्रवेश कर यज्ञ की समिधाओं की तरह पैशाचिक ढंग से जलाई जा रही हैं। कुछेक स्त्रियाँ साम्राज्यवादी बाजारों में ब्रह्मांड सुंदरियों के रूप में चुनी जाकर अपनी मुस्कानें बेच रही हैं और कुछ महँगी और खूबसूरत चीज की तरह देह बेचकर आत्मधन्य हो रही हैं। ये वे स्त्रियाँ हैं, जिनके लिए सारा कथित स्त्री-विमर्श बेवकूफी है। बैठे-ठाले का धंधा।

इस पृष्ठभूमि पर मैत्रेयी जैसी विमर्शतादी लेखिका का उदय उस समूचे लेखन से अलग है, जो स्त्रीवाद के नाम पर किया जा रहा है। मैत्रेयी स्त्रीवादी लेखिका नहीं हैं। वे उस न्यायसंगत सामाजिक और पारिवारिक जीवन की माँग कर रही हैं, जहाँ पुरुष शासक नहीं, स्त्री का सखा हो।

हमें याद रखना होगा कि मैत्रेयी न विवाह-संस्था के विरोध में हैं, न घर-परिवार की सुखद-समुन्नत गृहस्थी के। वे खुद एक सद्गृहिणी हैं, पत्नी, माँ और नानी वगैरह। यह झूठ है कि वे पुरुष-दुश्मन लेखिका हैं। यह सरासर झूठ और कुप्रचार है। बगैर पुरुष के स्त्री के जीवन की पूर्णता का सपना तो कोई मूर्ख या पागल ही देख सकता है। अविवाहित रहकर फिर भी किसी की पत्नी बनकर साधिकार जीने की आकांक्षा तो प्रभा खेतान जैसों में भी रही। चित्रा मुद्गल भी विवाह-संस्था पर प्रश्नचिह्न नहीं लगातीं। फिर भी ये सब पुरुष-अस्मिता के बराबर स्त्री-अस्मिता की आकांक्षा से भरी हुई हैं।

मैत्रेयी की जो तर्कपद्धति है, उसकी आधार बातें उसी विवाह-शास्त्र (विधान) से चलकर आती हैं, जिसकी सप्तपदी में दोनों को बराबर के अधिकार दिए गए हैं। मैत्रेयी का तर्क है कि फिर भी अगर पुरुष उपपत्नी रखता है, रखैल रखता है, वेश्या-गमन करता है तो उसे भी वे ही दंड दिए जाने चाहिए, जो इन स्थितियों में स्त्री को दिए जाते हैं। अगर पुरुष दंडनीय नहीं है तो फिर स्त्री कैसे अपराधिनी और दंडनीय हुई? मैत्रेयी का यह यक्ष-प्रश्न है। इसका जवाब सामाजिक अदालतों को देना है।

मैत्रेयी का यह बयान भी गौरतलब है—"पुरुष के विरुद्ध मैं कभी नहीं थी। मैं तो सहयोगी पुरुष चाहती थी।...मैंने शादी के शुरुआती दिनों में अपने पति को पत्र लिखा कि मैंने यह शादी कोई उमंग-तरंग में नहीं की है, बल्कि इसलिए की है कि मुझे पति नहीं, सखा चाहिए।"

मैत्रेयी जिस बिंदु पर पहुँचकर विवादग्रस्त होती हैं, वह उनका उपन्यास 'चाक' है। 'चाक' की सारंग इसके केंद्र में है। मैत्रेयी का कहना है, "सारंग की जो प्रवृत्ति है वह औरत की नैसर्गिक प्रवृत्ति है। ममत्व की, उदात्तता की। यह थोड़े ही है कि औरत सिर्फ अपने बच्चे के दुःख से दुखी होगी, दूसरे के बच्चे के दुःख से नहीं। फिर सारंग के लिए श्रीधर स्कूल का प्रतीक है। श्रीधर नहीं, एक स्कूल मर रहा है सारंग के लिए। वह उसको बचा रही है। फिर कोई सती-सावित्री की तरह बैठा रहे कि कोई मरता है तो मरे। यह ठीक है क्या? बेईमानी होती रहे, यह न हो? कोई मर जाए, यह अच्छा है और यह हो तो गलत? कभी-कभी नैतिक-अनैतिक का विचार छोड़कर काम करना पड़ता है। सारंग ने वही किया।" यह भी—"मैं लेखक या कुछ भी और होने से पहले एक स्त्री हूँ और मैं चूँकि स्त्री होने के नाते स्त्री-मन व अनुभव से परिचित हूँ, इसलिए नारी के मन को समझने का दावा कर सकती हूँ।"

'रतिनाथ की चाची' लिखने वाले नागार्जुन का भी यही मानना था कि स्त्री होकर ही उसके मन को समझा जा सकता है। मैत्रेयी का समूचा लेखन इसी मन को समझने का एक प्रयास नहीं, ऐतिहासिक अभियान है। इस मन को वे जिस आधारभूत, अति परिचित (किंतु मध्यवर्गीय लेखक के लिए अपरिचित) बड़े फलक पर उठातीं और चित्रित करती हैं, वह हमें जैसे प्रेमचंद और रेणु के बाद के भारतीय उपन्यास का महत्त्वपूर्ण और आश्वस्तकारी फलक लगता है।

हिंदी की सनातनवादी, रूढ़िवादी, शास्त्रवादी—जिसमें प्रगतिवादी, जनवादी, आधुनिकतावादी उधार की अभिज्ञताएँ आती हैं—आलोचना आती है, मैत्रेयी और उनके पाठकों को कठघरे में खड़ा करने की मंशाओं से लैस है। इस मूल्य-संघर्ष में यह संचयन मैत्रेयी के पाठकों और समर्थकों के लिए स्रोत और आधार सामग्री का काम करेगा।

मैं यहाँ उन समस्त लेखकों, (जिनमें से कुछ मेरे बेहद अंतरंग मित्र और प्रिय साथी हैं) साक्षात्कारकर्ताओं के प्रति आभार का अनुभव करता हूँ कि उनकी सम्मिलित उपस्थिति इस प्रति-अभियान में हमारा मनोबल बढ़ाएगी।

पुनश्च : मैं उन आदरणीय, प्रिय और साथी लेखकों के प्रति भी कृतज्ञता का अनुभव करता हूँ, जिनकी रचनाएँ यहाँ मैत्रेयी को समझने के लिए शामिल की गई हैं।

नोट : इस पुस्तक में मैत्रेयी पुष्पा के उपन्यासों 'इदन्नमम' और 'चाक' पर लिखे गए अनिता वशिष्ठ के लेख को अंग्रेजी भाषा में ही शामिल किया गया है।

क्रम

खंड 1

खंड 2

खंड 3

खंड 4

खंड 5

खंड 1

लगन जो लत बन गई

मैत्रेयी पुष्पा

कहावत है कि 'स्त्री प्रेम के लिए भागती है और पुरुष धन के पीछे'। सामान्यतः देखने में भी यही आता है कि जहाँ लड़का अपने कॅरिअर के बारे में सोचना शुरू करता है, लड़की मनमीत की आकांक्षा में खोने लगती है। हो सकता है, मेरा भी यही संस्कार रहा हो, जो लड़की होने के नाते आसपास के माहौल से ग्रहण किया हो। एक सजीला राजकुमार, एक नीलवरन घोड़ा और मैं। मन के आईने पर शानदार तस्वीर उभरती थी और चमकदार तरल प्यार की लहरें इठलातीं। 'दो नैन मिले, दो फूल खिले' का बहारदार नजारा और अव्यक्त अदृश्य शहनाई की सुरीली गूँज में मैं चकित हिरणी-सी स्कूल के प्रांगण से दूर पहाड़ों के शिखरों तक देखती। जमाना 1961-62 का था।

मुझे प्रेम की अनुभूति ने सँवारा था या नई उम्र में नए सपने लरजते थे? 'एक कन्या सहस्र वर' यानी कि कुँआरी लड़की के लिए सैकड़ों वर देखे जाते हैं। सीता, रुक्मिणी, दमयंती जैसी पौराणिक स्त्रियों के स्वयंवरों में सैकड़ों वर आए। अंततः एक वर के गले में जयमाला डालने का विधान है और निन्यानबे युवकों को उम्मीदवारी से खारिज कर दिया जाता है। वे पर पुरुष हो जाते हैं, जो कभी अपने निजी हो सकते थे। पति परमेश्वर के चलते वे लड़की के दुश्मन होते हैं, क्योंकि लगाव का खतरा लग रहा है। सच मानिए कि मुझे वे दुश्मन भी भुलाए नहीं भूले, जिनके सिर पर मैंने कल्पना में मोर-मुकुट सँजोए थे। वे प्रेम की निगाह लेकर आए थे, मैंने प्रीतिपूर्वक उन्हें देखा था। सो बस जान लिया कि कोई पत्नी भी अपना पूरा का पूरा प्रेम पति के नाम नहीं कर पाती। प्रेमिका भी जिंदगी-भर के लिए प्रेमी की दौलत नहीं होना चाहती। मैं अपने प्रेमी के बिना जी नहीं सकती—यह जुमला बेमानी है, क्योंकि इसमें प्रेम से ज्यादा जिद का बोलबाला है। जो आत्महत्या कर जाते हैं, वे प्रेमी नहीं, अहंकारी होते हैं। और जो लड़कियाँ भाग जाती हैं, वे प्रेम के जरिए आजादी खोजना चाहती हैं। मैं इन कारगुजारियों में से किसी एक को भी अंजाम नहीं दे पाई। हालाँकि एक-दो प्रेमी ऐसे भी मिले जो आज के सिनेमाई गानों की

तर्ज पर कहते थे—मुझे गर तू नहीं मिली सनम/मर जाएँगे कसम से हम…और मैंने माना कि वे अपनी मर्दानगी की पताका फहरा रहे हैं। ऐलान कर रहे हैं कि उनके सिवा मैं किसी की नहीं।

मुझे यह बात मंजूर न थी। प्रेम के बहाने लड़की आजाद होना चाहती है, ये बंधन डाल रहे हैं, शर्तें लगा रहे हैं। शर्तें ही मंजूर करनी हैं तो विवाह-विधान क्या बुरा? मैंने समय-समय पर अपने प्रेमियों को बताया है कि प्यार में मेरी न कोई जिद है, न हठ, इसलिए ही मैं एक जगह ठहरकर गतिहीन नहीं होना चाहती। इसी धुन में कि अपने भीतर प्रेम को जीवित रखते हुए कि उसे प्रकाशमान दीपक की तरह साधकर चलना है, मैं अपनी तमन्नाओं के सिलसिले बनाती गई। पिछले प्रेमी बिछुड़ गए, उनकी खूबसूरत यादें हृदय में सँजो लीं। जब-जब वीरानी से सामना होता है, मेरे हमदम मेरे साथ होते हैं। स्मृतियाँ अपना कमाल दिखाती हैं, मेरी नजरें मिलन के नजारों से गुजर जाती हैं। मैंने अपने प्रेम-प्रसंगों को खूबसूरत मोड़ देकर छोड़ा है कि वे दिखते रहते हैं, घर तक चले आते हैं। यहाँ गोपन कुछ नहीं होता। हो भी नहीं सकता। हमारे यहाँ कहा गया है :

खैर खून खाँसी खुसी, वैर प्रीति मद पान।
रहिमन दाबे ना दबै, जानै सकल जहान।।

अपने एक मित्र से मैं गुस्सा हो गई थी, क्योंकि उसने कहा था—प्यार भी करोगी और चाहोगी कि कोई जाने नहीं। बड़ी अटपटी बात है। आज मुझे वह इस बात के लिए ही याद आते हैं, प्रेम करते थे, छिपाते नहीं थे। तभी तो सन् 1960 की दोस्ती आज 2004 तक ज्यों की त्यों चल रही है। उनका जिक्र मैंने अपनी आत्मकथा 'कस्तूरी कुंडल बसै' में किया है। मेरी नादानी को परिपक्वता देने वाला मेरा मनमीत।

वैसे बचपन से निकलते ही मेरी उम्र की उठान का सामना जिससे हुआ, वह कोई किशोर नहीं था, चौबीस-पच्चीस वर्ष का युवक था, अर्थात् मुझसे दोगुने से भी ज्यादा बड़ा मेरा दिलफरेब खेलने लगा और दिलकश रवींद्र नारायण सिंह चौहान उसके शिकार हुए। हालाँकि आशनाई का सारा मामला मैंने उन्हीं के सिर लगाया था और मानकर चल रही थी कि उस आकर्षक चितवन ने मुझे बाँधा है, जिसकी मुस्कराहट हौले से सहला जाती है। वही तो नीम की छोटी-छोटी निबौलियाँ मेरी ओर उछालकर इस वर्षा ऋतु में मेरा चुंबन लेते हैं। आज अपने साहचर्य को किन शब्दों में बाँधूँ, वहाँ कुछ भी तो व्यवस्थित नहीं था। काली घुँघराली जुल्फों वाला गोरा लमछर

देह का युवक अपनी 'रिले साइकिल' पर आता और मेरे रास्ते से निकल जाता। मेरे गाँव में आया चकबंदी का नायब तहसीलदार कभी पास आकर साइकिल धीमी कर देता और गर्दन मोड़कर हँसने की हद तक मुस्कराता। वह जो भी कुछ सोचता हो, मुझे उसकी आँखों में जुगनू चमकते दिखाई देते। बस, मेरा दिल सितारों की झिलमिलाहट से भर जाता। महीन रेतभरी पगडंडी पर नंगे पाँव चलती हुई मैं उड़ने लगती, जैसे नायब साहब ने मुझे पंख दे दिए हों। और तभी आगे जाती साइकिल पर बैठे नायब साहब पूछते—स्कूल जा रही हो मुन्नी!

मुन्नी! यह शब्द सुनकर मैं भूल जाती कि आसपास अरहर के खेत हैं, बबूलों की कतारें हैं और फिर धूप ही धूप है। मैं तो ऐसे पालकी में बैठ जाती, जैसे हमारे गाँव के पुराने जमींदार की लड़की मुन्नी बैठ जाती है। मुन्नी नाम हमारे गाँव में दो ही घरों में रखा गया है—एक जमींदार के, दूसरा भगवान दास साहूकार के घर। नायब साहब ने मुझे राजकुमारी जैसा रुतबा दिया। आज सोचती हूँ, इतनी मामूली-सी बात से मैंने अपने दायरों को आनंदलोक में तबदील कर लिया। मेरी जीवन-यात्रा में नायब साहब शामिल हो गए। मेरी ही तरह, मेरे बीहड़ एकाकी जीवन से लड़ने के लिए। मैंने यह भी नहीं सोचा कि उन्होंने और किसी से दोस्ती की है या नहीं। विवाह हुआ है या नहीं? परिवार कैसा है? दरअसल वह उम्र ईमानदार प्रेम के हवाले थी, जिसका केवल हृदय से संबंध था। इस गहन आश्वस्ति ने मुझे उन हौसलों में उतार दिया, जिनमें आत्मीयता की ताकत होती है।

बस, आव देखा न ताव, एक पत्र लिख डाला। पत्र में क्या लिखा था, सुनिए, 'मैंने आपका रूमाल चुरा लिया है। रूमाल में खुशबू आती है, वह आपकी ही खुशबू है न? अब मुझमें भी वही खुशबू आने लगी है। एक दिन मैं आपकी रिले साइकिल पर सवार होकर स्कूल तक जाऊँगी। अपनी सहेली को दिखाऊँगी, मेरे पिता नहीं, भाई नहीं, नायब साब हैं।'

मैं यह खत उन्हें नहीं दे पाई। पता नहीं घर की किवड़िया में से उसे कौन उठा ले गया? तीन-चार दिन बाद ही गाँव-भर में चकल्लस हो गई—नायब कमउम्र लड़कियों को फँसाता है। साथ ही मेरे कच्चे स्वभाव को भी रौंद लिया—अभी से ये लक्षण, कितनी बदमाश निकलेगी आगे चलकर।

नायब साहब का तबादला हो गया। वह गाँव से जाने लगे। अंतिम दिन रास्ते में रिले साइकिल पर मिले, उतरकर साथ-साथ चलने लगे। फिर बोले—मुन्नी, बैठो साइकिल पर, मैं तुम्हें स्कूल छोड़ दूँगा। पूरे रास्ते वह कुछ नहीं बोले, मैं अपनी रुलाई जितनी रोकूँ उतनी ही ज्यादा रोऊँ। फ्रॉक का घेर गीला हो गया, क्योंकि नायब साहब

का रूमाल आँसू पोंछने के लिए इस्तेमाल नहीं किया। डर था कि उसकी खुशबू कम हो जाएगी। अंत में स्कूल के सामने खड़े होकर मेरे सिर पर हाथ रखकर बोले, 'खूब पढ़ना। इस गाँव में तुम अकेली पढ़ती हो, मुझे तुम कितनी अच्छी लगती थीं। और पढ़कर फिर कुछ-कुछ लिखना। देखो न तुम्हारे लिखे खत ने गाँव में कैसा तहलका मचा दिया कि मेरा भी तबादला हो गया। लिखोगी न?' मैंने रोए हुए चेहरे को उठाकर देखा और 'हाँ' में सिर हिला दिया।

मैं नायब साहब को आज तक नहीं भूल पाई कि मेरे प्रेम की भावना क्षय नहीं होती। फिर तो जिसमें भी उनका अक्स दिखता मेरा झुकाव उस ओर बढ़ जाता। जानकीशरण नायब साहब तो नहीं, उनकी कार्बन कॉपी के नजदीक हैं। हो सकता है, मुझे प्यार करने की लत लग गई हो। अपने उपन्यास 'चाक' में श्रीधर और सारंग प्रसंग क्या इसलिए ही आया? 'इदन्नमम' का डॉ० मकरंद हूबहू नायब साहब के रूप-रंग में चित्रित है। कहाँ होंगे नायब साहब? उन्हें मेरी याद होगी भी? नहीं, कहीं कुछ नहीं होगा। यह तो मेरे दिल की बदगुमानियाँ हैं, जो जिस-तिस से जाने-अनजाने जुड़ जाती हैं। ऊँच-नीच, कुलीन-अवर्ण, जात-पाँत का भेदभाव नहीं रहता, बस विरोधों-अवरोधों और निषेधों को तोड़ने-फलाँगने की चाहत रहती है, भले कितनी ही बार बुरी तरह टकरा जाती हूँ। जख्म बदनाम धब्बों के रूप में रह जाते हैं। और मैं सोचती हूँ, गाँव वालों ने नायब साहब का तबादला करा दिया, उससे क्या बना? मेरे मन की बात तो खत्म नहीं हुई, बल्कि वहीं से ऐसी शुरुआत हुई कि आज भी मैं वही गलती किए जाती हूँ। वहीं से मैंने महसूस किया था कि प्यार में मिलने से संतोष भले मिले, वह मजबूत होता है बिछोह में। लेने-प्राप्त करने में वह कहाँ दिखाई देता है? अपने आप को उलीचने लगो तो सूखी धरती भी तरंगायित हो जाती है। राघव, शिव दयाल, नंदकिशोर और जानकीशरण जैसे सहपाठियों के साथ जो अंतरंगता हुई, उनमें किसी के लिए भी मेरा प्यार न ज्यादा था, न कम। और वह भी जरूरी नहीं रहा कि मेरी प्रेम डगर पर केवल पुरुष ही आएँ। सखियों का भी स्थान वही रहा, जिसे चाहत कहते हैं। मेरी सखी राजकुमारी, निशात फारूख और कांति शुक्ला मेरे मन में गीत-गजल की तरह अँगड़ाइयाँ लेती हैं।

कहने का मतलब यह है कि प्यार से लबरेज आँखें लिए ही मैं जीवन में आने वाली आँधियों का सामना कर सकी हूँ और हर पुस्तक-रचना में जता रही हूँ कि स्त्री प्रेम की मिट्टी से बनी होती है। उसके प्यार को अवैध कहना औरत की जिंदगी का अपमान है। देखिए कि वह अपने प्रेम में उस पति को भी शामिल कर लेती है, जो उसके जीवन में उसकी मरजी से नहीं आया। मगर समाज सोचता है कि वह इस

स्वीकृति के साथ अपने आप को भौतिक और नैतिक रूप से निष्क्रिय माने। पुरुष को मीत नहीं, ईश्वर की तरह पूजे और मनुष्यगत प्रतियोगिताओं को छोड़ती चली जाए। मकसद यही हुआ न कि वह अपने प्रेम को मारती चली जाए, जो उसकी अंदरूनी ताकत होता है। स्त्री की इस नैसर्गिकता को पाप कहा, अपराध कहा। प्रेम के कारण उसके कुँआरेपन को लांछित किया और विवाहेतर संबंध बताकर व्यभिचार के खाते में डाल दिया। वह घुटने देक देती है। मेरे साथ ऐसा होता रहा है। क्या मैं घुटने टेकने के बाद ही पूरी ताकत जुटाकर उठ खड़ी हुई हूँ? प्रेमिका होकर बहन का चोला पहनकर जीने वाली औरतों पर मुझे रहम आता है, उनके लिए 'प्रेमिका' शब्द एक गाली है। फिर हमारे मंदिरों में राधा को क्यों पूजा जाता है? राधा ने कृष्ण की बहन होना तो स्वीकार नहीं किया। स्त्री-पुरुष अपने स्वभाव में जो कुछ हैं, वही रहते हैं। रिश्तों के ठप्पे लगाना धोखाधड़ी की व्यवस्था कायम करना है। वात्सल्य, ममता, स्नेह उस प्रेम की शाखाओं की तरह हैं जो मनुष्य की प्रकृति का मूल है। घृणा उसी का विकृत रूप है। ऐसी बातों को अपने तजुर्बे से समझकर मैंने माना कि प्रेमिका होना हमारी ईमानदारी की निशानी है, जो हृदय की स्वतःस्फूर्त भावना से बनी है। क्या मैं इसलिए ही तथाकथित नैतिकता, शुद्धता, पवित्रता के रुतबों को मानने से इनकार करती रही हूँ? सच मानिए, मेरी लौ-लगन धीमी नहीं पड़ती और लोग कहते हैं कि ऐसी लौ ही स्त्री-जीवन को जला डालती है...

मुझे पता है तुम यही पूछोगे...

रामशंकर द्विवेदी और सत्यवान से बातचीत

स्त्री स्वतंत्रता के लिए संघर्षरत मैत्रेयी ने पिछले मात्र डेढ़ दशक में अपने धारदार लेखन के द्वारा–'इदन्नमम', 'चाक', 'अल्मा कबूतरी', 'कस्तूरी कुंडल बसै', 'गुड़िया भीतर गुड़िया' (आत्मकथा), 'कही ईसुरी फाग' आदि जैसी महत्त्वपूर्ण कृतियाँ दी हैं। पिछले दिनों, इन सबको लेकर मैत्रेयी जी से एक लंबा साक्षात्कार डॉ० रामशंकर द्विवेदी व डॉ० सत्यवान ने लिया, जो सृजन समीक्षा में प्रकाशित हुआ। यहाँ उसका संपादित और संशोधित रूप प्रस्तुत है।

मैत्रेयी जी, 'सृजन समीक्षा' पत्रिका के लिए आप साक्षात्कार देने के लिए तैयार हो गईं। हम आपका स्वागत करते हैं और हम लोगों के मन में यह उत्सुकता जागृत होती है कि शुरुआती जीवन तो आपका बड़ा संघर्षपूर्ण रहा। उसके पश्चात् आप साहित्य की ओर मुड़ीं तो क्या मैं लेखिका बनूँ, इस प्रकार के संस्कार आपके मन में शुरू से ही थे या बीच में किसी की प्रेरणा से आए?

इस पत्रिका के लिए मैं साक्षात्कार दे रही हूँ और यहाँ बैठकर दे रही हूँ उरई में, सबसे ज्यादा खुशी मुझे अपने लेखकीय जीवन की आज हो रही है, क्योंकि मैं उसी धरती पर बैठी हूँ, जहाँ से चंद मील दूर मेरा गाँव है। यह पहला मौका है मेरे लिए और मैंने शायद यह सपना देखा हो, वह पूरा हो रहा है। तो मैं अपने बचपन की बात कहूँ किशोरावस्था की, बचपन में बच्चा क्या जानता है? किशोरावस्था की बात कहूँ तो मुझे रुचि थी पढ़ने की। साहित्य में भी मैं कविताएँ पढ़ा करती थी और काटकर रख लेती थी उनको जो मुझे अच्छी लगती थीं। मैंने अपनी किताब में भी लिखा है कि मैंने नीरज को और बच्चन को, क्योंकि वे मेरे उस समय के, किशोरावस्था के कवि थे, जो मुझे प्रभावित करते थे। जाहिर है रोमांटिक कविताएँ मुझे ज्यादा अच्छी लगती थीं। चाहे उम्र का असर कहिए। आपको मैं बताऊँ कि मैंने नीरज की कविता आपके पास ही गाँव है, सिकंदरा, इसी झाँसी-उरई रोड पर। उस गाँव में जिसे साहित्य से क्या मतलब, वहाँ पढ़ा, नवनीत विशेषांक निकला था। वह कविता न मैं आज तक भूली हूँ और मेरे ऊपर उसने बहुत असर किया। मैं इस बात को इसलिए कह

रही हूँ कि जब भी मैं इन कविताओं को पढ़ती थी, कुछ गद्य पढ़ती थी तो (पढ़ती तो थी) मुझे साथ-साथ यह लगता था कि मैं क्यों नहीं लिख सकती ऐसा। मैं भी तो लिख सकती हूँ यह चीज, एक वाक्य कहिए या एक विचार कहिए या एक किशोरी लड़की की आकांक्षा कहिए, हाँ, यह बात बराबर मेरे दिमाग में रहती थी।

उसकी कुछ पंक्तियाँ आप सुना सकती हैं?

हाँ, मैं सुना सकती हूँ। नीरज की वो कविता थी :

प्यार अगर थामता न उँगली
जग में इस बीमार उमर की
हर पीड़ा वेश्या बन जाती
हर आँसू बंजारा होता।

उससे प्रभावित होकर आपने कोई कविता वगैरह भी लिखी?

हाँ, उससे प्रभावित होकर कविता लिखने का मन बना रही थी और यह बात मैं यहाँ स्वीकार करूँगी कि इस साक्षात्कार के लिए शायद कैसी बैठेगी मुझे नहीं मालूम, उसी वक्त उस 14 साल की अवस्था में, मुझे एक प्रेम-पत्र मिला। एक लड़के का, जो मेरा क्लासफेलो था, मोंठ में। उसमें एक कविता लिखी थी, यह नहीं, इससे अलग। वो कविता थी, वो तारीख मुझे याद है, वह पहली अप्रैल को मुझे मिली। पता नहीं पहली अप्रैल को उसने मुझे फूल बनाया या वाकई वह प्रेम निवेदन था। मैंने पढ़ी और उस कविता को पढ़के मेरे बारे में उसने क्या लिखा है या सोचा है, वह थी :

गहरे उतरते चली जा रही है,
तुम्हारे हृदय की मधुर भावना।

मैंने 'कस्तूरी कुंडल बसै' में लिखा है। तो यह तो मैं भूल गई कि उसने मुझे प्रेम की पंक्तियाँ लिखी हैं। फिर वही मैं क्यों नहीं लिख सकती वैसी कविता? वह चिट्ठी बार-बार पढ़ूँ और सोचूँ। ध्यान तो उस लड़के का भी बार-बार आए, लेकिन उससे ज्यादा मुझे ध्यान आए कि मैं क्यों नहीं लिख सकती? तब मैंने लिखने की कोशिश की। नीरज की कविता पढ़ी थी, उन्हीं दिनों। ताजा-ताजा उस लड़के का पत्र आया था, तो मैंने एक कविता लिखी, टूटी-फूटी, जो मुझे याद भी नहीं है। टीचर के पास कॉपियाँ जाती हैं जँचने के लिए, उसी में लिख दी होगी। उस लड़के ने वह कॉपी उठा ली वहाँ से। उसके जवाब में एक कविता लिख दी। उसकी बहुत अच्छी, मेरी बहुत खराब कविता। वो बात छूट गई वहाँ से। मैंने बहुत-से प्रसंग लिखे इस

मामले में 'कस्तूरी कुंडल बसै' में। मैं चली गई बी०ए० पढ़ने। मैंने सोचा क्यों नहीं कॉलेज मैगजीन में लिखूँ? मेरा सौभाग्य था कि भगवानदास माहौर मुझे टीचर मिले। जब मैं कुछ लिखूँ तो माहौर साहब मुझे कहें, मुझसे क्या कहें, क्लास से कहें कि देखो, इस लड़की में लिखने का ढंग दूसरा ही है। इतना कहें कि लड़के हँसी उड़ाने लगे। मजाक करने लगे। कॉलेज में मेरा नाम पुष्पा था। जब रस- अलंकार की बात करें तो माहौर जी कहते थे, बताओ पुष्पा। तो अब वह एक चिढ़ाने का जरिया बन गया। जैसे रस-अलंकार की बात आए या कोई और भी बात आए, जब वो पढ़ा रहे हों, पद्य पढ़ाते थे हमें, तो पीछे से लड़कों की आवाज आए–बोलो पुष्पा! इस बात को उन्होंने गंभीरता से नहीं लिया कि लड़के क्या कह रहे हैं। बराबर उन्होंने प्रोत्साहन दिया और मुझसे कहा कि देखो, तुम लिख सकती हो। लिख सकती हो तुम। मैंने कहा, मैं क्या लिख सकती हूँ?

तुम आर्टिकल लिख सकती हो। मैंने लिखने की कोशिश की। मैगजीन में छपा भी। कॉलेज मैगजीन में छपा। लेकिन उन्हीं दिनों मेरी शादी की बात चलने लगी। माहौर साहब ने कहा भी कि अभी शादी मत करो। तुम पी-एच०डी० करना। मैंने बी०ए० किया था, एम०ए० प्रीवियस में आई थी। तभी शादी की बात चलने लगी। तो मैंने कहा, पी-एच०डी०? लेकिन परिस्थितियाँ ऐसी बन रही थीं कि मेरा जीवन बहुत संघर्षमय, इतना संघर्षमय कि जिनको मैं झेल नहीं पा रही थी। मेरा जीवन शादी की तरफ मुड़ गया। इसमें (कस्तूरी कुंडल बसै) मैंने लिखा भी है कि मैंने माँ से कहा कि मेरी शादी कर दो। जबकि मेरी माँ बिलकुल नहीं चाहती थी। वह कहती थी तू पी०सी०एस० में बैठना। हाँ, उनके विचार ऐसे थे। माहौर साहब कहते थे कि तुमको पी-एच०डी० करना है और पता नहीं क्या प्रतिभा दिखती थी या मैंने हर बार मेडेल लिया, यह भी हो सकता है? फिर कहा माहौर साहब ने, ठीक है, लेकिन तुम छोड़ना मत इसको। तो जब मैं शादी होकर गई तो मैं अपने साथ 'कामायनी' और 'उद्धवशतक' लेकर गई। हाँ, जो शादी का बक्सा जाता है, उसमें जब मेरे कपड़े लोगों ने रखे तो मैंने उसमें किताबें रखीं अपनी। मेरी माँ ने कहा, सँभाल के रखना किताबें।

यह परंपरा बाँग्ला में भी है···?

पता नहीं। हमारे यहाँ कोई परंपरा नहीं थी। जो था, वह माहौर साहब की बात याद रखी और अपना लगाव याद रहा, साहित्य से बहुत ज्यादा। तो मैंने किताबें रख लीं। लेकिन उस गृहस्थ (गृहस्थी) के जाल में फँसकर सब कुछ खो गया। हाँ, किताबें जाने कहाँ खो गईं। बच्ची हुई, बच्ची होने तक यह आत्मकथा है। बच्ची हुई, माँ

का संघर्ष अपनी जगह चालू था।

कब की बात होगी यह?

यह 1964-65 की बात है।

आपकी पहली कृति फिर किस प्रकार आई?

तो अब इसके बाद एक वाक्य में मैं सारा कुछ बताती हूँ। इसके बाद जब साल गुजर गए। पहली बच्ची हुई, दूसरी हुई, तीसरी हुई और पति का आग्रह यह कि नहीं, घर से बाहर नहीं जाना है। वो डॉक्टर थे। फिर भी···

कैसे आपकी शादी डॉक्टर से हुई?

इसके पीछे भी मैं बताती हूँ कि जब शादी की बात मैंने माँ से कही। माँ ने कहा, तू शादी कराना चाहती है। मैंने कहा, हाँ। क्या रे! मैंने तुझसे ऐसी उम्मीद नहीं की। मेरा रिजल्ट आता था तो वह बहुत खुश होती थीं। उन्होंने ही पढ़ाया मुझे। मैं अकेली संतान हूँ। हाँ, पिता डेढ़ साल की अवस्था में जब मैं थी, तभी गुजर गए। तो अकेली का उनका संघर्ष और मैं उनके साथ। तो फिर जब शादी हुई तो यह तय किया गया, मेरी माँ ने ही तय किया, मेरी भी इसमें सहमति थी। कहा—तू नहीं बनी कुछ, तू शादी की ओर जा रही है, झंझट होंगे, उनकी भविष्यवाणी यह थी। तो तेरी शादी इंजीनियर या डॉक्टर से करूँगी। इससे नीचे मैं नहीं करूँगी। मैंने कहा, माता जी, अगर नहीं मिला तो, हमसे कौन करेगा? हम गाँव के तो हैं? हमारे पास भी कुछ नहीं है। पता है, लड़कियाँ कैसी-कैसी होती हैं? और मेरी पर्सनैलिटी भी वैसी नहीं है। कौन पसंद करेगा? तो बोलीं, 'फिर कुँवारी रह जाना। यदि ऐसा लड़का मिलता है तो ठीक है, नहीं तो कुँवारी रह जाना।' तो मैं माँ के सामने क्या कहूँ? फिर बोलीं कि···मैंने कहा कि पैसे भी नहीं हैं उतने, वह दहेज माँगेगा, या तो हम बड़े परिवार के होते। परिवार में माँ और मैं। उन्होंने कहा कि दहेज हम नहीं देंगे। ऐसे ही करेगा तो हम करेंगे। तो हमने सोचा, माँ चाहती है कि इसकी शादी न हो। सारी चीजें और सारे आसार वह ऐसे ही डाल रही हैं कि दहेज भी देंगे नहीं और डॉक्टर या इंजीनियर ही मिले। इसका मतलब कि मेरी शादी होने वाली नहीं है। नहीं, हो ही नहीं सकती।

यहाँ एक बात चली है तो पहली बार यहाँ इस बात को खोल दूँ कि झाँसी में एक डॉक्टर हैं···उनका नाम है—डॉ० चौबे कहते हैं। शायद उनका नाम श्रीनारायण चौबे है, और कुछ भी हो सकता है, ठीक से मुझे याद नहीं है···लेकिन डॉ० चौबे हैं जो सीपरी बाजार में प्रैक्टिस करते हैं। उनसे मेरी (शादी की) बात चली।

तो उन्होंने कहीं मुझे किसी से दिखवा लिया होगा। उन्होंने कहा, क्या लड़की है···उसे क्या तमीज हो सकती है। गाँव की लड़की, पाँव में ऐसे ही चप्पल···। नहीं-नहीं···उससे नहीं होगी। मैंने अपनी माँ से कहा, क्या करती हो तुम? कौन डॉक्टर हमको पसंद कर लेगा? अरे, नहीं ठीक है, नहीं किया तो हम दूसरा देखेंगे। तेरी खैरापतिन दादी कहती हैं कि एक कन्या सहस्र वर। डॉ० चौबे ही कोई थोड़े ही एक वर हैं। और उन्होंने डॉक्टर ढूँढ़ के ही माना। एक बात जो मैंने किताब में भी खुलासा की है, इंटरव्यू में भी कह रही हूँ। अब आप देखिए कि मेरी माँ जाती थीं खुद लड़का देखने। किसी को नहीं भेजा, मेरे मामा, चाचा, ताऊ किसी को नहीं भेजा। खुद जाती थीं और साथ में अपने झोले में मेरी मार्कशीट ले जाती थीं। जब वो जन्मपत्री माँगते थे तो वह मार्कशीट देती थीं। कहती थीं, जन्मपत्री नहीं, यह मार्कशीट मेरी लड़की की है। अपने लड़के की मुझे दे दो। ताकि हम योग्यता का मिलान करें। तो कई जगह से भगा दी गईं कि यह कैसी औरत है। एक तो औरत आती है और मार्कशीट माँगती है लड़के की···(उस जमाने में तो औरत के आने का रिवाज नहीं था) और लड़की की दिखाती है। अरे, यह क्या बात हुई भाई। यहाँ कोई नौकरी की बात थोड़े ही हो रही है, शादी हो रही है। कई जगह से भगा दी गईं। लेकिन उन्होंने ढूँढ़ ही लिया। उनसे जो मिले, उनसे कहा कि देखिए, न मेरे पास दहेज है और वहाँ भी मार्कशीट गई। मेरी मार्कशीट एम०ए० प्रीवियस की गई और उनकी लाईं। कि जो थे और जो अब हैं ने कहा कि यह कैसी औरत आई है, यह बहुत अच्छी औरत आई है। कहा कि मेरे पास यह मार्कशीट है, पसंद करो तो मैं दिखाऊँ और अपनी दे दो। उन्होंने मार्कशीट देखी और अपनी दी। माँ ने कहा, मेरी लड़की खूबसूरत नहीं है। उन्होंने कहा कि मैंने तो नहीं कहा कि लड़की खूबसूरत होनी चाहिए। तो उन्होंने कहा, माताजी, माँ ही कहा, मुझे पता है, जिन्होंने आपको मेरा परिचय दिया है, वे मुझसे भी मिले हैं। आपका नाम कस्तूरी है, मेरी माँ का नाम कस्तूरी था, जो नहीं रहीं। आपके जैसी तो होगी लड़की, मुझे वही पसंद है। यह कहा। मेरी माँ बिलकुल काली थी। हाँ, काली, छोटे कद की, सूरत फिर भी मेरे से थोड़ी-बहुत मिलती थी। फिर बोली कि तुम घबराना मत। मेरी लड़की मेरे जैसी नहीं है। हाँ, तुम देख लेना। तो कहा, हाँ, मैं देख लूँगा। आप चिंता न करें। आप जैसी होगी, तो भी करूँगा।

तो माँ मेरे पास आई, तब एक इंजीनियर से बात चल रही थी, वह नखरे बहुत कर रहा था, उसका बाप दहेज माँग रहा था। पैसे माँग रहा था। तो माँ ने कहा, अब भूल जा इंजीनियर को। अब एक लड़का देखकर आई हूँ, उससे तेरी शादी होगी।

मैंने कहा, उससे मेरी शादी क्यों होगी, इंजीनियर को तो मैं कितने दिन से सोच रही थी? जैसे लड़की सपनों में बसा लेती है। हाँ, मैंने अपने मन से कहा कि मैंने इंजीनियर को सोचकर कितना क्या कर लिया है और यह माँ जो हैं, एकदम से ही तोड़े दे रही हैं सारा कुछ। मैंने कहा, क्यों होगी मेरी शादी उससे? कहती हैं, 'उसने मुझे पसंद कर लिया है।' मैंने कहा, 'तुम्हें पसंद कर लिया है, इसलिए मैं शादी कर लूँ उससे।' कहती हैं, हाँ, तुझे उससे ही करनी पड़ेगी शादी। नहीं तो तेरी शादी-वादी मैं नहीं करूँगी कुछ, क्योंकि मेरे पास पैसा नहीं है। इंजीनियर का बाप पैसे माँग रहा है। इंजीनियर जो है बैल जैसी आँखें निकालकर देख रहा है। बाप को रोक नहीं रहा कि तू क्यों पैसे माँग रहा है मेरे बदले। ऐसे लड़के से शादी करके तू क्या करेगी? ऐसे डॉक्टर से मेरी शादी हो गई।

और जिस गाँव की मैं बात करती हूँ, जहाँ मेरी माँ ने मुझे रख दिया था खिल्ली में। वह दादा मेरी शादी करना चाहते थे यादवों में, क्योंकि वह यादव थे। उन्होंने कहा, कस्तूरी, क्या है, यह बिटिया नहीं निभेगी ब्राह्मणों में। इसकी यादवों में ही शादी कर दो। कहा, नहीं दादा, जाति की तो बात नहीं है, पर बाप नहीं है। लोग कहेंगे कि लड़की को लेकर जाने कहाँ भाग गई, कहाँ कर आई। तो उसी गाँव चलना पड़ेगा। दादा सारा कुछ सामान लेकर शादी करने उसी गाँव गए थे, जहाँ मेरा जन्म हुआ था, अलीगढ़ में। वह मेरी शादी करके आए तथा जो रस्म मेरे मामा को करनी थी वो दादा ने निभाई थी, क्योंकि मामा से तो लड़ाई हो गई। मामा कहें कि मैं जाट को नहीं पहनाऊँगा। उसमें सब दिया गया है। तो दादा ने कहा कि मैं गाँव के हर आदमी को भात पहनाऊँगा। कितने रुपए खर्च होंगे? वो अच्छे पैसे वाले आदमी थे, किसान थे। मेरी शादी ऐसे हो गई। मैंने फिर पहले ही दिन पति से, जब मिली पहले-दूसरे दिन, सबसे पहली बात यह कही कि जहाँ से मेरी शादी हुई है वह तुम्हारी ससुराल नहीं है। मेरे पिता का गाँव जरूर है। तुम्हारी ससुराल खिल्ली में है और तुमको जिंदगी-भर आना-जाना पड़ेगा, जब तक हम जिएँगे और जब तक दादा रहेंगे और जब तक वो लोग मानते रहेंगे। दादा अभी मरे हैं, एक साल, दो साल पहले और मेरे पति बराबर यहाँ आते हैं। ये लोग मेरे पति का नाम सबसे पहले कार्ड में छापते हैं और 'लिवउआ', जो हमारे बुंदेलखंड का रिवाज है, वो मेरे पास जाता है सबसे पहले। सबसे बड़ी बहनों में मैं गिनी जाती हूँ। तो चल रहा है, चालीस-पचास साल बीतने को हैं। लेकिन वो संबंध चल रहे हैं। आप देख रहे हैं कि आज मेरे साथ वही घूम रहे हैं। जो भी लेखन मैंने किया है वो इनका सहयोग है। बहुत बड़ा। 'इदन्नमम' मैंने इसी परिवार पर लिखा है। और इनको मैंने खलपात्र भी बनाया,

उदात्त भी बनाया, लेकिन इन्होंने कभी यह नहीं कहा कि बहन तुमने ऐसा क्यों लिखा? कोई प्रश्न मुझसे नहीं किया।

जब आपका विवाह हो गया। पचीस वर्ष बाद आपने लेखन शुरू किया। तो उस बीच आपके मन में क्या उथल-पुथल और संघर्ष चलता रहा?

उन वर्षों को आप यूँ समझ लीजिए कि उसमें कुछ खामोश आवाजें मेरे भीतर से आती ही रहीं। जब भी मैं कोई कहानी पढ़ूँ 'साप्ताहिक हिंदुस्तान' या 'धर्मयुग' में। बहुत पढ़ती थी तो समानांतर एक कहानी चले। इसको पढ़ रही थी और, कुछ और घटनाएँ याद आएँ जीवन की। कुछ और चीजें याद आएँ। कोई कविता पढ़ूँ तो कोई कविता थोड़ी-मोड़ी सोचूँ। बीच में कई बार मैंने कोशिश भी की कि मैं जाऊँ। पति कहते थे कि ये लेखक-वेखक सब बदमाश लोग होते हैं। इनके बीच नहीं जाना है। हमने बहुत देखा है। लड़कियों को बरबाद करते हैं। ऐसी छवि लेखकों की, रचनाकारों की हमारे समाज में है। पता नहीं क्यों? जहाँ सम्मान मिला है वहाँ यह भी है। क्योंकि कई चीजें सामने आ जाती हैं, जो स्त्रियाँ लेकर आती हैं, पुरुष नहीं लेकर आते, स्त्रियाँ लेकर आती हैं कि हमारे साथ ऐसा धोखा हुआ, हमारे साथ ऐसा हुआ। कई लड़कियाँ हमारे आसपास आईं ऐसी, पति से जिनका वास्ता पड़ा, क्योंकि डॉक्टर हॉस्पिटल से वो थे। नाजायज डिलीवरी हो रही है, किसी का कुछ हो रहा है। उसमें जो इन्वॉल्व है, वह कोई रचनाकार इन्वॉल्व है, कोई कवि इन्वॉल्व है। यह सब देखकर उन्होंने मुझे बिलकुल बंद कर दिया कि तुम जो हो इनमें नहीं। ठीक है, तुम्हें पता है कि नहीं छपेगा तुम्हारा यह। मैंने कई बार सोचा कि क्या अपने पति के नाम से लिख दूँ? तब तो छप जाएगा, क्योंकि वे अच्छी पोस्ट पर हैं, डॉक्टर भी हैं, रुतबे वाले हैं तो शायद जल्दी छप जाएगा। मैंने कई बार सोचा, लेकिन नहीं किया, ऐसा नहीं किया। फिर क्या हुआ कि लड़कियाँ तीन। वे भी मेरे लिए एक चुनौती। जीवन में चुनौतियाँ ही चुनौतियाँ रहीं। सब लोग हमसे कह के जाएँ कि क्या है? तुमने तो सर्वनाश कर डाला। ऐसी जन्मी कि पिता मर गए। एक मेरा भाई भी था, वो भी मर गया था और यहाँ आई तो तीन लड़कियाँ पैदा कर दीं। मतलब अभागी हो। तब मैं मन ही मन सोचती कि मेरी बच्चियों से ऐसा मत कहो। मैं तुम्हें इनको बनाके दिखाऊँगी। तो पूरे साल जब से पढ़ना उन्होंने शुरू किया, मुझे नहीं याद रहा कि मैं कहाँ हूँ। मैं उन्हीं के साथ बैठी रहती थी। हमने शादी-ब्याहों में जाना छोड़ दिया। वो लोग कहते थे हमसे कि अरे तीन लड़कियाँ हैं, जहाँ भी जाते थे। फिर लड़कियाँ थोड़ा-थोड़ा समझने लगीं। कहने लगीं, मम्मी, हम नहीं जाएँगे। हमें लड़कियाँ-लड़कियाँ क्यों कहते हैं लोग? क्यों तुमको ऐसा कहते हैं? हमको बुरा लगता है। जहाँ जाते

थे शादी में, ब्याहों में, समारोहों में इनके पिता जाते थे, लड़कियों के, मेरे पति, हम नहीं जाते थे, लड़कियों को लेकर। उस समय वे पढ़ती रहती थीं, मैं बैठी रहती थी। कुछ साहित्य पढ़ लेती थी जो मिल जाता था और लड़कियाँ पढ़ती थीं। मेरे मन में ये था कि डॉक्टर ज़रूर हों ये लड़कियाँ। मैंने कहा जब वो समझदार हुईं, बबली, तुझे डॉक्टर होना है। तो जरा छोटी थी, कितना समझी कितना नहीं, लेकिन वो तीनों फर्स्ट अटैम्पट में ही आईं। हाँ, मेडिकल इंस्टीट्यूट में आईं और वे तीनों डॉक्टर हुईं।

इस समय वे कहाँ हैं?

इस समय एम्स में हैं। हाँ, असिस्टेंट प्रोफेसर हैं वो। मैं फिर पीछे थोड़े साल लौटती हूँ। जब बड़ी बच्ची एम०बी०बी०एस० कर रही थी…कर चुकी थी तो उसने कहा कि क्या करती हो। ये दोनों भी आ ही जाएँगी। तुम अपने लिए कुछ क्यों नहीं करती। तो मैंने कहा, मैं क्या करूँ अपने लिए। लिखो। मैंने कहा, लिखूँ? मैं तो भूल ही गई हूँ लिखना-विखना। मुझे नहीं आता है। तो कहने लगी, नहीं-नहीं, तुम हमारे लिए लिखती हो, जब हम प्रतियोगिताओं में भाग लेते हैं, तो हम फर्स्ट आ जाते हैं। तुमने कभी सोचा नहीं है कि अपने नाम से लिखो? मैंने कहा, अपना नाम। मेरा क्या है बेटा, मैं तो वो भी भूल गई। अरे, कैसी बात करती हो तुम, नाम क्या। तो मैंने कहा कि पुष्पा कहते थे गाँव में और फिर मैं मंटी की बहू हुई। मेरे पति को घर में मंटी कहते हैं। और यहाँ मैं मिसेज शर्मा हूँ। मुझे बेटा, नहीं याद रहा कि क्या नाम है। बरसों से नहीं बुलाया किसी ने नाम से मुझे। कभी मायके जाऊँ तो वहाँ वाले बुलाते हैं। कहा, नहीं-नहीं। तो फिर मुझे याद आया कि मैं तो मैत्रेयी थी। हाँ-हाँ। मेरे जन्म का नाम मैत्रेयी है, जो पंडित रखता है न दस दिन के बच्चे का नाम। मेरा नाम मैत्रेयी है। गाँव में किसी से कहना नहीं आया तो घर में पुष्पा-पुष्पा कहने लगे। तो मैंने सोचा अब ये दोनों नाम मिला दिए जाएँ। तो मैत्रेयी पुष्पा हुआ।

इस तरह मैत्रेयी पुष्पा का अवतार हुआ।

मेरे लिए उलटा हुआ है, बच्चों को डॉक्टर मैंने बनाया और मुझे लेखिका बच्चियों ने बनाया। हाँ, तो उन्होंने कहा मम्मी! कविता लिखो, कहानी लिखो, कुछ भी लिखो तो मैंने एक प्रेम कहानी लिखी। फिर मैंने तीनों लड़कियों को बारी-बारी पढ़वाई। उन्होंने कहा, मम्मी ने लिखी है, मम्मी ने लिखी है। पढ़ी तीनों ने। बहुत बढ़िया है। 'साप्ताहिक हिंदुस्तान' में डेट (तारीख) निकली जा रही थी, मैं देने गई उसको। मैं जा भी नहीं रही थी। मैं तो कहीं निकली नहीं, पति के साथ ही गई। जहाँ उन्होंने उतार दिया, वहाँ उतर गई और जहाँ से उन्होंने अपनी गाड़ी में बैठा लिया, मैं बैठ

गई। रास्ते कोई पता नहीं। तो फिर लड़की ने कहा कि नहीं-नहीं, स्कूटर में जाओ। मैंने कहा, नहीं-नहीं, डैडी नहीं जाने देंगे बेटा तुम्हारे। तो कहने लगी, स्कूटर में जाओ जब तक डैडी आएँगे लौट आना और हम कह देंगे डैडी से। सो मैं चली गई। रास्ता देखा नहीं था। स्कूटर वाला ले गया मुझे हिंदुस्तान की बिल्डिंग में दिल्ली में। मेरे पाँव बिलकुल काँप रहे थे और जब लिफ्ट में चढ़ रही थी, धड़-धड़ दिल कर रहा था मेरा। तब मैं थर्ड फ्लोर पर पहुँची, जहाँ हिंदुस्तान का दफ्तर था। मैंने कहानी दे दी कि प्रतियोगिता में ये शामिल हो जाए। खैर, कहानी का कुछ हश्र हुआ नहीं, अस्वीकृत हुई या दी नहीं। पता नहीं क्या हुआ, वो कहानी मुझे लौट आई। मैं ढूँढ़ लाई वहाँ से। मैंने रख दी उठाके। फिर मैंने एक छोटी कहानी लिखी। 'साप्ताहिक हिंदुस्तान' में सन् '90 में 8 अप्रैल को छप गई। और उसकी विशेषता यह थी कि बुंदेली भाषा में मैंने वह कहानी लिखी थी। उसके बाद जो सिलसिला चालू हुआ तो मैं भी ताज्जुब कर गई। क्या मैं ऐसे लिख सकती हूँ? ये छप रही हैं और बराबर चिट्ठियाँ आ रही हैं कि यूँ··· फिर मैंने एक 'बेटी' कहानी लिखी, सिर्फ वही बहुत सिंपल सरल भाषा कि कैसी मेरी सहेली मुन्नी स्कूल नहीं जाती थी। और मैं जाती थी, फिर क्या हुआ बस, वही लिख दिया। वह बड़ी हिट कहानी हो गई। मैंने कहा कि कहानी ऐसी ही लिखी जाती है क्या? फिर कहानियों का सिलसिला चालू हुआ। उसके बाद जब आठ-दस कहानियाँ हो गईं तो वह कहानी छाप ली। उससे पहले एक उपन्यासिका भी लिख चुकी थी। तो वो कहानियाँ छप गईं। 'चिन्हार' कहानी-संग्रह आ गया। 'चिन्हार' यहीं का शब्द है बुंदेली का। 'चिन्हार' मतलब पहचान। तो मुझे नहीं पता था कि ऐसा होगा। उस 'चिन्हार' ने मेरी पहचान बना दी। फिर मैंने उसके बाद एक उपन्यास लिख दिया 'बेतवा बहती रही'।

हिंदी साहित्य जगत् में राजेंद्र यादव के साथ आपकी चर्चा चलती रहती है?

मुझे पता है तुम यही पूछोगे। मैं वहीं आ रही हूँ। फिकर मत करो। मैं वहीं आ रही हूँ। मैं इसलिए ये सब बातें बता रही हूँ कि 'चिन्हार' तथा 'बेतवा बहती रही' तक राजेंद्र यादव कहीं नहीं थे। मैं जानती ही नहीं थी। कहाँ राजेंद्र यादव? मैं अपना अज्ञान भी बताऊँ कि मैंने 'हंस' नहीं पढ़ा था। किसी ने पूछा कि 'हंस' पढ़ा? मैंने कहा, नहीं। पढ़ा नहीं, देखा भी नहीं है। तो कहा कि 'अरे नहीं, बड़ी साहित्यिक पत्रिका है, तुम्हें पढ़ना चाहिए।' यह ऐसे लोग कह रहे थे जो साहित्य से थोड़ा-मोड़ा जुड़े थे, लेकिन साहित्यिक माहौल में नहीं थे। साहित्यकार नहीं थे। लेकिन जो तुम कह रहे हो, मैं तो अपने उसी में मगन थी भाई। 'बेतवा बहती रही' और 'चिन्हार' में इतनी मगन थी। मुझे कोई जरूरत भी जाने की नहीं लग रही थी कि किसी के

पास जाऊँ, कहीं जाऊँ। मैं लिखना सीख रही थी तो सीख रही थी। पढ़ लेती थी, लेकिन क्या है जनवाद क्या होता है, मार्क्सवाद क्या होता है, कौन प्रगतिशील होते हैं, कौन रससिद्धांतवादी—इसका मुझे कोई इल्म नहीं था। इसे मेरा अज्ञान भी समझ सकते हैं आप। इतना तक कि समीक्षा क्या होती है, यह भी भूल चुकी थी। जब 'दैनिक हिंदुस्तान' में एक विजय किशोर मानव हैं, उनको एक कहानी देने गई। साथ में एक 'स्मृतिदंश' उपन्यासिका थी, वो भी मैंने दे दी। तो उन्होंने कहा कि ये मेरे लिए लाई हैं या समीक्षा के लिए। और मैं उनका मुँह देखूँ। कहा, समीक्षा? नहीं, मैं आपके लिए ही लाई हूँ। तो उन्होंने कहा कि इस पर कुछ लिखा नहीं है। अगर मेरे लिए लाई होतीं तो लिखकर लातीं आप। तो मैंने कहा, मुझे नहीं पता था कि आप मुझसे बड़े होंगे या छोटे होंगे। उसी हिसाब से तो लिखूँगी। आदरणीय लिखूँ या प्रिय लिखूँ। तो कहने लगे, कितनी उमर का लग रहा हूँ? तो मैंने कहा, मुझसे क्यों तुलवा रहे हैं। मुझे अपने से आप छोटे लग रहे हैं। कहने लगे, 'हैं'। तो मैंने कहा कि मैं प्रिय करके लिखे देती हूँ। मैंने लिख दिया। तो मैं ये बता रही हूँ कि मुझे कोई भी समझ नहीं थी। बस, मुझे लेखन और जीवन, जो मुझे आता था, वही मैं कर रही थी। तो खैर, उसके बाद 'बेतवा बहती रही' छपा नहीं था। तब तक मैंने लिख लिया था।

एक ऐसा ही मौका बना कि मन्नू भंडारी मेरे घर के पास रहती थीं और मुझे नहीं पता था। तो एक लेखिका अपना उपन्यास वहाँ देने जा रही थीं, वो मुझे साथ ले गईं। ऐसे ही जैसे साथ किसी को लगा लेते हैं। जिस लेखक को लोग समझते हैं कि ये तो कहीं भी चलेगा और हम बिलकुल सिकुड़े हुए अपने में। तो कहा, 'तू भी ले ले अपनी कोई किताब।' 'स्मृतिदंश' ही पास थी सो उसे ले चली। मैंने कहा, 'अच्छा, चलो ठीक है। मैं बिलकुल साफ तौर पर कह रही हूँ और जो कह रही हूँ, अपनी ईमानदारी के साथ कह रही हूँ कि मन्नू भंडारी से मिलने का मुझे कोई वो नहीं था, क्रेज नहीं था। मैंने उनका 'आपका बंटी' पढ़ा था, मैंने 'महाभोज' नहीं पढ़ा था। मैंने कोई कहानियाँ नहीं पढ़ी थीं उनकी। तो मुझे नहीं था। मैंने तो बता ही दिया आपको कि मैं नीरज, बच्चन में प्रसन्न रहती थी। कविताएँ पढ़के, जहाँ कहानियाँ मिल जातीं, अच्छी लगतीं, मैं पढ़ लेती। शिवानी की कहानियाँ कई मुझे बहुत अच्छी लगीं। 'करिए छिमा' अपने आप में बहुत अच्छी कहानी है। मुझे आज भी नहीं भूलती। तो उनके साथ चली गई मन्नू भंडारी के घर। तो···अब वे लोग दोनों आपस में बात करती रहीं। मैं किसी को जानूँ तब न बात करूँ। मेरा बोलने का कोई मतलब ही नहीं था। एक शब्द भी नहीं बोली। उन्होंने ही शायद परिचय दे

दिया था—ये मैत्रेयी पुष्पा हैं। इन्होंने कुछ लिखा है, जो लाई हैं, मैंने वो किताब उनके आगे कर दी। ये सन् नब्बे की बात है। नब्बे की दीवाली के बाद की। और इनकी तीन बेटियाँ डॉक्टरी में पढ़ रही हैं और इनके पति डॉक्टर हैं और एक बड़ी बेटी की तब तक शादी हो चुकी थी, दामाद डॉक्टर हैं, तो यह परिचय दिया। दूसरे दिन मन्नू भंडारी का फोन आया। मैंने तो नहीं किया। न मैं सोचती थी ऐसा। मुझे क्यूँ करना? और न मुझे ये था कि लोग जैसे सोचते होंगे कि मैं मन्नू भंडारी से मिली जो राजेंद्र यादव की वाइफ हैं। मुझे तो ऐसा कुछ खास पता ही नहीं था। मैं अपने घर आ गई। सुबह लगभग ग्यारह बजे एक फोन आया तो किसी बच्ची ने उठाया। कहा कि मम्मी, आपको कोई मन्नू भंडारी पूछ रहे हैं। अब वो भी क्या जाने, वो भी कहे कोई मन्नू भंडारी। वो साहित्य की थोड़े है, वो तो मेडिकल की थी। मैंने कहा, अच्छा-अच्छा। मैं फिर खुश हुई। अच्छा, उनका फोन आया है। हाँ, तो मैंने बड़े गहक के उठाया। हाँ, मन्नू दी, बोलिए, क्योंकि वो लेखिका 'मन्नू दी' कह रही थी, मैंने भी 'मन्नू दी' कहा। मैंने कहा, बोलिए, हाँ तो उन्होंने कहा मुझसे। यहाँ बहुत बातें खुलासा हो जाएँगी। उन्होंने कहा मुझसे, 'तुम आई थीं?' मैंने कहा, 'हाँ।' छोटी-सी किताब दे गई हो। मैंने कहा, 'हाँ' वो मैं नहीं ले जा रही थी, उन्होंने मानी नहीं तो मैंने ले ली। किताब तो ऐसी ही है। मुझे लिखना-विखना आता नहीं। तो उन्होंने कहा, ये मेवे का डिब्बा तुम लाई थीं? साथ में मेवे का डिब्बा था जब हम गए उनके घर। मैंने कहा, मैं नहीं लाई थी। वही लाई थीं, जो आपके पास आई थीं। तो उन्होंने कहा, वो नहीं ला सकती। ये तुम लाई थीं। मैंने कहा, आप अगर मेरा समझ रही हैं, तो इतना ही समझिए कि उस समय उन्होंने कहा, मिठाई खरीदनी है, उपन्यास मैं देने जा रही हूँ तो मुझे मिठाई देनी है मन्नू दी को। लेकिन यहाँ से आई०एन०ए० दूर था। कौन जाता? तो इसलिए घर में दीवाली का मौका था, मेवे का डिब्बा रखा था, हमने वही उठा लिया। मैंने उनसे कहा, आप यह दे देना। मेरा तो सवाल ही नहीं उठता था देने का। मेरा तो कोई वास्ता नहीं था उनसे। मैंने उनसे कहा कि आप यह दे देना, मिठाई कहाँ से लाएँगे हम? तो मैंने दिया, उन्हीं का समझिए। तो फिर बोलीं कि कहानियाँ लिखती हो? किताब जो छोड़ गई हो वो कहानियाँ नहीं, उपन्यासिका है। मैंने कहा, हाँ, मैं लिखती हूँ, कहानियाँ ऐसे-ऐसे छपी हैं और किताब आने वाली है। 'चिन्हार' तब तक आया नहीं था। तो उन्होंने कहा, 'हंस' में क्यों नहीं देती? मैंने कहा, 'हंस' हंस तो देखा ही, पढ़ा नहीं था। मैंने कहा, हंस। हाँ-हाँ, 'हंस' में कहानियाँ छपती हैं। तो मैंने कहा, 'अच्छा, फिर मैं क्या करूँ मन्नू दी।' तो कहने लगीं कि राजेंद्र से बात कर लो। मैंने कहा, राजेंद्र यादव। बोलीं, हाँ। तो

मैंने कहा, अच्छा, कैसे बात करूँ? उन्होंने मुझे फोन नंबर लिखवाया, इस पर बात करो, राजेंद्र से मिल लो, कहानी दे दो। उस वक्त तो दोनों साथ थे। अच्छे से साथ रह रहे थे। और बड़ा दोनों का स्वभाव मुझे लगा था उस वक्त जीवंत। तो मैंने उनसे फोन नंबर लिया और राजेंद्र यादव को फोन कर दिया कि मैं ऐसे-ऐसे लिखती हूँ कुछ। आवाज तक मेरी निकलती नहीं थी तब। हाँ-हाँ, डर के मारे, बहुत डरी-सहमी रहती थी। तो मैं लिखती हूँ और मुझे मन्नू दी ने ऐसे-ऐसे कहा है। हाँ-हाँ, मन्नू मुझसे भी कुछ कह रही थी और तुम घटिया-सी एक किताब रख आई हो। ऐसे ही उन्होंने यह शब्द कहे कि घटिया-सी एक किताब रख आई हो। वहाँ पर 'आप' रख आई हैं। 'आप' बोल रहे थे वो। तो मैंने कहा, हाँ-हाँ, वो मैं रखके आई हूँ और मैं आपसे मिलना चाहती हूँ। मुझे अपने ऑफिस, लेकिन मैंने देखा ही नहीं है आपका कहाँ है, क्या आप हंस भवन में बैठते हैं? मैंने कहा। तो कहने लगे, अरे, मार डाला। कहाँ हंस भवन, कहाँ मैं। मेरा तो यहाँ छोटा-सा कमरा दफ्तर है। तो फिर मैं कैसे आऊँ? मैंने कहा। मुझे आना है। मैं थ्रीव्हीलर से आऊँगी। मैं कैसे आऊँ? मैं गाड़ी भी ले जा सकती थी, लेकिन पति की तरफ से आज्ञा नहीं थी। तो मैं ऐसे ही छुप-छुप के थ्रीव्हीलर में जाती थी लड़कियों से कहके। तो मैं गई वहाँ पे। और रास्ता उन्होंने मुझे बताया कि ऐसे-ऐसे है, और गली के आगे एक लेटर बॉक्स लगा हुआ है। उससे तुम्हें गली पता चल जाएगी। तो मुझे ताज्जुब भी हुआ कि अच्छा संपादक है, अभी तक तो संपादक मुझे इंतजार ही कराते रहे हैं, मिलते भी नहीं थे और अच्छी तरह बात भी नहीं करते थे। तो मैं घबरा जाती थी। ये तो मुझे रास्ता बता रहे हैं। तो मैं गई। जो मैंने वहाँ बयान दिया उसको भी, दलित लेखक संघ में मैं आपसे भी यहाँ कहती हूँ कि मैं उसी तरह गई थी जैसे कोई स्त्री कहीं जाती है। अच्छे से साड़ी पहनके, जैसा हमारा डॉक्टरों का माहौल था, यहाँ अच्छे से पार्टी में भी जाते हैं। हम सजधज के। वो ही शब्द मैंने वहाँ भी यूज (उपयोग) किया सजधज के जाते हैं, वो बड़ा विवादास्पद हो गया। हाँ, तो मैं सज-वज के गई थी और जैसे आपके सामने बैठी हूँ और बात कर रही हूँ। आज तो मुझे कोई झिझक नहीं है, लेकिन उस वक्त मैं बहुत झिझकी हुई बैठी थी। तो राजेंद्र यादव ने कहा कि आप झिझकी हुई क्यूँ बैठी हैं? वो थोड़े मुँहफट हैं, हाँ बोले, आप शरमा क्यूँ रही हैं? आप ऐसे क्यूँ बैठी हैं। देखिए, यहाँ आप अगर कहानी देने आई हैं तो कहानी हो सकता है कि मुझे पसंद न आए तो हमसे आपको बहस करनी पड़ेगी। मैंने सिर उठाया, ऊपर देखा और सोचा कि ये कैसा आदमी है जो कह रहा है बहस करनी पड़ेगी। बहस तो मैंने कभी नहीं की। सिवाय अपने कुँवारेपन में कॉलेज में। तभी मैं बहस करती थी। फिर

तो मैं भूल गई सब कुछ। घर में तो जवाब देना मुहाल है। अगर हम स्त्रियाँ जवाब देती हैं तो अच्छा नहीं माना जाता। लड़कियों को भी हम यही समझाया करते हैं कि जवाब नहीं देना। आज बहस करनी पड़ेगी। मैं बहस कर भी पाऊँगी कि नहीं कर पाऊँगी। खैर, वो बात उस दिन की चली गई। मैं दो कहानियाँ उनको दे आई। एक वही थी जो 'साप्ताहिक हिंदुस्तान' में सबसे पहले लेके गई थी और स्वीकृत नहीं हुई थी और एक और थी, जो मैं लिख रखी थी, अपने ही जीवन के अनुभवों पर। गाँव में गीतकथा चलती है उसके ऊपर। दोनों दे आई, दोनों रिजेक्ट हुईं, दोनों। उन्होंने कहा, नहीं, यह नहीं, यह कहानी नहीं। खैर, फिर मैंने और लिखी। तो उन्होंने कहा, नहीं, ये भी नहीं। फिर मैंने और लिखी। अब चौथी कहानी पर आ गए, तो चौथी कहानी राजेंद्र यादव ने नहीं लौटाई। मन्नू दी ने लौटाई, क्योंकि राजेंद्र यादव सोच रहे थे कि लौटाऊँगा तो पता नहीं कितना बुरा मानेगी। अच्छा नहीं लग रहा, बार-बार लौटा देता हूँ। ये आती है बार-बार। मैं बराबर जाती थी। मेरा पोस्टल या कोई चिट्ठी से कभी कोई उनसे बात नहीं हुई। मैं जाती ही थी। तो मन्नू दी ने कहा, देखो मैत्रेयी, ये कहानी जो है एकांगी है और अभी तुमको लिखना आ जाएगा। वो मुझे बहुत दिलासा देती थीं, बहुत। इतना देती थीं कि···मैं आगे बताऊँगी, बहुत देती थीं···बिलकुल मैत्रेयी···आ जाएगा तुमको लिखना, लिखो। दोनों तरफ का लिखते हैं। एक तरफ का ही नहीं। तुम एक को शहीद किए जा रही हो···ऐसे थोड़े ही लिखते हैं। भई, दूसरे की भी तो मजबूरी होती है। सताने वाले की भी मजबूरी होती है। तो उन्होंने मुझे बताया। खैर, मैंने पाँचवीं कहानी लिखी, वो भी रिजेक्ट। हौजखास का वह घर था, जहाँ मुझे पाँचवीं कहानी राजेंद्र यादव ने ही लौटाई और कहा मुझसे, मन्नू दी शायद अंदर कमरे में थीं, देखो, अब तुम जाओ, तुम हमें गाली दे के जाओगी, हमें मालूम है, क्योंकि ऐसा ही होता है जब मैं अस्वीकृत करता हूँ। तो लोग मुझे गाली देने लगते हैं और मेरे दोष निकालने लगते हैं। तो तुम भी यही करोगी। ठीक है, तुम्हें जहाँ लिखना हो लिखो, 'हंस' के लिए मत लिखना। मैंने कहा कि राजेंद्र जी! मैं जो हूँ उस स्थिति में भी नहीं हूँ कि मैं आपसे गुस्सा हो जाऊँ या मैं आपको गाली दूँ। मैं आपको गाली नहीं दूँगी। मेरा जवाब सिर्फ इतना होगा, मैंने बहुत धीरे से कही ये बातें कि मैं छठी कहानी फिर लाऊँगी। छठी कहानी फिर लिखकर लाऊँगी। तब मैंने छठी कहानी लिखी और मैंने फिर दी। वो स्वीकृत हुई। उसका शीर्षक था 'जमीन अपनी-अपनी'। विषय भी बता दूँ। वो थी चकबंदी पर, जो गाँव में खेतों की चकबंदी होती है न, तो हो सकता है उस पर मैं बड़ी प्रामाणिक तौर पर खरी उतरी होऊँ। वो चकबंदी हमने करवाई थी अपने खेतों की, सो सारे

एक्सपीरियंस (अनुभव) थे, है न। कैसे चालाकियाँ की जाती हैं, कैसे हमने भी चालाकियाँ कीं। वो भी लिख दी, हाँ। राजेंद्र यादव तो हैं ही कि कोई भी अपनी हराम जिंदगियों की कहानी लिखे तो तुरंत एक्सेप्ट कर लेते हैं। तो उन्होंने कर ली। मेरे समझ में नहीं आया कि इन्होंने क्यों की हैं। वो हो गई एक्सेप्ट और वो उन्होंने जल्दी से छाप भी दी। वो जो अंक आया तो मन्नू भंडारी और राजेंद्र यादव दोनों मेरे घर आए उस अंक को ले के। आज उनको ऐतराज है इस बात पर कि मैं यह क्यूँ कहती हूँ कि अंक लेकर मेरे घर आए थे। लोगों ने उनसे कहा कि देखो, मैत्रेयी ने ऐसा बोला आपके लिए कि आप ले के आए थे, मन्नू भंडारी और आप उनके यहाँ लेकर आए थे। तो आप क्या लेखिका को खुश करने गए थे? मैंने कहा, राजेंद्र जी! ये तो आपने मुझसे कभी नहीं कहा। ये बात जो आज कह रहे हैं कि तुमने ये क्यों कहा कि मैं तुम्हारे घर आया था। मन्नू के साथ। ये तो आपका बड़प्पन था कि एक संपादक जब इतनी कहानियाँ लौटाने के बाद और छठी छपती है तो उसे लेकर दोनों आए और कहा कि मैत्रेयी! मन्नू दी ने कहा कि तुमने बहुत अच्छी कहानी लिखी है और कहा कि देखो, छप गई न तुम्हारी कहानी। बहुत परेशान हो रही थीं। उसी जमाने 'तुम किसकी हो बिन्नी' कहानी छपी थी। 'साप्ताहिक हिंदुस्तान' में। वह भ्रूण परीक्षण के ऊपर कहानी थी, क्योंकि तीसरी लड़की होने का अनुभव मुझसे ज्यादा किसको हो सकता है? तो उसको जब पढ़ा मन्नू दी ने तो फिर मेरे घर आईं। उस दिन मुझे याद है पुताई हो रही थी हमारे घर, तो उसी को फलाँगती हुई आईं, कहती हैं कि मैत्रेयी! मैं तुमको बधाई देने आई हूँ और तुमने बहुत अच्छी कहानी लिखी। मैं इतना समझ गई थी कि कोई धारदार कहानी हो तो ये शायद ऐसा पसंद करते हैं। अपने आप समझ रही थी, उन्होंने तो कुछ नहीं समझाया मुझे, राजेंद्र यादव ने। ऐसे मेरा संपर्क राजेंद्र यादव से शुरू हुआ। और उसका कारण मैंने जो माना, लोगों ने कुछ भी माना हो, मुझे नहीं मालूम। एक तो यह बता दूँ कि राजेंद्र यादव अकेले मेरे घर कभी नहीं आए, कभी नहीं आए, आज तक नहीं आए। अंदर घुसे हैं तो उनके साथ कोई हुआ है, चाहे गिरिराज जी हों चाहे कोई और हो तब आए हैं। नहीं तो बाहर, मैं किदवई नगर में रहती थी, बाहर सड़क पर खड़े हो जाते थे गाड़ी लेकर और जैसे मुझे कहानी ही देनी है। अब मैं वहाँ कहाँ दौड़ी जाऊँगी, 'हंस' के ऑफिस। तो कहते थे ड्राइवर से अपने, जब गोपाल था, गोपाल, जाओ मैत्रेयी से कहानी ले आओ या कोई कागज है तो दे आओ या 'हंस' दे आओ। वे बाहर ही खड़े रहते थे। और आज तक नहीं आए। यदि डॉक्टर साहब ने, मेरे पति ने बुलाया तो आए हैं, नहीं तो आज तक नहीं आए। कभी नहीं। यह उनका नियम

है मेरे यहाँ। मुझे नहीं पता औरों के यहाँ क्या है। लेकिन मेरे यहाँ का नियम है। तो ये हुआ। अब मैं एक और बात बता दूँ कि जब मेरी कहानी 'हंस' में छप गई, और भी, उन्होंने मुझे कहा कि लिखो। तब मैंने 'फैसला' कहानी लिखी, जो बहुत चर्चित हो गई। पंचायती राज तो अब लगा है, वो मैंने तभी लिख दी थी। राजेंद्र यादव ने कहा, अरे, तुम बेवकूफ ऐसी कहानी लिख लाई। तुम कैसे लिख सकती हो? मैंने कहा कि आप मेरी बुद्धि पर कभी विश्वास क्यों नहीं करते। फिर मैं खुलने लगी, बात करने लगी थी। कहा, लगती तो नहीं हो ऐसी, तुम्हारी सकल-सूरत से कि तुम बुद्धिमान हो, तब मुझे थोड़ा कॉन्फिडेंस (आत्मविश्वास) आया और मैंने उठाई वही कहानी जो 'साप्ताहिक हिंदुस्तान' में से रिजेक्ट हुई थी पहली बार। उसको मैंने डेवलेप करना शुरू किया अपने हिसाब से। जो भी आया लिखा, मन में। मुझे कोई डर नहीं है कि क्या हुआ? जो मानते हैं लोग कि राजेंद्र यादव का क्या रोल है, मैं उसको ही स्पष्ट करना चाहती हूँ। जो मेरे मन में आया वो मैंने लिखा, लगभग पाँच सौ पच्चीस पेज थे वे। मैंने इतना लिख डाला उत्साह में। हाँ, तो मैंने राजेंद्र यादव को कहा कि एक मैंने उपन्यास लिख लिया है। क्या राजेंद्र जी, आप पढ़ेंगे? वो 'बेतवा बहती रही' जैसा नहीं है कि नायिका मर गई कि रो रही है, ये कर रही है। तो आप जो है उसे पढ़ देंगे? तो उन्होंने कहा, हाँ, पढ़ दूँगा। राजेंद्र यादव को पढ़ने का बहुत शौक है। ये भी एक बात है, जो मैंने नोट की है। बहुत शौक है, नई चीजें पढ़ने का बहुत ज्यादा शौक है। तो उन्होंने वो पढ़ दिया जो ढेर था। कूड़े का ढेर समझ लीजिए। अपने हिसाब से मैंने क्या लिखा होगा उस समय। तो मैंने कहा कि राजेंद्र जी, क्या आपको उसमें कुछ लगा? कहते हैं, बहुत कुछ लगा। मैंने कहा, बहुत कुछ! कहते हैं, हाँ। तो आपने तो यह कहानी रिजेक्ट कर दी थी तब नहीं लगा? कहा, नहीं, तब नहीं लगा था। अब जब इसे डेवलप किया है, बहुत चीजें ऐसी आई हैं जो हमारा ध्यान खींचती हैं। ठीक है। लेकिन मेहनत करनी पड़ेगी। तो एक वाक्य में कहूँ, वो मैंने सात बार लिखा। वो 'इदन्नमम', सात बार। सात बार लिखना और राजेंद्र यादव ने ही लिखवाया कि फिर, फिर, फिर। आज तक उनका मेरा वास्ता चौदह साल हो गया। चौदह नहीं तो तेरह साल हो गया होगा। आज तक उन्होंने संशोधन कभी नहीं किया। केवल मुझसे प्रश्न किए। प्रश्न किए उसी पर। बहस करोगी? बहस करो, तुमने ये क्यों लिखा है? इसका तुम्हारा अभिप्राय क्या है? सबसे पहले वे पूछते, तुमने ये क्यों लिखा। अब बताते रहिए कि क्यों लिखा? तो अब मैं अंदर से थोड़ी कभी घबराती भी हूँ, पता नहीं मैं क्या बोलूँ और ये क्या सोचते हैं। है न लेकिन आज मैं यहाँ आपकी कचहरी में हाजिर हूँ तो झूठ

बोलने का तो सवाल ही नहीं है, क्योंकि मेरे एवं राजेंद्र यादव के प्रति जो धारणा बनी हुई है न उसको तोड़ने का मेरा कोई इरादा है। सच बोलती हूँ और ईमानदारी से बताती हूँ। उन्होंने कोई संशोधन नहीं किया, कभी नहीं। ये नाम 'इदन्नमम' राजेंद्र यादव ने दिया। मैं खूब लड़ी। मैंने कहा, नहीं। कहते कि चुप रहो, चुप रहो। मैं उनका विरोध ज्यादा कर भी नहीं सकती थी तो मुझे यह भी नहीं पता था कि ये इस तरह का कोई नाम, भारती जी की कोई किताब 'ये मेरे लिए नहीं' कहानी का है। तब मैंने कहा, नहीं राजेंद्र जी, यह नहीं। उतना बोलती तो थी, फिर भी एक झिझक शामिल थी। उन्होंने कहा, नहीं और मैंने एक भूमिका लिख ली है इस उपन्यास के लिए। उन्हीं दिनों 'मुझे चाँद चाहिए' आया हुआ था। तो अब भूमिका, बड़ा साहित्यकार था और मुझे तो पता नहीं था इस खेमेबाजी का। बड़ा साहित्यकार है, अपने आप ही भूमिका लिख ली। मैं कहती भी नहीं, अगर वो न लिखते तो मैं क्या कहती? किसी से भी नहीं कहती कि मेरी भूमिका लिख दो। इतना ज्ञान भी नहीं था कि भूमिका लिखाई जाए। सच बात तो यह थी। सारा तो अज्ञान में ही हो रहा था।

इतना बड़ा लेखन करने के बाद अगर आप ये कहें कि हमें इसका ज्ञान नहीं था तो लोग विश्वास करेंगे इस पर?

करें न करें, मैं तो कहूँगी। नहीं था, नहीं था भूमिका लिखने का, मुझे नहीं था। पता है मैंने किताबघर में दिया, तो किसी ने वहाँ बैठकर कहा कि अरे राजेंद्र यादव! इतने विवादास्पद हैं, इनकी भूमिका जाएगी तो उपन्यास का क्या होगा? मैंने कहा, अच्छा, मत छापो। मैंने मना किया। फिर वहीं कोई और बैठा था, उसने कहा कि नहीं, नहीं, अभी आप क्या हैं? कुछ भी नहीं। इतने बड़े लेखक ने आपके लिए लिखा है तो ऐसा मत करिए। तो मैंने कहा, छाप लो। वो छप गया। किताबघर ने छापा। मुझे किताबघर से कहना कुछ नहीं पड़ा कभी। मैं तो ऐसे ही टाइप कराके फेंक आई थी वहाँ। सत्यव्रत थे भी नहीं वहाँ। मैंने कहा कि इसको वीरेंद्र जैन से बचाए रहें। वो बहुत पीछे पड़ गया था उन दिनों। उसे न, वो उपदेश देने लगेगा फिर मैं कुछ और लिखूँगी। तो वह छप गया।

इतना जरूर हुआ, इसे चाहे फेवर कहिए या कुछ और कहिए कि राजेंद्र यादव ने बहस चलवा दी 'मुझे चाँद चाहिए' और 'इदन्नमम' को लेकर 'हंस' में। तो इसी से अब फिर मैं राजेंद्र यादव के खेमे में जोड़ ली गई कि नई लेखिका है और यह उपन्यास भई। बहुतों को विश्वास न हो कि क्या है, क्या नहीं है और 'मुझे चाँद चाहिए' के साथ बहस इसकी। जरूर कोई चक्कर है। जबकि आप सोच सकते हैं,

जिस हिसाब से मैं कह रही हूँ कि मुझे बहस का भी नहीं पता कि यह बहस चल रही है। मैंने सोचा, एक लेख प्रभा खेतान ने लिखा है, एक निर्मला जैन ने लिख दिया है और बाकी समीक्षा आई है और 'मुझे चाँद चाहिए' का जिक्र है। मैं तो धड़ाधड़ 'मुझे चाँद चाहिए' पढ़ने में लग रही थी कि कैसा, क्या लिखा है। कितनी तारीफ है इसकी, है न। फिर मुझे ये सुनने को मिला लेखिकाओं से···94 की बात कर रही हूँ। '94 में ही छप गया, '94 में ही बहस चल गई थी। वो फरवरी में आ गया था। उसके बाद ही बहस चल गई। 'मुझे चाँद चाहिए' '93 में आया अगस्त में और 'इदन्नमम' '94 फरवरी में आया है। केवल छह महीने का अंतर था। तो न मैं यह जानती थी कि बहस चल रही है। मैं तो समीक्षा में तारीफ किया जाए उस पर बहुत खुश हो जाऊँ और जो वैसी ही आ जाए उस पर दुखी हो जाऊँ। इतना ही जानती थी बस। तो यह हो गया।

उसी दौरान क्या हुआ कि गोष्ठियों में जाने की मुझे मनाही थी घर से। बिलकुल नहीं जाओगी तुम। और मैं डरती भी थी, बहुत डरती थी। मन्नू भंडारी कहें, अरे मैत्रेयी, चलो तो। पहली बात तो मैं बताऊँ नहीं कि घर में क्या चक्कर है। मैं कहूँ, मन्नू दी, मेरे पास कार्ड नहीं है वहाँ की गोष्ठी का। मुझे कोई घुसने ही नहीं देगा। तो कहें, पागल हो, साहित्यकारों में ऐसा नहीं होता कि घुसने न दिया जाए, कोई सरकारी प्रोग्राम है? चलो, चलो। फिर मैंने कह ही दिया, 'मन्नू दी, मेरे पति नहीं करते एलाऊ। मैं नहीं निकल सकती घर से और उनको अच्छा नहीं लगता, उनको आदत ही नहीं है। मैं पचीस साल निकली ही नहीं तो उनको कैसे आदत होगी कि मैं गोष्ठियाँ करती। फिर आठ बजे के बाद तो गोष्ठी खत्म होती है। मैं 9 बजे घर पहुँचूँ। वो तो बहुत गुस्सा हो जाएँगे। तो उन्होंने कहा, मैत्रेयी, (मैं यह कह रही हूँ कि मन्नू दी का सहयोग देखिए) ऐसा करूँगी (घर तो पास-पास था ही) तुमको छोड़ दूँगी रात को, तब तो नहीं कुछ कहेंगे। मैंने कहा, हाँ, कितनी गोष्ठियाँ हुईं, जिनमें मैं गई हूँ और मन्नू दी ने मुझे मेरे हसबैंड के पास छोड़ा मेरे घर और हँस के कहा—डॉक्टर साहब, मैं आपकी बीवी को जमा करने आई हूँ। फिर उसके बाद मन्नू दी मेरी राजदार हुईं। मैं बताती थी। जाहिर है कि किसी पुरुष को तो नहीं बता सकती थी। उस वक्त झिझक बहुत थी, मेरे घर में बहुत बंधन हैं, मैं लिख भी नहीं सकती। डॉक्टर साहब इतने गुस्सा होते हैं, बहुत होते थे, इतना होते थे कि मैं आपको क्या बताऊँ। एक पति का जो पत्नी पर अधिकार होता है, वह उस अधिकार से ज्यादा निकल जाते थे, हाँ। हालाँकि पढ़े-लिखे थे, शिक्षित थे, मैं शिक्षित थी, जानते थे। मैंने कहा, मन्नू दी, क्या करूँ, कैसे करूँ। मैं दो-दो घंटे मन्नू दी के

पास बैठूँ दिन में, जब वो ऑफिस चले जाएँ। तो मन्नू दी ने कहा, मैत्रेयी, अभी वो समय नहीं है, वो समझ नहीं रहे। वो इस साहित्य को क्या जानें? तुम इसका बुरा मत मानो। जिस दिन तुम प्रूव कर दोगी कि तुमने यह किया, उस दिन वे कुछ नहीं कहेंगे। मन्नू दी! मुझे प्रूव करने में जाने कितने दिन लगेंगे। मैं अपना सारा रोना रोऊँ। तो मन्नू दी मेरा हाथ देखने लगीं कि हाथ दिखाओ जबकि वो ज्योतिष-ज्योतिष कुछ नहीं जानती हैं। मैत्रेयी! तुम्हारे हाथों में बहुत यश है। मैंने कहा, आप मुझे बहलाने के लिए कह रही हैं। नहीं-नहीं, देखना तुम, तुम्हारा मेरे जैसा होगा। तुक्का ही लग जाएगा। मैंने कहा, मन्नू दी! आपका कैसे हुआ? कहतीं, मेरे तो हमेशा तुक्के लगे। मुझे पता ही नहीं कि मेरा क्या होने वाला है। इस कहानी का क्या होगा, इस उपन्यास का क्या होगा? ऐसे ही देखना तुम्हारा तुक्का लगेगा। जाने उन्होंने क्या देखा। अभी भी कहती हैं कि मैंने क्या कहा था…। तो इस तरह मुझे प्रोत्साहित करती थीं। बहुत। यदि राजेंद्र यादव से कोई चक्कर ही होता तो मन्नू दी मेरे लिए ऐसा क्यों करतीं? उन्हें सबसे पहले ईर्ष्या होती। आज भी, आज भी वो नहीं। जब दोनों अलग हो गए हैं, इसी संदर्भ में बात आ गई तो मन्नू दी से किसी ने पूछा कि क्या मैत्रेयी की वजह से ये हुआ? क्या मैं भी जब (तब) ही प्रवेश कर रही थी उनके जीवन में। तो बोलीं, नहीं, ये मन्नू दी के शब्द हैं। मन्नू दी ने मुझे बताया, मैत्रेयी, तुम्हारे लिए कहते हैं लोग, क्या मैत्रेयी की वजह से ऐसा हुआ? हम अलग-अलग हुए। तो मैंने कहा, नहीं, मैत्रेयी बहुत मजबूत जमीन पर खड़ी है। परिवार उसका बहुत मजबूत है। उसका तो कभी सोचना भी मत। मैं मैत्रेयी को कभी भी उस तरह सपने में भी नहीं सोच सकती। न सोचा, न देखा, न पाया कभी। तो उस स्त्री ने मुझे जितनी अच्छी तरह समझा है शायद मेरे पति ने भी नहीं समझा है। तो ये था राजेंद्र यादव तक आने का सफर…

सारे पहरे देह पर हैं फिर इस देह की बात क्यों न करें!

रामशंकर द्विवेदी और सत्यवान से बातचीत

दूसरे किस उपन्यास पर आपने काम किया?

'इदन्नमम' ने मुझे बहुत चर्चित किया। मेरी पहचान बनाई। मुझे लोग 'इदन्नमम' के नाम से पूरे देश में जानने लगे। राजेंद्र यादव फिर आते हैं, इस प्रसंग में। उनकी एक आदत है कि जो नहीं लिखता है उससे भी कहते हैं कि लिख-लिख-लिख। उसमें कई लोग बर्बाद होते हैं और कई लोग आबाद होते हैं। मैं उन सौभाग्यशालियों में हूँ जो आबाद ही हुई।

बर्बाद जो होते हैं, वे कौन हैं?

बर्बाद जो होते हैं कि ऐसा कुछ लिखकर चले जाते हैं फिर दिखाई नहीं देते वह बर्बाद होते हैं। ऐसा डर जाते हैं फिर उस लिखने से कि भइया इनके चक्कर में न आओ तो अच्छा ही है। भागो यहाँ से। फिर कहीं वे दिखाई नहीं देते। जैसे कोई संस्थान होता है वहाँ नौकरी कर लो उसके बाद नौकरी कहीं नहीं मिलती। वह राजेंद्र यादव का दफ्तर है जहाँ आप दीक्षा पा गए तो फिर दीक्षा आपको कहीं नहीं मिलती न आपको कहीं शामिल किया जाएगा।

एक गोष्ठी थी रवींद्र भवन (नई दिल्ली) में, वहाँ मैं खड़ी थी। तब वे मुझको 'डॉक्टरनी' कहने लगे थे। मैत्रेयी भी कहना छोड़ दिया। इस पर ऑब्जेक्शन करती हूँ कि कैसे आप स्त्री-विमर्श के पुरोधा बने हुए हैं। हमसे डॉक्टरनी कहते हैं। डॉक्टर की पत्नी डॉक्टरनी। तो वे कहते हैं कि हाँ, डॉक्टरनी, क्या तुम उस हल्दी की गाँठ को लेकर पंसारी होने का ख्वाब देखती हो। हाँ, यह ही कहा। तो मैंने कहा, क्यों, हल्दी की गाँठ दिख रहा है 'इदन्नमम' आपको। तो और क्या? हल्दी की गाँठ है। आगे न लिखने का इरादा है और न तुम्हारे पास कुछ है। बस, इतनी बात मेरे लिए बहुत थी। अब मैं भूल गई कि 'इदन्नमम' कहाँ है। अब मुझे अपने गाँव की कहानी याद आई। मेरा जो जन्मस्थान है सिकुर्रा, अलीगढ़ जिले में। जैसे यहाँ (खिल्ली) बहू

थीं, वैसे वहाँ मुझे खैरापतिन दादी याद आईं। वह गीत कथाएँ गाया करती थीं। मैंने सोचा, जो हम स्त्रियों को संस्कार दिए गए हैं हम उन्हीं को निबाहे चले जाते हैं। हमने अपनी तरफ से कभी फेरबदल करने की सोची है। ऐसा सोचते ही मुझे लगा कि अब कोई दूसरी रचना मैं लिखूँगी। तब फिर मैंने बारह महीने लिए—आषाढ़ से लेकर अगले साल जेठ तक। और मैंने सोचा, इनके त्योहार आते हैं, इनमें क्या-क्या होता है? क्या-क्या फसलें होती हैं? तो मैंने कहा, राजेंद्र जी, मैं लिखूँगी। अब क्या लिखोगी? बारह महीने लेकर लिखूँगी। तो उन्होंने पूछा कि डॉक्टरनी, क्या बारहमासा लिख रही हो। मैंने कहा, हाँ, राजेंद्र जी, मैं बारह मास लिख रही हूँ। राजेंद्र यादव की आदत है वह साढ़े चार बजे उठ जाते हैं और मेरी आदत है यदि मैं लिखती होती हूँ तो उनको मैं पौने छह बजे फोन करती हूँ। उस वक्त वे मेरे प्रश्नों के उत्तर दे सकते हैं। मैं डिस्कशन (चर्चा) कर सकती हूँ। क्योंकि दफ्तर में बहुत लोग आ जाते हैं। घर हम जाते नहीं उनके, न वे पसंद करते हैं कि मैं उनके घर आऊँ। जबकि घर बहुत पास है। मैंने कई बार कहा कि घर आ जाऊँ एक घंटे के लिए, तो कहते हैं, मैं तैयार-वैयार होता हूँ, आना हो तो दफ्तर आ जाना, नहीं तो फोन पर पूछ लेना। मैं कभी नहीं गई वहाँ। गई हूँ तो पति के साथ गई हूँ। उनके घर पर कुछ होता भी नहीं है। नौकर है। राजेंद्र जी किसी को कुछ खिलाते-पिलाते तो हैं नहीं। चाय पिला दें, यही बहुत है।

तो जब मैं लिख रही होती हूँ तब मशविरा तो करती हूँ, क्योंकि इतना सहयोगी मैंने किसी को पाया नहीं है। वास्ता मेरा और लोगों से भी पड़ा है, लेखन में इतना सहयोगी, इतने खुले दिल से राय देने वाला, कम से कम जो लेखक हैं, उसको मैंने नहीं पाया। लेखकों की अपनी ईर्ष्याएँ होती हैं। कभी मैं उनकी जगह अपने को रखकर देखती हूँ कि कोई ऐसे मुझे फोन करे और मेरे से डिस्कशन करने लग जाए, मैं कितना इंटरटेन कर सकती हूँ उसे। नहीं कर सकती।...तो मैं डिस्कस करती थी कि राजेंद्र जी, मेरे पास ये कथाएँ हैं, स्त्री की, जो संस्कारों की ही मारी हुई हैं। तो मैं लिखती चली गई और जो त्योहार हैं, जिनको हम लिए चलते हैं, इनमें हमने क्या जोड़ा, क्या घटाया। जो गीत हैं, उनको मैं बड़े गौर से सुनती थी, 'कस्तूरी कुंडल बसै' में मैंने कहा है कि यह हो सकता है कि मौखिक साहित्य या वाचिक परंपरा में मेरे बालमन में यह बसा रहा हो। मेरी माँ मारती थी कि तू पढ़ेगी नहीं। तू गीत ही गाती रहेगी, क्योंकि खैरापतिन दादी तो मेरी गीत-गुरु ही थीं।

क्या आप गाती भी थीं?

मैं आज भी गाती हूँ। उन्होंने वे सारे गीत सिखा दिए जो गाँव में गाए जाते हैं। और

उन्होंने इसलिए सिखा दिए कि यह बिना भाई की बहन (लड़की) है और इसका जो पति आएगा, यहीं खेती करेगा तो जो ये खैरापतिन दादी की परंपरा है, उसको मैं लिए चलूँगी।···सारे गीत मैंने सीख लिए। लेकिन जब मैं बड़ी हुई और···तो उनमें कथा निकलती चली गई, स्त्री की दुःख की कथा और सबसे अधिक मुझे प्रभावित किया चंदना की कथा। और मेरी माँ इसी कथा के लिए सबसे ज्यादा मारती थीं, चंदना सुनेगी तू? चंदना एक बदमाश औरत की कहानी है। और मैं चंदना ही गाकर मानती थी, चाहे कुछ हो जाए। छोटी-सी फ्रॉक पहने दादी के साथ इतनी लगन के साथ चंदना गाती थी।···चंदना बस इतनी-सी कहानी है कि चंदना किसी से प्रेम करती थी, जब पिता को पता चलता है, गाँव में बदनामी हो जाती है तो पिताजी ससुराल खबर भेजते हैं कि इसको लिवा ले जाओ, बिना गौने के सावन में ही। जब लड़कियाँ आया करती हैं। पति को मालूम पड़ता है कि खबर आई है तो तुरंत घोड़े पर सवार होकर चल देता है कि जरूर कुछ गड़बड़ है। क्यों सावन के महीने में भेज रहे हैं चंदना को। वह जाता है। अटारी में उसके सोने का इंतजाम किया जाता है। चंदना को सुबह जाना ही जाना है। विदा की तैयारी हो जाती है। रात-भर पति सोता नहीं है कि क्या चक्कर है। चंदना उस लड़के से मिलने जाती है, जिससे प्रेम है। उसके पीछे-पीछे वह हो लेता है। चंदना भी किवाड़ खोल के जाएगी? उसी में से वह निकल लेता है। चंदना उस लड़के से कह रही होती है कि कल मैं चली जाऊँगी। पता नहीं अब कब मिलेंगे तो वह कहता है—हाँ, मैं भी जानता हूँ कि अब मिलना बहुत मुश्किल है। ये छल्ला है मेरा, अँगूठी है। इसको तुम निशानी लिए जाओ। वह लौट आती है। पति भी लौट आता है। सुबह विदा हो जाती है। (घोड़े पर चलते थे पहले) चंदना पीछे बैठी होती है। वह कहता है अब थक गए हम। अब सुस्ता लें। चादर बिछा देता है, बैठो। चंदना घूँघट करके बैठी होती है। वह पूछता है—तुम्हारे माँ-बाप ने क्या दिया? तो चंदना कहती है कि मेरे माँ-बाप ने हार दिया है। तुम्हारे भैया ने क्या दिया है? ये कंगन दिए हैं और सकला सुनार ने क्या दिया है? तो वह डर जाती है। कहती है—सकला क्यों देगा? वह हमारा क्या लगता है। बस, इतना होता है कि वह तलवार निकाल लेता है। और दो टुकड़े कर देता है। पीछे की लाइनें हैं कि माँ सोचती है कि चंदना ससुराल गई है और सास सोचती है कि बहू मायके में है। लेकिन चंदना की चिता हरियर बाग में है। तो खैरापतिन दादी कहती थीं कि कभी परपुरुष की तरफ देखना भी मत। तुमको मौत की सजा मिलेगी। तब सारंग, जो 'चाक' की नायिका है, कहती है कि दादी इसका अंत बदल दो, इस चंदना कथा का अंत बदल दो। ये मत गाओ। इसी अंत को बदलने के लिए सारा उपन्यास

लिखा मैंने। पूरी चंदना कथा इसमें छाई हुई है। तो स्त्री अपनी संस्कृति में कैसे बदलाव लाती चली जाती है, एक बात। दूसरी बात—स्त्री कैसे चौखट से निकलकर पंचायत तक पहुँचती है। तीसरी बात—स्त्री प्रेम भी करती है, पति से भी करती है, बच्चे से भी करती है और उस मास्टर से भी करती है, जो उसको ज्ञान देता है। स्त्री ईमानदारी की शपथ लेती है कि मैं पुरुषों की तरह अपना राज नहीं चलाऊँगी। वह कहता है कि कोई रामराज्य थोड़े ही स्थापित करोगी। तो कहती है कि रामराज्य को आप अच्छा क्यों मानते हो? रामराज्य में तो सीता को वनवास दिया गया था। अग्निपरीक्षा हुई थी। मैं रामराज्य नहीं चाहती। मेरे कहने का मतलब है—सब तरह से, सारे कोणों से स्त्री जो बदलाव चाहती है। मैंने स्त्री-विमर्श नहीं सोचा था। सच में कहती हूँ। इस शब्द को यहाँ मैंने सुना है। आप बताइए, चंदना कथा में स्त्री-विमर्श कहाँ मैं सोचती, ये तो जीवन की कहानी है, अपनी जिंदगी पर जो संस्कार हावी हैं, जो उसको तोड़ते, काटते, छीजते हैं, उनको बदलने का प्रयास 'चाक' है। और मैं यही कहती हूँ। आप शायद मुझसे पूछें, 'चाक' ही मुझे सबसे ज्यादा पसंद है। मैंने सब उपन्यासों से चर्चा पाई है, तारीफें पाई हैं, कोई न कोई पुरस्कार मिले हैं, 'चाक' को कोई पुरस्कार नहीं मिला है। वह साहित्य अकादेमी में कई साल रहा, लेकिन कटता ही रहा। फिर भी 'चाक' ही मुझे सबसे अधिक प्रिय है, क्योंकि स्त्री का दृष्टिकोण देखना है तो सब तरह से है। हमारे यहाँ कहा गया है कि वह पति की परामर्शदाता होती है तो वह किस तरह होती है। कितना माना जाता है। वे सारी चीजें हैं।

इसके कितने ड्राफ्ट किए?

इसके भी पाँच-छह ड्राफ्ट करने पड़े। यह समझ लीजिए कि मेरी बुद्धि ही ऐसी ठस है कि छह-सात ड्राफ्ट किए बिना मुझे चैन नहीं पड़ता है।

आपका 'कही ईसुरी फाग' उपन्यास जो आया है, बुंदेलखंड में उसकी बहुत चर्चा है।

चर्चा नहीं, विरोध कहिए। असल में लोगों ने अभी पढ़ा नहीं है। विरोध तो इसलिए है जो फ्लैप (आवरण) पर छप गया है कि ईसुरी शास्त्रीय भाषा में लंपट कवि हैं। उसे मैं गहरे देखती हूँ। परसों गोष्ठी थी (झाँसी में), वहाँ मैंने कहा कि शास्त्रीय लोग मानते हैं कि वह लोककवि हैं। यदि उन्हें अच्छा ही माना था तो ब्रजभाषा के कवियों के साथ क्यों नहीं खड़ा किया गया? आपको इतना बुरा क्यों लगा। आपको समझना चाहिए कि पद्य का जमाना है, लेकिन उतना नहीं है। आज गद्य छाया हुआ है। आप अपना ही कवि मानते हैं, मेरा कोई अधिकार नहीं सोचते तो इतना सोचना चाहिए

कि मैं उनको गद्य के जरिए वहाँ तक ले गई। अभी राष्ट्रीय नाट्य विद्यालय में इसके अंश पढ़े गए। प्रयाग शुक्ल से पूछिए कि कितना जबर्दस्त शो था वह। कहा कि मैत्रेयी जी, 'कही ईसुरी फाग' के अंश पढ़ दीजिए। तो मैंने कहानी जैसे अंश बनाए। अभी चंद्रकांत देवताले की चिट्ठी आई है कि मैत्रेयी जी, मैं था वहाँ पर। ऐसा लग रहा था कि मंच पर आप नहीं, रजऊ बोल रही हैं। मैं चाहूँगा और कहूँगा कि इसका मंचन किया जाए। प्रयाग शुक्ल ने पढ़ना शुरू किया तो कितने स्थान ऐसे आए, जिसके बारे में कहा कि 'मैत्रेयी जी, इसे एक स्त्री ही लिख सकती थी।' वह (रजऊ) ईसुरी को देखकर घूँघट गिरा लेती है। गई है उससे बात करने, लेकिन इतना हड़बड़ा जाती है कि घूँघट गिरा लेती है। तो मैंने कहा, 'प्रयाग जी, घूँघट का भी मुझे बहुत अनुभव है।' (हँसते हुए) इसलिए हो सकता है कि बन पड़ा हो तो पहले उन्हें पढ़ना चाहिए था, फिर सवाल करने चाहिए थे कि कहाँ ईसुरी की छवि को धूमिल किया है।

अगर एक स्त्री की दृष्टि से देखेंगे तो उनको धूमिल ही लगेगी।

उनके ऐतराज के मुख्य बिंदु क्या हैं?

कहते हैं कि हमारे कवि को, जो देवता समान है, आपने उसकी छवि को दागदार बनाया है। और उसको ऐसा प्रमाणित करने की कोशिश की है कि जैसे वह लुच्चा-लफंगा था। मैं कहती हूँ कि मैंने तो कुछ नहीं किया। केवल उन फागों से ही कहानी निकाल दी है जो ईसुरी ने लिखी है, मैंने नहीं लिखी है। मैंने अपनी तरफ से नहीं जोड़ा कुछ। उपन्यास लिखा है। उसमें कल्पना की बहुत गुंजाइश होती है। मैंने रजऊ के लिए किया है। ईसुरी के लिए नहीं किया है। ईसुरी के लिए मैंने वे ही तथ्य उठाए हैं जो मुझे मिले हैं। उनका कहना है कि और तरह की फागें भी तो लिखी हैं, उनको लेना चाहिए था। और फागें दूसरे संदर्भों में आ सकती हैं। स्त्री के संदर्भ में जो फागें आई हैं, मैंने उन्हीं को लिया है, क्योंकि मेरा मंतव्य था कि एक स्त्री की दृष्टि से उस कवि का जीवन और उस स्त्री का जीवन, जो उसकी प्रेमिका थी। अकसर प्रेमिका बदनाम होकर रह जाती है। और कवि ऊँचा उठ जाता है। ये ही हमारी परंपरा रही है। मुद्दा तो नहीं उठाया, कुछ करने का मन बनाया है कि मैं उन-उन स्त्रियों को ले आऊँगी, जिन्होंने पुरुषों को बहुत प्रसिद्धि दिलवाई और खुद नेपथ्य में चली गईं।

ईसुरी ने अपने संबंधों को स्वीकारा तो है ही, फिर देवता बनने का प्रश्न कहाँ से आ गया?

एक फाग को कोड करते हैं–

'देखी रजऊ काउ ने नैयाँ' वह किस वर्ण की है, किसी ने नहीं देखा।

मैंने कहा कि वह तो एक रक्षात्मक भाव अपनाते हैं। यदि उन्होंने देखी नहीं है तो इतना मांसल वर्णन कैसे कर लिया। ये प्रमाणित करती हैं फागें कि वह किसी की पत्नी है और उसका गौना हुआ है या होने वाला है। उसका पति पहरेदार है। ये सारी चीजें प्रमाणित होती हैं।

एक फाग उन्होंने लिखी है, जिसमें कहते हैं कि यदि वे उसके हाथ की अँगूठी होते।
हाँ, वे स्त्री की तरफ से कह रहे हैं। तभी तो मैं कह रही हूँ कि स्त्री है, आप कहते हैं कि नहीं है। कहते हैं:

तुम जो छैल छला हो जाते
परे उँगरियन राते
मुँह खोलत गालन खों लगते।

तो ये जो भावना है, एक स्त्री की भावना है जो एक स्त्री से पाई हुई भावना है। ईसुरी अंत में संन्यास के लिए चले गए। जिसको सब लोग मानते हैं। तो वे संन्यास के लिए क्यों चले गए। यह मैंने उसमें दिया है। अंत में वे संन्यास की फाग बोलते हैं।

इसे क्या यह कहा जा सकता है कि ईसुरी के जीवन का और उनके काव्य का आपने एक नया पाठ तैयार किया है अपने उपन्यास में?
मैंने ईसुरी के जीवन को रजऊ के जीवन में मिलाकर एक पाठ तैयार किया है। गद्य में एक समीक्षा आई है। मेरे खयाल में एक समीक्षक ने मेरी बात को अच्छी तरह पकड़ा है कि अब रजऊ को कोई संबोधिता नहीं कहेगा। फिर एक समीक्षक ने लिखा है कि जैसे एक नाटक है, शेक्सपियर का ('मैक्बेथ' है, मेरे खयाल में) उसमें जो पात्र हैं, वे इतिहास के पात्र, जिन्हें हम भूल जाते हैं। नाटक के पात्र याद रह जाते हैं। शायद 'कही ईसुरी फाग' का भी ऐसा हो। एक समीक्षक ने कहा है, मैंने नहीं कहा है। हो सकता है, हम इस रजऊ को याद रखें और इतिहास को भूल जाएँ, क्योंकि जब-जब रजऊ हमारे सामने आएगी तो यही आएगी। एक जीती-जागती औरत, संवाद करती। रानी झाँसी के आंदोलन में रुचि दिखाती। उसमें मिल जाने की आकांक्षा लेकर मिल जाती है। ऐसी रजऊ आएगी।

'इदन्नमम' और 'अल्मा कबूतरी' की अपेक्षा इसकी भाषा अपेक्षाकृत परिष्कृत है

और इसमें बुंदेली की छौंक भी ठीक-ठाक है। कई बार तो ऐसा लगता है कि यह उपन्यास किसी दूसरे लेखक का है और वह दूसरे लेखक का? इस संदर्भ में आप क्या कहेंगी?

हो सकता है मेरे लेखन में कुछ निखार आ रहा हो भाषा को लेकर।

इसका रचना शिल्प भी अधिक प्रौढ़ है?

ये बात आप यहाँ (उरई) कह रहे हैं। यही बात विजय बहादुर सिंह ने वहाँ (दिल्ली) में कही। जब दो इस तरह के विद्वानों का मत मिल रहा है, तो कुछ होगा ही।

शिल्पगत प्रयोग आपने जो किया है, अनुसंधान के द्वारा, वह रजऊ और ऋतु के विकास में कितना सहायक हुआ है?

हाँ, यह बहुत अच्छा प्रश्न है और महत्त्वपूर्ण भी है, क्योंकि यह उपन्यास के लिए महत्त्वपूर्ण बात है। देखिए, यदि मैं केवल रजऊ और ईसुरी की कहानी लिख भी देती तो कुछ नहीं होने वाला था। ये उपन्यास का मकसद नहीं हुआ करता जब तक कि हम उस समय को इस समय से न जोड़ें। तो उसकी वाहिका है ऋतु। और ऋतु उस समय को पूरे-पूरे विश्वविद्यालय से लेकर समाज और राजनीति सबके साथ चल रही है। जैसे रजऊ उस समय के समाज और इतिहास में जो घटित हो रहा था, वह राजनीति ही है, उसके साथ चल रही थी। इस जमाने की लड़की कैसे प्रभावित है उससे, यह करने की कोशिश की है मैंने। तो यह प्रयोग बन गया है।

ऐसे प्रयोग तो लगातार चलते रहे हैं। डायरी के रूप में, जीवनी के रूप में, आत्मकथा के रूप में, उसी क्रम में अनुसंधान के रूप में, पी-एच०डी० की थीसिस के रूप में प्रयोग किया है।

मेरे दिमाग में यह भी था। हालाँकि मैं पी-एच०डी० नहीं कर पाई हूँ। ये दुःख रहा मुझे कि मैंने पी-एच०डी० नहीं किया। तो पीछे पड़ गई पी-एच०डी० वालों के, मुझे लगता है।

यह युक्ति आपको किसी ने सुझाई या आपके दिमाग में खुद आई?

नहीं, किसी ने नहीं सुझाई। मेरे दिमाग में ही आई। सबसे पहला सवाल, अब मैं राजेंद्र यादव से हटती हूँ, मैनेजर पांडेय से किया। 'डॉ० मैनेजर पांडेय, मैं एक उपन्यास लिखना चाहती हूँ, जिसमें रिसर्च करती हुई लड़की है। मैं क्या करूँ, मेरी समझ में नहीं आ रहा। तो उन्होंने कहा कि मैत्रेयी, उसको किस तरह जोड़ोगी। कुछ जुड़ना जरूर चाहिए उसका भूत-भविष्य कि फागों में क्यों इंटरेस्टेड है वह। तब मैंने दिखाया है कि उसकी माँ को एक कवि ही मिला था। ऋतु नाजायज-सी संतान है।

वह इस तरह से जुड़ती है। फिर एक लड़का मिलता है, जो ईसुरी की फागों के कंपटीशन में उसके साथ आता है। उसे ईसुरी का रूप समझती है। साथ-साथ रिसर्च करते हैं।

ऋतु का आपने जो चारित्रिक विकास किया है, माधव के साथ।

मैं साठ की अवस्था को पार कर गई हूँ, लेकिन जो मेरी मानसिक उम्र है। जैसा कि लोग कहते हैं, मेरी बेटियाँ भी कहती हैं और जो युवा वर्ग मुझसे जुड़ा हुआ है, वे कहते हैं कि कौन कहता है कि आपकी उम्र यह (साठ की) है। आप हमसे जुड़ी हुई हैं, आप में हम अपना अक्स देखते हैं, तभी तो पढ़ने की रुचि है। तो ऋतु की जो अनुभूति जुड़ी है तो मेरी जो मानसिक अवस्था चल रही है, उसी के हिसाब से जुड़ी है। मैं एक स्टूडेंट (छात्रा) होती हूँ। मैंने कहा न अभी कि मैं पी-एच०डी० नहीं कर पाई। मैं बार-बार सोचती कि मैं पी-एच०डी० करती तो कैसे करती? तो मुझे लगा कि विश्वविद्यालय की जो पुरानी रूढ़ियाँ चली आई हैं उनसे टकराहट होनी जरूर चाहिए, क्योंकि मेरे पास थीसिस भी आई। उनमें सिर्फ वही बातें। जन्म उनका, माता-पिता कौन थे, उनका पालन-पोषण, विवाह-बच्चे, उनने कविता लिखी है, ये हैं, ये हैं, बस खत्म। लेकिन कुछ बदलकर तो आना चाहिए। समय बदल रहा है। हम कहाँ आ गए। रिसर्च की जो हमारी प्रविधियाँ बनी हुई हैं, उनमें कोई सुधार नहीं आया। इसकी जो कमेटियाँ हैं विश्वविद्यालय की, कर सकती हैं। वे छात्र, जिनमें क्रिएटिविटी है, उनको थोड़ी-सी छूट दे सकते हैं कि वे अपने मन से मेहनत करके एक नई चीज लाएँ। नहीं तो ये ऋतु नाम की लड़की की थीसिस रिजेक्ट क्यों होती? और वह भी उसकी जिद। जो गाइड हैं, बराबर बताते जाते हैं कि तुम लीक से हट रही हो। लीक से हटना ही तो खतरनाक है। बने-बनाए रास्ते सरल तो होते हैं, लेकिन दुःखदायी होते हैं। इसी तरह बने-बनाए रास्ते पर बहुत लोग चलते जाते हैं, भेड़ की झुंड की तरह, कोई बिरला ही होता है, रास्ता बनाता है। उसको दुस्साहस करना पड़ता है।

अज्ञेय ने कहा है कि भीड़ का मत हो डटा रह मगर दिग्विद पांथ के समुदाय से तू अकेला मत छूट?

लेकिन मैं तो हमेशा अकेली ही छूटती रही, अकेली लेखिका के रूप में भी छूट गई हूँ, जैसा आप अनुभव कर रहे होंगे।

सारा हिंदी जगत् आपकी तरफ निहार रहा है।

अच्छा सुन रही हूँ।

ऋतु को लेने का मेरा मकसद ये था कि ऋतु इस समय को रिप्रेजेंट करे और रजऊ उस समय को और जब दोनों का मिलान हो तब उपन्यास बने।

यहाँ दो लाइनों में एक और बात—'अल्मा कबूतरी' मैंने लिखा, छप गया। मन्नू भंडारी को मैंने भेंट किया तो उन्होंने पढ़कर कहा, 'मैत्रेयी, मैं तो सोचती थी कि इसमें कबूतरा जाति का ही सब कुछ होगा। तुमने तो इस समाज को भी उसमें मिला दिया।' तो मैंने कहा कि मन्नू दीदी, क्या आप कबूतराओं के करतब इसमें देखना चाहती थीं, जैसे नटों के करतब देखते हैं और कैसे शिकार वे होते हैं।

आजादी के संदर्भ में इसलिए कि ये लोग जो कह रहे हैं कि हमारे कवि को लंपट कह दिया, वे लोग यह नहीं देख रहे हैं कि ईसुरी के ऊपर आक्षेप है कि उसने स्वतंत्रता संग्राम के जमाने में फागें कही थीं, लेकिन एक भी फाग स्वतंत्रता के संदर्भ में नहीं मिलती। क्यों ऐसे मौन था। उसके निवारण के लिए ही जाने क्या मजबूरियाँ थीं। जरूरी थोड़े ही है कि कवि सीना तानकर गोलियाँ खा जाए। कई बार डर भी जाता है, इंसान है वह भी। तो उन फागों को मैंने रजऊ और गँगिया बेड़िन के जरिए देश की दीवानगी पर क्रांति वालों के लिए उपयोग किया है। कैसे अंग्रेजों की सेनाओं से सावधान कर देते हैं:

गुइयाँ बचके जइये पानी
गली बँधी तोरे लाने।

वैसे तो ये स्त्री के लिए हैं, लेकिन वे उनसे कहती हैं, गुइयाँ बचके जाना। गली में बंधन है। तो इस तरह से सारी फागें हमने स्वतंत्रता संग्राम के लिए उपयोग की हैं।

'अल्मा कबूतरी' की प्रेरणा आपको कहाँ से मिली?

'अल्मा कबूतरी' की बात आप कर रहे हैं। फिर राजेंद्र यादव। मैंने कहा, राजेंद्र जी, एक उपन्यास लिखूँगी। कहते हैं क्या? अब तुम्हारे पास है क्या, जो अब लिख दोगी। 'चाक' लिख दिया, 'झूला नट' लिख दिया, अब क्या लिखोगी? मैंने कहा, राजेंद्र जी, जन्मजात अपराधी जो होते हैं, पता है, वे मेरे यहाँ हैं। खिल्ली के पास हैं—कबूतरा। मैं उन पर लिखूँगी। उनका वाक्य था—कबूतरा क्रिमिनल ट्राइब, उन पर लिखोगी। मैंने कहा, हाँ। तुम्हारे बाप के वश का नहीं है। यही वाक्य कहा। ये सभा में कहा था। मैंने कहा, राजेंद्र जी, बाप तो हमारे हैं नहीं, लेकिन मेरे वश का है। मैं लिखूँगी। मैं आपको दिखाऊँगी, ये मेरे जो भाई हैं। इनमें युवराज का छोटा भाई मंशाराम कबूतरियों के बीच ही रहता था। उसे घर से निकाल दिया गया था।

वे वहीं शराब पीते थे, कबूतरियों की बनाई हुई। और उन्हीं के प्रेम में वहीं रहते थे। आते ही नहीं थे घर। तो मैंने कहा, क्या करूँ युवराज, मुझे कबूतराओं पर लिखना है। मैं जा भी सकती हूँ, पर स्त्रियाँ जाती कहाँ हैं वहाँ? पुरुष ही जाते हैं पीने-पाने शाम को। सोबरन बता सकते हैं। मंशाराम का नाम सोबरन है। सोबरन बता सकते हैं बहन जी! पर जाया कैसे जाए, युवराज ने कहा, 'अगर मैं जाता हूँ तो मुझे देखकर भाग जाएगा। मैं आपको छोड़ देता हूँ।' मुझे स्कूटर पर बिठाया अकेले और वहाँ से एक कि०मी० पहले ही छोड़ दिया कि अब आप जाओ। कुछ कुत्ते भी थे वहाँ पर। मुझे डर लगा पर सोबरन दिख गया। कबूतरी के साथ ताश खेल रहा था। सवेरे के साढ़े आठ बज रहे थे। खटिया पर बैठे कबूतरी के साथ बाजी लगा रहे थे। मैं कुछ जब पास पहुँच गई, सोबरन नशे में थे, परंतु पहचान लिया। 'अरे, बहन जी आ गईं।' मेरे पैर छुए। 'बहन जी, आप यहाँ कैसे आ गईं?' मैंने कहा, 'हम तुम्हें लेने आए हैं।' कहा—'नहीं, बहन जी! वो मत कहिए। हम जाएँगे नहीं।'

मैंने कहा, 'तुम डरो मत। मैं तुम्हें लेने नहीं आई हूँ। मैं ही यहाँ रहने आई हूँ, तुम्हारे साथ।' कह रहे हैं, 'अच्छा-अच्छा।' और सारी कबूतरियों को दौड़ा दिया। ऐ इंदिरा, पानी लाओ। उनकी तो सब चेरी थीं। वे सब आ गईं बेचारी उनके कहने पर। कहा कि ये हमारी बहन हैं और ये जो पूछें, बताना। तो उन्होंने कहा, वह भाषा समझता होगा। जब इतना रहा तो भाषा जरूर समझता रहा होगा। तो उन्होंने कहा कि हम कैसे बता दें अपनी भाषा, क्योंकि जिसमें हम बोलते हैं, उसी में चोरी करते हैं अपने साथियों से कहके, जो कज्जा लोग नहीं समझते। अगर हम इनको बता देंगे कि तुम्हारे 'कज्जा' लोग हमारी सारी भाषा समझ जाएँगे। फिर हम चोरी कैसे करेंगे?

कज्जा लोग माने?

कज्जा लोग माने जैसे 'दिकू'। महाश्वेता देवी व्यापारियों के लिए लिखती हैं दिकू। मतलब सभ्य समाज। उनके हिसाब से गाँव का सभ्य समाज। तब वह बहुत नाराज हो गया। उसने कहा, हम भाग जाएँगे और जो भी धमकियाँ दी हों। तो वे तैयार हो गईं।

फिर मैं रोज जाती थी। रोज सोबरन होते थे। रोज लिखवाते थे। एक-दो दिन वे नहीं थे। एक मैंने लेख लिखा है। जो एक कबूतरा ने मेरे साथ व्यवहार किया। वह तो यहाँ बताने लायक नहीं है। पहले कबूतरियाँ हँसीं, फिर बचाया। मुझे बहुत शर्म आई कि हमारे भाई लोगों ने इन कबूतरियों के साथ क्या व्यवहार किया है। मैंने कभी नहीं बचाया है, लेकिन आज कबूतरियों ने हमें बचाया।

उसमें एक लड़की थी। वह मुझे सब बातें बताती थी। कैसे क्या हुआ, फिर

क्या होता है? मैंने उससे पूछा, 'तेरा नाम क्या है?' उसने कहा, 'अल्मा'। तब मैंने कहा, 'मेरे उपन्यास की हीरोइन तू ही होगी। किसने नाम रखा है?' कहती है—'मेरे बप्पा ने।' मैंने कहा, 'ठीक है।'

अल्मा का अर्थ उस भाषा में क्या होता है?

उस भाषा में वह नहीं बता पाई। लेकिन उसने कहा कि कुछ आत्मा-आत्मा बप्पा कहते थे। मैंने मंगलेश डबराल से पूछा। उनकी बेटी का नाम अल्मा है। उन्होंने कहा, आत्मा होता है। जहाँ आत्मा का निखार होता है। यह लैटिन नाम है।

यह लैटिन का होते हुए वहाँ कैसे पहुँचा?

यही तो ताज्जुब है कि वहाँ कैसे पहुँच गया। और लड़कियों ने भी अपने नाम बताए। लेकिन उसने बताया—अल्मा। बेहद खूबसूरत लड़की थी। पढ़ी-लिखी थी थोड़ी, जो अल्मा इसमें आई है, बिलकुल वही थी।

पढ़ने स्कूल जाती थी?

मैं बताती हूँ। दो बच्चे पढ़ रहे थे, वहाँ बैठे। मैंने पूछा, तुम लोग इनको स्कूल क्यों नहीं भेजते। कहते हैं—नहीं भेजते। यहीं बताते हैं। जो कज्जा लोग हैं। इन पर कुत्ते छोड़ देते हैं। वह इसमें भी आई है घटना।

इस प्रकार मैं सब कुछ कई सालों तक नोट करती रही। एकदम नहीं लिख लिया। बहुत दिन लगे। परशुराम शुक्ल हैं दतिया में, उनसे मैंने मदद ली। इनका डाटा मुझे नहीं पता था। उन्होंने तीन पेज मुझे दिए। उन्होंने रिसर्च की है। वह पी-एच०डी० करना चाहते थे, लेकिन छोड़ दी। तीन दिन गए वहाँ। बुद्धसिंह साथ में थे। हालाँकि खातिर मेरी वह खूब करें। लड्डू खिलाएँ, खाना खिलाएँ। नवंबर था, लेकिन बरसात हो रही थी उस वक्त। हम पूरे दिन बैठे रहें। बुद्धसिंह काम छोड़ें। क्रशर चलाते हैं। लेकिन उन्होंने दे दिए। मैंने इसमें ('अल्मा कबूतरी' में) उनका आभार प्रकट किया है। मुझे डाटा मिल गया तो थोड़ा प्रामाणिक लगता है कि ये छह करोड़ हैं आदि। ये मोतिया कलंदर हैं। मोगिया किस तरह चोरी करते हैं। कलंदर किस तरह चोरी करते हैं। उन सबका अलग-अलग क्षेत्र होता है। कौन क्या चुराता है। सब बँटा हुआ। कौन रेलवे लाइन की चीज चुराएगा, कौन गाँव में चोरी करेगा। और कोई किसी में दखल नहीं देता है। उनके कारोबार के विधान अलग हैं। ये सब मैंने पता कर लिया। फिर कहानी शुरू की। हमने कहा, मंशाराम सोबरन को ही बनाया जाए। जो घर से बहिष्कृत हैं, जो पत्नी से बहुत मार खाते हैं और जिनको हमारे घर वालों ने निकाल दिया। और जो उनका पैसा होता है वह पत्नी

को दे दिया जाता है।

जब लिख गया तो हमने कहा कि अब राजेंद्र जी, पढ़िए। कहते हैं, अरे, डॉक्टरनी, अब ट्रेंड हो गई है। अब वह हमसे बात नहीं करने वाली। इसके लिए कई प्रकाशक ग्राहक थे। अब 'अल्मा कबूतरी' से सभी परिचित हो गए हैं। लेकिन एक बात मैं कहूँगी कि यदि कोई कबूतरी इसको लिखती तो इससे ज्यादा अच्छा लिख पाती। ये पक्की बात है। क्योंकि उसके अनुभव कुछ दूसरे ही होते और उसे वह महसूस करके लिखती। मैंने तो देखकर लिखा है। कबूतरियों के जब लिखने के दिन आ जाएँगे, वह भी एक दिन होगा। तब वे अपनी कथाएँ लिखेंगी। तब बहुत ज्यादा अच्छा आ जाएगा।

'झूलानट' की क्या कहानी है?

'झूलानट' कहने को तो एक हलका-फुलका उपन्यास है। बहुत हँसी आती है उसको पढ़कर। जिनको वह पसंद है, उनको कोई दूसरा मेरा उपन्यास पसंद नहीं है, उसके मुकाबले। किसी ने कहा है कि वह तो 2000 गज के प्लॉट पर 200 गज का मकान है।

अगिन पाँखी?

'अगिन पाँखी', 'स्मृति दंश' जो मैंने लिखा था उससे मैं संतुष्ट नहीं थी। जब-जब उसको देखूँ तो कहूँ, ये क्या लिखा है मैंने।

दरअसल मेरी एक बहन हैं। पूँछ में ब्याही हैं। खिल्ली की हैं। उनकी पागल से शादी हो गई, उसी की कहानी है वह।

'स्मृति दंश' से मैं संतुष्ट नहीं थी। मैंने ग्यारह साल बाद फिर उठाया उसको। वह छपी नब्बे में और यह दो हजार एक में आई। मैंने उसको नया रूप दिया। भुवन को नए तेवर दिए। उसी वक्त मैंने जो यह 'विराटा की पद्मिनी' है, को दुबारा पढ़ा था। तब मेरे दिमाग में आया कि 'विराटा की पद्मिनी' इतिहास में अपनी तरह से लिखा गया है। लेकिन मैं जो हूँ, दूसरे समय में हूँ। यह वह समय नहीं है। जब हम ऐतिहासिक होकर ही रह जाएँ। तो मैंने कहा, समाज में इसे लाना चाहिए। तो 'विराटा की पद्मिनी' जहाँ बेतवा में कूदती है कि इज्जत चली जाएगी, वही मेरी नायिका नहीं कूदती है। वह ढोंग जरूर करती है कि मैं सती हो जाऊँगी, लेकिन पुजारी जो है, आजकल से फरक पुजारी है।

जो उसकी पीड़ा समझता है। मंदिर में से एक सुरंग जा रही है। उसे वहाँ से निकाल देता है। वह अपने कपड़े छोड़ जाती है। जेठ समझता है कि सती हो गई।

भाई तो पागल था। अब उसका हिस्सा मैं ले लूँगा। पिता की मृत्यु के बाद वारिस बनने के लिए नोटिस निकलता है कि जो वारिस है, उज्र करे। वह सुरंग से निकल जाती है। साथ में बहन का लड़का है। वह बताता रहता है। तब वह कचहरी में दिखाई देती है। 'अगिन पाँखी' शुरू यहीं से होता है कि मैं भुवनमोहिनी, उनकी पत्नी इस बात पर उज्र करती हूँ कि अजय इसके वारिस हैं। इसकी वारिस मैं भी हूँ, क्योंकि मेरे पति उनके छोटे भाई थे। नामवर जी ने कहा, 'सुबह सवेरे' में कि वृंदावन लाल वर्मा की नायिका इतिहास में रही और मैत्रेयी उसे समाज में खींच लाई।

आपके विषय प्रायः आंचलिक हुआ करते हैं?

मैं किसी की कही हुई बात को कह रही हूँ, शब्द उधार लेकर (रविभूषण, राँची) कि लोकल से ग्लोबल हुआ जा सकता है। जब मैंने लिखना शुरू किया तब तो मैंने ऐसा कुछ गौर ही नहीं किया कि लोकल हूँ या ग्लोबल हूँ क्या-क्या कहूँ। बस लिखती गई। लेकिन आज मैं समझती हूँ जब लोग कहते हैं कि विदेश में लाइब्रेरी में हमने किताब देखी। तो कह सकती हूँ कि हाँ, लोकल से ग्लोबल हुआ जा सकता है। कहाँ खिल्ली गाँव में पड़े कबूतरे और कहाँ अमेरिका की लाइब्रेरी। तो अब आंचलिक वाली बात कुछ रही नहीं है। हम सारे ही ग्लोबल हो गए न।

लेकिन अंचल तो अभी ज्यों के त्यों पड़े हैं। बड़े लेखक वहाँ प्रायः कम ही जाते हैं।

मैं अब क्या कहूँ, मैं जहाँ ठहरती हूँ, वहाँ खुले में ही नहाती हूँ। जो बुद्धसिंह, युवराज हैं, इनके यहाँ कोई बाथरूम आदि नहीं हैं। खुले में ही नहाना, खेतों में ही जाना लोटा लेकर। मैं तो इसमें ही ज्यादा खुश रहती हूँ, चाहे आप कुछ भी मान लें। मैं ऐसे दौड़ती हूँ दिल्ली से, जाने कहाँ जा रही हूँ। जब पति गए विदेश, कितनी बार कहा, चलो मेरे साथ, लेकिन मैं खिल्ली आई। बस, मुझे मौका मिलना चाहिए। मैं घर को दौड़ी रहती हूँ।

'अल्मा कबूतरी' में एक प्रसंग में मंशाराम कदंबबाई से कहता है कि वह (पति) आने वाला है और वह जाकर खेत में लेट जाती है, तो क्या यह स्वाभाविक है?

कबूतरियों का जीवन जैसा हमने देखा, वह हम स्त्रियों से बिलकुल अलग है। उसके कारण हैं। वे कारण मैंने नहीं दिए, यह मेरी गलती हो सकती है। एक तो जो आदमी जेल में रहते हैं या जंगल में भाग जाते हैं, स्त्रियाँ रह जाती हैं। वे बहुत दिनों तक नहीं आते तो उनकी जो वंश-वृद्धि रुक जाती है, कदंबबाई किसी भी हालत में इस चीज को नहीं चाहती। वह अगर आ रहा है तो वह यह भी चाहती है कि मेरे बच्चा

होना चाहिए। जेठानी कहती है कि बच्चे हमारे यहाँ नहीं होते। दूसरी बात मैं आपसे क्या कहूँ। एक पुरुष और स्त्री का मेल जब होता है, तब फिर याद नहीं रहता, एक ज्वार होता है, कि कौन है ये? मेरे खयाल से पुरुष को भी नहीं रहता याद। अगर ऐसा होता तो वेश्यागमन वह कभी न करता। उस ज्वार में कौन है? यह याद नहीं रहता। उस वक्त हम होते हैं, हम भी नहीं होते, सिर्फ काम होता है, जो सारा अपना कारोबार चलाता है। उसमें न स्त्री होती है, न पुरुष होता है। वह एक ऐसी अवस्था होती है। मैं उस अवस्था को ही देना चाहती थी। जो नर का और मादा का मिलन है। वह भी एक शाश्वत चीज है।

लेकिन वहाँ ऐसा मनोवैज्ञानिक चित्रण तो नहीं लगता है?

देखेंगे यदि आगे का संस्करण आता है तो उसमें थोड़ा-सा स्पष्ट जरूर करूँगी। जिससे आगे पढ़ने वाले किसी भ्रम में न रहें। हमारे यहाँ एक और चक्कर है। यह मानकर चला जाता है कि स्त्री की अपनी इच्छाएँ कुछ नहीं होतीं। सब पुरुष की होती हैं। और होता भी ऐसा ही है। हम लोग पुरुष की इच्छा पर ही चलते हैं। चाहे हमारी इच्छा है या नहीं है। अब हमें सेक्स पर खुलकर बोलना पड़ेगा। हमारे यहाँ यह माना जाता है कि स्त्री की कोई इच्छाएँ नहीं होतीं। हम पुरुष की इच्छा पर चलते हैं। जब वह प्रस्तावित करता है तब हम तैयार होते हैं। सच मानिए कि हम तैयार ही होते हैं। हम समर्पण करते हैं। जो हमें नैसर्गिक प्रवृत्ति-वृत्ति या जो कुछ दिया हुआ है, उसका उपयोग बिलकुल नहीं करते। कई बार जब इच्छा नहीं होती, तब भी हम समर्पण करते हैं और हम अंदर किचकिचा रहे होते हैं कि यह आदमी क्या कर रहा है। लेकिन फिर भी चुपचाप पड़े रहते हैं। उसी के ठीक विपरीत, समझ लीजिए, जब इच्छा होती है तब फिर यह ही नहीं कि जब पति आएगा तब ही इच्छा पूरी करेगा। फिर वह इच्छा कोई भेद नहीं करती पुरुष के भेद को लेकर।

अगर ऐसा ही भेद होता, तो हमारे समाज में कोई कुलटा-कुलच्छिनी नहीं होती। सब सतियाँ होतीं। क्यों सतियाँ नहीं हैं? तब मुझे लगा कि मुझे सतियों का नहीं लिखना है। मुझे उन्हीं कुलटा-कुलच्छनियों का लिखना है, जो अपनी इच्छा को, जो अपनी नैसर्गिक वृत्तियों को महत्त्वपूर्ण मानती हैं और उनको जगह देती हैं। इसलिए कदंबबाई उसको जगह देने के लिए, यद्यपि उसके अंतर्द्वंद्व इतने ज्यादा हैं, क्योंकि एक तरफ इच्छा बोलती है, दूसरी तरफ संस्कार बोलते हैं। जो शारीरिक आवश्यकताएँ हैं, वे बोलती हैं।

'निद्रा भय मैथुन आहार' इसमें स्त्री-पुरुष कहाँ अलग हैं। अलग हैं तो क्यों अलग किए। वह तो बराबर है सब पर। इसलिए कदंबबाई के साथ जो भी हुआ,

उसमें आधी इच्छा, आधा संस्कार।

आप 'कस्तूरी कुंडल बसै' पढ़ें। मैंने अपना बेडरूम सीन दिया है, पति के साथ, वह भी सुहागरात। इसमें भी यही है। एक परंपरा है कि बहू गठरी बनी बैठी है, पति घूँघट खोलेगा और पति पहल करेगा। अब इसमें पति जो थे, बहुत संकोची थे और बहुत ही ब्रह्मचर्य वाले थे। हालाँकि डॉक्टर थे। थ्योरेटिकल सब जानते थे। लेकिन प्रैक्टिकल कुछ नहीं जानते थे। मैं ठीक उसके विपरीत लड़कों में रही। सब कुछ जानती थी। संबंध भी बने, उतने नहीं बने कि कौमार्य भंग हो जाए। मैं सच कह रही हूँ। ये भाई लोग हैं, इस पर गुस्सा भी हो रहे होंगे। मैंने उन लड़कों के नाम दिए हैं। वे अभी भी हैं। अब लड़के नहीं हैं, हमारी उम्र के हैं।

पति संकोची। तो मैंने कहा, इसमें क्या है? मैं ही बताए देती हूँ और यहीं से एक पुरुष को शक होने लगता है। जो आज तक बना हुआ है। जिसके कारण मुझे रोका जाता है कि यहाँ नहीं जाना है, वहाँ नहीं जाना है। मैंने कहा, तुम क्यों रोकते हो मुझे? तो कहते हैं, अरे, तुम्हारा कुछ भरोसा नहीं है मुझे। मैंने कहा कि नहीं है भरोसा तो मुझे क्या सजा दोगे तुम? तो कहते हैं, कुछ सजा नहीं दूँगा। आखिर हो तो तुम मेरी पत्नी ही। कुछ गलत-वलत कर आओगी तो भी रहोगी पत्नी ही। क्या मैं ही कुछ गलत कर जाऊँ तो क्या तुम्हारा पति नहीं रहूँगा। मुझे प्रेम नहीं करोगी। मैंने कहा, हाँ, तुम कुछ भी कर आना। कुछ नहीं कहूँगी तुम्हें, स्थितियाँ बन जाती हैं। तो शक को न्योता मैंने दिया। लेकिन मैं झूठ नहीं बोल सकती, बेईमानी नहीं कर सकती। न लेखन से, न जीवन से। तो मैंने उसमें लिख दिया।

अब फिर राजेंद्र यादव। उन्होंने लिखा है—'मुड़-मुड़ के देखता हूँ।' मैंने कहा, राजेंद्र जी, झूठ लिखी हैं बहुत-सी बातें। झूठ नहीं लिखीं, नाम नहीं लिखे आपने। यद्यपि उनका भी कहना ठीक है कि दूसरे को क्या बदनाम करूँ। ठीक बात है यह भी। लेकिन मैंने कहा कि क्या आप अपना बेडरूम सीन दे सकते थे। आप पुरुष थे। मन्नू दीदी आपका सिर फोड़ देतीं। वह स्त्री थीं। मैं उसी पति का दिया खा रही हूँ। मेरा दुस्साहस तो देखिए। मुझे पता है, वह छपकर आएगा और पढ़ा भी जाएगा। मेरा कहना है कि स्त्री की इच्छाएँ उतनी नहीं, उतने से ज्यादा हैं। हमारे शास्त्र में भी कहा गया है कि स्त्री खाने में दो गुनी, हिम्मत में चार गुनी या छह गुनी और काम में आठ गुनी, मैंने 'चाक' में दिया है यह। तो इसलिए ही उसे दबाकर रखा गया है। उसके उन अंगों को छेदा गया है, नाक को, कान को, पाँव की उँगलियों में बिछिया, जो काम के बिंदु (स्थान) हैं, उन्हीं को बाँधा गया है। मैंने बहुत पढ़ा है, इन सब बारे में। मुझे उनकी यह धारणा गलत साबित करनी थी, करनी है कि

ये चीजें बनाई हुई लिखी गई हैं, वास्तव में नहीं हैं। चाहे आप शरीर विज्ञान पढ़ लीजिए। चाहे आप कामशास्त्र पढ़ लीजिए। ये थोपी हुई बात है कि स्त्री निष्क्रिय होती है। पुरुष तो चाहता है, जब मैं चाहूँ तो तू सक्रिय हो जा और फिर तू मर जा, निष्क्रिय हो जा। मैं नहीं चाहता हूँ कि आप निष्क्रिय बनी रहें। मैं चाहता हूँ आप सक्रिय बनी रहें। ऐसा कैसे हो सकता है। ऐसा नहीं हो सकता। अगर इसी बात को स्त्री उलटकर कह दे कि जब मैं चाहूँ तू सक्रिय हो, जब मैं चाहूँ तू निष्क्रिय हो जा। तो ऐसा क्या हो जाएगा? तो ये सब मेरे प्रश्न हैं, जिनसे लोग घबरा जाते हैं। और कहते हैं कि मैत्रेयी देह की बात करती है। सारे पहरे देह पर हैं, मन में क्या सोच रही हूँ किसी को नहीं पता है। लेकिन देह से तू बाहर मत निकल। तू देर से क्यों आई? सारे प्रश्न, सारे प्रतिबंध देह पर हैं, फिर इस देह की बात क्यों न करें। हमसे कह रहे हैं कि हम गलत करेंगे। ऐसा क्यों सोचते हैं लोग। देह पर प्रतिबंध, बुद्धि पर विश्वास नहीं। अब देखिए, कितने बड़े कारागार में औरत है। हमेशा यही सोचेंगे कि लड़की गलत करेगी। तू ऐसे जा रही है तो भैया को संग ले जा, तू फलाने के संग जाना। ठीक है, सुरक्षा की बात हो सकती है। मैं मानती हूँ। बाहर बलात्कारी घूम रहे हैं। लेकिन जब लड़का जाता है तो उसको भी कोई पीट सकता है। उसे भी हताहत कर सकता है। उसके हाथ-पैर तोड़कर डाल सकता है। लेकिन स्त्री के शरीर को इज्जत से भी बाँध दिया। तुम्हारा शरीर और हमारी इज्जत। तुम्हारा शरीर हमारे घर की मर्यादा। तुम्हारा शरीर हमारी आन-बान-शान। सारी बातें विपरीत जाती हैं, फिर कहते हैं, शरीर की बात न करें। तब मैं कहती हूँ कि हमारा शरीर और तुम्हारा ये सब हम ऐसे समझते हैं। ये देखो हमारे उपन्यास। ये बातें मुझे राजेंद्र यादव ने नहीं समझाई हैं।

ये आपके जीवन को कितना प्रभावित करती हैं?

ये बातें मैंने तब लिखीं जब निर्मला जी व और किसी ने कहा कि मैत्रेयी 'चाक' लिखती हैं, ऐसी क्यों लिखती हैं, रे-रे करती हैं। तब मैंने यह 'कस्तूरी कुंडल बसै' लिखा। देखिए मेरा जीवन। मेरे लिए देह के कोई मायने नहीं हैं, क्योंकि मेरी देह को लोगों ने इसी नजर से देखा। क्योंकि मैं बिना बाप की बेटी थी। बिना भाई की बहन थी। हमारे आसपास कोई पुरुष नहीं था। हम दूसरों को भाई, चाचा, ताऊ, बाप कहते रहे और लुटते रहे। और हमने एक नौकर की तरह काम किया है। जब मैं घर में नौकर रखती हूँ तो कहती हूँ कि बेटे, तुम यह मत समझना कि तुम मेरे यहाँ नौकर की तरह हो। मैं यह काम कर चुकी हूँ।

मैं जिसके भी घर गई, गोबर डाले, कूड़े किए, बर्तन माँजे और तब पढ़ने जाती

थी। तो ये सब करके उपन्यास लिखे जा रहे हैं। वरना मेरे पास तो कुछ नहीं, यह पूँजी है। और ये जरूरी हो गया था लिखना। और मेरे घर में ये मेरी बेटियों ने, दामादों, पति ने, सबने पढ़े हैं। वे फर्स्ट रीडर (पहले पाठक) होते हैं, छपने के बाद। यह (कस्तूरी कुंडल बसै) पति ने नहीं पढ़ी थी गुस्से के मारे। क्योंकि इसकी समीक्षा आई तो उसमें था कि मैत्रेयी तो विपरीत रति कर रही हैं। तो मैंने कहा, विपरीत रति नहीं यार! तुम्हें जितना बताया था, उतना ही है। कोई विपरीत रति नहीं है। मैंने पति को बताया कि विपरीत रति तो इन्होंने नाम दे दिया है, साहित्यिक लेकिन हमारी-तुम्हारी जो बात थी, मैंने वही लिखा है। कोई भी पति गुस्सा होगा। यदि उसके बेडरूम को आप बाहर ले जाओगे कि कैसी पत्नी मिली है, यह जो हमारी व्यक्तिगत चीजों को बाहर कर रही है। एक दिन बहुत लड़ाई हुई। उन्होंने कहा, मुझे पता है, तुम क्या लिखती हो। तुम्हारे लिए ऐसा क्यों आता है, अल्का सरावगी के लिए क्यों नहीं, और तुम्हें कोई क्यों मान्यता देगा? तुम लिखती ही ऐसा हो। मैंने कहा कि मैं क्या लिखती हूँ। कहते हैं कि लिखती हो जो क्या तुम मुझे पढ़वा सकती हो, तुम में हिम्मत नहीं है पढ़वाने की। 'कस्तूरी कुंडल बसै' तुम मुझे पढ़वा सकती हो छुपाती फिरती हो। तो मैंने कहा, मैंने छिपाया इसलिए कि तुमसे झिलेगा नहीं। झेला नहीं जाएगा। क्यों दुःख दूँ किसी आदमी को इसलिए। मेरी तो लिखने की हिम्मत है। यदि तुम पढ़ने की हिम्मत कर लो तो मैं अभी देती हूँ। तो बोले, हाँ। ले आओ। मैंने उठाकर हाथ में दे दी। पढ़ी। पूरी पढ़कर आँखों में आँसू आ गए। और कहा, तुमने तो कुछ भी नहीं लिखा। लोग क्यों कहते हैं तुमसे। मैंने कहा, बस हमारी और तुम्हारी बातें ही तो हैं। फिर मैंने मजाक में कहा, अरे, मैंने तो तुम्हें हीरो बना दिया। वरना तुम्हें कौन पूछता? बहुत-से डॉक्टर हैं। सब पड़े हैं एक तरफ। साहित्य में कौन जानता है उन्हें। लेकिन तुम्हें सब जानते हैं। कहते हैं, जहाँ जाऊँगा, सब ऐसे ही देखेंगे। कहेंगे कि पत्नी की बात कितनी मानी तुमने और कुछ नहीं कहा, मन में सोचते रहे।

दिल्ली में आपका कुछ विरोध हो रहा है, वह कैसा है?

दिल्ली में तो विरोध ही विरोध है। इसका कारण मुझे कहना नहीं चाहिए। फिर भी जो मैं समझती जा रही हूँ। अभी तक नहीं समझा था, लेकिन मुझे लोगों ने ही समझाया। कुछ मेरे शुभचिंतक भी तो हैं जैसे—डॉ० मैनेजर पांडेय, केदारनाथ जी, और भी हैं, नित्यानंद तिवारी आदि। वे यही कहते हैं कि मैत्रेयी, तुम आई साहित्य में और इतने छोटे समय में इतने धमाके किए हैं। मैंने कहा कि मैं तो नहीं समझती कि मैंने धमाके किए। मैं जो समझती हूँ वही लिख दिया। तो कहते हैं कि अभी

तक ऐसा नहीं हुआ था कि एक लेखिका इस तरह साहित्य में आती है, विरोध तो होता ही है। राजेंद्र यादव का कहना है कि तुम आओगी और एक रात में हीरोइन बन जाओगी। कौन तुम्हें बर्दाश्त करेगा? इसलिए तुम्हारे विरोध हैं। कुछ राजेंद्र यादव भी लिख डालते हैं। उन्होंने लिखा, अभी तक क्या ऐसा हुआ था या कोई हिंदी में लेखिका थी जो कहानी को, उपन्यास को ड्राइंग रूम से खींचकर खेत-खलिहानों तक ले जाती। और कहते हैं कि इसी तरह से महाश्वेता देवी का भी विरोध हुआ था। ये बातें हैं विरोध की, जो मैं समझती हूँ और हो सकता है कि विरोध इसलिए भी हो कि मैंने कुछ न लिखा हो और नाम यूँ ही पा लिया हो।

हमें लगता है, जब 'इदन्नमम' पर समीक्षा लिखी सुधीश पचौरी ने, तो वह भी एक चिढ़ का साधन हो गया। राजेंद्र यादव से उनकी चलती होगी। उन्होंने समीक्षा लिखकर दी राजेंद्र यादव को। उस समीक्षा का नाम था, जो मैंने बाद में देखा, जब 'जनसत्ता' में छप गई। उस समीक्षा का नाम था—'एक अधूरी अहीर कथा'। और 'बुधवारी बाजार में बिक रही है।' तो उन्होंने छापा नहीं। लेकिन जब समीक्षा आई तो मैंने सुबह ही फोन किया कि सुधीश, मैंने समीक्षा पढ़ ली है और तुमने जो लिखा है, मैं उन गलतियों का ध्यान रखूँगी। कहते हैं कि आप गुस्सा नहीं हुईं। मैंने कहा, क्यों गुस्सा होऊँगी, तुमने पढ़ा फिर लिखा। क्या कम मेहनत थी उस अटपटी-सी भाषा के उपन्यास में।

चर्चित लेखिकाओं का संबंध प्रायः किसी न किसी के साथ जोड़ दिया जाता है, वह चाहे आप हों या गीतांजलिश्री या अन्य। आप इसे किस रूप में देखती हैं?
मैं कई बार कह चुकी हूँ कि साहित्य हमें सजावट से निकालता है। मैं यदि यही मकसद लेकर चली थी तो राजेंद्र यादव कोई ऐसे खूबसूरत पुरुष तो हैं नहीं। मैंने मन्नू दीदी से भी यही कहा था कि मन्नू दीदी, आप उनकी इतनी चिंता क्यों करती हैं। इतने सुंदर तो नहीं हैं कि सबको अच्छे लग जाएँ। मुझे तो नहीं लगे। तो मन्नू दीदी गुस्सा हो गईं। लेखक की दृष्टि से, बुद्धिमानी की दृष्टि से, हाजिरजवाबी की दृष्टि से, सेंस ऑव ह्यूमर की दृष्टि से, मुझे पसंद हैं। फिर मेरे पति क्या बुरे थे? मैं एक बात जानती हूँ, जब मैं शुरू-शुरू में आई थी, गीतांजलि मुझसे पहले आई थीं, एक यह भी चर्चा थी कि राजेंद्र यादव ने पाँच-छह कहानियाँ लगातार छाप दीं और सुना कि फोटो देखकर कि सुंदर हैं गीतांजलि। लेकिन इसमें यह बात कटती है यहाँ पर। गीतांजलि अच्छी हैं, क्वाँरी लड़की रही होंगी या उम्र कम रही होगी। हो सकता है। किसी पुरुष के आकर्षण को न मैं बर्खास्त करती हूँ, न मेरा उस पर कुछ है। लेकिन गीतांजलिश्री क्या संभावनाशील लेखिका नहीं हैं। अगर नहीं होतीं

तो माई, 'तिरोहित' इस शहर में उस बरस, कैसे लिख देतीं। तो राजेंद्र यादव ने, मैं उनका पक्ष बिलकुल नहीं ले रही, यह बात नोट की जाए तो उन्होंने कहानी की संभावना भी देखी होगी। मुझमें भी देखी होगी। मैं तो दामादों की सास थी, उस वक्त। मैं यह नहीं कहती कि कोई दूध का धुला है, मैं तो पहले ही सेक्स के ऊपर बता चुकी हूँ, लेकिन हर बात में सेक्स को जोड़ देना कहाँ का इंसाफ है। सेक्स का ज्वार अलग बात है। उसके लिए कोई साहित्यकार ही पसंद आए ऐसी बात नहीं है और यदि स्त्रियाँ इसी से काम निकालना चाहें तो बहुत दिन बात चलने वाली नहीं। इस बात को तो लोग अपना मन समझाने के लिए जरूर कह देते हैं। अल्का सरावगी के लिए भी कहा गया कि 'कलिकथा वाया बाइपास' उसने लिखा ही नहीं है, लेकिन वह बराबर लिख रही है। तो जिसको मैं अपनी पीढ़ी मानती हूँ, वह है गीतांजलिश्री, अलका सरावगी और हम। हममें कोई द्वेष-भाव आपस में बिलकुल नहीं है, नाम को भी नहीं है। लेकिन जो वरिष्ठ हैं, भले ही वे हमारे साथ की हों, उन्होंने मुझे सहजता से लिया नहीं। जितना विरोध कर सकती हैं, करती हैं। मुझे लेखिकाओं से बड़ी शिकायत है। लेखकों से नहीं है। वे गंदे से गंदे शब्द प्रयोग कर सकती हैं। एक लेखिका ने मुझसे कहा, जब मैं राजेंद्र यादव से मिली शुरू में, 'फैसला' कहानी छपी थी। उसकी बहुत अच्छी चर्चा हुई। उस पर फिल्म भी बनी है। तब मुझसे एक लेखिका ने कहा, नाम नहीं लूँगी, तुम हँस जाती हो, कहीं किसी अखबार के दफ्तर जाती हो, कहीं कहीं जाती हो। तो मैं सुनती रही। कहा, क्यों जाती हो? हमको देखा है कभी? हम तो न किसी प्रकाशक की सीढ़ियाँ चढ़ें, न किसी अखबार के दफ्तर की सीढ़ियाँ चढ़ें, न किसी संपादक के पास गईं। मैं इस बात को यहाँ पर जरूरी तौर पर इसलिए कह रही हूँ कि कहाँ किसको क्या जरूरत होती है? अब मैं क्या जवाब दूँ? मैंने कहा, हाँ, मैं सीढ़ियाँ चढ़ूँगी। मैं अखबार के दफ्तर की सीढ़ियाँ चढ़ूँगी, मैं संपादकों के पास जाऊँगी, मैं प्रकाशकों के पास जाऊँगी, मैं गई हूँ। मुझे कौन जानता था? मेरे आसपास कोई साहित्यकार नहीं है। जिससे मैं राय भी ले लूँ। जो मेरा कभी नजदीकी भी रहा हो। या तो मैं किसानों में रही या डॉक्टरों में रही। दो ही हैं मेरे दायरे में। मैंने कहा, आपको क्या जरूरत? आप संपादक की पत्नी? लेकिन आना अस्पताल में। आप सीढ़ियाँ चढ़ेंगी। मैं नहीं चढ़ूँगी। अस्पताल में आना जहाँ डॉक्टर हैं। जहाँ मेरे पति हैं, बच्चे हैं। वहाँ मुझे हर कोई जानता है। जहाँ मैं खड़ी होऊँगी वहाँ लाएँगी चीज। मैंने कहा कि ये तो जगह की, समय की और संयोग की बात है। आप मुझसे यों क्यों कह रही हैं। यहाँ तो मैं लाइन में ही लगकर आई हूँ। हालाँकि मैं अपने पति के पद का इस्तेमाल करना चाहूँ तो मैं सबसे आगे लाइन

में खड़ी हो जाऊँगी। अपने स्वास्थ्य की परवाह किसको नहीं होती? लेकिन मैंने अपने पति को भी रोका है। उन्होंने कहा मुझसे, अरे, यह क्या करती हो? अभी मैं...मैंने कहा कि तुम्हारे माध्यम से मुझे कुछ नहीं करना है। तुम तो रहने ही दो। क्योंकि मेरा अभ्यास, मेरा संघर्ष तो होगा ही नहीं। फिर मेरा लेखन कैसे चलेगा आगे। मैंने कहा कि मैं लाइन में लगकर किसी मकसद से ही आई हूँ। मुझे अभ्यास लेखन में ही करना है।

आपके लेखक की दिनचर्या क्या है?

मैं रात में लगभग नहीं लिखती। दिन में कभी सोती नहीं। सुबह उठकर तब लिखती हूँ जब ड्राफ्ट अंतिम समय में हो, क्योंकि उसमें बहुत मन लगता है। मैं लिखती हूँ दस बजे के बाद। 'इदन्नमम' वगैरह लिखे तब तो बहुत जुनून सवार था। पति चले जाते थे, तब मैं बैठती थी लिखने और शाम को जब वह आते थे तब मैं उठती थी हड़बड़ाकर। अब हमारे कमरे हैं अलग-अलग। कहते हैं कि लेखन ने हमारे कमरे अलग-अलग कर दिए। फोन का भी अब उलटा मामला हो गया है। मैंने अनुभव से जाना है, यदि स्त्री कुछ भी न करे तब की आधी जिंदगी पुरुष की होती है लीड लेने की, आधी स्त्री की। तो उलटा काम है। मेरे फोन दिन-रात बजते हैं और उनके नहीं आते और वह रिसीव भी करते हैं। फिर उन्होंने कहा कि ऐसा करो कि हम तुम्हारे फोन रिसीव नहीं करते। ईगा को ठेस पहुँचती है। तो मेरा फोन अलग कर दिया है। तो समझ लीजिए घर में भी, अगर स्त्री-विमर्श इसे ही कहते हैं, तो हो रहा है। और मैंने बेटियाँ उस तरह पाली हैं कि वे भी दबंग हैं।

तो मैं कहती हूँ कि बेटा, जरा निभाना। तो कहती हैं कि अच्छा, अब हमें सिखा रही हो यह। हम नहीं निभा सकते ऐसे। डॉक्टर हैं, योग्य हैं। एक और बात, मैं माँ हूँ उनकी, वे मेरी बात मानती हैं। कपड़े मैं जो लाती हूँ, वह पहनती हैं। जो हमारी नातिन है—वासवदत्ता, वह बहुत सुंदर नाचती है। वह भी कहती है, जरूर नानी ने पसंद किया होगा। ऐसा है घर में। वीरेंद्र जैन कहते हैं, मैत्रेयी जी, आपके परिवार को देखकर ईर्ष्या होती है। तो मैं जब पढ़ी तो पढ़ी, जब शादी की तो अच्छी तरह से निभाया, आपस में नोक-झोंक भी हुई, पर साथियों की तरह रह पाए या उन्होंने बनना भी चाहा मेरा ईश्वर तो बनने नहीं दिया। और फिर जब बच्चों को पाला तो अपनी ड्यूटी पूरी की और अब जो लेखन लिया तो लेखन है। मैं कहा करती हूँ—जब मैंने स्वेटर बुने तो पूरे मन से बुने, जब मैंने डोसे बनाए तो पूरे मन से बनाए, जब मैंने उपन्यास लिखा तो पूरे मन से लिखा।

आगे आप क्या बुन रही हैं? किस चीज का ताना-बाना बना रही हैं?

सारा कुछ तो तुमने यहीं निकलवा लिया है। मैं चाहती हूँ कि आत्मकथा का दूसरा भाग पूरा हो, लेकिन उससे पहले हो सकता है कि कोई छोटा उपन्यास लिख दूँ, क्योंकि 'कही ईसुरी फाग' लिखने का मेरा कोई इरादा नहीं था। मन में जरूर था। आत्मकथा का दूसरा हिस्सा लिखना चाहती थी, लेकिन पति को डर था कि मेरी पोल न खोल दे ज्यादा। इसलिए कहें कि अरे यार, ईसुरी पर क्यों नहीं लिख रही हो। फिर मैंने ईसुरी पर लिख दिया। तो जब समर्पण का वक्त आया, हालाँकि किसी को समर्पित नहीं की, तो मैंने पति से कहा कि तुमको समर्पित कर दूँ यह। तो कहने लगे, कर दो। मेरे को तो एक भी नहीं की। मैंने कहा कि मैं यह भी लिख दूँगी कि आत्मकथा के द्वितीय भाग के डर से डॉ० आर०सी० शर्मा ने मुझे ईसुरी पर लिखने को प्रेरित किया, उनको समर्पित है। तो कहने लगे, नहीं-नहीं, यह मत लिखना।

पढ़ने के लिए किन लेखकों को चुनती हैं?

तसलीमा नसरीन को पढ़ा है, महाश्वेता देवी को पढ़ा है। ये मुझे पसंद हैं, हालाँकि तसलीमा विवरण बहुत ज्यादा दे देती हैं। 'जंगल के दावेदार' महाश्वेता देवी की मेरे लिए प्रेरणा जैसी ही थी। और 'रेणु' को तो मैंने चटकर रख दिया है। प्रेमचंद को कम पढ़ा है। शरत् को पहले पढ़ा है। विमल मित्र को 'साप्ताहिक हिंदुस्तान' में पढ़ा है। टॉल्सटॉय, दोस्तोएवस्की को पढ़ा है। 'चाक' लिखने से पहले 'अन्ना करेनिना' के दोनों भाग पढ़े। वास्तव में कोई भी उपन्यास लिखने से पहले मैं बीसियों उपन्यास पढ़ती हूँ।

आपने इतना समय दिया, स्नेह दिया उसके लिए 'सृजन समीक्षा' की ओर से आपको आभार व बहुत-बहुत धन्यवाद।

यहाँ मैं कोई सोच-समझकर नहीं बोली हूँ। मुझको भी अच्छा लगा, क्योंकि इतने स्वाभाविक रूप से कहीं मैंने इंटरव्यू दिया नहीं। तो यही था कि जहाँ-जहाँ मैंने कुछ ऐसा पाया है, जो मेरे लेखन को समृद्ध कर सकता है, वहाँ-वहाँ मैं न जाने से हिचकी हूँ, न मैं किसी से डरी हूँ, न विरोधों से आतंकित हूँ और अपने रास्ते चल रही हूँ। देखिए, जितना कुछ आगे हो जाए।

मैत्रेयी पुष्पा : यमुना और चंबल का पानी

वरिष्ठ कथाकार राजेंद्र यादव का संस्मरण

मैत्रेयी पुष्पा की कहानी 'सारिका' में छपने के बाद इसकी मुलाकात चित्रा मुद्गल से हुई थी। चित्रा मैत्रेयी को लेकर मन्नू के पास आई। जहाँ चित्रा का व्यक्तित्व छा जाने वाला है, उसकी तुलना में मैत्रेयी का व्यक्तित्व दिखाई नहीं देता। यह बहुत सीधी और संकोची है।

मेरे और मन्नू के जो कॉमन दोस्त थे, उन्हीं से हम साथ-साथ मिलते थे। अन्यथा उसके मित्र उससे मिलकर और मेरे मित्र मुझसे मिलकर चले जाते थे। इसलिए मन्नू के पास कौन दोस्त आ रहा है, इससे मुझे कोई मतलब नहीं रहता था।

मन्नू के कहने पर मैत्रेयी अपनी कहानी लेकर 'हंस' के ऑफिस में आई—डरती-सहमती हुई। वह बाहर के कमरे में वीना के पास बैठ गई। उस समय मेरे पास कोई रहा होगा, मैं उससे बात करता रहा। यह दो-ढाई घंटे बैठी रही। वीना बार-बार कहती कि अंदर जाइए, लेकिन यह अंदर नहीं आई।

दो-ढाई घंटे बैठने के बाद मैत्रेयी अंदर आई और कहानी दी। मुझे कहानी बचकानी लगी। मैंने दोबारा लिखने के लिए कहा। मैत्रेयी ने पाँच-छह बार उस कहानी को लिखा। उस कहानी में जो चीज मुझे सबसे अच्छी लगी, वह थी उसकी विषय-वस्तु। जब मैं कहानी से संतुष्ट हो गया तो उसे 'हंस' में छाप दिया।

लेखन में मध्यमवर्गीय औरतों का क्षेत्र सीमित है। वे पति, बच्चे, ससुराल या अपने भावनात्मक व यौन तनाव को लेकर लिख रही हैं। ज्यादातर महिलाएँ जिस उम्र में लेखन के क्षेत्र में आईं, तभी शादी हो गई। फिर बच्चे हो गए। शुरू में पति का कॅरियर, नई-नई गृहस्थी—इन सबमें व्यस्त रहने के बाद उम्र के ऐसे पड़ाव पर आ गईं, जब बच्चों को उनकी उतनी जरूरत नहीं रही। इस उम्र में महिलाओं की जिंदगी में जो खालीपन आता है, उसे ये संगीत, चित्रकला, किटी पार्टी आदि से भरती हैं। मॉडर्न, शिक्षित परिवार, दबी हुई आकांक्षा, कला की ओर जाने की ललक, ज्यादातर लेखन इसी तरह का है। शादी से पहले थोड़ा-बहुत लिखती थीं, वह छूट

गया। महिलाओं की बातचीत का विषय जैसे बच्चे, पति, घर-परिवार होता है, ऐसा ही इन लेखिकाओं का लेखन है। अपने से बाहर निकलीं तो नौकर-नौकरानी पर लिख दिया। इससे उन्हें अपने से अलग होने या अलग वर्ग पर लिखने का संतोष होता है। आते-जाते कोई दुखी लड़की देखी तो उस पर लिख दिया।

दूसरी कमजोरी इन लेखिकाओं में यह है कि ये अपने पति की पोजीशन को आत्मसात् कर लेती हैं। पति ऊँची पोस्ट पर हैं तो ये भी उसी तरह का व्यवहार करने लगती हैं। जैसे कलक्टर की बीवी उससे बड़ी कलक्टर हो जाती है। वहाँ कनिष्ठ अधिकारी, कर्मचारी, अपना काम निकलवाने वाले खुशामदी लोग आते हैं। इससे उनके मन में एक कुंठा हो जाती है कि वे विशिष्ट हैं, खास हैं, वे कोई गलती कर ही नहीं सकतीं। इस तरह की महिलाएँ लेखन में आती हैं तो उनका विकास नहीं हो पाता। उन्हें लगता है कि हमने जो लिख दिया, वही महान् है।

हिंदी साहित्य में पहली बार हुआ कि किसी महिला ने शुद्ध गाँव-कस्बे की कहानियाँ लिखीं। मैत्रेयी के पास ऐसे अनुभव थे, जिन पर मध्यमवर्गीय महिलाएँ सोच भी नहीं सकती थीं। उन पीड़ित महिलाओं पर गहराई, संवेदना, समझ के साथ लगातार लिखने वाली पहली महिला लेखिका मैत्रेयी है। गाँव के जीवन और संघर्ष को केंद्र बनाकर ही उसकी कथा-रचनाएँ हैं।

प्रेमचंद ने भी गाँव पर लिखा, लेकिन उनके पास भी ऐसी सशक्त और विविध महिला पात्र नहीं हैं। यही नहीं, मैत्रेयी ने गाँव के शब्दों, मुहावरों, रीति-रिवाजों, षड्यंत्रों, मरने-जीने को खास तौर से केंद्र बनाया।

मुझे जब कोई प्रतिभा दिखाई देती है और लगता है कि इसमें संवेदना, वास्तविकता, सामर्थ्य, नयापन और लगन है तो उसके साथ सहयोग करना मैं अपना साहित्यिक व नैतिक कर्तव्य मानता हूँ।

मैत्रेयी ने अपनी हर रचना दो-चार बार लिखी। वह अनुशासित व आज्ञाकारी विद्यार्थी की तरह है। मैत्रेयी के पति भारत सरकार के काफी वरिष्ठ पद पर थे। इसके बावजूद मैत्रेयी में विनम्रता, शालीनता, कस्बाई सीधापन है। वह साहित्य में उस भाव से आती है, जिस भाव से बड़े से बड़े घर की बहू-बेटियाँ नृत्य-संगीत सीखने आती हैं।

अधिकांश शहरी समीक्षक सोचते हैं कि गाँवों पर लिखने वाली इस महिला को शहरी जिंदगी के बारे में पता नहीं है, लेकिन वे नहीं जानते कि मैत्रेयी ने तीस-बत्तीस साल तक वही फाइव स्टार जीवन जिया है। इसका प्रमाण उसके 'विजन' उपन्यास में देखा जा सकता है। फिर भी मैत्रेयी ने अपने अंदर के गाँव को बनाए रखा।

मैत्रेयी को दो स्रोतों से ऊर्जा मिलती है। वह अलीगढ़ की रहने वाली है। बचपन में बाप की मृत्यु हो गई थी। माँ-बेटी दोनों अकेली रह गईं। माँ समाज-सुधारक थीं, दबंग थीं। संपत्ति को लेकर झगड़ा था। परिवार वालों की नजर संपत्ति पर थी। गाँवों में संपत्ति के लिए हत्या कर या करा देना मामूली बातें हैं। माँ-बेटी को यह भी डर था। माँ ने खुद शिक्षा ली और झाँसी में नौकरी कर ली। वह जानती थी कि जब तक खुद पैरों पर खड़ी नहीं होऊँगी, इन्हीं पर निर्भर करना पड़ेगा। बच्ची साथ थी।

झाँसी के पास कोई जगह है। वहाँ यादवों का एक संपन्न परिवार है। धीरे-धीरे ये उस परिवार में घुल-मिल गईं। उन लोगों ने मैत्रेयी को बेटी की तरह पाला। मैत्रेयी जब भाई-भाई की बात करती है तो इसका आशय उसी झाँसी के परिवार से होता है। इस प्रकार मैत्रेयी को दो जातियों—ब्राह्मण और यादव, दो संस्कृतियों—ब्रज और बुंदेलखंड, दो परिवारों से ऊर्जा मिलती है। इसने यमुना का पानी पिया है तो चंबल का भी।

सबसे बड़ा युद्ध, जिसे महाभारत कहते हैं, यमुना के किनारे ही हुआ। विश्व की सर्वश्रेष्ठ प्रेम कविताएँ राधा-कृष्ण को लेकर यमुना के किनारे ही रची गईं। भारत के इतिहास का एक बड़ा भाग यमुना के किनारे घटित हुआ। चंबल नदी के बारे में प्रसिद्ध है कि जिसने चंबल का पानी पी लिया, वह बंदूक उठाए बिना बात नहीं करता। इन दोनों संस्कृतियों ने मैत्रेयी के लेखन को समृद्ध किया। उसकी ऊर्जा व शक्ति वहीं से आती है।

मैत्रेयी बाहर से शालीन होने के बावजूद भीतर से दृढ़ है। जो तय कर लेती है, उसे पूरा करती है। शायद इसलिए मैत्रेयी की महिला पात्रों का विकास होता है तो वे परिस्थितियों के दबाव में खरगोश से शेर बन जाती हैं।

मैत्रेयी ने दस साल पहले लिखना शुरू किया है और इन दस सालों में आज वह सर्वश्रेष्ठ लेखिकाओं में है।

मैत्रेयी पर दो आरोप लगे हैं। पहला—मैंने इसे अनावश्यक रूप से मंच और प्रचार देकर महत्त्वपूर्ण बना दिया। चूँकि मैत्रेयी शुद्ध गाँव की कहानी लिखती है, इसलिए गँवार है, पढ़ी-लिखी नहीं है और बड़ी चीजों को नहीं समझती।

जैसा मैंने पहले भी कहा है कि जब मुझे लगता है कि कहीं प्रतिभा है तो मैं 'आउट ऑफ द वे' जाकर भी सहयोग करता हूँ। ऐसा पहली बार नहीं हुआ। 'हंस' निकालने से पहले अक्षर प्रकाशन के दौरान उस समय जितने भी महत्त्वपूर्ण लेखक काम कर रहे थे, उन्हें 'अक्षर' ने छापा। दूधनाथ सिंह, ज्ञानरंजन, गिरिराज किशोर,

नेमिचंद जैन, राही मासूम रजा, शानी, परवेज, कृष्णा अग्निहोत्री, उषा प्रियंवदा आदि की पहली किताबें 'अक्षर' ने प्रकाशित कीं। मृदुला गर्ग के पहले उपन्यास और कहानी-संग्रह 'अक्षर' ने ही प्रकाशित किए।

प्रतिभा को लेकर मेरे मन में एक खास तरह की कमजोरी या साहित्यिक उत्साह है। करीब दो दर्जन लेखक-लेखिकाएँ, सुरभि पांडेय, रेखा, गीतांजलिश्री, शिवमूर्ति, अखिलेश, सृंजय, संजय सहाय आदि की कहानियाँ पहली बार 'हंस' में प्रकाशित हुईं। इन सबका अपने-अपने ढंग से विकास हुआ।

चूँकि मैत्रेयी कार से आती-जाती है, साधन-संपन्न है, इसलिए कहा गया है कि वह मिठाइयाँ, साड़ी, कमीज या अन्य तोहफे देती होगी। इस पर संपन्नता का इस्तेमाल करने के आरोप लगे, लेकिन ये गुण तो न जाने कितनों के पास हैं। अगर स्वयं की प्रतिभा न हो तो इनके बल पर कोई लेखक नहीं बन सकता। 'हंस' में पिछले दिनों मैत्रेयी की कहानी 'छुटकारा' छपी। इसमें मैला उठाने वालों की कहानी है। इससे पहले मध्यमवर्गीय लेखकों में अमृतलाल नागर ने ही इस वर्ग पर उपन्यास लिखा था—'नाच्यौ बहुत गोपाल'। निचले तबकों को लेकर जीवन की गहराई में उतरकर, साधारणीकरण के साथ लिखने वाली पहली लेखिका मैत्रेयी है। अपराधी जनजाति की दबंग लड़की 'अल्मा' पर लिखा गया उपन्यास 'अल्मा कबूतरी' तो चौंकाने वाली रचना है।

लेखिकाओं में शिवानी के बाद सबसे अधिक पाठक वर्ग मन्नू भंडारी का है। 'आपका बंटी' और 'महाभोज' मन्नू के दो ही उपन्यास हैं, लेकिन बहुत पढ़े जाते हैं। तीसरी लेखिका मैत्रेयी है। पचास साल में केवल ये तीन लेखिकाएँ हैं, जिन्हें सबसे अधिक पाठक मिले हैं, शायद लाखों में।

मैत्रेयी की लोकप्रियता अलग किस्म की है। मैत्रेयी मध्यम वर्ग में तो पढ़ी ही जाती है, गाँव व कस्बों में भी बहुत पढ़ी जाती है। इसने हिंदी साहित्य में पाठकों का एक नया क्षेत्र तलाश किया है। इसके उपन्यासों के हर साल नए संस्करण होते हैं। हार्ड बाउंड में होने वाले अधिकांश उपन्यासों के एक-डेढ़ साल में ही दो-दो, तीन-तीन संस्करण निकल चुके हैं। किसी कथा-लेखक की रचना में विषयवस्तु और चरित्र बड़ी बात होते हैं। मैत्रेयी की रचनाओं की दुनिया हिंदी साहित्य के लिए बिलकुल नई है। बहुत-से शब्द, मुहावरे, जो हिंदी साहित्य में नहीं थे या जिन्हें भुला दिया गया था, पुनः सामने आए। लोक-साहित्य व शिष्ट-साहित्य का मिश्रण मैत्रेयी की रचनाओं की सबसे बड़ी शक्ति है।

मैत्रेयी शुरू में स्टेज पर बोलने से झिझकती थी। अब बोलती है। इसमें अपने

को सुधारने की तीव्र आकांक्षा है। जो व्यक्ति अपनी कमजोरी जानता हो, वही उन्नति कर पाता है। मैत्रेयी को पता है कि उसकी कमजोरी कहाँ है, यह उसे पूरा करने की कोशिश करती है।

रेणु के बाद, संजीव के साथ-साथ मैत्रेयी अकेली लेखिका है, जिसने सबसे अधिक चरित्र हिंदी साहित्य को दिए। मैत्रेयी का गाँव-कस्बे से संबंध आज भी बना हुआ है। यह गाँव जाकर लोगों से मिलती-जुलती है। यहाँ रांगेय राघव के लिए कहा गया एक वाक्य याद आ रहा है कि वे धूमकेतु की तरह हिंदी के आकाश पर उदित हुए। शायद मैत्रेयी का आगमन भी कुछ वैसा ही हुआ है। हिंदी साहित्य के घुटे और बंद वातावरण में मैत्रेयी का आना अचानक एक ऐसी दुनिया के दरवाजे खुल जाना है, जिसके पार फैला जंगल, पशु-पक्षी, फूल-फसलें, सब कुछ दूर-दूर तक चला गया है। हाँ, वहाँ मोर-मैनाएँ हैं तो सियार-भेड़िए भी…।

तो क्या मैत्रेयी तसलीमा नसरीन हैं?

विजय बहादुर सिंह

मैत्रेयी को पढ़ता हूँ तो मेरे ध्यान में सबसे पहले कोई कहानी नहीं आती। एक पूरी दुनिया ध्यान में आती है। उसकी भीतरी-बाहरी गतिविधियाँ, संस्कारों और विचारों की धाराएँ और अंतर्प्रवाह याद आने लगते हैं। बुंदेलखंड के लोकजीवन की, आजादी के बाद की वे करवटें भी, जो अकेला बुंदेलखंड ही नहीं ले रहा है, भारत की वह सारी विशाल आबादी ले रही है, जिसे आम भारतीय 'समाज' कहते हैं। इस रूप में देखें तो मैत्रेयी प्रेमचंद और रेणु की परंपरा का उत्तराधिकार लिए आती हैं। पर हम जानते हैं, वे न प्रेमचंद हैं, न रेणु। वे तो सिर्फ मैत्रेयी हैं।

सच यह जरूर है कि उनकी कथा-भूमि ही नहीं, उनकी अनुभव और प्रेरणा-भूमि भी गाँव ही है। पर यह किसान की कथा नहीं है। हाँ, जुझारू किसान-बहुओं की कथा जरूर है। इस रूप में मैत्रेयी प्रेमचंद की छोड़ी हुई जमीन पर आती हैं। वह जमीन जो होरी की पत्नी धनिया के बावजूद स्त्री-संवेदना की पहचान की दृष्टि से अब तक परती पड़ी रह गई थी।

अपने उपन्यासों में वे इसी परती पड़ी हुई जमीन को नए सिरे से तोड़ती हुई आती हैं। सो भी पुराने देशी हल और बखर से नहीं, लगभग बुलडोजर और ट्रैक्टर से। कारण, "इतने विकास के बाद भी ज्यादातर गाँवों में जीने योग्य साधन नहीं हैं। पर्दा घूँघट है। हम कल्पना नहीं कर सकते कि कितनी बाहरी-भीतरी बंदिशें हैं। व्याधियों की खेती है और दवाइयाँ नदारद।" मैत्रेयी के यहाँ इन व्याधियों की लंबी सूची है।

आजादी के बाद के गाँवों की यह जहालत, अपना गाँव खिल्ली छोड़ दिल्ली जा बसी पुष्पा पाण्डेय उर्फ मैत्रेयी पुष्पा को बेचैन किए रहती है। इतनी सारी राजनीति, इतने सारे राजनीतिक दलों और पुरुष राजनीतिकर्मियों के बावजूद न केवल गाँव, बल्कि शहरी आबादी तक त्रस्त है। राजनीति से लेकर नए और आक्रामक बाने में आया—उत्तर-आधुनिक हुआ बाजार खेती-किसानी के लिए कितनी विडंबनाओं का त्रासद-उपहार लेकर आ रहा है, इसे भी मैत्रेयी भाँप चुकी हैं।

इसलिए गाँव, ग्रामीण महिलाएँ, आजादी और विकास उनकी चिंता के केंद्र में हैं। उनका लेखन इन्हीं चिंताओं से जन्म लेता है और उनके जिए गए अनुभव इसकी गवाही देते चलते हैं। निस्संदेह उनका यह लेखन कागद-लिखा (शास्त्र-प्रेरित) नहीं, आँखों-देखा सच है।

इस अर्थ में वह उस छद्म लेखन से सर्वथा भिन्न है, जो चंद किताबें पढ़कर आनन-फानन में कर लिया जाता है। बकौल मैत्रेयी, "बहुत-से लोग ऐसी कहानियाँ लिख रहे हैं।" पर वे सवाल करती हैं—"यथार्थ ऐसे दिखता है क्या?"

यथार्थ को लिखने के लिए वे हम लेखकों के सामने एक चुनौतीपूर्ण शर्त रख देती हैं—यथार्थ लिखने से पहले किसी भी लेखक को 'एक्टिविस्ट की तरह रहना होता है।' वे दावे के साथ कहती हैं, "मैं हिंदी कथा-लेखन में एक तरह की एक्टिविस्ट ही तो हूँ।"

कभी कविवर भवानी मिश्र ने कहा था—"जिसका दुःख लिखना है, उसका दुःख जानो तो।" मैत्रेयी भी हम लेखकों के सामने यही शर्त लेकर आती हैं कि शास्त्र-सत्य नहीं, लोक-सत्य लेकर आओ। तब लिखो। कागज की खेती मत करो। यह खेती टिकती नहीं। खेती तो वही टिकती है जो जमीन पर की जाती है।

तो क्या मैत्रेयी सचमुच इस जमीन को जानती हैं? तो क्या वे सिर्फ अनुभवों की खेती कर रही हैं? कोई भी लेख क्या सिर्फ निपट अनुभवों की खेती होता है? शायद नहीं। अनुभवों की जमीन पर की जाने वाली यह खेती लेखक की गहरी जीवन-दृष्टि के सहारे ही संभव है। लेखक होने के लिए अनुभव भले ही बुनियाद का काम करें, किंतु इन अनुभवों को समुचित परिप्रेक्ष्य देना सबसे बड़ी चुनौती है। मैत्रेयी ने अपनी कथाओं में यह परिप्रेक्ष्य रचा है कि नहीं, इसकी गवाही कोई आलोचक क्या देगा? उनके उपन्यास खुद इसके गवाह हैं। वे जितने अनुभव-प्रगल्भ हैं, उतने ही विचार-प्रखर भी। जितने विचार-प्रखर हैं, उतने ही मुखर और आक्रामक भी। महादेवी ने कभी लिखा था कि वे 'आँसुओं की हाट' तो लगाती ही हैं, पर उनके यहाँ चिनगारियों का एक मेला भी है। मैत्रेयी के यहाँ ये आँसू सूख-सूखकर निपट चिनगारियों में बदल चुके हैं। यही कारण है कि उनके उपन्यासों का वातावरण बहुत गर्म है। उनमें इतनी बहसें हैं, इतनी लड़ाइयाँ हैं, इतनी हार-जीत है कि सुख के ऊपर भारी पड़ता दुःख और दुःख को चकमा देकर उठ खड़ा होता सुख चढ़ा-उपरी किए रहते हैं। मैत्रेयी का कथा-शिल्प इसी महज द्वंद्व का रहस्य लिए है।

तब क्या जीवन की स्वाभाविक छवि ऐसी ही नहीं होती, जैसी कि मैत्रेयी के उपन्यासों में है? साँस की आखिरी साँस तक हार-जीत का यह खेल और दाँव-पेच

चलता नहीं रहता? कभी यह सुर-असुर के बीच चला देवासुर संग्राम बनकर आज यह स्त्री-पुरुष के बीच चल रहा है। यहाँ तक कि स्त्री-स्त्री के बीच भी।

लेखक को पहले भी शायद किन्हीं मूल्यों की चिंता थी। आज भी किन्हीं मूल्यों के लिए ये उपन्यास लिखे जा रहे हैं। कृष्णा सोबती ने दशकों पहले एक इंटरव्यू में कहा था कि कोई भी सच्ची कलम सिर्फ मूल्यों के लिए लिखती है। मैत्रेयी की कलम भी अगर कोई 'राजनीति' कर रही है तो वह यही है।

उनकी यह 'राजनीति' क्या है, इसके ब्योरे में अगर जाएँ तो कहना होगा कि वे भावी समाज और मानवता की राजनीति कर रही हैं।

यों तो यह माना ही जाता है कि उपन्यास के चौरस और पटपर मैदान में अनन्य संभावनाएँ हैं। उसकी सुस्त अजगरी चाल और भारी-भरकम काया के चलते किस्सागोई का एक ऐसा पिटारा वहाँ खुलता चलता है, जिसमें इतिहास, पुराण, यथार्थ और कल्पना को एक साथ गुंजाइशें मिल जाती हैं। सामाजिक भूगोल, धर्म और संस्कृति, बाजार और राज्य वहाँ चाहें तो एक साथ गले मिल सकते हैं। मैत्रेयी के यहाँ ये मिलते भी हैं।

वे यह सवाल उठाती हैं कि स्त्री पहले एक स्त्री अर्थात् मानवी सत्ता है। यह भी कि क्या कोई समाज बगैर स्त्री के भी आकार और रूप ग्रहण कर सकता है? अगर नहीं तो सामाजिक संरचना के अनेक स्तरों पर—चाहे परिवार हो या विवाह संस्था या फिर धर्म और राजनीति के संदर्भ, वह एक जरूरी पुरजे के रूप में इस्तेमाल अब तक क्यों की जाती रही है? अगर उसके बगैर न विवाह की कल्पना की जा सकती है, न परिवार और सभ्यता की—तब उसे निर्णायक जगहों से चालाकीपूर्वक अब तक कैसे खारिज और बेदखल किया जाता रहा है?

वे यह मुद्दा भी उठाती हैं कि विवाह स्त्री-पुरुष के काम-संबंधों का अगर एक मर्यादाशील समानुबंधन है तो फिर पुरुष के लिए इतने चोर दरवाजे यहाँ कैसे खुले हुए हैं? क्यों वह इनके लिए किसी भी स्थिति में न तो जिम्मेदार ठहराया जाता है, न दंडनीय। फिर स्त्री ही क्योंकर ऐसे प्रसंगों में जिम्मेदार ठहरा दी जाती है। दंड तो उसे भोगना ही पड़ता है।

तो क्या यह पितृसत्तात्मक व्यवस्था असंगतिपूर्ण और अन्यायकारी नहीं है? है, तो आधुनिक स्त्री इसे मंजूर करे या इसे बदलने और न्यायपूर्ण बनाने की पहल करे। मैत्रेयी के लेखन का अगर कोई लक्ष्य है तो यही है।

वे अपने साक्षात्कार में कहती हैं—"मेरी अवधारणा सबसे पहले पुरुषवादी दृष्टिकोण का निषेध करती है। स्त्री-पुरुष के लिए एक सजावट है, देह है, वस्तु

है···उसके ज्वार को समेटने का जरिया है। सदियों से यही सब चल रहा है।···इस सबके बीच एक स्त्री क्या सोचती है, यह किसी ने नहीं पूछा।" तब मैत्रेयी की स्त्री खुद ब खुद चलकर आती है और कहती है—"मइयो! तुम मेरे पीछे क्यों पड़ गई हो! मेरे चाल-चलन की झंडी फहराना जरूरी है? बिरथा ही छानबीन करने में लगी हो। आज को तुम्हारा बेटा मेरी जगह होता तो पूछतीं कि तू किसके संग सोया था? अब उसकी बाँह गह ले। मेरे, मेरे पीछे तेरहीं तक का भी सबर न करता और ले आता दूसरी। तुम खुश हो रही होतीं कि पूत की उजड़ी जिंदगी बस गई। पर मेरा फजीता करने पर तुली हो।" ('चाक' से)

यही मैत्रेयी इसी उपन्यास के आखिरी पन्नों पर अपने समय की स्त्रियों को यह संदेश देना भी नहीं भूलतीं—"जंग की बातें करना एक बात है और मोर्चे पर जाना दूसरी बात।" यही स्त्री फिर आत्म-संवाद करती है—"छीन रहे हैं किसी का अधिकार या चोरी कर रहे हैं अपनी इच्छा को रखने के लिए?" स्त्री एक इच्छा का भी नाम है, इसे वे कन्विंसिंग लहजे में रखती हैं।

सच तो यह कि मैत्रेयी जंग की बातें रचकर बस नहीं करतीं, वे मोर्चे पर भी आती हैं। यह कहने और साबित करने के लिए कि 'स्त्री' भोग का एक सामान-भर नहीं है। वंश-वृद्धि के लिए खेत-भर नहीं है, वह हाड़-मांस की एक चेतना भी है और उसमें भी वही बौद्धिक क्षमता होती है जो कि और जैसी कि पुरुष में वह अब तक मानी जाती है।

वे कहती हैं—"मेरे लिए स्त्री-विमर्श का अर्थ स्त्री की स्वतंत्रता, इच्छा और अस्मिता है।" बकौल मैत्रेयी 'कृष्णा सोबती' की 'मित्रो मरजानी' में यह विमर्श है। मैत्रेयी यहाँ बिलकुल अकेली नहीं हैं। यह और बात है कि पहले नेतृत्व की यह बागडोर कृष्णा सोबती जैसों के हाथ थी। आज इसे मैत्रेयी ने आगे बढ़कर थाम लिया है।

मैत्रेयी जब यह कहती हैं कि मेरी स्त्रियाँ "पुरुषवादी पदावली में भरोसा नहीं करतीं, यौन शुचिता से वृहत्तर सरोकारों के विषय में मेरे पात्र सोचते हैं।" तब उनके लेखन में हमें 'स्वतंत्रता' के एक नए अर्थ का प्रकाश फैला दिखाई देता है। यह 'प्रकाश' जितना स्त्री-आजादी के लिए किए जाने वाले विद्रोह का है, उतना ही उस नई सामाजिक संरचना का भी, जिसमें वर्चस्ववादी ताकतें मर्यादित की जा सकेंगी और सामाजिक संबंधों का आधार लिंगभेद न होकर मानवतापरक और सहज होगा। मैत्रेयी का लेखन इसी रूप में स्त्री-विमर्शवाद की निरंतर रूढ़ और संकीर्ण होती जाती सीमाओं का अतिक्रमण करता है।

यहाँ कुछ अन्य संदर्भ भी मुझे जरूरी जान पड़ रहे हैं। युवा कवयित्री नीलेश रघुवंशी की कविता 'स्त्री-विमर्श' की ये पंक्तियाँ उसी प्रसंग में हैं :

मिल जानी चाहिए अब मुक्ति स्त्रियों को
आखिर कब तक विमर्श में रहेगी मुक्ति

बननी चाहिए एक सड़क चलें जिस पर स्त्रियाँ ही
... ...

किताबें अलग-अलग हों गाथाएँ
इतिहास तो पक्के तौर पर अलग

लेकिन कविता का अगला हिस्सा कुछ यूँ है :

कामवाली बाई कान मत दो बातों पर हमारी
सिर पर तगाड़ी लिए दसवें गाले की ओर जाती
ओ कामगार स्त्री
... ...

निपटाओ बखूबी अपने सारे काम-काज
होने दो मुक्त अभी समृद्ध संसार की औरतों को¨

कविता के पहले हिस्से का स्त्री-विमर्श इसी 'समृद्ध संसार' का है, जबकि दूसरा उन कामगार स्त्रियों का जिनकी मुक्ति उनके काम-काज के रोजमर्रा के संघर्षों से जुड़ी हुई है। मैत्रेयी की स्त्रियाँ इसी काम-काज वाले संसार से चलकर आती हैं। वह चाहे 'इदन्नमम' की मंदा हो या 'चाक' की सारंग, 'अल्मा कबूतरी' की अल्मा हो या 'गोमा हँसती है' की गोमा। ये वे स्त्रियाँ हैं, जो जीवन के प्रत्यक्ष कुरुक्षेत्र में हैं। जो बातूनी तो निश्चय ही नहीं हैं, पर कर गुजरने वाली खूब हैं। सारंग (चाक) की तरह हमेशा यह सोचती हुई—"मैं चट्टानों से टकरा-टकराकर पानी की तरह रास्ता बनाने निकली हूँ।" लगभग कविता-सा यह वाक्य आखिर मैत्रेयी की स्त्री का कैसा बिंब निर्मित करता है। कहीं यह प्रसाद के 'नारी तुम केवल श्रद्धा हो' का प्रति वाक्य तो नहीं है, जहाँ व्यवस्था चट्टान की तरह खड़ी है और मैत्रेयी की स्त्री उससे टकरा-टकराकर अपनी राह निकलने को संकल्पबद्ध।

आज उसके संघर्षों के दायरों में वह सब कुछ आ जाता है, जो नई और

आधुनिक कही जाने वाली मानवता के सपने से संबंधित है। ये 'सपने' चाहे परिवार और घर की बंद सुरंगों में घुट रहे हों, चाहे धर्म और राजनीति के पेचदार दुर्गम दुर्गों में, मैत्रेयी का लेखन इन्हीं सपनों को मुक्त करने से जुड़ा हुआ है।

पुराण गवाह हैं, जहाँ देवता अशक्त और लाचार नजर आए हैं, दुर्गा आदि देवियाँ इतिहास और परंपरा के अवरुद्ध कपाटों को अपनी सामर्थ्य के बलबूते पर खोलती हुई आगे-आगे आती हैं। अगर इस जातीय 'मिथ' के पीछे सचमुच कोई सूक्ष्म लोक-सत्य छिपा है तो विद्यमान समय के जड़-कपाटों को खोलने का काम तसलीमा और मैत्रेयी जैसी लेखिकाएँ कर रही हैं।

धर्म के संस्थाबद्ध रूपों और राजनीतिक विचारों की सांप्रदायिकताओं के इस समय में प्रतिबद्धता की ठस्स समझ और विचारधारात्मक दुराग्रहों ने कथित अनुगामियों को जितना असहिष्णु, हिंसक और लोकतंत्र-विरोधी बना दिया है, उसके प्रमाण वे फतवे और लांछन हैं, जो विचारों की एकच्छत्रता और निरंकुशता में ही भरोसा करते हैं। स्वयं को इस या उस विचार-परंपरा, संप्रदाय या 'धारा' के मानने वालों ने मैत्रेयी को भी कहाँ निदाग रहने दिया है? किसी ने उनके लिखे को 'अहीर कथा' कहा तो किसी ने कुछ और। ऐसे फिकरे कैसे जातिवादी दिमाग से निकले होंगे?

'इदन्नमम' से लेकर 'चाक', 'अल्मा कबूतरी' और 'कही ईसुरी फाग' लिख चुकने के बाद 'कस्तूरी कुंडल बसै' में उन्होंने स्त्री का जैसा आत्म-दर्शन किया है, वह आत्मकथा के बहाने आत्म-विमर्श भी है। यह आत्म-विमर्श उस 'स्त्री' का भी है, जो बेटी तो है, लेकिन जिसके आगे-पीछे माँ-पिता, रिश्ते-नाते, प्रेमी-पति और पुत्र-पुत्रियाँ भी हैं। इससे यह भी समझ में आता है कि मैत्रेयी का स्त्री-विमर्श, परिवार-विमर्श भी है और समाज-विमर्श भी। वह परंपरा-विमर्श अगर है तो आधुनिकता और इतिहास-विमर्श भी। तसलीमा ठीक कहती हैं, "मेरा धर्म मानवता है। मैं न नारीवादी हूँ, न बौद्धिक। समाज की नाइंसाफी, औरत-मर्द में विषमता, पुरुष-शासित समाज में औरत को दूसरे दर्जे से भी बदतर बनाए जाने से मेरा जी दुखता है।" ये उसी लेखिका के शब्द हैं—"बुजदिल की तरह जीने से कहीं बेहतर है, बहादुरी और साहस के साथ कलम थामे मरूँ।"

तो क्या मैत्रेयी और तसलीमा एक-दूसरे के वैचारिक पर्याय हैं?

जानता हूँ, मैत्रेयी ठेठ बुंदेलखंडी हैं। खिल्ली गाँव ही उनके अनुभवों का 'देस-परदेस' है। वहीं उनकी प्रज्ञा पली-पुसी और विकसित हुई है। सदियों के परतदार और जटिल इतिहास और उसे अपनी बहुरंगता में जीते जिस लोक ने उन्हें

जिन नग्न वास्तविकताओं का अनुभव और यथार्थ-बोध कराया है, उसी लोक (जीवन) ने उन्हें उस आक्रामक दृष्टि से लैस भी किया, जिसे जिजीविषा का यथार्थ कहते हैं। यह एक ऐसा 'बोध' है, जिसकी जरूरत केवल खिल्ली गाँव को नहीं, महानगर और राजधानी दिल्ली को भी पड़ा करती है।

'खिल्ली' गाँव से महानगर दिल्ली तक मैत्रेयी का यह यथार्थ-बोध अगर धूमिल और मटमैला नहीं पड़ा, किसिम-किसिम के यथार्थों के बीच और बावजूद अगर उनकी प्रखर दृष्टि अविचल और निर्भ्रांत बनी रह सकी है, तो उसका कारण यही कि वे बार-बार उसी खिल्ली गाँव, आसपास के जन-समाज और उसकी धरती बुंदेलखंड की ओर लौटती हैं, जिसके एक हिस्से में मैथिलीशरण गुप्त, वृंदावनलाल वर्मा तो दूसरे में झाँसी की रानी लक्ष्मीबाई और भगवानदास माहौर बसे हुए हैं। इतिहास और परंपरा की ये लड़ाइयाँ मैत्रेयी अपने इन्हीं पुरखों की विरासत के साथ खुद अपने दम-खम पर लड़ रही हैं। पर ध्यान रहे, महारानी लक्ष्मीबाई की लड़ाई जिस तरह उनकी निजी और अकेले बुंदेलखंड की स्वाधीनता की लड़ाई नहीं थी कभी, उसी तरह मैत्रेयी की लड़ाई भी न तो निजी है, न अकेले बुंदेलखंड की। वह समूची स्त्री-जाति के मार्फत समस्त मानवता की मुक्ति की लड़ाई है। मैत्रेयी तो बस उसकी अगुआई कर रही हैं। याद करें तो इसकी पुरखिनों में 'खूब लड़ी मरदानी' वाली सुभद्राकुमारी चौहान भी थीं।

सच है, मैत्रेयी का समूचा लेखन भारत के स्वाधीन-संघर्ष की अनुगूँजों का एक महासंगीत लिए हुए है। उसमें दयानंद भी हैं, राजा राममोहन राय भी। गांधी हैं तो लोहिया भी। संभव हो, कहीं न कहीं मार्क्स और लेनिन भी हों। तथापि वे कथा-लेखन का जैसा उथल-पुथलकारी पाठ लेकर उपस्थित हैं, उससे हिंदी उपन्यास को एक गंभीर वैचारिक तेज और लपट फेंकते अनुभवों का अपूर्व वैभव मिल सका है।

जिस दौर में चीजें पैदा होते ही बासी पड़ने लगें, एक विचार दूसरे को धकियाने और खत्म करने पर आमादा हो, एक रैली को झुठलाने के लिए दूसरी महारैली की जा रही हो, उस दौर में खरे और धधकते अनुभवों का सौंदर्य ही सबसे बड़ा साहित्य-सौंदर्य है। संभव है, अन्य सारे लोग साहित्य के सौंदर्य की आधुनिकतम स्थापना के लिए लिख रहे हों, मैत्रेयी तो इन्हीं ठेठ जमीनी और लपट फेंकते अनुभवों की दहकती आँच और उनके पुनर्वास के लिए लिख रही हैं।

कह सकते हैं, समूची परंपरा अगर उनके यहाँ पूर्वपक्ष के रूप में कठघरे में खड़ी है तो उत्तरपक्ष के रूप में वे खुद और उनके स्त्री-चरित्र हैं। 'इदन्नमम' से यह प्रसंग यथेष्ट होगा :

बऊ के यह कहने पर कि तुम तो रामायन बाँचती हो···पुरान पढ़ती हो··· अपनी मरजाद त्यागना, अपनी देहरी छोड़ना आसान और मामूली बात है, मंदा कहती है, "वे सब पुरुष-प्रधान समाज के अवसरवादी प्रसंग हैं।" बऊ के यह तर्क करने पर कि "इज्जत-आबरू वारे घरों की जनी-मानसों को, इनके साथ चलना ही चलना है," मंदाकिनी ने साफ नकारते हुए कहा, "नहीं बऊ, नहीं। हम नहीं मानते···अर्जुन द्वारा स्वयंवर करके लाई गई द्रौपदी को अपने पाँचों पुत्रों में बाँट देना तुम्हें अच्छा लगा होगा बऊ, हमें तो एक औरत के प्रति दूसरी औरत का घोरतम अन्याय और कुकर्म लगा।"

सर्जक मैत्रेयी अगर कुछ हैं तो यही हैं।

खंड 2

मुझे अपना दुःख और संघर्ष हमेशा याद रहता है

अमरीक सिंह दीप से बातचीत

मैत्रेयी पुष्पा हिंदी साहित्य के समकालीन महिला लेखन की सुपर स्टार हैं। 'बेतवा बहती रही', 'इदन्नमम', 'चाक', 'कही ईसुरी फाग' जैसे उपन्यासों की लेखिका। बुंदेलखंड की ग्रामीण स्त्री का हृदय जिनके उपन्यासों व कहानियों में धड़कता है। शांत, सौम्य, शिष्ट। चेहरे पर निरंतर बनी रहने वाली मंदस्मिति के बावजूद आँखों में जीवट वाली ग्रामीण स्त्री जैसी चमक व दृढ़ता। प्रस्तुत हैं बातचीत के अंश :

आप पहली महिला लेखिका हैं, जिसने गाँव की स्त्री की व्यथा को पूरी शिद्दत और गहराई से जाना, समझा और व्यक्त किया है। आपके उपन्यासों 'इदन्नमम', 'चाक' और 'अल्मा कबूतरी' की नायिकाएँ जितनी प्रगतिशील दिखाई गई हैं, क्या वर्तमान समय में गाँव-समाज की स्त्रियाँ वास्तव में इतनी बदल चुकी हैं?
देखिए, प्रेमचंद ने कहा है कि साहित्य समाज के आगे चलने वाली मशाल है। गाँवों में कई ऐसी स्त्रियाँ हैं, कहीं मुझे विशफुल थिंकिंग नहीं दिखानी पड़ी कि ऐसा होना चाहिए, ऐसा होगा...ऐसी स्त्रियाँ एकदम निखालिस कहीं नहीं हैं। यह मेरी कल्पना का आकार है। कुछ यथार्थ, कुछ कल्पना। अनुपात जरूर उसका फर्क-फर्क हो सकता है। कहीं यथार्थ अधिक, कहीं कल्पना ज्यादा। और वह जो स्त्री है, वह एक हिम्मत और हौसला है। खुद को व्यक्त करने की क्षमता आ रही है स्त्रियों में। इतना मैं दिखा रही हूँ, लेकिन जहाँ मुझे कमजोर लगता है, वहाँ मैं अपनी कल्पना से, विशफुल थिंकिंग से, आकांक्षा से अपने सपने को सच करती हूँ।

एक संपन्न परिवार की महिला होने के बावजूद कैसे आप बुंदेलखंड के गाँवों की निम्नवर्गीय स्त्री की समस्याओं व पीड़ाओं को इतनी गहराई से समझ और व्यक्त कर लेती हैं? उसके मन की भीतरी पर्तों में दबे दुःख से साक्षात्कार कर लेती हैं?
असल में दीप जी, लोगों को ऐसा भ्रम है कि मैं एक संपन्न परिवार की महिला हूँ। जब मैं महिला हुई और उत्तर अवस्था की महिला हुई तब संपन्नता दिखने लगी। उससे पहले मैं विपन्न, 'कस्तूरी कुंडल बसै' तो पढ़ा होगा आपने, बहुत विपन्न और बहुत निम्न-मध्य वर्ग की लड़की थी। जिसके पास कोई सहारा नहीं था, गाँव की

लड़कियों के पास जो रक्षा होती है, वह भी नहीं थी। जिसके पास रहने के लिए घर नहीं था, जिसके पास पढ़ने के लिए साधन नहीं थे।

ये सारी बातें आपकी स्मृति में कैसे संचित रह गईं?

देखिए, आदमी सुख भूल जाता है, दुःख नहीं भूलता। संघर्ष नहीं भूलता। मुझे अपना दुःख और संघर्ष हमेशा याद रहता है। इस बात को अगर मैं पलट दूँ कि आदमी सारी उम्र भूल जाता है, बचपन नहीं भूलता। तो बचपन ऐसी निश्छल चीज है जो अभी तक याद है। मेरा बचपन विपन्नता और संकटों में गुजरा। वही सब मेरे साथ रहा, जिसे मैं साहित्य में ले आई।

इस वक्त आप क्या लिख रही हैं?

मैं अपनी आत्मकथा 'कस्तूरी कुंडल बसै' का दूसरा भाग लिख रही हूँ, क्योंकि वह बहुत जरूरी है। सोचा था, कभी न कभी लिखूँगी, लेकिन जो पाठक वर्ग का कहना है कि 'कस्तूरी कुंडल बसै' के बाद यह बताइए कि आप लेखिका कैसे बनीं? जो लड़की इस तरह की थी वह लेखिका कैसे बन गई? इतने बीहड़ से आकर। और मेरे लेखिका बनने में मेरी शादी का, मेरे पति का कोई सहयोग नहीं। यह तो मेरे अंदर ही कुछ होगा...होगा। उसी ने किया यह सब।...लेकिन कैसे बन गई, यही सब बताना है मुझे।

एक स्त्री के रूप में आप कैसा महसूस करती हैं? एक नामी डॉक्टर की पत्नी और हिंदी साहित्य की एक प्रतिष्ठित लेखिका, इन दोनों रूपों के बीच में?

देखिए, डॉक्टर की पत्नी मैंने खुद को कभी महसूस ही नहीं किया। यह ठीक कि मैं शादी करके आई हूँ। उन्नीस वर्ष में शादी हुई थी मेरी। शादी के एक वर्ष बाद के रोमानी दिनों की, अभी जब मैं पुरानी चिट्ठियाँ निकालकर पढ़ रही थी, एक चिट्ठी में एक वाक्य है—'कि मैंने तो साथी-सखा ढूँढ़ा था। तुम तो मालिक हो गए।'... तो मुझे एकदम से लगा कि ये कीटाणु कब से रेंग रहे थे, कुलबुला रहे थे, जो मैंने यह लिख दिया।...तो यह कि पत्नी कभी माना ही नहीं मैंने खुद को। इसे मेरे पति का दुर्भाग्य ही समझ लीजिए कि पत्नी की तरह कभी मैंने उनकी सेवा नहीं की। जैसे दूसरी पत्नियाँ करती हैं कि कहीं जा रहे हैं तो अटैची लगा दी, नहाने जा रहे हैं तो कपड़े रख दिए, जो उनके कपड़े प्रेस करती है। यह सब कभी नहीं किया मैंने और न पति ने इस बात की कभी शिकायत की। उन्होंने हमेशा खुद अपना काम कर लिया। उनके कहीं जाने पर जब मैं नहीं पूछती कि तुम लौट के कब आओगे तो लोगों को इससे बहुत शिकायत होती है कि वो जाते हैं तो तुम इतना तो पूछ

लेती, कब आओगे? उलटा उनके जाने से मैं खुद को स्वतंत्र महसूस करती। सोचती कि अब मैं कुछ मन का करूँगी। कुछ गजलें सुनूँगी, कुछ ये सुनूँगी, कुछ वो सुनूँगी, कुछ मूर्खताएँ और गलतियाँ करूँगी। मतलब यह कि उन्मुक्त हो जाऊँगी। जैसे कि मालिक एक भार था जो हट गया है सिर से।

जैसे पेपरवेट उठ गया हो और उसके नीचे दबे पन्ने हवा में उड़ने लगे हों?

हाँ, इस तरह मैं उड़ूँगी, चाहे घर में ही क्यों न उड़ूँ। हालाँकि पति सोचते थे कि यह क्यों नहीं मानती। दूसरी स्त्रियों का उदाहरण भी देते थे मुझे। मैं कहती, पता नहीं, मैंने तुमसे शादी इसलिए नहीं की। यूँ हमारी लव मैरिज नहीं अरेंज्ड मैरिज थी, लेकिन अरेंज्ड मैरिज़ भी मेरी मरजी से हुई थी, लेकिन मैं तुमको पति मानकर नहीं आई थी। मैंने तो सोचा था कि कोई साथी मिलेगा।...तो यह समझ लीजिए कि मैंने पत्नी कभी नहीं माना अपने आप को। और अगर कोई लेखिका कहता है तो मैं सकुचा जाती हूँ। संकोच होता है कि मैं कहाँ की लेखिका।

मैत्रेयी पुष्पा से यह संवाद कर चकित हूँ। सोच रहा हूँ, क्या 'हंस' के संपादकीय में वर्णित 'मरी हुई गाय' ऐसी होती है? कितने गलत थे पुराने लोग, जो कहा करते थे कि 'औरत तो बेचारी गाय होती है; जिस खूँटे से बाँध दो, बँध जाती है।' नहीं, स्त्री गाय नहीं होती। वह भी एक इंसान है। एक संपूर्ण व्यक्तित्व। एक समग्र सत्ता।

साहित्यिक ईमानदारी के लिए मैंने जिंदगी दाँव पर लगा दी

विज्ञान भूषण से बातचीत

कुछ वर्ष पहले 'कस्तूरी कुंडल बसै' शीर्षक से मैत्रेयी पुष्पा की आत्मकथा का पहला भाग आया था। आत्मकथा लेखन के बने-बनाए प्रतिमानों को तोड़ते हुए अपनी बेबाक लेखन शैली के कारण यह पुस्तक साहित्य जगत् में अत्यधिक चर्चित हुई। अभी-अभी दूसरा खंड 'गुड़िया भीतर गुड़िया' आया है। इस कृति में भी उन्होंने अपने उसी अंदाज में समाज की रुग्णताओं और अपनी कमजोरियों पर वैसी ही निर्ममता के साथ प्रहार किया है, जैसी कि उनकी पहचान रही है। इस आत्मकथा से उत्पन्न सवालों को लेकर विज्ञान भूषण ने उनसे मुलाकात की। प्रस्तुत हैं बातचीत के प्रमुख अंश :

आपने पुस्तक का शीर्षक 'गुड़िया भीतर गुड़िया' क्यों रखा?
जहाँ तक पुस्तक के शीर्षक का प्रश्न है, मैं यह समझती हूँ कि ये समाज स्त्री को हमेशा से ही सजी-सँवरी गुड़िया मानता आया है, लेकिन उसके भीतर जो एक और गुड़िया का अस्तित्व होता है, ये आत्मकथा उसी की अभिव्यक्ति है।

इस आत्मकथा के विशेष पात्र राजेंद्र यादव को आपने कहीं अपना गुरु माना है, तो कहीं उन्होंने आपसे राखी बँधाने का प्रस्ताव भी किया है। कई बार आपको उनके भीतर के मर्द से डर भी लगा, आप दोनों के बीच शब्दातीत आत्मीयता भी रही, जबकि डॉ० साहब (आपके पति) इसको लेकर हमेशा सशंकित, व्यथित और व्याकुल रहे। तो अंतिम रूप में आप इस रिश्ते को किस तरह परिभाषित करेंगी?
मेरे संबंध राजेंद्र जी के साथ तब भी आत्मीय थे और आज भी वैसे ही हैं। हाँ, अगर 'किसी और' तरह के संबंध भी होते तो मैं स्वीकार करते हुए खुलकर लिखती। उसे राखी या किसी तरह के आवरण में न छिपाती। मुझे अपने पति के अलावा किसी से डर नहीं लगता, इसीलिए ये आत्मकथा भी मैंने उनसे छिपा-छिपाकर ताले में बंद करते हुए पूरी की। राजेंद्र जी मेरे गाइड भी रहे। उनमें मैंने अपने बाबा, अपने गुरु, अपने शुभचिंतक की छवि को महसूस किया है।

इस आत्मकथा में आपने प्रभा खेतान, मन्नू भंडारी, तहमीना दुर्रानी, कौशल्या बैसंत्रीं का जिक्र करते हुए यह सिद्ध करने का प्रयास किया है कि इनके मुकाबले अपने पति के साथ रहते हुए भी आपने तीखी टिप्पणियाँ की हैं। यानी उन लेखिकाओं से ज्यादा जोखिम आपने उठाया। तो क्या ऐसा आपने जानबूझकर अपनी आत्मकथा को विशिष्ट बनाने के लिए किया?

नहीं। मैंने ऐसा कोई प्रयास नहीं किया है। मैंने तो अपनी आंतरिक आवाज के अनुसार ही लिखा है। लेकिन न तो मैं उम्र-भर कुँवारी रही, न मैंने पति के छोड़ जाने या तलाक लेने का इंतजार किया और न ही मैंने ये सोचा कि जब अकेली हो जाऊँगी तब लिखूँगी। मैंने हर तरह के खतरे को झेलते हुए लिखा है। विवाहिता होते हुए तनी डोरी पर चलते हुए कलम चलाई है।

अपनी लेखन प्रयोगशाला में खुद पर इतने क्रूर प्रयोग किए तो इससे प्राप्त प्रतिफल से आप कितनी संतुष्ट या असंतुष्ट हैं?

आत्मलोचन और आत्मनिरीक्षण की आदत मेरे भीतर हमेशा से रही है। जब मैं अपने लिखे को दोबारा देखती हूँ तो ये संतुष्टि जरूर होती है कि मैंने अपने पात्रों और चरित्रों की तरह खुद को भी नहीं छोड़ा है। सच तो ये है कि साहित्य में ईमानदारी बरतने के लिए मैंने अपनी जिंदगी को भी दाँव पर लगा दिया।

आपके कहने का मतलब ये है कि लेखक बनने के बाद आपका निज कुछ भी नहीं रह जाता है?

हाँ, ये बिलकुल सही बात है। दरअसल लेखन के द्वारा भी हम अपनी निजता को ही तो खोलते रहते हैं।

लेकिन लेखक होने से पहले हम एक मनुष्य हैं। क्या हमारे भीतर सहज मानवीय प्रवृत्तियों का होना स्वाभाविक नहीं है?

हाँ, ये स्वाभाविक है। पर मैं अगर अपनी बात करूँ तो अपने और पराए का कोई भेद नजर नहीं आता है। मुझे अपने बच्चे की तरह ही दूसरों के बच्चे भी उतने ही प्यारे लगते हैं। इसलिए कम से कम मेरे लिए निजता या सार्वजनिकता की कोई समस्या ही नहीं रह जाती है। मैं सच बताऊँ, मुझे प्यार लेना या देना (बड़े या छोटे सभी के प्रति) इतना अच्छा लगता है कि यह प्रवृत्ति मेरे पूरे अस्तित्व में समा गई है। ऐसा शायद इसलिए विकसित हुआ, क्योंकि मुझे बचपन में आवश्यक प्यार नहीं मिला।

आपने माना है कि 'मैंने सुंदर कम, लेकिन सत्य अधिक लिखा है।' क्या किसी

लेखक के लिए साहित्य (जिसमें जनसामान्य का हित शामिल हो) लिखने से अधिक जरूरी है सत्य लिखना?

नहीं-नहीं, (हँसते हुए) मेरा कुछ साहित्य सुंदर भी है। लेकिन सत्य की तुलना में उसका अनुपात कुछ कम है। सत्य अधिकांशतः कड़वा होता है। हम सभी को सच स्वीकार करने में घबराहट होती है।

आपने माना है कि ज्ञान बदलाव को प्रेरित करता है। जिंदगी मुहाल कर देता है। पढ़ाई-लिखाई के प्रति राग जिंदगी में रंगीनियाँ नहीं भरता, भले ऊँचाइयाँ चढ़ता जाए। क्या आपने भी जागरूक होकर अपने जीवन को अशांत बना लिया?

बिलकुल सही बात है। अज्ञानता में हमें कोई भी विद्रूपता नहीं दिखती है। इसीलिए कुएँ में मेढक बहुत सुखी रहता है। स्त्रियों की समाज में जो भी दशा है, उसका प्रमुख कारण ही यही है कि उसने अपने बारे में कभी ढंग से सोचा ही नहीं। कपड़े, जेवर और साज-शृंगार को ही उसने सच्चा सुख मान लिया। इसके विपरीत जिसने भी अपने अस्तित्व को समझा उसने अपना जीवन अशांत बना लिया। हालाँकि इस वजह से ही अब स्त्रियाँ अपने बारे में भी सोचने लगी हैं।

क्या आपके भीतर शुरुआत से ही एक ऐसी मैत्रेयी का जन्म हो चुका था; जो आपके साथ रहते हुए भी साक्षी भाव से अलग रही? और ऐसे ही किसी भाव ने इस आत्मकथा को जन्म दिया?

हाँ, मैं बचपन से ही थोड़ी एबनॉर्मल थी। नदी किनारे घंटों बैठना, बकरियों के पीछे दौड़ना, सुबह-सुबह पेड़ के झुरमुटों से सूरज की किरणों को उतरते हुए देखना मुझे बहुत अच्छा लगता था। इसके लिए मुझे मार भी पड़ती थी। समय के साथ यही एबनॉर्मलिटी मेरे लेखन में उतर आई।

आपको ऐसा नहीं लगता कि इस तरह के लेखन से ऊपरी तौर पर सभ्य और संभ्रांत दिखने वाले परिवारों की महिलाओं के सुप्त घावों को आपने कुरेद दिया है। जो उनके खुशहाल जीवन में विक्षोभ उत्पन्न कर देगा। क्या तभी आपको अपना लेखन सफल लगेगा?

मैं ये मानती हूँ कि मैं जो कुछ भी लिखती हूँ, उसमें उन चीजों को छेड़ देती हूँ, जो स्त्रियों के मन में दबी-कुचली पड़ी रहती हैं। मैं उन्हें सच्चाई से अवगत कराती हूँ। उनसे उनका परिचय कराती हूँ। पर हमारा समाज ये मानता है कि जिस भी स्त्री को ज्ञान मिल जाता है तो वह बिगड़ जाती है। मैंने घर-परिवारों को उजाड़ने के उद्देश्य से कभी नहीं लिखा। पर सभ्यता के इस रेशमी आवरण के नीचे की सच्चाई

को उजागर करने से कभी नहीं डरी।

स्त्रियों के प्रति इतनी संवेदनशीलता होने के बाद भी आपका पुत्र-प्राप्ति के लिए प्रयास करना कहाँ तक उचित था?

मैंने इस बात को स्वीकार किया है। जब मैंने लगातार दो पुत्रियों को जन्म दिया तो घर के भीतर-बाहर सब जगह से इतना दबाव मुझे मिला, इतनी मानसिक पीड़ा मिलने लगी कि मैं उससे बचने के लिए व्रत और पूजा-पाठ करने लगी। ये एक औरत पर पड़ने वाले सामाजिक दबाव का ही नतीजा था।

आत्मकथा पढ़ने के बाद पाठकों की और इसमें शामिल पात्रों की कैसी प्रतिक्रिया प्राप्त हुई?

हालाँकि अभी कुछ ही लोगों ने इसे पढ़ा है। पर अभी तक बहुत अच्छी और उत्साहवर्द्धक प्रतिक्रिया नहीं प्राप्त हुई है। किसी ने इसे प्रेम का उपन्यास कहा तो कोई इसे युवाओं को प्रेम सिखाने वाली कृति मान रहा है। इससे जुड़े पात्रों ने कहा कि विश्वास नहीं होता कि आप वही मैत्रेयी हैं जो घूँघट में सीधी-सादी अलीगढ़ से दिल्ली आई थीं। अभी तक इसे पढ़कर सभी बहुत खुश हुए हैं।

...और डॉ० साहब की प्रतिक्रिया कैसी रही?

सच कहूँ मैं तो बहुत घबराई हुई थी, पता नहीं क्या होगा। पर वे तो इसे पढ़कर सबसे ज्यादा खुश हुए। मुझे ऐसा लगता है कि मेरे साथ रहते हुए उनकी सोच में परिवर्तन आ गया है। पहले वे ये गाना गाते थे—'तुम मुझे न चाहो तो कोई बात नहीं, किसी और को चाहोगी तो मुश्किल होगी।' किताब पढ़ने के बाद अब वे कहते हैं—'तुम एक बार मोहब्बत का इम्तहान तो लो, मेरे जुनून, मेरी चाहत का इम्तहान तो लो।'

क्या आपको लगता है कि आपके इस लेखन से स्त्री के दर्द को समझकर पुरुष वर्ग की सोच में कुछ परिवर्तन आएगा?

होना चाहिए। मैंने इसी उम्मीद पर लिखा है। और अगर थोड़ा-सा भी परिवर्तन आ सका तो मैं अपना लेखन सफल समझूँगी। मैं साहित्य में सफल या असफल होने से अधिक महत्त्वपूर्ण सार्थक लेखन को समझती हूँ।

शहर की चकाचौंध में गाँव को कैसे भूल जाऊँ!

वैशाली श्रीवास्तव से बातचीत

नब्बे के दशक में उभरी उपन्यास लेखिका मैत्रेयी पुष्पा का समकालीन महिला रचनाकारों में अपना अलग स्थान है। उनके उपन्यासों की विशेषता है—उनकी बुंदेली व खड़ी बोली मिश्रित भाषा-शैली, ग्रामीण अंचल व उनकी जबर्दस्त नायिकाएँ। उनकी आत्मकथा का पहला भाग 'कस्तूरी कुंडल बसै' भी आलोचकों व पाठकों के बीच काफी चर्चित हुआ। उनकी आत्मकथा का दूसरा भाग 'गुड़िया भीतर गुड़िया' भी काफी चर्चा में है। यहाँ प्रस्तुत है स्त्री-विमर्श की इस सशक्त हस्ताक्षर से की गई बातचीत के महत्त्वपूर्ण अंश :

कथा-लेखन के प्रारंभिक स्तर पर आप किन कारणों, रुझानों व प्रभावों से अनुप्रेरित हुईं?

कहानी न मैं लिखना चाहती थी, न पढ़ना। दरअसल मेरी गद्य में रुचि नहीं थी। जब पढ़ती थी तो हिंदी के पर्चे में आता था कि इस गद्यांश का भावार्थ करो तो मुझे समझ में नहीं आता था। पद्य का तो ठीक है कि गद्य करो। गद्य का क्या करें? मुझे कविता पसंद थी, कविता भी अतुकांत अच्छी नहीं लगती। मुझे लयात्मकता, गीतात्मकता पसंद थी तो मैंने कविता लिखनी शुरू की। बातें मेरे पास बहुत थीं, जो कविता में खुलकर नहीं आ पा रही थीं तो कहानी लिखनी शुरू की। कहानी भी लंबी हो जाती, बड़े-बड़े वर्णन हो जाते। तो फिर उपन्यास लिखना शुरू किया। उपन्यास लिखते समय भी कविता की भाषा नहीं छूटी। उन दिनों मैं शिवानी की भाषा से बहुत प्रभावित थी। हमारे समय के पाठक शिवानी से बहुत प्रभावित थे तो 'स्मृति दंश' और 'बेतवा बहती रही' उसी भाषा में थी। जब छपकर आई तो अच्छा नहीं लगा। फिर रेणु की तरफ ध्यान गया कि कैसे उन्होंने अपनी आंचलिक भाषा और खड़ी बोली को मिलाया है। मैंने भी बुंदेली के साथ खड़ी बोली को मिलाकर प्रयोग किया तो बात बनी और 'इदन्नमम' जिस रूप में आया, पसंद आया।

अपनी आत्मकथा 'गुड़िया भीतर गुड़िया' में आपने विस्तार से बताया है कि लेखन

के प्रारंभिक दौर में आपको स्त्री होने के नाते किन कठिनाइयों/विसंगतियों से गुजरना पड़ा। आज साहित्य के क्षेत्र में स्थापित होने के बाद भी ऐसी समस्याएँ हैं?

अब वे लोग मुझसे डरते हैं (जोर से हँसती हैं), कुछ गुस्सा भी हैं, कुछ चाय पिलाने ले जाते हैं। वैसे शुरू में जो मेरे साथ हुआ, उसका कारण यही था कि लोग मुझे हलके में लेते थे। सब जानते थे कि मैं डॉक्टर की पत्नी हूँ। ऐसे माहौल से जो स्त्रियाँ आती थीं, वे सिर्फ तफरीह के लिए आती थीं। न उनमें साहित्य की समझ होती है, न साहित्य से खास लगाव होता है। ऐसी स्त्रियों के कारण ही लोग स्त्रियों को हलके में लेते हैं। दूसरे, डॉक्टर की पत्नी होने के कारण सब मेरा 'यूज' करते थे और मैं सोचती थी कि वे देवदूत हैं, जो मुझे साहित्य का रास्ता दिखा देंगे। वे जैसे पुकारते थे, मैं भागती थी। मुझे यह लगता था कि मेरा काम है तो मुझे इतना करना ही पड़ेगा। झिझक भी बहुत थी मेरे अंदर। शादी से पहले मैं इतने लड़कों के बीच रही, को-एजुकेशन में पढ़ी, लेकिन शादी के बाद ऐसी कंडीशनिंग हुई कि मैं झिझकने लगी। मैंने अपनी यह किताब 'गुड़िया भीतर गुड़िया' इसीलिए तो लिखी कि आगे आने वाली स्त्रियाँ सँभलकर रहें। राजेंद्र यादव जी का इस बात पर मुझसे झगड़ा हुआ कि तुमने नाम क्यों नहीं लिखा! मैं बोली—नाम लिखने से क्या फर्क पड़ता है? सिर्फ उन्हीं से सावधान होने की जरूरत थोड़े ही है, उनका तो अब समय भी निकल गया। नए-नए लोग आएँगे, तब यह सब नहीं होगा क्या? बस, खुद सावधान रहने की जरूरत है। और अब जो तुमने पूछा है तो अब तो मैंने खुद ही लिख-लिखकर प्रूव कर दिया और वह औरों पर भारी भी पड़ने लगा है तो अब वे मुझे क्यों छेड़ेंगे?

पुरुष वर्चस्व और पितृसत्तात्मक समाज में स्त्रियों के धारदार लेखन को आप किस रूप में देखंती हैं? क्या इससे कुछ फर्क पड़ेगा?

फर्क पड़ेगा क्या, पड़ रहा है। लोग परेशान हैं। अब तक अच्छी स्त्री उसे माना जाता था, जो सबका खयाल करे, पर खुद के लिए न बोले, जवाब नहीं दे। चूल्हे-चौके से लेकर साहित्य तक, राजनीति तक हर क्षेत्र में पुरुष चाहता है कि वह स्त्री को घेरे में रखे। जब स्त्री कुछ अलग करती है तो पुरुष तिलमिला जाता है। और यह धारदार-वारदार लेखन कुछ नहीं है। चूँकि स्त्री ने मुँह खोला है, लिखा है तो धारदार लगता है। कुछेक तो यह भी कहते हैं कि स्त्री ऐसा लिख ही नहीं सकती। मेरी कृति 'अल्मा कबूतरी' को जब पुरस्कार देने की बात हुई तो कमलेश्वर और कई आलोचकों ने ऐतराज जताया कि 'उसे? उसके लिए तो राजेंद्र यादव लिखते हैं।' तो वहाँ उपस्थित अजित कौर ने ऐतराज जताया कि 'राजेंद्र यादव एक 'अल्मा कबूतरी'

लिखकर दिखा दें तो मानूँ।' तो यह तो लोगों की धारणा है। फिलहाल कुछ भी हो, धारदार लेखन अभी और भी आएगा।

सक्रिय साझेदारी ही स्त्रियों को निर्णायक रूप में सामाजिक परिवर्तन की दिशा में आगे ले जा सकेगी। एक आम स्त्री की सक्रिय साझेदारी को आप किस रूप में परिभाषित करेंगी?

एक आम स्त्री कैसे सक्रिय साझेदारी करे, इसीलिए तो यह किताब 'गुड़िया भीतर गुड़िया' लिखी है। 'कस्तूरी कुंडल बसै' जब पाठिकाओं ने पढ़ा तो मेरे पास ढेरों पत्र आते, जिसमें अधिकतर यही प्रश्न होता कि क्या आपने पति छोड़ दिया है? या फिर आप विधवा हैं? पति के साथ रहते ऐसा कैसे लिखा? हम ऐरा कैसे कर सकते हैं? तो मैंने इसमें यह बात बताई कि जब मैं भी एक आम स्त्री थी तो कैसे बढ़-चढ़कर चलने की प्रवृत्ति के साथ मैंने अपना काम किया। चार कदम किसी दिशा में आगे बढ़े, पति को बुरा लगा तो लो भैया, उनके अहं की तुष्टि के लिए दो कदम पीछे हो गए। फिर भी दो कदम तो आगे बढ़े। मैंने तो यही रणनीति अपनाई। आम औरतों को भी घर-बाहर यही रणनीति अपनाकर आगे बढ़ना चाहिए।

आपके उपन्यासों में बुंदेलखंड की धरती, वहाँ का जीवन, वहाँ के लोग बार-बार नई ऊर्जा और संवेदना के साथ रेखांकित हुए हैं। आज भी बुंदेलखंड में किसान आत्महत्याएँ कर रहे हैं, महिलाएँ भूख से मर रही हैं, बच्चों की शिक्षा-दीक्षा का कोई प्रबंध नहीं, जबकि आज बुंदेलखंड के संदर्भ में आपका सशक्त लेखन सामने आ चुका है। ऐसे में सामाजिक परिवर्तन में साहित्य की क्या भूमिका परिलक्षित होती है?

यह सब तो राजनेताओं की पहुँच में है और राजनीतिक लोग साहित्य पढ़ते नहीं। वैसे बुंदेलखंड की इस दशा के लिए वहाँ के लोग भी कम जिम्मेदार नहीं। 'नवभारत टाइम्स' के लिए इस पर मैंने एक लेख लिखा है, जिसमें बताया है कि वहाँ भी कुछ लोग अमीर हैं और वहाँ गरीब तो हैं ही। जो वन संपदा थी, पहाड़ थे, उसे शहरी दलाल लग गए। आजकल पैसे की दौड़ बहुत ज्यादा है। सब पूँजीपति बनना चाहते हैं। तो वहाँ के किसानों ने भी पैसों के चक्कर में उनका सहयोग किया और अपनी प्राकृतिक संपदा को खुद खत्म कर दिया। तो वर्षा कहाँ से होगी! दूसरी जो बात मुझे दिखती है कि साहित्य के साथ यह बड़ी परेशानी है कि यह बहुत धीमी गति से चलता है। बुद्धिजीवी वर्ग से आम वर्ग तक आते-आते बहुत समय लग जाता है। वहीं दूसरे व्यसन, भौतिक सुख-सुविधाओं का चस्का बहुत जल्दी आम आदमी

को लग जाता है। बुंदेलखंड में भी घर-घर में टी०वी० है, भले ही खाने को रोटी न हो। मोबाइल है। ये व्यसन जीवन को असंतुलित कर देते हैं। हाँ, इतना जरूर कहूँगी कि जितना मैं देखती हूँ, स्त्रियों में परिवर्तन आया है। स्त्रियों के जीवन को परिवर्तित करने वाली तीन चीजें हैं—रसोई गैस, मोबाइल, गर्भनिरोधक। रसोई गैस ने उन्हें दिन-भर के चूल्हे-चौके से मुक्ति दी। मोबाइल ने उनकी वाणी के ऊपर लगी लगाम हटा दी और गर्भनिरोधक से वे अपना गर्भ नियोजित कर सकती हैं जो कि बहुत बड़ी स्वतंत्रता है। तो बुंदेलखंड की औरतें भी अपने अधिकारों के प्रति जागरूक हुई हैं।

आज भी गाँवों की सबसे बड़ी समस्या गरीबी व शोषण है। आपने लिखा है कि झाँसी में आपके सामने ही प्रभुनाथ काछी की बेटी नन्ही की हत्या हो जाती है और वह कुछ नहीं कर पाता, उसकी जमीन चली जाती है। आपका कहना है कि वे बिना लड़े ही हार जाते हैं, तब जब वे अपनी जमीन नहीं बचा पाए तो आज जब बड़े उद्योगपति, कंपनियाँ, 'सेज' के माध्यम से किसानों की जमीन के पीछे पड़ी हैं तो वे अपनी जमीन कैसे बचा पाएँगे?

मैंने कहा न, किसानों की थोड़ी गलती तो खुद है। बड़ी कंपनियाँ हों या वहाँ के छोटे-छोटे जमींदार; सबने उनको एक लत पकड़ा दी—अफीम की, शराब की और भरमा लिया है। वे इस लत के पीछे खुद अपनी जमीन छोड़ देते हैं। इसका तो यही निदान है कि विवेक से काम लेकर भला-बुरा सोचें, अपने अधिकारों के प्रति लड़ें।

आप सदैव से नारी की पक्षधर रही हैं और पुरुष द्वारा किए गए अत्याचार, पुरुषों की दोगली मानसिकता का विरोध करती रही हैं। पहली बार पुरुष के विरुद्ध आक्रोश कब और कैसे जन्मा?

पुरुष के विरुद्ध मैं कभी नहीं थी। मैं तो सहयोगी पुरुष चाहती थी। इसीलिए तो मैंने 'कस्तूरी कुंडल बसै' में बताया कि मैंने शादी के शुरुआती दिनों में अपने पति को पत्र लिखा कि मैंने यह शादी कोई उमंग-तरंग में नहीं की है, बल्कि इसलिए की है कि मुझे पति नहीं, सखा चाहिए। मैं एक ऐसी लड़की थी, जिसके बाप, भाई कोई नहीं थे तो शादी से पहले हर पुरुष मुझे सर्वसुलभ समझता था। पुरुष की इसी नीयत से आक्रोश पनपने लगा।

दरअसल हमारे समाज में संस्कार ही ऐसे हैं कि लड़कों को बचपन से मन में यह धारणा बैठा दी जाती है कि तुम लड़के हो, तुम्हारा कुछ नहीं बिगड़ेगा। क्यों? क्योंकि लड़की के शरीर से गर्भाशय लगा है, इसलिए कहीं कुछ हो, करता लड़का

है और दोष लड़की को दिया जाता है। यही सब बातें मुझमें आक्रोश उत्पन्न करती हैं।

आपकी रचनाओं में अधिकतर पुरुष पात्र खलनायक के रूप में आते हैं, अगर नायक होते भी हैं तो नायिका के प्रभावशाली व्यक्तित्व के नीचे दबे हुए, जैसे 'चाक' की सारंग के आगे रंजीत और श्रीधर, 'इदन्नमम' की मंदा के सामने मकरंद। क्या कभी पुरुष को नायक मानकर या केंद्र में रखकर लिखने का विचार नहीं आया?

मैंने तो पुरुष को केंद्र में रखकर ही लिखा था, लेकिन धीरे-धीरे स्त्री खुद केंद्र में आ जाती है। दोनों पुरुषों के सामने सारंग कुछ नहीं है। रंजीत पढ़ा-लिखा है और गाँव का विकास करना चाहता है, लेकिन धीरे-धीरे स्वार्थी हो जाता है। श्रीधर तो मास्टर ही है, वह ईमानदार भी है, लेकिन फिर भी सारंग जैसा साहस उसमें नहीं। सारंग को उसके संघर्ष बड़ा बनाते हैं। रंजीत से बड़ा श्रीधर और श्रीधर से भी बड़ी सारंग हुई। वह धीरे-धीरे ताकत पकड़ती हुई सबसे बड़ी हो जाती है और आपको लगने लगता है कि मेरी स्त्रियाँ पुरुषों को दबा देती हैं।

'चाक' का पुरुष पात्र रंजीत अपनी पत्नी से प्रेम करता है, उसका कहा सुनता है, साथ देता है, पर श्रीधर की तरफ सारंग का झुकाव रंजीत के पुरुष अहं को चोट पहुँचाता है जो कि स्वाभाविक है। ऐसे में रंजीत कहाँ गलत है और क्यों?

रंजीत कहीं गलत नहीं है, परिस्थितियाँ उसे गलत बनाती हैं। उसकी गलती यह है कि वह सारंग पर अविश्वास करता है, जब सारंग के श्रीधर से शारीरिक संबंध नहीं बने थे, उससे पहले से। जबकि सारंग का श्रीधर से संबंध बिलकुल खुला था, फिर भी रंजीत को शक का कीड़ा लग जाता है। दरअसल आदमी सोचते हैं कि तू मेरी है तो सिर्फ मुझे देख और किसी को नहीं। ऐसा कहीं होता है क्या? अब मेरे पति ही काम करते हैं, उनके फोन आएँ तो मैं सोचती हूँ कि काम से होगा और हमारा कोई फोन आए तो आसपास ही चक्कर लगाते रहेंगे। सुनने की कोशिश करेंगे कि क्या बात हो रही है? फोन के दूसरी तरफ कौन है, स्त्री या पुरुष? तो यह रखवाली हमें इरिटेट करती है। सारंग के साथ भी यही होता है, दूसरे रंजीत प्रधान की बातों में आकर भला-बुरा विचार छोड़ देता है और स्वार्थी बन जाता है—यह सब सारंग की श्रीधर के ऊपर श्रद्धा बढ़ा देते हैं।

परंतु श्रद्धा में शारीरिक समर्पण की क्या आवश्यकता है? क्या इससे यही बात नहीं सिद्ध होती कि स्त्री और पुरुष में कभी स्वस्थ मैत्री नहीं हो सकती? दोनों

के बीच शरीर जरूर आ जाता है। जैसा कि आपने कहा है कि पुरुष कई बार मर्यादा तोड़े, कई संबंध रखे, कोई फर्क नहीं पड़ता, पर हम करें तो भूचाल आ जाता है। तो क्या सिर्फ क्रिया-प्रतिक्रिया या प्रतिशोध की भावना से प्रेरित होकर हम भी कई संबंध बनाएँ? पुरुषों से लड़ते-लड़ते पुरुष हो जाना या उनके जैसे ही बन जाने का क्या औचित्य है?

न तो प्रतिशोध और न ही प्रतिक्रिया में सारंग ने संबंध बनाए हैं। रंजीत से तो उसे प्रेम है, पर रंजीत से उसे शिकायत है कि तुम अपने विवेक से कुछ नहीं करते। रंजीत को स्वार्थ ने अंधा बना दिया है। शक्तिशालियों के षड्यंत्र के खिलाफ वह सारंग के साथ नहीं है, जबकि श्रीधर के लिए जो पक्षदारी है सारंग की, वह न्याय के लिए है। बेईमान लोग श्रीधर पर हमला कर देते हैं। सारंग अस्पताल में उसकी सेवा करती है, पर रंजीत साथ नहीं देता। वह मना कर देता है कि 'मास्टर, मेरे घर मत ले जाना सारंग।' तो सारंग का घर भी अपना नहीं। फिर भी सारंग उसे दूसरे स्थान पर ले जाकर सेवा करती है। तो सारंग की जो प्रवृत्ति है, वह औरत की नैसर्गिक प्रवृत्ति है। ममत्व की, उदात्तता की। यह थोड़े ही है कि औरत सिर्फ अपने बच्चे के दुःख से दुखी होगी, दूसरे के बच्चे के दुःख से नहीं। फिर सारंग के लिए श्रीधर स्कूल का प्रतीक है। श्रीधर नहीं, एक स्कूल मर रहा है सारंग के लिए। वह उसको बचा रही है। फिर कोई बिलकुल ही सती सावित्री की तरह बैठा रहे कि कोई मरता है तो मरे। यह ठीक है क्या? बेईमानी होती रहे, यह न हो? कोई मर जाए, यह अच्छा है और यह हो तो गलत? कभी-कभी नैतिक-अनैतिक का विचार छोड़कर काम करना पड़ता है। सारंग ने वही किया है।

'मायामृग' (झूलानट) का बालकिसन अपनी पत्नी (जो कि उसके बड़े भाई की पूर्व पत्नी थी) के पूर्व पति के लौट आने पर उसकी उपेक्षा का शिकार होता है। पत्नी, पूर्व पति–जो कि अपेक्षाकृत अधिक संपन्न होकर लौटता है–के स्वागत-सत्कार में लग जाती है–माँ भी उसका साथ देती है। अभी तक स्वभाव से स्वार्थी पुरुष की यह प्रवृत्ति मानी जाती रही है कि वह भावना से काम न लेकर व्यावसायिक बुद्धि (लाभ-हानि का विचार करके) से काम लेता है। तो क्या अब स्त्री भी इतनी चतुर हो गई है?

एक पति पत्नी को कुरूप होने के अपराध में छोड़ देता है और शहर जाकर दूसरी औरत रख लेता है। अब उसकी पत्नी तरस का विषय है। घर की नौकरानी की तरह सबका काम करती है। उसका देवर कम बुद्धि का है। तो उसकी सास ही कम बुद्धि के बालकिसन और कुरूप शीलो को साथ कर देती है। वह शीलो से बछिया कर

लेने को कहती है, पर शीलो इसके लिए तैयार नहीं होती। क्यों? क्योंकि बछिया कर लेने से वह बाकायदा बालकिसन की पत्नी मान ली जाएगी। इस प्रकार पहले पति की संपत्ति पर से उसका अधिकार छिन जाएगा। पहला पति घर आता है और कहता है कि तू तो अब बालकिसन की पत्नी है तो शीलो कहती है कि पत्नी तो मैं तुम्हारी हूँ। बस, जैसे तुमने मेरे रहते दूसरी रखी है वैसे ही मेरा और बालकिसन का संबंध है। इस प्रकार मेरा हक खत्म नहीं होता। तो जब पुरुष दुनिया-भर की चालें फेंकता है, एक पत्नी के रहते दूसरी रख लेता है तो कोई उसे कुछ नहीं कहता। पुरुष स्त्री की संपत्ति, हक छीन लेते हैं, घर से मारकर भगा देते हैं तो मेरी स्त्री शीलो ऐसी स्त्री है, जो दोनों पुरुषों की जमीन ले लेगी।

'इदन्नमम' की मंदा अपनी किशोरावस्था में परिचित पुरुष पात्र–जिसे वह मामा कहकर बुलाती है–के कुकर्म का शिकार होती है। अधिकतर लड़कियों का यौन-शोषण उनके परिचित-संबंधी ही करते हैं। ऐसे पुरुषों के बारे में आप क्या कहना चाहेंगी?

ऐसे पुरुष घटिया मानसिकता के बीमार व्यक्ति हैं, जो हर जगह स्त्री में एक शिकार ढूँढ़ते हैं। मंदा सुरक्षित जगह जानकर वहाँ भेजी गई थी, पर वहाँ क्या हुआ? अकसर लोग कहते दिखते हैं कि आधुनिक फैशन के कपड़े लड़कियाँ पहनती हैं, इसलिए ऐसी घटनाएँ अधिक हो रही हैं। पर मंदा तो ऐसे कपड़े नहीं पहन रही थी, वह बीमार भी थी। छोटी-छोटी बच्चियों के साथ ऐसा होता है, उनकी क्या गलती? गलती दरअसल उन संस्कारों में है, जो बचपन से हम लड़कों में डालते हैं। हमें ये पुरुषवादी संस्कार बदलने होंगे।

आपका आत्मकथात्मक उपन्यास 'कस्तूरी कुंडल बसै' और फिर अब 'गुड़िया भीतर गुड़िया'''' । कुछ आलोचकों ने 'कस्तूरी कुंडल बसै' के लिए कहा था कि उसमें काफी साहसिक तत्त्व विद्यमान हैं और 'गुड़िया भीतर गुड़िया' तो बारूद है। इस साहस का श्रेय आप किसे देंगी? लिखते समय आपको डर नहीं लगता?

इस साहस का श्रेय मैं अपनी माँ को दूँगी। मेरी माँ तो बहुत तेज थीं, मुझसे भी तेज। एक बार मेरे दामाद मेरी बेटी से पूछते हैं कि क्या माताजी (मेरी माँ''सब उन्हें हमारे घर में 'माताजी' कहते थे) मम्मी से भी तेज थीं? तो मेरी बेटी ने हँसकर कहा, 'हाँ!' मेरे दामाद बोले, 'बाप रे बाप! तभी तुम सब भी ऐसी हो!'

खैर, तो मेरी माताजी मुझसे भी ज्यादा तेज थीं। वह तो मेरे विवाह के ही पक्ष में नहीं थीं, पर मैंने जिद से शादी की। मैंने हमेशा उनकी बात का विरोध किया।

मैंने कभी नहीं स्वीकारा। पर अनजाने में कैसे माँ के ये गुण मेरे खून में आ गए, मैं नहीं जानती। आपको पता है, मेरी माँ ने कभी आम माँओं की तरह मुझे शादी के समय शिक्षा नहीं दी, जैसे और माँएँ देती हैं कि पति की सेवा करना, सबका खयाल रखना, ठीक तरह से काम करना। मेरी माँ ने कहा, 'देख, वहाँ जाते ही चूल्हे-चौके में ही मत लग जाना। नहीं तो जिंदगी-भर तुझसे चूल्हा-चौका ही कराएगा। मैंने तुझे इसलिए नहीं पढ़ाया है।'

तो ऐसी थी मेरी माँ। अपने पति की मौत के समय वह औरत रोई नहीं। पति की लाश सामने पड़ी है और वे मुझे गोद में लेकर किनाने चली गईं। बोलीं, 'मैं रोने लगी तो इसे कौन देखेगा!'

ठीक यही मेरे साथ हुआ। उनकी मौत पर मुझे आँसू बहाने का समय नहीं मिला। मेरी बेटी बोली भी कि हमारी मम्मी को माताजी के मरने का जरा दुःख नहीं तभी तो तुरंत वकील से बात करने में लगी हैं। पर मुझे यह करना ज्यादा जरूरी लगा। मैं अकेली लड़की। मेरे नातेदार सोच रहे थे कि वे आसानी से मेरी माँ की मौत के बाद जमीन हड़प लेंगे। माँ की जमीन बचाना मेरा उस समय पहला फर्ज था।

लिखते समय डर क्या होता है, मुझे नहीं पता। मुझे पता होता है कि यह बात मेरे खिलाफ जाएगी, फिर भी मैं चाहकर भी कुछ नहीं छिपा पाती। यह मेरे स्वभाव में ही नहीं। मैंने आज तक अपने पति से तो कोई बात छिपाई नहीं। वस्तुतः बिना छल-छद्म के हम जो व्यवहार करते हैं, वही सहज व्यवहार होता है। फिर उसमें भय नहीं लगता।

आपके उपन्यासों में, जैसे 'अल्मा कबूतरी' में भयावह व नग्न यथार्थ का चित्रण है। यह सत्य है कि हमें सच ही साहित्य के माध्यम से दिखाना चाहिए, पर इतने नंगे रूप में! क्या यथार्थ के नग्न चित्रण के अतिरिक्त और कोई उपाय नहीं? सामाजिक विमर्श में इस खुलेपन की क्या उपयोगिता है?

ढककर दिखाते हुए तो पूरा एक युग निकल गया। उससे क्या लाभ हुआ? अब सच को वास्तविक रूप में ही सामने आने दो।

यद्यपि आपकी रचनाओं में यथार्थ चित्रण भरा पड़ा है, लेकिन आप बहुत रोमांटिक और कल्पनाशील भी हैं। इस यथार्थ जगत् की कड़वाहट में अपनी जिंदादिली को आपने कैसे बचाए रखा?

प्रेम को मैंने बचाए रखा। सच यही है कि प्रेम जिंदा है, तभी कल्पनाशीलता है। मेरे

सारे पुराने दोस्त, दोस्त तो अच्छे शब्दों में कह रही हूँ ''पुराने प्रेमी कह लो, आज तक मुझसे मिलते हैं, पत्र लिखते हैं। ये सब बातें मेरे पति को भी पता हैं। तो प्रेम मेरे हृदय में जिंदा है। सच बात तो यह कि प्रेम से ही सब कुछ है। इस सच्चाई के बावजूद यही प्रेम दुनिया को पाप भी लगता है।

आपका संबंध ग्रामीण और शहरी दोनों परिवेशों से लगभग बराबर रहा है। 'गुड़िया भीतर गुड़िया' में आपने लिखा है कि लिखते समय मन में हमेशा गाँव घूमा है। नगरीय जीवन की अपनी अलग समस्याएँ हैं, जिनसे आप भी अवगत होंगी। क्या नगरीय परिवेश पर लिखने का विचार है?

यह सच है कि शहर में सालों से रह रही हूँ, पर 'विजन' छोड़कर और कुछ नहीं लिखा। सच तो यह है कि मुझे लगता है कि जो चीजें साहित्यकार के अंदर रच-बस जाती हैं, उससे वह निकल नहीं पाता या निकलना नहीं चाहता। गाँव भी मुझमें रचा-बसा है, मैं उससे निकलना नहीं चाहती। आज भी मैं हर साल गाँव जाती हूँ। वहाँ की समस्याएँ, बातें मैं यहाँ शहर की चकाचौंध में रहकर कैसे भूल सकती हूँ? दूसरी बात यह है कि आदमी अपना बचपन और संघर्ष के दिन नहीं भूलता। मेरा बचपन और संघर्ष-भरा जीवन गाँव में बीता है तो लिखते समय वही सब मन में घूमता रहता है।

'गुड़िया भीतर गुड़िया' में आया वह वाकया जिसमें आप पहली बार कहानी लेकर राजेंद्र यादव से मिलीं, उस वक्तव्य को तोड़कर प्रस्तुत करना, फिर प्रबुद्ध लेखिकाओं की उस पर धुआँधार टिप्पणी—सचमुच एक स्त्री को घेरने की कवायद है, जो कुछ अलग कर रही है। आपने लिखा भी है कि 'क्या वे नहीं जानतीं कि यह समय स्त्री का संघर्ष-काल है, नफरत इसे कुंद कर देगी। हम अपने अभियान में खुद ब खुद जाहिल हो जाएँगे।' यह तो रही साहित्य के क्षेत्र में घेराबंदी। ट्रेजेडी यह है कि जीवन-भर खुद पुरुष से शोषित होती रही आम स्त्री भी किसी भी क्षेत्र में आगे बढ़ने वाली स्त्री की घेरेबंदी में पुरुषों के साथ शामिल होती है? घर-बाहर सब जगह स्त्री को स्त्रियों की आलोचना का ही शिकार सबसे पहले बनना पड़ता है। ऐसा क्यों?

एक वाक्य में कहो कि स्त्री स्त्री की दुश्मन है। जब एक स्त्री आगे बढ़ रही दूसरी स्त्री को पुरुषों के साथ मिलकर आलोचना का शिकार बनाती है तो कहीं न कहीं उसमें कमतर होने का भय होता है। जब किसी भी क्षेत्र में कोई नया आता है तो बाकी सब दहल जाते हैं। और अगर नया अपने आप को साबित कर देता है तो कुंठा, ईर्ष्या का जन्म होता है, जिसमें ढूँढ़-ढूँढ़कर गलतियाँ निकाली जाती हैं। स्त्रियाँ

यह सबसे ज्यादा करती हैं। अब मुझे ही देख लो। मैं अपने बूते आगे बढ़ी। जिन राजेंद्र यादव को लोग मेरा गॉड फादर समझते हैं, उन्होंने मुझे पाँच बार लौटाया है। मैंने कोई समझौता नहीं किया। एक-एक उपन्यास के सात-सात ड्राफ्ट किए हैं। इतनी मेहनत की है। कहने का मतलब यह है कि सच्ची लगन हो तो किसी क्षेत्र में स्त्री को आगे बढ़ने से कोई नहीं रोक सकता।

'गुड़िया भीतर गुड़िया' में आपने बताया है रेणु और राजेंद्र जी के प्रति अपना शिष्यभाव। समकालीन हिंदी कथा-साहित्य की एक सजग, संवेदनशील व जुझारू महिला रचनाकार होने के साथ ही विचारशील पाठक के रूप में आपको किस महिला रचनाकार की कौन-सी रचना पसंद है और क्यों?

बाँग्ला लेखिकाओं की रचनाएँ मुझे पसंद हैं। आशापूर्णा देवी का 'प्रथम प्रतिश्रुति', 'बकुल कथा' और मैत्रेयी देवी का 'न हन्यते' अच्छा लगता है। हिंदी में कृष्णा सोबती का 'जिंदगीनामा' अच्छा लगा। दरअसल अन्य लेखिकाओं की किसी रचना में मुझे कुछ अच्छा लगता है तो कुछ नहीं। जो हम स्त्री को हाशिए से हटाकर आगे लाने की मुहिम लेकर चल रहे हैं, उसमें कुछ-कुछ मिला है, बहुत कुछ नहीं। एक उदाहरण देखो, कृष्णा सोबती का 'मित्रो मरजानी' मुझे अच्छा लगा कि कैसे नायिका अपनी आकांक्षाओं के बारे में खुलकर कहती-करती है, पर अंत में उसे वेश्या की बेटी दिखा दिया गया। क्यों? यह एक कुलीन परिवार की स्त्री भी तो हो सकती थी। यह अतिरिक्त सावधानी...

आज की कई समकालीन लेखिकाएँ नारीवादी लेखिका या महिला रचनाकार कहने पर चिढ़ उठती हैं। उनकी स्पष्ट घोषणा है कि वे लेखक पहले हैं, स्त्री बाद में। वहीं आप खुद को स्पष्ट तौर पर स्त्री-विमर्श की रचनाकार मानती हैं? इस विषय पर आपकी क्या राय है?

इस बात पर मुझे बहुत गुस्सा आता है। अरे, तुम लेखक पहले कैसे हुईं और स्त्री बाद में कैसे? क्या पैदा होते ही सीधे लेखक थीं? महिला नहीं थीं? फिर महिला कहलाने में क्या शर्म? महिला नहीं हो तो क्या हो? पुरुष तो हो नहीं जाओगी। मुझे समझ में नहीं आता कि आप अपनी नस्ल से ही धोखा कर रही हैं तो आप क्या लिखने आई हैं? स्त्री कहने में शर्म आती है। 'स्त्री' शब्द गाली है क्या? मैं लेखक या कुछ भी और होने से पहले एक स्त्री हूँ और मैं चूँकि स्त्री होने के नाते स्त्री-मन व अनुभव से परिचित हूँ, इसलिए नारी के मन को समझने का दावा कर सकती हूँ।

आज आप साहित्य के क्षेत्र में एक जाना-पहचाना नाम हैं। शोहरत है, पैसा है। ऐसे में जब पीछे मुड़कर देखती हैं तो कैसा लगता है?

पीछे मुड़कर ही देखती रहती हूँ। मुझे पता नहीं है कि शोहरत क्या है? इन चीजों ने मुझे कभी प्रभावित नहीं किया। मैं जब प्रसिद्ध लेखिका नहीं थी तब भी यही सोचती रहती थी कि मेरी कहानी छप जाए, बस! आज भी अपनी रचनाओं के विषय में ही सोचती रहती हूँ। शोहरत, समृद्धि की चकाचौंध में अपने लेखन के सामाजिक सरोकारों को नहीं भूलती।

आजकल आप क्या लिख रही हैं?

कई चीजें हैं दिमाग में। लेकिन अभी उनकी योजना नहीं बनाई है। बहुत कच्चा माल है मेरे पास! यही कच्चा माल मुझे घुमा रहा है कि किस पर पहले काम शुरू करूँ। कुछ आलोचक तो कहते भी हैं कि इसकी तो हर साल किताब आती है। कहने दो, असली कसौटी तो पाठक हैं। सब कुछ पाठकों के दम से ही है।

यातनाओं और संघर्षों की दीक्षा लेकर आई हूँ

सुशील सिद्धार्थ से बातचीत

मैत्रेयी जी, आपके लेखन की जड़ें जिस जमीन और जीवन से शक्ति अर्जित करती रही हैं, उसके विषय में कुछ बताएँ।

यह जमीन गाँव की है। मैंने अपने जीवन के पहले बीस वर्ष गाँव में बिताए। एक तरह से पूरा व्यक्तित्व वहीं बना। आज भी मैं उस जमीन और जीवन से जुड़ी हूँ। पिता की अकेली संतान होने के नाते अब उनकी जमीन मेरे नाम आ गई है। खेती कराती हूँ और उस पूरी व्यवस्था का सुख-दुःख मेरे भीतर स्पंदित होता है। वह एक अजब जीवन है। जाति, ऊँच-नीच तो है, लेकिन खाना-कपड़ा, गीत-नाच में कोई फर्क नहीं है। कुलीन और गरीब सब एक हैं। पकवान-नाश्ता थोड़ा कम-ज्यादा हो सकता है, लेकिन वाद एक है। मैं खेत पर जब कक्का के लिए रोटी ले जाती थी तो उसमें खेत पर काम कर रहे मजदूरों की रोटी भी शामिल होती थी। यह भेद-विभेद तो मैंने अलीगढ़ आकर जाना। पूरे घर का खाना अलग और काम करने वाली का अलग। शायद इससे ईगो संतुष्ट होता था कि यह इसी योग्य है।

गाँव मेरा यथार्थ और नास्टेल्जिया दोनों है। खेत ही खेत। मैं ट्रैक्टर चला रही हूँ। चारा काट रही हूँ। मजदूरों से झगड़ रही हूँ। इसलिए न अलीगढ़, न दिल्ली, मैं तो अपने गाँव की हूँ। यहाँ लोगों ने मुझे बदलना चाहा। कई बार पति का दबाव भी पड़ा कि पोशाक बदल लो, बालों का स्टाइल बदल लो। मैंने कहा, ये सब बदल भी लूँ तो मन कैसे बदलूँ? गाँव मेरे भीतर बैठा है। खिल्ली ही मेरा देस-परदेस है। एक तार है, जो कभी टूटा ही नहीं। दिल्ली में रहती हूँ, लेकिन दिल्ली को कभी जिया नहीं। आँख बंद करके जैसे कोई बाजार से गुजर जाता है।

जिन लेखकों का ऐसा तार नहीं जुड़ा है, उनके लेखन में एक नकली गाँव दिखाई देता है।

बिलकुल। नकली भी और उपहास करता हुआ भी। दरअसल ऐसे लेखक जीवन को पढ़ना ही नहीं जानते। गाँव के सुख-दुःख को अपने जीवन का हिस्सा नहीं बनाना

चाहते। इतने विकास के बाद भी ज्यादातर गाँवों में जीने योग्य साधन नहीं हैं। पर्दा-घूँघट है। हम कल्पना नहीं कर सकते कि कितनी बाहरी-भीतरी बंदिशें हैं। व्याधियों की खेती है और दवाइयाँ नदारद! इनकी बारीकियाँ न समझ पाने वाला क्या खाक लिखेगा। अभी नीलम शंकर मुझे एक कहानी किसी की पढ़वा रही थी। ईंट ढोने वाली है। भट्ठा मालिक ने यौन शोषण किया और कहानी बन गई। ये लेखक-लेखिका क्या जानें कि यथार्थ की तहों में छिपा यथार्थ क्या है। जिंदगी को चलाने की खातिर कितने समझौते करने पड़ते हैं। स्त्री-जीवन की विषम परिस्थितियाँ किसे पता हैं! बहुत-से लोग ऐसी कहानियाँ लिख रहे हैं। यथार्थ ऐसे दिखता है क्या? जाने क्या-क्या ओझल रहा है अब तक। बस, एक खुरदुरी सतह तलाशी और भाषिक छल का रेशमी कपड़ा उस पर डाल दिया—रचना तैयार। पूछपाछकर अनुभव नहीं होता। एक्टिविस्ट की तरह रहना होता है। मैं हिंदी कथा-लेखन में एक तरह की एक्टिविस्ट ही तो हूँ।

शुरुआती छिटपुट लेखन के अनुभव छोड़ दें तो 'इदन्नमम' के बाद क्या जीवन पहले जैसा ही रहा?

क्या कहते हो, एकदम भूचाल आ गया। कई बार लगा कि इतनी उमर तक कलम नहीं उठाई थी, क्या पड़ी थी कि लिखूँ! मैंने बहुत देर से लिखना शुरू किया। मैं जानती ही नहीं थी कि साहित्य के जंगल में कहाँ खाइयाँ हैं, कहाँ जानलेवा अँधेरा, कहाँ मचान, कहाँ हाँका! कुछ पत्रिकाएँ पति से मँगवा लेती थी, पढ़कर सजा लेती थी। जब 'इदन्नमम' लिखा तो राजेंद्र यादव को दिया पढ़ने के लिए। राजेंद्र जी के बारे में भी बहुत कम जानती थी। वे क्या हैं, उनकी स्थिति साहित्यिक राजनीति में क्या है, इससे मुझे कोई मतलब नहीं था। कहीं परिचय हुआ तो मिलने चली गई थी। इसकी भूमिका राजेंद्र यादव जी ने लिखी थी, वह भी बिना मेरी जानकारी के। 'इदन्नमम' छपा तो लोगों की राय अच्छी मिली। प्रहार होने शुरू हुए राजेंद्र जी की भूमिका को बनाकर। सुधीश पचौरी ने लिखा—'अधूरी अहीर कथा।' क्या सचमुच उपन्यास में एक भी पन्ना अच्छा न था। मैंने सुधीश को फोन किया। बोले—आपको बुरा नहीं लगा। मैंने कहा कि अभी मैं बुरा मानने की स्थिति में नहीं आई हूँ। तुम्हीं लोग मुझे अच्छा-बुरा समझा रहे हो! फिर पता नहीं क्यों एक खिलाफ दायरा बनने लगा, 'इदन्नमम' के कारण नहीं, उसमें राजेंद्र यादव की भूमिका के कारण। राजेंद्र यादव से मेरी निकटता के किस्से बना दिए गए। कुछ लोगों को लगा कि मैं उनकी निकटता में हिस्सा बटाने आ गई हूँ। बस, मोर्चा खुल गया। वैसे राजेंद्र जी ऐसे हैं ही कि जो आता है, उससे निकटता हो जाती है, उसे राजेंद्र जी से प्रेम हो जाता है।

मैं तब यह भी नहीं जानती थी कि समीक्षा क्या होती है। विजय किशोर मानव को एक प्रति दी तो बोले, यह मेरे लिए है या समीक्षा के लिए। फिर यादव जी पर बहस शुरू हो गई। मैंने कहा, आप उपन्यास पढ़कर अपना पक्ष या विपक्ष बनाइए। वे बोले, 'आपने गलती की जो राजेंद्र यादव से भूमिका लिखवाई। खुद लिख लेतीं। आप पर राजेंद्र यादव की वजह से इतनी मार पड़ रही है। अब अगर मैं अपने इनोसेंट होने की बात करती थी तो शायद इसे भी एक रणनीति की तरह लिया जाता। बावजूद इस सबके 'इदन्नमम' को बहुत यश मिला। पुरस्कारों को मानते हो तो अब ताज्जुब होता है कि बिना किसी अतिरिक्त गतिविधि के कितने पुरस्कार मिले! घर में किसी बात पर बहस हो रही है और साउथ से तार आ रहा है कि आप सम्मानित की जा रही हैं।

आपने स्त्री-स्वतंत्रता से जुड़े मुद्दों को इतनी रचनात्मक शक्ति के साथ प्रस्तुत किया है कि अब रचना या आलोचना स्त्री-विमर्श से कतराकर निकल नहीं सकती। आपके लिए स्त्री-विमर्श की मूल सैद्धांतिक अवधारणा क्या है?

मेरी अवधारणा सबसे पहले पुरुषवादी दृष्टिकोण का निषेध करती है। स्त्री पुरुष के लिए एक सजावट है, देह है, वस्तु है। उसके अहं को संतुष्ट करने का साधन है। उसके ज्वार को समेटने का जरिया है। सदियों से यही सब चल रहा है।...इस सबके बीच एक स्त्री क्या सोचती है, यह किसी ने नहीं पूछा। स्त्री की स्थिति यह है कि वह पैदा होती है तो मादा ही होती है। शरीर ही मानी जाती है। चाहे जितनी बड़ी हो जाए, उसमें बुद्धि होती है, यह मानने को समाज तैयार ही नहीं। स्त्री की सुरक्षा भी इसलिए कि 'अक्षत योनि' की अवधारणा मन में धँसी है। मेरे लिए स्त्री-विमर्श का अर्थ स्त्री की स्वतंत्रता, इच्छा और अस्मिता है। कृष्णा सोबती की 'मित्रो मरजानी' में यह विमर्श है।

इस दृष्टि से अपनी रचनाओं में से किन चरित्रों को आप रेखांकित करना चाहेंगी?

मुझे 'चाक' इस दृष्टि से विशेष प्रिय है। 'चाक' की स्त्रियाँ कई तरह से स्त्री-अस्मिता की लड़ाई लड़ती हैं। कलावती और सारंग के माध्यम से आप इसका एक वैचारिक मानचित्र बना सकते हैं। इनके विमर्श में यह बात भी निहित है कि स्त्रीत्व है तो पुरुषत्व है। मेरी नायिकाएँ पुरुषवादी पदावली में भरोसा नहीं करतीं। यौन शुचिता से वृहत्तर सरोकारों के विषय में मेरे पात्र सोचते हैं। सारंग और श्रीधर के संबंधों की अंतर्धारा यही है। 'अल्मा कबूतरी' भी इस दृष्टि से मुझे बहुत अच्छा लगता है, हालाँकि अपने ही लेखन पर मेरी यह टिप्पणी थोड़ी अनुचित-सी है।

ऐसे तमाम चरित्रों को आपने 'वास्तविकता' से उठाया है?

सब वास्तविक और जीते-जागते हैं। स्त्री और पुरुष पात्र दोनों। यह मेरी रचना-प्रविधि का एक हिस्सा है कि जीवन को मैं अपनी कल्पना से अर्थ के एकाधिक आयामों में गतिशील करती हूँ। कई बार परिवार वालों ने···रिश्तेदारों ने कहा कि तुमने तो सब खिड़की-दरवाजे खोल डाले। इतनी छूट तुम्हें नहीं दे सकते। एक बार 'इदन्नमम' पढ़कर दो लड़के आए। उनके दादा का चरित्र उपन्यास में खलपात्र का है। उन्होंने कहा कि ठीक है, दादा जैसे थे, वैसा लिखा पुष्पा बहन जी ने। अपने पर भी खूँखार परंपरा को बदलने की जरूरत उन्होंने महसूस की। उन्होंने अपने घर बुलाया कि तुमने मशहूर कर दई। फिर भी मैं बहुत सारी बातों का विश्लेषण करके ही यथार्थ को रचनात्मक यथार्थ का रूप देती हूँ। जैसे भ्रूण-हत्या में शामिल स्त्री के कई उदाहरण हैं मेरे सामने। लेकिन यह भी सोचो सुशील, कि कितना दबाव होता है। परंपरा, पति, परिवार का दबाव होता है। कितना ही प्रगतिशील क्यों न हो, बेटा पाने का संस्कार बड़ी मुश्किल से जाता है। इन दबावों और संस्कारों की तकलीफें स्त्री झेलती है। और एक अनागत भय भी होता है कि बेटी जब पराए घर जाएगी तो हमारा क्या होगा! संस्कार, लोभ, भय, असुरक्षा—सब मिलकर एक स्त्री को आहत करते हैं। यह सब जाने-समझे बिना मैं क्या खाक लिख पाऊँगी। अकसर जापे स्त्री साबुत दिखती है, वह चकनाचूर हो चुकी होती है।···एक दूसरा पक्ष भी है, जो स्त्री की ताकत का प्रमाण है। तमाम संकटों के बावजूद लड़कियाँ पढ़-लिख रही हैं, हर क्षेत्र में प्रगति कर रही हैं। विवाह करके जिस घर में जा रही हैं वहाँ का माहौल बदल रहा है। मैं सारे पक्ष में वास्तविकता के धरातल पर अच्छी तरह समझ लेती हूँ।

क्या कारण है कि आप लिखे हुए को फिर लिखती हैं? 'त्रियाहठ' जैसी कुछ रचनाओं को अलग कर दें, तब भी विजन को दुबारा लिखने की क्या जरूरत पड़ी? जबकि वह 'तद्भव संस्करण' में ही परिपूर्ण था।

कई बार परिपूर्णता के बारे में लेखक का मत पाठकों के मत से भिन्न होता है। 'तद्भव' में जब छपा, तब अखिलेश का आग्रह था कि बस कुछ दे दें। एक लंबी कहानी बनी जो लघु उपन्यास की तरह छपी। जब मैंने पढ़ा तो लगा, इसमें समग्रता की संभावनाएँ हैं। कई चरित्रों को मैंने विस्तार दिया। आभा के बारे में जितनी उमड़न-घुमड़न थी, सब उड़ेल दी। तुमने जिन दूसरी रचनाओं की ओर संकेत किया है, उनके पूर्वरूप में उच्छ्वास बहुत था। तब मुझे पता ही न था कि कहानी कहने का उद्देश्य भी कुछ होता है। एक तरह से शिवानी का ही दूसरा प्रभाव दिखता था इनमें। अपनी दुर्बलताएँ स्वीकार करने में मुझे कोई संकोच नहीं है। कोई लेखक

अपनी संतुष्टि के लिए ऐसा कर सकता है। मैंने सुना है कि जयशंकर प्रसाद और प्रेमचंद ने भी कुछ रचनाओं के साथ ऐसा ही किया है।...कई बार मुझे कोई समीक्षा भी प्रेरित करती है पुनर्लेखन के लिए। देखना यह है कि अंततः कुछ कह पाई या नहीं!

एक बार मैंने निर्मल वर्मा से पूछा था कि क्या वे आत्मकथा लिखने के बारे में नहीं सोचते? निर्मल ने उत्तर दिया था कि मैं इन प्रसंगों को अपने कथा-साहित्य में अवसर दे देता हूँ। आत्मकथा लिखना शुरू करने से पहले क्या आपने ऐसा कुछ नहीं सोचा?

देखो सुशील, निर्मल वर्मा की तरह तो सिर्फ निर्मल वर्मा ही सोच सकते थे। मुझे यह लगा कि आत्मकथा लिखने के लिए ईसा और मंसूर जैसी नैतिकता चाहिए। चेहरा, नाम और पहचान बदलकर तो लेखक सब पर कोड़े या फूल बरसाता ही रहता है। इसलिए आत्मकथा एक आत्म-विमर्श की तरह है। मैंने कई आत्मकथाएँ पढ़ी थीं। मेरी इच्छा थी कि मैं आत्मनिरपेक्ष होकर आत्मवृत्तांत लिखूँ।...'हंस' का स्त्री विशेषांक निकल रहा था। अर्चना वर्मा 'वंश परंपरा' पर कुछ संस्मरण जैसा चाह रही थीं। मुझे माँ याद आ गईं। उनका व्यवहार, मेरे साथ अटपटा बर्ताव। उनके कारण रिश्तों के जाने कितने दिखे-अनदिखे अँधेरे-उजाले। तो मैंने लिखना शुरू किया। महसूस हुआ कि भाँ हीरोइन बनती जा रही हैं। फिर काटना-छीलना शुरू किया। खुद को...माँ को। यह जरूर है कि इसमें चालबाजियाँ नहीं हैं। जैसी बन गईं...तुम लोग ज्यादा जानते हो। मैंने सच्चाइयाँ नहीं छिपाईं। यह कहना ज्यादा ठीक होता कि मैं छिपा नहीं सकी।

आपने एक लेख में कहा है कि यथार्थ और स्वामित्व से बनी परंपरागत सीमाओं से पार जाना 'मुक्ति का धर्म है। इस धर्म का आधार है प्रेम।' इस प्रेम के समाजशास्त्र की व्याख्या करें।

सुशील, यहाँ 'स्वार्थ या स्वामित्व से बनी परंपरा' से मेरा आशय क्या है, पहले यह बात साफ करनी होगी। भारतीय परंपरा का सामाजिक और सांस्कृतिक बोध हमारे सभ्य-शिष्ट समाज से लेकर आम जन के बीच जिस रूप में विद्यमान है, उससे स्त्रियों की सहमति है। हमारी पुरुष व्यवस्था चाहती है और इस तथाकथित समाजवांछित चलन को औरतों ने बखूबी निभाया भी है। सदियों-शताब्दियों से वह पुरुष व्यवस्था के संकेतों पर अपने भीतर मची उथल-पुथल को दबाती हुई शीलवती स्त्री के रूप में खुद को प्रस्तुत कर रही है। अपनी इच्छाओं को मारना, आकांक्षाओं

और सपनों को अपना अपराध समझना और लगभग आत्महंता स्थितियों में सिर झुकाकर जीना उसका महान् स्त्री-धर्म है। यह सब किसके लिए है? पुरुष के लिए ही न? और बेशक यह जाहिर है कि ऐसे धर्म का कर्ता और नियंता पुरुष ही रहा है। पुरुष ने अपने पक्ष को देखकर स्त्री के लिए नियम बनाए हैं और इसी को मैं कहती हूँ 'स्वार्थ और स्वामित्व से बनी परंपरा'। परंपरा इसलिए कि यह शब्द उस तरह चलता है, जैसे कि तर्कातीत हो। गले से परंपरा का फंदा आजीवन नहीं छूटता। ये शर्तें, ये मजबूरियाँ और इनके नतीजों से मिली पराधीनता···इन बाड़ों के पार जाना होगा सुशील। बेबाकी, जो औरत के लिए निषिद्ध है, उसी को जायज मानकर कहना होगा कि आपकी परंपराओं से हम इनकार करते हैं। हम अपनी परंपराएँ खुद बनाएँगे। धर्म का स्वरूप खुद रचेंगे, जिसमें किसी शासन का कोई अख्तियार नहीं होगा, क्योंकि औरत अपने जीवन में प्रेम को आधार बनाती है, प्रेम ही उसका मकसद होता है। स्वामित्व में सहभागिता का क्या काम? स्वार्थ में सहयोग कहाँ आता है? सहयोग के बिना समानता की सामाजिकता कैसे बनेगी? मैं यही कहना चाहती हूँ कि अब जरा धैर्य धरकर स्त्री के नजरिए से परंपरा बनने दो, उसकी अपनी राय की जगह होने दो। इस बंद-बंद समाज को सही अर्थों में खुलने दो।

प्रचलित यथार्थ को उलट देने का जो रचनात्मक साहस है···कुलीन रचनाशीलता का प्रतिवाद करती जो ऊर्जा है–उसे लोकजीवन से कितनी मदद मिलती है?

मैंने हर बार कहा है कि जीवन की गूढ़ दार्शनिक व्याख्याएँ, ऐसा नहीं कि मैं जानती नहीं। मैं ऐसी व्याख्याएँ करने का दावा नहीं करती, मगर समझने की समझ रखती हूँ। बी०ए० में मेरा विषय दर्शनशास्त्र और मनोविज्ञान रहे हैं। मैंने वेदांत दर्शन से चार्वाक दर्शन तक की अध्ययन-यात्रा खूब बारीकी के साथ तय की है। बाल मनोविज्ञान से लेकर स्त्री-पुरुष हर अवस्था के मनोभावों को जानने में मेरी गहरी रुचि रही है।

मगर छोड़ो इन सबको···छोड़ो इसलिए कि मुझे कथा-लेखन या रचना के स्तर पर किताबी ज्ञान ने कभी प्रभावित नहीं किया। क्यों नहीं किया, इसका कारण खोजा तो यही पाया कि किताबों का लिखा, पत्थर की लकीर की तरह अमिट जरूर हो सकता है, लेकिन जीवन की तरह उन लकीरों में लहराने का तत्त्व नहीं होता। मैंने कहानियाँ, उपन्यास और कविताओं का अध्ययन किया। उनको समझा और जाना तो यही पाया कि जिसे 'असलियत' कहकर प्रचलित किया गया है, उसमें असलियत कितनी है, यह जानना अत्यंत जरूरी है।

बस, यहीं से मेरी रचनात्मकता दूसरी ओर मुड़ने लगी। जिसे तुम लोक-साहित्य

कह रहे हो, वह मेरे पास लिखित रूप में नहीं था, वह था गीतकथाओं, लोककथाओं, फुटकर छोटे-छोटे छंदों, मुहावरों और लोकोक्तियों के रूप में। वे गीत, गीतकथाएँ या छंद-मुहावरे भर नहीं थे सुशील, वे थे स्त्री के हृदय की धड़कन, उसकी साँसें, उसकी अस्थि-मज्जा में उठती ध्वनि-तरंगें···वे लोकनायिकाएँ थीं मेरी सखी-सहेलियों के साथ, मैं जो कुलीन और सभ्य समाज के सुविधाभोगी दायरों के बारे में जानती भी थी, मगर समझती कुछ नहीं थी। यदि एक वाक्य में कहूँ तो यही कि समाज के जीते-जागते क्रूर दमन के बरक्स जिंदगी ने खुद को सिर से कफन बाँधकर खड़ा कर दिया।

मेरे लिए किसी सच्चाई को झुठलाना संभव नहीं था, क्या इसी को तुम प्रतिवाद रचने की ताकत मानोगे?

रीतिकाल का नख-शिखवाद आज बाजार और विचार के बीच खड़ी स्त्री को चुनौती दे रहा है। इस परिदृश्य पर आप किस तरह सोचती हैं?

यह बड़ा ही पेचीदा और जटिल प्रश्न है, क्योंकि आज का लेखक, कवि या समीक्षक यह तय नहीं कर पा रहा कि वह 'बाजारवाद' का कितना विरोध कर रहा है और कितना पक्षधर है? यह बात मैं इसलिए कह रही हूँ कि यहाँ भी कलम और जीवन का अंतर विद्यमान है, विचार और अनुभव का फर्क काफी चौड़ा है। देखने में आता है कि जो लोग बाजार का विरोध करते हैं, वे बाजार के बाकायदा हिस्से हैं। हर आदमी बाजार का हिस्सा है सुशील, क्योंकि विनिमय प्रणाली ने आदमी को हर चीज प्राप्त करने की सुविधा दी है। क्या मैं और तुम बाजार के बिना रह सकते हैं?

हाँ, अब देखना यह है कि यहाँ क्या बेचा जा रहा है और हम क्या खरीद रहे हैं? खरीद-फरोख्त का मसला जहाँ भी आता है, आदमी की कमजोरी उसकी शिकार बनती है। समाज की अतीतजीवी ग्रंथि बाजार का भोज्य बनती है, जिसे चबा-पचाकर वह नए रूप में इस तरह प्रस्तुत करता है कि वह प्राचीन महान् संस्कृति का उद्धार लगे और उपभोक्ता समाज अपने जन्म-जीवन को धन्य माने। फिर वही बात सामने आती है कि पुरुष-व्यवस्था की नीयत साफ नहीं और वह घेर-घारकर स्त्री को ही बाजार का साधन बनाता है। आज बिहारी की नायिकाएँ कॉस्मापॉलिटिन सिटीज में ही नहीं, शहर और कस्बों में आइटमगर्ल बनी बड़े-छोटे मंचों पर लहरा रही हैं। विचारशील और चिंतक माने जाने वाले लोग, जो सभी की चेतना-संपन्नता से थर्राने लगे थे, इस रीतिकालीन समाज के नवनिर्माण को किंचित् मुस्कराते हुए देख रहे हैं। जब-तब हुंकार के साथ कह देते हैं—यह उनका अपराध है, जो कहते हैं कि

स्त्री का अपने शरीर के लिए यह अपना ही फैसला लेने का समय है, लो, ले लिया फैसला।

अरे, औरत का यह अपना फैसला आज भी नहीं है। चालाक पुरुष-व्यवस्था ने उसे इस इक्कीसवीं सदी में दूसरा रास्ता दिखा दिया है, जो पुरुषों की माँद की ओर ही जाता है, जहाँ उनके आरामगाह हैं और धनागार हैं। यह मुट्ठी-भर उद्योग-पतियों का लंबा-चौड़ा मायाजाल है।

कई बार लेखकीय मुद्राओं या आडंबरों की कमी किसी लेखक को 'लो प्रोफाइल' में डाल देती है। 'हंस' के एक संपादकीय में राजेंद्र यादव ने आपकी इमेज पर टिप्पणी की है। क्या सचमुच इस इमेज से आपको कोई क्षति हुई है?

'राजेंद्र यादव' ऐसे असुर का नाम है, जिसके पास आशीर्वाद नहीं, केवल शाप होते हैं। या वह ऐसा भस्मासुर है, जो हाथ आशीष में उठाए तो दूसरे से पहले खुद को ही भस्म कर डाले। ऐसा ही यहाँ भी हुआ। राजेंद्र जी से पहले पहल मिली थी, तब मैं दबी-सिकुड़ी, लगभग न बोलने वाली मूक गाय जैसी। जब कहानियाँ ('नेहबंध' और 'मन नाहि दस बीस') हाथ में लेकर उलटते-पलटते हुए उन्होंने मुझसे कुछ कहना चाहा था, मैं सिर झुकाए बैठी थी। बड़ी गंभीर आवाज में कहा था राजेंद्र यादव ने—मैत्रेयी जी, सिर उठाइए। ऐसे कैसे चलेगा, आपको तो हमसे बहस करनी होगी कहानियों पर।

सुनकर मैं सकपका गई और सीधे राजेंद्र जी की ओर देख तक नहीं सकी। वहाँ से चल दूँ, इसी में अपना कल्याण माना। बहस? बहस मेरे कभी वश की नहीं…

बस, उसी दिन से राजेंद्र जी मजाक में कहने लगे—तुम एकदम मरी गाय हो। लेखिकाओं को देखा है, कैसी होती हैं? हाँ, सुशील, मैं राजेंद्र यादव की नजर में तथाकथित लेखिका नहीं बन पाई, क्योंकि अपने स्वभाव को बदलना मेरे वश का नहीं था। हाँ, जो मेरे बूते का था, वह था लेखन में मेहनत करके अपनी रचनाशीलता को नए से नए तेवर देना। राजेंद्र यादव ने जो कुछ कहा, लोगों को कैसा लगा, वह तो 'हंस' में छपी चिट्ठियों से पता चलता है, और इसी संभावना पर राजेंद्र जी आज भी मुझे ऐसे देखते हैं, जैसे कोई पिता अपने बच्चे की योग्यता पर विश्वास न करके उसे बच्चा ही समझता रहता है। मैं गलत नहीं समझ रही थी, उनका रवैया मेरे प्रति ऐसा ही है, जैसे मैं मंच से बोलती हूँ तो राजेंद्र जी यह भी नोट करते हैं कि मैंने माइक से ठीक-ठीक दूरी बनाई है या नहीं। मैंने किसी वाक्य में सहायक क्रिया को गायब तो नहीं किया। बताओ सुशील, ऐसा व्यक्ति मेरी इमेज को क्या क्षति

पहुँचाएगा? या मैं उनके कहे को कैसे अपना नुकसान मानूँगी? इसे तुम 'लो प्रोफाइल' मान सकते हो या मुझे आडंबरहीन होने का कॉम्पलीमेंट दे सकते हो।

प्रेमचंद के यहाँ नारी अधिकतर तप-त्याग-समर्पण आदि की पुरानी अवधारणाओं से मंडित दिखती है। 'बड़े घर की बेटी' उनका आदर्श है। आपकी दृष्टि से प्रेमचंद का यह दृष्टिकोण कितना सार्थक है? आपकी रचनाओं में दूसरी परंपरा की औरतें मिलती हैं।

प्रेमचंद हमारे कथा-सम्राट हैं, इसमें लेशमात्र भी शक नहीं। उनके उपन्यास आज भी प्रासंगिक हैं। समाज के भविष्य को पढ़ने वाला ऐसा कथाशिल्पी कौन होगा? उनकी सादगी-भरी भाषा विद्वानों, चिंतकों और बौद्धिक पुरोधाओं पर भारी पड़ रही है, यह मेरे जैसे लेखकों के लिए निश्चित ही आश्वस्तिदायक है।

इस सबके बावजूद मैं यही मानती हूँ कि प्रेमचंद आदर्शवाद की ओर झुकते हुए लेखक हैं। स्त्री के मामले में खास तौर से वे सजग और अत्यंत सतर्क रहे। 'तप, त्याग और समर्पण' इन बातों को मैं पूरी तरह रूढ़ि नहीं मानती, क्योंकि जब यह किसी शासित या शोषित के लिए की जाएँ, तब यह यातना से मुक्ति का साधन होंगी। मैंने 'गोदान' उपन्यास की नायिका धनिया पर एक लेख लिखा था, जो मुझे इसलिए लिखना पड़ा कि धनिया की बहादुर स्त्री के तौर पर स्थापना होती रही है। उसकी दिलेरी के झंडे न जाने कितने समीक्षात्मक लेखों में गड़े हुए हैं। मुझे तो अपने लेख में इतना ही पूछना था कि धनिया की बहादुरी आखिर किसके लिए थी? केवल पुरुष वर्ग के लिए ही न? चाहे वे पति और पुत्र हों। किसी स्त्री के लिए उस स्त्री ने कौन-सी बहादुरी दिखाई? गोबर की प्रेमिका को बहू के रूप में शरण दी तो इसलिए कि उसके गर्भ में धनिया के बेटे गोबर का अंश था (यही उपन्यास में लिखा है)। ऐसे ही और भी स्त्रियाँ हैं। लेकिन 'रंगभूमि' की सुभागी एक अलग स्त्री है, धनिया से बहुत आगे की स्त्री।

प्रेमचंद हों, रेणु हों, जैनेंद्र हों, अपने-अपने समय को अपनी तरह से समझ रहे थे। उसी समय को स्त्रियों में सुभद्राकुमारी चौहान और महादेवी वर्मा की तरह समझा। सुशील, रचनाकारों की संवेदना एक-सी हो सकती है, लेकिन वह एक तरह से ही रचनात्मक रूप ले, यह जरूरी नहीं। मुझे लगा, स्त्रियों की दुनिया का मानचित्र त्याग और समर्पण का ऐसा दलदल बना दिया है कि जिसमें स्त्री धँसती चली जाती है। यदि सतह पर कुछ दिखाई देता है तो वह है उसके पवित्र आचरण, शील और आत्मसंहार की झंडी। ऐसा क्यों होता है सुशील? क्या पुरुष वर्ग उसके जीते-जागते शरीर से इतना डर जाता है कि जब स्त्री को भोग नहीं पाता तो उस पर थूकने लगता

है? या पूजने को बाध्य हो जाता है कि औरत औरत न रहे, देवी हो जाए! देवी अपने लिए कभी कुछ नहीं करती, वह अडिग-अटल पत्थर की मूर्ति क्या पुरुष-व्यवस्था का ही आइडिया नहीं है? हर औरत 'बड़े घर की बेटी' जैसा आचरण करे तो खानदान की इज्जत बने।

इज्जत का सवाल बड़ा चालबाज मुद्दा है सुशील! जिसके घर के नौकर आज्ञाकारी हों, औरतें वफादार हों, वही पुरुष इज्जतदार माना जाता है। यह क्या शासनदारी नहीं? आपके लिए धन, इज्जत और वंश अपने सेवाश्रम और सेक्स के बल पर दूसरे ही कमाएँ, क्रमशः बैल और भैंस जैसे जानवरों की तरह, जो फसल उगाने के लिए जुतते हैं और आपकी खुराक लिए गर्भवती होती है। पशुओं की इच्छा क्या होती है, यदि जानने की उत्सुकता नहीं तो क्या मनुष्य की अपनी इच्छाओं की अनदेखी कर देना भी न्याय है? यही सवाल मुझे परेशान करता रहा। नौकर आपके यहाँ से भाग सकता है, विवाहिता स्त्री के लिए यह कितना संभव है? विवाह संस्था की जकड़बंदी में जितनी कसावटें महसूस हुईं, मेरी कलम उतनी ही छटपटाहट के साथ खुलती गई। मुझे लगा, बंधन मन पर नहीं, स्त्री के शरीर को बाँधे हुए है। मन की जड़ता टूटने के लिए शरीर का गतिशील होना बहुत जरूरी है। घर भीतर की पवित्रता, घूँघट, बुर्कों की लज्जाशीलता हमारी ज्ञानेंद्रियों-कर्मेंद्रियों के लिए अभिशाप और पाप हैं, क्योंकि अँधेरों-भरी दुनिया इनका ही नतीजा है। मैं प्रेमचंद के लेखन को हसरत से देखती हूँ कि काश, कभी मैं भी इस तरह लिख पाऊँ, लेकिन उनकी तरह स्त्रियों की दुनिया हरगिज नहीं रचना चाहूँगी। औरत के मामले में पुरुषवादी नजरिया रहे तो लेखन का अभिप्रेत क्या? स्त्रियों को अपना निजी दृष्टिकोण रखना होगा, वह भी मर्दपरस्ती छोड़कर। इसे सुशील, तुम कुछ भी कह लो। 'कथा साहित्य में नारियों की दूसरी परंपरा' भी अच्छा शीर्षक है।

किसी उपन्यास को प्रोजेक्ट की तरह लिखने से क्या रचनाशीलता में कोई खोट आ जाता है? कुछ आलोचकों ने संजीव और आप पर ऐसी टिप्पणी की है।

पिछले दिनों ये दो उपन्यास आए हैं—संजीव का 'सूत्रधार' और मेरा 'कही ईसुरी फाग'। संजीव ने अपना उपन्यास 'सूत्रधार' प्रोजेक्ट के तहत लिखा है। प्रोजेक्ट की तरह कितना है, यह तो आलोचक ही जानें। अपने बारे में इतना कह सकती हूँ कि जिस तरह मैंने अन्य उपन्यास लिखे हैं, उसी तरह 'कही ईसुरी फाग' भी लिखा है। आलोचकों की बुद्धि और विश्लेषण शक्ति का अनुमान इसी से लगाया जा सकता है कि वह उपन्यास एक शोध छात्रा के ऐंगल से लिखा है। बस, उन्हें वह शोध-प्रबंध जैसा लगने लगा। जबकि मेरा मकसद था ईसुरी की प्रेमिका रजऊ, जिसको उनकी

तमाम फागें संबोधित हैं, अपनी जिंदगी के साथ उपन्यास में आए। रजऊ ने विवाहिता होकर लोककवि ईसुरी के प्रेम को कैसे स्वीकार किया, उसे कितना इंसाफ मिला और कितनी यातना? कवि जो प्रसिद्धि पाता है, उस यश के झंडे का बाँस प्रेमिका की पीठ में गड़ा होता है और उस यश के नीचे लांछना का दर्द सहती हुई रजऊ का हाल क्या था? 1857 के स्वतंत्रता संग्राम में कवि ने अपना दायित्व क्यों नहीं निभाया, क्यों रजऊ ही आजादी के युद्ध की निमित्त बनी? फागों की सार्थकता रजऊ से है, सफलता ईसुरी ने जरूर पाई।

आप पूछती हैं कि 'हिंदी की तसलीमाएँ कहाँ हैं?' मैं आपसे पूछता हूँ।

बाँग्लादेश की लेखिका तसलीमा नसरीन विश्व-भर की लेखिकाओं के लिए चुनौती है। जब हम उस चुनौती के साथ खड़े होने का लेखकीय साहस नहीं कर पाते तो उसे गाली देने लगते हैं। तसलीमा की आलोचना करती हुई लेखिकाएँ मैंने देखी ही नहीं, उनके लिखित वक्तव्यों में प्रत्यक्ष या अप्रत्यक्ष रूप से व्यक्तिगत टीका-टिप्पणी रहती है, जैसे कि उसने चार-पाँच शादियाँ कर डालीं। सबसे बड़ा उदाहरण तो बाँग्लादेश और बंगाल के कवि तथा लेखकों का है, जिन्होंने तसलीमा पर मुकदमे चलाए, उसकी किताबें जब्त कराईं। उसकी नागरिकता का हनन किया, बस इसलिए कि 'कुछ सच' उसने लिख डाले। हमारे हिंदी साहित्य में कितनों में ऐसा साहस है? यहाँ तो आत्मकथाएँ भी लिखी जाती हैं तो बच-बचकर या फिर पति से अलग होने के बाद उसकी खबर लेकर। ऐसे समझौते तसलीमा ने नहीं किए, जैसे यहाँ स्त्रियाँ ही नहीं, पुरुष लेखक भी करते हैं। मैंने अपने लेख में तसलीमा के रूप में उस खतरनाक माने जाने वाले सच को देखना चाहा है, जिससे लेखक को परहेज नहीं होना चाहिए। सुरक्षा कवच पहनकर रचना करने वाले लोगों को तुम लेखक कहना चाहोगे क्या सुशील?

आपको नहीं लगता कि शिल्प के दृष्टिकोण से आपका लेखन थोड़ा संकीर्ण है?

शिल्प, मुझे कभी नहीं लगा कि शिल्प खोजकर फिर रचना की जाए। मेरे खयाल में रचना का प्राण उसकी सहज अभिव्यक्ति में बसता है। पात्र परिवेश और भाषा का संयोजन एक-दूसरे के साथ-साथ होता है। और हर रचना अपने कलेवर में इसी आधार पर अलग दिखाई देने लगती है। इससे भी ज्यादा मैं प्रयोगशीलता को कहानी या उपन्यास की अंदरूनी तहों में जीवन के जज्ब होने की ऐसी प्रविधि मानती हूँ, जिसमें बदलाव और विकास के बिंदु हासिल हों। पिछले दशक से लेकर अब तक ऐसे कई उपन्यासों से गुजरी हूँ, जो सिर्फ प्रयोगों के नाम पर सफलता अर्जित कर

गए हैं या करना चाहते हैं। सफलता और सार्थकता में वही फर्क है, जो शैली और कथ्य की प्रभावोत्पादकता में होता है। शैली को हम बदलते हैं, नहीं बदलते तो दोहराव के शिकार होते हैं। कथ्य जीवन-मूल्यों का हीं रूप है, संवेदना और संभावना द्वारा अपनी रचनात्मकता बनाए रहने वाला तत्त्व कभी यात्रा का प्रस्थान बिंदु बनता है तो कभी सफर का लक्ष्य। अकसर उपन्यास या कहानियाँ, जो प्रयोगशीलता के प्रदर्शन में लिखी जाती हैं, बारीक काते गए सूत की तरह उलझकर रह जाती हैं, क्योंकि सामान्य पाठक को ऐसी जटिल और पेचीदा रचनाओं में से निकलने का न अभ्यास होता है, न पास में समय और···। किसके लिए लिखी जाती हैं ऐसी रचनाएँ? गूढ़ लेखन के तलवीगीर लेखकों और समीक्षकों के लिए···वे 'हाथ की सफाई' पर तमाम विशेषणबाजी करके दाद देते रहते हैं। कहा यह भी जाता है कि साहित्य विद्वानों द्वारा लिखा गया विद्वानों के लिए होता है, यह क्षेत्र ही विद्वानों का है (वही सब लिखिए जो हमें चाहिए)।

लेकिन मैं क्या करूँ, जिस अपने गाँव की खेरापतिन दादी विद्वान् लगती हैं, क्योंकि गीत कथाओं को समय की विषमताओं के बरक्स खड़ा करके गाती-सुनाती हैं। मैं यही कह सकती हूँ कि मेरे आसपास कलावती चाची जैसे पात्र हैं, उनमें तस्लीमा जैसा साहस और खुलापन, सिमोन द बउवा जैसी बेबाकी और इस्मत चुगताई जैसी पैनी और गहरी नजर वाला जज्बा है, वे ही मेरी संकल्प दृढ़ता को बनाए हुए शिल्प को बाहरी नहीं, अंदरूनी धड़कन के रूप में देखती हैं।

साहित्य में आपको लेकर जो विवाद/प्रवाद उठते हैं, उनसे आपका व्यक्तिगत जीवन कितना प्रभावित होता है?

लेखक हो या कलाकार या कि अभिनय से जुड़ा व्यक्ति, अपनी अभिव्यक्ति के लिए उसे प्रशंसा मिलती है या धिक्कार अथवा कुछ भली-बुरी टिप्पणियाँ, उसको झेलना ही है। ऐसा इसलिए कि जिस तरह अपनी अभिव्यक्ति को रूप देने के लिए वह स्वतंत्र है, उस रूप पर टिप्पणी करने के लिए क्रमशः पाठक, दर्शक और श्रोता स्वतंत्र होते हैं। सुशील, मेरी पुस्तकें पढ़कर तुम्हें क्या लगता है? यातनाओं और संघर्षों की दीक्षा लेकर मैं यहाँ आई हूँ, आज मैं यही सोचती हूँ, लेकिन 'चाक' छपने के बाद जब हो-हल्ला मचा तो सच में मैं भौचक रह गई थी। जैसा कुछ लिखना था, लिखने के पहले सोचा भी था कि शहरी मध्य वर्ग से जुड़ा लेखक समुदाय मेरे पात्रों के 'सहज जीवन' को सहजता से ले पाएगा भी? शायद नहीं···। मगर इतना नहीं सोचा था, जितना विवाद या प्रवाद मचा। समीक्षाएँ आतीं, मैं अखबारों से डरती। घर में उन्हें छिपाने की जगह न मिलती। पति ने मेरी किताबें पहले-पहले समीक्षाओं के जरिए

ही पढ़ी हैं और मान लिया कि उनकी सुशील पत्नी के रूप में ढाली गई स्त्री, मैत्रेयी पुष्पा का रूप धरकर उनके घर की आबरू की धज्जियाँ उड़ा रही है। लोग क्या सोच रहे होंगे, इस स्त्री के बारे में? 'चाक' इसको मत देना, उसको मत देना की हिदायतें मुझे अकसर मिलतीं और मैं अलबेली 'चाक' उपन्यास अपने जेठ को ही दे बैठी। जेठ ने पुस्तक पढ़ी या नहीं, लेकिन तब के बाद जब भी वे घर आए और मैंने दरवाजा खोला, वे पीठ फेरकर खड़े हो गए। निर्लज्ज बहू के मर्यादा पुरुषोत्तम जेठ···मैंने बहुत कुछ समझ लिया। सोचा, आगे ऐसी पुस्तक नहीं लिखनी। सचमुच मैं घररूपी सुरंग से बस कुछ खिड़कियों और झरोखों द्वारा हवा और रोशनी पा लेती। यह कोई अजूबा नहीं था, संपूर्ण भारतीय सभ्यता का रूपक था, जहाँ करोड़ों स्त्रियाँ इसी तरह बंद होकर सम्मानित जीवन जीती हैं। साहित्य और संस्कृति के अपने बनाए रूपों से उन्हें क्या लेना-देना? घर में शांति थी, परिवार में अमन-चैन!

शांति की क्रूर मुस्कराहट ही थी कि जिसने मुझे फिर लोमहर्षक यात्रा की ओर खींचा और अबकी बार मैं घर-परिवार से मायके के लिए विदा लेकर गई और सीधी जन्मजात अपराधियों से जा मिली। उसके बाद जो हुआ, वह निश्चित ही इज्जतदार घर की बहू को बेइज्जत करने वाला था, जिसका ब्योरा मैं अपनी 'आने वाली आत्मकथा' के दूसरे भाग में दे रही हूँ।

मैं जीने की आदत को जीना नहीं मानती

रंजना श्रीवास्तव से बातचीत

मैत्रेयी पुष्पा के प्रखर व्यक्तित्व की झलक समय-समय पर अलग-अलग संदर्भों में स्त्री-विमर्श परख लेखों व टिप्पणियों के जरिए बखूबी मिल जाती है। वैसे भी मैत्रेयी पुष्पा हिंदी साहित्यिक जगत् का एक चिर-परिचित नाम है। अपनी कहानियों, उपन्यासों के द्वारा स्त्री-जीवन की विसंगतियों एवं विडंबनाओं की अंतरंग सच्चाइयों का बेबाक खुलापन वह अपने तर्कों की कसौटी पर जिस तरह करती हैं, उससे पाठक अभिभूत हुए बिना नहीं रह सकता। मैत्रेयी जी के अनुभवों ने उनकी तर्कक्षमता को एक तीखी व पैनी दृष्टि प्रदान की है। यही वजह है कि लेखन के क्षेत्र में उनकी अलग पहचान है। जीवन का एक लंबा समय व्यतीत करने के बाद मैत्रेयी जी का जिस तरह साहित्य में आना हुआ, उसने उनकी विवेक चेतना को एक गहरी दृष्टि व तीक्ष्णता प्रदान की। एक कीन ऑब्जर्वर की तरह मैत्रेयी इस लंबी अवधि के दौरान अपने जीवनानुभवों को बड़े एहतियात से समेटती रहीं और जब कागज पर उनकी पीड़ाएँ बिखरने लगीं तो उनसे बनने वाले चित्रों ने पाठकों एवं समीक्षकों को हिलाकर रख दिया। वादों-विवादों के कठघरे में स्त्री प्रश्नों से जूझती मैत्रेयी अपनी लेखनी से उन तमाम मुद्दों को उठाती रही हैं, जो स्त्री की नियति पर सामाजिक नियमों की घुटन एवं दबाव के परिणामस्वरूप जन्म लेते हैं।

मैत्रेयी ने अपनी कहानियों एवं उपन्यासों में लोक-चरित्रों के माध्यम से स्त्री-जीवन की सामाजिक छवियों को उभारा है। मैत्रेयी की साँसों में उन गाँवों की स्मृतियाँ हैं, जिनके बीच उनके बचपन से युवावस्था तक की यात्राएँ शामिल रही हैं। उनके कहानी-संग्रहों में 'चिन्हार', 'ललमनियाँ', 'गोमा हँसती है' तथा उपन्यासों में 'बेतवा बहती रही', 'इदन्नमम', 'चाक', 'झूलानट', 'अल्मा कबूतरी', 'विजन', 'अगनपाखी' का साहित्य में महत्त्वपूर्ण स्थान है। अपने असुरक्षित बचपन के बीच माँ, कस्तूरी के संघर्षों की कथा उन्होंने अपनी आत्मकथा के पहले भाग 'कस्तूरी कुंडल बसै' में लिखी है। अभी हाल में ही उनकी आत्मकथा का दूसरा भाग 'गुड़िया भीतर गुड़िया' प्रकाशित हुआ है, जिसमें मैत्रेयी के वैवाहिक जीवन से लेकर लेखकीय

जीवन तक की कथा-यात्राएँ शामिल हैं। इस आत्मकथा के जरिए ही मैत्रेयी के अंतर्मन में झाँक पाना संभव हो पाया है।

'सृजन पथ' के इस अंक में चर्चित लेखिका मैत्रेयी पुष्पा से संपादक की बातचीत का प्रमुख अंश प्रस्तुत किया जा रहा है। स्त्री-नियति व जीवन के नितांत निजी पहलुओं पर मैत्रेयी से लिया गया यह साक्षात्कार निश्चय ही पाठकों को उनके जीवन की विसंगतियों से परिचित कराएगा।

मैत्रेयी जी, आपकी सृजनात्मकता का बुनियादी ढाँचा ग्रामीण भारत का है। आपने अपनी कहानियों एवं उपन्यासों में ग्रामीण स्त्री की नियति व संघर्षों की कथाएँ शामिल की हैं, मैं आपसे यह जानना चाहूँगी कि गँवई सामाजिक परिवेश में एक स्त्री की चारित्रिकता, नैतिक मूल्यों का कौन-सा ढाँचा अख्तियार करती है?

आदमी जहाँ रहता है, उसी परिवेश का हिस्सा हो जाता है। मैं तो गाँव में ही जन्मी और वहीं पली-बढ़ी। बीस साल तक जिसे संस्कार बनने का महत्त्वपूर्ण समय माना जा सकता है, गाँव के घर, गलियाँ, खेत-खलिहान मेरे नजदीक थे। अतः मान सकती हो कि किसान की लड़की मैं और वैसी ही स्त्रियाँ मेरे इर्द-गिर्द रहीं। जब शहर में रहने का मौका मिला तो मैंने जाना कि ग्रामीण औरत की लड़ाई जहाँ आमने-सामने और आर-पार की है, वहीं शहरी संस्कृति में रची-पगी स्त्रियों का प्रतिरोध शास्त्रीय परंपराओं के बरक्स अकसर घुटने टेकते दिखता है। यहाँ सूचनाओं के द्वार शोर अधिक है और संघर्ष कम।

चारित्रिकता और नैतिक मूल्यों के बारे में आप ही बताएँ कि ये पुरुष-व्यवस्था के बनाए हुए शास्त्रसंगत ही सही होते हैं या परिस्थितिजन्य मूल्यवत्ता प्रभावकारी होती है? गँवई स्त्री परिस्थितियों के अनुसार अपनी राजनीति तैयार करती है, क्योंकि उसकी स्थिति शहरी स्त्री के मुकाबले भिन्न और साधन-सुविधाहीन होती है। यहाँ हम अशिक्षा, यातायात की असुविधा, थाने और कचहरियों की दूरियाँ, खूँखार सामंती समाज का घेरा और जातिगत पंचायतों को देख सकते हैं। साथ ही विवाह संस्था का थोपा हुआ शिकंजा गाँवों में अपने महत्त्व को अकाट्य बनाए हुए है। यानी कि पुरुषों की राय से हुए विवाह के फैसले, जिसमें औरत को बहू के रूप में केवल आज्ञाकारिणी होना है—अपनी सेवा और सेक्स-समर्पण के साथ।

मैं कहती हूँ, कसावट जहाँ ज्यादा होगी, छटपटाहट वहाँ उतनी ही तीव्रता से उभरेगी। गाँव की स्त्री यदि प्रतिरोध में सिर उठाती है तो वह निश्चित ही सिर पर कफन बाँधकर निकली होती है। हमारी वैवाहिक परंपरा लड़की के माता-पिता को 'कन्यादान' के विधान तले दबाकर मौन रहने को बाध्य करती है। साथ ही गाँव में

आपसदारी के हस्तक्षेप शहर के मुकाबले ज्यादा रहते हैं। अतः इज्जत का सवाल सिर चढ़कर बोलता है, जबकि शहरों में आपसी संबंध अस्थायी रहते हैं। यहाँ मर्यादा परिवार का सवाल बन सकती है, समाज का नहीं।

आपके लेखन की शुरुआत काफी विलंब से हुई, 1990 में पहली कहानी के प्रकाशन की चर्चा के साथ। आपने इस बात का जिक्र अपनी आत्मकथात्मक पुस्तक 'गुड़िया भीतर गुड़िया' में किया है। मैत्रेयी पुष्पा के इतने लंबे समय तक अपने आप को भूलकर मिसेज शर्मा बने रहने की कोई ठोस वजह?

ग्रामीण वातावरण से शहरी माहौल में आना मेरे लिए अपनी दुनिया बदल जाने जैसा था, यहाँ बेबाक होना, अक्खड़ व गँवार होने का पर्याय था। मैं सहम गई। साथ ही पत्नी का दायित्व सँभालते हुए लगातार तीन बेटियों की माँ बनना और अकेले ही उनके पालन-पोषण का भार उठाना, साथ ही पति की मान्यताओं पर खरा उतरना ...सचमुच मुझे उलझाकर घर में ही डाले रहा, क्योंकि मैं कस्तूरी की बेटी (कस्तूरी कुंडल बसै) घर-गृहस्थी व परिवार के संचालन में अनजान ही थी। लिखने की हूक ने भी मेरा पीछा नहीं छोड़ा, जहाँ भी कदम रखती, रचनात्मकता से विभिन्न रूपों में घिर जाती (गुड़िया भीतर गुड़िया)।

मैत्रेयी जी, आप इल्माना को अपनी वैचारिक अभिव्यक्ति का प्रेरणास्रोत मानती रही हैं। नैतिक वैधता के सवालों पर आप इल्माना के विचारों को अपना ही विचार मानती रही हैं। क्या इल्माना के बगैर मिसेज शर्मा का फिर से मैत्रेयी बन पाना संभव था? क्या मैत्रेयी का वैचारिक दुस्साहस (अनैतिकता) इल्माना के साहचर्य का ही परिणाम नहीं था? उनके (इल्माना) के बगैर सामाजिक मान्यताओं का नैतिक शास्त्र क्या मिसेज शर्मा को उन जटिल परिस्थितियों से अवगत करा पाता, जिनके बीच मैत्रेयी की अनुपस्थितियाँ लगातार मिसेज शर्मा को बेचैन बनाती रही थीं?

स्थितियाँ बता रही हैं कि मिसेज शर्मा को मैत्रेयी होना तो था, अवसर की तलाश थी, हाँ, इल्माना मेरे ग्रामीण ठाठ का समर्थन करती नजर आई। जिसे आप वैचारिक दुस्साहसिकता कह रही हैं, वही शायद मेरे स्वभाव की मूल प्रवृत्ति है। सामाजिक मान्यताओं के नैतिकशास्त्र की पोल तो मेरे सामने उसी समय खुल गई थी, जब मेरी उम्र लगभग पंद्रह साल थी। हाँ, शादी के बाद सुरक्षा का जो सुनहरा भ्रमजाल मैंने बना लिया था, इल्माना ने उसे बेरहमी से फाड़ डाला और मैंने चैन की साँस ली कि कोई मेरे जैसी है। हम एक मिलकर दो हुए।

मिसेज शर्मा की संतुष्ट गृहस्थी के बीच मैत्रेयी की पीड़ा को पहचानने वाली उनकी बिटिया नम्रता के बारे में आप क्या कहना चाहेंगी? क्या आपको ऐसा नहीं लगता कि नम्रता के स्नेहपूर्ण आग्रह ने आपकी भूमिगत इच्छाओं को फिर से जलप्लावित किया? आपको अपने नाम की पहचान देने वाली बेटी क्या मिसेज शर्मा के अवसाद को मैत्रेयी की खुशियों में बदलकर हमारे समाज की अन्य बेटियाँ एक अलग परंपरा की शुरुआत नहीं करतीं?

'अपने सपनों का खात्मा करने वाले हम, पूरी तरह खत्म नहीं हुए। उन सपनों के बीज बचे हैं, जिन्हें अपनी बेटियों में रोपेंगे,' इल्माना और मैंने संकल्प लिया था। नम्रता उसी बीज का शानदार पौधा वृक्ष की शक्ल में मुझे छाँह देने लगी। छाँह जिसमें मेरी कोमल भावनाएँ पल्लवित होकर फलित हों। उसने मुझे फिर डॉ० सिद्धार्थ की तरह उठाया, जैसे मैंने उसे शिशु के रूप में पालकर डॉक्टर के रूप में विकसित किया। चाहती तो यही हूँ कि हर बेटी नम्रता की तरह अपनी माँ की राहों के काँटे बुहारने का प्रयत्न करे।

मैत्रेयी जी, आपके उपन्यासों के बीच ग्रामीण यथार्थ के जो चित्र उभरते हैं, उनमें एक स्त्री के संघर्ष की अनेक कथाएँ हैं। प्रेम व विवाहेतर संबंधों को निभाती स्त्री-नायिकाओं को आपने अपनी कलम द्वारा जो वैधता सौंपी है, उस पर अनेक आलोचकों को घोर आपत्ति रही है, खासकर 'चाक' उपन्यास में सारंग और श्रीधर के रति-प्रसंगों को लेकर। क्या आप इस विषय में वैधता-अवैधता के सवाल को लेकर कुछ कहना चाहेंगी?

हमारे समाज में विवाहिता स्त्री पर सबसे कड़ा पहरा है। किसी पुरुष से मित्रता को यहाँ 'विवाहेतर संबंध' के नाम से प्रचलित किया गया है, जो अपने आप में बड़े से बड़ा गुनाह है। इसके लिए सजा के रूप में मृत्युदंड तक मुकर्रर किया है। मैं पूछना चाहती हूँ कि क्या कोई विवाह के बाद अपनी चाहत का जड़-मूल से खात्मा कर सकता है? चाहत तो वह भावना है, जो व्यक्ति को मनुष्य बनाती है। और इसी भावना में व्यक्ति की मुक्ति निहित है।

हमारे आलोचकों को या सामाजिक पुरोहितों को जितनी किसी के खून-कत्ल पर आपत्ति नहीं होती, जितनी कि किसी स्त्री के रति-प्रसंगों को लेकर हाहाकार मचता है। मचेगा ही, क्योंकि अब तक हमारी कर्मेंद्रियों और ज्ञानेंद्रियों को अपने शिकंजे में कसे रहना पुरुष-व्यवस्था का विशेष अधिकार रहा है। जबकि पुरुषों के लिए यह विधान बहुत लचीला है। वेश्याएँ, रखैलें और कॉल गर्ल्स इसी लचीलेपन की देन हैं। 'यह तुम्हारा पति है, इसे प्रेम करना शुरू कर दो' यह अनकहा फरमान

बेमानी है। हाँ, पति को साथी मानकर उसमें सखाभाव विकसित हो, यह संभव है।

विवाह और प्रेम का सामाजिक मूल्यबोध शास्त्रीय नहीं व्यावहारिक होना चाहिए, जो कि अब तक नहीं रहा है।

माँ कस्तूरी की श्रमशील जिंदगी और कठिनाइयों के बीच मैत्रेयी का असुरक्षित बचपन व किशोरावस्था के जुगुप्सापूर्ण अनुभवों ने ही क्या मैत्रेयी को विवाह की तीव्र लालसा से उद्विग्न नहीं बनाया? सुविधा एवं सुरक्षा के बीच प्रेम की उत्कंठा ने मैत्रेयी के भीतर की लड़की को विवाह-बंधन में बँधने के लिए प्रेरित किया था, तो क्या मिसेज शर्मा के रूप में मैत्रेयी की ये आकांक्षाएँ अपनी परिपूर्णता को ग्रहण कर पाईं? क्या विवाह की सामंती नैतिकताओं ने ही मिसेज शर्मा के अंदर की मैत्रेयी को एक परिपक्व लेखिका की वैचारिक प्रतिभा से नवाजा या फिर एक अच्छी पत्नी बनने की लालसा ने उन्हें विषाद व हताशा के ऐसे क्षण सौंपे, जिनसे मैत्रेयी का पुनर्जन्म निश्चित हो गया?

मैंने दूरदर्शन के 'सहारा चैनल' पर कहा था—मैं शादी करने के बाद डॉ० साहब को बॉयफ्रेंड के रूप में पाना चाहती थी, जैसा कि उन्होंने अपनी बातचीत और व्यवहार से प्रभावित किया था। लेकिन यह भी सच्चाई है कि लव मैरिज वाला बॉयफ्रेंड भी एक दिन पति बनकर खड़ा हो जाता है। यही मेरे साथ हुआ। पहले तो मैं चौंकी और मैंने अपने पत्र में लिखा—'मैंने तो साथी ढूँढ़ा था, तुम तो मालिक होने लगे' (शादी के एक साल बाद)। साथ ही 'पुरुष से पुरुष डरता है' वाली भावना ने मुझे विवाह के लिए उत्प्रेरित किया कि सुरक्षा मिलेगी (कस्तूरी कुंडल बसै), लेकिन पति का पहरा पत्नी पर ही कसता गया। ऐसा तो अशिक्षित व सामंती समाज में होता रहा है (घूँघट, बुर्का व घर की चारदीवारी)। फिर यहाँ नया क्या था? अफसोस बहुत था मुझे। इसी अवसाद ने पतिव्रत की मजबूत जंजीर की कड़ियाँ तोड़नी शुरू कर दीं और सच में मिसेज शर्मा के मुखौटे को धीरे-धीरे मैत्रेयी ने उतारना चाहा कि उस लड़की का असली चेहरा निकले, जो कस्तूरी की बेटी थी।

मैत्रेयी जी, आप जीवन जीने की आदत को जीना नहीं मानतीं, जैसा कि सामाजिक एवं नैतिक दबावों के कारण आम स्त्रियाँ मानती रही हैं। क्या मैत्रेयी के भीतर की स्त्री पूरी तरह से इस चुनौती पर खरी उतरती है? क्या सामाजिक-नैतिक दबावों के लगातार सिलसिले ने मैत्रेयी के वैवाहिक जीवन को उद्वेलित नहीं किया? कहाँ और किस हद तक स्त्री के व्यक्तिगत सरोकार और खुशियाँ, जीवन जीने की आदत से बरी होकर अपनी स्वायत्तता हासिल कर सकती हैं?

स्त्री जीवन क्या है? सबला होने के नारे लगाती हुई औरत निश्चित ही खुद को अबला मानती है। मैं इन उद्बोधक गीतों को स्त्री के कमजोर बने रहने की आदर्श स्थिति के रूप में देखती हूँ। अब स्त्रियों को ऐसा जीवन जीने की आदत हो गई है। इससे ज्यादा ताकतवर तो वे लोकगीत हैं, जिनमें ग्रामीण स्त्रियाँ जीवन की व्याख्या खुद करती हैं। हो चुके अन्यायों, क्रूर व्यवहारों और मान्यता प्राप्त बेइमानियों पर सवाल उठाती हैं। मैं भी तो उन्हीं में से एक स्त्री हूँ, शुरुआत से ही दिए गए नियमों, संबंधों और धार्मिक आडंबरों पर सवाल उठाने से बाज नहीं आती। व्रत, उपवास किए, क्यों किए? बेटा पाने के लिए क्या? नहीं! बेटियों की फीस, यूनिफॉर्म और उनके कैरियर के लिए न जाने किस अज्ञात से दुआ माँगती थी…इल्माना की तरह। शायद यहीं हम सबसे अलग हो जाते थे।

डॉ० शर्मा के चरित्र का द्वंद्वात्मक विश्लेषण एक भारतीय पति की आम विशेषताओं से सुसज्जित है। बल्कि यहाँ कुछ उदार किस्म की सामंतवादिता है जो भारतीय पतियों में बहुत कम ही देखने को मिलती है। बर्बरता व हिंसा के घरेलू उदाहरणों से भरी पड़ी है, भारतीय स्त्रियों की पारिवारिक दुनिया। क्या आप सामाजिक नियमों की कोई ऐसी सूची तय करना चाहेंगी जो पुरुष के बने-बनाए किले को ध्वस्त कर सके? पुरुष की संशयी प्रवृत्ति एक स्त्री की स्वायत्तता को आखिर कब तक नेस्तनाबूद करती रहेगी? विवाह और प्रेम के समीकरणों में व्यावहारिक तौर पर कोई सामंजस्य किया जा सकेगा?

'सामाजिक विधान में स्त्री की स्थिति' इस मुद्दे पर गौर किया जाए तो बात अपने आप साफ हो जाती है। पिता जब कन्या को दूसरे को सौंपता है, आशय यही होता है—यह स्त्री परिवार की सेवा, पति के सेक्स और वंश की वृद्धि के लिए दी जा रही है। इसके पास अपने शरीर के सिवा और कुछ नहीं होता। दहेज में जो दान दिया जाता है, वह ससुरालीजनों और पति का होता है। बिना विवाह के माता-पिता भी स्त्री को कुछ नहीं देते। सामंती व्यवस्था हम अपनी बेटी के लिए खुद बनाते हैं और संस्कारों की बदौलत औरत को मिलती है, कुछ आत्महंता सीखें। इस रास्ते पुरुष वर्चस्व के किले बनते हैं, ध्वस्त नहीं होते। जिस दिन बेटी को पिता अपनी संपत्ति में से हिस्सा देगा, जिस दिन पत्नी की कमाई को पति उसके अपने मन से खरचने देगा, जिस दिन पुरुष स्त्री को अपनी संपत्ति मानना बंद कर देगा, उस दिन घरेलू हिंसा से औरत मुक्त हो जाएगी। इसके लिए पुरुष तब बदलने के लिए मजबूर होगा, जब स्त्री के पास दृढ़ संकल्प, लंबा धैर्य, खतरों से खेलने की जाँबाजी और कुशल रणनीति होगी। साथ ही पारिवारिक रिश्तों द्वारा भावनात्मक शोषण नीतियों

को भी उसे समझना होगा। ऐसी बहुत-सी छोटी-छोटी बातें हैं, जिनसे बड़े-बड़े मसले हल होते हैं। रही बात विवाह और प्रेम की तो कह सकते हैं कि विवाह समाज के चलन की अनिवार्य शर्त है तो प्रेम जीवनदायक प्राणवायु है, जिसके अभाव में जीवित रहना, जीवन नहीं होता।

विवाह की वैधानिकता के बीच एक स्त्री का भय लगातार परिपक्व होता रहता है, क्या भय के बीच जीवन की स्वाभाविकताओं को सहेजना संभव है? क्या भयजनित प्रीति का रिश्ता, नैसर्गिक प्रेम की समर्पण भावना से ज्यादा प्रगाढ़ है? प्रेम में मन व देह ही सहज स्थितियों की उदात्तता को स्वीकारना आपकी दृष्टि में कहाँ तक न्यायोचित है?

विवाह को इसलिए ही बंधन कहा गया है कि वह व्यक्ति की स्वाभाविकता पर अंकुश लगाता है और उसके विवेक को लगातार ध्वस्त करता रहता है। खास तौर पर स्त्री को लेकर हमारी धार्मिकता बहुत क्रूर है। 'सपनेहु आन पुरुष मन नाहि' का विधान और अग्निपरीक्षाओं का सिलसिला (सती प्रथा) यानी अपने पति के बिना स्त्री का जीवन नरक है (विधवा, परित्यक्ता)।

पुरुष-व्यवस्था ने किस-किस तरह डराया है कि स्त्री पति के सिवा कुछ सोच ही नहीं सकती। क्या यही कारण नहीं है कि कोई विधवा या परित्यक्ता जब अपने बारे में सोचने लगती है और अशुभ विधानों को ताक पर रख देती है तो उसका व्यक्तित्व अपने आप में मिसाल बन जाता है। कारण कि वह भय को त्याग देती है। यह भय मन में होता है और शरीर को आगे बढ़ने से रोकता है, जिससे स्त्री के मनुष्य रूप की हत्या होती है। रही बात प्रेम की तो सहजता हर जगह स्वाभाविक होती है। इसको जकड़ना विकृतियाँ पैदा करता है। सच बात तो यह है कि पुरुष रूप में पिता, पति और पुत्र स्त्री के प्रति कहीं न कहीं सशंकित बना रहता है, यही अन्याय है। लड़की/औरत की बुद्धि पर भरोसा न करना ही अत्याचार है।

आपका सफर कैद के बीच की रिहाई का सफर है अर्थात् वैवाहिक बंधनों के बीच आपने मुक्ति के रास्ते तलाशे। यह मुक्ति स्त्री की उस मनुष्यता को बरकरार रखती है, जहाँ जीवन जिए जाने की शर्तें शामिल हैं। मैत्रेयी जी, क्या आप मानती हैं कि देह और मन की स्वायत्तता के दो अलग-अलग बिंदु हैं? क्या देह को मन के नियंत्रण से अलग करके जीवन को व्यवस्थित कर पाना संभव हो सकता है? विवाह संस्था स्त्री के लिए कोई ऐसा स्पेस मुहैया करा सकती है, जिसके द्वारा विवाह की सामंती प्रवृत्ति से बचा जा सके?

मेरी समझ में नहीं आता कि स्त्री के लिए देह अभिशाप के रूप में क्यों है? उसके किसी भी कदम को उसकी देह से ही क्यों मापा जाता है? और यही लड़ाई मेरे अपने जीवन में रही है। जब मैं नादान, मासूम और बहुत कम उम्र थी, देह पर टूटते भेड़ियों से बचाने मुझे कोई नहीं आया। जब मैं सब कुछ समझने लगी और विवाह हो गया, सुरक्षा के नाम पर सौ-सौ पहरे लगे। मेरे एक-एक कदम की जाँच होने लगी। कोई बताए कि यह जाँच-पड़ताल मेरे हित के लिए कितनी थी? हर पति को अपने लिए डर लगता है चाहे वह पति स्त्री का हो, चाहे जमीन का या किसी और चल-अचल संपत्ति का। इसलिए वह अनेक रूपों में अपने फैसले लागू करना चाहता है। दूसरों के निर्णय तले अपनी स्वाभाविकता कितनी रह जाएगी? देह हो या मन, ये स्त्री-पुरुष के अपने निजी होते हैं, यह बात स्त्री जिस दिन एलानिया तौर पर बयाँ कर देगी, उस दिन सामंती समाज की चूलें हिल उठेंगी। लेकिन आज भी औरत डर रही है। पढ़ी-लिखी पतिव्रताओं को करवा चौथ जैसे तमाम व्रत करते हुए अपनी वफादारी का लाइसेंस हर साल रिन्यू कराना पड़ता है, ताकि विवाह संस्था उन्हें वैधता दिए रहे। जब तक औरत ऐसे कर्मकांडों से छुटकारा नहीं पाएगी, उन्हें किसी 'दूसरी तरह का' स्पेस नहीं मिलेगा।

मैत्रेयी जी, उम्र का एक लंबा अरसा बीत जाने के बाद आपने जब अपने अनुभवों को कलमबद्ध किया तो प्रकाशन की प्रतीक्षा काफी लंबी रही। 'हंस' पत्रिका में आपकी कहानी को बार-बार लौटाया गया। निराशा की इन परिस्थितियों के बीच वह कौन-सी ऊर्जा थी, जिसने आपको हर बार बिखरने से बचाया?

साहित्य का समाज भी पुरुष-व्यवस्था का शिकार है। यहाँ स्त्री के लेखन को हलकेपन से लिया जाता है। यहाँ प्रोत्साहन की जगह हताशा के भंडार भरे पड़े हैं। अपने अनुभव से लगता है, मेरी जैसी कितनी ही लौट गई होंगी। 'हंस' पत्रिका से कहानी बार-बार लौटाई गई, अन्य पत्रिकाओं से भी निराशा हाथ लगी, जब मैं यह बात कहती हूँ तो स्थापित लेखिकाओं का तुर्रा यह है कि उन्हें तो ऐसा नहीं भुगतना पड़ा। पहली बार ही वे साहित्य में दर्ज हो गईं। हुआ होगा ऐसा भी, लेकिन भाई-भतीजावाद केवल राजनीति में ही नहीं चलता, शिक्षा, संगीत, नाटक, फिल्म और साहित्य में भी चलता है। यह भी उतना ही सच है, जितनी कि किसी की प्रतिभा। मेरे भीतर कितनी प्रतिभा थी, नहीं बता सकती, लेकिन लगन और दृढ़ संकल्प के साथ मेहनत करना मैंने बचपन से ही सीखा है। अकाल, सूखा, अतिवृष्टि के बाद भी किसान खेत जोतना, बोना और सींचना छोड़ नहीं देता।

राजेंद्र यादव आपके मित्र व साहित्यिक गुरु रहे हैं। इस नाते स्नेह, सम्मान व

ममता की एक अदृश्य डोर आपको उनसे बाँधे रही। क्या राजेंद्र जी की ओर से भी वैसा ही लगाव आपने महसूस किया...? राजेद्र यादव के कहने पर कि 'और कुछ' तो तुम कर नहीं सकतीं, चलो राखी ही बाँध दो, आपको उनके इस तथाकथित 'कुछ और' पर किसी तरह का संशय नहीं उभरा? या कि मैत्रेयी, आप दूसरों को अपने नजरिए से परखकर संतुष्ट हो लेती हैं और बेवजह की चिंताओं से मुक्त रहती हैं। क्या कुछ ऐसा ही डॉ० सिद्धार्थ के रिश्ते को लेकर आपके भावनात्मक लगाव की स्थितियाँ नहीं रहीं?

जिंदगी में जिस किसी का भी सहयोग रहा, उसके प्रति मेरी कृतज्ञता सदा रहेगी। मेरी याददाश्त इतनी पक्की है कि न मैं किसी के अच्छे को भूलती हूँ, न बुरे को। राजेंद्र जी का सम्मान किया है। हाँ, उन्होंने मुझे भरोसेमंद मित्रवत माना है। मैंने उनके व्यक्तिगत जीवन में झाँकने या दखल देने की कभी कोशिश नहीं की। जब तक उन्होंने खुद ही मुझे अपने निजी मामलों में राजदार नहीं बनाया, मैं अलग ही रही। साथ ही यह भी कि राजेंद्र यादव के बारे में जब न तब ऊल-जुलूल बातें सुनीं तो वे बातें उनकी चारित्रिक आदतें मानकर अपने ऊपर लागू नहीं कीं। उनका और मेरा संवाद लेखन को ही लेकर ज्यादा से ज्यादा होता है। जब उन्होंने मेरे पति के सामने यह कहा, 'और तो कुछ तुम्हारे वश का नहीं, चलो अब राखी बाँध दो' तो मैं असमंजस की स्थिति में आ गई। उनकी पुरुष-प्रवृत्ति ने मुझे इस 'और कुछ' के लिए न बाध्य-विवश किया, न कभी घेरा। क्या वे मेरी भावनाओं को समझकर पीछे हटते रहे? अतः 'गुड़िया भीतर गुड़िया' में मैंने उन्हें पत्र लिखकर अपनी बहुत-सी गहन भावनाओं से परिचित कराया और बहुत अवसाद घिर आने के समय राजेंद्र जी ने अपने और मेरे संबंध को कृष्ण और द्रौपदी के रिश्ते की तरह रखा। फिर मैं किस तरह संशय या चिंता करती? डॉ० सिद्धार्थ या राजेंद्र यादव में से कोई ऐसा नहीं है, जो मेरे भावनात्मक लगाव भरे भरोसे को खंडित करे, इसलिए ही दोनों से मेरा वही संबंध बरकरार है, जैसा मैंने चाहा।

आप स्त्री के 'त्रिया चरित्र' को 'सर्वाइविल ऑफ फिटेस्ट' मानती हैं। जिंदगी को बचाकर रखे जाने का तरीका। क्या इस तरीके में स्त्री की वह विवशता शामिल नहीं, जो विवाहोपरांत उसके पुरुष द्वारा सौंपे गए उस भय के रूप में मिलती है, जिसमें उसके किसी भी तरह के लगाव, स्नेह और सुख को अनैतिक ठहराया जाता है? क्या कोई स्त्री इस तरह के त्रिया चरित्र से बाहर आकर पूरी सहजता के साथ अपने अंतरंग रिश्तों व स्नेह का खुलासा कर सकेगी? पति क्या कभी प्रेमी के चरित्र से तालमेल बिठा सकेगा?

'त्रिया चरित्र' यह शब्द स्त्री के व्यक्तित्व की गंभीरता को थोथा करने के लिए गढ़ा गया है, इसमें संदेह नहीं। इसी शब्द को इस्तेमाल करके पुरुष का पराक्रम अपने आप में अखंड माना जाता है, लेकिन स्त्री ही है, जो इस गाली जैसे शब्द को हथियार बनाकर अपनी मुक्ति का रास्ता खोजती है। वह कुदरत द्वारा ही पुरुष के मुकाबले शारीरिक रूप से कोमल (कमजोर) है, औरत जानती है। तब पुरुष के अहंकार को सहलाना उसे अपनी रणनीति में शामिल करना पड़ता है। अनुभव व उदाहरण तो यह सिद्ध करते हैं कि इस व्यवहार के चलन से समाज में थोपी हुई बहुत सारी अनैतिकताएँ एक शाश्वत मूल्य बनकर सामने आती हैं। इस नए मूल्य की स्थापना बेशक त्रिया चरित्र से अपमानित की गई स्त्री करती है। असभ्य या सभ्य समाज में जंगल राज के अनकहे, अनलिखे नियम लागू हैं, तब स्त्री स्नेह, लगाव और संवेदनाओं को इस तरह प्रवाहित करती है कि सच खुलने पर पुरुष को लगता है, उसके द्वारा सदियों से लागू किया आतंक बेमानी है। यह भी सच है कि इस सच को पर्दे पर लाने के लिए पूरा एक युग लगता है।

मैत्रेयी, मैं आपको एक निर्भीक स्त्री मानती हूँ, जो अपनी कमजोरियों, अंतरंगताओं व स्नेह के प्रगाढ़पन को अपनी लेखनी के जरिए अभिव्यक्त करते हुए उन तमाम खतरों से खेल जाती है, जिसकी कल्पना मात्र से आम स्त्रियों के रोंगटे खड़े हो जाएँ। क्या आप अपनी ओर से उन स्त्रियों को कोई संदेश देना चाहेंगी, जो घुटन व विवशताओं के बीच दोहरी जिंदगी जीने को विवश एवं लाचार हैं?

रंजना, घुटन-भरी व बेबस जिंदगी जीने वाली स्त्रियाँ हमारे समाज में भरी पड़ी हैं। जो मुँह नहीं खोलतीं, खुद कदम आगे नहीं बढ़ातीं, वे अपने तथाकथित 'अच्छे स्त्रीपन' की रक्षा करती हुई उन सुख-सुविधाओं की अभ्यस्त हैं, जो अपने बूते पैदा नहीं की। या आत्मविश्वास ही छल कर जाता है। वे स्वतंत्रता के खतरों से डरती हैं, क्योंकि गुलामी में जो आनंद है, उसका मीठा नशा आँखें खोलने नहीं देता। नजर के अभाव में वे अपने पुरुषों के पाले में खड़ी दिखाई देती हैं और आजादी माँगने वाली औरतों की लानत-मलानत करती हैं। पुरुष वर्चस्व मुस्कराकर नारा उछालता है—'औरत ही औरत की दुश्मन है!' खौफ की मारी हुई स्त्रियाँ क्या तरस की हकदार नहीं? और तरस ही अपने स्वामियों से पाती हुई भीतर से खोखली होती जाती हैं। इन खोखलों में बारूद भरने की जरूरत है कि गुलामी के किले ध्वस्त हो जाएँ। यहीं से वे रास्ते बनेंगे, जो स्त्री को मुक्ति की ओर ले जाएँगे। हर हाल में रास्ते खुद ही बनाने होंगे, क्योंकि बने हुए रास्तों पर चलते जाना भी कम अपमानजनक नहीं है।

खंड 3

एक संभावना है स्त्री : इदन्नमम*

विजय बहादुर सिंह

छोटे परदे पर जब 'रजनी' सीरियल चल रहा था, लोगों के मन में एक उम्मीद और उत्साह का भाव जागा था। ज्यादातर तो नहीं, पर कुछेक नवयुवतियों ने अपने आप को 'रजनी' की तरह देखना भी शुरू कर दिया था। पर रजनी करती क्या थी? प्रतिरोध और संघर्ष। तथापि उसकी शैली काफी फिल्मी और इसीलिए उत्तेजक थी। सामाजिक जीवन में यह उत्तेजकता अपने फिल्मीपन में चाहे जितनी मनोरंजक मानी जाए, बुनियादी बदलावों के कारकों को नजरअंदाज करती है और हमारी पारंपरिक संवेदनाओं की घिसी-पिटी आदतों को फिर उसी ठौर ले जाकर खड़ी कर देती है, जहाँ जादू या चमत्कार का रस आने लगता है और ग्लैमर का ग्लैमर भी बना रहता है। ऐसी कल्पनाएँ नकली किस्म की पौराणिकता को बढ़ावा देती और छद्म पैदा करती हैं। तब तर्क बेमानी-से हो उठते हैं और भाषा अनपेक्षित ढंग से रंगीन और अविश्वसनीय। ऐसी चीजों से गुजरते हुए हम यही सोच पाते हैं कि कला और उसे धारण करने वाली कल्पना का अपना अलग आनंद है।

उन्नीसवीं सदी के उत्तरार्ध में जब हिंदी उपन्यास की विधा आई तब ऐसी चीजें भी सामने आईं, जिनमें कल्पना की अबाध उड़ानें थीं। कल्पना यह भी तो करती है। कलावाद इसी की कोख से पैदा होता है। पर प्रेमचंद के आने पर यह सुस्पष्ट हो गया कि जीवन को उसके स्वाभाविक सौंदर्य और सहज प्रवाह में देखना ही कला की बुनियादी जिम्मेदारी है। अन्यथा कला संसार और शेखचिल्लियों की दुनिया में कोई फर्क ही नहीं रह जाए। तब ऐसी दुनिया का हम क्या करें? इसी सवाल से टकराते हुए आनंद कुमार स्वामी जैसे कला-चिंतक का यह निष्कर्ष सामने आता है कि पश्चिम में भले ही कला और जीवन में विच्छेदकता हो, पर भारत में तो वे दोनों हमेशा अविच्छिन्न ही हैं—'कहियत भिन्न न भिन्न।'

पश्चिम के आक्रामक और दमनकारी साम्राज्य से भिड़ते और जूझते हुए जो

* इदन्नमम : मैत्रेयी पुष्पा

स्वदेशी आंदोलन आगे चलकर संपूर्ण राष्ट्रीय आंदोलन और उसकी इच्छाओं का प्रतीक बना उसके जननायक गांधी ने भारत को समझने और देखने की जो दिशा निर्दिष्ट की, वह यदि एक ओर साम्राज्यवाद-विरोधी तो दूसरी ओर पश्चिमी विज्ञानवाद से भी असहमति की मुद्रा में खड़ी थी। भारत के पश्चिमवादी नेताओं को गांधी की यह नीति लगभग अरुचिकर और अनुपयोगी-सी जान पड़ी और राष्ट्रीय अस्मिता की खोज में कोलंबस की तरह निकल पड़े, वे सब आज हमें जहाँ पहुँचा गए हैं, वहाँ से भारतीय अवधारणाओं की ओर लौटना और नए सांस्कृतिक हमलों से आत्मरक्षा कर पाना हमारे लिए आसान नहीं रह गया है। अपने को खुद अपनी निगाह से देखे बिना हम अपने को पराई निगाह से यदि देखते हैं तो एक न एक दिन यह उत्पीड़क बोध भी होगा कि ऐसा हम क्यों करते रहे?

क्या भारत की अपनी भी कोई विश्व-दृष्टि है? अगर है तो समकालीन कला-दृष्टियों और खास तौर से हिंदी में उसके प्रतिफलन का स्वरूप कैसा है?

पिछले दिनों जब सुरेंद्र वर्मा की राधिका शर्मा उर्फ सिलबिल वर्षा वशिष्ठ (मुझे चाँद चाहिए) होकर उभरी थी, हिंदी के कथा-पाठकों को लेखकीय वैदुष्य और कल्पना-प्रवणता के मिश्रित सौंदर्य का अनुभव हुआ था। तथापि वर्षा वशिष्ठ क्रमशः लोक-जीवन के तंग मुहल्लों और संकीर्ण गलियों से निकलकर जिस संघर्ष की ओर जाती है, वह बहुत कुछ कैरियर प्रधान है, या फिर गायत्री आदि परिवारों वाला स्वनिर्माणवादी। निम्न-मध्य वर्ग से उच्च-मध्य वर्ग की ओर जाती वर्षा एक दिन उच्च वर्ग में प्रवेश कर निश्चित रूप से मध्य वर्ग के ऐतिहासिक और विडंबनामय त्रिशंकुवाद का अतिक्रमण कर देती है। मध्य वर्ग के खास तौर से आजादी के बाद के मध्यवर्गीय लेखकों की अधिकतर कल्पनाएँ कुछ इसी तरह की रही हैं। लोक जीवन के विशाल और उठा-पटक वाले दलदली जीवन-संघर्षों की अनुभव-मालाओं से हमारे ये लेखक अगर कटे-से रहे तो उसके भी अपने कारण हैं। अपनी डायरियों और कविताओं में मुक्तिबोध ने इस संदर्भ में तीखी प्रतिक्रिया दर्ज की हैं। जो लोग इस भावधारा को लाँघ विशाल लोक-जीवन की ओर गए भी, वे इतना फॉर्मूलापरस्त और बुद्धि-प्रसूत लेखन करते रहे कि उसे जेनुइन कह पाना मुश्किल। उनके अधिकांश अनुभव शास्त्रबद्ध और प्रायोजित-से थे। मौलिक रचनात्मकता के लिए यह और भी खतरनाक हादसा-सा हुआ।

शताब्दी के अंतिम बरसों (1998) में प्रकाशित मैत्रेयी पुष्पा का 'इदन्नमम' इन तमाम चौहद्दियों को लाँघता और झुठलाता हमें फिर उस परंपरा के करीब ले जाकर खड़ा कर देता है, जहाँ यथार्थ का अर्थ 'सोशल क्रिटिसिज्म' न होकर 'समूह

का संघर्ष' बन जाता है। यह भी कम रेखांकित करने योग्य नहीं है कि हिंदी के समकालीन यथार्थपरक लेखन में संघर्ष की कई रंग-छवियाँ हैं। कहीं-कहीं तो वह खुद लेखक की बौद्धिक प्रयोजना जैसा लगता है और कहीं-कहीं तमाम कोशिशों के बावजूद बेहद औपचारिक, सतही और बेभरोसेमंद। यह भी कम तकलीफदेह नहीं है कि हमारी कल्पनाएँ कुछ अधिक शास्त्र-प्रेरित और विचार-निबद्ध होती जा रही हैं। जीवन की सहज और स्वाभाविक सुगंधों की दुर्लभता और क्षीणता यहाँ प्रायः खलती है। इसका जो भी कारण हो, एक कारण तो यह साफ दिखता है कि लेखक का 'फील्ड वर्क' न के बराबर और 'टेबल वर्क' काफी जोरदार है। सुविधाजीवी, अवसरपरस्त, किंतु यशःकामी और अति महत्त्वाकांक्षी मध्यवर्गीय प्रतिभाओं की 'चतुराई' और फैशन-परेड, शब्दों की संस्कृति से जिस तरह पेश आ रही है, वैसा तो वे बहुराष्ट्रीय कंपनियाँ भी नहीं कर पा रही हैं, जिन्हें सिर्फ बेचना और मुनाफा कमाना है। हमारे लिखे शब्द प्रायः संघर्ष से दूर चले जा रहे हैं और हमारी दृष्टि पर एक खास तरह का प्रतिबद्धतावादी आदर्शवाद क्यों हावी होता चला जा रहा है? इस लिहाज से मैत्रेयी पुष्पा का पहला ही उपन्यास 'इदन्नमम' समकालीन शब्द-प्रवाह की दिशा में बढ़ता हुआ इन संकीर्ण और जड़ चौखटों का अतिक्रमण करता है।

परंपरा बार-बार कहती आई है कि अगर सारे शास्त्र लुप्त हो उठें, लाइब्रेरियाँ जला दी जा चुकी हों, नगर-महानगर और उनकी सभ्यताएँ नष्ट की जा चुकी हों तब अपनी पहचान को ढूँढ़ने के लिए 'लोक' की ओर जाना चाहिए। निरुक्तकार का अति प्रसिद्ध कथन है—'लोकं पृच्छ'। कुमार गंधर्व यों ही नहीं कहते रहे कि लोक-कलाएँ शास्त्रीय कलाओं की माँ हैं। खड़ी बोली के हिंदी उपन्यास में प्रेमचंद और रेणु की ताकत इसी लोक की ताकत है। मैत्रेयी ने अगर इस 'लोक' को अपने लेखन में फिर से केंद्रीयता देने की रचनात्मक पेशकश की है तो इसे नजरअंदाज नहीं किया जा सकता। यहीं यह रेखांकित कर देना जरूरी है कि प्रेमचंद आजादी के पहले और रेणु आजादी के तत्काल बाद के लोकांचलों के रचनाकार हैं। यह भी निर्विवाद है कि प्रेमचंद में 'विचार' और 'रेणु' में रंगीनी और सौंदर्य की प्रतिस्पर्धी फैंटासियाँ हैं। प्रेमचंद कालिदास आदि की तरह अभिधावादी तो रेणु अलंकारवादियों या लक्षणावादियों के साथ हैं। मैंने पहले ही कहा कि रेणु का लेखनकाल भारत की आजादी के शुरुआती दौरों से जुड़ा है। पर ग्रामीण परिवेश पर लिखे 'अलग-अलग वैतरणी' जैसे उपन्यास या फिर ऐतिहासिक और सांस्कृतिक पृष्ठभूमि पर आधारित 'चारु-चंद्रलेख' में निराशा, लाचारी और विक्षोभ का संप्रेषण यह इशारा करता है कि आजादी के बाद के जीवन में 'उम्मीदें' और लोक-उमंगें निरंतर ध्वस्त हुई हैं और समाज में यह

मुगालता भी मानसिक स्तर पर घर करता गया कि सरकारी जादू की छड़ी से सब हो जाएगा। पंद्रह-बीस सालों में इस 'जन्नत' की 'हकीकत' भी आखिरकार सामने ही आ गई। 'लोक' की बुनियादी मनोरचना भले ही न टूटी हो, पर उसका मानसिक भटकाव और बिखराव तो निस्संदेह बहुत तकलीफदेह हो चुका है। वह उस 'पारंपरिक मानस' से लगभग आत्मविस्मृत-सा हो उठा है, जिसे मैत्रेयी ने 'इदन्नमम' में ढूँढ़कर पुनःसंगठित और पुनःसक्रिय करने की कोशिश की है।

सवाल यह भी है कि यह लेखक का काम है या नहीं? तब दूसरा सवाल यह कि लेखक तो स्वयं 'प्रजापिता' है। उसका संविधान वह खुद रचता रहा है। हम उसके इस अधिकार को न तो कभी छीन पाएँगे, न उसके इस काम में किसी प्रकार की दखलंदाजी कर सकते हैं। यदि एक स्तर पर वह रचयिता है तो दूसरे स्तर पर विधाता भी। यदि ऐसा न होता तो मानसकार तुलसी ने यह कहने की छूट कैसे प्राप्त की होती कि वे छंद, प्रबंध, रस आदि नहीं जानते, प्रचलित रचना-मर्यादाओं में उनकी कोई गति और रुचि नहीं है, फिर भी वे अपने समय का सत्य कहने के लिए संकल्पबद्ध हैं और इस सत्य से आँख केवल वे ही मिला सकेंगे, जिनकी बुद्धि निखरी हुई और विवेक निर्मल है। जब भी समय के सच का मुँह स्वर्णाभूषणों से ढक उठता है, कला और लेखन के प्रतिष्ठित आदर्शों का नकार और जीवन और समय के 'सच' की निरावृत्ति तस्वीर खींचनी ही पड़ जाती है। मैत्रेयी पुष्पा ने इसे चाहे अनगढ़ता के साथ ही रचा हो, पर यह तस्वीर है बहुत पावरफुल। यह जितना हमारे समय की जुझारू स्त्री से संबंधित है, उतना ही उस सामाजिक-पारिवारिक-आर्थिक व्यवस्था और नातेदारियों के अत्याचारी रुझानों से भी, जिनसे उपन्यास की नाभि 'मंदा' (मंदाकिनी), उसकी बाल सहेली सुगना और दिलेर कुसुमा लगभग अघोषित तौर पर संगठित होकर लड़ती हैं।

उपन्यास की कुल कहानी मंदा और उसकी 'बऊ' की कहानी है। अपने बेटे महेंदर सिंह की राजनीतिक हत्या और महेंदर की जवान विधवा प्रेम का घर छोड़ भाग जाने और मृतक महेंदर सिंह की जायदाद के लिए मुकदमा लड़ने से आतंकित और घबराकर, बऊ (मंदा की दादी) को इसलिए भी अपना गाँव सोनपुरा छोड़ श्यामली गाँव के परधान दादा पंचम सिंह की शरण लेनी पड़ती है, क्योंकि मंदा की माँ प्रेम भी कुचक्रियों के षड्यंत्रों का शिकार हो अपने घर से निकल चुकी है। नैतिक और आर्थिक स्तर पर छलनी-छलनी और लगभग टूट चुकीं 'बऊ' जब श्यामली गाँव पहुँच अपनी पोती मंदा को गहरी नींद से जगा रही हैं तो ऐसा लगता है, एक समूची विरासत निद्रा में डूबी नई पीढ़ी के कंधों को थपथपाकर कह रही है, 'लो, इतेक देर

से हम और क्या कह रहे हैं।' मंदा की उमर तब फ्रॉक पहनने वाली है। लगभग तेरह बरस। उपन्यास पढ़ते हुए मूर्च्छित स्त्री-चेतना की मूर्च्छा टूटेगी और नींद भी खुल जाया करेगी।

श्यामली गाँव के परधान दाऊ पंचम सिंह और उनके परिवार के अन्य भाई-बंद—बलभद्र, यशपाल, दरोगा विक्रम सिंह, लाभ-हानि का समीकरण बिठाने वाले गोविंद सिंह, मंदा का किशोर मित्र मकरंद, देवगढ़ वाली कक्को और यशपाल की परित्यक्ता कुसुमा और दाऊ अमर सिंह के अनैतिक संबंधों का ब्योरेवार और चुनौतीपूर्ण इतिहास लिखता उपन्यास जब श्यामली से उठकर सोनपुरा फिर लौटता है तब उसका यह वाक्य 'देसिया देस को ही जाता है।' कवि केदारनाथ सिंह की पंक्तियों की याद दिलाता है—'ओह मेरी भाषा/मैं लौटता हूँ तुम में/' सोचते तो अकसर बहुतों को देखा है, पर मैत्रेयी पुष्पा की तरह लौटने वाले बिरले ही होंगे। यहाँ 'पुनर्नवा' लिखने वाले हजारीप्रसाद द्विवेदी के सुमेर काका की याद बरबस हो आती है।

श्यामली गाँव से जगह-जगह के अनुभव और कड़वे-मीठे जीवन से संपन्न होकर लौटी मंदा और उसकी बऊ सोनपुरा लौटते ही जैसे आसमान से धरती पर गिर पड़ी हैं। उनके खेत आदि श्यामली वालों के नाम हो चुके हैं बगैर दाऊ पंचमसिंह की जानकारी के। दाऊ की नेकनीयती, सत्यनिष्ठा और लाचारी महाभारत के बेचैन भीष्म पितामह की याद दिलाती है, जिन्हें उनके रक्त-संबंधी ही छलते और अपमानित करते जाते थे। मंदा और बऊ की स्थिति उन पांडवों की-सी है, जो लोक जीवन में अन्याय का प्रतिकार और इंसानियत की प्रतिष्ठा के लिए जुझारू संकल्पों के साथ कटिबद्ध हैं।

सोनपुरा लौटकर मंदा जिस तरह के संघर्षों और उनकी जानलेवा जटिलताओं से होकर गुजरती है, उससे लोक-जीवन में नारी और पुरुष-व्यक्तित्व का एक नया ही उभार सामने आता है। सीता ने तो खैर नहीं, पर द्रौपदी ने भारत की स्त्रियों को कठोर प्रतिकार का संदेश दिया है। डॉ० लोहिया अगर द्रौपदी के चरित्र पर मुग्ध हैं तो इसीलिए। किंतु द्रौपदी की प्रतिज्ञाओं को पूरा करने वाले तो उसके पतिगण पंच पांडव हैं, जबकि मंदा अपनी प्रतिज्ञाओं और संकल्पों को स्वयं अपने बलबूते पर पूरा कर रही है। मैत्रेयी पुष्पा की स्त्री संबंधी कल्पना इस तरह बीसवीं सदी के उत्तरार्द्ध की ही नहीं, इक्कीसवीं सदी की स्त्री के उज्ज्वल और दमदार भविष्य की ऐतिहासिक उद्घोषणा भी है।

आज जहाँ कविता और इतिहास की मृत्यु की चर्चा फैशन में है, वहाँ इस तरह

परंपरा को अपनी प्रतिभा से पुनर्नवित करना और इंसानी जद्दोजहद को नई उम्मीदों से लैस कर डालना उस विश्व-दृष्टि के बगैर असंभव है, जिसका कालबोध लंबवत् न होकर चक्रवत् है। अकारण ही नहीं यहाँ रसवादी और पश्चिम में त्रासदी नाटकों की रचना हुई। *मैत्रेयी पुष्पा ने बीसवीं सदी के हिंदी लेखन में नारी के अबलत्व और उसकी निरीह 'रागमयता' के अंध स्वीकार और बेशर्त समर्पण को नकारते हुए राष्ट्रकवि और कामायनीकार दोनों को ही काफी पीछे छोड़ दिया है।* कुसुम और दाऊजी (अमर सिंह) के अनैतिक संबंधों के प्रसंगों में मानसकार की बहुपरिचित पंक्तियों—*अनुज वधू भगिनी सुत नारी, सुनि सठ कन्या सम ये चारी*—से भिड़ते और टकराते हुए जिस तरह के तर्क मंदा और कुसुमा के बहाने दिए हैं उससे पुरुष-प्रणीत व्यवस्था और वर्चस्व पर सीधा हमला होता है:

कुसुमा ने बीच में ही रोक दिया—"बिन्नू, हमें एक बात समझाओ, अरथाओ कि ये रिस्ते-नाते, संबंध और मरजाद किसने बनाई? किसने सिरजी है बंधनों की रीत? जो नाम लेती हो उनने? मनुव्यास ने? रिसियों-मुनियों ने? देवताओं कि राच्छसों ने?"

मंदाकिनी पढ़ना रोककर भाभी को गौर से देखने लगी। क्या उत्तर दे इन सवालों का?

"भाभी, ये रीति-रिवाज तो उन्होंने ही बनाए हैं, जिनने ये किताबें लिखी हैं, जिनके ऊपर ये किताबें लिखी गई हैं।"

"गलत बनाई हैं मंदा! एकदम पच्छपात से रची हैं।"

"बताओ तो अग्नि साक्षी धर के गाँठ बाँधने का क्या मतलब?"

"पति और पत्नी को साक्षी-सहचर कहें तो विरथा है कि नहीं?"

"कितेक उलटा है बिन्नू बेअरथ। यह संबंध बड़ा थोथा है।"

"लो, एक तो खूँटे बाँधा पागुर, दूसरा सरग में उड़ता पंछी।"

"ढोर और पंछी सहचर नहीं हो सकते मंदा···"

उपन्यास में यद्यपि यह मुख्य कथा-वस्तु नहीं है फिर भी आधुनिक स्त्री की बदलती सोच और पुरुष प्रधान समाज-व्यवस्था के प्रति उसके विद्रोह को प्रकट करती है।

मंदा अपनी उत्पीड़ित अम्मा को लेकर जैसी जिरह अपनी बऊ से करती है, वह बहस एक स्त्री के संदर्भ में सामाजिक और सांस्कृतिक दृष्टिकोण और उदारता की माँग करती है। बऊ परंपरागत पुराने खयालों वाली हैं तो मंदा स्त्री की ऐतिहासिक यातना, सनातन निर्वासन और पुरुष दिमाग की सांस्कृतिक चालाकियों

और सामाजिक बदमाशियों की पीड़ा और व्यथा से भरी-भरी और सचेत। उसमें अपार सहानुभूति और अगाध करुणा है। अपनी माँ से मिलने जाती। और उसे दुर्दशाग्रस्त देख मंदा की अंतरंग प्रतिक्रिया अत्यंत विगलनकारी है– *"मैं तो खड़ी-खड़ी जड़ हो गई। पथरा गए होंठ। जीभ पर लकवा मार गया। शरीर भी सुन्न''बोलना चाहती हूँ, मगर क्या बोलूँ? क्या कहूँ तुमसे? कैसे उबारूँ तुम्हें?"* मंदा का यह आखिरी वाक्य केवल अपनी माँ के लिए ही नहीं, समूची स्त्री जाति के लिए है, जो आज भी दलितों की दलित है। मैत्रेयी ने यह लिखकर उस विकल वेदना का बोध भी अपने पाठकों को करा दिया है, जिसकी पीड़ा से व्याकुल हो नागार्जुन कहते रहते थे–"विजय बाबू! अगला जनम मैं स्त्री का चाहता हूँ, जिससे उसकी व्यथा समझ सकूँ।"

मुख्य कथानक के साथ-साथ उपन्यास में कुछ उप कथानक भी हैं। आजादी के पहले और बाद के हिंदू-मुस्लिम संबंधों में आती खटास और बिलगाव, आजादी के बाद की भारत की पतनघाती भ्रष्ट राजनीति और नौकरशाही, ग्रामीण विकास, परंपरागत ग्रामीण समाज और विकास के नाम पर लगी चली आतीं सामाजिक विकृतियाँ, जमींदारों और जागीरदारों के जबड़ों से मुक्त होकर छुटभैये राजनेताओं और असंख्य ठेकेदारों-दलालों के चंगुल में फँसता लोक-समाज, जातियों की राजनीति, आरक्षण, शहरों से चलकर गँवई जीवन में सेंध लगाती आक्रामक और घृणित सांप्रदायिकता की विकृति और उससे पैदा हुआ अवसाद यहाँ खूब है। चीफ साहब की कथा, रतन यादव और अभिलाष सिंह की कथा, आरक्षण-पीड़ित भृगुदेव की कहानी और मंदा के प्रेरणा-केंद्र और दिग्दर्शक महाराज की कथा उपन्यास को एक ऐसे ठिकाने पर ले आते हैं, जहाँ से आजादी के बाद की संपूर्ण राजनीति, सामाजिक जीवन और उसे चारों ओर से घेरते जाते कठिन और उलझे सवालों का साक्षात्कार किया जा सकता है। लेखिका का मन इन कहानियों में काफी टूटा-फूटा हुआ-सा है, पर इसकी क्षतिपूर्ति करती हुई वह जिस तरह से मंदा के चरित्र को रचती है, उससे यह तो स्पष्ट हो ही जाता है कि उसने विकृति, विघटन, निराशा और अवसाद को अपने लेखन के आधार मूल्य के रूप में न तो अंगीकार किया, न ही इनके सामने घुटने टेके हैं। उसे परिस्थितियों से आँख मिलाना आता है और मनुष्य की सामूहिक लड़ाई में उसकी घनघोर आस्था है।

मंदा केवल परंपरागत खेती-किसानी वाला सनातन दिमाग नहीं है। नई सामाजिक-आर्थिक चुनौतियों और राजनीतिक कतर-ब्यौंतों को समझती हुई वह उस अगले मशीनी युग (कलयुग) को लेकर भी सजग है, जिसमें नई मनुष्यता को अपना सफर तय करना है। अगर आज वह अभिलाष सिंह जैसे ठेकेदारों के खिलाफ

लोकशक्ति की प्रतीकात्मक आवाज बन खड़ी है तो कल उन भैया जी टाइप लोगों से भी निपटेगी, जो अत्याधुनिक टेक्नोलॉजी के स्वामी और एकाधिकारवादी हैं। *'इदन्नमम' का अर्थ ही यही है कि यह लड़ाई अब अस्पताल और निजी जायदाद के लिए नहीं, उस विराट् जन-समूह के सुखद ऐतिहासिक भविष्य के लिए है, जिसे भारतमाता कहते हैं। इस दृष्टि से यह कथानक भरा-पूरा, अत्यंत सुगठित और योजनाबद्ध है। इसे हम अगर लोकगाथा की कथा कहें तो शायद सबसे ज्यादा सटीक होगा।*

मैत्रेयी इन सवालों को किन्हीं विदेशी संदर्भों, विचारांदोलनों और किताबों के जरिए नहीं उठातीं। इस रूप में वे हिंदी और खास तौर से नारीवादी लेखिकाओं की उस जमात में नहीं खड़ी हैं, जिसे लेखन में आज एक अलग दर्जा मिला हुआ है या फिर अलग निगाह से देखा जाता है। उनके उपन्यास में इस तरह की कोई दबी-छुपी विचारधारात्मक गंध और आंदोलनात्मक परछाईं भी नहीं दिखाई पड़ती। मैत्रेयी की परंपरा में यदि महादेवी वर्मा, अमृता शेरगिल हैं तो अमृता प्रीतम और कमलादास भी।

हिंदी उपन्यासों में यह बहस आजादी के आठ-दस बरसों में उठ चुकी है कि सामाजिक नैतिकता की दृष्टि से स्त्री-पुरुष के लिए यदि पृथक्-पृथक् मानदंड और दोतरफे रवैये अपनाए गए तो यह बेमानी होगी और आगे का समाज इसे शायद ही अंगीकार करे। हिंदी उपन्यासों में अनैतिक कही जाने वाली हदों तक जाकर जो कल्पनाएँ की गईं, उनका इतिहास भी हम पाठकों के पास है। स्त्री की समानता और उसके सशक्तीकरण की अनेक वैचारिक और सक्रिय राजनीतिक उठापटकों और सामाजिक पहलों की ठेठ देशी जागरूकता की पृष्ठभूमि पर रचा गया यह सीधा-सादा कथानक अपनी प्रेरणा, अनुभव संपदा, विषयवस्तु और विस्तार में इतना निजत्व और घरेलूपन लिए हुए है कि लेखिका की सहज प्रातिभ स्वाधीनता, निर्भीक और निर्द्वंद्व आत्मविश्वास का सम्मोहक उजाला बावजूद कई सघन दबावों और जटिल उलझनों के समूचे कथानक में फैला हुआ है।

शिल्प की दृष्टि से देखें तो पारंपरिक रूप में यह एक अभिधा प्रधान कथानक है। जिन्हें पता है, वे इससे सहमत होंगे कि अभिधावादियों में मैथिलीशरण गुप्त ही नहीं, प्रेमचंद, निराला और कालिदास जैसे रचनाकार भी आते हैं। अभिधा का वास्तविक सौंदर्य तो उसकी वस्तुपरकता में ही है। व्यंजना आदि शैलियाँ अंततः हमें कलावाद और अमूर्ततावाद की ओर ले जाती हैं। बिरले ही होंगे जो इससे बच पाते हों। मैत्रेयी अपने पाठकों को जानती हैं और हिंदी के कई बड़े कथाकारों की तरह

वे कुछ बातों को उन तक सीधे पहुँचाना चाहती हैं। वे उन आलोचकों के लिए शायद ही लिखती हैं, जिनकी निगाह अब वस्तु पर तो बहुत कम किंतु बिरल और अनोखे शिल्प पर कुछ ज्यादा ही रहने लगी है।

कई एक प्रतिबद्ध रिव्यूकारों ने मैत्रेयी पुष्पा के इस उपन्यास की विचारधारा को गांधीवाद से जोड़कर छिटपुट सवाल भी खड़े किए हैं। उनकी निगाह मंदा और ठेकेदार अभिलाष सिंह की कठिन भिड़ंतों और सुगना के हिंसक प्रतिकारों की ओर नहीं ही जा सकी। न जाने क्यों वे यह नहीं महसूस कर सके कि मंदा ने जो रास्ता अख्तियार किया है, वह हमेशा ही जनांदोलनों के जरिए लोक-जागरण और लोक-मुक्ति का रास्ता है। वहाँ जरूरी हिंसा वर्जित नहीं है। आजादी के पहले और बाद के दो बड़े ऐतिहासिक जनांदोलनों ने यह भी साबित कर दिखाया है कि गांधी के विचार न हवाई हैं, न उनकी सार्थकता नष्ट हुई है, न वे पूरी तरह से नेस्तनाबूद हुए हैं। यह अलग बात है कि आजादी के बाद नवशिक्षित भारतीय दिमागों का जिस तरह का पश्चिमीकरण (और अब वैश्वीकरण, जिसमें राष्ट्रीयता के अलावा बाजारीकरण-निजीकरण आदि सब कुछ है) और नए कहे जाने वालों का एकांगीकरण और बौद्धिक ध्रुवीकरण हुआ और किया गया है, उसमें तो शहरों के संस्कारों में सहज रूप में अनजाने चली आई लोक-परंपराएँ भी अबूझ हो रही हैं। ऐसे लोग तब उस अतिपुरातन किंतु जीवंत और जुझारू लोक-मानस को कैसे पकड़ पाएँगे जो बऊ, सुगना और उनकी नेत्री मंदा की ताकत बन उसके पास हैं? प्रेमचंद जैसे महान् कथाकारों के मुरीद ये बुद्धिजीवी जाने क्यों अब तक लोकमानस और उसके देशी स्वभाव का अध्ययन करने से कतराते रहे हैं, जिसकी समूची संभावनाओं की पूरी पड़ताल गांधी भी नहीं कर पाए। एक विश्वप्रसिद्ध नृजातिविज्ञानी प्रोफेसर सोलटैक्स ने ख्यातप्राप्त समाजविज्ञानी एम०एन० श्रीनिवास के शोधग्रंथ 'यादों से रचा गाँव' की भूमिका लिखते हुए यह विचार व्यक्त किया है कि आज जिन समस्याधर्मी विनिबंधों का चलन है, उन्होंने उस चीज को लगभग पूरी तरह नष्ट कर दिया है जो कभी साकल्यवादी (होलिस्टिक) विनिबंधों की गरिमा और महिमा थी। इन दूसरी तरह के विनिबंधों में नृजातिशास्त्री अपनी विशेष पेशेवर रुचि को ताक पर रखकर उस संस्कृति के अलमबरदारों की दुनिया को सामने लाता था, जिससे उसका परिचय होता था। वे यह भी लिखते हैं 'नृजातिशास्त्र उसी सीमा तक एक कला है, जहाँ तक वह पराए लोगों के लिए इसका सोद्देश्य वर्णन करने का प्रयास करता है कि एक समाज में अनिवार्यतः परस्पर भिन्न व्यक्ति किस प्रकार एक-दूसरे को, एक-दूसरे के विचारों को और एक-दूसरे के सामूहिक व्यवहार को देखते हैं। किसी अन्य

संस्कृति की धारणाओं और जीवन-मूल्यों के अनायास हस्तक्षेप की संभावना को कम से कम करने के लिए मानवशास्त्री का अत्यंत परिष्कृत होना आवश्यक है। इसके लिए ऐसे बुद्धिमान और संवेदनशील व्यक्ति की भी आवश्यकता होती है, जो इस लक्ष्य को प्राप्त करने के लिए अपने मस्तिष्क और अपने जीवन-मूल्यों का सोद्देश्य उपयोग करने का प्रयास करे। व्यक्ति साकार होने की कम से कम संभावना वाले जिस आदर्श की कल्पना कर सकता है, वह एक झूठी 'वस्तुनिष्ठता' के शून्य की कल्पना है, जो वास्तव में अचेतन के हर प्रकार के हस्तक्षेप से दूषित होती है।' प्रोफेसर टैक्स ने इसी रूप में नृजातिशास्त्र को भी अनिवार्यतः उच्चकोटि की कला घोषित किया है। जब हम किसी समाज, उसे धारण करने वाले विचारों, मर्यादाओं, उसके द्वारा रचे जाते अनुभवों, देखे जाते सपनों और इनके बार-बार के घटित द्वंद्वों की फलश्रुतियों को जाँचते-परखते और अपनी अनोखी कल्पनाओं से रँगते हैं तब यह क्यों भूल जाते हैं कि कभी हमारी मुट्ठी में या तो विचारधारा मात्र बची रहती है या फिर वह सम्मोहक कल्पनापरकता जो जाने-अनजाने ही सही, हमें उस यथार्थ से बहुत दूर लेकर चली गई है, जिसकी शोभायात्रा में हम शामिल थे। तथापि यह प्रश्न लेखक की अपनी आजादी का भी है, ठीक आत्महत्या या दुर्दम जीवन की मुठभेड़ में से किसी भी एक के चुनाव की तरह।

भारत में गांधी निस्संदेह उन वामपंथियों की तरह तो नहीं थे, जिन्होंने वामपंथ की शास्त्रीयता पर महारत तो हासिल कर ली थी, पर उसे एक यथार्थ की तरह इस जमीन और आबोहवा में उतार नहीं पाए। न वे उन दक्षिणपंथियों में से थे, जिनकी बीसवीं सदी के राष्ट्रीय जीवन के संदर्भ में अवहेलना की जा सके या अछूत समझा जाए। गांधी ने अहिंसक आंदोलन का प्रयोग किया और कुछ दूर तक उनका यह प्रयोग सफल भी रहा, ठीक सोवियत संघ के क्रांतिकारी हिंसक पंथ की तरह। पर जिस तरह हिंसक क्रांति का रास्ता सनातन नहीं है, उसी तरह अहिंसक आंदोलन का भी। भारत की परंपरा और स्मृति में दोनों रास्ते और विचारधाराएँ सामयिक रणनीति की तरह रही हैं—गीता भी और गांधी भी। मैत्रेयी हों या कोई अन्य, जब भी इस तरह के स्वाभाविक, आर्थिक जीवन के अनुभवों के बीच गमन करेंगे तो उन्हें या किसी को भी शायद ही गांधी को बाईपास करने की गुंजाइश या सुविधा आज मिल सके। इरफान हबीब अगर यह कहते हैं कि गांधी पहले ऐसे नेता हैं, जो राष्ट्रीय आंदोलन में आर्थिक प्रश्नों को लेकर आते हैं तो हमें यह देखना होगा कि 'गोदान', 'मैला आँचल', 'बलचनमा', 'परती परिकथा' आदि में उठा यह सवाल इस तरह साइड इशू बनाकर क्यों रख दिया गया था और क्यों इधर बीसवीं सदी के आखिरी

बरसों के कई कथाकारों ने किसान, उसकी आजादी और जमीन से जुड़े आर्थिक सवालों को फिर से उठाते हुए बार-बार राष्ट्रीय आंदोलन की क्रांतिकारी विरासत का स्मरण जरूरी समझ रखा है? मैत्रेयी ने अगर यह कोशिश मंदाकिनी जैसे पात्रों के मार्फत बुंदेलखंडी माटी की महक और जुझारूपन के साथ की है तो इससे वह ऐतिहासिक रोमांच भी हमारी यादों में तरोताजा हो उठता है, जिसका रिश्ता बुंदेलखंड के अन्य करीबी अंचलों से रहा है। तथापि लेखिका ने इसे आंचलिक उपन्यास के बतौर लिखने से बाकायदा सावधानी बरती है। अगर कुछ लोग इसकी बोली-बानी के चलते इसे आंचलिक कहने पर आमादा हो उठें तो कोई आश्चर्य नहीं। पर आंचलिक उपन्यासों और कहानियों की रूपरेखा कुछ और ही किस्म की होती है। इसमें तो शुरू से एक ऐसी समस्या और चुनौती है जो धीरे-धीरे कथानक को उस दिशा की ओर ले जाती है जो बऊ और मंदाकिनी के जीवन की प्रतिज्ञा, संकल्प और संघर्ष की दिशा कही जा सकती है। ऐसा निर्भय मन और अडिग संकल्प अगर इन दोनों के पास है तो इसका कारण उस विराट् में इनके अखंड विश्वास के चलते है, जो इनके चारों ओर हजारों सालों से सेनाओं की तरह खड़ा है। उसी लोक में यद्यपि बलभद्र सिंह, दरोगा विक्रमसिंह, यशपाल, रतन यादव, जगेसर, अभिलाष भी हैं, पर उसी में तो दाऊ पंचम सिंह, चीफ साहब, कुसुमा और सोनपुरा के वे सारे जन भी हैं, जिनकी शक्ति से मंद्रा लोकजीवन के मंच पर उभर आए नए आततायियों के लिए रणचंडी और नई उम्मीद बनी हुई है।

चरित्रों की अंतर्विरोधी विविधता और रंगीनी का चित्रण करने में अत्यंत सक्षम लेखिका ने हिंदू-मुस्लिम संबंधों की सघनता और नए राजनीतिक माहौल में उसकी विकृति और त्रासद परिणति को जिस मार्मिक और भावुक ढंग से प्रस्तुत किया है, उससे इन ऐतिहासिक संबंधों के प्रति उसकी गंभीर निष्ठा, वेदना और विकलता का अनुमान किया जा सकता है।

मानव-चरित्रों की अंतर्विरोधी विविधता और खूबसूरती, पुराने सामाजिक संबंधों की विकृत और शिथिल होती बुनावट, नए सामाजिक-आर्थिक रिश्तों की गर्हित तस्वीरों के बीच उपन्यास का कथानक जिस उल्लासपूर्ण, किंतु कठिन जय-यात्रा की ओर बढ़ता दिखाई देता है, उस दिशा में अभी किसी साफ आसमान की उम्मीद नहीं की जा सकती। इतना भर कह सकते हैं कि हम नई सभ्यता के विधायक इंसान के प्रति बेसब्र उम्मीदों से लदे-फँदे हैं। पर सभ्यता कोई भी हो, उसे पैदाइश की तमाम पीड़ाओं से होकर गुजरना ही पड़ता है। इन पीड़ाओं से यह कथानक भी न तो अछूता है,

न बेखबर। फिर भी यह सोच-सोचकर हैरत होती है कि सोनपुरा से श्यामली और श्यामली से लेकर इतनी सारी जगहों, खेतों-खलिहानों, नदियों-पहाड़ियों के भूगोल को पार कर, इनके बीच आता-जाता और लगातार उठता-बैठता यह कथानक न जाने क्यों गाँव जीवन के उस भरे-पूरेपन से अपरिचित है, जिसकी पहचान सिर्फ मानवीय बस्तियाँ शायद ही कभी रही हों। लगता है, उद्देश्यपरकता पर अर्जुनी आँख टिकाए रहने के कारण लेखिका को 'मानवेतर सृष्टि' लगभग नहीं या बहुत कम दिख पाई। पर किसी भी कथानक के लिए यह क्यों जरूरी हो उठे कि वह अपने समय के तमाम आर्थिक, राजनीतिक और सामाजिक सवालों को अनपेक्षित मजबूरियाँ ढोए और इन्हीं के चलते जब तब खुद ब खुद अपनी कथित सोद्देश्यता से इधर-उधर होता-सा दिखे। यह किसी लेखक की महत्त्वाकांक्षा क्यों होनी चाहिए कि अपने समय के सारे सवालों को उठाने और उसका जवाब खोजने का जिम्मा उसकी नैतिक जिम्मेदारी है। अंततः हम न तो वेदव्यास हैं, न कालिदास और न तुलसीदास। शायद हमारा काम ठीक सवाल उठा देने से भी चल सकता है। मैत्रेयी अपने इन सवालों के साथ मुझे निजी तौर पर काफी कद्दावर लगती हैं।

स्त्री और पारंपरिक भारतीय समाज, आजादी और किसान, आदमी और मशीन, लोकतंत्र, सहकारिता, ग्रामीण विकास और बदलते गाँवों के बदरंग होते जाते चेहरों को अपनी इंसानी कोशिशों से फिर से कुछ-कुछ रंगीनी सौंपती लेखकीय कल्पनाएँ देर-सवेर यदि कभी साकार होती हैं तो समाज में लेखक और उसके शब्द का महत्त्व बना रहेगा। अपने 'दिवास्वप्नों' के लिए लेखक हमेशा ही बदनाम रहा है। मैत्रेयी ने इसमें कुछ सितारे और जोड़ लिए हैं। ऐसा लगता है, वे अपने समय के सामाजिक व्यवस्थावादियों से खुला शास्त्रार्थ भी करना चाहती हैं और यह बोध भी करा देना चाहती हैं कि पुरुष यदि स्त्री की सहभागिता का कायल नहीं है तो वह आगे का सफर अपने 'पौरुष' के बलबूते भी तय करेगी। मंदाकिनी तो यही करती भी है। उसे लेकर सोचते हुए बार-बार महादेवी याद आती हैं 'पंथ होने दो अपरिचित, प्राण रहने दो अकेला।'

मैत्रेयी का यह उपन्यास और उसकी नायिका मंदा सोनपुरा को सोनपुरा बनाने के लिए श्यामली से लेकर डाँग, समथर, गढ़ी, विरगवाँ और न जाने कहाँ तक भटकते हैं। किंतु मैत्रेयी अपनी जमीन कभी नहीं छोड़तीं। मैं यह जानता हूँ कि वे रजिस्टर्ड वामपंथी खेमे में नहीं हैं, पर उस विराट् और उदार जनवाद की सदस्या तो वे हैं, जिसकी संस्कृति में राजा राममोहन राय, दयानंद, ज्योतिबा फुले, गांधी और लोहिया ही नहीं, भगतसिंह, आजाद और भगवानदास माहोर भी आते हैं। मैत्रेयी की शक्ति

के पीछे ये सारे लोग और उनकी स्मृतियाँ हैं।

महानगरों का अति उच्च जीवन जीते हुए यदि उन्होंने एक और जीवन श्यामली, सोनपुरा, डाँग, समथर, एटा, उरई आदि का भी निरंतर जीती रहीं और हम सबको इस मार्फत उसका अनुभव-सहचर बनाया तो यह एक और अर्थ में हमारे लिए नसीहत भी है कि वह सब कुछ जो हम जीते और सोचते हैं उसमें बहुतों की भागीदारी है। वह सिर्फ हमारा अकेले का नहीं है।

उपन्यास उन तमाम भारतीय स्त्रियों को लेकर लिखा गया है, जो सनातन पुरुष-प्रधान व्यवस्था में सदियों से तरह-तरह से अधिकार-वंचित और काम-शोषित रही आई हैं। मंदा की माँ प्रेम विधवा होकर केवल काम-शोषित स्त्री नहीं है। उसका अपहरण कर, उसे प्रताड़ित कर जमीन-जायदाद हड़पने की योजना का चित्रण यह उपन्यास करता है। बंगाली विधवाओं को सती के नाम पर चिता तक जिंदा पहुँचाने वाला समाज यह दुष्कर्म इसलिए करता रहा जिससे खानदानों में जमीन-जायदाद के अधिकारों को लेकर झगड़े-फसाद न खड़े हों। संपूर्ण भारतीय साहित्य में आज स्त्री के प्रति अगर अपार वेदना और करुणा है तो इसीलिए। *आर्यसमाज आदि आंदोलनों के साथ राष्ट्रीय आंदोलन में स्त्री की नई उभरती पहचान ने इस उपन्यास को वह पृष्ठभूमि, परिप्रेक्ष्य और आधार दिया है, जिस पर मंदा जैसी युवतियाँ अपना चारित्रिक विकास कर सकें। आज अगर नर्मदा बचाओ आंदोलन की मेधा पाटकर को देखें तो हमारे लेखकों की ये कल्पनाएँ असाधारण तो नहीं, किंतु औसत से भी कुछ कम लगती हैं। आज जीवन का यथार्थ काव्य की कल्पना से काफी आगे खड़ा है तथापि दोनों की दिशाएँ एक हैं। यह एक संतोषप्रद स्थिति है।*

कुसुमा जैसे चरित्रों के मार्फत मैत्रेयी भारतीय स्त्री की जिस स्वाधीनता का सपना देख रही हैं, वह समकालीन भारतीय समाज में बहस का मुद्दा हो सकता है। परिवार और रक्त-संबंधों के बीच जो मर्यादा-रेखाएँ खिंची हुई हैं, उन पर बहस करने से तो मुँह नहीं मोड़ा जा सकता, पर बगैर किसी बुनियादी-विमर्श के सिर्फ 'देह की भूख और प्यास' का तर्क समूची सामाजिक और पारिवारिक व्यवस्था को तहस-नहस कर डालेगा। शायद मैत्रेयी भी ऐसी परिवार-संस्था को अंगीकार न करें। निस्संदेह लेखक को कल्पना करने और अपनी 'दृष्टि' प्रस्तुत करने की बुनियादी आजादी है, पर इस स्वाधीनता की अपनी सीमाएँ भी हैं। कुसुमा के संदर्भ में लेखिका अतिउदारता का प्रदर्शन करती इनके बाहर या पार चली गई है। हम मानते हैं कि स्त्री को वरण की स्वतंत्रता मिलनी चाहिए, पर हम यह भी जानते हैं कि वही तो गृहस्थी (परिवार) की धुरी है। पुरुष शायद बगैर परिवार के काम चलाने को राजी भी हो जाए, पर स्त्री

शायद ही कभी तैयार मिले। जहाँ तक मुक्त काम-संबंधों का प्रश्न है या गुप्त अनैतिक काम-संबंधों की हकीकतें हैं, उनकी सूची भी परंपरा के पास है, पर उन संबंधों की श्रेष्ठता की वकालत यह समाज शायद ही कभी करे।

उपन्यास में जिस विंध्य अंचल का लोकजीवन चित्रित किया गया है, वह आम बोलचाल की खड़ी बोली में न होकर बुंदेली बोली की महक से सराबोर है। हम जानते हैं कि मैत्रेयी ने उपन्यास की भाषा के संदर्भ में प्रेमचंद का अनुसरण नहीं किया है, पर जैनेंद्र, अज्ञेय, अमृतलाल नागर आदि का भी नहीं। निर्मल वर्मा जैसे सुपर कलाकारों का तो एकदम ही नहीं, जहाँ पहुँच भाषा और संगीत शास्त्रीय घरानों के असाधारण कलाकारों के अनोखे आलाप बन जाते हैं। मैत्रेयी ने इसके विपरीत उरई, कालपी, एटा, झाँसी आदि के आसपास की बुंदेली को अपने लिए चुना है और लगभग वैसा ही काम किया है जैसा 'मैला आँचल' या 'परती परिकथा' में रेणु ने उस अंचल की बोली के संदर्भ में। पर इसके साथ यह कहना जरूरी लग रहा है कि रेणु बोली के हुनर को एक कलाकार की तरह साधते और सँभालते हैं, जबकि मैत्रेयी का संबंध यथार्थ जीवन को भरोसेमंद बनाने वाली उस जुबान से है, जिसे वे कभी बेहद नाजुकी से तो कभी बेहद ठेठपन से छूती हैं। गँवई अंचलों में पहुँचते नए अंग्रेजी शब्दों के उच्चारणों का बोलीकरण कर उन्होंने यह भी बता दिया है कि बोलियाँ कभी भी बंदखयाल और दकियानूस नहीं रही हैं, बल्कि उनकी निगाह हमेशा ही उस जीवन यथार्थ पर रही है, जिसकी टकसाल में भाषा या बोली ढलती आई है।

यह भी ध्यान योग्य है कि लेखिका अपने वर्णनों को हिंदी के मुहावरों में ढालती हैं, किंतु जहाँ चरित्र एक-दूसरे के आमने-सामने हैं, वहाँ तो बुंदेली ही बुंदेली है। पर यह बुंदेली ठीक वैसी ही बुंदेली है, जैसी 'रामचरितमानस' के संदर्भ में अवधी। लगभग बघरी हुई। जैसे कोई गँवई लड़की कस्बे में सौदा-सुलुफ खरीदने आई हो।

प्रेमचंद के बाद एक धारा यशपाल, चतुरसेन शास्त्री, अमृतलाल नागर आदि कथाकारों की रही है। मैत्रेयी की गणना भी इसी धारा में की जा सकती है। इस धारा में महाकाव्यात्मक कथानक और जीवंत लोकधर्मिता है!

भारतीय उपन्यास की एक और समर्थ कड़ी : इदन्नमम

राजकिशोर

एक ओर 'गोदान' और 'मैला आँचल' तथा दूसरी ओर 'राग दरबारी' और 'नौकर की कमीज' में मूलभूत फर्क क्या है? ये चारों ही सफल और आदरणीय उपन्यास हैं और भारतीय यथार्थ को अपने-अपने ढंग से प्रतिबिंबित करते हैं। लेकिन 'गोदान' और 'मैला आँचल' का रुख आलोचनात्मक होते हुए भी परिवेश अपने पात्रों के प्रति आत्मीयता का है। इनमें भारतीय जीवन पर एक तरह की पकड़ दिखाई देती है। प्रेमचंद की निगाह में मृत्यु के समय गोदान का कोई महत्त्व नहीं होगा, लेकिन जिस परिवेश का उन्होंने चित्रण किया है, उसमें गोदान का निश्चित महत्त्व है। अतः गोदान की घटना और उसके प्रतीक का उन्होंने भरपूर इस्तेमाल किया है। इसी प्रकार 'मैला आँचल' में भी लोकजीवन की प्रामाणिक छवियाँ बार-बार दिखाई पड़ती हैं। इसके विपरीत 'राग दरबारी' और 'नौकर की कमीज' भी सक्षम और बेहतर उपन्यास हैं, किंतु भारतीय जीवन की आत्मीय छवियाँ उनमें नहीं मिलतीं। जनसाधारण से एक तरह का प्रेम इनमें कम नहीं है, लेकिन यह प्रेम बौद्धिक और विचारधारात्मक ज्यादा है। अतः शुभैषिता की तुलना में परिचय कम दिखाई पड़ता है। लेखक का मन उचटा हुआ है—वह अपनी कथाभूमि में रमता दिखाई नहीं देता। अच्छाई और बुराई का भीतरी अंतर्द्वंद्व भी कम है। इस कसौटी पर क्या यह कहा जा सकता है कि 'गोदान' और 'मैला आँचल' भारतीय उपन्यास के ज्यादा निकट हैं?

अज्ञेय ने 'भारतीय उपन्यास' की—एक विधा के रूप में 'भारतीय उपन्यास' की—एक दूसरी कसौटी बनाई थी। उनका मानना था कि 'पश्चिमी शॉर्ट स्टोरी और भारतीय कथा में ये दो अलग-अलग काल-बोध प्रतिबिंबित और परिलक्षित होते हैं।' ये अलग-अलग काल-बोध हैं, ऐतिहासिक काल और सनातन काल। 'शॉर्ट स्टोरी का लेखक उद्विग्न है, जल्दी में है, विश्लेषण करता चलता है, उसका काल-बोध ऐतिहासिक, ऋजुरेखानुसारी, अप्रत्यावर्त्य है।' भारतीय कथाकार या किस्सागो इत्मीनान में है, मजे-मजे चलता है, उसकी दृष्टि संग्राहक है, उसका काल-बोध सांस्कृतिक और वृत्तानुसारी है। यानी पश्चिमी उपन्यास सीधी रेखा में चलता है, उसका आदि-अंत

होता है, जबकि भारतीय कथा-दृष्टि किस्से में किस्सा निकालते जाने की है। उसका समय सर्वव्यापक है।

निर्णायक प्रश्न यह है कि क्या इस दृष्टि से कोई भारतीय उपन्यास लिखा भी गया है? अज्ञेय ने इसका कोई उदाहरण नहीं दिया है। उन्हें स्वयं यह स्वीकार करना पड़ा था कि 'मैं तो भारतीय लेखक हूँ न! न्यूनाधिक भारतीय—जैसा कि मेरा देश न्यूनाधिक भारत है। लेकिन देश के 'न्यूनाधिक भारतीय' होने से शायद लेखक को यह छूट नहीं मिल जाती कि वह भी 'न्यूनाधिक भारतीय' ही रहे।

'भारतीय उपन्यास' की एक तीसरी दृष्टि यह हो सकती है कि वह भारतीय जीवन-दर्शन के आधार पर लिखा गया हो। यह कसौटी हजारीप्रसाद द्विवेदी के उपन्यासों का मूल्यांकन करने के लिए ज्यादा उपयोगी सिद्ध हो सकती है। लेकिन द्विवेदी जी ने अपने कथानक प्राचीन भारत से लिए हैं। इस दृष्टि की असली परीक्षा तब होगी जब वह हमारे समसामयिक जीवन पर लागू की जाए। अंग्रेजी के भारतीय उपन्यासकार राजा राय ने यह कोशिश की है, किंतु इस प्रक्रिया में उनके उपन्यास कम रह गए हैं, दार्शनिक भूलभुलैया ज्यादा हो गए हैं। साथ ही वे पूरब और पश्चिम के बीच एक अजीब तरह के द्वंद्व का नेतृत्व करते हैं, जिसमें पूरब को समझने की कोशिश कम और पश्चिम को समझने की कोशिश उससे भी कम है। यदि इस किस्म का सच्चा भारतीय उपन्यास विकसित हो सके, तो शायद भारतीय जीवन-दर्शन के कुछ नए आयाम भी विकसित हों।

अभी तो ऐसा मान लिया गया प्रतीत होता है कि वह पूर्ण रूप से विकसित हो चुका है और उसमें कुछ भी नया नहीं जोड़ा जा सकता। इसलिए वह समकालीन यथार्थ की बौद्धिक आलोचना के काम तो आता है, किंतु उसके रचनात्मक प्रस्फुटन विरल हैं।

श्रीमती मैत्रेयी पुष्पा के नवीनतम उपन्यास 'इदन्नमम' (किताबघर प्रकाशन, 24, अंसारी रोड, नई दिल्ली-110002) को इनमें से किस दृष्टि से 'भारतीय उपन्यास' की परंपरा को आगे बढ़ाने वाली एक नई कड़ी कहा जा सकता है? ऐसा लगता है कि यह पहली और दूसरी दृष्टियों का एक महत्त्वपूर्ण परिपाक है। दूसरी दृष्टि—यानी काल को वृत्ताकार मानने वाली दृष्टि, जिसमें इतिहास के बजाय बोध को प्राथमिकता दी जाती है—यहाँ अप्रासंगिक है। यद्यपि 'इदन्नमम' में पात्रों की संख्या अनगिनत है, कथा भी कई स्तरों पर चलती है, किंतु सजग लेखक की इच्छा इतिहास का अतिक्रमण करने की नहीं, उसे बींधने की है। उपन्यास के शीर्षक (जो संस्कृत के एक सुंदर श्लोक से लिया गया है) से यह भ्रम हो सकता है कि 'जिसका

यशोगान कर विद्वान् भव-बाधा से पार हो जाते हैं, यह आहुति उसी परमेश्वर के लिए है, मेरे लिए नहीं।' अतः यह उपन्यास नहीं, बल्कि अपनी निष्ठा की कथा-अभिव्यक्ति है, लेकिन उपन्यास को पढ़ते समय यह भ्रम लगातार खंडित होता जाता है, क्योंकि 'इदन्नमम' जितना आधुनिक जीवन तथा आधुनिक विकास के प्रति आलोचनात्मक है, उतना ही परंपरागत भारतीय जीवन के प्रति भी आलोचनात्मक है। यह भारतीय गाँव की विडंबनाओं का, गाँव के विद्रोह का लगभग महाकाव्यात्मक आख्यान है, किंतु इसमें गाँव का झूठा आदर्शीकरण नहीं किया गया है। इसमें भारत-मोह की जगह भारत-प्रेम है। इस भारत-प्रेम के कारण ही आधुनिक दृष्टि की कई भंगिमाएँ स्वाभाविक रूप से इस तरह पेश कर दी गई हैं, जैसे वे भारतीयता का अनिवार्य अंग हों। कुछ जगहों पर अवश्य एक तरह का भोला-भालापन दिखाई देता है, जो शायद समकालीन भारत के जटिल यथार्थ को एक सीधी-सादी दृष्टि से देखने की भावुक जिद के कारण है—जैसे चुनाव या आरक्षण का विरोध, लेकिन इस तकनीकी मामले का लाभ उठाकर लेखक की उस मानववादी और आत्मीयतापूर्ण दृष्टि का तिरस्कार करना उचित नहीं है, जो इसे एक स्मरणीय—'मुझे चाँद चाहिए' से किसी भी तरह कम स्मरणीय नहीं—कथाकृति बनाती है। लेखक लेखक होता है, राजनीतिज्ञ नहीं। प्रगतिशील से प्रगतिशील राजनीतिज्ञ में भी कुछ प्रतिक्रियावाद छिपा हो सकता है, जबकि प्रतिक्रियावाद से प्रतिक्रियावादी जान पड़ने वाले लेखक में भी कुछ प्रगतिशीलता अवश्य होगी—अन्यथा वह लेखक नहीं हो सकता।

'मुझे चाँद चाहिए' में बहुत-से टिप्पणीकारों ने (आलोचक तो अब कम ही दिखाई देते हैं) एक कैरियर कथा का उत्कर्ष देखा है। उपन्यास की नायिका वशिष्ठ की सफलता कथा चकित करने वाली है, लेकिन उससे ईर्ष्या नहीं करनी चाहिए। ज्यादा गौर करने की बात उसकी आंतरिक समृद्धि और बौद्धिक तथा रागात्मक संतुलन है। यह समृद्धि और यह संतुलन 'गोदान' की नागर नायिका मालती की याद दिलाते हैं। मालती को प्रेमचंद ने बहुत कुछ आदर्शवाद की धातु से गढ़ा है। वर्षा में भी यह तत्त्व कम नहीं है। सबसे बड़ी बात यह है कि वर्षा के माध्यम से हम हिंदी उपन्यास में व्यक्तित्व की वापसी देखते हैं। प्रेमचंद, यशपाल, नागर आदि के बाद व्यक्तित्व की यह खोज लगभग समाप्त हो गई थी। यथार्थ की जरूरत से ज्यादा खोज ने आदर्श की उस माँग को दबा दिया, जिसके बिना लेखक अपने अभिप्रेत जीवनादर्श को प्रक्षेपित नहीं कर सकता। इस टूटे-फूटे दौर में 'नदी के द्वीप' के असाधारण पात्र कुछ ज्यादा ही चमके तो इसीलिए कि वे निरे यथार्थ की ऊब से हमें मुक्त करते थे। 'इदन्नमम' के अनेक पात्र—नायिका मंदाकिनी, आधुनिक

पूर्व युग के अनेक आकर्षक मूल्यों का प्रतिनिधित्व करने वाले दादा, विद्रोही स्त्रियाँ कुसुमी, मंदाकिनी की माँ और सुगना, विद्रोह और रचना का संदेश देने वाले कायले के महाराज (हमेशा धर्म की निंदा करने वाले सज्जन कृपया इस पहलू पर अवश्य विचार करें), मौन अनुरागी मकरंद, गाँव का वत्सल प्रधान—अपने पूरे दम-खम और व्यक्तित्व के साथ सामने आते हैं। उपन्यास के प्रारंभ से अंत तक कहीं भी मिथ्या आशाओं का ज्वार नहीं है, मंदा की संघर्ष-कथा भी ऊबड़-खाबड़ रास्ते से ही चलती है, फिर भी 'इदन्नमम' मनुष्य की अंतर्निहित क्षमता में हमारा विश्वास कुछ और दृढ़ करता है। वह कुछ मायूस तो करता है, लेकिन हताश नहीं। वह बताता है कि सड़ी से सड़ी स्थिति भी संभावनाविहीन नहीं होती। जहाँ बड़े पैमाने पर संघर्ष संभव नहीं दिखाई देता हो, वहाँ छोटे पैमाने पर भी कुछ किया जा सकता है। व्यक्ति इतिहास का सिर्फ शिकार नहीं होता, वह इतिहास का निर्माता भी होता है—यह छोटी-सी, किंतु महत्त्वपूर्ण और आज के समय में लगभग विस्मृत सूचना को 'इदन्नमम' इतनी सहजता से पुनर्जीवित करता है कि पाठक का हृदय अभिभूत हो जाता है।

वस्तुतः किसी भी रचना का यह अनिवार्य गुण है। और रचना की चुनौती यह है कि विपरीत से विपरीत परिस्थिति में भी इस गुण को कैसे बचाए रखा जाए?

'इदन्नमम' की कथा भारत के ग्रामीण परिवेश की या उसके एक विशिष्ट अंचल बुंदेलखंड की अपनी कथा है—सिर्फ इसी से उसकी भारतीयता सिद्ध करना एक घातक कौशल सिद्ध हो सकता है। भारत के किसी कस्बे या किसी शहर की कथा भी इतनी ही तल्लीनता से लिखी जा सकती है। मुख्य बात शायद यह तल्लीनता—अंतरंग परिचय और गहरा अनुराग है। यह तल्लीनता ही किसी लेखक को उसके परिवेश से जोड़ती है या ऐसे जुड़ाव से ही यह तल्लीनता पैदा होती है और किसी भारतीय लेखक को भारतीय लेखक बनाती है। 'इदन्नमम' के गाँव अमूर्त या समाजशास्त्रीय गाँव नहीं हैं। वे वास्तविक गाँव हैं। संदेह तो यह भी होता है कि बहुत-से पात्र भी वास्तविक हैं, शायद इसीलिए उपन्यास के प्रारंभ में यह घोषणा करना जरूरी समझा गया है कि 'इस उपन्यास के सभी पात्र काल्पनिक हैं।' यथार्थ हमेशा वास्तविकता से पंजा मिलाकर चलता है। इसीलिए 'इदन्नमम' का यथार्थ कठोर आत्मपरीक्षण से कटा हुआ नहीं है। यह न तो गांधी का गाँव है (धरती का स्वर्ग) और न ही अंबेडकर का गाँव (धरती का नरक)। यहाँ प्रेम और सहयोग है, तो इसकी अपनी कुरूपताएँ भी हैं। लेखक ने किसी से भी अपना दामन बचाना नहीं चाहा है, क्योंकि उन्होंने जो देखा है, उसके प्रति कहीं भी झूठा नहीं होना चाहतीं।

यह खरापन, यह बौद्धिक तटस्थता, यह वस्तुपरकता ही प्रेम को भावुकता में बदलने नहीं देती। लेखक की आंतरिक शक्ति का यह सबसे महत्त्वपूर्ण स्रोत है। इस खरेपन के अभाव में यह उपन्यास पिलपिला या दयनीय हो जा सकता था, लेकिन मैत्रेयी पुष्पा के कलात्मक अनुशासन ने 'इदन्नमम' को इस लोकप्रिय दुर्घटना से बचा लिया है।

इसीलिए 'इदन्नमम' की कथावस्तु सिर्फ गाँव बनाम शहर की नहीं है। गाँव बनाम गाँव की भी है। गाँव की अपनी पीड़ाओं और उसके बदलते हुए मूल्य-बोध की कहानी राजेंद्र यादव के शब्दों में—'नारी-सुलभ चित्रात्मकता' के साथ कही गई है। लेकिन दृष्टि परंपरा-पोषण या निर्जीव संरक्षणवाद की नहीं, रचनात्मकता की है। यही कारण है कि यह दृष्टि आधुनिक भी है। किशोरी मंदा के साथ कैलास मास्टर बलात्कार करता है, तो कुसुमा भाभी बहुत ही परिपक्वता के साथ उसे समझाती हैं, 'बिन्नू, अपने मन में तनिक भी भय मत लाना। हिचके-हिचक में मत रहना। जो हुआ उसे भूल जाना। डर मत मानना कभी। जिंदगानी में, इतनी बड़ी जिंदगी में अच्छा-बुरा घट जाता है, बिटिया, उसके कारण मन में गाँठ लगाने से क्या फायदा? जो तुमने किया ही नहीं, उसके लिए अपने को दोषी क्यों मानना?' जीवन के प्रति यही स्वस्थ-साहसी नजरिया प्रति-उपेक्षिता कुसुमा को अपने देवर के साथ प्रेम—वायवीय प्रेम नहीं, ठोस प्रेम—की अटूट गाँठ में बाँधता है और वह इस प्रेम की निशानी अपने बच्चे को डंके की चोट पर पालती है—गुपचुप गर्भपात का आश्रय नहीं लेती। दूसरी ओर, मंदा की माँ विधवा होने के बाद भी जीने की उद्दाम ख्वाहिश से भरी हुई है और इसके लिए कौन-सा जोखिम नहीं उठाती। लेकिन जीवन के इस उत्सव में कभी-कभी लंबा उपवास भी, जहाँ अंतहीन प्रतीत होने वाली प्रतीक्षा भी कम सुखद नहीं है, जीवन की ही निशानी है—यह सिद्ध होता है मंदा और अरविंद के शांत-सम्मोहक प्रेम-प्रसंग से। स्पष्ट है कि मैत्रेयी पुष्पा के पास जीवन की कोई फॉर्मूलाबद्ध दृष्टि नहीं है। वस्तुतः प्रेम का ज्वार और प्रेम का संयम, दोनों एक ही जगह से आते हैं और अपने-अपने ढंग से जीवन को समृद्ध करते हैं। यह जगह है व्यक्तित्व की आंतरिक समृद्धि और दृढ़ता।

इस समृद्धि और दृढ़ता के कारण ही मंदा सोनपुरा में स्थानीय लोगों को उनके हकों की वसूली के लिए संगठित कर पाती है। यहाँ मंदा की स्थिति कुछ-कुछ वैसी ही है, जैसे युवा गांधी की दक्षिण अफ्रीका में रही होगी। मंदा सबसे पहले शोषण को समझने की कोशिश करती है, फिर वह एक-एक माँग उठाते हुए आगे बढ़ती है, जैसे एक समय में एक कदम ही उसके लिए काफी हो। इस प्रक्रिया में

योजनाबद्ध विकास, भारतीय प्रशासन और बेरहम तथा आततायी उद्योगीकरण—सबके बिंब एक-एक कर हमारे सामने आते हैं और हम गाँव के आधुनिक पिछड़ेपन की कुंजियाँ हस्तगत करते चलते हैं। लेकिन 'इदन्नमम' यदि सिर्फ विलाप या संघर्ष कथा होता, तो वह शायद बहुत ज्यादा प्रेरक हो सकता था। उपन्यास बहुत मुखर ढंग से यह संदेश देता है कि पीड़ित लोगों को अपनी ओर से कुछ रचनात्मक पहल भी करनी चाहिए। दुश्मन को पहचानने जितना ही महत्त्वपूर्ण है मित्रों को पहचानना, बल्कि मित्र बनाना और उनके सहयोग तथा संगठन से कुछ रचने की कोशिश करना। ध्यान देने की बात है कि उपन्यास की संघर्ष कथा के केंद्र में दो अत्यंत आधुनिक वस्तुएँ हैं—ट्रैक्टर और अस्पताल। मंदा दोनों के लिए भरपूर प्रयास करती है। जहाँ स्थानीय पहलू काफी हैं, वह सफल होती है। जहाँ मामला पूरी व्यवस्था का है, उसकी सफलता आंशिक है। उपन्यास का जो हिस्सा नहीं लिखा गया है—हमारे अपने अनुमान के लिए छोड़ दिया गया है, उसमें मंदा के डॉक्टर प्रेमी के कारण शायद यह सफलता भी पूर्णता लिए हुए हो, लेकिन मुख्य बात यह नहीं है। मुख्य बात यह है कि संघर्ष और रचना के इस दुहरे आयोजन के नेतृत्व के लिए किन्हीं विशेष गुणों की जरूरत नहीं दिखाई गई है। मंदा अंत तक 'निरीह और निष्कवच' रहती है, किंतु वह 'निश्छल' और 'संकल्प-दृढ़' भी है (राजेंद्र यादव के विशेषण)। इनके सहारे ही वह वर्तमान के घटाटोप के बीच से भविष्य की पगडंडियाँ बनाती है—अपने व्यक्तिगत जीवन में भी और सामूहिक जीवन में भी।

कोई भी परिवेश अपनी भाषा में ही व्यक्त होता है। परिवेश हो और उसकी अपनी भाषा न हो तो समझिए या तो परिवेश झूठा है या फिर उसका प्रतिबिंब। इस दृष्टि से 'इदन्नमम' को हिंदी का नहीं, बुंदेलखंडी का उपन्यास कहने का लोभ संवरण करना किसी के लिए भी कठिन सिद्ध हो सकता है। खड़ी बोली हिंदी का एक सार्वदेशिक नागर रूप तो है ही, लेकिन जब वह किसी भी अंचल की अभिव्यक्ति का माध्यम बनेगी, तो स्थानीय रंगत उस पर शायद इसी तरह हावी होगी। लेकिन मैत्रेयी जी की भाषा के दो रंग हैं—एक, उसका स्वाभाविक बुंदेलखंडी रूप। बऊ के संवादों में यह निखरकर आया है। दूसरा वह रूप, जिसमें खड़ी बोली के शब्द बुंदेलखंडी वेश धारण कर आते हैं। यह रूप कहीं-कहीं अस्वाभाविक लगता है। जैसे दादा की भाषा में 'समवेदना', 'करुणा और सहानुभूति का रिश्ता', 'दुरासयी' आदि शब्द। तत्सम शब्दों को तद्भव भर बना देने से वे लोकभाषा के शब्द नहीं हो जाते। लोकभाषाएँ अपने भीतर से ही समृद्ध होंगी। हिंदी के लेखकीय रूपांतर सिर्फ उन्हें कृत्रिम व बोझिल बनाएँगे। इसके बावजूद यह निस्संकोच कहा जा सकता है

कि इस एक उपन्यास ने हिंदी के ठहरे हुए भंडार में जितने नए शब्द जोड़े हैं, उतने कई अन्य समकालीन उपन्यासों ने मिलकर नहीं जोड़े होंगे। स्पष्ट है कि हिंदी को अपना शब्द-भंडार यानी अभिव्यक्ति-छटाएँ बढ़ाने के लिए बार-बार लोकभाषाओं के पास जाना चाहिए।

कहना न होगा कि इस प्रक्रिया में हिंदी-लेखन की संवेदना भी बदलेगी। वह नई संवेदना कैसी होगी? 'इदन्नमम' उसकी एक बहुत ही सशक्त झाँकी है।

चाक : गल्प के स्वभाव तथा वृत्तांत के स्वरूप में हस्तक्षेप किए बगैर

परमानंद श्रीवास्तव

एक औरत
जिसकी मेहनत के खून-पसीने से
खून चूसने वालों की लाशें फूलती हैं
शरीर के कम होते खून के कतरों से साहूकार की
तिजोरी मुनाफे से भरती है।

एक औरत जिसके लिए
तुम्हारी शर्मनाक शब्दावली में
कोई भी पर्याय शब्द नहीं है
जो उसके अस्तित्व के महत्त्व को समझा सके।

तुम्हारी शब्दावली में उन औरतों के लिए अर्थ हैं
जिनके हाथ साफ-सुथरे हैं, त्वचा मुलायम
बालों में खुशबू के बादल बसे हुए हैं।

मैं एक औरत हूँ जिसके लिए तुम्हारी शब्दावली में
कोई पर्याय शब्द नहीं
जो मेरा महत्त्व बता सके।

एक औरत जिसके सीने में
क्रोध से भरे जख्मों का सैलाब है
औरत जिसकी आँखों का नशा
आजादी की गोली का सुर्ख रंग है

(ईरानी कवयित्री : मार्गेयेह अहमदी उस्कोई)
अनुवाद : नासिरा शर्मा

मैत्रेयी पुष्पा का नया उपन्यास 'चाक' पढ़ते हुए मुझे इस कविता 'मैं एक औरत' की याद आती रही। कविता मेरी डायरी में दर्ज है और यह संदर्भ भी कि 1987 में 'जनसत्ता' के एक अंक में नासिरा शर्मा ने लेख लिखा था–'महिलाएँ भी लड़ रही हैं ईरान में' और ईरानी कविता का एक चयन भी प्रकाशित किया था। नहीं जानता कि इस उल्लेख को विषयांतर कह-कहकर उड़ा दिया जाएगा या इसे 'चाक' की अंतर्वस्तु की चुनौती से संबद्ध करके देखना भी जरूरी जान पड़ेगा। 'चाक' जैसा उपन्यास प्रमाण है कि आज स्त्रियाँ अपनी ही नहीं, अपने पूरे समाज की मुक्ति की लड़ाई भी लड़ रही हैं और यह हमारे समय का इतना ज्वलंत प्रश्न या संदर्भ है कि उसे हवा में उड़ाया नहीं जा सकता। इसके बावजूद मैत्रेयी पुष्पा 'महिला लेखिका' के रूप में पढ़ी जाने के लिए अभिशप्त हैं। क्या एक कोटि, कैटेगरी या श्रेणी के रूप में 'महिला लेखिका' या 'महिला लेखन' की स्वतंत्र अवधारणा का कोई औचित्य है या वह सचमुच अपने को मुख्य धारा मानने वाले पुरुष-लेखकों की साजिश-भर है? यह सवाल मैत्रेयी पुष्पा के उपन्यास 'इदन्नमम' के संदर्भ में उठा था। 'चाक' को लेकर भी ऐसे सवाल उठेंगे। अभी इस पर कोई और टिप्पणी नहीं।

(2)

न उत्तर-आधुनिक, न कालातीत। अभी तो आधुनिक होने की पीड़ा से ही छटपटा रहा हो, ऐसा है यह उपन्यास 'चाक'! जिसके केंद्र में है स्त्री–सारंग। प्रतिहिंसा प्रेरित सारंग की लड़ाई कैसे व्यापक सामाजिक मुक्ति की लड़ाई का रूप ग्रहण करने लगती है, यह प्रक्रिया महत्त्वपूर्ण है। गल्प के स्वभाव या वृत्तांत के स्वरूप में हस्तक्षेप किए बगैर मैत्रेयी पुष्पा 'चाक' को क्या आज के समय में एक सार्थक यूटोपिया या विजन का रूप दे पाती हैं। यह एक विचारणीय सवाल है। क्या यह यूटोपिया या विजन ही वृहत्तर प्रतिरोध चेतना का नियामक है या यह सारी लड़ाई व्यक्तिगत लड़ाई है। प्रतिहिंसा ही जिसकी तह में है, क्योंकि इस अर्थ में उपन्यास की कथा एकदम सीधी और इकहरी है कि सारंग की बहन रेशम के स्वतंत्र जीवन और अपने चुने हुए मूल्य (विधवा होकर अवैध संबंध के परिणाम बच्चे की माँ होने के महत्त्व की स्वीकृति या घोषणा) के विरोध में छोटे लंपट जेठ डोरिया ने बच्चे के जन्म के पहले ही रेशम की हत्या कर दी और क्षुब्ध सारंग ने प्रतिशोध की प्रतिज्ञा को जीवन का सबसे महत्त्वपूर्ण लक्ष्य मान लिया। अंत में लगता यही रहा है कि डोरिया से बदला लेने में ही समूची लड़ाई का अर्थ छिपा है। पर शायद प्रच्छन्न रूप से ही इस लड़ाई

में से एक दर्शन, एक यूटोपिया, एक स्वप्न, एक विजन उभरने लगता है। अंत तक जाते-जाते यह भी अनुभव किया जा सकता है कि ऐसी यूटोपिया के सच होने के कुछ लक्षण अत्यंत पिछड़े इस ग्रामीण समाज में पहले से मौजूद रहे हैं। जहाँ शिक्षा नहीं पहुँची है, विकास नहीं पहुँचा है, वहाँ एक तरह की विलक्षण उन्मुक्तता स्त्री-पुरुष संबंधों में भी है। अकारण नहीं है कि अंत तक जाते-जाते एक नई यौन नैतिकता का असुविधाजनक दर्शन भी स्वीकृति के लिए बेचैन है।

यह तथ्य सबसे अधिक महत्त्वपूर्ण है कि 'चाक' उपन्यास एक स्त्री की लंबी लड़ाई का वृत्तांत है। इसी अर्थ में उसके मुक्ति-संघर्ष की महागाथा। स्त्री-विमर्श या दलित-विमर्श या सबाल्टर्न अध्ययन के जैसे प्रयत्न हैं, उन्हें देखते एक 'नारीवादी पाठ' के रूप में 'चाक' के पाठ की संभावना से इनकार नहीं किया जा सकता। पर यह उपन्यास 'फेमिनिस्ट क्रिटीक' भर नहीं है। उपन्यास अपनी समग्रता में संकेत है कि मैत्रेयी में मानवीय भावों की सघन अंतरंगता और संबंधों की जटिलता को चित्रित करने की अनोखी क्षमता मौजूद है। उपन्यास कैसे एक व्यक्तिगत, पारिवारिक, सीमित अर्थ में सामाजिक त्रासदी से आगे बढ़कर अंत में अपना एक राजनीतिक अर्थ भी पा लेता है, इसे नजरअंदाज नहीं किया जाना चाहिए। तमाम क्षुद्रताओं के बीच समाज की प्राणधारा की पहचान अपने आप में एक जरूरी कोशिश है। यही पहचान उपन्यास का 'टोन' निर्मित करती है। दूसरे शब्दों में, उसका 'ठाट' खड़ा करती है। रेणु और श्रीलाल शुक्ल जैसे महत्त्वपूर्ण उपन्यासकार इस पहचान के लिए भी जाने जाते हैं। मैत्रेयी पुष्पा अपनी सीमाओं में भी इस पहचान के लिए अलग जानी जाएँगी। 'जिंदगीनामा' की लेखिका कृष्णा सोबती इस पहचान के लिए प्रसिद्ध हैं।

(3)

जाट किसानों के गाँव अतरपुर में रेशम की हत्या कोई अकेली हत्या न थी। कितनी ही स्त्रियों ने शील, सतीत्व या मर्यादा की खातिर या तो आत्महत्या का रास्ता चुना या खत्म कर दी गईं। झूठे सामंतवाद की झूठी मर्यादा के नाम पर। खासे फूहड़, विकृत सामंतवाद के इतिहास में यातना झेलती स्त्रियों की कितनी ही कथाएँ या गीतकथाएँ दर्ज हैं। बूढ़ी खेरापतिन कितनी ही करुण कथाएँ सुनाती है। कितनी हीं गीतकथाएँ लोगों के कंठों में बसी हैं। अतृप्ति की चरमता में विभोर रेशम के लिए लेखिका के शब्द हैं–'गुलाबी रंगत, नाक-आँख से तराशी हुई गूजरी, हथौड़ों की-सी गढ़ी हुई देह की उठान! कहाँ ले जाती इतना रूप!' पति के न रहने पर भी अवैध

मातृत्व धारण करने और ऐलान करने पर घर वालों ने रास्ता निकालना चाहा—डोरिया से ब्याह कर दिया जाए। रेशम को यह सब गवारा न था। उसने अस्वीकार का साहस दिखाया और मार दी गई…। यह था अतरपुर का गाँव, जिसका एक जरूरी समाजशास्त्रीय ब्योरा दूसरे अध्याय में दिया गया है।—'अतरपुर गाँव बड़ा नहीं। कुल आबादी एक हजार। ब्राह्मण, बनिया, जाट जैसी ऊँची कही जाने वाली कौमें हैं तो तेली, गड़रिया, कुम्हार, खटीक, चमार और नाई जैसी छोटी जातियाँ भी हैं। सक्का मुसलमान भी है।' गाँव में आजादी के दस वर्ष तक जाति-विधान अपने-अपने कर्म-विधान से जुड़ा रहा।…हमें तो वही तरक्की लगती थी। यह दीगर बात है कि छोटी जातियाँ बड़ी कौम की सेवा करने के बाद भी अपना वर्चस्व कायम न रख सकीं। उलटे उसी दबाव में रहीं, जिसमें पहले थीं।'…'सन् 1980 स 90 तक आते-आते अतरपुर में विकास का मूर्तिमान रूप दिखाई देने लगा।' याद करें 'मैला आँचल' और 'परती परिकथा' में एकदम शरू में गाँव का समाजशास्त्र कुछ ऐसे ही बताया गया है। रेणु के गाँव मेरीगंज और परानपुर। मैत्रेयी के उपन्यास का गाँव अतरपुर। एक संक्रमणकालीन समाज में परिवर्तन कैसे आता है, यह देखने-जाँचने का ढंग भी एक जैसा। परानपुर गाँव का विद्यालय : 'उस पुराने पोखरे के पास जो झंडे का बाँस दिखलाई पड़ता है, वही है स्कूल—उच्चांगल विद्यालय।' अतरपुर गाँव के स्कूल की इमारत ही ठीक-ठाक नहीं है, वहाँ कुछ और भी नया घटित हो रहा है। 'स्कूल का काम बहुआयामी है—बरातघर, पंचायतघर, मेहमानघर, दावतघर और प्रधान जी यदि अपनी फसल समय पर न बेचना चाहें तो उनका बीजगोदाम भी। आजकल स्कूल राजनीति का मोहरा बना हुआ है।' याद करें 'मैला आँचल' में डॉक्टर प्रशांत की भूमिका। अज्ञात कुलशील। 'माँ ने एक मिट्टी की हाँडी में डालकर बाढ़ से उमड़ती हुई कोशी मैया की गोद में उसे सौंप दिया था।' याद करें लहरतारा से जुड़ी कबीर की जन्मकथा और यह अतरपुर का नया स्कूल मास्टर श्रीधर प्रजापति। 'मेरी जाति कुम्हार है'—श्रीधर सबको सगर्व बताते हैं। 'चाक' उपन्यास की रूपकात्मकता श्रीधर से ही जुड़ी है। सारंग की नई छवि गढ़ने वाला कुम्हार यही है। श्रीधर प्रजापति। ताराशंकर के उपन्यास 'गणदेवता' के देबू और 'चाक' के श्रीधर में जितनी समानताएँ हैं, वे महज संयोग नहीं। जिन्हें भारतीय उपन्यास की अवधारणा खामखयाली जान पड़ती है, वे देखें कि किस अर्थ में ताराशंकर वंद्योपाध्याय, सतीनाथ भादुड़ी, फणीश्वरनाथ रेणु, मैत्रेयी पुष्पा के उपन्यास एक ही परंपरा में हैं। एक-सा वृत्तांत। एक-सा समृद्ध लोकानुभव। अपने समय के विशिष्ट बोध और स्थितियों की समझ के साथ।

(4)

व्यक्तिगत स्तर पर रेशम की हत्या से प्रतिशोध की आग से सुलगती हुई, ग्रामीण समाज के मूल्यरहित वर्चस्ववाद के आतंक से क्षुब्ध, बेटे चंदन की सुरक्षा के लिए चित्रित सारंग को शिक्षित पति रंजीत ने भरपूर आश्वासन दिया था कि वह सारंग की लड़ाई लड़ेगा। पर जिस दिन उसे जात-मर्यादा की क्षति की आशंका हुई, वह सारंग को उसकी औकात समझाने लगा। संकेत था कि वह रंजीत सिंह जाट की बहू के रूप में अपने वजूद को न भूले। और सारंग थी कि हर क्षण बदलने के लिए अपनी पहचान बनाने के लिए तड़प रही थी। चंदन की चिता ही उसे श्रीधर के नजदीक नहीं ले गई थी। श्रीधर को पाकर वह फूलों की डाली-सी झूम उठती है। श्रीधर के रूप में एक निर्भय, साहसी, दिलेर योद्धा की छवि है, जिसकी वह गुलाम होती जा रही है। जहाँ वर्जनाएँ अत्यंत प्रबल होती हैं, उनको तोड़ने का साहस भी वहीं जन्म लेता है। जिस पिछड़े समाज में पुरुष-प्रभुत्व प्रबल है, उसी समाज में गुलकंदी, सारंग, लौंगसिरी, कलावती, चाची जैसी स्त्रियाँ यौन-शुचिता की ग्रंथि से और ऐसी तमाम वर्जनाओं से इस हद तक मुक्त हैं कि कई बार यही मुक्ति सामाजिक मुक्ति के वृहत्तर आंदोलन का हिस्सा जान पड़ती है। कलावती चाची, जिन्होंने सारंग की लड़ाई में सहायक केलासी सिंह का पुंसत्व जीवित करने के लिए यौन आनंद का रहस्य खेल रचा, के शब्द हैं–'हम जाटिनी तो जेठ में बिछिया धरे फिरती हैं। मन आया ता के पहर लिए।' गीत-कथाओं में स्त्री-यातना का करुण बयान भी है, स्त्री-मुक्ति के संदेश भी हैं।

रंजीत के अपने अंतर्विरोध हैं। कभी वे सारंग जैसी पत्नी की गरिमा, साहस, समझ पर खुश होते हैं। कभी अपनी प्रतिष्ठा के प्रलोभन में सारंग की हदें भी तय करते हैं। धमकियाँ देते हैं। प्रताड़ित करते हैं। कलावती चाची और लौंगसिरी बीबी के अपने अंतर्विरोध हैं। वे श्रीधर और सारंग की प्रेम-लीला की हँसी उड़ाती हैं, किस्से भी गढ़ती हैं और समय पर किसी बड़ी लड़ाई के लिए साथ भी होती हैं। सारंग अनुभव करती है कि परपुरुष 'वर्जित फल' है, पर वह अपने पवित्र करवा चौथ में रंजीत-श्रीधर को एक साथ स्थापित देखना चाहती है।

रेणु अपने उपन्यास में बहुत कुछ कथा-गायक के जरिए कहते हैं। मैत्रेयी पुष्पा के उपन्यास के कथा-गायक हैं ढोला वाले दादू। रानी मंझा की दारुण कथा! जिसका कोई अंत नहीं। श्रीधर डायरी में लिखते हैं–'यह प्रताड़ना देखकर तुम्हारे ही बीच से कोई मंझा उठेगी सारंग, जो अपनी मरजी से अपना बच्चा पैदा करेगी। भले बालक

हींसबिरे (जंगल) में जन्मे। उसकी कोख का फैसला करने वाला कोई राजा होगा, न मालिक और न कोई देवता। नल की तरह जन्म लेने वाला प्यारा-सा बच्चा सिर्फ अपनी माँ को पहचानेगा, किसी राजा पिरथम को नहीं।' स्कूल के रंगमंच पर 'एकलव्य' नाटक खेला गया तो सारंग श्रीधर के साथ थी। यह उसकी पहली सामाजिक उपस्थिति थी। नाटक का संदेश था कि ब्राह्मणत्व भी राजत्व की छाया में पलने वाला दास ही था। दलित चेतना और सवर्ण-असवर्ण के तर्क के बावजूद स्थितियाँ बदली नहीं हैं। सामाजिक बदलाव और मुक्ति के पक्ष में लड़ते हुए जब श्रीधर पर आक्रमण हुआ और एक विशेष क्षण में जब सारंग सब वर्जनाएँ तोड़कर श्रीधर के प्रति समर्पित हुई तो प्रणय व्यापार का संदेश नई यौन नैतिकता का दर्शन बना। मैत्रेयी ने इस दर्शन की व्याख्या की है :

['सारंग के मन और देह में दर्द की लहर दौड़ गई।···मुझे तो पाप नहीं लगा अपना किया। जो किया सोच-समझकर किया।···श्रीधर के ऊपर अहसान भी नहीं किया मैंने। नहीं किया। वे घायल, टूटे-बिखरे से···ऐसे ही, जैसे चंदन था नया जन्मा। छोटा-सा अवश अबोध। दूध भी नहीं चकोर पाता था निर्बल। अपनी छातियाँ मसलकर दूध की बूँदें जुटाई थीं,···उसके होंठों पर चुआ दीं कि तालू चटके नहीं। श्रीधर ऐसे ही तो लगे थे।'

'कलावती चाची···तुम्हारा अक्स रह गया मेरे भीतर? तुम्हारे बोलों ने खींच लिया इस राह पर···हम जाटिनी जेब में बिछिया धरे रहते हैं, मन आया, ता के पहर लिए।']

(5)

श्रीधर के लिए 'सारंग का साथ भय की सुरंग नहीं, साहस की खुली डगर है'। रंजीत सारंग की महत्त्वाकांक्षा, दुस्साहस से डरने लगा था। राजनीतिक प्रलोभन से प्रधान के नजदीक जाना पड़ा। प्रधान ने पंचायत चुनाव का लालच दिखाया था, यद्यपि चुनाव तो उसे ही लड़ना था। सारंग के मन में इसे लेकर कोई भ्रम न था कि रंजीत को प्रधान की अपनी महत्त्वाकांक्षा की पूर्ति के लिए एक मामूली पुर्जा होकर ही रहना था। श्रीधर को दृश्य से हटा देने की साजिश में रंजीत को ही इस्तेमाल किया प्रधान ने। फिर रंजीत का बचाव पक्ष भी प्रधान था। इस राजनीति में सच कहीं नहीं था। झूठ ही सच था, क्योंकि उसे ही सामाजिक स्वीकृति प्राप्त थी। रंजीत को अंत तक उम्मीद थी कि प्रधान उसे उम्मीदवार बनाने जा रहा है। उधर श्रीधर की प्रेरणा से

प्रधान के पद के लिए सारंग ने ही पर्चा भर दिया। संविधान में स्त्री-पुरुष समानता का तर्क। नए मूल्य बनेंगे कैसे! किसी को अनुमान तक न था। रंजीत तक अनभिज्ञ। 'चाक' का रूपक अपना अर्थ खोलने लगता है। शब्द हैं श्रीधर के—'मैं निमित्त बनूँगा तुम्हारे खड़े होने का।...उसी तरह का निमित्त जैसे कुम्हार घड़ा बनाने का होता है।' श्रीधर का संदेश मन में उमंग भरने लगता है—पुरुष प्रभुत्व तुम्हें एक दिन 'देवी' तो बना देगा, पर अधिकार बराबरी का कभी न देगा। रंजीत महज पुर्जा होकर भी सारंग (बेशर्म! हत्यारी! पतिद्रोहिणी!) के विरुद्ध था। यहाँ 'चाक' का अंत स्त्री-मुक्ति को वृहत्तर आंदोलन का रूप लेते हुए एक नई संभावना का संकेत देना है। 'धरती की बेटियाँ लौह जंजीरों को काटने निकली हैं।' एक बार लग सकता है—'मिर्च-मसाला' या 'मृत्युदंड' जैसी फिल्मों के अंत सरीखा है यह प्रसंग! पर मैत्रेयी ने जो 'चाक' का दर्शन या विजन कल्पित किया है, उसके अनुकूल ही है—यह स्त्री जागरण! जिसके दूसरी ओर मूल्यरहित राजनीति की क्षुद्रताओं का जमघट है कुँवरपाल की बैठक में। शराब का दौर चल रहा है। कुत्सित कलह के सब रूप प्रकट हैं। सबसे ऊपर है विकृति विलास में डूबा पुरुष-दंभ। सब मर्यादाएँ भूलकर सारंग को जैसे शब्दों से ही बेपर्द करने और भोगने की कोशिश की जा रही हो। अचानक वह क्षण आता है जब रंजीत उन पर टूट पड़ता है और एक साथ महाकाय सुलैमान सिंह, गठे हुए थान सिंह, शारीरिक रूप से प्रशिक्षित गिरीश त्यागी, अनुभवी पुराने पहलवान फत्तेसिंह और पुख्ता देह वाले कुँवरपाल पर भारी पड़ने लगता है। अंत का यह संदर्भ भी खासा फिल्मी लग सकता है। बंबइया हिंदी फिल्मों के अंत जैसा अंत उपन्यास की कमजोरी है। शायद इसका अहसास भी मैत्रेयी को हो, क्योंकि वे निर्भीकता के आकस्मिक क्षण के तुरंत बाद का आतंक या डर वाला क्षण भी दिखाती हैं। उपन्यास का अंतिम वाक्य फिर 'चाक' शीर्षक के रूपकात्मक अर्थ को ही ध्वनित करता दिखाई देता है—

'बंद किवाड़ों तक मुँह ले गए रंजीत। परिचित गंध अपनेपन का गहरा अहसास जगा रही है, सिर टेक दिया किवाड़ पर...आँखें मूँद लीं। लगा कि चलते चाक पर बैठे हैं।'

(6)

सारंग की विद्रोह चेतना स्वभावजन्य न थी, परिस्थितिजन्य थी। पर न वह इतनी आकस्मिक थी, न महज श्रीधर-संपर्क का जादुई परिणाम। विद्रोहवृत्ति को सारंग की

गुरुकुल शिक्षा के अनुभवों से जोड़कर देखें तो कुछ तथ्य और संदर्भ ध्यान देने योग्य हैं। गुरुकुल से निकाली गई थी वह। मुक्ति की आकांक्षा वहाँ भी अंकुरित होने लगी थी। शास्त्री जी की छवि उसे सम्मोहित करने लगी थी। वह उन्हीं से लेकर 'ऋतुसंहार' पढ़ने लगी थी। आत्ममोह और दूसरे के प्रति मोह का फर्क समझने लगी थी। वह स्वयं प्रेम में पकड़ी नहीं गई। पकड़ी गई शारदा—वह भी, नौकर मणि के साथ। शारदा को यातनाएँ दी जाने लगीं तो सारंग ने लड़कियों को एकताबद्ध किया और आंदोलन छेड़ बैठी। शकुंतला को गर्भ रह गया था। उसने आत्महत्या कर ली थी। सारंग का आंदोलन इस घटना से उत्तेजना ग्रहण करने लगा था और वह गुरुकुल से निकाली गई। सारंग के अतरपुर में गुलकंदी विसुनदेवा जैसे कितने प्रसंग हैं। वर्जनाएँ तोड़ने वाली एक से एक कहानियाँ अतरपुर का इतिहास बनाती हैं। लोक कथाएँ। लोकगीत। स्वाँग। यहाँ से प्रधान पद का चुनाव लड़ने तक सारंग ने पुरुष प्रधान सत्ता के वर्चस्व का जो विकृत विलास देखा है, उसकी चरम परिणति है उपन्यास के ठीक पहले का अंत। वहाँ अनुपस्थित होकर भी शायद सारंग उन सभी के अवचेतन की ग्रंथि से लड़ रही थी। इस अर्थ में सारंग की मुक्ति की लड़ाई एक साथ कई स्तरों पर लड़ी गई है। 'शृंखला की कड़ियाँ' के एक निबंध में आज से साठ साल पहले महादेवी वर्मा ने लिखा था—'समाज की दो आधारशिलाएँ हैं, अर्थ का विभाजन और स्त्री-पुरुष का संबंध। इनमें से यदि एक की भी स्थिति में विषमता उत्पन्न होने लगती है तो समाज का संपूर्ण प्रासाद हिले बिना नहीं रह सकता।' यों ही नहीं है कि 'चाक' के अंत तक आते-आते हम अनुभव करते हैं कि पुरुष प्रभुत्व की जानी-पहचानी यथास्थितिवादी व्यवस्था को स्त्रियाँ चुनौती दे रही हैं। यह वही समय है जब संसद में स्त्रियों के आरक्षण को लेकर असमंजस और दुविधा है, जबकि आरक्षण की माँग लगातार उठ रही है। दृश्य यह है कि सत्ता केंद्रों में पुरुष वर्चस्व जघन्य हिंसा और विकृत विलास के उन्माद में है और खुद राजनीति बहुतों के घर की रखेल है। क्या 'चाक' इस अंधकार में कोई संभावना है। कोई अर्थवान संदेश! या चतुर-चुस्त सधे हुए कलात्मक विवेक से लिखा गया उपन्यास अर्थात् एक 'निर्मिति' मात्र है। इसमें संदेह नहीं कि मैत्रेयी पुष्पा ने अपनी देशज आख्यान परंपरा के साथ निकट की कथा-परंपरा से भी बहुत कुछ सीखा या ग्रहण किया है। 'चाक' पढ़ते हुए 'मैला आँचल', 'राग दरबारी', 'लाल-पीली जमीन', 'मुझे चाँद चाहिए' जैसे उपन्यास याद आते हैं। इस स्थिति में मैत्रेयी की समझ और कलात्मकता, प्रतिबद्धता और साहस, चरित्रों के मर्म में प्रवेश करने की क्षमता और नैतिक अंतर्दृष्टि के प्रति अधिक आश्वस्ति संभव है। यथास्थितिवाद को दृढ़ करने वाली किसी वर्चस्वी

सामाजिक संरचना के प्रति प्रतिरोध या चुनौती एक अकेले व्यक्ति की ओर से नहीं मिलती। सारंग भी मुक्ति की लड़ाई में अकेली नहीं है। प्रतिरोध की चेतना 'चाक' सरीखे उपन्यास में अपना रूप लेकर भी आती है। अपने लोकगीत, अपनी कथाएँ, अपना लोकानुभव, अपना स्मृतिलोक। उपन्यास के इस देशज ठाट में प्रेम की स्वतंत्रता भी प्रतिरोध चेतना का ही हिस्सा है। अंत में फिर कहा जाए कि गल्प के स्वभाव और वर्तमान में हस्तक्षेप किए बगैर मैत्रेयी ने यहाँ प्रमाणित किया है कि वृत्तांत का आकर्षण उनके लिए सामाजिक कथा-रस है, यद्यपि एक नए निजी स्पर्श के साथ। निस्संदेह कथा की रसग्राहिता यहाँ महज सौंदर्यशास्त्र का मुद्दा नहीं है। कहने की जरूरत नहीं कि उपन्यास के ढाँचे में संभावना भी घटना है और घटना भी संभावना।

चाक : व्यक्तित्व रूपांतर की विश्वसनीय गाथा

रेखा अवस्थी

'चाक' एक ग्राम कथा है। 'चाक' एक नारी-कथा है। गाँव की समस्या पर शहरी मध्यवर्ग की दृष्टि से काल्पनिक समाधान प्रस्तुत करने वाला यह एक प्रयोगवादी उपन्यास है। इस उपन्यास में आधी-अधूरी कहानियों और घटना-प्रसंगों की ऐसी भरमार है, जिन्हें कथा-लेखिका सँभाल ही नहीं पाती। ऐसी न जाने कितनी तरह की अजीबोगरीब टिप्पणियाँ इस कथाकृति को विवादास्पद बना देती हैं। हिंदी में आजकल ऐसी ही आत्मपरक और एकांगी समालोचना का नया रिवाज दिखाई दे रहा है। ऐसी स्थिति में यह आवश्यक हो जाता है कि उपन्यास को ही नए सिरे से देखा जाए।

उपन्यास का पहला पाठ समाप्त करते ही इंप्रेशन यही पड़ता है कि 'चाक' स्त्री-पात्रों का एक सजीव संग्रहालय है। यह एक ऐसा आख्यान है जिसमें टाइप स्त्री-पात्रों की आवृत्ति न होकर विशिष्ट किस्म के नारी-पात्रों की विविधता है और अलग-अलग प्रकार के सामाजिक प्रसंगों में उनकी भूमिकाएँ भी अलग-अलग किस्म की हैं। अर्थात् चरित्र-निर्माण में बहुरंगी वैविध्य के कारण यह उपन्यास बार-बार नए सिरे से गंभीर विवेचन की चुनौती पेश करता है। यद्यपि इन नारी-पात्रों के व्यक्तित्व एक-दूसरे की नकल नहीं हैं, पर इनकी मानसिक बनावट का एक सामान्य साँचा अवश्य है। मानसिक बनावट के इस सामान्य साँचे को प्रस्तुत करने के क्रम में मैत्रेयी पुष्पा ने गाँव के परिवेश का घटनापूर्ण इतिवृत्त प्रस्तुत किया है और बताया है कि अतरपुर गाँव की अधिकांश स्त्रियाँ अनपढ़ हैं, जो पढ़ी-लिखी हैं, वे भी 'गोबर-पानी' के काम में खपकर अपनी 'विद्या' भूल चुकी हैं।

उपन्यास की कथा का मुख्य केंद्र इन्हीं स्त्री-पात्रों में से एक सारंग नैनी है, जिसके इर्द-गिर्द संपूर्ण आख्यान का ताना-बाना बुना गया है। यह एक ऐसी लड़की रही है जो आर्यसमाजियों द्वारा स्थापित गुरुकुल कन्या विद्यालय के आश्रम (छात्रावास) में रहकर ग्यारहवीं कक्षा तक शिक्षा पा चुकी है।

भारतीय संस्कृति, स्त्री-मर्यादा और नैतिक पाखंड के प्रवचनों की असलियत से वह परिचित है। गुरुकुल के वातावरण में रोज ब रोज होने वाले यौन-संबंधों के हादसे भी उसकी स्मृति को आच्छन्न किए हुए हैं। तभी से वह यह भी जानती है कि ऐसे संबंधों के भंडाफोड़ के बाद सारा दंड स्त्री को ही दिया जाता है। वह स्वयं इन घटनाओं के बीच एक छोटे-मोटे संघर्ष की अगुवाई भी कर चुकी है ('चाक', पृष्ठ 88, 88-92)। इस पृष्ठभूमि के बावजूद विवाह के बाद अच्छी 'गृहिणी का फर्ज निभाती हुई तारीफें लूटती रही।' नतीजा यह कि भूल गई सारी शिक्षा, गुरुकुल की विद्या। 'पढ़ने-लिखने की आदत तक बीते जमाने की बात हो गई है।' (पृष्ठ 225)। सारंग अपनी इस हकीकत के बारे में स्वयं भी सजग है। 'अपने आप को सब तरह से बदल डाला मैंने। कोई कह सकता है कि कभी यज्ञ किया होगा मैंने? मंत्र-श्लोक बोले होंगे? 'सत्यार्थ प्रकाश' रटा होगा? 'अभिज्ञान शाकुंतलम' और 'कुमार संभव' पढ़े होंगे? यह घूँघट वाली औरत रंजीत की बहू है, सारंग नहीं।' (पृष्ठ 93)

अपने को हर तरह से बदल डालने वाली सारंग के विस्फोटक उद्वेलन को पूरी गहराई से अंकित करने वाली वर्णनात्मक कला का मैत्रेयी ने अच्छा परिचय दिया है, लेकिन यह बदलाव सारंग को भीतर-भीतर सालता भी खूब है, खास तौर पर फुफेरी छोटी बहन रेशम की हत्या की जब भी याद आती है। वह रात-रात-भर सो नहीं पाती, क्योंकि रेशक की 'जन्म-जन्मांतरों की जीने की इच्छा' कुचल दी गई। क्यों? क्योंकि उसने 'निडरता बरती।' क्यों 'वह अपने ऊपर भरोसा कर बैठी।' (पृष्ठ 17) रेशम का यह मानना कि 'पेड़ हरा-भरा रहे, तो फल-फूल क्यों नहीं लगेंगे? क्या ऐसा हो सकता है कि ऋतु आए और बल्लरी न फूले?' (पृष्ठ 18) पति करमवीर की विषैली शराब पीने से हुई अकाल मृत्यु के बाद रेशम अपने ढंग से जीने का निर्णय लेती है। सास द्वारा जेठ डोरिया को नए पति के रूप में स्वीकार करने का प्रस्ताव ठुकरा देती है। इस बीच किसी अन्य पुरुष से मन जोड़ती है और गर्भ धारण करती है। ससुराल की प्रताड़ना और प्रवादों को झेलती हुई अपने निर्णय पर अडिग रहती है। मातृत्व की सहज आकांक्षा को औचित्य प्रदान करते हुए अपनी सास के रूढ़ संस्कार पर चोट करती है कि 'अपने पूत के लिए तो रोती है और मेरे बालक की हत्या पर उतारू है।' (पृष्ठ 21) सास का यह रूढ़ संस्कार 'मर्दों के डर' से है। (पृष्ठ 21) मर्दों की इसी बिरादरी की 'मर्यादा' तोड़ने के जुर्म की सजा है मौत। रेशम सोचे-समझे तरीके से 'मौत के घाट' उतार दी गई।

गाँव की 'सरल दिनचर्या' के ठंडे सुस्त पड़े माहौल में एक गर्भिनी स्त्री की हत्या

की खबर आकस्मिक धमाके के समान थी। इस गाँव का इतिहास ऐसे ही मौके पर फिर याद किया गया—रस्सी के फंदे से झूलती रुक्मणी, कुएँ में कूदने वाली रामदेई, करबन नदी में डूबने-मरने वाली नारायणी—सारी की सारी बेबस औरतें 'सीता मइया' की तरह भूमि-प्रवेश कर कुर्बान हो गईं। ऐसे दर्दनाक क्षण में रीति-रिवाज, मान-मर्यादाओं के सामने विवश और लाचार पति रंजीत सारंग को पुचकारते हुए कहता है, 'संसार की लीला यही है। तुम 'गीता' पढ़ा करो।' लेकिन बूढ़ी खेरापतिन दादी स्त्री की अंतहीन व्यथा की गवाही दे-देकर ऐसी लोककथाएँ, गीत-कथाएँ सुनातीं, 'जो जिंदगी और मौत के अनमिट दस्तावेज हैं।' जिनके माध्यम से 'करुणा की धार फूट पड़ती है।' रेशम की हत्या से सारंग की बूढ़ी खेरापतिन दादी के गीतों का नया अर्थ ग्रहण करती है, 'आज तुम्हारी गाई हुई गीत-कड़ियों की स्वर-तरंग भयानक बवंडर की तरह चपेट रही है मुझे...' (पृष्ठ 8) बूढ़ी दादी का सारंग को यह समझाना कि 'चंदना की कथा और क्या है बेटी!' और सारंग का रोते-रोते बिफरना, 'दादी, मुझे चंदना से रेशम तक की कहानी मालूम है...बस करो दादी!' (पृष्ठ 10)

20वीं शती के उत्तरार्द्ध के आठवें या नौवें दशक में विकास, प्रगति, परिवर्तन एवं तमाम मानवीय सरोकारों की दुहाई देने वाली लोकतांत्रिक व्यवस्था की आँखों के सामने जिंदा रहने का मौलिक अधिकार रेशम से छीन लिया गया। सारा गाँव चुप। सारी स्त्रियाँ चुप। किसी ने 'भाग' को सराहा। किसी ने 'करम' की दुहाई दी। रेशम के वध को चुपचाप पचा जाने वाले 'अपने संरक्षकों' की भूमिका देखकर सारंग की चेतना करवट लेती है। बिफरते हुए कहती है, 'दादी, तुम भी चंदनावाला गीत गाना छोड़ दो या उस गीत का अंत...' (पृष्ठ 14)

इस तरह लेखिका ने रेशम की हत्या को कथा की वह धुरी बनाई है, जहाँ से वह तेजी से बदलते यथार्थ के नित नए-नए रूपों को कहानी में अंतःग्रथित भी कर सके और मानवीय संबंधों के उतार-चढ़ाव का वास्तविक और कलात्मक चित्रण कर सके।

उपन्यास में अपने इस लक्ष्य के संधान के लिए मैत्रेयी पुष्पा ने लोककथाओं और लोकगीतों का त्रि-आयामी उपयोग किया है। पूरे उपन्यास में वे इन गीत-कथाओं की आवृत्ति पार्श्व संगीत के रूप में करती हैं जो कथा को आगे बढ़ाने के साथ-साथ कथा के निहितार्थों को खोलती हैं और भाव सघनता उत्पन्न करती हैं।

'तीजन रचना चंदना की चल रही जी,
ए जी, कोई मच्चौ है सहर में शोर—
सिर बदनामी चंदना बेटी लै रहीं जीऽऽऽ...' का गीत प्रेम की स्वाधीनता के

लिए या 'राजा पिरथम और रानी मंझा' की गीत-कहानी राजा के दंभ और स्वार्थ के बीच रानी के साहस और संतान पर स्त्री के अधिकार के लिए या 'रानी और बागन के मोरिला' की कथा प्रेम में धन-संपत्ति, सुख-सुविधा के परित्याग के लिए गायी गई ये सभी गीत-कथाएँ स्त्री-चेतना के बदलाव की पृष्ठभूमि को रचती हैं। साथ ही क्रूर, निर्मम, स्वार्थी होते जा रहे मनुष्यों के हृदय में करुणा और प्रेम के स्रोत सुरक्षित रखते हैं ये गीत। आपसी रिश्तों में संवेदनाओं को जीवित रखती हैं ये लोककथाएँ।

लेखिका ने यह कौशल केवल गीतों के उपयोग तक ही सीमित नहीं रखा, बल्कि इन गीतों के गायकों की मुद्राओं, स्वर-लहरियों, धुनों और रुदन की कँपकँपी के साथ लिपटी भावनाओं के उतार-चढ़ाव को कथा के निहितार्थों के साथ संपृक्त कर दिया है।

पश्चिमी उत्तर प्रदेश के एक गाँव की इस कथा का आरंभ स्त्री-हत्या के जिस ठोस प्रसंग से होता है, उसमें कानून, पुलिस और व्यवस्था के चरित्र का भी पूरा भंडाफोड़ होता है। रेशम के हत्यारे को सजा दिलाने की दिशा में बढ़ रही कहानी के दौरान सारंग पूरे विश्वास से कहती है, 'तुम पहले जमाने को समझ रहे हो? ठट्ठा है किसी की जान लेना? कानून माफ करेगा हत्यारे को?' सारंग कितनी भोली है। वह समझती है जमाना बदल गया है। स्वाधीन भारत में ऐसी सरकार है, जो हत्यारे को सजा अवश्य ही देगी। देश की, कानून की, पुलिस की यानी यथार्थ की उसकी समझ कितनी बचकानी है। यथार्थ ज्ञान उसे तब होता है जब रंजीत बताता है कि 'कानून-कायदे पैसा देकर कागज के ऊपर पोंछ देने वाली इबारत के सिवा कुछ नहीं। और औरत के हक में तो बिलकुल नहीं।' (पृष्ठ 16)

इस प्रकार के घटना-प्रसंगों के वर्णन से ही पता चलता है कि लेखिका ने अतरपुर गाँव की एक ऐसी कहानी कहने की प्रतिज्ञा की है, जिसके शीर्ष बिंदु पर संपूर्ण समाज प्रतिबिंबित हो रहा है। आजादी के बाद के बदलते यथार्थ के अद्यतन रूप भी प्रकट होते हैं और गाँव तथा शहर के बीच निरंतर चल रही अंतःक्रिया का परिप्रेक्ष्य भी सजीव ढंग से उभरता चला जाता है।

अतरपुर भी एक ऐसा गाँव है, जिसका प्रधान विकास के नाम पर आने वाली सहायता राशि को हड़प लेना चाहता है—यह सहायता राशि चाहे स्कूल बिल्डिंग के नाम पर हो या अन्य किसी विकास-कार्य के नाम पर। फर्जी और कागजी योजनाएँ जमा करने के पीछे भी यही गिद्ध-दृष्टि है। ग्राम पंचायत पर प्रभुत्व कायम करने के पीछे भी उद्देश्य यही है ताकि सरकारी तंत्र से रसूख कायम करके भ्रष्टाचार किया जा सके। स्वाधीन भारत की पूँजीवादी विकास नीति के अधीन गाँवों में नए प्रकार

की विकृतियाँ पैदा होती हैं और उन विकृतियों के प्रसार में ग्राम पंचायत की भी अंततः प्रगति विरोधी और दकियानूस शक्तियों के हाथों एक हथकंडा ही बन जाती है। लेखिका ने इस विचार बिंदु को अच्छी तरह कथा के रग-रेशे में गूँथकर दिखाया है। गाँव के अंदर उभर रही इस नकारात्मक प्रवृत्ति के उद्‌घाटन के क्रम में प्रधान फत्तेसिंह, रेशम के हत्यारे डोरिया का बड़ा भाई मास्टर थान सिंह, साहूकार सेठ भवानी दास, बंबई से पैसा कमाकर लौटा नाई हरप्रसाद, भाई की कलक्टरी के अहंकार में मदांध हरिजन कुँवरपाल यदि एक तरफ हैं, तो बाबा गजाधर सिंह, नंबरदार, रंजीत, भँवर, झज्जू, रिसाल प्रतिपक्ष में हैं।

गाँव का प्रधान भ्रष्ट और गुंडा तत्त्वों के साथ मिलकर एक प्रकार से वास्तविक शक्ति केंद्र बन जाता है। चुनाव नजदीक आने पर गाँव का समीकरण कैसे बदलता है और इसके पीछे रहस्य क्या है—इसे मैत्रेयी पुष्पा अच्छी तरह उजागर करती हैं। 'प्रधानी' के लिए आतुर रंजीत का व्यवहार और भ्रष्ट ताकतों के साथ समझौता सारंग, बाबा, भँवर और श्रीधर को ठेस पहुँचाता है, पर सबसे ज्यादा आहत है सारंग, क्योंकि जिस रंजीत को वह जानती थी, जिस रंजीत के लिए उसने अपने को बदल डाला था कि 'गाँव का पढ़ा-लिखा किसान ऊँचे से ऊँचे सरकारी अफसर से ज्यादा योग्य और सज्जन होता है।' (पृष्ठ 27) मानने वाले रंजीत 'धीरे-धीरे विलुप्त' हो रहे थे। ऐसी स्थिति में स्कूल के नए मास्टर श्रीधर से बात करके सारंग को लगा कि 'हवा का कोई ताजा झोंका' आया है। सारंग और श्रीधर की मैत्री और आत्मीय लगाव पर गाँव के अपभ्रष्ट और अधकचरे माहौल में तरह-तरह के किस्से गढ़े और प्रचारित किए जाते हैं। चुनाव में जीतने के लिए प्रधान फत्तेसिंह को पैसा चाहिए। स्कूल की इमारत बनाने की झूठी योजना पर श्रीधर को बहला-फुसलाकर, धौंस दिखाकर दस्तखत कराने में असफल रहते हैं, तो उस पर जानलेवा हमला किया जाता है। उसमें रंजीत की भी मिलीभगत थी। यह बीभत्स घटना सारंग की चेतना को झकझोर देती है। पिछले सारे घटना-प्रसंग पृष्ठभूमि में चले जाते हैं और 'चाक' का आख्यान त्वरित घटनाओं के प्रवाह में एक खास शक्ल अख्तियार कर लेता है।

इसी तरह के अन्य अनेक जटिल घटनाक्रमों के बीच प्रधान पद के लिए सारंग का पर्चा भरना तमाम दकियानूस और भ्रष्ट ताकतों के विरुद्ध एक चुनौती के समान है। लेखिका इस जटिल यथार्थ को संपूर्ण बिंब में सँभाल नई दिशा, भविष्य की सकारात्मक शक्ति के नए संकेत के रूप में सारंग के चुनाव लड़ने के फैसले को प्रस्तुत करती है। यह एक ऐसी परिस्थिति है, जिसमें नकारात्मक यथार्थ को पलटने वाली शक्ति के रूप में सारंग आशा का केंद्र बन जाती है।

गाँव में उभर रहे यथार्थ के अंतर्विरोधी पक्षों की पृष्ठभूमि में यदि ठीक से पड़ताल करें, तो पता चलेगा कि सारंग नारीवादी आग्रहों से गढ़ी गई कोई फॉर्मूला करेक्टर नहीं है—वह लेखिका की मनगढ़ंत उड़ान के अनुसार ढली कोई कठपुतली भी नहीं है। मैं अपने इस निष्कर्ष को रेखांकित करना चाहती हूँ कि इस उपन्यास में प्रारंभ से अंत तक नारी-उत्पीड़न के बड़े ज्वलंत कथाचित्र और घटनावृत्त हैं, पर लेखिका उपन्यास में वर्णित कथा-विन्यास को ऐकांतिक रूप से नारीवादी स्वरूप प्रदान करने से भी बचती हैं।

'चाक' में स्त्रियों की जिजीविषा के संघर्ष को उनके आर्त्तनाद को केवल स्त्रियाँ ही नहीं सुनतीं और समझती हैं, बल्कि अन्य अनेक लोग भी शामिल हैं। मनोहर की बहू की दर्दनाक हालत पर श्रीधर की यह टिप्पणी उल्लेखनीय है कि 'जिरौलीवाली की यातना व्यर्थ नहीं जाएगी।' 'लपटें भी उठेंगी, जो छीन लेंगी अपने हक को।' (पृष्ठ 214)

पिछले तीन दशकों के अंदर हिंदीभाषी क्षेत्रों में भी विभिन्न प्रकार के महिला संगठनों ने स्त्री-मुक्ति की समस्या को बार-बार उठाया है। नारी-आंदोलनों की वैचारिक प्रतिध्वनियाँ इस उपन्यास में अनेक स्तरों पर गूँज-अनुगूँज के रूप में सुनाई पड़ती हैं। हमारे समाज में किस तरह पितृसत्तात्मक मान मूल्य ही हावी हैं, किस प्रकार सामंती संस्कारों से ग्रस्त पुरुषवादी आग्रह स्त्री के व्यक्तित्व को विकलांग और परनिर्भर बनाते हैं, आधुनिकीकरण के नाम पर स्त्री को उपभोक्तावादी दृष्टि से 'भोग सामग्री' और फरमाइशी 'माल' के रूप में पेश किया जा रहा है—इन सभी सवालों से मैत्रेयी जी रूबरू हुई हैं।

उपन्यास के प्रारंभ में छपी रेड इंडियन कवयित्री ज्वॉय हार्जी की कविता के उद्धरण को इस उपन्यास की प्रस्तावना के रूप में लेना अनुचित न होगा। कविता है :

मैं मुक्त करती हूँ तुम्हें
मेरे सुंदर भीषण भय
मैं मुक्त करती हूँ तुम्हें, तुम थे
मेरे प्रिय और मेरे घृणित जुड़वाँ, पर
अब नहीं पहचानती तुम्हें, जैसे कि
खुद को।

भय और आतंक से मुक्ति, अर्थात् स्वत्व और अधिकार की समझ ही स्त्री की चेतना में तूफान पैदा करती है। सारंग के जीवन में यह तूफान थोड़ी-बहुत उधेड़बुन और उलझन के साथ ही सही, पर आता जरूर है। इसी क्रम में उसके व्यक्तित्व का रूपांतर होता है—एक घूँघट वाली औरत—रंजीत की बहू बदलती जाती है। 'चट्टानों से टकरा-टकराकर पानी की तरह रास्ता बनाना' चाहने वाली सारंग अंततः ग्राम प्रधान के चुनाव में प्रधान का पर्चा भरने का निर्णय लेती है। रेशम के वध की घटना के सर्वग्रासी आतंक से, गुलकंदी-बिसुनदेवा-हरिप्यारी को जिंदा जलाए जाने की घटना की दहशत से छुटकारा पाने की उसकी अंतःयात्रा को हलके-हलके ब्रशों के आघात से उभारा गया है। अतः एक बिंदु से दूसरे बिंदु तक का अंतःवृत्त (कलावती चाची और लौंगसिरी बुआ का रूपांतरित व्यक्तित्व) तार्किक परिणति के रूप में विश्वसनीय हो पाता है। श्रीधर की अंधाधुंध पिटाई के बाद सारंग अस्पताल में इलाज के दौरान देख-रेख के लिए साथ रहती है।

गाँव लौटने पर सारंग अब अपनी अंतरंगता में एक नए संबंध को जन्म देती है। दोनों के बीच भावनाओं की इस आँधी के वक्त देह-संबंध वस्तुतः उस संत्रास और आतंक से मुक्ति की चेतना के एक नए अध्याय का परिचायक है। शरीर का यह समर्पण एक-दूसरे के निजी अंतर्जगत् में प्रवेश का संकेत बन जाता है। इस निर्णय के पीछे प्रतिरोध के साहस के साथ भय से मुक्ति भी है।

अतरपुर के उस सीमाबद्ध जटिल कथा-संदर्भ के बाद सारंग का चुनाव में पर्चा भरना उसके बागी तेवर, विद्रोही व्यक्तित्व की एक उत्तेजनापूर्ण मिसाल बन जाता है। सारे गाँव में यही चर्चा है :

"रंजीत की बहू पर्चा भर आई है। खसम को तो हवा भी नहीं लगने दी। जुलम पल्लौ! कलजुग की मार!" (पृष्ठ 413)

पति-पत्नी के बीच के घमासान में सारंग का व्यक्तित्व फिर कौंधता है—प्रतिरोध की मूर्ति बनकर वह उठ खड़ी हुई, "पागल, विक्षिप्त की भाँति दौड़कर खूँटी से बंदूक उतारी और बिजली की-सी फुर्ती से चला दी दोनाली—धाँय! धाँय! रणचंडी बनी खड़ी है सारंग।" (पृष्ठ 412)

चंदन का दलवीर के साथ जाना रोक लेती है सारंग, पर लात-घूँसों से पति द्वारा पिटती है और पति का बहिष्कार झेलती है। मर्द और स्त्री की दुनिया का यह फर्क है कि इगलास से पर्चा भरने के बाद कुँवरपाल बतासे बाँटते लौटता है और सारंग का बदन तोड़ दिया जाता है—आत्मनिर्णय करने के लिए। रुपए-पैसे का लालच देकर खरीदने की अंतिम बेशर्म कोशिश भी करता है रंजीत। पर सारंग टस

से मस नहीं होती। वह पूरे आत्मविश्वास और दमखम के साथ कहती है, "मैं चाहकर भी पीछे नहीं लौट सकती।" (पृष्ठ 417) सारंग का चुनाव अभियान बिना किसी प्रचार के बढ़ता ही जा रहा है। जबकि दूसरी ओर बूथ कब्जा करने की लंबी-चौड़ी योजना बनाते हैं फत्तेसिंह, थान सिंह, कुँवरपाल, सुलेमान सिंह, गिरीश त्यागी और थानेदार। शराब पार्टी चल रही है। रंजीत की सब खिल्ली उड़ाते हैं कि पेटीकोट गवरमेंट में काम कर रहे हैं रंजीत। एक हद के बाद कुँवरपाल की छाती में लात मारकर संहार की मुद्रा में उठ खड़े होते हैं रंजीत। शराब की दावत का वह जगमगाता हुआ सभा-स्थल युद्ध का मैदान बन गया। रंजीत घर की ओर भागे। जैसे-तैसे कूदते-फलाँगते हुए घर के किवाड़ों तक पहुँचे। पाँव बुरी तरह काँप रहे हैं। परिचित गंध के अपनेपन का अहसास। सिर किवाड़ पर टेक देते हैं। रंजीत की आत्म पराजय की यह लज्जाजनक कथा है, जिसे वह किसी से कह भी नहीं पाता।

उपन्यास के 'फास्ट ट्रैक' वाले दृश्य गाँव के जीवन में आई इस विषाक्त राजनीति को अच्छी तरह दरसा देते हैं। राजनीति को धंधे में बदलने का यथार्थ सबकी आँखों के सामने है। लेकिन इन दृश्यों के पहले उत्पीड़ित स्त्रियों के बीच धारदार स्वरूप ग्रहण करती नई चेतना का जगह-जगह पर खुलासा करती चलती हैं मैत्रेयी पुष्पा। हरिप्यारी, गुलकंदी और बिसुनदेवा के होली के दिन जिंदा जला देने की हृदयविदारक घटना से पूरा गाँव स्तब्ध है। तीनों का कार्यक्षेत्र—नाइन हरिप्यारी और उसकी बेटी गुलकंदी का सेवा-टहल, व्रत-त्योहार, उत्सव में कामकाज और बिसुनदेवा का भक्ति संगीत स्त्रियों का संसार ही है। इसलिए "औरतें चली आ रही हैं। ठठ की ठठ औरतें। गली भर गई। अब कहाँ समाएँगी लुगाई। तूफान कहाँ समाता है? भीत चौखट तोड़ डालेंगे ये औरतों के ठठ?" (पृष्ठ 363)

सेठ भवानीदास के पौत्र के जन्म के जश्न में गाँव की सारी औरतें शामिल जरूर होती हैं, पर सभी पर तीन निर्दोष हत्याओं का शोक छाया है। 'सीमा के बेटे का जश्न गाँव के नाते की बेबसी हो जाता है।' 'सीमा...तुम्हें कैसे बताएँ, तुम समझ सकती हो कि हम उन तीनों की लाशों पर खड़े ढोलक बजा रहे हैं।' 'हम अपने प्रियतमों से जिंदगी माँग रहे हैं सीमा!' (पृष्ठ 375)

सेठ भवानीदास की बड़ी बहू की हमदर्दी, कलावती चाची का डोरिया को दंगल में हराने के लिए कैलासी सिंह को आत्मधिक्कार के भाव से मुक्ति दिलाने के लिए साथ सोने का साहसिक निर्णय, लौंगसिरी बुआ का सारंग और श्रीधर को संरक्षण देना, अपनी माँ के बद्री चाचा के साथ प्रेम पर की गई निपुणता पर पश्चात्ताप करना, गुलकंदी-बिसुनदेवा के गंधर्व विवाह का समर्थन और उनके लिए विलाप, हरप्रसाद

की उद्दंडता पर उसकी चप्पलों से पिटाई, सेठ भवानीदास की विधवा बेटी पांचन्ना बीवी के महताब सिंह के साथ प्रेम से लेकर उन्हें 'पौहे-पशु की तरह दागने' की कथाएँ और बाबा, भँवर एवं श्रीधर की उससे उम्मीदें सारंग को शक्ति प्रदान करती हैं। विद्रोह का साहस और झेलने के धैर्य को अपने अंदर महसूस करके ही रंजीत से कह पाती है कि "प्रधान तुम्हें बुद्धू बना रहा है।" "तुम सुधार की बात भूल जाना रंजीत! वही होगा जो अब तक हुआ है। समर्थ लोग गुनाह करके सम्मान पाएँगे, दबे-कुचलों और कमजोरों को सजा दिलवाएँगे। तुम खुद खड़े होते। जीतते या हारते, पर तब तुम अपने बूते के नेता होते। कम से कम विरोधी बनकर हर अन्याय पर लड़ तो सकते हो। बिका हुआ आदमी लड़ेगा तो क्या, मुँह खोलने का भी हकदार नहीं। मैंने तुमसे बड़ी उम्मीदें बाँधी हैं रंजीत! रेशम और गुलकंदी ने जो अनर्थ किया, उसको नया अर्थ तुम्हीं दे सकते थे, केवल तुम्हीं···" (पृष्ठ 381) इस तरह के अनेक प्रसंग लेखिका इस तरह उठाती हैं मानो वह मानवीय रिश्तों और मानवीय इच्छाओं की परिवर्तनशीलता की वास्तविक समझ देना चाह रही हैं, संबंधों में आते बदलाव के मूल में अंतर्निहित प्रेरणाओं को समझने की दृष्टि देना आवश्यक मान रही हैं। जाहिर है कि संबंधों और इच्छाओं का आधार भौतिक परिस्थितियाँ ही हैं।

उपन्यास के अंत में सारंग के चुनाव-प्रचार के दृश्य के चित्रण में मैत्रेयी पुष्पा अपनी उर्वर कल्पना की हदों को छूने में सफल रही हैं। न जाने क्यों इस दृश्य को पढ़कर मन में बार-बार कौंधता है मानव-शृंखला बनाने का रूपक और संकल्प।

हिंदी कथा-कृतियों के अधिकांश पाठक शहरी मध्यवर्ग से आते हैं। देहात और कस्बे के शिक्षित लोगों तक थोड़ा-बहुत नया साहित्य पहुँच रहा है। पर महानगरों के शिक्षित समाज में यह धारणा प्रचलित है कि भारत की ग्रामीण आबादी अंधकार में सोई पड़ी है। उसके अंदर कोई परिवर्तन नहीं हो रहा। वहाँ जीवन-मूल्यों को लेकर कोई संघर्ष नहीं--अंतःसंघर्ष और ऊहापोह का तो सवाल ही नहीं उठता। ग्रामीण जीवन की जड़ता की इस शहरी दंतकथा के खंडन का कलात्मक दस्तावेज है मैत्रेयी पुष्पा का उपन्यास 'चाक'। गाँव के लोग मिट्टी के लौंदे भले ही हों, पर वे परिवर्तन की तीव्र प्रक्रिया के चाक पर चढ़कर रोज नई शक्ल ले रहे हैं, उसका स्वरूप नए सिरे से बन-बिगड़ रहा है। परिवर्तन के चाक पर चढ़े हुए गाँव के बूढ़े और नौजवान, औरत और मर्द, किसान और खेतिहर समाज किंकर्तव्यविमूढ़ नहीं हैं, वे निर्णय लेते हैं, स्वतंत्र निर्णय लेने का साहस और दुस्साहस उनमें है और स्वतंत्र निर्णय लेने के परिणामस्वरूप उन डरावनी विपदाओं से जूझने वाले आत्मबल का भी परिचय देते

हैं। इस संदर्भ में इस कथाकृति का नाम प्रतीकात्मक दृष्टि से सार्थक नाम है। स्वतंत्र भारत के शासक वर्ग द्वारा अपनाई गई विकास-नीति के तहत गाँवों में होने वाले परिवर्तनों की कथा की शुरुआत रेणु ने 'मैला आँचल' के माध्यम से की थी। 'मैला आँचल' की लक्ष्मी के चरित्र का जो स्वरूप एक कबीरपंथी मठ के अंदर बनता-बिगड़ता है, उसमें भी देह की पवित्रता के नैतिक आडंबर की धज्जियाँ उड़ती हुई दिखाई देती हैं, पर उसी दुःखद यातनादायी परिवेश के भीतर एक लड़ाकू मिजाज वाली लक्ष्मी का असली चेहरा भी प्रकट होता है। 'मैला आँचल' में लक्ष्मी तो वस्तुतः एक प्रासंगिक कथा की नायिका है। वहाँ आधिकारिक कथा का लक्ष्य तो मेरीगंज का ग्रामीण अंचल ही है। 'चाक' में कथा-विन्यास के लिहाज से मैत्रेयी पुष्पा ने 'मैला आँचल' के कथा-विन्यास को उलट दिया है।

सारंग और रंजीत के संबंध की कथा ही आधिकारिक कथा है, शेष दर्जनों कथावृत्त हैं जो स्त्री-पुरुष संबंधों में हो रहे परिवर्तनों के माध्यम से अनेक नैतिक-अनैतिक आयामों के टूटने-बिखरने के आधे-अधूरे दस्तावेज होने के बावजूद मुख्य कथा के अंदर तीव्र संघात पैदा करते हैं। ऐसा आरोह-अवरोह उत्पन्न करते हैं कि गाँव के अंदरूनी बवंडर की आवाज साफ सुनाई पड़ती है।

कथाकृतियों के नारी-चरित्रों के निर्माण, प्रस्तुतीकरण और उन चरित्रों के अंतर्बाह्य व्यक्तित्व के रेखांकन के विश्लेषण में हिंदी समीक्षक अकसर ऊँची जातियों के सवर्ण हिंदू समाज के घरों में कैद कामिनी स्त्री, शहरी मध्य वर्ग की उपभोग्या और तिरस्कृत स्त्री और व्यापारी घरानों की अवकाशभोगी स्त्री की मनगढ़ंत मॉडेल्स, टाइप्स और मिथकों से अभी तक छुटकारा नहीं पा सके हैं। इसीलिए हरियाणा, पश्चिमी उत्तर प्रदेश, पंजाब के जाट, गूजर और सिख परिवारों की श्रमजीवी स्त्रियों के चरित्रों की उन्मुक्तता, साहसिकता और स्वत्व पाने की उनकी जुझारू अभिलाषा को वे सही परिप्रेक्ष्य में देख नहीं पाते। वे यह भी नहीं देख पाते कि खेती-बाड़ी और पशुपालन में स्त्रियाँ पुरुषों से कहीं अधिक काम करती हैं। घर की व्यवस्था और अर्थव्यवस्था, दोनों ही स्त्रियों की हाड़-तोड़ मेहनत-मशक्कत पर निर्भर करती है। पुरुषों से बराबरी करने के पीछे उनके श्रमशील व्यक्तित्व की भूमिका एक निर्णायक तत्त्व है, जिसे नजरअंदाज नहीं किया जाना चाहिए। स्त्री-समुदाय के बीच उभरती इन नई प्रवृत्तियों को समाज वैज्ञानिक अंतर्दृष्टि के साथ समझने-समझाने में भी 'चाक' के स्त्री-पात्र अपना वैशिष्ट्य रखते हैं।

यह उल्लेखनीय है कि हाशिए पर छोड़ दिए गए जनसमूहों—मसलन स्त्री-समाज, दलित, आदिवासी, पिछड़े लोग, किसान समुदाय आदि के जीवन-संघर्षों की महागाथा

पिछड़े देशों की भाषाओं के साहित्य में सृजनात्मक तीव्रता की एक नई लहर के अंतर्गत पिछले दशक में सामने आई है। देरिदा की भविष्यवाणी के बावजूद कि आख्यानों/नैरेटिव्स का युग बीत गया, धड़ल्ले से नैरेटिव्स लिखे जा रहे हैं। पहले के कथाकारों से आज के कथाकारों की दृष्टि में भिन्नता सिर्फ इतनी है कि समूह के टाइप पर अब उतना बल नहीं रहा, जितना व्यक्तित्व की विलक्षणताओं को मूल्य दृष्टियों के जटिल संघर्ष द्वारा चित्रित करने पर जोर है। मैत्रेयी पुष्पा इस नई धारा की ही एक अनिवार्य कड़ी हैं।

इदन्नमम और चाक
आधुनिक संस्कृति के निर्माण की कथा

खगेन्द्र ठाकुर

कुछ साल पहले हिंदी में कहा जाने लगा था कि उपन्यास विधा खत्म हो रही है। एक कथाकार ने तो एक गोष्ठी में यहाँ तक कह दिया था कि हिंदी उपन्यास मर गया। ऐसा कहने का कोई सामाजिक-ऐतिहासिक आधार नहीं था और न है। बात इतनी-सी थी कि उस समय कई वर्षों से हिंदी में कोई महत्त्वपूर्ण उपन्यास प्रकाश में नहीं आया था। रचनाओं का प्रकाशित होना या नहीं होना किसी विधा के जीवंत या मृत होने का आधार नहीं बन सकता। जिन परिस्थितियों में, जिस यथार्थ की भूमि पर हिंदी में या किसी दूसरी भाषा में भी उपन्यास का उद्‌भव हुआ वह यथार्थ आज भी मौजूद है। अतः हिंदी उपन्यास के मरने का प्रश्न उठाना या मंतव्य देना अप्रासंगिक है। मैं इस प्रसंग में यह कहने की स्थिति में हूँ कि मैत्रेयी पुष्पा के दो उपन्यास 'इदन्नमम' और 'चाक' इस बात के ज्वलंत प्रमाण हैं कि हिंदी उपन्यास न केवल जिंदा है, बल्कि मजबूती से आगे भी बढ़ रहा है। इस दौर में और भी अनेक ऐसे उपन्यास हिंदी में लिखे गए हैं, जिन सबको एक साथ देखने पर तो ऐसा लगता है कि एक बार फिर हिंदी उपन्यास समृद्धि के उस ऊँचे धरातल पर है, जहाँ उसे प्रेमचंद ने पहुँचाया था, जहाँ उसे जैनेंद्र, अज्ञेय, यशपाल, इलाचंद्र ने या फिर नागार्जुन, रेणु, अमृतलाल नागर, भीष्म साहनी आदि ने पहुँचाया। यहाँ आज के उपन्यासों की चर्चा में न जाकर मैं यह कहना चाहता हूँ कि मैत्रेयी पुष्पा ने 'इदन्नमम' और 'चाक' के आधार पर हिंदी के कालजयी उपन्यासकारों की कतार में अपना स्थान सुरक्षित करा लिया है।

'इदन्नमम' और 'चाक' दोनों ही उपन्यास स्वतंत्र भारत के पूँजीवादी विकास और जनतांत्रिक सामाजिक जागरण के दौर में संक्रमणशील समाज के गाँव का स्वरूप चित्रित करते हैं। संक्रमणशील समाज के परिवर्तनशील यथार्थ का विश्वसनीय, सजीव और समग्र रूप दोनों में मिलता है। यों दोनों की कथा अलग-अलग है, संदर्भ अलग-अलग हैं, लेकिन समानता यह है कि दोनों में आधुनिक नारी-शक्ति के

उद्भव और विकास के संघर्ष का प्रतिनिधित्व करने वाले चरित्र हैं। दोनों में एक नई संस्कृति के निर्माण के संघर्ष की गाथा वर्णित है। 'इदन्नमम' यह मेरा नहीं या यह मेरे लिए नहीं, यह ऋषि-परंपरा की परमार्थमूलक संस्कृति का सूत्र है। इस सूत्र की अभिव्यक्ति मंदाकिनी के व्यक्तित्व और चरित्र के माध्यम से होती है। यह दृष्टांत उस समाज के सामने लेखिका ने प्रस्तुत किया है, जिसमें यह मेरा है, यह मेरा है साबित करने के लिए मारामारी हो रही है। 'चाक' में यही संस्कृति भिन्न संदर्भ में सारंग के माध्यम से व्यक्त होती है, लेकिन इस संस्कृति के निर्माण का उत्प्रेरक है एक शिक्षक श्रीधर प्रजापति, जो शिक्षा के चाक पर मनुष्य का नया सामाजिक व्यक्तित्व गढ़ता है। इन कथाओं में चित्रित संस्कृति तथाकथित 'भारतीय संस्कृति' यानी यथास्थिति की रक्षा करने के लिए अतीत का गौरव-गान करने वाली संस्कृति नहीं, बल्कि पिछड़ेपन और शोषण-उत्पीड़न से मुक्त मानवीय संबंध की स्थापना करने वाली आधुनिक संस्कृति है। 'चाक' में इस प्रसंग में स्त्री-पुरुष संबंध की समस्या भी सामने आती है, लेकिन कथा-प्रवाह में नारी-शक्ति के विकास, नारी की स्वतंत्रता और उसकी राजनीतिक सत्ता कायम करने के संघर्ष का साक्षात्कार होता है। यहीं पर मैं यह भी कह देना चाहता हूँ कि यद्यपि 'चाक' नारी की मुक्ति और उसकी सत्ता कायम करने के विकट संघर्ष की कथा है, फिर भी यह नारीवादी कथा नहीं है। ऐसा कहने का आधार यह है कि 'चाक' की सारंग लड़ती तो है पुरुषों की प्रभुता के खिलाफ, बराबरी का हक पाने के लिए, लेकिन वह पुरुष मात्र को दुश्मन नहीं मानती, इसलिए नारी-मुक्ति के लिए नारीवाद का सिद्धांत नहीं स्थापित करती। समाज में नारी की सत्ता कायम करने के संघर्ष में श्रीधर प्रजापति और भँवर उसके प्रेरणास्रोत होने के साथ ही शक्ति के भी स्रोत हैं। और बाबा (गजाधर सिंह) उसके संरक्षक। उसका पति रंजीत कभी उसके साथ होता है, कभी उसके खिलाफ। यह भी ऐसा इसलिए है कि पत्नी के रूप में साथ रहने वाली नारी की स्वतंत्रता और सत्ता कायम करने का संघर्ष सापेक्ष रूप से व्यक्ति और चरित्र को जटिल या पेचीदा बना ही देता है। जाहिर है कि नारी-स्वतंत्रता या किसी की भी स्वतंत्रता, एकदम निरपेक्ष नहीं हो सकती। नारी-मुक्ति के जागरण के साथ ही गाँव में नया सामाजिक जागरण भी आया है, जिससे समाज में जातीय संघर्ष भी छिड़ा हुआ है, लेकिन कथा में यह संघर्ष भीतर ही भीतर चलता रहता है, अनेक बार इस संघर्ष की कटुता ऊपर चली आती है, फिर भी जातीय कतारबंदी और भिड़ंत का कोई प्रसंग कथा में नहीं है। गाँव में पूँजीवाद कई रूपों में पहुँचा है, ट्रैक्टर और हारवेस्टर कंबाईन और पूँजी बाजार तथा नए कारोबार के जरिए पूँजी जमा करने की प्रवृत्ति दिखाई पड़ती है।

'चाक' में यह सब है। परिस्थिति और वातावरण में इन प्रवृत्तियों और मनोभावों की गूँज का प्रभाव सभी स्त्री-पुरुष चरित्रों पर पड़ा हुआ महसूस होता है। इसी पृष्ठभूमि में हम यह महसूस करते हैं कि 'चाक' का गाँव आधुनिक भारतीय समाज का प्रतिनिधि है और वह आधुनिक मानवीय संस्कृति के निर्माण के संघर्ष की कथा है।

कथ्य को प्रस्तुत करने के लिए जीवन-संदर्भों या प्रसंगों की जो शृंखला तैयार की जाती है, वही 'कथानक' कहलाता है। कथानक के संदर्भों या प्रसंगों और उनके माध्यम चरित्रों के जीवन एवं व्यक्तित्व का निचोड़ या निष्कर्ष 'कथ्य' होता है। कथ्य और कथानक के संबंध की स्वाभाविकता और विश्वसनीयता से उपन्यास का स्वरूप, स्तर एवं कलात्मक सौंदर्य निर्धारित होता है। इस प्रकार की सामान्यीकृत बातों के आधार पर हम 'चाक' को देखते हैं तो यह अत्यंत सधा हुआ, कलात्मक सौंदर्य की दृष्टि से अत्यंत संतुलित एवं सुगठित मालूम होता है। हिंदी उपन्यास में विविध प्रकार के शिल्पगत प्रयोग किए गए हैं। प्रेमचंद, यशपाल, नागार्जुन, भीष्म साहनी उपन्यास के शिल्पी नहीं माने जाते हैं। जैनेंद्र, अज्ञेय, इलाचंद्र, फणीश्वरनाथ रेणु, निर्मल वर्मा आदि औपन्यासिक शिल्पी माने जाते हैं। मैं यहाँ इस बहस में नहीं उलझना चाहता कि कौन कितना अच्छा शिल्पी है। लेकिन यह प्रसंग छेड़कर इतना जरूर कहना चाहता हूँ कि मैत्रेयी पुष्पा ने किसी नए शिल्प का ईजाद करने की घोषणा करने की बात तो दूर उसका संकेत भी नहीं दिया है, फिर भी 'चाक' में हमें एक खास प्रकार का नया शिल्प या शिल्पगत नया आकर्षण दिखाई पड़ता है। चार सौ चौंतीस पृष्ठों के इस मोटे उपन्यास को शुरू से अंत तक पढ़ते हुए पाठक कहीं ऊब नहीं महसूस करता, वह किसी प्रकार का दबाव भी अपने मानस पर नहीं महसूस करता। ऐसा भी नहीं लगता है कि उपन्यास का आकार किसी अवांतर दबाव या प्रेरणा से फैला दिया गया है। कथानक में पात्रों या चरित्रों की भीड़ है, ऐसा लगता है कि गाँव के सभी टोलों और टोलों के सभी घरों के लोग कथा में पात्र बनकर आ गए हैं और प्रायः सभी प्रमुख पात्रों के जीवन से जुड़ी एक कथा है। उन सारी कथाओं को अत्यंत मनोयोग और संयम से गूँथकर पूरे उपन्यास की कथा तैयार की गई है। कोई कोशिश करे तो इस उपन्यास के कथानक से अनेक कहानियाँ निकाली जा सकती हैं, जैसे रेशम की कहानी, सारंग की कहानी, जो सबसे लंबी होगी, गुलकंदी की कहानी, रंजीत की कहानी, बाबा की कहानी, प्रधान फत्तेसिंह की कहानी, थानसिंह की कहानी, लौंगसिरी की कहानी, विसुनदेवा की कहानी, चंदन की कहानी, कैलासी सिंह की कहानी, श्रीधर प्रजापति की कहानी, साध जी और डोरिया की कहानी आदि-आदि। लेखिका ने इन जैसी तमाम कहानियों को गुंफित करने में सधा

हुआ कौशल दिखाया है। कौशल इस बात में है कि कहानियों को कहाँ किस प्रकार गूँथा गया है, यह दिखाई नहीं पड़ता, यानी जोड़ या सिलाई का स्थान नजर नहीं आता। यही तो कौशल या कलात्मक सौंदर्य है। उपर्युक्त तथा कुछ अन्य कहानियों के समुच्चय के माध्यम से 'चाक' का कथ्य प्रस्तुत होता है। इस उपन्यास का कथ्य यह है कि स्वतंत्रता जीवन के लिए आवश्यक तो है, लेकिन उसे पाना अत्यंत कठिन है, रेशम को जान देनी पड़ी, गुलकंदी, उसकी माँ हरिप्यारी और उसके पति विसुनदेवा को भी जान देनी पड़ी, सारंग को मार खानी पड़ी कई बार अपने पढ़े-लिखे पति रंजीत के हाथों, श्रीधर को भी घातक हमला झेलना पड़ा, लेकिन ये सभी प्रसंग कुछ न कुछ नयापन लिए हुए हैं, यानी एकदम परंपरागत या रूढ़िवादी नहीं हैं। ये चरित्र नए प्रश्न उठाते हैं जीवन में, जिन्हें संक्रमणशील समाज भी झेल नहीं पाता। रेशम की हत्या कर दी गई, लेकिन दहेज के लिए नहीं, उसका पति मर गया, वैधव्य में उसने गर्भ धारण कर लिया, परंपरा से गाँव के उसके प्रतिष्ठित परिवार की बड़ी-बूढ़ी औरतों ने इज्जत बचाने के लिए गर्भपात कराने की सलाह दी और रेशम ने इनकार कर दिया। इसी पर एक रात उसे दुनिया से विदा कर दिया गया। यह हत्या का एक नया रूप है। नया प्रश्न है विधवा को भी गर्भधारण करके संतान पैदा करने और जीने का अधिकार क्यों नहीं मिले? भारतीय नारी के जीवन के लिए यह नई स्वतंत्रता है। जीवन में आज भी शायद ही कोई इसे स्वीकार करे, लेकिन लेखिका ने यह प्रश्न नारी के पक्ष में उठाया है। यह प्रश्न विधवा विवाह के अधिकार से भी भिन्न है। सारंग इस अधिकार के पक्ष में है। हत्या का विरोध करती है, संगठित विरोध। रेशम की हत्या किए जाने पर सारंग सोचती है—'अँधियारी ने ढक लिया उजियारा।' सारंग उजियारी की रक्षा में खड़ी होती है। असल में वह गाँव का इतिहास बदलना चाहती है, क्योंकि 'गाँव के इतिहास की दास्तानें बोलती हैं—रस्सी के फंदे पर झूलती रुक्मिणी, कुएँ में कूदने वाली रामदेई, करबन नदी में समाधिस्थ नारायणी—ये बेबस औरतें सीता मइया की तरह भूमि-प्रवेश कर अपने शील-सतीत्व की खातिर कुरबान हो गईं। ये ही नहीं और भी न जाने कितनी…।' बूढ़ी खेरापतिन इस तरह की कथाएँ सुनाती है। सारंग चाहती है कि बूढ़ी अब नई कथा सुनाए। उस कथा की शुरुआत सारंग के संघर्ष से होती है। वास्तव में यही कथा तैयार करना उपन्यास लेखन का ध्येय है।

सारंग की कथा नई है यानी कुरबान होने के सिलसिले में पूर्णविराम लगा देने के संघर्ष की कथा। इसी प्रक्रिया में नई कथा बनती है जो 'चाक' में वर्णित है। यह इतिहास को नया मोड़ देने का प्रयत्न है। नया इतिहास लिखने के लिए नया प्रश्न

उठाना जरूरी है। रेशम की हत्या के बाद सारंग प्रश्न उठाती है–'तमाम बूढ़े-बड़े गुमसुम क्यों रह गए? इनकी जिह्वा क्यों लकड़ा गई? ये पुरुष-महापुरुष शाबाशी के पात्र हैं या धिक्कार के? इनकी लाज-लिहाज हम क्यों करते हैं?' हमें ऐसा लगता है कि सारंग के रूप में महाभारत की द्रौपदी बोल रही है।

पुराने इतिहास का विरोध करना और नया इतिहास लिखना क्या आसान है? सारंग का पति रंजीत हिचकता है, सहमता है। अंततः रंजीत तैयार होता है, रिपोर्ट लिखाता है, स्वयं गवाह बनता है, तोता की बहू को गवाह बनाता है। इस मामले में डोरिया गिरफ्तार किया गया। रंजीत थोड़े दिनों के लिए गाँव का हीरो बन गया। लेकिन निचली अदालत में रंजीत हार गया। वह हाईकोर्ट में अपील करना चाहता है, लेकिन यह आसान काम नहीं है। यह नए इतिहास का पहला अध्याय है, जो आगे की विकटता का संकेत देता है।

विरोध करने की इस प्रक्रिया में, विरोध करने की कठिनाई झेलने के प्रसंग में हम महसूस करते हैं कि गाँव बहुत बदल गया है। बदलाव पर नजर डालें। हीरो बनकर रंजीत का मन बढ़ा तो यह सोचने लगा कि वह गाँव की गुंडागर्दी का मुकाबला कर सकता है, किसानों को राजा बना सकता है। कृषि विज्ञान पढ़ा यह बेरोजगार नौजवान अपने को गाँव के लायक बनाने की कोशिश करता है। गुंडागर्दी ऐसी है कि एक दिन डोरिया ने सारंग का रास्ता रोक निपूती हो जाने की धमकी दे दी। उसी हालत पर रंजीत का बड़ा भाई दलजीत, जो पुलिस में हवलदार है शहर में, कहता है–'गाँव से सीधापन कब का उड़ गया...रंजीत, जिनके दुःख-दर्दों में तुम बहे जा रहे हो, ये तुम्हें पार पर नहीं डालेंगे, उलटा धार में धकेल देंगे।...अब यहाँ आदमी की सुरक्षा नहीं है। खतरा ज्यादा बढ़ गया है। गुंडागर्दी का बोलबाला है। जो जितना बदमाश हो, वह उतना ही पुजता है। लट्ठ के दम पर लोग भैंस हाँके ले जा रहे हैं। ऐसा न होता तो नंबरदार भीगी बिल्ली की तरह दुबके रहते? भवानी दास साध ज़ी के बेटों की तामील कर रहे होते? साँड़ के आगे बछिया की लाचारी।' रंजीत पर असर पड़ता है दलजीत के तर्कों का। दलजीत ने पूँजीवादी विकास से प्रेरित होकर और भी समझाया कि गाँव की जगह-जमीन बेचकर शहर में प्लॉट खरीदने-बेचने का धंधा करो, वह भी नहीं तो मुर्गी-पालन करो, सरकार से कर्ज मिल जाएगा। बैठा-बैठी का रोजगार है यह। लेकिन गाँव के वातावरण में ये धंधे नहीं हो सकते और जमीन बेचकर गाँव छोड़ना भी संभव नहीं। गाँव की सामंती परंपरा ही जातीय श्रेष्ठता, रूढ़िवादी संस्कार, साथ ही जनतंत्र के युग में गाँव को बदलने की नई चेतना आदि से समन्वित ग्रामीण चेतना और आधुनिक पूँजीवादी चेतना के बीच द्वंद्व का

अच्छा उदाहरण है यह। रंजीत यह समाधान मान लेता है कि वह तो गाँव में ही रहेगा, लेकिन उसका बेटा चंदन दलजीत के साथ आगरा चला जाएगा पढ़ने के लिए। सारंग चंदन को भी शहर भेजने के खिलाफ है। वह गाँव के दरिंदों से लड़ना चाहती है। चंदन को शहर भेजने के प्रश्न पर रंजीत और सारंग के बीच जो विवाद होता है उसमें नारी के अधिकार का नया रूप या एक आधुनिक रूप सामने आता है। सारंग कहती है—जैसे चंदन अकेले तुम्हारा ही बालक हो! तुम ही उसके कर्ता-धर्ता, तुम ही पालन हार···मैं कुछ नहीं···मैं कुछ नहीं, कुछ भी नहीं···ऐसा क्यों लग रहा है आज? प्रश्न इस रूप में सामने आता है कि बालक का अभिभावक क्या केवल पुरुष है, स्त्री नहीं? उसके बारे में निर्णय क्या केवल पिता करेगा, माँ की राय का कोई महत्त्व नहीं? इस प्रश्न का उत्तर भी उपन्यास में अत्यंत कुशलता के साथ दिया गया है। यह उत्तर देने के क्रम में एक कथा ही बन जाती है।

पहले तो रंजीत की बात चल जाती है और चंदन अपने चाचा दलजीत के साथ आगरा चला जाता है। चंदन का जाना सारंग को वैसा ही लगता है, जैसा कुछ दिन पहले धौरी गाय के बछड़े 'प्रथम' का मर जाना। बछड़े के मर जाने पर 'सारंग की नजरें बालू-भरे पाट की तरह वीरान हो गईं' और चंदन के शहर चले जाने पर 'चंदन के बिना बियाबान···आँखें बरसने लगीं।' लेकिन आगे चलकर सारंग चुपके से पत्र लिखकर चंदन को गाँव बुलवा लेती है। यह है अधिकार का उपयोग। सारंग यह स्थापित कर देती है कि पुत्र के बारे में वह भी स्वतंत्र निर्णय कर सकती है।

रंजीत ने मान लिया कि 'ताल ठोंककर जीना आसान नहीं।···छाती तानकर रहने की कीमत महँगी पड़ती है।' वह यह भी कहता है—'मैं बीज-खाद के चक्कर में, ट्रैक्टर मँगाने के फेर में दिन-रात भागा फिरता हूँ और तुम कहती हो कि हाईकोर्ट-सुप्रीम कोर्ट का दरवाजा खटखटाऊँ? नामुमकिन।' रंजीत की यही नई मनोदशा उसके और सारंग के बीच विभाजक रेखा खींच देती है। सारंग इस मनोदशा को नहीं कबूल करती। यहीं से सारंग अपनी स्वतंत्रता यानी आत्मनिर्णय के अधिकार के लिए रंजीत से भी लड़ने लगती है। सारंग की लड़ाई यानी नारी स्वतंत्रता की लड़ाई कितनी जटिल और कठिन है, यह सारंग की लड़ाई पर गौर करने से अच्छी तरह समझ में आ जाता है। सारंग ने अपने पहलवान ननदोई कैलासी सिंह को अपने निर्णय से चुपके बुलवा लिया दंगल में डोरिया को पटखनी दिलवाने के लिए। रेशम की हत्या का बदला लेने का संघर्ष जारी रखने का यह एक तरीका है, यह सारंग का पहला स्वतंत्र निर्णय था। कैलासी सिंह आए। दंगल में भाग लिया, डोरिया को चित कर दिया। गाँव में तहलका मच गया। साथ ही प्रधान जी आदि समझ रहे

हैं कि यह काम सारंग का है। लेकिन सारंग का कलेजा ठंडा हुआ आज। दूसरा स्वतंत्र निर्णय सारंग ने रंजीत से पूछे बिना किया, चंदन को आगरा से वापस बुलाने के लिए और चंदन आ भी गया। गाँव के स्कूल में उसका दाखिला करा दिया। यह तीसरा स्वतंत्र निर्णय था। रंजीत क्रुद्ध होता है, सारंग से झगड़ता है, लेकिन सारंग दृढ़ है। दाखिला वही कराती है अभिभावक बनकर। बालक के अभिभावकत्व का अधिकार माँ को क्यों नहीं। यह भी एक अधिकार है जो नारी को चाहिए। चौथा निर्णय सारंग ने किया श्रीधर के आग्रह पर 'एकलव्य' नाटक की पांडुलिपि लिखने का भार स्वीकार करके। एक और महत्त्वपूर्ण निर्णय उसने बाबा के कहने पर कर लिया रंजीत की स्वीकृति की जरूरत समझे बिना घायल श्रीधर की सुश्रूषा के लिए उसके साथ अलीगढ़ जाने का। यह निर्णय ऐसा है, जो रंजीत और उसके बीच खाई बना देता है। वह श्रीधर के अत्यंत करीब चली जाती है, यहाँ तक कि वहाँ से लौटने पर सेवा के लिए एक रात श्रीधर के साथ रहकर रति कर बैठती है लौंगसिरी के घर में। यह सेक्स की स्वतंत्रता के अधिकार का उपयोग है। यह उपयोग जनतांत्रिक और श्रेयस्कर है या नहीं, यह बहस अभी चल ही रही है। स्वतंत्रता और मर्यादा के रिश्ते को कायम रखने या खत्म कर देने का प्रश्न भी है।

अंतिम स्वतंत्र निर्णय है पंचायत के चुनाव में प्रधान (मुखिया) पद के लिए चुनाव लड़ने का, रंजीत से पूछे बिना। यह वृत्तांत इस उपन्यास की कथा की प्राणधारा है, तमाम उपकथाओं और पात्रों की चारित्रिक पहचान की कसौटी बन गया है। इससे इस उपन्यास की असल कथा को गरिमा मिलती है, साथ ही मैत्रेयी पुष्पा की उपन्यास-कला का मानवीय सौंदर्य चमकता हुआ दिखाई पड़ता है। मेरे कहने का मतलब यह है कि 'चाक' का सौंदर्य उसकी कथा में उठे उपर्युक्त प्रश्नों में है।

चंदन का आगरा चला जाना सारंग को परिवार में कमजोर कर देने का कारक मालूम पड़ता है। कथा-क्रम में एक जगह लेखिका कहती है, आदमी को कमजोर करना होता है तो पहले उसकी संस्कारी प्रकृति को कुचला जाता है। सारंग के नए संस्कार को कुचलने की कोशिशें की गईं, रंजीत के द्वारा, समाज के द्वारा, साध जी और प्रधान जी के द्वारा, लेकिन सारंग की चेतना और प्रज्वलित ही होती गई।

इस उपन्यास में एक अनोखा चरित्र है गाँव के स्कूल में आया नया मास्टर श्रीधर प्रजापति। यह मास्टर सारंग को आकृष्ट करता है, संघर्ष की नई ताकत देता है। इस चरित्र का अनोखापन केवल शिक्षक होने के कारण नहीं, बल्कि शिक्षक होना तो साधारण बात है। असल बात यह है कि वह शिक्षक है सामाजिक-राजनीतिक अधिकार पाने के लिए लड़ने के नए दौर में। उसके व्यक्तित्व में जागरण की चेतना

तो है ही, जागरण के पीछे काम कर रही शक्तियों का आधार है। इनसे श्रीधर को शक्ति मिलती है। यही कारण है कि श्रीधर एक स्कूल मास्टर होकर भी गाँव की खूँखार, आततायी और रूढ़िवादी शक्तियों के सामने डटकर खड़ा हो जाता है और डटा रहता है। मार खाकर भी डटा रहता है। गाँव के सामाजिक ही नहीं, राजनीतिक शक्ति संतुलन को भी बदलने के लिए योजनाबद्ध रूप से लड़ता है। इसके लिए शिक्षा के माध्यम से बच्चों से लेकर महिलाओं और अन्य तबकों में नई चेतना फैलाता है। वह आने के साथ ही नई चेतना यानी जनतांत्रिक अधिकार के लिए संघर्ष की चेतना फैलाने लगता है। गुलकंदी नए मास्टर के बारे में सारंग को बताती है–नया मास्टर रामायण नहीं, आल्हा की चौपाई सुनाता है–'हम न भगि हैं रण समुहे से।' सारंग को भी नई ताकत मिलती है, क्योंकि रंजीत लड़ाई से भाग चुका है। रंजीत ने प्रधान फत्तेसिंह का समझौता प्रस्ताव मान लिया। वह सोचता है–'मैं उनमें से भी नहीं कि शेखी में आकर अपना नाश कर लूँ। साँप के मुँह में हाथ दे दूँ कि देखो, मैं कितना बहादुर हूँ।' यह सामंती चेतना में आ रहे परिवर्तन का सूचक है, यह पूँजीवादी चेतना है, जिसके केंद्र में खानदान और परंपरा या जात-पाँत की रक्षा के लिए जान देने और लेने की आन नहीं, बल्कि अपने लाभ के लिए कहीं, किसी से भी समझौता कर लेने की प्रवृत्ति रहती है। रंजीत सारंग को समझाता है–सँभालो खुद को। ये नादानी की बातें करना भूल जाओ, त्रिया-चरित्र पसारना तुम जैसी औरत को शोभा नहीं देता। तुम जैसी औरत कहने का मतलब है यह याद दिलाना कि सारंग गुरुकुल में पढ़ी हुई है और फिर रंजीत की पत्नी है। रंजीत कृषि विज्ञान में एम०एस-सी० है, गाँव को बदलना वह भी चाहता है।

सारंग अपनी जगह पर अडिग है, तभी तो वह आल्हा गाने वाले मास्टर श्रीधर के प्रति अनायास ही आकर्षण महसूस करती है। स्कूल के एक आयोजन के प्रसंग में श्रीधर गाँव में घूमता हुआ उसके दरवाजे पर आ गया। उसने देखा उसे, बराबरी से मूढ़े पर बैठा तो दिल जुड़ा गया उसका। वह सोचती है–'तो तुम वही हो मास्टर, जिसकी मुझे तलाश है। बहादुरी के नाम पर मक्कारी के किस्से नहीं सुनाते। इन छोटे-छोटों के दिल में वीरता के बीज बोने आए हो, यही मानसिकता है, जो सारंग को 'नारीवाद' की सीमा से ऊपर उठाकर उदात्त बना देती है। श्रीधर प्रजापति बच्चों के साथ सारंग के आँगन में चला गया तो सारंग ने उसे तिलक लगाया और अनायास ही पैर भी छू लिए। यह वीरता का अभिनंदन है और उसी के प्रति नमन भी। एक क्षत्रिय जाट महिला कुम्हार के पैर छू लेती है। जैसे मीरा ने रैदास को गुरु बनाकर किया था।

लौंगसिरी बीबी ने मास्टर के पैर छूने पर एतराज किया, तो सारंग कहती है—'आजकल जाति-बिरादरी! तुम भी बीबी पुराने समय की बात···।' यह सामाजिक द्वंद्व का सूचक है—प्रगति और रूढ़ि का द्वंद्व। सारंग प्रगति की प्रतीक है, लौंगसिरी रूढ़ि की। यह द्वंद्व कथा का मुख्य विषय नहीं है। जाहिर है कि समय बदल रहा है, तो उसका रूप एकहरा नहीं, सरल नहीं, जटिल है। पुराने शोषक नया रूप ले रहे हैं। अब लाठी नहीं, बंदूक का समय है। 'जब गली-गली रन छिड़ेंगे तो द्वार-द्वार बंदूकें भी तनेंगी।' शोषण और जुल्म के खिलाफ लड़ने वाले भी नया रूप ले रहे हैं। यों यह ध्यान देने की बात है कि आर्थिक हितों की दृष्टि से जो वर्ग-संघर्ष होता है, वह 'चाक' में कहीं नहीं है। 'इदन्नमम' में पत्थर तोड़ती मजदूरों को संगठित करने, ठेकेदारी के शोषण का विकल्प खोजने के माध्यम से उस अर्थ में वर्ग-संघर्ष होता है। लेकिन 'चाक' में वर्ग-संघर्ष का आर्थिक नहीं वैचारिक या चेतनागत रूप है। वैचारिक लड़ाई लड़ना बहुत कठिन है! इस लड़ाई का नायक है श्रीधर प्रजापति। वह भी अडिग रहकर लड़ाई जारी रखता है। सामाजिक जुल्म के खिलाफ लड़ाई का नायकत्व सारंग के हाथ है। यही तो दोनों के नजदीक आने का ठोस आधार है। बाबा यानी गजाधर सिंह और भँवर इस लड़ाई में सारंग के मददगार बने रहते हैं हमेशा।

श्रीधर की लड़ाई नए क्षेत्र में प्रवेश कर जाती है, जब वह स्कूल का नया भवन बनवाने की प्रधान की योजना पर हस्ताक्षर करने से इनकार कर देता है। यह लड़ाई मात्र वैचारिक नहीं है, यों श्रीधर के नए विचार ही लड़ाई में उसे अडिग रखते हैं। चित्रण की खूबी यह है कि भ्रष्टाचार का जिक्र किए बिना लेखिका ने बता दिया है कि स्कूल भवन तो ठीक-ठाक है, फिर नए भवन के निर्माण की जरूरत क्या है? जाहिर है कि नए भवन-निर्माण योजना की रकम लेकर प्रधान थोड़ा बहुत मरम्मत का काम कराकर लगभग सारी रकम अपने पास रखकर चुनाव कोष के रूप में उसका इस्तेमाल करना चाहते हैं। श्रीधर किसी भी कीमत पर हस्ताक्षर नहीं करने के संकल्प पर अड़ा रहता है। वह भ्रष्टाचार का समर्थन नहीं कर सकता। प्रधान ने रंजीत का सहारा लिया, रंजीत ने सारंग का सहारा लिया, लेकिन श्रीधर किसी भी तरह नहीं हिलता। जैसे नकसे मास्टर का तबादला करा दिया गया था, वैसे श्रीधर का तबादला नहीं कराया जा सकता। जिले के अधिकारी श्रीधर का समर्थन दूसरे कारण से करते हैं। उलटे हेड मास्टर थान सिंह का ही तबादला हो गया है। यह देश या राज्य के स्तर पर सामाजिक शक्ति संतुलन में आए बदलाव के प्रभाव से घटित राजनीतिक परिवर्तन की अभिव्यक्ति है गाँव के स्तर पर। इससे गाँव में राजनीतिक संघर्ष का नया रूप प्रकट होता है। यों इस परिवर्तन का वर्णन कथा में कहीं नहीं है। संकेत

से बातें कह जाना इस उपन्यास के शिल्प का प्रमुख तत्त्व है।

'चाक' का गाँव अतरपुर पूँजीवादी व्यवस्था, चेतना और राजनीति में व्यापक प्रसार के दौर का गाँव है। इसलिए अतरपुर में चल रहा संघर्ष स्थूल नहीं, सूक्ष्म है। गाँव में पुराने धनाढ्य भी हैं और नए भी। दोनों के व्यवहार में कुछ फर्क जरूर है, लेकिन दोनों एकजुट होकर लड़ते हैं नए उभार के खिलाफ। आज के गाँव के निहित स्वार्थी और शासक वर्ग के लोग सामंती जमाने की तरह मूँछ की लड़ाई नहीं लड़ते। साध जी हों या फत्तेसिंह या थानसिंह, छोटी-मोटी लड़ाई में अपनी हार और बेइज्जती पर कोई उग्र प्रतिक्रिया नहीं व्यक्त करते। कुश्ती में डोरिया मात खा गया, फिर भी फत्तेसिंह रंजीत को समझौते के लिए बुला लेते हैं। डोरिया को गिरफ्तार भी होना पड़ा, लेकिन साध जी ने सामंती ढंग से बदला नहीं लिया। थानसिंह की बदली हो गई, तब भी श्रीधर के खिलाफ कोई प्रतिशोधात्मक कार्रवाई नहीं की गई। सारंग श्रीधर के पैर छू लेती है, तिलक लगाती है, फिर भी क्षत्रिय जाट दम मारे रहता है। यह सब कार्यनीतिक रवैया है, पंचायत पर अपना राजनीतिक प्रभुत्व बनाए रखने के लिए। इसी उद्देश्य से फत्तेसिंह रंजीत को प्रधान बना देने का प्रलोभन देकर अपना पिछलग्गू बना लेता है, उसका इस्तेमाल स्कूल भवन की जाली योजना पर श्रीधर से दस्तखत कराने के लिए करता है। रंजीत प्रधान बनने के नशे में इस प्रकार गर्क है कि श्रीधर के इनकार करने पर उसे पिटवा देता है, खुद भी उसमें शामिल रहता है, इस पर फत्तेसिंह खुश नहीं होता, बल्कि रंजीत को डाँटता है, ऐसा मूर्खतापूर्ण कार्य करने के लिए। रंजीत नव धनाढ्य बनने की प्रक्रिया में है। इसलिए वह पुराने धनाढ्य वर्ग से ज्यादा मूर्ख और उग्र व्यवहार करता है। नव धनाढ्य मनुष्य पुराने से ज्यादा क्रूर होता है कभी-कभी। वह दो बार अपनी पत्नी सारंग की भी पिटाई कर देता है। यों उसके चरित्र में भी कुटिलता और जटिलता है, पेचीदगी है। एक तरफ उसे श्रीधर का अपने घर आना, सारंग से मिलना बर्दाश्त नहीं होता, सारंग को मानसिक यातना देता है इसके लिए और पिटाई भी करता है, दूसरी तरफ स्वयं श्रीधर और चरन सिंह बौहरे को अपने घर आमंत्रित कर एक साथ बिठाकर स्वयं परोसकर खिलाता है, वह भी पितृ अमावस्या के दिन। चरन सिंह तो ब्राह्मण है, लेकिन श्रीधर कुम्हार, फिर भी रंजीत दोनों को पितरों के तर्पण के लिए साथ खिलाता है। सारंग भी सोचती है—'रंजीत के भीतर कितनी परतें हैं।···पितरों के तर्पण के लिए छोटी कौम···।' यानी छोटी कौम के श्रीधर को भोजन कराया। 'वाह रे रंजीत! मेरी तारीफ करवाकर खुश हो रहे हो!' लेकिन यह सब भी राजनीतिक है। यों रंजीत फत्तेसिंह आदि की दूरगामी चाल को समझ नहीं पाता, क्योंकि राजनीतिक तिकड़म के

अनुकूल उसकी चेतना है नहीं।

अतरपुर का संघर्ष, जो रेशम की हत्या किए जाने और उसका विरोध करने से शुरू हुआ था, वह अंततः पंचायत पर कब्जा करने की लड़ाई में तबदील हो जाता है। सारंग ने जो संघर्ष अपने या नारी की स्वतंत्रता अथवा आत्मनिर्णय के अधिकार के लिए शुरू किया था, वह नारी की राजनीतिक सत्ता कायम करने यानी पंचायत पर नारी का प्रभुत्व कायम करने के लिए सारंग के उम्मीदवार के रूप में मैदान में उतरने तक पहुँचता है। आत्मनिर्णय भी इस हद तक कि उम्मीदवार बनने की अनुमति रंजीत से लेने का तो प्रश्न ही नहीं उठता, यह जानते हुए कि रंजीत भी उम्मीदवार बन सकता है, सारंग उसको अपनी उम्मीदवारी की सूचना तक देना जरूरी नहीं समझती और श्रीधर एवं भँवर के कहने पर उम्मीदवार बन जाती है। श्रीधर ने जो संघर्ष बच्चों को नई चेतना और निर्भीकता की शिक्षा देने, स्कूल को प्रधान के प्रभुत्व से मुक्त करने से शुरू किया था, वह भी पंचायत के चुनाव में फत्तेसिंह मंडली को पराजित करने और नई सामाजिक-राजनीतिक चेतना की प्रतीक सारंग को पंचायत की गद्दी पर बैठाने तक पहुँच जाता है। सारी घटनाएँ पंचायत चुनाव के संघर्ष में आकर सिमट जाती हैं। स्वाभाविक है कि सारी उपकथाएँ इससे पहले ही प्रासंगिक ढंग से अपने-अपने निष्कर्ष पर पहुँचकर राजनीतिक धारा में मिल जाती हैं। इस प्रकार अत्यधिक फैली हुई, चारों तरफ बिखरी हुई घटनाएँ कम होती हुई गोपुच्छा की तरह सिमटती हुई राजनीतिक संघर्ष में समाहित हो जाती हैं।

यहाँ पर फिर कहूँ कि घटनाओं को समेटने के लिए, चरित्रों को कम करने के लिए लेखिका को कोई कृत्रिम उपाय नहीं करने पड़े। दो खेमे बन गए। एक तरफ सारंग, श्रीधर, भँवर, बाबा गजाधर सिंह आदि और दूसरी तरफ फत्तेसिंह, साध जी, भवानी दास, धान सिंह, रंजीत आदि। सारंग खेमे के पक्ष में तमाम जातियों की नारियों की गोलबंदी, फत्तेसिंह के खेमे में उपर्युक्त महानुभावों के साथ पुलिस-दारोगा आदि को लेकर बूथ कैप्चरिंग की योजना। गाँव की राजनीति को केंद्र में लाकर लेखिका ने जिस तरह कथानक की परिणति दिखाई है, वह अत्यंत कलात्मक है। कलात्मकता का सार-तत्त्व है निष्कर्ष की तरफ बढ़ने की तार्किक संगति और स्वाभाविकता। राजनीति केंद्र में लाई नहीं गई है, बल्कि आ गई है, क्योंकि आज के युग में सारे अधिकारों के मूल में है राजनीतिक अधिकार। जीवन की सारी समस्याओं और उसके समाधानों के मूल में है राजनीति। अतः हर प्रकार के संघर्ष के केंद्र में राजनीति को आना ही है। इस अहसास से 'चाक' जैसे उपन्यास की कलात्मकता रूप लेती है। कहने का अर्थ है कि कला अलग से कोई चिपकाई हुई

चीज नहीं है। वह कथा के विकास की प्रक्रिया का अंग है।

पूरे उपन्यास में पार्टियों के, राजनीतिक नेताओं के, राजनीतिक नारेबाजी के नहीं होते हुए भी 'चाक' आज के युग का महत्त्वपूर्ण राजनीतिक उपन्यास है। यह भी 'चाक' की श्रेष्ठ कलात्मकता का प्रमाण है। यह भी उसी कला का एक उत्तर रूप है कि पंचायत के लिए मतदान कराने और मतगणना परिणाम आने के निष्कर्ष तक उपन्यास के कथानक को नहीं पहुँचाया गया है। रंजीत बैठा है फत्तेसिंह खेमे में, वह सारंग के साथ नहीं है। लेकिन जनमत से जीतने की उम्मीद नहीं रह जाने पर जब वह मंडली पुलिस की मदद से 'बूथ कैप्चरिंग' की योजना बनाने लगती है, तो अचानक रंजीत के दिमाग में प्रतिक्रिया होती है, उसके भीतर दबी जनतांत्रिक चेतना सजग हो उठती है, फलतः अचानक उसके शरीर में अद्‌भुत ताकत आ जाती है और वह फत्तेसिंह तथा दारोगा समेत मंडली के अन्य सदस्यों पर टूट पड़ता है, उन्हें औचक ही मारकर उलट देता है और अपने घर की ओर भागता है। रात का समय है, दरवाजा बंद है, लेकिन वहाँ पहुँचते-पहुँचते उसका आवेश शांत हो जाता है, वह शोर नहीं मचाता, दरवाजा नहीं पीटता, क्रोध नहीं व्यक्त करता। दरवाजे के पास बैठ जाता है सुबह होने और दरवाजा खुलने की प्रतीक्षा में। रंजीत में आया यह परिवर्तन, यानी उसका पक्ष-परिवर्तन सांकेतिक रूप से बता देता है कि चुनाव का परिणाम क्या होगा। पहली बार भीतर से रंजीत सारंग के पक्ष में हो गया है। रात बीतने या सुबह होने की, दरवाजा खुलने की प्रतीक्षा करना जैसे सारंग की विजय की प्रतीक्षा करना है और अब वह यह भी महसूस करेगा कि यह उसकी भी विजय है। बंद किवाड़ पर सिर टिकाकर वह गहरे अपनेपन का अहसास कर रहा है। यह एक वाक्य ऊपर के निष्कर्ष पेश कर देने में सक्षम है, लेकिन एक छोटा-सा वाक्य और भी है—लगा कि चलते चाक पर बैठा है। यह चाक मास्टर श्रीधर का है, कुम्हार का नहीं, बल्कि समाज में नई चेतना के वैतालिक श्रीधर का और रंजीत अपने जीवन में पहली बार अनुभव कर रहा है कि उसका भी व्यक्तित्व श्रीधर के चाक पर गढ़ा जा रहा है। अब उसे सारंग के आत्मनिर्णय के अधिकार से एतराज नहीं होगा। सारंग को जो अधिकार मिले हैं या मिलेंगे, वे उसके भी होंगे।

उपन्यास में एक प्रेमकथा भी है सारंग और श्रीधर की। पहले भी इसका जिक्र हो चुका है। लेकिन यहाँ मैं फिर से उल्लेख करके पाठकों का ध्यान इस ओर खींचना चाहता हूँ कि यह प्रेम असाधारण है, क्योंकि यह प्रेम जीवन में किसी फिसलन या फूहड़पन से या किसी आवेश से नहीं पैदा हुआ है। इस प्रेम का आधार है अन्याय. के खिलाफ संघर्ष। समान विरोधी के खिलाफ संघर्ष से परस्पर आकर्षण पैदा होता

है, आकर्षण लगाव का रूप लेता है, लगाव मानसिक, सांस्कृतिक और सामाजिक हर तरह का। घायल श्रीधर की सेवा-सुश्रूषा की अवधि में यह लगाव और आगे बढ़कर शारीरिक संपर्क तक अनायास ही पहुँच जाता है। इसके कारण रंजीत की प्रताड़ना उसे सहनी पड़ती है, जो परंपरागत दांपत्य जीवन की मान्यता के आधार पर अस्वाभाविक नहीं है। सारंग भी कहती है श्रीधर से अपने रति-कर्म पर—'गाँव की औरतों के हिसाब से तो मैंने अपना धर्म भ्रष्ट कर डाला श्रीधर!' लेकिन मेरे मन में प्रश्न उठता है कि शहर में क्या पति की जानकारी में कोई स्त्री पर-पुरुषगमन करती है तो क्या पति या और कोई उसे धर्मभ्रष्ट होना नहीं मानते? शहर में गुपचुप यह व्यापार चलता रह सकता है, यह संभव है। सो तो गाँव में भी चलता है। यह प्रसंग गाँव और शहर का भेद नहीं करता।

सारंग असल सवाल उठाती है—'मेरा मन जिद्दी है श्रीधर! कहता है, जिस मर्द के साथ मेरे पिता ने विदा कर दिया, उस मालिक से वापस माँग लो अपनी देह।' कहने का अर्थ यह कि 'मन और देह दोनों एक साथ रहें।' इस विचार के बावजूद श्रीधर के साथ रति-क्रिया के दौर में सारंग के मन में द्वंद्व है, छत में पति की आँख उग आती हैं, लेकिन द्वंद्व बहुत कमजोर है। पूरे उपन्यास में दांपत्य के बारे में श्रीधर की धारणा या मान्यता कहीं व्यक्त नहीं हुई है। यह आश्चर्यजनक है। ऐसा क्या इस प्रसंग का औचित्य दिखाने के लिए है? इन सबके बावजूद यह ध्यान देने योग्य है कि अंततः रंजीत और सारंग का दांपत्य कायम रह जाता है और उपन्यास के अंत में जिस प्रकार रंजीत किवाड़ से मुँह लगाकर बैठ जाता है, सुबह की प्रतीक्षा में, उससे यही अर्थ निकलता है कि आगे सारंग का मन और शरीर दोनों रंजीत के साथ रहेंगे। और रंजीत भी सारंग की स्वतंत्रता को कबूल कर लेता है। यह पूरा प्रसंग यानी रंजीत और सारंग का संबंध तथा सारंग और श्रीधर का प्रेम स्त्री-पुरुष संबंध के साथ ही समाज में स्त्री के स्थान और सामाजिक परिवर्तन में स्त्री की भूमिका पर सोचने का अवसर तो प्रदान करता ही है, सोचने की सही दिशा भी देता है। स्त्री को किससे स्वतंत्रता चाहिए और कितनी स्वतंत्रता चाहिए और फिर यह भी कि किस बात के लिए स्वतंत्रता चाहिए—ये सारे प्रश्न उठते हैं और उनका मर्यादित उत्तर भी मिलता है।

उपन्यास में एक और रति-प्रसंग वर्णित है, लेकिन वह आवश्यक और स्वाभाविक नहीं लगता। ऐसा लगता है कि वह स्त्री-पुरुष संबंध के बारे में आधुनिकतावादियों या नवरीतिवादियों के प्रभाव से गढ़ा गया प्रसंग है। सारंग ने दंगल के लिए ननदोई कैलासी सिंह को बुलवाया है। कैलासी सिंह कहता है कि

अब वह किसी का नहीं है, उसकी मर्दानगी जाती रही। अब उसकी मर्दानगी को जगाने के लिए सारंग पड़ोस की कलावती चाची से, जो विधवा है, आग्रह करती है। और कलावती चाची ने रात-भर कैलासी सिंह के साथ मेहनत करके वह काम किया। यह अलग प्रसंग है, जो कथा में नहीं भी रहता तो कोई नुकसान कथा का नहीं होता। एक इस प्रसंग को छोड़कर कोई भी प्रसंग अनावश्यक अथवा अतिरिक्त नहीं लगता। संघर्ष के व्यूह की तरह संगठित कथा और तराशी हुई, मर्मभेदी भाषा है उपन्यास में शुरू से अंत तक।

गाँव की घटनाओं को कथा-प्रवाह का रूप देने और उसे अबाध गति से क्रमशः आगे ले चलने की अद्भुत क्षमता है मैत्रेयी पुष्पा में। भाषा के स्वरूप और गति को समझने के लिए कथा-प्रवाह पर नजर डालना जरूरी है। भाषा यानी रचना की भाषा कोई मन में तो नहीं गढ़ी जाती, हाँ, मन या रचनाकार का रचनात्मक विवेक उसे व्यवस्थित और संतुलित करता है। इस दृष्टि से मुझे लगता है कि 'चाक' के भाषा सौष्ठव के पीछे कथा-प्रवाह और उस प्रवाह में गतिशील एवं सक्रिय पात्रों की मनोदशा, उनकी आकांक्षाओं और योजनाओं की मैत्रेयी की पकड़ प्रशंसनीय है, क्योंकि पात्रों की मनोदशा की यह पकड़ किसी मनोवैज्ञानिक उपन्यास से कम नहीं है। यह बात खामख्वाह फैली हुई है कि मनोवैज्ञानिक या मनोविश्लेषणात्मक उपन्यासों में लेखक पात्रों के अंतर्जगत् में प्रवेश करता है और सामाजिक या यथार्थवादी उपन्यासों में लेखक बहिर्जगत् का चित्रण करता है। इस उपन्यास में सारंग, श्रीधर, रंजीत, प्रधान जी, बाबा गजाधर सिंह आदि के अंतर्जगत् में मैत्रेयी ने इस तरह प्रवेश किया है कि लगता है यह उसके लिए एकदम सहज है। एक खूबी यह है कि मैत्रेयी पात्रों के अंतर्जगत् में प्रवेश करके वहाँ रह नहीं जाती, बल्कि निकलकर समाज को बताती है कि किस पात्र के अंतर्जगत् में क्या है? इस अंतर्जगत् और बाह्य जगत् के अंतर्संबंध और अंतर्क्रिया का चित्रण कुशलता से किया है मैत्रेयी ने और इस चित्रण में भाषा की बहुविध छटा दिखाई पड़ती है। उपन्यास में प्रारंभ का यह गद्य देखिए—'गाँव की सहज-सरल दिनचर्या में अचानक धमाका हुआ, धरती हिल उठी। रात-दिन काँप गए। हाय-हाय, त्राहि-त्राहि के भयानक दर्द-भरे कोलाहल में डूब गई गँवई धरती···लेकिन कुछ घड़ियों के उफान के बाद ठंडी शांति की फरेबी परतें···धीरे-धीरे उतरने लगीं।' रेशम की हत्या से उत्पन्न वातावरण का चित्रण करने वाला गद्य है यह। लेकिन यह गद्य केवल वातावरण नहीं, गाँव के नए चरित्र का भी संकेत देता है। गाँव की सहज-सरल दिनचर्या में धमाका हुआ यानी गाँव के लोगों के चरित्र में सहजता और सरलता नहीं रही।

मनोदशा से भाषा का जो संबंध है, वह यहाँ देखिए—सारंग का मुख गुलाब के फूल-सा खिला हुआ। हर चिंता से मुक्त। जैसे जिंदगी के रथ की खुद सारथी हो। गुलाब के फूल-सा खिला मुख तो बहुत-सी नायिकाओं का बहुतेरे नायकों को दिखा होगा और आम तौर से कारण रहा करता है नायिका की जवानी, प्रेम की कांति आदि। लेकिन यहाँ मुख के गुलाब की तरह खिलने का कारण उनसे भिन्न है—अपनी जिंदगी के रथ की खुद सारथी होना। मन की स्वतंत्रता यानी आत्मनिर्णय के अधिकार के प्रभाव से खिला हुआ मुख। ऐसे मुख वाली नायिका यथार्थवादी उपन्यासों के सिवा और कहाँ मिल सकती है?

सांकेतिक भाषा का एक नमूना यह है—'श्रीधर लालटेन लिए बाहर निकले कि रंजीत भैया की राह में जहाँ तक उजाला कर सकें, करें।' यहाँ लालटेन राह और उजाला तीनों द्वयार्थक हैं और प्रतीकात्मक संकेत से यह अर्थ निकलता है कि श्रीधर रंजीत का अज्ञान यानी रूढ़ि से उत्पन्न अंधकार को दूर कर उसकी चेतना को प्रकाशित करना चाहते हैं।

ऐसे ढेर सारे उदाहरण जुटाए जा सकते हैं। उपन्यास की भाषा पर अलग से काम हो तो वहाँ यह संभव है। मुख्य बात यह है कि जीवन-प्रवाह और रचना के आंतरिक उद्देश्य के अनुकूल भाषा सहज भाव से बनती चली गई है। पूरे उपन्यास में अनेक नाटकीय प्रसंग और उसकी जरूरतों के अनुकूल छोटे-मोटे वाक्यों वाले संवाद भरे पड़े हैं। ध्यान देने की बात है कि इतने मोटे उपन्यास में कहीं नारी-मुक्ति की समस्या अथवा राजनीतिक-सामाजिक बदलाव पर बहस का आयोजन नहीं है। यह अच्छी बात है। विचार या विचारधारा का अनुभव भी जीवन-प्रवाह में ही होता है। यही कारण है कि भाषा की बनावट या संवादों का स्वरूप गपशप के प्रसंगों की तरह है। संवादों के उदाहरण देना यहाँ जरूरी नहीं है। ऐसे संवाद सारंग-रंजीत वार्ता या सारंग-श्रीधर वार्ता या फिर रंजीत-फत्तेसिंह वार्ता, श्रीधर-रंजीत वार्ता आदि में देखे जा सकते हैं।

कहीं-कहीं कुछ स्थानीय शब्द ऐसे आ गए हैं, जिनका अर्थ विशाल हिंदी क्षेत्र में भी दूसरे बोली क्षेत्र में समझ में नहीं आते जैसे 'सक्का', 'बिटौरा', 'नौहरे' आदि। लेकिन ऐसे शब्द 'चाक' में 'इदन्नमम' से कम हैं।

कुल मिलाकर यह उपन्यास आज के गाँव के माध्यम से समकालीन भारतीय समाज के एक महत्त्वपूर्ण अंग के यथार्थ और उसकी गतिशीलता का परिचय तो देता ही है, हिंदी गद्य की आधुनिक सामर्थ्य का भी एहसास कराता है।

अल्मा कबूतरी : गुस्ताख सवालों का खतरनाक उपन्यास

रामशरण जोशी

"...कबूतरी है, कबूतरी! गाड़ी में बच्चा पैदा कर देगी। बच्चा साला रोएगा नहीं, जेबें झाड़ेगा। अरे नहीं, नहीं, सब ढोंग है। घाघरा खुलवाओ। पेट पर कपड़ा बाँध रखा होगा। बड़ी प्रपंचिन औरतें होती हैं ये।"

"...क्या मालूम ताकत पाकर तख्ता पलटने लगो। खूँखार कौम, मास्टर तक कुछ नहीं बिगाड़ता, गाँव वालों के कब्जे में रहोगे।" (उपन्यास से)

चलिए, मैत्रेयी पुष्पा के ताजा उपन्यास यानी 'अल्मा कबूतरी' का पर्दा उठाया जाए, लेकिन मैं इसके प्रथम दृश्य के बजाय इसके अंतिम दृश्य का पर्दा पहले उठाना पसंद करूँगा। दूसरे शब्दों में, अंत से आरंभ की ओर। मेरी यह अप्रोच बहुतों को अटपटी लग सकती है, मगर इसकी ठोस वजह यह है कि उपन्यास का 'अंत' बहुत चालू किस्म का हो गया है। फिल्मी तर्ज में कहूँ तो इसका 'दि एंड' बिलकुल बॉलीवुड फिल्म जैसा है, और वह भी दूसरे दर्जे की फिल्म। उपन्यास की नायिका अल्मा कबूतरी अचानक राजनीतिक नेता के रूप में उभरती दिखाई देती है। मीडिया का आकर्षण बन जाती है। वह अपने राजनीतिक गॉडफादर, राज्यमंत्री श्रीराम शास्त्री के अंतिम संस्कार के क्षणों में उभरती 'राजनीतिक तरीका' दिखाई देती है। वह जनता की सहानुभूति बटोरती है। उसे रामशास्त्री के उत्तराधिकारी के रूप में देखा जाता है। सत्तारूढ़ पार्टी अल्मा को दिवंगत राज्यमंत्री की सीट पर अपने प्रत्याशी के रूप में देख रही है। यह दृश्य अतिनाटकीयता से ग्रस्त दिखाई देता है। अंतिम पृष्ठों में दस्यु सुंदरी फूलनदेवी का गल्प संस्करण अल्मा में जन्म लेता दिखाई देता है। उपन्यास के आखिरी पैरा पर पहुँचते-पहुँचते मैं खुद को असुरक्षित महसूस करने लगता हूँ; लेखिका मुझे छलावा देकर शिखर तक ले जाती है और फिर धड़ाम से किसी पोखर में धकेल देती है। वहाँ से जैसे-तैसे निकलता हूँ और सोचने लगता हूँ कि मैं फँसा ही क्यों छलावे में? क्यों कबूतरी कदमबाई, उसका लड़का राणा और उसकी प्रेमिका अल्मा कबूतरी के मोहजाल में उछलता हुआ शिखर तक पहुँचा? पर चालाक लेखिका ने शिखर का सत्संग करने का अवसर दिए बगैर ही धक्का देकर गिरा दिया। क्या

एक अछूती, गंभीर और जरूरी थीम का 'सत्यानाश' करने वाली मैत्रेयी ने ही 'इदन्नमम' और 'चाक' लिखे हैं?

अल्मा कबूतरी के अंत और आरंभ की 'थीम कंट्यूनिटी' इतने झटकों से गुजरती है कि क्लाइमेक्स पर पहुँचते-पहुँचते 'अंत', आरंभ के लिए नितांत अपरिचित बन जाता है, या दोनों के बीच कोई सरोकार है भी, यह अनुभूति जन्म लेते-लेते मरने लगता है। अंत में कुछ पहले तक यानी सत्तर-अस्सी फीसदी हिस्से तक उपन्यास में दबदबा बनाए रखने वाले मुद्दे और दृष्टि लेखिका की चेतना में विलुप्त होने लगते हैं। कुछ कर गुजरने वाली अल्मा सफेदपोश माफिया राज्यमंत्री श्रीराम शास्त्री के चंगुल में फँस जाती है, उसकी राजदार बन जाती है, राज्यमंत्री विरोधी माफिया की गोलियों का शिकार हो जाता है और उपन्यास की अंतिम पंक्तियों में पाठक को खबर दी जाती है, "प्रदेश के समाज कल्याण मंत्री श्रीराम शास्त्री का अंतिम संस्कार ओरछा नगर के कंचना घाट पर संपन्न हुआ। मुखाग्नि उनकी पत्नी अल्मा ने दी।" मानो अल्मा को माफिया नेता की वैध पत्नी और पार्टी की संभावित प्रत्याशी का दर्जा दिलाकर लेखिका थीम के मुखरित सरोकारों का भी 'पिंडदान' कर डालती हैं। ऐसे अंत से लगता है कि मैत्रेयी यह समझ नहीं पा रही हैं कि कृति को किस मोड़ पर पहुँचाकर उसे विदाई दी जाए? अंतिम चौथाई हिस्से में थीम बेकाबू दिखाई देती है, लेखिका उसे जबरन पटरी पर लाने के लिए संघर्ष करती है और हारकर उसे गंतव्य बिंदु पर पहुँचाने के बजाय दूसरे ट्रेक पर डाल देती है, जहाँ वह दुर्घटनाग्रस्त हो जाती है। उपन्यास के अंत के बारे में मेरा यही 'शुरुआती इम्प्रेशन' बना।

कुछ महीनों के अंतराल के बाद अंत के दृश्य को फिर से देखा। इससे पहले डॉ० कमला प्रसाद जैसे मित्र-बंधुओं के साथ भी इसका पोस्टमार्टम किया जा चुका था। ज्यादातर मित्रों का मानना था कि अंत बेहद कमजोर और बिखरा हुआ है। आरंभ जितना सशक्त, जानदार है, अंतिम भाग उतना ही लचर एवं चलताऊ। यह दृष्टिकोण भी उभरा कि हम लोग 'ट्रेजेडी' के अभ्यस्त हो चुके हैं, 'सुखांत' है, नायिका अल्मा कामयाबी के पायदान पर खड़ी दिखाई देती है, इसलिए इसे एक 'सस्ते अंत' के रूप में देखा जा रहा है। शायद लेखिका इस हिस्से में निजी द्वंद्वों, तनावों और सामाजिक अंतर्विरोधों को उभार नहीं सकती हैं या उभारकर उन्हें तर्कसंगत बिंदु तक नहीं पहुँचा सकी हैं। नतीजतन, अंतिम सफों में वह गहराई और पकड़ नहीं है, अपहरण, बंधक होना, शराबखोरी, बलात्कार, गर्भ गिरना, लहूलुहान होना, बंदूकबाजी और न जाने क्या-क्या? लेकिन, क्या वाकई हम लोगों को 'ट्रेजेडी'

ही पसंद आती है? यह सवाल अभी भी अनुत्तरित ही है। इसका जवाब तलाशने के लिए जरूरी है कि अब आरंभ की ओर लौटें।

निस्संदेह थीम की दृष्टि से यह उपन्यास दुर्लभ है। मेरे पास इसका तर्क है। जाति और जनजातियों पर एक नहीं अनेक उपन्यास हिंदी में मौजूद हैं। पिछले दो-ढाई दशकों में आदिवासी समाज पर कुछ उपन्यास चर्चित भी हो चुके हैं। इस क्रम में महाश्वेता देवी पहली कतार में रहेंगी ही। ग्रामीण भारत और जातियों, विशेष रूप से निचली व पिछड़ी जातियों को लेकर उपन्यास कम नहीं लिखे गए हैं। गँवई भारत को लेकर भी ढेरों उपन्यास लिखे गए हैं। इस सिलसिले में प्रेमचंद, नागार्जुन, फणीश्वरनाथ रेणु, रांगेय राघव, मणि मधुकर, मस्तराम कपूर जैसे कई नाम गिनाए जा सकते हैं, लेकिन 'अल्मा कबूतरी' की थीम इसलिए अलग है, क्योंकि अपराधी जातियों और जनजातियों पर उपन्यास लिखने की कोशिशें कम दिखाई देती हैं। बंजारा जनजाति पर 'कब तक पुकारूँ' रांगेय राघव का है। आदिवासियों पर श्याम व्यास का 'मादल का दर्द' भी मौजूद है, मगर क्या अपराधी जातियाँ और जनजातियाँ एक ही वर्ग में आती हैं। खानाबदोश जातियों, विशेषकर अपराधी कही जाने वाली जातियों और एक जगह बसने वाली जनजातियों का समाज-मनोविज्ञान क्या एक ही होता है?

इस दृष्टि से मैत्रेयी पुष्पा ने सचमुच एक बड़ा जोखिम उठाया है, क्योंकि 'इदन्नमम' और 'चाक' का समाज उनका जाना-पहचाना समाज है। इन दोनों उपन्यासों के प्रमुख पात्र लेखिका की सामाजिक एवं पारिवारिक पृष्ठभूमि के इर्द-गिर्द ही मँडराते हैं, उधर 'अल्मा कबूतरी' की थीम और उसके पात्र नितांत अजनबी हैं। सोच, संस्कार और कार्य-व्यवहार की दृष्टि से लेखिका के साथ इन पात्रों की कोई पटरी नहीं बैठती है। थीम और उससे निकले सरोकार लेखिका के लिए सामान्य नहीं हैं। 'अल्मा कबूतरी' को खोजती हुई मैत्रेयी बुनियादी मुद्दों के बीहड़ों में सफलतापूर्वक उतरती हैं, एक बीहड़ से दूसरे बीहड़ में पहुँचती हैं, अल्मा कबूतरी को ढूँढ़ भी लेती हैं, लेकिन उसे बाहर निकालते हुए रास्ता भटकती हुई दिखाई देती हैं।

यूँ तो उपन्यास का प्लॉट सतह पर सामान्य दिखाई देता है। यह अपराधी जनजाति यानी क्रिमिनलटाइब्स से संबंधित है। यह अपराधी जनजाति कबूतरा के समाज की मुख्यधारा में शामिल होने की प्रक्रिया पर आधारित उपन्यास है। प्रायः नेतृत्वशास्त्रियों की अध्ययन-दिलचस्पी मैदानी एवं शहरी प्रभावों से अलग-थलग पड़े और सुदूर जंगल-पहाड़ों में खोए आदिवासियों तक ही रहती है। नतीजा यह है कि आदिवासी समाज के प्रति नागर समाज एक प्रकार की 'रोमांटिक दृष्टि' अपनाता

है। दूसरी ओर व्यवस्था भी उसे 'इस्तेमाल एवं फालतू' के बीच इधर-उधर घुमाती रहती है।

लेकिन अपराधी जनजातियाँ या मैदानी आदिवासी ऐसा मानवता समूह है जो कि विकसित समाज के घूरों पर बसी हुई है। इन्हें अरण्य आदिवासी समाज और कृषक-शहरी समाजों के बीच कहीं रखा जा सकता है। मोटे तौर पर मैदानी व अपराधी जनजातियाँ न तो कभी अरण्य आदिवासी समाज की धारा में शामिल हो सकीं और न ही सभ्य देहाती समाज ने इन्हें अपने एक हिस्से के रूप में स्वीकार किया। यदि गैर-समाजशास्त्रीय शब्दों में कहें तो इनकी नियति उस 'त्रिशंकु समाज' की है जो 'अवांछित' बने रहकर गुजर-बसर करते हैं। ऐसे ही अवांछित लोगों की गाथा है 'अल्मा कबूतरी'।

औपनिवेशिक भारत में इन अपराधी जाति एवं जनजातियों का खासा दबदबा रहा है; पिंडारी, कंजर, कबूतरा, साँसी, ठग, हाबुड़ा, नट, कलंदर, गड़िया, लोहार, लम्बाड़ा जैसी जातियाँ मशहूर हैं अपने कारनामों के लिए। यह जरूरी नहीं है कि ये सभी अपराध से संबंध रखती हैं। बीती आधी सदी में इनमें काफी सुधार आया है। ऐसी जातियाँ एवं जनजातियाँ पूरे भारत में फैली हुई हैं, और इन्हें अलग-अलग नामों से जाना जाता है। मध्य प्रदेश के मालवा क्षेत्र में (धार, झाबुआ, रतलाम) में भील जनजाति के लोग आज भी लूटपाट करते हैं। उधर इसके विपरीत राजस्थान के भील ऐसा नहीं करते। मैदानी जनजातियों की क्षेत्रगत विशिष्टताएँ हैं। मिसाल के लिए राजस्थान के ही कुछ इलाकों में गुर्जर और मीणा सेंधमारी व पशु चोरी के काम में माहिर रहे हैं। आज इनके समाजों में बड़ा बदलाव आ चुका है। वे जरायमपेशों से दूर हो चुके हैं। अब तथाकथित सभ्य समाज की मुख्य धारा में इन्हें शामिल माना जा रहा है।

मैत्रेयी पुष्पा की जरायमपेशा जाति कबूतरा की इस रूपांतरण गाथा में दो धाराएँ समानांतर चलती हैं—पहली, बदलाव के लिए कबूतरा समाज की आंतरिक तड़प और बाह्य प्रयास दूसरी, औरत का आंतरिक और बाहरी सशक्तीकरण। गहरी पड़ताल करें तो समाज और औरत, दोनों का बदलाव एवं सशक्तीकरण परस्पर सहयोगी धाराओं के रूप में उपन्यास में उभरते हैं। कभी-कभी ऐसा भी लगता है कि 'अल्मा कबूतरी', 'चाक' का ही 'फैलाव संस्करण' है। 'चाक' में जहाँ पिछड़ी जाति के द्वंद्वों को उभारा गया है, औरत को बदलाव की वाहिका और शिक्षा को सहयोग शास्त्र के रूप में प्रस्तुत किया गया है, वहीं 'अल्मा कबूतरी' में भी आरंभ से अंत तक औरत तथा शिक्षा को बदलाव के बुनियादी हथियारों के रूप में पेश किया गया है। यद्यपि

'चाक' और 'अल्मा कबूतरी' का तर्जेबयाँ आधारभूत रूप से अलग है।

यह मत बहुतों को अचरज-भरा लग सकता है कि मेरे हिसाब से उपन्यास में दो नायिकाएँ हैं। उपन्यास के आधे से ज्यादा फलक तक कदमबाई कबूतरी छाई रहती है। वह ऊँची जाति के प्रतिनिधि मंसाराम के संपर्क में आती है। वह जमींदार है और शादीशुदा भी। लेकिन नाटकीय ढंग से नियति दोनों की देहों को भिड़ा देती है। कबूतरी गर्भवती हो जाती है। राणा के रूप में मंसाराम की अवैध संतान कदमबाई की कोख से जन्म लेती है। यहीं से आरोपित अपराधी समाज और स्वयंभू सभ्य समाज के बीच द्वंद्व का सिलसिला शुरू होता है। लेकिन कदमबाई की अपनी सीमाएँ हैं। वह उपन्यास के प्लॉट को एक सीमा से ज्यादा नहीं खींच पाती। राणा कबूतरा जाति की ही लड़की अल्मा से मिलता है। जाहिर है, दोनों एक-दूसरे को प्यार करने लगते हैं। लेकिन ऐसी परिस्थितियाँ बनती हैं कि दोनों का प्यार परवान नहीं चढ़ पाता। अल्मा अपने पिता रामसिंह की हिंसक मौत के बाद रामसिंह-विरोधी गैंग के हत्थे चढ़ जाती है। अंत में राज्यमंत्री नेताजी श्रीराम शास्त्री को भेंट कर दी जाती है। गैंगवार में नेताजी मारे जाते हैं और अल्मा उनकी राजनीतिक वारिस का स्थान लेती है। इसके साथ ही उपन्यास समाप्त हो जाता है। लेखिका के साथ जिरह की जाए तो वह कह सकती है कि उसकी अल्मा राजसत्ता को हथियाने के बाद अपनी जरायमपेशा कबूतरा जाति का कायाकल्प करने का अपना मिशन पूरा करेगी। शायद मैत्रेयी को लगा होगा कि राजनीतिक शक्ति अर्जित किए बगैर बदलाव का सपना अधूरा ही रहता है। शायद इसी कारण उन्होंने कदमबाई की संघर्षगाथा को अधबीच में छोड़कर अल्मा की संघर्ष यात्रा शुरू की। यानी उपन्यास के आधे से कम हिस्से की नायिका है अल्मा।

मैं समझता हूँ, कदमबाई का संघर्ष कहीं अधिक बुनियादी, दूरगामी बदलाववादी और गहरी मार वाला है। वह कबूतरा समाज की मामूली प्रतिनिधि, मंसाराम की रखैल, राधा की विधवा माँ और औरत-मर्द रिश्तों को सवालों में घेरने का रोल पूरी ईमानदारी व शक्ति के साथ निभाती है। लेखिका इसके किरदार को जानदार ढंग से निखारती है। इसलिए लेखिका कदमबाई के स्त्री होने एवं संतान जनने को परिभाषित करती हुई कहती है, "…धरती-सी हरी-भरी एक औरत थी, वह जिसका भी अंश साधना चाहती थी, साध लिया। समय बताएगा कि यह बच्चा न कज्जा (ऊँची जाति) है, न कबूतरा। आदमी है बस।" पर कदमबाई अपने परिवेश के यथार्थ से भी परिचित है। वे सपने जरूर देखती है, लेकिन वह यह भी जानती है कि मंसाराम का समाज उसे और उसकी अवैध औलाद को कभी स्वीकार नहीं करेगा,

इसलिए वह अपने बेटे राणा को बार-बार याद दिलाती रहती है कि उसे अपनी हदों को लाँघना नहीं है। उसे कबूतरा ही बने रहना है और कबूतरा-कर्म यानी अपराधों से अपनी जिंदगी बाँधे रखना है। कदमबाई कहती है, "...ये जुग-जुग के दगाबाज ...राणा, तू इनकी संगत करके अपने धंधे की ईमानदारी से भी जाएगा। तू यह न समझना कि हम इनमें मिलकर कज्जा हो जाएँगे। हम तो इनकी बोली-बानी बोलते हुए भी इनसे अलग हैं। इनकी रोटी और हमारी टुक्क अलग नहीं, पर भूख-प्यास की कीमत अलग है..." इन पंक्तियों में कबूतरी ने मंसाराम की दुनिया के वर्ग-चरित्र को उघाड़कर रख दिया है।

हो सकता है कि मैत्रेयी पुष्पा, वैज्ञानिक चिंतन और बदलाव के विज्ञान से लैस न हों, मगर वे चीजों को देखने की उनकी व्यावहारिक दृष्टि और किरदार को विकसित करने की उनकी कला उन्हें पटरी से उतरने नहीं देती। लेखिका फैसला देती है कि "कदमबाई को नया ज्ञान हुआ, कज्जा लोग भी पूरे बाजीगर...एक भूखों मारेगा तो दूसरा लालच देगा।" इसे समाजशास्त्रीय भाषा में कहा जाता है 'संरक्षण और शोषण' की संस्कृति। इस संस्कृति में आश्रय एवं उत्पीड़न साथ-साथ चलते हैं। कज्जा लोग यह सहन नहीं कर सके कि कबूतरा शिक्षित हों, वे बैद-डाकधर के पास जाएँ। नौकरी करें, सफेद कपड़ा पहनें, घड़ी बाँधें। सवर्ण समाज से उपजी पुलिस को भी यह सब बर्दाश्त नहीं है। यदि कोई कबूतरा ऐसा करता है तो पुलिस की नजर में एक षड्यंत्रकारी बन जाता है। यह आज का यथार्थ है। ग्रामीण भारत में उतरिए और दलितों के रूप में अनगिनत कदमबाई, राणा, अल्मा, मलिया, रामसिंह, भूरी बाई जैसे पात्र मिल जाएँगे। राणा स्कूल जाता है तो उसे निरुत्साहित किया जाता है, वह पानी पीता है तो उसे दंडित किया जाता है। सवर्ण औलादों और शिक्षकों को यह मंजूर नहीं कि कबूतरा उनके ज्ञान के अस्त्र-शस्त्रों को प्राप्त करें। यह कहानी कल की नहीं, आज के सारे दलित समाजों की है। साक्षरता अभियान से जुड़े लोगों से इसकी गवाही मिल सकती है। ग्रामीण भारत में घूरे की मानवता द्वारा व्यवसाय-परिवर्तन का भी निषेध है। दलित अपना पुश्तैनी धंधा छोड़कर दूसरा धंधा आसानी से नहीं अपना सकता। मध्य प्रदेश के एक गाँव की घटना है। एक दलित ने दूधिया बनने की कोशिश की। उसने भैंसें खरीदीं, लेकिन सवर्ण और पिछड़ी जातियों ने उसका बहिष्कार किया। उसके दूध को अछूत घोषित कर दिया। उसे पुनः अपना पुश्तैनी धंधा यानी चमड़े का काम करना पड़ा, लेखिका ने कबूतरा और कज्जा समाजों के इस द्वंद्व को ताकत के साथ रेखांकित किया है। एक अन्य पात्र भूरी बाई में यह द्वंद्व जमकर गूँजा है।

मैत्रेयी के तमाम नारी-पात्र अपनी ताकत के लिए ही विशिष्ट हैं। वे बदलाव का माध्यम बनने की कोशिश करते हैं, लेकिन नायिका अलमा से कहीं ज्यादा प्रभाव छोड़ती हैं अनपढ़ कदमबाई और भूरीबाई। यदि इन दोनों पात्रों को क्लाइमेक्स तक ले जाया जाता, क्यों अपराधी जाति और जनजातियों की दुनिया में झाँकते कितने रचनाकार हैं? अल्मा के किरदार-चित्रण में लेखिका 'फास्ट ट्रेक' पर चलती दिखाई देती है। यही वजह है कि अल्मा निजी द्वंद्वों, सामाजिक अंतर्विरोधों और बदलाव-प्रक्रिया के संभावित संकटों या उपलब्धियों को पूरी शिद्दत के साथ स्वर देने में कमजोर प्रतीत होती है। बेहतर होता कि अल्मा को आहिस्ता-आहिस्ता समझदारी व परिपक्वता के साथ विकसित किया जाता, जिस तरीके से कदमबाई और भूरीबाई को किया गया है।

फिर भी अल्मा कबूतरी अपनी सीमाओं के बावजूद एक जरूरी उपन्यास है। कितनी लेखिकाएँ हैं जो इस तरह घर से बाहर निकलने वाली थीम को उठाने का खतरा मोल लेती हैं? ज्यादातर लेखिकाएँ अपने सवर्णवादी और शहरी परिवेश को लाँघने से घबराती हैं, पिछले दशक के चर्चित हिंदी उपन्यास नागर मध्य वर्ग, उच्च मध्य वर्ग और विखंडित वर्ग के इर्द-गिर्द ही घूमते रहे हैं। निश्चय ही मैत्रेयी पुष्पा अपवाद हैं। 'इदन्नमम' से लेकर 'अल्मा कबूतरी' तक उनका खुरदुरे भारत के साथ सहवास लगातार गाढ़ा ही हुआ है। वे उस पर मांसलता चढ़ाए रखती हैं। भूमंडलीकरण और बाजारीकरण के युग में यह अच्छी बात है, मगर कृषि-भारत के संबंधों और संक्रमणकालीन अंतर्विरोधों की जटिलताओं को पहचानने या उनके तार्किक समाधान से कतराती हैं, यदि ऐसा नहीं होता तो 'अल्मा कबूतरी' को वे 'शताब्दी एक्सप्रेस' नहीं बनातीं। ऐसे उपन्यास कम नहीं हैं, जिनका अंत 'सुखांत' है। 'चाक' का अंत 'ट्रेजिक' नहीं कहा जाएगा। नायिका सारंग की मुट्ठियों में उपलब्धि है, पर वह फास्ट ट्रेक का किरदार नहीं है। कदमबाई ऐसा क्यों नहीं करती, मैत्रेयी पुष्पा ही इसका बेहतर जवाब दे सकती है! संभव है, इसका एक कारण यह हो कि कदमबाई, भूरीबाई और अल्मा कबूतरी, तीनों एक ही किरदार के विभिन्न अवस्थाओं के रूप हैं, जहाँ शुरुआती नायिका कदमबाई बदलाव की हताशाभरी छटपटाहट को खोलती है, वहीं भूरीबाई विद्रोह का अंकुरण करती है। कदमबाई वैकल्पिक रवैया अपनाती है, लेकिन उसे तार्किक बिंदु तक पहुँचाती है अल्मा। जाहिर है, हर पीढ़ी का अपना तरीका होता है स्थितियों को देखने और उन पर प्रतिक्रिया करने का। तीनों स्त्रियाँ अलग-अलग पीढ़ियों का प्रतिनिधित्व करती हैं और अल्मा तक पहुँचते-पहुँचते अस्मिता बोध एक स्थापना की अवस्था में बदल

जाता है। यह वह अवस्था है, जहाँ हक के लिए मनुहारें नहीं हैं, संघर्ष और अधिकार-सत्ता की उपलब्धि का 'आनंद' है। और तथाकथित सभ्य समाज इस आनंद को अपने खिलाफ षड्यंत्र के रूप में देखता हो। अल्मा का इस हेकड़ी से अधिकार माँगना ही तो कहीं इस 'बुरे अंत' का कारण नहीं है? अल्मा 'तिरिया चरित्तर' की तरह अत्याचार की शिकार होती। होरी की तरह सपनों के साथ भरती तो हम करुणा से भीगकर दुखी होने का सुख पाते। कौन-सी खतरनाक नागिन आ गई है हमारे बीच? क्या ऐसा तो नहीं है कि उत्पीड़ित जहाँ हैं वहीं उनका स्थिर रहना हमारी दया जगाता है। उनकी गतिशीलता हमारे गले आसानी से नहीं उतरती—खास करके अपनी दागदार चदरिया के साथ सत्ता में हिस्सा माँगने की गुस्ताखी हमारे सारे समीकरण को गड़बड़ाती है।

अल्मा कबूतरी : जिजीविषा की तान और जिंदगी की रागिनी

अजय नावरिया

"कलकत्ता में खरीदा लगभग हजार पन्नों का 'ब्रदर्स कर्माजोव' लाकर शक्तिनगर के फ्लैट में सामने अलमारी में रख दिया, लेकिन वह मुझे बुलाता रहा। कुछ महीनों के अंतराल से जब-जब पढ़ने को उठाया तो दस-बीस पन्नों से आगे ही नहीं बढ़ा। हर बार रख दिया। फिर एक बार हारकर पढ़ना शुरू किया और लगभग अस्सी पन्ने तक जा पहुँचा, तभी वह चमत्कार हुआ, जो मेरे लिए आज तक पहेली है। रात के ग्यारह या बारह बजे होंगे, मुझे लगा किताब में से एक प्रेत निकलकर मेरे ऊपर सवार हो गया। फिर तो किताब थी और मैं था—शायद रात-भर मैं उसे पढ़ता रहा। कुछ देर सोने के बाद फिर वही किताब। और मैंने ब्रेक नैक स्पीड (गर्दन तोड़) से दो दिनों में उसे खत्म करके ही दम लिया। इस उन्माद में दूसरी पुस्तक मैंने मारियो पूज़ो की 'गॉड फादर' को पढ़ा—दिल्ली से कलकत्ते तक की राजधानी यात्रा में भुक्खड़ की तरह चाट डाला था।"

राजेन्द्र यादव : दफनाई किताबों का प्रेत-शोध

('हंस', संपादकीय, जून, पृ० 6)

…शायद कुछ रचनाओं को पढ़ते हुए ऐसे ही अनुभव होते हैं…क्या कथाकार मैत्रेयी पुष्पा का उपन्यास 'अल्मा कबूतरी' भी एक ऐसी ही रचना है…? परंतु प्रश्न यह है कि वह क्या चीज होती है, रचना के भीतर, जो पाठक की पीठ पर किसी प्रेत की तरह सवार हो जाती है? मैंने जिस व्यग्रता और उत्कटता से इसे पढ़ा, मेरे साथ ऐसा कम होता है, मैं सच में हैरान हुआ और अभिभूत भी कि क्या था, जिसने मुझे पकड़कर बाँध दिया। मैं किसी और काम में खुद को प्रवृत्त ही नहीं कर पाया, इसको पढ़ने के दौरान। खैर, यह खत्म हुआ, पर अब दूसरी मुश्किल शुरू हुई कि पात्र मुझसे बातें करने लगे, कभी अल्मा, कभी धीरज, कभी राणा, कभी मलिया। आगे मैं कोई

विधिवत् आलेख भले न लिख पाऊँ, परंतु वह इसी बिंदु या तत्त्व की दिशा में ही खोज होगी।

'अल्मा कबूतरी'...जेहन में दो शब्द टँक गए हैं, किसी बंदनवार या झालर की तरह नहीं, बल्कि किसी विचित्र, अबूझी दुनिया में आई अपरिचित आकृतियों की तरह...शीर्षक ही इतनी उत्कंठा उत्पन्न करने वाला कि कोई पाठक क्यों न घुस जाए इस बीहड़ बियाबान में, जहाँ हर क्षण गति है, पहाड़ से गिरती, बलखाती, नए रास्ते तोड़ती नदी की तरह...अल्मा—अटक जाता हूँ किस भाषा परिवार का शब्द है यह? क्या आर्य या फिर द्रविड़ या फिर हर परिवार से बेदखल, खारिज, परित्यक्त और लांछित, किन्हीं दुर्गम पगडंडियों के बीच या किनारे पर कहीं फूटा सोता या खिला अलक्षित फूल...और शब्दयुग्म में दूसरा शब्द है कबूतरी। अब रहस्य और गहरा गया है, पर नहीं...यह रहस्य नहीं, रहस्य खुलने का मार्ग बनता है शायद। क्या है यह कबूतरी? सभ्य समाज नहीं जानता...शिष्ट समाज जानना ही नहीं चाहता, क्यों जानना चाहेंगे 'कज्जा' और कज्जाओं की संतानें, उस दुनिया के बारे में, जो उनकी प्रत्यक्ष हिंसा या मौन स्वीकृति या फिर अनभिज्ञ जीवन-दृष्टि का भोक्ता, जीता-जागता लोक है। कबूतरी यानी कबूतरा का स्त्रीवाची शब्द...और कबूतरा?

कबूतरा अर्थात् रामसिंह कबूतरा। अल्मा का पिता, भूरी बाई का बेटा, सुशिक्षित और संस्कारी बेटा, जिसे भूरी ने अपनी लाज को बेच-बेचकर भी पढ़ाया-लिखाया और वह पढ़ भी गया। पढ़ ही नहीं गया, स्कूल में मास्टर भी हो गया। गुरु हो गया रामसिंह! हो गया तो हो गया, पर गाँव के कज्जाओं के लिए तो वह तथाकथित वेश्या भूरी कबूतरी का बेटा रामसिंह कबूतरा ही है। लेखपाल, चपरासी, सिपाही, दारोगा, सबने मिलकर, पीट-पीटकर बना दिया, उसे फिर से कबूतरा। 'औरत को नंगी करेंगे' यही एक वाक्य चारों दिशाओं से त्रिशूलों का रूप धरकर घेर रहा था। उसने तय कर लिया—हम न रोटी माँगें, न इंसाफ। जो मिलेगा, झूठा मिलेगा। सच्चाई केवल यह है, जो पुलिस वाले कह गए हैं, ईमानदारी से बता गए हैं।

देश का प्रधानमंत्री, देवता समान पुरुष कैसा झूठ बोल गया। रामसिंह की कॉपी में वे पंक्तियाँ अभी तक जीवित हैं, खुशकत लिखाई में चमक रही हैं—"मुझे अपराधी जनजाति के अधिनियम की भयानक वास्तविकता मालूम है। यह इंसान की आजादी को नकारती है। इसे कानून-संहिता से हटाने की कोशिश की जानी चाहिए। किसी भी जाति को अपराधी श्रेणी में नहीं डाला जा सकता। यह बँटवारा

अपराधियों के प्रति न्याय और प्रगति के सिद्धांतों का उल्लंघन करता है।"[1]

तो यह है व्यक्ति अल्मा और रामसिंह का सामाजिक सत्य। सत्य नहीं इतिहास और शायद इतिहास भी नहीं, एक कृत्रिम और आरोपित अस्मिता, दागदार और मवाद-भरे घावों की घृणित पहचान, जिससे वे छूटना भी चाहें तो छूटने नहीं देंगे। कज्जा अर्थात् सभ्य, सुसंस्कृत और उच्चभ्रू भद्रजन।

स्वतंत्र भारत के प्रसव के साथ ही एक नया स्वप्न आँखों में बस गया था। स्वप्न था, समता और गरिमा से देदीप्यमान एक नागरिक जीवन का, जिसमें सभी के लिए उत्तरदायी स्वतंत्रता हो। यह स्वप्न, अल्मा, राणा धीरज ने देखा, भूरी, कदम और भजनी ने देखा और मंसाराम तथा केहरसिंह ने भी कुछ अलग ढंग से देखा, परंतु देश के पहले प्रधानमंत्री जवाहरलाल नेहरू की चाहत और संविधाननिर्माता डॉ० बी०आर० अंबेडकर की अंतरात्मा से रामसिंह ने देखा···

लेकिन स्वप्न का शेष···" रामसिंह ने ये पंक्तियाँ अपनी कॉपी पर ऐसे सजा ली थीं, जैसे उसकी जिंदगी के विधानों की फूल गुँथी माला हो। कॉपी खोलता, एक-एक शब्द को फूल की तरह सूँघता। वे शब्द महकते। गंध-सुगंध पूरे डेरे में फैल जाती। उसी कॉपी में बदबू मारने लगी।

" आजादी के बाद का सड़ा हुआ दुर्गंध मारता इतिहास···कॉपी के पन्ने चिंदी-चिंदी कर डाले। झूठा मुँह—झूठी इबारत! बोलने के लिए बोले गए चमत्कारी जुमले। ढोंग, गंदा खेल। "[2]

तो यह है आधुनिक भारत का स्वप्न शेष। और इस अधूरी, झूठी और बदबूदार आजादी के पीछे कारण क्या है? कज्जाओं का भय!···"दारोगा की बेशकीमती सलाह आई—रामसिंह अपने पेशे में लौट जा।"[3] मानो दारोगा के रूप में मनु विधान कर रहे हों, एक व्यक्ति के लिए नहीं, पूरे समुदायों के लिए। दारोगा ही नहीं, सब हलके भयभीत हैं। दीवान का भय कहता है, "ये साले तो अपना रोजगार बदल रहे हैं। एक दिन ऐसा आएगा कि पुलिस महीना-हफ्ता तो क्या पगार तक को तरस जाएगी। आरक्षण के जरिए बढ़े आ रहे हैं अभी तो, फिर खुद ब खुद जागरूक हो जाएँगे।"[4]

'श्रीमदभागवत् गीता' का नायक आखिर यह कैसे कह सकता है कि 'स्वधर्मे निधनं श्रेया, परधर्मो भयावहं।' स्वधर्म अर्थात् पुश्तैनी धंधा अर्थात् दारोगा, दीवान

1. मैत्रेयी पुष्पा : 'अल्मा कबूतरी', राजकमल प्रकाशन, 1-बी, नेताजी सुभाष मार्ग, दरियागंज, नई दिल्ली, पृ० 104
2. वही।
3. वही, पृ० 105
4. वही।

और मनु का अनुशासन, आदेश और आतंक। ओह! यदुवंशी कृष्ण, तुम भी! अरे जोधा, तुम और हाय मंसाराम यादव तुम भी! क्या हुआ, जो तुमने जनेऊ धारण कर लिया, पर नहीं, जनेऊ नहीं, तुम परंपरा को धारण कर बैठे शायद...तभी तो ऊहापोह अभी तक बनी हुई है, द्वंद्व अभी तक मचा हुआ है—"साला यह जनेऊ! जब तक नहीं पहना था तो लगता था, वे कुछ हैं। जो कर रहे हैं, उनके काबू में है। अब तो लगता है कि उनके संग-संग जनेऊ रहता है। हटकता बरजता है। बस, जनेऊ के धागों का वजन असहनीय हो जाता है। पर क्या किया जाए, जनेऊ का जो महत्त्व बताया गया है, उसे तोड़कर फेंकने से भी डर लगता है। उस महत्त्व का तिरस्कार अपना ही तिरस्कार है।"[1]

अब सोचते हैं मंसाराम कि क्यों गए ऐसे धर्म की डगर, जिसने खुद पर रो खुद का हक और नियंत्रण ही छीन लिया। मंसाराम गए तो जरूर, पर अब भी मरे नहीं हैं, विचारमग्न हैं, मतलब कि साँस है अभी, जो विचारमग्न है उसमें साँस है और जिसमें यह संभावना है, उसमें लौट आने की भी संभावना है और देखो, मंसा लौट रहे हैं, अपने तथाकथित कज्जाओं की तरफ नहीं, तथाकथित अपराधियों के डेरे में, अपनी पत्नी कदमबाई के पास अपने बेटे राणा के लिए...यह विचारमंथन की शक्ति और उसकी संभावना है।

कथाकार मैत्रेयी पुष्पा के विचारक की यह शक्ति और दृष्टि की ईमानदारी है कि वह विचार की इस शक्ति को रेखांकित करती है। एक तरफ यह विचारमंथन रामसिंह कबूतरा को बेचैन करता है तो दूसरी तरफ मंसाराम यादव को उद्विग्न करता है। क्या विचार की यही सत्ता पाठक की कलाई मजबूती से पकड़ लेती है? शायद उत्तर सकारात्मक ही है...वृक्ष की अनेक मोटी डालों में से एक यह भी है।

पल-भर को जरा रुककर कथाकार को फिर देखता हूँ, इस बार समाजशास्त्रीय दृष्टि से, उसकी सामाजिक पृष्ठभूमि को परखता हूँ, फिर दृष्टि की इस ईमानदारी पर आश्चर्य भी होता है, ऐसी पक्षधरता!...उफ, परंपरा के साथ ऐसा विश्वासघात ...पर नहीं, यह विश्वासघात नहीं, परंपरा का अनुसरण ही है, शृंखला की जो कड़ियाँ बीच में बिखर गई थीं, उन्हें पिरोने का महती कार्य है...क्या एक और मैत्रेयी? क्या फिर सिर उठाए एक गार्गी? क्या फिर जूझती कोई रमाबाई? परंपरा की क्षीण धारा का नया सोता, नया जलप्रवाह! आरक्षण का समर्थन, जनेऊ की धज्जियाँ, पवित्रता के मर्दवादी मुहावरे की चिंदी-चिंदी उड़ाती मैत्रेयी पुष्पा की दृष्टि को शाबाशी देने

---

1. मैत्रेयी पुष्पा : 'अल्मा कबूतरी', राजकमल प्रकाशन, 1-बी, नेताजी सुभाष मार्ग, दरियागंज, नई दिल्ली, पृ० 93

का मन होता है, परंतु रुक जाता हूँ, यह शाबाशी देने का भाव भी सामंती और असमानतावादी है, इसलिए कल्याण कामनाएँ प्रेषित करता हूँ।

आधुनिक भारत के जिस स्वप्न को स्वतंत्रता सेनानियों और संविधान निर्माताओं ने देखा था, वह ऐसी ईमानदारी के हाथों ही जन्म लेगा। इस प्रसव के लिए यही भावना और प्रतिबद्धता चाहिए। मस्तराम कपूर लिखते हैं—"जब तक आधुनिक राज्य की विभिन्न संस्थाओं पर कुछ द्विज जातियों का वर्चस्व बना हुआ है, तब तक आधुनिक राज्य एक ढकोसला है।"[1] शिक्षा, पुलिस, प्रशासन, न्यायपालिका और संसद ऐसे ही सांस्थानिक क्षेत्र हैं।

एक बार फिर वहीं, उसी मोड़ पर, जहाँ 'अल्मा कबूतरी' का पद खड़ा है··· शब्द-युग्म राह देखता है कि मेरा अर्थ बाँचो, मेरी संरचना की यात्रा को जरा समझाओ, हे संस्कृति पुरुषो···सब तरफ मौन, निःशब्दता, नीरवता···सुसंस्कृत विद्वानों ने पूरी शब्द-परंपरा उलट-पलट दी, परंतु नहीं खोज पा रहे अल्मा का अर्थ, कबूतरी या कबूतरा का अर्थ···बेबस खड़े हैं, टुकुर-टुकुर कथाकार की तरफ देखते हैं। वह बताएँगी, जरूर बताएँगी, दोनों का अर्थ खोलेंगी, दोनों का इतिहास बताएँगी, परंतु वे रुक गई हैं कहते-कहते कुछ, उन्होंने रामसिंह से कुछ कहा है, अब वह आगे आ गया है, इतिहास के एक दूसरे सत्य या पक्ष को बताने के लिए। " रामसिंह काका ने कहा, यह कथा सबको मालूम है। हमसे ज्यादा कज्जा लोग इस इतिहास को जानते हैं और कहते हैं—रानी के सामने था जौहर। सती होना स्त्री का धर्म है। राजपूतनियाँ परपुरुष के स्पर्श से पहले, खुद को भस्म करना ज्यादा अच्छा समझती हैं—पतिव्रता का जीवन यही है।

" इतिहास की किताबों में लिखा है—जौहर कुंडों में चिताएँ सजाई गईं। चंदन-लकड़ी-घी-सामग्री डालकर नगाड़े बजाए गए।

" पद्मिनी हँसते-हँसते जल मरी। साथ में चित्तौड़गढ़ की स्त्रियाँ और बच्चे भी होम हो गए। सुलतान को उनकी राख मिली।

" ···लेकिन। "[2]

अब 'लेकिन' क्यों? क्या कथाकार और रामसिंह को इतिहास के इस विराट् और भव्य सत्य पर संदेह है, अविश्वास है? क्या उन्होंने इस महिमामंडन और भव्यता के पीछे जिजीविषा की हत्या और जिंदगी के अंत के षड्यंत्र को भाँप लिया है?

---

1. मस्तराम कपूर : जातिवाद जनगणना की जरूरत, 'जनसत्ता' दैनिक हिंदी समाचार-पत्र, 29 मई, 2010, पृ० 6, दि इंडियन एक्सप्रेस, लि० प्रेस, ए-8, सेक्टर 7, नोएडा-201301
2. मैत्रेयी पुष्पा : 'अल्मा कबूतरी', राजकमल प्रकाशन, 1-बी, नेताजी सुभाष मार्ग, दरियागंज, नई दिल्ली, पृ० 128

" रामसिंह काका सुनाता है—हमारी माँ कहती थी, पद्मिनी नहीं मरी। माँ को उसकी दादी ने बताया था और दादी को उसकी दादी ने। सो भूरी कबूतरी ने कथा कह-कहकर सुनाई—

" ...कि पद्मिनी अपनी बाँदी सखियों और रानी रक्कासाओं को लेकर सैनिकों के साथ भाग छूटी थी। आन-बान कहाँ रह गई, जिंदगी ने सब छीन लिया। प्राण ही सबसे ज्यादा प्यारे लगे। "[1]

आत्मघात या आत्महत्या, सभी नैतिक और पवित्र पुस्तकों में परम निंदनीय और स्त्रियों के लिए जौहर का महिमागान...जिजीविषा की तान को बीच में कोई क्यों तोड़े, जिंदगी की मधुर उष्ण रागिनी को कोई क्यों बंद करे? आत्मघात जो पुरुषों के लिए पाप है, वह जौहर के रूप में, सती के रूप में, स्त्रियों के लिए कैसे महापुण्य हो जाएगा...स्त्री नहीं मानेगी इस विधान को, कथाकार भी नहीं मानेंगी, क्योंकि अब स्त्री जान गई है इस नंगे सत्य को कि "मर्द औरत के लिए नहीं, अपने लिए लड़ते हैं।"[2] स्त्री, जो उनकी संपत्ति है, वे सिर्फ अपनी संपत्ति के लिए लड़ते हैं। अपने वारिसों अर्थात् अपने शुद्ध रक्त की रक्षा के लिए हाय-तौबा करते हैं। वरना तो "कैसा उलटा मामला है, जायज माने जाने वाले बच्चे बाप के नाम और जाति से जाने जाते हैं और नाजायज माँ के नाम जाति से। तब क्या माँएँ नाजायज होती हैं?"[3]

इस महाप्रश्न के उत्तर में पद्मिनी का नकार गूँजता है। पद्मिनी, भूरी की दादी, भूरीबाई, कदमबाई और अल्मा का नकार दिग्दिगंत तक गूँज उठता है। पद्मिनी अर्थात् परंपरा...जिजीविषा की तान और जिंदगी की अविकल रागिनी की परंपरा ...हम जिएँगे अदम्य भाव से, दुर्दांत स्थितियों में भी, आत्महंता होना अनैतिक है, पातिव्रत्य और नैतिकता की नई परिभाषा खड़ी करेंगे, जिसका रास्ता देह की शुचिता से होकर नहीं जाएगा, आत्म की दिपदिपाती गरिमा से होकर जाएगा, जौहर कुंड में राख नहीं होगा, जीवन के लबालब भरे जलकुंडों में नए जीवन राग रचेगा।

"बस, इसी तरह रानी आगे बढ़ती रही। जस नहीं था, अपजस कमाती रही। भूख और काम भड़कते, बेशर्मी घेर लेती। अपने सैनिकों से रानियों को, बाँदियों को, रक्कासाओं को गरभ रहे। रास्तों में, नदी-घाटियों में, पहाड़-पर्वतों पर बालक जन्मे। वे ही सुंदर और ताकतवर जाँबाज बप्पा रावल के काम आए। रानी पद्मिनी की

---

1. मैत्रेयी पुष्पा : 'अल्मा कबूतरी', राजकमल प्रकाशन, 1-बी, नेताजी सुभाष मार्ग, दरियागंज, नई दिल्ली, पृ० 129
2. वही, पृ० 115
3. वही, पृ० 116

संतान, वीरों के अंश``जंगलों में विचरने वाली चित्तौड़ से भागी हुई फौजी पीढ़ियाँ—रसद लेने-ले जाने वाले कहाए बंजारा। नाचने-गाने वाले हुए—कबूतरा।"[1]

सुखासीन पुरुषों ने रानी पद्मिनी और उसकी परंपरा के लिए अपने इतिहास में भव्य जौहर कुंड लिखे, परंतु पद्मिनी की परंपरा ने जीवन के लबालब भरे जलस्रोतों की प्रवाहमयी कहानी कही। यह कहानी, रामसिंह कबूतरा को उसकी माँ भूरीबाई कबूतरी ने बताई और भूरी को उसकी दादी ने और उसकी दादी को उसकी अविरल अविच्छिन्न इतिहास की मौखिक परंपरा ने बताया।

अल्मा की दादी और रामसिंह की माँ भूरीबाई अपने पति वीरसिंह की मृत्यु के पश्चात् दूसरा ब्याह नहीं करती। देह के पार स्त्री पवित्रता और पातिव्रत्य का एक नया पाठ प्रस्तुत करती है। "भूरी की आँखों में आँसू न थे, धुआँ था। कंठ में रुलाई न थी, वीरसिंह की कही एक बात थी—पढ़े-लिखे अनपढ़ों की किस्मत लिखें तो अनपढ़ क्या पाएँ? भूरी अंधी की तरह चार महीने के रामसिंह को गोद में लेकर वीरसिंह के ध्यान में खड़ी थी। खड़ी-खड़ी कौल भर रही थी—पतिविरता लुगाई अपने आदमी के संग सती होती है। मैं अपने मर्द की ब्याहता खुद को तब मानूँगी, जब रामसिंह को पढ़ा-लिखाकर इसी कचहरी के दरवाजे खड़ा कर दूँगी। भले इस सफर में मुझे दस मर्दों के नीचे से गुजरना पड़े। पद्मिनी की कथा मैंने सुनी है।"[2]

तो यह है भूरी की जीने की टेक``अदम्य जिजीविषा। पद्मिनी कथा का नया अध्याय। इसकी अगली कड़ी है कदमबाई। जंगलिया कबूतरा की ब्याहता कदम``मंसाराम की हिंसा और वासना का आनंद उठाती स्त्री कदम``राणा की माँ कदम। ऐसा नहीं है कि जंगलिया का इंतजार करती कदम जानती नहीं थी कि यह नया पुरुष उसका पति नहीं है, कोई गैर-पुरुष है, कज्जा मंसाराम है। फिर क्यों किया कदम ने ऐसा? "मन ही मन चाहा है उन्हें।"[3] यह चुनाव था कदम का``जीवन के क्षण, अपनी मरजी से जीने के? वरना "ऐसा न होता तो मंसाराम उस रात अपने खेत में आसानी से मौज कर जाते? बाँहों में बाँहें फँसते ही अटपटा-सा लगा था। वह जंगलिया कबूतरा का अक्खड़ भिंचाव नहीं था, मुलायम परस और अलग तरह से चूमना``दबाना``औरत पल-भर नहीं लगाती पहचान में।"[4]

---

1. मैत्रेयी पुष्पा : 'अल्मा कबूतरी', राजकमल प्रकाशन, 1-बी, नेताजी सुभाष मार्ग, दरियागंज, नई दिल्ली, पृ० 129
2. वही, पृ० 74
3. वही, पृ० 37
4. वही।

चुनाव की इस कठिन घड़ी का, प्रणय के इस विचित्र अवसर का, स्त्री कथाकार भी एक स्त्री के पक्ष में वर्णन करती है, पुरुष खिलौना बन गया है, कर्ता और भोक्ता दोनों स्त्री हो गए हैं, पुरुष सिर्फ मुगालता पाले है कि "मैंने बलात्कार कर लिया।"[1] उधर "कदम ने मीठा-सा चुंबन माथे पर जड़ दिया और पुरुष को मुक्त किया।"[2] मुक्त तक स्त्री कर रही है और पुरुष सोचकर खुश है कि उसने स्त्री के साथ बलात्कार कर दिया। इस पक्षधरता को और अधिक स्पष्टता से देखने के लिए इस प्रणय-प्रसंग के विवरण को निकटता से देखने की जरूरत है—"हाय, सदा घाघरा उतारता आता था, आज पहले चोली के बटन खोल रहा है। एकांत में फुरसत पा गया? याद नहीं कि घड़ियाँ गिनी-चुनी हैं? कदम ने घाघरा खुद ही सरका दिया।"[3] यह स्त्री की पहली सक्रियता है। और फिर—"आनंदलोक में विचरने वाली कदमबाई, दोगुनी ताकत से भिड़ रही थी। मिलन की डोर से बँधी स्त्री हर लम्हे नई से नई मुद्राएँ अपनाने लगी। अब केवल वह ही वह थी, बाकी कोई न था।"[4]

स्त्री अर्थात् कदमबाई के आत्म के अन्वेषण का एक अन्य आयाम। अब पुरुष यानी मंसाराम कुछ भी सोचे, परंतु कदमबाई अनजान नहीं थी। भूरीबाई की ही तरह अपनी जिद की पक्की कदमबाई। मंसाराम से मदद नहीं ली तो नहीं ही ली, राणा अपनी हिम्मत से पाल दिया, पढ़ा-लिखा दिया। अपने चुने हुए जीवन की टेक पर जीती हुई स्त्री है कदमबाई।

और अल्मा?...भूरीबाई की पोती और कदमबाई की होने वाली बहू अल्मा, इसी परंपरा की मौजूदा कड़ी बनेगी? वह किस रास्ते से जीवन का पुनराविष्कार करेगी? "अल्मा अपनी बान नहीं छोड़ेगी। मरे या रहे? अल्मा माने आत्मा, बप्पा ने सोच-समझकर नाम रखा था, कहते थे, आत्मा नहीं मरती। पिता का संकल्प बीच में ही लड़खड़ा गया, गम नहीं, राणा भ्रम का शिकार हो गया, कोई बात नहीं। कदमबाई, अल्मा की अगुआ, जैसे भूरी कदमबाई की अगुआ थी। यह जुड़ती हुई कड़ी कहाँ से कहाँ तक जाती है...लौ लगन और संकल्पों के संग तबाह होते हैं तो हो जाएँ। राणा ने कदमबाई को उसके भीतर उतार दिया तो बप्पा ने पद्मिनी की आत्मा को आत्मा से मिला दिया।"[5]

---

1. मैत्रेयी पुष्पा : 'अल्मा कबूतरी', राजकमल प्रकाशन, 1-बी, नेताजी सुभाष मार्ग, दरियागंज, नई दिल्ली, पृ० 22
2. वही।
3. वही।
4. वही।
5. वही, पृ० 347

तो अल्मा अर्थात् आत्मा···आत्म की खोज, उसको गढ़ने का अनथक उपक्रम। व्यक्ति रूप में आत्म की खोज, अल्मा की है और समष्टि रूप में, अस्मिता की खोज, अल्मा कबूतरी की है। अल्मा कबूतरी एक ऐसी स्त्री की करुण कथा है, जो स्त्री होने के दुःख तो उठाती ही है, परंतु उस पीड़ा और यातना में भारी इजाफा इस आधार पर भी हो जाता है कि उसकी सामुदायिक पहचान एक अपराधी कही जाने वाली जाति की है। और यह जाति या जनजाति, सभ्य समाज द्वारा बहिष्कृत और लांछित भी है। गाँव-बेड़े के लोग इन्हें गाँव में तो दूर, गाँव की सरहद पर भी बहुत दिन टिकने नहीं देते। उनका मानना है कि ये रहेंगे, तो चोरियाँ करेंगे। ग्रामीणों की यह समस्या वाकई उचित और मानने लायक है, परंतु ग्रामीणों के इस सभ्य समाज ने कभी इनकी जिंदगियों के भीषण यथार्थ को समझने की कोशिश की। क्यों नहीं कभी सहानुभूतिपूर्वक सोचा, इन मनुष्यों के बारे में, जो इसी भारत नामक राष्ट्र के अभिन्न अंग हैं और मानव संसाधन के रूप में राष्ट्र के विकास में योगदान कर सकते हैं।

क्यों मार दिया जाता है, फौज में भरती होने के लिए गए वीरसिंह कबूतरा को? इसी वीरसिंह की पत्नी भूरीबाई कबूतरी के बेटे रामसिंह को शिक्षक होने के बाद भी क्यों पीट-पीटकर दलाल बना दिया जाता है? क्यों रामसिंह की बेटी स्वाध्यायी अल्मा कबूतरी को, सुशिक्षित और सुलक्षणा होने के बावजूद सिर्फ जातीय पहचान के कारण बार-बार बलात्कृत होना पड़ता है? उपन्यास में इन सभी प्रश्नों की तह में तहकीकात है।

कहने को उपन्यास की कहानी एकरेखीय है, परंतु इस एकरेखीयता के नीचे अनेक स्तर हैं, अनेक गुत्थियाँ हैं और अनेक कहानियाँ हैं। उपन्यास की कहानी शुरू होती है कदमबाई कबूतरी के संघर्ष से, जो राणा की माँ है। यूँ कदमबाई, जंगलिया कबूतरा की ब्याहता है, परंतु चोरी के इल्जाम में जंगलिया फरार है और खेत में जंगलिया का इंतजार करती मदहोश कदमबाई मोती के रूप में राणा को पाती है, कज्जा मंसाराम से। कदमबाई और मंसाराम के बीच के संबंधों की कटु मधुर तरंगों के बीच राणा बड़ा होता है। राणा से अपनी बेटी अल्मा का विवाह करना चाहता है रामसिंह कबूतरा, और ले जाता है राणा को वह अपने घर गोरामछिया। वहीं मुलाकात होती है राणा और अल्मा की···कैशोर्य प्रेम···अब कैसे भूल जाएँ लड़कपन के इस प्रेम को दोनों। राणा सँभाल नहीं पाता, अल्मा से बिछोह, मतिभ्रम का शिकार हो जाता है। अल्मा घटनाओं के इन्हीं घात-प्रतिघातों में अंततः पहुँचती है राजनीति के गलियारे में, जहाँ स्वर्णिम भविष्य का द्वार खुलता है।

तब क्या उपन्यास में उफनती जिंदगी के प्रति यह असीम रागात्मकता और उत्कटता ही है, जो पाठक को बहा ले जाती है अपने साथ? शायद यह सच ही है। मनुष्य बेहतर जीवन के लिए सतत संघर्षरत रहता है। यह जिजीविषा ही वृक्ष का आधारस्तंभ है।

साहित्य मन के रेचन का भी एक उपकरण है। उपन्यास या कहानी के चरित्र, उसकी घटनाएँ, उसके संवाद पाठक को हँसाते, रुलाते, क्रोधित करते, आवेश में लाते और उत्तेजित करते चलते हैं और साथ ही साथ होता है विचार की बुवाई का काम।...रेचन और रोपण का अनवरत क्रम। 'अल्मा कबूतरी' इस अर्थ में भी एक महत्त्वपूर्ण उपन्यास है।

मैत्रेयी पुष्पा एक सजग कथाकार हैं, वर्तमान की बीहड़ता को समझती हैं, इसीलिए भविष्य की रूपरेखा निकाल पाती हैं। वह जानती हैं कि यह राजे-रजवाड़ों का वक्त नहीं है, इसलिए यहाँ तीर-तलवार-तमंचों से बदलाव नहीं होगा। यह लोकतंत्र है, शासन का नया रूप, जहाँ प्रजा ही राजा चुन सकती है, अपने समझदारी से भरे चुनाव के द्वारा...राजनीति अंतिम हथियार है बदलाव का...कथाकार जानती हैं, इसीलिए अल्मा कबूतरी उसी मोड़ पर खड़ी होती है। रोहिणी अग्रवाल लिखती हैं—"विडंबना यह है कि आज पूँजी की बढ़ती ताकत के समानांतर राजनीति ने न केवल अपनी स्वतंत्र सत्ता को कायम रखा है, बल्कि पूँजी के क्षेत्र में घुसपैठ कर उसे बाजार का रूप देते हुए अपनी ताकत को बढ़ाया भी है, यानी राजनीति से अप्रभावित रहकर किसी सामाजिक परिवर्तन या निर्माण की बात नहीं की जा सकती। 'चाक' में बिखरे संकेतों को उठाते हुए एक बार फिर मैत्रेयी पुष्पा राजनीति में नई पीढ़ी की शिरकत की कामना करती हैं।"[1]

अल्मा, परंपरा की यह मजबूत कड़ी, अपना रास्ता बखूबी जानती है—"एक क्षण ऐसा आया जब लगा कि आसपास न राणा है, न श्रीराम शास्त्री। अल्मा रथ में बैठी इच्छा मार्ग पर जा रही है...धीरज को अपने मंतव्य बताती हुई। काँपता हुआ कलेजा अब शांत है। वह गर्वित-सी भोर थी।"[2]

यह भोर, जो किंचित् गर्वित भी है, एक नई दुनिया का उद्घाटन कर रही है। इस नई बनती दुनिया में नत्थू, संतोले और उसकी बहू का अल्मा के प्रति सहयोग है, धीरज का साहचर्य है और कबूतरा समाज के साथ-साथ अन्य समुदायों की

---

1. मैत्रेयी पुष्पा : 'तथ्य और सत्य', सं० दया दीक्षित, सामयिक प्रकाशन, 3320-21, जटवाड़ा, दरियागंज, नई दिल्ली-2, प्रथम संस्करण 2010, पृ० 45
2. मैत्रेयी पुष्पा : 'अल्मा कबूतरी', राजकमल प्रकाशन, 1-बी, नेताजी सुभाष मार्ग, दरियागंज, नई दिल्ली-2

सद्भावना भी है। यही वह वास्तविक लोकतंत्र है, जिसकी आकांक्षा संविधाननिर्माता डॉ० अंबेडकर ने 'व्यक्ति की गरिमा' के लिए की थी।

उपन्यासकार मैत्रेयी पुष्पा का सारा उद्योग निष्फल चला जाता, यदि उपन्यास में असाधारण पठनीयता न होती। क्या रोचकता, इस उपन्यास की एक अन्य बड़ी शक्ति नहीं है? इस पर फिर कभी विस्तार से विचार करूँगा।

औरत, जो कबूतरी नहीं है : अल्मा कबूतरी

प्रह्लाद अग्रवाल

ऐसैं-ऐसैं मुतके दूर जंगलन में रहत हती एक रानी कबूतरी—से शुरू होने वाली, छतरपुर-मऊरानीपुर-झाँसी में मामी-नानी की जुबानी बचपन में सुनी कहानियों से जोड़ते हुए जैसे-जैसे अपने डैने पसारती है अल्मा कबूतरी-कदमबाई, भूरी और संतोले की बहू को ही नहीं, कज्जा मंसाराम की ब्याहता सतवंती कल्याणी को भी अपने आगोश में समेट लेती है। वह कल्याणी, जिसका वश चले तो समूची कबूतरा कौम की—मुहावरे मानिंद जड़ें खोदकर मट्ठा डाल दे।

और वही कल्याणी—खुद भी, कदम-भूरी-अल्मा से किसी तरह अलहदा नहीं—उनकी ही तरह ही शोषित-प्रताड़ित है। धर्मपत्नी के रुपहले आवरण के पार उसी तरह पुरुष की पाशविकता का उपकरण है जिस तरह कबूतरियाँ। उपभोग प्रसाद मांसपिंड और दासता की महिमान्वित गौरव मूर्ति। बेचारी के पास तो सिर टकराने के लिए निजता की वह अडिग चट्टान भी नहीं है—जो कदमबाई जैसी रौंदी गई कबूतरी की शान है। वह जिसकी गुलामी में बनी रहने को लालायित है, वह कदमबाई का गुलाम है। तब कदम को अपनी शर्त पर जिंदा रह पाने की कोशिश में मिली पराजय दर पराजय भी उसकी उपलब्धि हैं। इसे जो दीवानगी करार दिया जाए तो वही सही—हर संग-ओ-खिश्त है। सदफ-ए-गौहर-ए-शिकस्त/नुकसाँ नहीं जूनूँ से जो सौदा करे कोई!

मैत्रेयी पुष्पा 'अल्मा कबूतरी' की कथा को औरत की त्रासदी की प्रतीक-गाथा में तबदील कर देती हैं, जो एक साथ कई परिदृश्यों में उद्घाटित होती है—एक खास समुदाय को लेकर चलते हुए भी आम होती है—और किसी तरह औरत की कहानी औरत की जुबानी नहीं बनती। औरत की बेबसी और सहनशीलता का गौरवगान बनने की जगह उसके उत्कट समर्पण की संवेदना के गर्भ से निःसृत अपराजेय ख्वाहिशों की संघर्ष-यात्रा बनती है—अविराम, अनवरत।

सदियों से अपने अस्तित्व की रक्षा के लिए संघर्षरत बुंदेलखंड की कबूतरा जनजाति कथावस्तु की आधारभूमि की तरह प्रतिष्ठित होकर भी वर्तमान की संपूर्ण

सामाजिकता को आवृत्त कर आजाद भारत के पचास सालों के जटिल यथार्थचित्र की कटु प्रासंगिकता को रेखांकित करती है–किसी दायरे में बँधकर नहीं रह जाती। चित्रफलक इतना विस्तार पाता है कि समूचा भारतीय समाज ही कबूतरा विवशताओं में जकड़ा खड़ा हो जाता है। अंग्रेजों ने जिन जनजातियों को अपराधी करार दिया था–वे स्वतंत्र भारत में भी तमाम नारेबाजियों और सबके लिए समान अवसर की प्रदर्शनकारी संरचना के बावजूद समाज की मुख्यधारा से अलग-थलग पड़ी हुई हैं। उनको समाज से एकसार करने के व्यवस्था के नाटक का उद्देश्य अपने हित साधन के लिए इस्तेमाल कर लेने के सिवा कुछ नहीं–'मंत्री है, तभी तो यह करेगा, अल्मा को मोहरे की तरह इस्तेमाल। उसके चुनाव क्षेत्र में कितनी कबूतरा बस्तियाँ हैं? अल्मा को जीप झंडी की तरह लहराता फिरेगा कि देखो, मैंने शहीद होकर दिखा दिया।'

स्वतंत्र भारत में चूँकि अब ये भी 'वोट' हैं–सो लोकतंत्र में सत्ता-प्राप्ति का औजार बनने में सक्षम हैं। उनकी ताकत हथियाने के लिए–उनके विकास के लिए बनाई गई योजनाओं में भरमाकर, कागजों में बराबरी का राग अलाप कर, येन-केन प्रकारेण उसी नारकीय स्थिति को बरकरार रखा जाता है–जिसमें वे पीढ़ी दर पीढ़ी जानवर से भी बदतर जिंदगी जी रहे हैं। तमाम षड्यंत्र हैं प्रभुता के पास कि ये निजाम किसी तरह न बदले।

पर यह दलित गाथा नहीं है। दरअसल अल्मा, कदम, भूरी दलित हो ही नहीं सकतीं। वे आत्मसत्य के वैभव से आलोकित जाज्वल्य अंतर्नाद की दुर्धर्ष आकृतियाँ हैं। वे हर पग पर उत्पीड़ित होती हैं। उनका एक-एक सपना चटखता है। देहमर्दन के पाशविक कुंड में अर्घ्य बनती हैं। प्रेम में बेवफाई तो गनीमत बेहयाई तक नसीब होती है। तब भी देह के परनाले में बहने वाले कीड़ों पर हिकारत थूकते हुए जीवन के सौंदर्य का अनुसंधान करती हैं। तेरी प्यास को पाप कहे जग, अपनी प्यास बुझाए/तुझको पापन कहने वाले तेरी कोख के जाए/छल से, बल से तेरी चुनरिया में जो दाग लगाए/उस कायर के हाथों छलना पाप नहीं कहलाए!

बहुत आसानी से 'अल्मा कबूतरी' को दलित और नारी-चेतना जैसे खूँटों पर टाँगा जा सकता है–पर यह आख्यान स्त्रीत्व के अभिशाप को सौंदर्य चेतना में विवर्तित करने में पर्यवसित होने की जगह यथार्थ उत्कोच के जटिल अंतर्विरोधों को परिभाषित करने की जुर्रत करता है।

इतने अहं आलोक से ऊर्जस्वित हैं भूरी, कदम, अल्मा कि प्रभुतासंपन्न उत्पीड़क पुरुष समाज एवं सभ्यता का आलोचक गर्वोन्माद अपने वेगवान प्रवाह में

उपस्थित होकर भी इन्हें दरकिनार करने में अक्षम-असहाय है। मंसाराम का बड़प्पन अपने अंश की लज्जा ढोता है और कदम का हासिल अंश की संपूर्णता है।

सभ्य समाज के बाहैसियत मंसाराम की हवस के षड्यंत्र में कदमबाई कबूतरी का पति मंगलिया कुर्बान होता है और वह कदम कबूतरी मंसाराम की हवस के प्रतिफल को अपने जीवन संघर्ष की ज्योति के रूप में ग्रहण करती है। यह देह मंसाराम की हो सकती है, पर उसके मदनोत्सव अनुष्ठान में जंगलिया की तीखी गंध का अलौकिक आस्वाद है। वह उसका सृजन है—पापाचार नहीं। राणा मंसाराम के लिए शर्म और पीड़ा का विषय है—कदम के लिए सार्थकता का गर्व। अनुभूति का आधार। संघर्ष की प्रेरणा का अवलंब। सदियों के अत्याचार से मुक्ति दिलाने वाले चेतन स्वरूप की साकार कल्पना—जो उन्हें इंसान की तरह जीने की हैसियत देगी।

कदम मंसाराम का भी तिरस्कार नहीं करती। वह दया का पात्र है। वासना की रस्सी से चक्कर खाता भौंरा। कदम जीवन के यथार्थ की परिकल्पना, काल्पनिक यथार्थ की बलिवेदी पर भेंट चढ़ाना कुबूल नहीं करती। जीवन जैसा भी है—जीने के लिए है। गहरे अँधेरे में डूबकर भी रोशनी की तलाश है। खूब जानते हुए कि हर सपना टूटने के लिए होता है, वह जिंदगी के हसीन सपने सजाती है। कदम का बेटा राणा कबीले के रस्मोरिवाज के मुताबिक चोरी-राहजनी में नहीं खप पाता। सब उसकी जान के दुश्मन हैं—अपने भी और पराए तो पराए हैं ही। कल्याणी तो उसे फाड़ खाने के लिए खूँखार कुत्ता छोड़ देती है। भीतर से चाहते हुए भी मंसाराम की इतनी औकात नहीं कि उसे अपने बेटों की तरह अपना ले—अपने ही बेटों के द्वारा संपत्ति हथिया लेने और घर से खदेड़ दिए जाने के बावजूद। सभ्यता की पगड़ी खूँटे से बाँधे रखती है।

लेकिन कदमबाई में यह कायरता नहीं, वह हिम्मत है जो समूची दुनिया के खिलाफ जाकर राणा के लिए नई जिंदगी गढ़ने का हौसला रखती है। उसके हाथ में छुरी-कटार की जगह कलम-किताब पकड़ाती है। उसे अपराध के दलदल से निकालकर पूरे कबीले की खिलाफत झेलते हुए रामसिंह के पास गोरामछिया भेजती है; पढ़ा-लिखाकर इज्जतदार जिंदगी देने की ख्वाहिश सँजोकर। भूरी का बेटा रामसिंह—जिसे कदम जंगलिया के कत्ल के दिन से जानती है, जब वह अपने ही पति जंगलिया की लाश को 'न' पहचानने के लिए कबीले के मुखिया सरमन और सरपरस्त मंसाराम के साथ थाने गई थी।

वह रामसिंह, जिसने अपराध की दुनिया को तिलांजलि देकर सभ्य जीवन की छाँह गही है। जो पढ़-लिखकर मास्टर बना। अपनी बेटी अल्मा को पढ़ाया-लिखाया।

जिसका बड़े लोगों में उठना-बैठना। जो 'कज्जा' लोगों की ही तरह रहता है। जिसने कबूतरा कौम को नई राह दिखलाई है। अपने कलेजे पर पत्थर रखकर अपने बेटे की जिंदगी में रोशनी भरने के लिए वह राणा को रामसिंह के पास गोरामछिया भेजती है।

राणा वहाँ पहुँचकर चमत्कृत होता है। वह सब उसकी कल्पना में भी नहीं अँटता। अपने परिवेश की कटुता, गंदगी और अभावों के आगे वहाँ की चाक-चौबस्त साफ-सुथरी जिंदगी राणा को जितना लुभाती है, उससे बढ़कर दहशत पैदा करती है। घर में भी चप्पल पहनने वाली लड़की के आगे वह संकुचित हो जाता है। अपने गाँव मड़ोरा खुर्द से गोरामछिया तक नंगे पैर चले आने वाले लड़के के लिए यही तो स्वाभाविक है। उसके संकोच की गाँठें अल्मा खोलती है, लेकिन समर्पित होकर भी उसके मन की गाँठ नहीं खोल पाती। वह राणा के अंतर्मन की पहचान करती है, पर राणा अल्मा के मनस्तत्व को ग्रहण करने में नाकाम होता है। वह जीवन संघर्ष के इकहरे अवलोकन के कारण अपने ही उद्वेग का शिकार हो जाता है। उसके भीतर की घृणा और प्रतिरोध की भावना खुद उसे ही स्वाहा कर देती है। इतना ही नहीं, इस ज्वाला में वह अपनी माँ कदम और समर्पिता अल्मा को झुलस जाने से नहीं बचा पाता।

राणा और धीरज–दोनों ही अल्मा के जीवन में कुछ महक और कुछ खरोंचें छोड़कर चले जाते हैं। काँटों-भरे रास्ते का सफर उसका अपना अकेला है, भूरी और कदम की तरह ही। भूरी, कदम और अल्मा व्यक्तित्व की प्रखर निजता में विलग होकर भी संघर्ष के नैरंतर्य में एकरस हैं। वे अस्मिता प्रतिरक्षण मार्ग पर खुद गिरकर भी अनुसंधान प्रेरणा प्रत्यारोपित करती चली जाती हैं। उनका सफर निजी अस्तित्व तक सीमित नहीं है। वह स्त्रीत्व की जिजीविषा की अनंत यात्रा है–किसी एक देह पिंजरे की कैद नहीं। मेरे सीने में नहीं तो तेरे सीने में सही/हो कहीं भी आग, लेकिन आग जलनी चाहिए।

क्या भूरी, कदम, अल्मा दलित हैं! ये दलित नहीं, महाकाल से टकराने में सक्षम तेजपुंज हैं। ये आँचल में दूध और आँखों में पानी के कदर्य में गल जाने वाली माटी की पुतलियाँ नहीं हैं। वे पौरुष के प्रदीप्त तेज का वरण करती हैं। खुद को चित्तौड़ की महारानी पद्मिनी से जोड़ती हैं। पर उन महिमामय गाथाओं का तिरस्कार करती हैं, जो उनके जौहर का बखान करती हैं। रानी पद्मिनी तो अपनी सखियों और सैनिकों के साथ भाग छूटी थी। दर-ब-दर भटकते, अपने अस्तित्व की रक्षा करते, लूटमार करते, मरते-मारते आगे बढ़ते रहे। अपने सैनिकों से रानियों, बाँदियों,

रक्कासाओं को गरभ रहे। घाटियों-पहाड़ों पर बच्चे पैदा हुए। जंगलों में विचरने वाली चित्तौड़ से भागी हुई ये फौजी पीढ़ियाँ सदियों से अपने अस्तित्व रक्षा की कोशिश में मुस्लिम, अंग्रेज और अब देसी शासकों के अमानवीय जुल्मों का शिकार बनीं। एक जगह से दूसरी जगह रसद पहुँचाने वाले बंजारे, नाचने-गाने वाले कबूतरे, जड़ी-बूटियों के जानकार मोघिया, औजार बनाने वाले गड़िया और बंदर-भालू नचाने वाले कलंदर स्वतंत्र भारत में भी जीवन जीने का हक नहीं पा सके।

तब भी कदम, भूरी, अल्मा सभ्यता के दंश को निर्मूल कर उसके सौंदर्य का आवाहन करती हैं। वे चुनौतियों से टकराती ही नहीं, खुद भी चुनौती बनती हैं। उनके लिए देवताओं और शैतानों की दुनिया में कोई फर्क नहीं। भूरी अपने बेटे रामसिंह को गोद में लिए अपने पति की लाश के आगे कौल भरती है—'पतिवरता लुगाई अपने आदमी के संग सती होती है। मैं अपने मर्द की ब्याहता खुद को तब मानूँगी, जब रामसिंह को पढ़ा-लिखाकर इसी कचहरी के दरवाजे पर खड़ा कर दूँगी। भले इस सफर में मुझे दस मर्दों के नीचे से गुजरना पड़े। जिस दिन रामसिंह ने बाप का लाल खून नीली स्याही में बदलकर अपने हक में चार आँक लिख दिए, समझूँगी मुझमें राई-भर कलंक नहीं। विद्यारतन के आगे देह का खजाना कुछ भी नहीं।'

भूरी ने अपने पति वीरसिंह के साथ झाँसी जाकर 'देस के राजा' की जुबानी ये शब्द सुने थे—'अब ये घुमंतू लोग भी आजाद हैं, जो मुजरिमों के खाते में डाल रखे थे। वह कानून तोड़ दिया जो समाज का दुश्मन था। उन लोगों को वही इंसाफ, वही हक दिया जाएगा, जो देश के किसी भी आदमी को दिया जाता है। वे अपराधी नहीं रणबाँकुरे हैं। आज तरह-तरह से मदद कर सकते हैं। ऐसे ही जैसे मुगलों और अंग्रेजों के खिलाफ अपने राजा-महाराजाओं के सहायक बने। सेना में भरती होकर भारतमाता की लाज बचाना उसके सूरमा बेटों का फर्ज है।'

'राजा' के मुँह से निकले हुए अल्फाजों के स्वर्णमृग के पीछे अपनी पत्नी भूरी के उकसावे में भागकर वीरसिंह सभ्यता के छल-प्रपंच की तलवार से कट गया। वह इंसानियत का पुतला नहीं समझ पाया—राज बदला है, काज नहीं बदला। पर भूरी ने सब कुछ लुटाकर भी हार नहीं मानी। रामसिंह को हर कीमत चुकाकर अपराध की जिंदगी से दूर रखा। पढ़ा-लिखाकर बाइज्जत जिंदगी देनी चाही। पर वीरसिंह की तरह रामसिंह भी सभ्यता के विषधर का शिकार बना। उसने बार-बार महसूस किया कि जिंदगी बदल नहीं बिगड़ रही है। उसकी हालत धोबी के कुत्ते की तरह हो गई है, जो घर का रहा न घाट का।

भूरी की कशिश कदम से और कदम की अल्मा से जुड़ती हुई उस मुकाम तक

जा पहुँचती है, जहाँ सत्ता उसे वरण करने से इनकार नहीं कर पाती। वह सत्ता जिसने भूरी और कदम ही नहीं, अल्मा का भी अमानवीय शोषण किया—अस्मिता को कुचला—तब भी अविराम संघर्ष-यात्रा को रोक नहीं सकी, जिसने अंततः अल्मा को सत्तासीनों के दायरे में शामिल कर दिया।

उसने अपने प्रेमी राणा को खोया। मददगार धीरज की दुर्दशा देखी। अपने ही पिता के द्वारा दुर्जन के पास रेहन रखी गई। दुर्जन से सूरजभान के हाथों बिकी। उसके हाथों नोंची-खसोटी जाकर अफसरों को परोसने के लिए तैयार की गई। धीरज की मदद से वहाँ से आजाद हुई तो सूरजभान के प्रतिद्वंद्वी श्रीराम शास्त्री के हत्थे चढ़ी। पर राजनीति में तो बैर और प्रीत एक ही थैले में रखे जाते हैं। वह समझ गई कि भागा नहीं जा सकता। भागकर जहाँ भी जाएगी, कोई दूसरा हाथ उसे नंगा करने के लिए आगे आ जाएगा। रास्ता यहीं से निकालना होगा। जो विद्या रामसिंह और राणा के काम नहीं आई, उसी ने अल्मा के लिए रास्ता बनाया। इसी विद्या ने उसे श्रीराम शास्त्री की जरूरत बनाया और उसी श्रीराम की डोर पकड़कर वह अल्मा कबूतरी की जगह श्रीमती अल्मा शास्त्री की तरह प्रतिष्ठित हुई। उसी सभ्य समाज का हिस्सा बन गई जहाँ 'मवाद भरे घावों पर पर्दा डालना ही तो समाज कल्याण का काम है।'

अल्मा उसी सत्ता के खेल का मोहरा बन गई, जिसके बारे में डाकू से मंत्री बने श्रीराम शास्त्री की राय है—'चोरों के सरताज होकर डाकुओं से नफरत करते हो!' उसके लिए मंत्री होना पदवी नहीं, सजा है। यहाँ जैसे हो वैसे दिखने की सुविधा नहीं। डाकू होकर तमाम बेइमानियाँ-बदकारियाँ ईमानदारी से की जा सकती हैं, मंत्री होकर नहीं। यहाँ अपनी बदकारियाँ बेइमानी के पर्दे में छिपाई जाती हैं। यहाँ भी डाका डाला जाता है लेकिन कागजों के मार्फत। यहाँ भी कोई पार्टी नहीं है, गिरोह हैं। सारी पदवियाँ और कुर्सियाँ बेगुनाहों के खून में लथपथ हैं। राजधानी पर दस्युराजों का कब्जा है। जनता की तकलीफें ही इनके ऐश्वर्य का आधार हैं। आतंक ही योग्यता है। यहाँ सब 'फ्रीलांसर' हैं, किसी एक के ताबेदार नहीं। आज जिसकी जयकार बोलते हैं, कल उसी को छुरा दिखाने में कोई गुरेज नहीं। अब राजनीति समर्पण नहीं—'प्रोफेशन' है। सब धंधे के धर्मानुयायी हैं।

वह सत्ता, जिसने भूरी से अल्मा तक बरास्ता कदमबाई रोम-रोम कचोटा है। जो इनके नजदीक आकर्षण नहीं, जिंदगी की सबसे बड़ी हिकारत है। जिस सत्ता ने रानी पद्मिनी से लेकर झाँसी की रानी की विश्वासपात्र झलकारी बाई तक की बलि ली है—उसी का हिस्सा बन गई अल्मा। तो यह विजय है या आत्मसमर्पण!

विजय भले न सही, लेकिन आत्मसमर्पण कतई नहीं। हालाँकि इसी बिंदु पर अल्मा कबूतरी की कथा विश्राम ग्रहण करती है। पर यह प्रस्थान बिंदु है। पराजित होकर भी विजय का रास्ता दिखलाया जा सकता है। संघर्ष की राह पर टूट जाना शिकस्त नहीं है। वह तो शिकस्त की शिकस्त है। यूँ भी देते हैं पता उस मंजिल-ए-दुश्वार का/जब चला जाए न राह-ए-इश्क में तो गिर पड़ो।

भले ही यह विजय की स्वप्न सुगंध हो, लेकिन श्रीराम शास्त्री की तरह आत्मसमर्पण नहीं है। यह सत्ता उसका लक्ष्य नहीं है—रास्ता है गुजर जाने के लिए। वह कैसे भूल पाएगी कि श्रीराम शास्त्री उसका पति नहीं मोहरा है। वह भी उन्हीं शैतानों में शामिल है, जिन्होंने उससे नंगे होने की शर्म छीनी। वह खुद श्रीराम की छाती में मीठी छुरी घोंपना चाहती थी। उसका लक्ष्य ही था श्रीराम शास्त्री की हत्या कर प्रतिशोध की अग्नि को ठंडा करना, किंतु प्रकृति ने श्रीराम को खुद अपने किए के घाट उतारकर उसे अल्मा की मंजिल की सीढ़ी बना दिया। अल्मा, जो राणा के अलावा किसी और की हो ही नहीं सकती, जो श्रीराम के कब्जे में होकर भी सपनों में भी चंद्रमा राणा को ही पाती है। वह सारी दुनिया के सामने श्रीराम की 'धर्मपत्नी' हो जाती है और सिर्फ श्रीराम की चिता को ही अग्नि नहीं देती—मानो परंपरा की कुल संचित रूढ़ियों को भस्मीभूत कर डालती है। धर्म और अधर्म, पाप और पुण्य की सारी बाड़ें पल-भर में ध्वस्त कर देती है। सब कुछ 'सुन्न समाधि' की अवस्था में छोड़कर।

एक प्रतीकात्मक स्थिति में उपन्यास अपनी अंतिम परिणति तक पहुँचता है। जहाँ श्रीराम की हत्या से रिक्त हुई विधानसभा सीट पर सत्तापक्ष की ओर से श्रीमती अल्मा शास्त्री को प्रत्याशी बनाए जाने की खबर अखबार में छपती है, अल्मा के मुख्यमंत्री के साथ खड़े हुए चित्र के साथ।

मैत्रेयी सिद्ध कथाकार हैं। उनकी कथाशैली पाठक को आख्यान के साथ जोड़ते हुए प्रवाह में शामिल कर लेती है। इसके लिए वे 'इदन्नमम', 'चाक' और 'झूला नट' के आगे 'अल्मा कबूतरी' भी बुंदेलखंड के जनजीवन, मिट्टी की गंध, परंपरागत परिवेश की जटिलताओं के रहस्यलोक और बुंदेली जुबान की मुहावरेदानी का सटीक चमत्कारिक इस्तेमाल करती हैं और उपन्यास के ढाँचे में जनजीवन का आख्यान प्रस्तुत करती हैं। एक अंचल विशेष और एक जनजाति समूह के इर्द-गिर्द बुना गया कथा का ताना-बाना भी इसे आंचलिक उपन्यास नहीं होने देता—अपने समग्र रचाव में उपस्थित होकर भी—जो इसलिए कि रचनाकार का वास्तविक मंतव्य आजादी के बिना निरंतर छीजती राजनीतिक इच्छाशक्ति और सामाजिक नैतिकता के पराभव का

अंकन करना है। उपन्यास की बुनावट में भी मैत्रेयी समकालीन कृतित्व की अपेक्षा प्रेमचंद के उपन्यासों के अधिक नजदीक होती हैं। प्रेम-प्रसंगों के उद्घाटन में देह-लीला कीर्तन की भरपूर गुंजाइश होते हुए भी वे उसके रागात्मक सौंदर्य का भास्वर सृजन करती हैं—और इसके लिए उन्हें कालिदास या बिहारी को उद्धृत करने की जरूरत नहीं पड़ती—वे स्वयं उन प्रसंगों को उद्धरण योग्य बना देती हैं। गुदड़ियों की सेज पर लेटी, मद के नशे में डूबी, अधपकी फसल-सी कच्ची गंध और ठोस अंगों वाली कबूतरी कामदेवी के राग लोक का सृजन करती है—'चिड़ियों की कचर-पचर से कोयल की कूक तक और पौ फटने से धूप के टुकड़े बँटने तक की यात्रा में मन का बोझ न जाने कहाँ बिला जाता। कदमबाई के पास रोज नई कला सीखनी होती। वह रूप बदल-बदलकर सामने आती। होते-होते उसके लिए गुरुभाव जागने लगा। कभी प्रभु के पास भक्त की तरह जाते, तो कभी सखी से मिलने का उत्कट मोह जागता। ऊपर से नशे का मृदंग देह की ताल पर बजता। कदम के साथ ताल मिलाना आसान नहीं।' कदम और मंसाराम के अवैध और अल्मा-राणा के वैध संबंध रागात्मक उष्णता में विलग नहीं—'दोनों ओर ताकत मुठभेड़ पर उतरी है। नृत्य लीला। खामोशी झंकृत हो उठी। साँसों का अनहद बजने लगा। सारे झरोखे खुले हुए हैं। स्पर्श ताल दे रहा है—कमर उसकी बाँहों में, देह को आग की लहरों के हवाले कर दिया। वह भूले हुए हिरन-सा⋯।'

'अल्मा कबूतरी' वादानुवादित प्रतिमानों और दुस्साहसी आयातित मुद्राओं का कोषागार बनने की जगह लोकराग का नैसर्गिक उच्छ्वास बनती है। इसके लिए रचनाकार के सिद्ध बाणों में सबसे पहले है भाषा की मुहावरेदानी। आजादी के बाद के लगभग समग्र साहित्य में भाषा की अपनी कशिश अनेक रचनाकारों की उपलब्धि है। लोकानुवर्तित आह्लाद का खिलंदड़ापन जिस तरह रवींद्र कालिया के गद्य में रचना के सरलतम स्वरूप को विवर्तित जटिलता देता है, प्रेमचंद कथा-प्रवाह को जैसे निरंतर सूक्तियों के विनिवेश से अलंकृत करते हुए कथ्य के रूप को अनेक आकार देते हैं, वैसे ही 'अल्मा कबूतरी' में मैत्रेयी खड़ी बोली के शब्द-विन्यास और सामान्य स्वीकृत लहजे में बुंदेली की मिठास घोल देती हैं। इसीलिए उनके गद्य में गालियाँ भी स्निग्धता का अभिनय करती हैं। वे कठोरतम होती हैं, क्रुएल हुए बगैर और सॉफ्ट होती हैं, भावविगलित व्यक्तित्व के अभाव में। प्रसंग का दार्शनिक रूपांतर इस तरह बीच ही बीच किसी वाक्य में कर आगे बढ़ लेती हैं कि पता नहीं चलता कब अपना मंतव्य जाहिर कर गईं—'तैयार मलाई मिल गई है, सो स्वाद ले-लेकर चाट रहा है और नुक्स निकाल रहा है'—'जायज माने जाने वाले बच्चे के नाम और जाति से जाने

जाते हैं और नाजायज माँ के नाम जाति से। तो क्या माँएँ नाजायज होती हैं? आदि-आदि। लुगाई, मताई, दुलैया, अकल की पुतरिया जैसे खाँटी बुंदेली शब्दों और वाक्यांशों को कथाकार स्वाभाविक प्रवाह में घोल देती हैं।

'अल्मा कबूतरी' में स्वातंत्र्योत्तर भारत में निरंतर राजनीतिक नैतिकता के क्षरण के साथ धर्म के लौकिक उपयोग के आगे उपभोग का छल-प्रपंच और सांस्कृतिक बेहयाई का रेशा-रेशा भास्वर है—'मुश्किल यह है कि विरोधी पार्टी के लोग उसे माँ-बहन का दर्जा देकर छाती कूटेंगे। विधानसभा से लेकर लोकसभा तक मर्सिया पढ़े जाएँगे। अखबार और टी०वी० वालों की चाँदी हो जाएगी। स्वयंसेवी संस्थाएँ अलग झंडियाँ ले-लेकर दौड़ पड़ेंगी। उनका चलना, फलना-फूलना ऐसी ही घटनाओं पर टिका रहता है। देखना कि कैसे उस लड़की के हगने-मूतने से लेकर महीनादारी तक का हिसाब रखती हैं और सबसे ज्यादा करीबी सिद्ध होती हैं। अनुदान पचाने के नायाब तरीके। अपने-अपने दाँव। ऐसा न होता तो देश के बड़े-बड़े साधु-तांत्रिकों के लँगोट कौन चीर पाता? हमारे मंडल को कमंडल में धरकर बेतवा में सिराने वाले लोग।'

मैत्रेयी पुष्पा ने आख्यान के रंगमंच पर अनेकानेक जादुई पात्रों की अवतारणा की है। जो एकदम पहचाने लगते हैं और जैसे-जैसे पहचान खुलती है, वे जटिल और अजनबी बनते जाते हैं। जैसे 'मलिया' जैसा गौण चरित्र इस प्रखरता से अंकित हुआ है कि दया और हिकारत का पात्र होकर भी अपने दोगलेपन की भँवर से निकलकर आदमकद खड़ा हो जाता है—'तू मुझे खाएगा तो पुलिस के आगे क्या परोसेगा?' एक मलिया ही नहीं, केहर सिंह, नत्थू, रामसिंह, मंसाराम, सूरजभान, श्रीराम शास्त्री, मोघिया, दूलन, सरमन आदि अनेक चरित्र कथा की गति को तेजस्विता देते हैं। राणा और धीरज दो स्तंभों की तरह अल्मा के संघर्ष पथ के संवाहक बनकर उसके आरोहण में सार्थकता प्राप्त करते हुए निरर्थकता में विसर्जित नहीं होते। यहाँ पुरुष औरत का प्रतिद्वंद्वी नहीं—प्राकृतिक सहयोगी है। यह पुरुष का दुर्भाग्य है कि वह औरत को लूट सकता है, पा नहीं सकता—और यह पुरुष का ही नहीं, औरत का भी दुर्भाग्य है। जो सृजन की संयुक्त अपरिहार्यता है, वह एक-दूसरे का निमित्त बनकर किस तरह सार्थक हो सकती है। स्त्री और पुरुष के व्यावहारिक आचरण में आकलन के दोहरे प्रतिमान ही इस विकास मार्ग के स्वाभाविक अवरोधक हैं। सिगरेट-शराब पीती स्त्री उस तरह स्वीकृत क्यों नहीं होती, जिस तरह पुरुष। रति-क्रीड़ा की मादक अलौकिकता तक स्त्री उत्ताप के प्रखर अवरोह के अभाव में निस्सार है, जीवन के सामान्य कार्यव्यापार की बात ही क्या?

स्त्री को लेकर दोहरे नैतिक मापदंड अपनाकर पुरुषसत्ता अपने असीम अर्जन से महज क्लेश, कुत्सा और कड़वाहट पाती है और उसी में जीवन के स्वर्गोद्यान को जहन्नुम में तबदील कर देती है। भुला देती है कि 'अधिकार सुख कितना मादक और सारहीन है।'

'अल्मा कबूतरी' की नायिका अल्मा नहीं, भूरी-कदम-अल्मा का समुच्चय है, जिसमें तमाम अन्य नारी-पात्र सिमट जाते हैं। इस तरह कुल एक और एक ही नारी मूर्ति निर्मित होती है। अडिग, अविराम, अपराजेय, अविगलित पौरुष मूर्ति की तरह इस समुच्चय के कारण ही प्रतिष्ठित होती है अल्मा। यह नामकरण तक प्रतीकात्मक है—अल्मा यानी आत्मा। इन औरतों के सिर्फ शरीर ही जुदा हैं। संघर्ष के परिदृश्य ही विलग हैं—लक्ष्य एक है। उस विभाजन के विरुद्ध जो अप्राकृतिक अवैज्ञानिक है। वह मर्द से बराबरी की होड़ नहीं करती, स्त्री की स्वाभाविक भूमिका के अवतरण को स्वीकार कराने को प्रतिबद्ध है। वह ममता का तिरस्कार नहीं करती, स्नेह कोष को छीजने नहीं देती—'पानी हो गई रे! औरत पानी की तरह ही तो सँकरी से सँकरी जगह में अपने आप को रमा देती है। हवा हो गई रे, हवा की तरह सबको छू लेती है। गंध बनकर आसमान तक उड़कर पहुँचेगी अल्मा।'

वह जो तुम्हारी जिंदगी का सलीका है, किस तरह तुम्हारे अपने हाथों रौंदा जा रहा है। यहाँ स्त्री पुरुष की प्रतियोगिता में शामिल नहीं है, आदमी को इंसान बनकर जी सकने की तमीज सिखाने वाली शक्ति है। 'अल्मा कबूतरी' में औरत अपने संपूर्ण वैभव के साथ एकरूपा अंकित है—वही वीरसिंह के लिए कुर्बान होकर राह निकालने की प्रेरक शक्ति है, मंसाराम के लिए जिंदगी की सार्थकता खोजने का माध्यम है, धीरज और राणा को संघर्ष पथ की दुश्वारियाँ समझाने का साहचर्य है। लोक की रीति से टकराकर लोक के लिए नई रीति गढ़ने का संबल है।

इस तरह मैत्रेयी इसे एक समूची लोक मानसिकता का बिंब बनाती हैं। वे अनेक लोकप्रिय तत्त्वों का आश्रय लेती हैं। राजनीतिक-सामाजिक-प्रशासनिक कलुष निदर्शन में अश्लील हालातों को निर्ममता से कुरेदती हैं। जहाँ पुलिस वाले अपनी उँगलियों और हथेलियों का छेद बनाकर डंडा-डंडा खेलने में व्यस्त हैं। जहाँ अपनी लुगाई भैंस की तरह दुही और डंडा मारकर भगा दी जाती है। जहाँ ज्ञान पाकर नफरत कमाई जाती है, विश्वास खो देने तक की कीमत पर। जहाँ सच्ची बातों से बचकर समाचार-पत्र ईमान बेचने लगे हैं। जहाँ आजादी का मतलब हालात की तबदीली बना दिया गया है। जहाँ सिद्धांत और आदर्शों की छुरी से हलाल किया जा रहा है। जिस जमाने में पढ़े-लिखे लड़के कुत्तों से ज्यादा वफादार भूखे और अपना जमीर बेचने

के लिए तैयार हैं। जहाँ खूबसूरत शरीर बदसूरत भविष्य गढ़ता है—कुल मिलाकर जहाँ आदमी मनुष्य की सहज गति का सर्वस्व आनंद ही भुला बैठा है, वहाँ आक्रोश तक निरर्थक है—एक समानांतर सृजन उन्मेष की पीड़ा धारण करना ही एकमेव विकल्प है।

इसीलिए उपन्यास का अंत प्रस्थान बिंदु है—एक नई शुरुआत। वे अल्मा के राजनीतिक हश्र का कोई चित्र उपस्थित नहीं करतीं। बस, इस सूचना के द्वारा उपन्यास का समापन होता है—'सत्तारूढ़ पार्टी की ओर से यह संभावना की जा रही है कि श्रीराम शास्त्री के निधन के कारण बबीना विधानसभा की जो सीट खाली हुई है, उसके लिए प्रत्याशी श्रीमती अल्मा शास्त्री होंगी।'

यह भविष्य के गर्भ में है कि अल्मा पाशविक उत्पीड़न से निष्कृति पाकर अपनी सामर्थ्य का क्या उपयोग कर पाती है। उसका जीवन-संघर्ष इतना जरूर स्पष्ट करता है कि उसके राजनीतिक जीवन की परिणति श्रीराम शास्त्री की भाँति नहीं होगी। राजनीति के वर्तमान अंधकार में वह कितने कदम चल सकेगी, यह अलग बात है।

शायद यह अंत खुद मैत्रेयी पुष्पा के लिए एक नए उपन्यास की शुरुआत है। इसलिए कि अल्मा की संघर्ष-यात्रा का यह आख्यान अधूरा भी है। निश्चित ही 'अल्मा कबूतरी' उपन्यास से अधिक आख्यान है, पाश्चात्य कद्र-ओ-कीमत के अनुसरण से अधिक भारतीय लोकाभिव्यंजना है, कठोरता के आवरण में जीवन की कोमल शीतलता का सुरभित कल्लोल है—रात जितनी ही संगीन होगी, सुबह उतनी ही रंगीन होगी। तब ही राणा और अल्मा के जुदा हो जाने के बावजूद, राणा के अल्मा के अंतर्मन से एकसूत्र न होने पर भी, वही नासमझी तक अद्‍भुत रागात्मकता की सृष्टि करती है। संदेह, अज्ञान और आतंक की छाया में हुआ राणा और अल्मा का अभिसार वरना इतना सगंध हो ही नहीं सकता था—जो यह प्रतीति न होती कि हर यातना किसी उमंग का स्वप्न भी दे सकती है। वरना अब कौन याद करना चाहता है कि इस जुनून का भी वो आनंद हुआ करता था, जिसके आगे जन्नत का हसीन ख्वाब दो कौड़ी का है—सरफरोशी की तमन्ना अब हमारे दिल में है/देखना है जोर कितना बाजु-ए-कातिल में है।

पर अल्मा के पास इस जुनून का आनंद है। सरफरोशी की तमन्ना उसका अभियान गीत है। भगतसिंह जैसे क्रांतिकारियों के लिए वह फिरंगियों की कालकोठरी में आशा-ज्योति था। अल्मा के लिए सूरजभानों-श्रीरामों जैसे नेताओं के यातनागृहों की संकल्पशक्ति है। उनके लिए अपने भीतर संघर्ष की शक्ति अर्जित करने का औजार है जो अपनों के ही द्वारा लूटे जा रहे हैं। वह जानती है, उसका

रास्ता ज्यादा कठिन, ज्यादा लंबा है—पर दीवानगी में उसका भी लुत्फ है—रहबर-ए-राह-ए-मुहब्बत, रह न जाना राह में/लज्जत-ए-सहरा नवर्दी दूरि-ए-मंजिल में है।

कोई गलत भी नहीं जो मैत्रेयी के उपन्यास आधुनिकता की कसौटी पर ढीले-ढाले तथा प्रेमचंद की पीढ़ी के अधिक नजदीक आँके जाते हैं। 'झूला नट' तो प्रेमचंद के भी पूर्व भावलोक का सृजन करता है। पर यहाँ आधुनिकता अलंकरण और आवरण में नहीं है, वह संदर्भ, मंतव्य और दृष्टिपथ में है। स्त्री-शक्ति का परिप्रेक्ष्य उपादान आरोहण की ज्वाला में विसर्जित होने की जगह प्राकृतिक जीवन साहचर्य की सकर्मक तलाश है। जीवन महज स्व आयु तक सीमित नहीं है। उसका आनंद समुच्चय में है—कालकूट पीते हुए भी। इसीलिए निस्संदेह 'अल्मा कबूतरी' पिछले कुछ सालों के चर्चित उपन्यासों से बहुत कुछ अलग-थलग है—बुनावट की चमकीली कलाकारियों के उस पार उसमें कथावस्तु की सेल्फ डेकोरेटिव बुनावट है। औजारों को सर्वस्व मानने के दुराग्रह से दूर क्षितिज तक झंकृति का संधान करने का दुस्साहस 'अल्मा कबूतरी' में है।

हमने शुरू में ही कहा था, यह हमें बुंदेलखंड से जोड़ती है, लेकिन आंचलिक कथा नहीं होती, जनजाति विशेष के लोकाचारों को बड़ी बारीकी से प्रस्तुत करती है, पर समग्र मनुष्यता का चित्र उपस्थित करती है। यहाँ बाहर जो कुछ घटित होता है, वह हमारे अपने भीतर अलग-अलग तरह से गूँज सकता है। अल्मा किसी जनजाति विशेष की नहीं रह जाती। उसकी आशा-आकांक्षा-जिजीविषा जाति से भी आगे जाकर लिंग-भेद तक को लाँघती है। उसके आईने में पौरुष का दर्प अपने रुग्ण चेहरों की तलाश कर सकता है। उसकी नग्न देह की मौन आक्रामकता के आगे नपुंसक हो सकता है। वह समूचे बाजारवाद की नंगई पर निःशब्द टिप्पणी बनती है—नंगापन एक ही बार महसूस किया जा सकता है—बार-बार नहीं। फेंकने-उछालने की चीजें ऊपर से निकल जाती हैं। लुत्फ इस नंगई से होकर गुजर जाने में है।

विज़न : आँख को रौंदती हुई कील की ओर

सुशील सिद्धार्थ

यदि 'तद्‌भव' के दूसरे अंक में ममता कालिया के लघु उपन्यास 'दौड़' ने जीवन के नए इलाके की खोज-खबर ली थी तो इसके तीसरे अंक में मैत्रेयी पुष्पा का 'विज़न' ज्योति लोक में फैले अंधकार का राच प्रकाशित कर रहा है। पिछले कुछ वर्षों में मैत्रेयी पुष्पा और पाठकों के बीच एक विश्वसनीय रिश्ता निर्मित हुआ है। 'इदन्नमम' और 'चाक' जैसे उपन्यासों की लेखिका से पाठक यह आशा करते हैं कि वह हर नई रचना में किसी न किसी गूँगे यथार्थ को वाणी प्रदान करेंगी। प्रायः जिस क्षेत्र से मैत्रेयी कथावस्तु एकत्र करती रही हैं, 'विज़न' उससे अलग है। कुपढ़ लोगों की लोभ लीला का हिस्सा बन गई डॉ० नेहा और उसकी छटपटाहट पूरे उपन्यास को संचालित कर रही है। डॉ० शरण की बहू और डॉ० अजय की पत्नी डॉ० नेहा का यह आत्मसंवाद उपन्यास तक पहुँचने की पगडंडी दिखाता है।

" डॉ० शरण, तुम अपने आप को इस भोले बेटे का बाप कहते हो।

" तुम क्रूर शासक से ज्यादा कुछ नहीं। अजय आज्ञाकारी पुत्र नहीं, पालतू कुत्ता जैसा है, बस। तुम मान बैठे कि तुमने पिताओं की दुनिया फतह कर ली। अजय डॉक्टर क्या हो गए, तुमको अगली पीढ़ियों तक आलाकमान बने रहने का लाइसेंस मिल गया। धोखे में मत रहो, तुम्हारा बेटा अपने दिमाग और सूझबूझ के लिए नहीं, शातिर बेवकूफियों के लिए जाना जाएगा। संकीर्ण दृष्टि गलत समाधानों पर कब्जा कर सकती है, बस। "

'विज़न' पढ़ने पर उसकी कुछ विशेषताएँ तत्काल प्रकट हो जाती हैं। नेत्र चिकित्सा के बहाने लेखिका ने पूरे चिकित्सा जगत् में आए अमानवीय बदलावों को रेखांकित किया है। यदि उपन्यास में उपस्थित स्थितियों, पात्रों और आचरणों को 'उदाहरणार्थ' स्वीकार करें तो हमारे सामने एक ऐसी भयावह दुनिया प्रकट होने लगती है, जो प्रत्यक्ष भी है···और अपरिचित भी। एक ऐसी दुनिया, जिसमें हर सकारात्मक शब्द उलटा लटकाकर हंटरों से पीटा जा रहा है, ज्ञान लूटमार की सुरक्षित विधियाँ खोजने में सार्थक हो रहा है, 'बी प्रेक्टिस' नई आचारसंहिता का शीर्षक है,

सब कुछ चलता है—नया उपनिषद् है। इस दुनिया में स्त्री अपने से जुड़े सारे विमर्शों के बीच विमूढ़ या किंकर्तव्यविमूढ़ खड़ी है। एक गहरे अर्थ में 'विज़न' तमाम दावों, आंदोलनों, मुहावरों के बीच 'स्त्री उपेक्षिता' की वास्तविकता है। यह वास्तविकता नेहा और आभा के जीवन में पढ़ी जा सकती है। दोनों नेत्र चिकित्सा में उच्चशिक्षित हैं, व्यक्तित्ववान हैं, महत्त्वाकांक्षी हैं, सहयोगी हैं—मगर दोनों के जीवन का खलनायक है विवाह। 'विज़न' विवाह जैसे कर्मकांड को भी कठघरे में खड़ा करता है। वस्तुतः 'अर्द्धांगिनी की अवधारणा' को झकझोरकर लेखिका ने पाठकों को उद्वेलित किया है। देखा जाए तो स्त्री अपनी सारी तेजस्विता/योग्यता/परिवर्तित मानसिकता के बावज़ूद इसी अवधारणा के पहाड़ से टकराकर हर बार बिखर रही है। यूँ तो नेहा शरण आई सेंटर में सर्जन है, मगर उसकी औकात—'जैसे ही मालिकों की पदचाप सुनाई देती, मैं खुद से पूछती—मेरे अधिकार में क्या है? मैं अनुज्ञा ढोने वाली दासिन!' ये मालिक हैं ससुर डॉ० रामप्रकाश शरण और पति डॉ० अजय शरण। एक बार नेहा की क्षमता पर बौखलाकर ससुर फैसला देते हैं, 'बेटी, तुम बाहरी काम सँभालो। वैसे भी औरतें स्वागत करने में माहिर होती हैं।' अपने बेटे से भी ऐसी ही जिज्ञासा करते हैं। 'हाउ कैन यू से, शी इज योर वाइफ? शी एक्टस लाइक ए फॉरेन बॉडी। वाइफ मींस…!' यानी सामान्य परिवार की नेहा को जब रामप्रकाश ने बहू बनाने का प्रस्ताव किया था तो वह लुटेरों के दल में एक नया सदस्य शामिल कर रहे थे। नेहा ने अपनी सीनियर डॉ० आभा की सारी दलीलें सुनीं, मगर माँ-बाप के आगे हार गई। बकौल माँ, 'बेटी, शादी-ब्याह मर्दों के मामले हैं।' पूरे भविष्य को (क्या नारी का भी कोई स्वतंत्र भविष्य होता है।) दाँव पर लगाकर नेहा ने विवाह किया और, 'मेरे यहाँ बेटा पैदा हुआ था और मैं अजय से एक साल जूनियर हो गई।' फिर, शरण आई क्लीनिक में ज़ो पापाचार हुआ, उसमें चाहते न चाहते नेहा भी लिप्त हुई। स्थिति यह बनी, 'केवल कल्पना में सोच रही थी, तो उनकी बात का जवाब कैसे देती कि अमीरों की आँखों में टाँके न चुभें, इसके लिए तुम्हारा बेटा पहले गरीबों की आँखें फोड़ेगा। यह बात मैं ही नहीं, कोई बहू अपने पति और ससुर से कह सकती है?' अंतिम वाक्य के सामने लगे प्रश्नचिह्न से बार-बार 'विज़न' की मुठभेड़ होती है। मैत्रेयी पुष्पा ने कोई क्रांतिकारी या बलिदानी निर्णय देने की कोशिश नहीं की है। ध्यान रहे, 'ओ०टी०' में पति और सुसर ने एक मरीज की हत्या की है। पति मामले को सँभालने में पत्नी की नहीं, 'औरत' की मदद चाहता है—'टेक एडवांटेज ऑफ योर वुमैन हुड' (अपने स्त्री होने का फायदा उठाओ) और नेहा अनिर्णय की स्थिति में सोच रही है, 'कैसे उजागर करूँगी अपने पति की कमजोरी?' डॉ० नेहा शरण

'अनायास ही गर्दन में लटकते मंगलसूत्र के पेंडेंट को छूने लगती है।' इसके बाद एक अव्यक्त विमर्श कि नेहा मंगलसूत्र की लाज रखेगी या 'मृत्यु के कारीगरों' के विरुद्ध खड़ी होगी या रोगियों के भले के लिए सीखी कला को जरूरतमंदों तक पहुँचाएगी।

नेहा की आदर्श डॉ० आभा की कहानी स्त्री-विमर्श को और तीक्ष्ण करती है। अपने व्यक्तित्व के लिए जागरूक आभा मजबूरी से टूटकर मुकुल से विवाह करती है। फिर सारे परिवार का जिम्मा डॉ० आभा पर। 'सास बीमार हैं, ननद का ब्याह है, बहू नहीं रुक सकती इंतजाम के लिए? बेटा क्यों नहीं? आभा के मन में सवाल शूल की तरह उठता। बड़ी ननद ने समझाया–तुम भइया की आँख का इशारा नहीं समझतीं? निहितार्थ यह कि पतिरूपी राणा प्रताप के लिए आभा चेतक है। राणा की पुतली फिरी नहीं तब तक चेतक मुड़ जाता था।' आभा न चेतक बन सकी, न सीता। तब सारे बंधन तोड़कर 'योग्य डॉक्टर में से बरेली का संस्कार पाया हुआ नौजवान निकल पड़ा, जिसे पने पक्ष में सिखाया गया था कि स्त्रियों को कैसे काबू में किया जाता है।' जिसको ज्ञात है कि 'तालमेल हमेशा औरतें बनाया करती हैं। हैं, मालूम भी है कुछ? नहीं पता तो अपनी माँ से पूछो। पिटाई और अलगाव ही संभव था। मगर आभा हार नहीं मानती। आभा का समूचा संघर्ष एक आधुनिक नारी की जद्दोजहद है।

नारी-विमर्श के साथ 'विज़न' योग्यता के विरुद्ध छिड़े षड्यंत्र की भी गाथा है। आलोक, आकाश (ही इज अ फोस्ट डॉक्टर) और गौरव के साथ हुए अन्याय वर्तमान व्यवस्था की विद्रूपता तथा सड़ाँध जाहिर करते हैं।

'विज़न' को मैत्रेयी ने आउटसाइडर की भाँति नहीं लिखा है। नेत्र चिकित्सा की तकनीकी व विशिष्ट शब्दावली का सहज प्रयोग और तमाम प्रविधियों का प्रभावी विवरण सिद्ध करता है कि मैत्रेयी लेखन को 'आह से उपजा होगा गान' नहीं मानती हैं। विधिवत् अनुसंधान कर वह अपनी रचनाएँ तैयार करती हैं। कुछ-कुछ संजीव और महाश्वेता देवी की तरह। 'विज़न' मैत्रेयी की उपन्यास कला के कुछ विलक्षण साक्ष्य उपस्थित हैं। डॉ० आभा के साथ फौजी की आँख का ऑपरेशन वाला प्रसंग वर्णन कला और संवेदना की दृष्टि से अद्‍भुत है। ऑपरेशन जैसे एक साधना, एक अनुष्ठान। मैत्रेयी ने इसे 'शल्य अनुष्ठान' कहा भी है। यूँ तो पूरे उपन्यास में भाषा तमाम लक्षणाओं-व्यंजनाओं को समेटे हैं, किंतु तनाव, द्वंद्व और शल्य-क्रिया से जुड़े प्रसंगों में उसकी सामर्थ्य मन को जगमग कर देती है। यथा–'आभा दी का इशारा पाते ही मैं आँख पर चीरा देकर उसमें तीन छेद बनाती हूँ। पहले से पानी जाने की

व्यवस्था की गई। दूसरे छेद के जरिए जब एंडोल्यूमानेटर आखिरी छोर तक पहुँचाया तो आँख चंद्रमा की भाँति जगमगा उठी। जगमगाहट का करिश्मा पिछली ओर से है। मेरा मन खिल उठा, जिस संसार से अब तक दूर का संबंध था। उसमें भीतर प्रवेश करके इस चक्राकार मंडल को भेद सकते हैं। मैं तीसरे छेद की ओर बढ़ने वाली हूँ। आगे चलने के पहले सैनिक की तरह डॉ० आभा का निर्देश चाहती हूँ। आँख को रौंदती हुई कील की ओर किस तरह बढ़ना होगा?'

मैत्रेयी पुष्पा ने दृश्य माध्यम का पूरा लाभ उठाया है। डिस्कवरी चैनल पर कई बार सर्जरी के ऐसे ही दृश्य देखने को मिलते हैं। 'विज़न' बहुत अच्छी तरह लिखा उपन्यास है, जिसमें 'लाल गुलाबों और सुर्ख चेरियों' के सपने भी मौजूद हैं। मैत्रेयी का अत्यंत पठनीय उपन्यास कुल मिलाकर जीवन-दृष्टि का प्रश्न उठाता है। किसी ने कहा है, 'एक ही शै थी, ब अंदाजे दिगर माँगी थी। मैंने बीनाई नहीं, तुझसे नजर माँगी थी।' मार्मिकता और वैचारिकता के तनाव से बुनी यह रचना 'नजर' पर बहस छेड़ती है। जाहिर है, 'विज़न' तद्भव की सार्थकता की उल्लेखनीय इकाई है। अखिलेश का यह प्रसंग पाठकों के हित में है। एक पत्रिका में एक उपन्यास।

कही ईसुरी फाग : उपन्यास और लोक-संवेदना

विजय बहादुर सिंह

"ग्रंथों के साथ बँधना भारतीय परंपरा का अंग नहीं है। भारतीय ऋषियों ने कभी अपने को किसी ग्रंथ में दर्ज विचारों से बँधा हुआ नहीं माना। यह सही है कि वे प्राचीन ग्रंथों की बातों को नकारते भी नहीं हैं। पर उन बातों की नित नई व्याख्या करते रहने का अधिकार तो वे रखते ही हैं। तभी तो व्यास ताली बजा-बजाकर कलियुग की और कलियुग में स्त्रियों और शूद्रों की जय बोल पाते हैं।"

—भारतीय चित्त, मानस और काल : धर्मपाल

यही लेखक एक अन्य पृष्ठ पर लिखता है कि इस देश के साधारणजन के मानस में पैठकर, उसके चित्र व काल को समझकर ही, इस देश के बारे में कुछ सोचा जा सकता है। पर दूसरी तरफ ऐसे भी पंडित और विद्वान् हैं, जिनके लिए शास्त्र ही सब कुछ है, भद्रजनों की अभिजन परंपराएँ ही इस समाज की रीढ़ हैं और ये इतनी सुस्पष्ट और सपाट हैं कि उलझने की कोई समस्या नहीं है। इन अभिजनों का ऐसा दावा है कि जिन संस्कारों को इन्होंने वरीयता दे रखी है, जिस मानसिकता को ये श्रेष्ठ करार कर चुके हैं, जिन पद्धतियों को सर्वोत्तम घोषित कर चुके हैं और जिनके बल पर ये उथल-पुथलकारी समय में भी अपने वर्चस्व की हारती हुई लड़ाई लड़ रहे हैं, क्रांतिकारी बदलावों का आकांक्षी लोक-समूह उन्हें मंजूर करे। और यदि न करने पर राजी हो तो इस वर्चस्ववादी संजाल से उसे खदेड़ दिया जाए।

आश्चर्य यह है कि इस अभियान में वे भी शामिल हैं, जो कई-कई परंपराओं की वकालत करते रहे हैं और वे सब भी जो पिछले पचास-साठ सालों से सर्वहाराओं की मुक्ति और उद्धार का रामबाण 'नुस्खा' ही नहीं, स्वघोषित ठेका लिए भी घूम रहे हैं।

शास्त्र चाहे यह हो या वह, अंततः स्थितिशील होता है और लोकहित में उसे या तो बार-बार पुनर्नवित करना पड़ता है या फिर लोक की शरण में जाकर उन जीवन-परंपराओं को खोजना, समझना, पहचानना और चुनना पड़ता है, जिनकी मदद से आगे का रास्ता तय हुआ करता है। मगर इसमें पड़ती है मुश्किल जियादह।

लोक कोई सीधी-सपाट चीज नहीं है, न जाने कितने विचार, बातें, अनुभव-समूह, दृष्टिकोण और इतिहास-पुराण वहाँ एक साथ इस तरह अँटे पड़े हैं कि उनके बीच से 'रास्ते' की खोज सहज संभव नहीं है। 'कही ईसुरी फाग' की कथा-लेखिका मैत्रेयी पुष्पा ने यहाँ इसे जिस साहस, निष्ठा और ईमानदारी से साधा है, उसका कारण और आधार उनका वह लोकानुराग है, जिसके ऊर्जा-स्रोत उनके अपने बचपन और कैशोर्य के उन जीवन-अनुभवों में कहीं हैं, जो अब भी उनकी स्मृतियों के सबसे ताजे और ताकतवर जीवन-प्रसंग हैं, कोई पंडित चाहे तो इन्हें अध्याय भी कहे।

मैत्रेयी अपने लेखक (लेखिका) की प्रिय निवास-भूमि बुंदेलखंड को शायद ही कभी भूलती हों/'आषाढ़ का एक दिन' के कालिदास की तरह वे जैसे अपने पाठकों से अपनी सर्जना का रहस्य-सा खोलती हुई कह रही हों--"मैंने जब-जब लिखने का प्रयत्न किया, तुम्हारे और अपने जीवन के इतिहास को फिर-फिर दुहराया। और जब उससे हटकर लिखना चाहा तो रचना प्राणवान नहीं हुई।"

बुंदेलखंड की पृष्ठभूमि पर अनेक महत्त्वपूर्ण कथा-कृतियों को दे चुकने के बाद भी अगर मैत्रेयी और उनका बुंदेलखंड चुकता नहीं दिखाई देते या फिर रचना के अक्षय और अजस्र स्रोत बने हुए हैं तो उसका एक कारण यह भी है कि मैत्रेयी कथा-लेखन की तयशुदा प्रविधियों, जाने-पहचाने घोषित विचारों (शास्त्रों) और विचारधारात्मक दृष्टियों या फिर अपने ही द्वारा अर्जित और रची मर्यादाओं से न केवल हर बार उन्मुक्त संवाद करने को तैयार रहती हैं, बल्कि अपने पिछले अनुभवों की झिझकों और हिचकों से मुक्ति की साधना करती हुई अपने ही 'दायरों' को अधूरा और अपर्याप्त अनुभव करती हैं। इसलिए वे वह सब बार-बार कहकर भी उस दुहराव से बचती रहती हैं, जिसे किसी लेखक का ठहराव भी कहा जाता है।

'इदन्नमम', 'चाक', 'अल्मा कबूतरी' और आत्मकथा 'कस्तूरी कुंडल बसै' जैसी कृतियों के बाद मैत्रेयी इस बार जिस बुंदेलखंड को लेकर आई हैं, वह जितना उनका है, उससे कहीं अधिक सरस्वती देवी, बसारी लाल बऊ, तुलसीराम, ओरछा के गाइड शालिगराम कटारे, सागर जिले की पथरिया गाँव की बेड़िनी करिश्मा, और बूढ़ी संगीत साधिका अनवरी बेगम का है। मैत्रेयी ने इस बिखरे-बिखरे-से इतिहास (?) को जिस निष्ठा से बटोरा और कौशल से समेटा है, उसे अपनी भाव-प्रवणता और संवेदनशीलता की गहरी-धीमी आँच से इतना पका भी दिया है कि अब यह केवल फगवारे ईसुरी और उसकी बदनाम प्रेमिका रजऊ की प्रेम कहानी भर नहीं, स्त्री-पुरुष के दुःखद संबंधों और स्त्री की वेदना और क्षोभ की कहानी भी बन गई है। पर इतना ही क्यों? वह स्त्री के साहस, संघर्ष और मुक्ति की भी गाथा है, मैत्रेयी

ने जिसे एक मिशनरी की तरह अंगीकार किया और रचा है।

यह कथा जिस पद्धति को अपनाते हुए कही गई है, वह वही है, जिसे तुलसी ने मानस और हजारीप्रसाद द्विवेदी जैसे 'गप्पियों' ने 'बाणभट्ट की आत्मकथा' को रचते हुए अपनाया है। 'कही ईसुरी फाग' में भी कहानी कहने वालों का एक वर्ग है, जिसमें वह एन०सी०सी० टीचर तक आता है, जो दरमियाने कद का गहरा साँवला आदमी है, जिसकी नाक बैठी हुई-सी है, दाँत बेहद सफेद शायद काले रंग के कारण, और जिसने नदी किनारे शीशम की छाया में बैठकर ऋतु और अनवरी बेगम को देशपत दीवान, धुबैला महल से भागे राजकुमार, उसकी खुफिया स्त्री-सेना की गंगिया और रज्जो के किस्से सुनाते हुए कहा कि औरत मर्द के मुकाबले ज्यादा भरोसेमंद होती है। जो कहानी वह गाँव वालों से सुन चुका था, उसे उन दोनों को सुनाते हुए उसने जो आखिरी बात कही वह इस देश के एलीट मानस को समझने में हमारी मदद भी करता है। एन०सी०सी० टीचर ने कहा—मैं इसी कारण इस प्रशिक्षण केंद्र का नाम 'रजऊ प्रशिक्षण केंद्र' रखना चाहता था, मगर कॉलेजों की प्रबंध समितियाँ रानी लक्ष्मीबाई के नाम पर सहमत हुईं। मैत्रेयी ने इस तरह के कई प्रसंग उठाकर शास्त्रानुगामी अभिजनों और वर्चस्वी पुरुष मानस की सनातन सत्ताकांक्षा और लोक-विमुखता का रहस्य खोला है।

उपन्यास की समूची कहानी शोध-छात्रा ऋतु और उसके रिसर्च गाइड डॉ० पांडेय की परस्पर विरोधी निगाहों और असहमतियों के सिलसिलों की कहानी है। इसीलिए उपन्यास की कथा का अंत भी कुछ ऐसा है, जो अनाकांक्षित-सा है। यानी कि शास्त्रीय आकांक्षाओं के अनुरूप है। एक प्रकार से शास्त्र के सत्ता-वर्चस्व और दंभ के विरुद्ध लोक की अनंत ऊर्जा, क्षमता और उसकी ही जययात्रा का जीवंत दस्तावेज। खास तौर से उस एलीट बुद्धिजीवी समूह के विरुद्ध, जो सत्तापरस्त होकर, आकाशबेलि की तरह एक हरे-भरे, जीते-जागते, श्रम-परायण जुझारू समाज की आत्मविश्वासी बुनियादों में अपनी मक्कारियाँ और छल का मट्ठा डालते हुए उसे निष्प्रभ करने की कोशिशों से बाज नहीं आता और अपने पाखंडों की छायाओं के इतने वितान रचता है कि सामान्य जनता फुसलाई और बरगलाई जा सके। उपन्यास में रजऊ के जेठ रामदास, उनके सलाहकार पुजारी महाराज, धौर्रा के मुसाहिब जू, रज्जो के सगे भाई लछमन, देशपत दीवान के भतीजे कुंझल शाह अपनी इन्हीं मानसिकताओं के साथ हैं। ऋतु के साथी और प्रेमी माधव के मामा भी। जीवन को शतरंज के खिलाड़ी की तरह खेलते हुए।

मैत्रेयी ने यह कहानी यहीं खत्म होने नहीं दी है। उन्होंने इसे रजऊ और ईसुरी

के जीवन के अंतिम फैसलों और उनसे उपजी परिणतियों तक भी ले जाकर चित्रित किया है। रजऊ जिस तरह बागी योगिनी का बाना धारण करती है, गंगिया बेड़िनी के साथ देशपत दीवान की महिला खुफिया सेना का अंग बनती है, उसी तरह कुँवर आदित्य के साथ, जान हथेली पर रख कुर्बान हो जाती है और पुरुष ईसुरी अपना संतुलन खो-सा बैठते हैं। रजऊ को उन्होंने जितना जाना था, वह कितना कम था। स्त्री को लेकर उनका सोच कितना सीमित और पारंपरिक था। क्या रजऊ वही थी, जो उनकी फागों में उनकी कला की धरती बनी बैठी थी? या फिर वह जो गंगिया बेड़िनी के साथ, एक दिलेर और मजबूत किसान औरत की तरह अपनी समूची हिम्मत और हौसले के साथ खड़ी, अपनी जिंदगी को देश की आजादी के लिए दाँव पर लगा चुकी थी। रजऊ (स्त्री) के इस अजाने रूप की कल्पना तक कर सकने में असमर्थ फगवारे (कवि) ईसुरी बघौरा की विधवा जमींदारनी और अपनी संरक्षिका आवादी बेगम से आत्मग्लानि के स्वर में कहते हैं, "हमने क्या किया बेगम साहिबा? राज-रजवाड़ों में खाया और सोते रहे। फागें कहीं और धन्य हो गए, अपनी जिंदगी का मकसद इससे ज्यादा कुछ न गिना। रज्जो ऐसा कमाल कर जाएगी, हम कहाँ जानते थे।"

सही है कि फगवारे ईसुरी की यह कचोट और तड़प सूखी कठोर जमीन पर अपना फन पटकते हुए उस नाग की है, जिसकी मणि जैसे छीन-सी ली गई हो, पर यह भी कहीं उसी पुरुष-दंभ का पराजय-रुदन तो नहीं है, जो स्त्री की अनंत संभावनाओं के नकार और अस्वीकार पर ही नहीं, बल्कि उसके द्वारा रची संस्कृतियों के छद्मों में भी गूँथी जाती रही है।

ईसुरी के अंतरंग मित्र और फाग मंडली के सूत्रधार धीरे पंडा बेगम के समक्ष इस रहस्य का उद्घाटन करते हुए जो कहते हैं, मैत्रेयी का अपना पक्ष भी क्या वही नहीं है—"यह खुद जानता है कि इसका अशांत मन चमगादड़ की तरह फड़फड़ाता है, जिसमें जस और जीतों का खोखला अभिमान भरा है। अभिमान, जिसमें रजऊ का जीता हुआ अंश, उस पर अपनी प्रीति की शासनदारी और फागों का अमला ...पर वही रजऊ जो कुछ कर गई, भइयाजू नहीं कर पाए, मलाल कम नहीं है।"

पुरुष स्त्री को अब भी अपनी जागीर या रियाया नहीं मानता, कौन कहेगा? नहीं मानता तो अपने अपराधों को छिपाता हुआ, स्त्री के विरुद्ध तरह-तरह के दंडों का विधान कैसे करता है। लेखिका ने व्यवस्था के केंद्र में दंड धारण किए बैठी इस पुरुष-सत्ता पर कई मार्मिक और तीखी टिप्पणियाँ तो दर्ज की ही हैं, ऋतु के मार्फत अपने प्रेमी माधव के माता-पिता और उसके मामा को लक्ष्य कर अपने बेकाबू गुस्से

का इजहार जिस भाषा में किया है, वह उसी के हूबहू शब्दों में यों है—'भाड़ में जाए माधव—मैंने यही सोचा था और खुद को ऐसी निचाइयों में धकेली हुई पाकर मन ही मन माधव के मामा की ऊँचाइयों पर थूक दिया था, जिनकी विरासत में माधव को जाना था।'

मैत्रेयी समूचे उपन्यास में गुस्से और क्षोभ से भरी हुई हैं। कहीं-कहीं तो इतनी कि पढ़ने वालों के दिमागी तार झनझना उठते हैं और होश गायब-सा हो उठता है। फिर भी न तो उनका बौद्धिक संतुलन बिगड़ता या लड़खड़ाता है, न ही वह आत्मविश्वास उनका साथ छोड़ता है, जो जीवन के कठिन अनुभवों, उन्मुक्त प्रवाहों, लोक की गहरी जानकारियों और विभिन्न उतार-चढ़ावों की आड़ी-टेढ़ी राहों पर चल-चलकर विकसित हुआ, उन्हीं के चुनौतीपूर्ण परिसरों में पला और बढ़ा है।

जिस असाधारण मानसिकता की उपज यह कृति है, उसमें स्त्री तमाम लौकिक संबंधों के प्रति अपनी भावनाओं की तरलता से भरी हुई है, किंतु न तो पति या बेटे की जागीर या रियाया है, न प्रेमी का शासन-प्रदेश। प्रजा तो वह खैर किसी की भी नहीं है और इसके लिए हर संभव-असंभव कीमत चुकाने को तैयार है।

इतना ही क्यों, वह स्त्री-पुरुष के बीच जन्म लेने वाले और जारी रहने वाले किसी ऐसे संबंध को स्वीकारने को तैयार नहीं है, जो उसे यंत्र-संबंध मानव बना दे। अनेक परतों वाली स्त्री को, उसकी संभावनाओं के साथ चित्रित करता यह उपन्यास अवैध लोक का ही जयगान नहीं, उन सारी स्त्रियों का मुक्ति अभियान भी है, किसी काल में जिनकी चिंता में शरत्चंद्र जैसे महान् कथाकार डूबे हुए थे। यह ऋतु-माधव, रजऊ-ईसुरी से होकर सुदूर अतीत की मीरा और सीता तक जाती है। द्रौपदी तक जिसे पांडवों में भी सब समझ नहीं पाते।

वाल्मीकि की सीता पर सोचते हुए विवेकानंद ने लिखा है कि भारत की स्त्री की यातना और वेदना की कहानी है। हमारे अपने समय में तभी तो राममनोहर लोहिया ने सोचना शुरू किया कि व्यवस्था और उसके पुरुष कर्णधारों के दंडों को चुपचाप सह लेने वाली सीता की नहीं, अपने प्रति किए गए अपमानों और अन्यायों के प्रतिकार में अपने केशों को खोल कठोर संकल्पों की तरह लहराने वाली द्रौपदी की जरूरत आज के समाज को है।

मैत्रेयी के इस उपन्यास में वे केश सिर्फ लहरा नहीं रहे हैं, स्त्री के जीवन की संभावनाओं की नई पताकाओं की तरह जिजीविषा, आत्मविश्वास और संघर्ष के पर्याय और प्रतीक भी बन चुके हैं। स्त्री को अब तक जितना जाना और समझा गया है, यह उपन्यास उससे आगे की कथा है। इस कथा में वे पारिवारिक रिश्ते भी उघड़ते

और नंगे होते चले गए हैं, जो कथित तौर पर स्त्री की सुरक्षा की गारंटी-सी लेकर आते हैं। यहाँ पति प्रताप, जेठ रामदास, भाई लछमन और प्रेमी कवि ईसुरी की मानसिक संरचना में बहुत स्तर और रूपभेद नहीं है। इन सबका मानस एक ही तरह से काम करता है। उपन्यास के अंतिम पृष्ठों पर आवादी बेगम जब धीरे पंडा से फगवारे को उसकी अमानत सौंपने को कहती हैं और ईसुरी उसे अपनी बिटिया गुरन को भेज देने की इच्छा जताते हैं···धीरे बेगम भी यह सोचने लगीं कि···कौन मानेगा कि रजऊ का प्रेमी यही है। और धीरे के लिए जैसे यही समय हो, जब मुहब्बत से यकीन उठने लगा।

उपन्यास पढ़ चुकने के बाद यह अंतर्ध्वनि भी सुनाई पड़ती है कि ईसुरी जैसे फगवारे, लोक-कवि, जो रजऊ जैसी स्त्रियों को अपनी कला की प्रेरणा के रूप में आत्मस्थ किए रहते हैं, अंततः घर-गृहस्थी वाले व्यावहारिक पुरुष ही साबित होते हैं। भावनाओं की सच्चाई और गहराई, उनका विकास और उदात्तीकरण तो स्त्री ही करती आई है। वही आज तमाम संबंधों के बीच उस प्रेम को भी नए सिरे से व्याख्यायित करने और समझने की कोशिशें कर रही है, जिसके लिए वह कलंकित और दंडित होती आई है।

20 सितंबर, 2004, 'आउटलुक' के 'स्त्री की नजर में प्रेम' अंक में मैत्रेयी ने जो साहसपूर्ण बयान दिया है, उससे उपन्यास को ठीक से समझने का एक और आधार मिल गया है। मैत्रेयी लिखती हैं–"प्रेमिका होना हमारी ईमानदारी की निशानी है, हृदय की स्वतःस्फूर्त भावना से बनी है। क्या मैं इसलिए ही तथाकथित नैतिकता, शुद्धता, पवित्रता के रुतबों को मानने से इनकार करती रही हूँ? सच मानिए, मेरी लौ-लगन धीमी नहीं पड़ती और लोग कहते हैं कि ऐसी लौ ही स्त्री-जीवन को जला डालती है।"

उपन्यास की एक और खूबसूरती करिश्मा बेड़िनी और उसकी परदादी गंगिया का चित्रण है। स्त्री और खासकर सदियों से हेय समझी जाने वाली बेड़िनियों के अंतरंग को ही नहीं, राष्ट्रीय मुक्ति-संग्राम में उनकी कारगर भूमिकाओं का उल्लेख कर उपन्यास ने हम पाठकों की दृष्टि को नई दिशा और विस्तार दिया है। करिश्मा ही तो ऋतु से कहती है–'यार, तुम कैसी पढ़ी-लिखी हो, दुनिया की कितनी चीजों को जानती हो। रोटी-दाल की होकर रह जाती हैं तुम्हारी जैसी लड़कियाँ और जिंदगी-भर रोटी-दाल ही बनाती रहती हैं। घर वाले तुम्हें हर आनंद से काटकर वाहवाही देते रहते हैं और खुद हर स्वाद के पीछे दीवाने रहते हैं।' इन पंक्तियों को पढ़ते हुए मुझे 'पढ़िए गीता बनिए सीता' वाले रघुवीर सहाय याद आते रहे।

मैत्रेयी का गुस्सा करिश्मा के मार्फत ही लावे-सा फूटकर फैल पड़ा है, जब वह ऋतु से कहती है—'बेड़िनी का इतिहास लिख रही हो और बेड़िनीपन से नफरत कर रही हो। कैसी दोगली हो तुम?' ऋतु इसका प्रतिकार तक नहीं कर पाती और करिश्मा कहती है—'सबसे बड़ी बेड़िनी तो रजऊ ही थी, जिस पर लिखी फागों ने हमारी दादियों, नानियों, माँ, चाचियों को बेड़िनी बनाकर नचाया।'

स्त्री-जीवन के अनेक परतों वाले यथार्थ को यह उपन्यास जिस सामाजिक और ऐतिहासिक फलक पर उठाता है, उसका सांस्कृतिक भूगोल बुंदेलखंड का लोकजीवन है। मैत्रेयी का अपना जीवन भी अब उसी लोक का पर्याय बन चुका है। अतिशयोक्ति न माना जाए तो ईसुरी के बगैर अगर बुंदेलखंड की पहचान संभव नहीं है और रजऊ के बगैर ईसुरी की, तो इन तीनों की ठीक-ठीक पहचान के लिए मैत्रेयी का लेखन अपरिहार्य है। मिथिला विद्यापति से, ब्रज सूरदास से, अवध जायसी, तुलसीदास और आधुनिक समय में प्रेमचंद से पहचाना जाता है। मैत्रेयी बुंदेलखंड की नई पहचान बनकर उभरी हैं। पर वे किसी भी रूप में आंचलिक कथा-लेखिका नहीं हैं। अंचल विशेष को अपने कथ्य की पृष्ठभूमि और परिप्रेक्ष्य के रूप में प्रयुक्त करती हुई वे आधुनिक जीवन, लोकतंत्र, व्यवस्था के सामंती ढाँचे, परंपरा की रूढ़ियों और समकालीन भटकावों और असंगतियों के प्रश्नों और उनके यथार्थ के प्रति जितनी चौकन्नी और सजग रहती हैं, उतनी ही बेबाक और सख्त भी। साहस और ईमानदारी उनके लेखन की वे बुनियादें हैं, जिन पर वे अपनी सृजनशील बौद्धिकता और संवादपूर्ण सृजनशीलता का स्थापत्य रचती हैं। अनुभव, आवेग, तर्क और विश्लेषण की संश्लिष्ट प्रक्रिया का अनुसरण करती हुई वे दस्तावेजी इतिहास, लोकस्मृति और व्यावहारिक जीवन के संदर्भों की जैसी संवेदनात्मक सृष्टि रचती हैं, उसमें एक तरल भावुकता का गहरा उफान, तलस्पर्शी वैचारिकता और अतिक्रामक जीवन-बोध का संवेदन-विश्व साकार हो उठता है।

यह भी सच है कि वे हमें जीवन के किन्हीं रामबाण नुस्खों की ओर नहीं ले जातीं, बल्कि जीवन के प्रति हमारे परंपरागत रूढ़ हो उठे रवैयों के प्रति आगाह करती हैं। यह मान लेना भयानक भूल होगी कि वे पुरुषविहीन स्त्री या स्त्रीविहीन पुरुष की कामना करने वाली लेखिका हैं। पर यह भी सच है कि स्त्री को पुरुष ने अब तक जैसा बरता है, मैत्रेयी उसके लिए किसी भी तरह तैयार नहीं, पुरुषहीन हो जाने तक की जिद्दी हदों तक।

कहा जा सकता है कि यह उपन्यास ईसुरी और रजऊ के प्रेम का संवेदनात्मक पुनर्पाठ है। एक अर्थ में है भी, पर यह जिस तरह अपने कथा-काल में आता-जाता

बार-बार अपने समय की खतरनाक चिंताओं से आ जुड़ता है, उससे यह अंदाज लगाना मुश्किल नहीं रह जाता कि लेखिका की आँखें चौतरफा खुली हुई हैं। भारत का पढ़ा-लिखा कथित साक्षर, सुशिक्षित बुद्धिजीवी तबका, विश्व बाजार के मुनाफाखोर दलाल, लोकतंत्र के लोकघाती पहरुए, उनकी सामंती सड़ाँध और उत्तर पूँजीवाद से उनके रहस्यपूर्ण रिश्तों की चर्चा भी यह उपन्यास करता है। 1857 के मुक्ति-संग्राम से लेकर गुजरात के नरसंहार तक फैला हुआ उपन्यास हम पाठकों को कई सवालों के मार्फत घेरता भी है—जैसे कि देश में क्या हो रहा है? घातक लोकतंत्र ही क्या हमारी आजादी है? हिंदू-मुस्लिम रिश्तों पर तीखी संवेदनात्मक प्रतिक्रियाएँ प्रकट करता हुआ यह हमसे पूछता है—'कल के ईसुरी और आज के वली दकिनी में क्या फर्क है। आज ईसुरी पर लिख रहे हैं, कल वली दकिनी के अपमान की गाथा लिखें, यही होगा, यही होता रहेगा तो हम अपने शोध-ग्रंथों में नई पीढ़ी के लिए नया क्या देंगे? यही, बहुत से बहुत यही, जो सबसे पुराना फॉर्मूला है कि जब-जब नरसंहार होंगे, उन्मादी तांडव मचेंगे और राजनीति अपने कौतुक करती रहेगी।'

समकालीन हिंदी उपन्यास को उसकी कथा की जानी-पहचानी सीमाओं से निकालकर लेखक और पाठक का संवाद मंच बना देने की यह कला धर्म, राजनीति, विज्ञान और बाजार की भीतरी साठ-गाँठ और अंतर्क्रियाओं को भी खोलती है। कहा जाता है कि उपन्यास और कुछ नहीं, कई कहानियों का जोड़ होता है, यह भी कि कथावाचक भी कई हो सकते हैं। यहाँ उस शिल्प का भरपूर इस्तेमाल किया गया है। ईसुरी-रजऊ की कहानी तो फागों के मार्फत रची गई ही है, ऋतु और माधव की प्रेमकथा शोध-कर्म के द्वारा विज्ञापित की जाती रही है। कहानी जितनी फागों के द्वारा है, उतनी ही उन दस्तावेजी साक्ष्यों के द्वारा, जिनका बयान देशपत की कहानी है। इतिहास, लोकस्मृति और कल्पना ने मिलकर जो प्रवाहपूर्ण सहज शिल्प रचा है, उससे कहानी के पाठकों की चेतना अधिक समृद्ध हो सकी है और वे उस लोक की अपराजेयता और विराटता का अनुभव कर सके हैं, जिसे नागर और अभिजन कहे जाने वालों के मिथ्या दंभों ने अपढ़ और गँवार समझ रखा था। उपन्यास इस 'लोक' की छवि को लोककथाओं के ही जाने-पहचाने, लगभग सादे, दो टूक और लगभग अनलंकृत किंतु जीवंत सत्यों की भाषा में कहता है, जिससे न तो आँखें बचाई जा सकती हैं, न ही मुकरा जा सकता है।

संभव है, कुछ कलावादियों को उपन्यास की साँस बीच-बीच में उखड़ती-सी प्रतीत हो, फिर भी जीवन के यथार्थ की पकड़ कहीं भी ढीली नहीं पड़ती, न ही लोक कल्याणकारी सच धूमिल या निष्प्राण होता है। मैत्रेयी जैसी लेखिका तो इस कल्याण

(शिवम्) पर भी संदेह की उँगली रखती हुई यह कहे बगैर नहीं दम लेतीं कि--'मेरे मन में सत्य वह है जो मनुष्य के विकास में बदलाव के पक्षधर तत्त्व की भूमिका निभाता है।' 'कही ईसुरी फाग' जैसा उपन्यास लेखिका के इस विचार की पुष्टि करता है कि नहीं, इसे वे ही पुष्ट कर पाएँगे, जिनके विचार (?) शास्त्रीय चौहद्दियों में पंखहीन होकर नहीं रह गए हैं, बल्कि लोक की अनंत संभावनाओं वाले आकाश में उड़ सकने का हौसला और दम रखते हैं।

पुनश्च :

इसे जिस तल्ख, तेजाबी लहजे और बहस-तलब गंभीर भाषा में लिखा गया है, वाद और विवाद को जैसी तटस्थता और आत्मीयता से जाँचा-परखा और साधा गया है, दृष्टि और संवेदना की जैसी जीवंत और मुखर शैली अपनाई गई है, आत्म और पर, अहं इदम को विश्लेषित और विवेचित किया गया है, उससे उपन्यास-लेखन की कलात्मक चुप्पियों में तो खलल जरूर पड़ा होगा, पर जीवन और समय की अभिजात संवेदनाओं की बेचैनियाँ बढ़ी होंगी और उनमें खलबली भी कुछ कम नहीं मची होगी।

कही ईसुरी फाग : सर्जक से आगे सृजन

रवीन्द्र त्रिपाठी

कहते हैं, कल्पना कभी-कभी सचाई से भी आगे निकल जाती है। यानी वह सचाई को बदल सकती है, उसकी छवि को परिवर्तित कर सकती है और कभी-कभी तो 'सचाई' बनकर कल्पना का विकल्प देती है। ऐसे में कल्पना और सचाई का फर्क मिट जाता है। कृष्ण काव्य के आरंभिक चरण में राधा का अस्तित्व नहीं था। दसवीं सदी के इर्द-गिर्द कृष्ण के साथ में आई राधा आगे चलकर कृष्ण के साथ ऐसी एकाकार हो गई कि कृष्ण सचमुच उसके बिना अधूरे हैं। शेक्सपियर का नाटक 'जूलियस सीजर' एक कल्पना है, लेकिन 'जूलियस सीजर' का नाम लेते ही इतिहास का यह नायक याद नहीं आता। शेक्सपियर का चरित्र याद आता है। कभी-कभी काल्पनिक चरित्र इतने सजीव हो जाते हैं कि ऐतिहासिक चरित्र पृष्ठभूमि में चले जाते हैं।

बुंदेलखंड में ईसुरी की फागें वहाँ की संस्कृति के नियामक तत्त्व हैं। खासकर लोक संस्कृति के। ईसुरी की फागों की बुंदेलखंड में क्या अहमियत है, इसका पता वहाँ प्रचलित इस लोकोक्ति से चलता है–'रामायण तुलसी कही सूरदास ज्यों राग, ऐसे ही कलिकालि में कही ईसुरी फाग।' वैसे प्रसंगवश यहाँ यह कह देना उचित होगा कि तुलसीदास जन्मतः बुंदेली थे। बाँदा में उनका जन्म हुआ था, जो बुंदेलखंड के भूगोल और संस्कृति का अनिवार्य अंग है, लेकिन न वे बुंदेली कवि हैं, न बुंदेलखंड के सांस्कृतिक पुरोधा। उस पद पर आसीन कवि का नाम है–ईसुरी। वे बुंदेलखंड की हवा में हैं। यदि आप झाँसी स्टेशन पर उतरकर खुली जीप में खजुराहो जाएँ तो सफर के दौरान हवा आपको गुनगुनाती हुई ईसुरी की फागें सुनाएगी। इन्हीं फागों के बीच आपको 'रजऊ' शब्द भी सुनने को मिल सकता है। रजऊ ईसुरी के फागों की संबोधिता है। उनकी सभी फागें 'रजऊ' नाम की स्त्री को संबोधित हैं:

रजऊ हँसती नजर परे से
नेहा बिना करे सें
हम तो मम खों मारें बैठे, बरके रात अरे से

साँसऊँ जिदिना जिद आजै है, बचौ न
एक धरे सें
'ईसुर' मिलौ प्रान मिल जैतें, कै बन आय मरे सें।

(रजऊ नजर मिलते ही हँसती है। भले ही हमसे प्रेम न करती हो। हम तो अब तक मन मारे बैठे हैं, पर जिस दिन जिद आ जाएगी तो वह कैसे बचेगी? वह मिले तो प्राण मिल जाएँ, या फिर अब मरकर ही बात बनेगी।)

गौरतलब यह है कि रजऊ संबोधिता होते हुए भी अस्तित्वहीन है यानी काल्पनिक है। ऐसा कोई प्रमाण नहीं मिलता कि रजऊ नाम की किसी स्त्री का ईसुरी के जीवन में कोई अस्तित्व था। लेकिन अस्तित्वहीन होते हुए भी ईसुरी की फागों के साथ वह अनिवार्य रूप से जुड़ी हैं। मैत्रेयी पुष्पा का उपन्यास 'कही ईसुरी फाग' इसी काल्पनिक रजऊ और वास्तविक ईसुरी के प्रेम का बयान है। लेकिन ये सिर्फ प्रेमाख्यान नहीं है। लेखिका ने इस प्रेमगाथा को वीरगाथा भी बना दिया है। ईसुरी की नहीं, रजऊ की वीरगाथा। एक स्त्री और एक प्रेमिका की वीरगाथा। उपन्यास की रजऊ महज ईसुरी की प्रेमिका या संबोधिता बनकर नहीं रह जाती, बल्कि 1857 में अंग्रेजों के विरुद्ध चले प्रथम स्वतंत्रता संग्राम की सेनानी भी बनती है। वह झाँसी की रानी लक्ष्मीबाई और उनके समकालीन देशपत दीवान का अलग-अलग साथ देती है। यथार्थ में नहीं, क्योंकि यथार्थ में तो रजऊ थी ही नहीं। रजऊ का यह सेनानी रूप भी कल्पित है, जिस तरह उसका प्रेमिका रूप कल्पित है। लेकिन लेखिका ने इसके माध्यम से यह दिखाने की कोशिश की है कि रजऊ प्रेम में पड़कर सिर्फ प्रेम-दीवानी नहीं होती, बल्कि उसके व्यक्तित्व का रूपांतरण होता है। लेखिका का मंतव्य और उपन्यास का कथ्य यही है कि प्रेम किस तरह व्यक्तित्व को बदलता है, उसे सक्रिय बनाता है। साथ ही ईसुरी की तरह तोड़ता भी है।

लेकिन 'कही ईसुरी फाग' सिर्फ इतना ही नहीं है। इनमें स्त्री-संघर्ष गाथा भी है। उपन्यास में कई ऐसे स्त्री चरित्र हैं, जो विपरीत परिस्थितियों में संघर्ष करते हैं। ये स्त्रियाँ या तो समाज या परिवार की सताई हैं या प्रेम की मारी हैं। ऐसे चरित्रों में प्रथम तो ईसुरी रजऊ की कथा ढूँढ़ने वाली ऋतु है, जो बुंदेलखंड में घूम-घूमकर ईसुरी और रजऊ की कहानी को एक सूत्र में पिरोती है। ऋतु रजऊ और ईसुरी पर शोध करती है। लेकिन उसका शोध-प्रबंध हिंदी विभाग द्वारा अस्वीकृत किया जाता है। ऋतु माधव नाम के एक युवक से प्रेम करती है, जो ईसुरी-रजऊ की कहानी ढूँढ़ने में उसके साथ है, लेकिन बाद में पारिवारिक दबावों की वजह से उसे छोड़कर चला

जाता है। अगली स्त्री-चरित्र सरस्वती देवी हैं, जो बुंदेलखंड में घूम-घूमकर फाग-मंडली बनाती हैं। सरस्वती देवी खुद भी अपने परिवार से प्रताड़ित हैं। मीरा सिंह है, जो पारिवारिक ताड़नाओं की वजह से मीरा बहू से भी मीरा सिंह बन जाती है। इनके अलावा गंगिया बेड़नी और करिश्मा बेड़नी व आबादी बेगम और अनवरी बेगम हैं। लेखिका का कौशल इस बात में है कि ये सभी स्त्री-चरित्र रजऊ-ईसुरी की कहानी से जुड़े हैं। गंगिया बेड़नी रजऊ की समकालीन है और वही उसे देशपत दीवान से मिलाती है। आबादी बेगम वह चरित्र है, जिसके यहाँ ईसुरी के आखिरी दिन गुजरते हैं। अनवरी बेगम और करिश्मा बेड़नी के सहारे ऋतु, ईसुरी और रजऊ की कहानी ढूँढ़ती है। लेखिका ने रचना का ताना-बाना बुना है कि पाठक बुंदेलखंड के कई गाँवों और कस्बों—ज्यौराहा (मीरा का गाँव), बसारी (जहाँ की बऊ ऋतु को रजऊ के बारे में बताती है), मदनपुरा, पथरिया गाँव, ओरछा, छतरपुर से बावस्ता होता चलता है।

इस तरह यह उपन्यास बुंदेलखंड की लोक-संस्कृति के साथ लोक-स्मृतियाँ सुरक्षित रखने वाले स्थानों की सैर भी कराता है। लेकिन बात सिर्फ इतनी ही नहीं है। लेखिका यह बताना चाहती है और यह सच भी है कि ईसुरी और रजऊ सिर्फ किसी स्थान विशेष के ही नहीं थे, किसी खास काल के नहीं हैं। बुंदेलखंड की धरती के हर गाँव, हर क्षण और हर मिट्टी में उनके कथा की सुवास मिलेगी। और यह भी कि किसी एक जगह पर जाकर ईसुरी और रजऊ की कहानी का पूरा स्वाद नहीं पाया जा सकता है। दोनों की कहानी गाँव-गाँव में रची-बसी है, लेकिन एक होते हुए भी अलग-अलग रूपों और भंगिमाओं में हैं। किसी एक गाँव में ईसुरी के फाग को सुनकर उससे आनंदित तो हो सकते हैं, लेकिन उसके संपूर्ण को नहीं पा सकते। और यह संपूर्ण भी कोई निश्चित इकाई नहीं है, बल्कि जितना ही आप इस कहानी के भीतर प्रवेश करेंगे, वह बढ़ता जाता है। उसकी परिधि विस्तृत होती जाती है। उसमें सघनता भी आती है और साथ-साथ फैलाव भी आता है। यह परस्पर-विरोधिता एक साथ घटित होती है।

बुंदेलखंड में लोक-संस्कृति जितनी समृद्ध है, उतना ही ताकतवर यहाँ का सामंतवाद है। बिहार, झारखंड, पूर्वी व पश्चिमी उत्तर प्रदेश की तुलना में बुंदेलखंड (जिसका आधा हिस्सा उत्तर प्रदेश में पड़ता है और आधा मध्य प्रदेश में) का सामाजिक जीवन सामंतवाद की जकड़न में है। यह तब भी था, जब ईसुरी थे और आज भी है। धौर्रा का सामंत मुसाहिबजू ईसुरी को अपने यहाँ बुलाता है। एक कलाकार के रूप में। पर ईसुरी वहाँ जाकर एक तरह से बंदी जीवन बिताते हैं।

मुसाहिबजू की बेटी रज्जू राजा उनकी फागें सुनकर मोहित होती है तो इसकी सजा ईसुरी को मिलती है। ईसुरी और रज्जू राजा दोनों षड्यंत्र के शिकार होते हैं। रज्जू राजा संदेहास्पद परिस्थिति में मर जाती है और ईसुरी को धौर्रा छोड़कर भागना पड़ता है। आबादी बेगम के यहाँ ईसुरी को पनाह मिलती है, लेकिन तब तक ईसुरी के भीतर बहुत कुछ खत्म हो चुका रहता है।

उपन्यास की खासियत यह है कि यह ईसुरी की कविता के (जिन्हें फाग का नाम मिला) मर्म को उद्घाटित करता है। ईसुरी उस काल के कवि हैं, जिसे हिंदी कविता में रीतिकाल कहा जाता है, लेकिन वे किसी राजदरबार से जुड़े कवि हैं। हिंदी की रीतिकालीन कविता की सूची में उनका नाम नहीं है। उन्हें लोककवि की मान्यता मिली है, कवि की नहीं। क्यों? ईसुरी की कविता को सिर्फ 'फाग' कहा जाना इन कविताओं का कहीं अवमूल्यन तो नहीं है? क्यों नहीं शामिल किया गया ईसुरी को आज तक साहित्यकारों की बिरादरी में। ईसुरी की कविताएँ बंसी की वह टेर हैं, जिसे सुनकर गोपिकाएँ अनायास ही सुध-बुध खो देती हैं और उसकी ओर खिंची चली आती हैं। वह कौन स्त्री है जो ईसुरी की कविताओं में अपना नाम नहीं ढूँढ़ती। कौन है, जो नहीं चाहती जो ईसुरी की फाग की संबोधिता बने। गाँव की स्त्रियों की रजऊ से रश्क इस बात का है कि सिर्फ वही क्यों ईसुरी की फागों की संबोधिता है। धौर्रा में रज्जू राजा भी ईसुरी की फागों को सुनकर महसूस करती है कि ये फाग उसी पे कहे गए हैं। मुसाहिबजू की नौकरानी चंपाकली चाहती है, ईसुरी उसे लेकर फाग कहें। ईसुरी की कविताओं या फागों में श्रृंगार का उद्दाम वेग है। प्रेम का संदेश है। अकेले रजऊ नहीं है जो ईसुरी की फागों को सुनकर लोकलाज तज देती है। गंगिया बेड़िनी भी ईसुरी की फागों को सुनकर सब कुछ तज देती है। वह रंगरेजिन है। शादीशुदा है। लेकिन ईसुरी की फागों को सुनकर वह अपनी जात को ओढ़नी की तरह उतारकर फेंक देती है और रंगरेजिन से बेड़िनी हो जाती है।

ऐसे कितने कवि हुए, जिनकी कविता का ऐसा असर हुआ? कहा जा सकता है कि यह सब लेखिका की कल्पना है। सच्चाई नहीं है। लेकिन गंगिया का चरित्र भले काल्पनिक हो सकता है, लेकिन ईसुरी की फागों के असर का जो वृत्तांत इस उपन्यास में पेश किया गया है, वो काल्पनिक नहीं है। गंगिया, चंपाकली या रज्जू राजा उस प्रभाव के प्रतीक हैं, जो ईसुरी की फागों को सुनकर पड़ते हैं।

ईसुरी यौवन का कवि है। ईसुरी और रजऊ युवा प्रेम के आद्य बिंब बन जाते हैं। कम से कम बुंदेलखंड में। लेखिका ने तुलसीराम और मादुरी, ऋतु-माधव, गाइड सालिगराम कटारे—सावित्री जैसे युगल चरित्रों के माध्यम से यह दिखाया है कि

ईसुरी-रजऊ की कहानी आज भी जीवित है। उस कहानी के रूप बदल गए हैं। चरित्र बदल गए हैं, समय और परिस्थितियाँ बदल गई हैं, पर उसका मूल रूप अभी भी मौजूद है।

हालाँकि इस उपन्यास के केंद्र में ईसुरी हैं, लेकिन उपन्यास खत्म होते-होते रजऊ इसकी केंद्रीय चरित्र बन जाती है। ईसुरी एक फगवारे या प्रेमी बनकर रह जाते हैं। रजऊ का प्रेम उन्हें भी बदलता है। एक जगह वे कहते हैं–'मैं भी कहाँ ऐसा था कि एक औरत के लिए सैकड़ों फागें कहता जाऊँ। रजऊ की प्रीतिभरी आँखों का करिश्मा था, उसकी रति गति का जादू या हम दोनों की चितवन का प्यार था, नित नई फागें रचता जाता और भूल जाता कि मैं मर्यादा से बँधे समाज के बीच हूँ। सच, मैंने उसके सामने धर्म, मान और अहंकार के हथियार डाल दिए थे। जैसे 'फाग' की तरह मैं एक आजाद छंद हूँ, जिसे शास्त्रीय नियम बाँध नहीं पाते? पर ईसुरी आजाद होकर भी उतने आजाद नहीं हो पाते, जितनी रजऊ होती है। प्रेमासक्त होकर आजाद हुए ईसुरी एक समय के बाद अपने में ही सिमटकर रह जाते हैं। सही मायने में आजाद होती है रजऊ, जो न सिर्फ घर की चौखट लाँघकर निकल जाती है, बल्कि प्रेम से बड़े एक और उद्देश्य–देश की आजादी से जुड़ जाती है। फाग के रचयिता ईसुरी प्रेम में कुछ दूर तक चलने के बाद ठहर जाते हैं और एकाकी हो जाते हैं। लेकिन रजऊ? वह तो गायिका बनकर घर से निकलती है, लेकिन आखिर में एक जुझारू सिपाही बन जाती है। कवि की संबोधिता अपने रचनाकार से भी आगे बढ़ जाती है?

झूलानट : घरेलू मुहावरे में शक्ति-विमर्श

अर्चना वर्मा

परिवार शक्ति-विमर्श की पहली पाठशाला है। यह केवल आकस्मिक नहीं है कि शक्ति और सत्ता के समीकरणों को राजनीति के दायरे के बाहर, जीवन के संचालक, संवाहक तंत्र की तरह सबसे पहले स्त्री-विमर्श में ही पहचाना गया। संबंधों की दुहाई देते हुए—मानो वे स्त्री की एकतरफा जिम्मेदारी हो—कभी भावना तो कभी कर्तव्य के नाम पर, या फिर कभी मर्यादा तो कभी दायित्व के खाते में डालकर या फिर सामाजिक अवमानना, कलंक और आर्थिक असुरक्षा का भय दिखाकर परिवार को ताकत की आजमाइश का अखाड़ा बनाए रखा गया, जहाँ प्यार तक चाबुक की तरह इस्तेमाल की चीज थी। वह स्त्री की आँखिन देखी, आपबीती कहानी थी, लेकिन अब इतनी इकहरी भी नहीं, जितनी स्त्री-विमर्श ने प्रायः पढ़ी और दर्ज की। इस विमर्श में स्त्री की चिरंतन भूमिका कुटी, पिटी, मसली, कुचली, दलित और बलात्कृत बेचारी की है और पुरुष हत्यारा, उत्पीड़क, बलात्कारी और खासे चिरंतन किस्म का दुष्टात्मा है।

विकल्पहीन स्थितियों में ऐसे उदाहरण निस्संदेह अपवाद नहीं, जहाँ विकल्पहीनता के समक्ष समर्पण का फल सहिष्णुता से लेकर एकतरफा अनुकूलन अस्मिता के हनन और आत्महत्या तक जैसे आचरण में दिखाई देता है, लेकिन अपवाद वे उदाहरण भी नहीं जहाँ इस विकल्पहीनता के दबाव से ही उछाल पाकर बच निकलने के लिए चोर दरवाजे, छिप रहने के लिए तहखाने या फिर टूट पड़ने के लिए पैनाए गए दाँतों और नाखूनों के हथियार वैकल्पिक रास्तों की तरह तलाशे जाते हैं।

मैत्रेयी पुष्पा के उपन्यास 'झूलानट' की कथाभूमि वर्चस्व-विमर्श का यही पारिवारिक धरातल है। सीमित फलक और संक्षिप्त कथानक की इस रचना के व्यंजितार्थ दूरगामी हैं। सतह पर यह घरेलू किस्म के झगड़े-झंझट को साहित्यिक गुरुत्व और प्रतिष्ठा प्रदान करता हुआ साधारण कथानक प्रतीत होता है, जिसमें स्त्रियोचित कलह, ईर्ष्या और प्रतिद्वंद्विता का विशद् बखान है, लेकिन यह कलह-कोलाहल कथागत जीवन और जगत् व्यवहार के दृश्यबंधों का वह जीवंत और रोचक

सिलसिला है, जिससे गुजरते हुए उपन्यास बिना किसी वैचारिक या सैद्धांतिक शब्दाडंबर के, दैनिक जीवन और दैनिक अनुभव की ठेठ भाषा में अपने कथ्य को चरितार्थ करता है।

'झूलानट' एक छोटे-से परिवार की कहानी है। एक जुझारू माँ, दो बेटे और एक उतनी ही जुझारू बहू के इस परिवार में संबंधों के समीकरण बेहद उलझे हुए हैं। माँ ने 'पिता के बाद अकेले ही जुआ खींचा है घर-गृहस्थी का।' 'दुःख-तकलीफ को पानी की तरह पीना जानती है', 'डरीं-झिझकीं तो चला लिया गृहस्थ और गाँव।' इस जुझारू क्षमता ने माँ को अपने बेटों की और स्वयं अपनी दृष्टि में एक खास हैसियत दी है। बड़े बेटे के प्रति उनके मन में विशेष पक्षपात है, क्योंकि वह पढ़-लिखकर पुलिस में थानेदार हो गया है और अब वह उनका बेटा कम व इज्जत और नामवरी की पताका अधिक है। माँ के लिए इन्हीं बातों का महत्त्व सबसे बढ़कर है। मातृत्व भी यहाँ संतान के प्रति तथाकथित अनिवार्य वात्सल्य भाव नहीं, शक्ति के पक्ष में एक वक्तव्य है। इसीलिए छोटे बेटे के हिस्से में उसी अनुपात में उपेक्षा और तिरस्कार आए हैं।

अपने को नालायक, नाचीज, तुच्छ और तिरस्कृत समझता हुआ छोटा बेटा बालकिशन बड़े भाई के न्यस्त स्वार्थ की पूर्ति का सामान बन जाता है। ढोर-डंगर और खेत-खलिहान सँभालने के लिए एक सेवक भी तो चाहिए। अपने के विश्वास से खटने वाले बेदाम के गुलाम छोटे भाई से बेहतर व्यवस्था और क्या हो सकती है। बालकिशन उतने को ही अपनी कुल योग्यता मानकर संतुष्ट है और किसी प्रकार अम्मा को प्रसन्न देखना और प्रशंसा का एक शब्द सुन पाना उसकी कुल आकांक्षा है। माँ की प्रसन्नता और प्रशंसा की आशा में ही वह बड़े भाई से लात-घूँसे और संटियों की मार खाकर भी बहादुर बालक की तरह खड़ा रहता और इन चोटों पर माँ के रो देने पर अपने दर्द से नहीं, माँ की पीड़ा से रोता है।

इस परिवार में शीलो यानी बहू के आगमन से घटनाक्रम की शुरुआत होती है। थानेदार से बेटी ब्याहने को उत्सुक अनेक संपन्न परिवारों से रिश्ते आने के बावजूद माँ की भलमनसाहत और बड़े बेटे की मातृभक्ति के कारण विवाह उसी पुरानी जगह होता है, जहाँ पिता तय कर गए थे, क्योंकि 'इस तरह के वादे पर कायम रहना अच्छे परिवार की पुख्ता निशानी है।' पारिवारिक वर्चस्व क्रम में सुमेर का स्थान और स्वभाव, माँ के माध्यम से पास-पड़ोस और गाँव-जवार में आचरण के नियामक और संचालक मूल्य और मान और बालकिशन का आत्महीन अस्तित्व और तुच्छ व तिरस्कृत-सी मानसिकता व भक्ति भाव कथानक की पृष्ठभूमि में रेखांकित कर रखने

योग्य तंतु हैं, क्योंकि इन्हीं सूत्रों से सारा घटनाक्रम बँधा भी है और संचालित भी होता है।

बहू आती है और ठुकरा दी जाती है, क्योंकि थानेदार के रोब और रुतबे के हिसाब से सुमेर को अपने लायक नहीं लगती। शीलो के अगले सात साल व्रत-उपवास, गंडा-तावीज, टोने-टोटके, आँसुओं और मनौतियों में कटते हैं। भाई के विवाह के समय सोलह वर्ष का बालकिशन इन सात वर्षों में तेईस का होता है। इस दौरान वह कभी भाभी के दर्द में डूबता, कभी देवर-भाभी के रिश्ते की मिठास में नहाता, किसी तरह उनके दुःख को थोड़ा भी कम कर पाने के प्रयत्नों में लीन खुद पूजा-पाठ, व्रत-उपवास में व्यस्त, भक्ति का समय और सख्ती बढ़ाता जाता है। शीलो की एकनिष्ठ, एकाग्र तपस्या उसके मन में शीलो के प्रति पूजा और श्रद्धा का भाव जगाते हैं और उसका मन धन्य-धन्य करता रहता है। एक शीलो से ही उसे कुछ मान और महत्त्व मिला है, इसलिए उसके प्रति मन में ममता भी विशेष है, जिसमें कभी-कभार सुमेर के आ पहुँचने के विरल मौकों पर माँ और शीलो द्वारा विशेष अभ्यर्थना से उसे जीत लेने की कोशिशों के दौरान अपनी उपेक्षा के अनुभव से व्यतिक्रम भी होता है, अन्यथा अधिकतर वह परित्यक्ता शीलो के दुःख में शामिल होकर, अपने ऊपर माँ और शीलो की निर्भरता महसूस करके, उनकी जरूरतें और काम पूरे करके पहली बार अपनी सार्थकता और अनिवार्यता का अहसास पाता है। यानी दरअसल शीलो के दुःख में दुखी होकर वह सुखी है। अब तक भी माँ की सहानुभूति तो शीलो के साथ है, लेकिन स्नेह का पात्र सुमेर ही है। शीलो को वह दुलारती-मल्हारती तरह-तरह के जतन करती रहती हैं, क्योंकि उन्हें यह विश्वास भी है कि एक दिन सुमेर सुबह के भूले की तरह घर लौटेगा ही। घर के बने अचार-पापड़, बड़ी-मुँगौड़ी और अनाज लेने वह आता है तो इसे हिस्सा-बाँट की भूमिका समझने में वह असमर्थ रहती हैं या जानबूझकर समझना नहीं चाहतीं, घर के छिपे हुए मोह का प्रमाण ही मानती हैं। सुमेर लेकिन नहीं लौटता, आती है उसके दूसरे विवाह की खबर। इस क्षण उनकी सारी माया-ममता शीलो की दिशा में दौड़ पड़ती है। एक अप्रत्याशित-से निर्णय के तहत वे बालकिशन को शीलो को सौंप देती हैं। असल कहानी यहाँ से शुरू होती है। अम्मा, शीलो और सुमेर के बीच वर्चस्व की अनेक परतीय लड़ाई के पेचों के भीतर पेच निकलते चले आते हैं। कहानी परंतु वस्तुतः अम्मा और सुमेर की नहीं, शीलो और बालकिशन की है। अन्याय के विरुद्ध प्रतिकार और प्रतिशोध की अनेकानेक कहानियों की तरह यहाँ भी न्याय का अर्थ किसी अन्य के प्रति अन्याय और प्रतिशोध का अनंत सिलसिला बन जाता है। इसके जाल में

फँसकर वही सर्वाधिक दंडित होता है, जो सर्वाधिक निर्दोष और निरीह है।

शीलो को बालकिशन देकर अम्मा क्षतिपूर्ति द्वारा अपनी न्याय-बुद्धि और करुणा का परिचय दे रही हैं, ऐसा लगता है, लेकिन यह केवल अंशतः सत्य है। उनकी चिंता यह भी है कि सिरकारी मुलाजिम को दो जनी रखने का हुक्म नहीं। इसलिए वे चाहती हैं कि 'अरे, ब्याह का नाम न लेना''नौकरी छूट जाएगी तेरे भैया की। बहू के सामने ऐसी बात बिलकुल नहीं। तिरिया का क्या भरोसा?' लेकिन इस चिंता के बावजूद उनकी करुणा भी अंशतः सत्य है जरूर। इस जमीन के पात्रों को मैत्रेयी पुष्पा अच्छी तरह से जानती हैं और उनकी मानसिक बनावट को, उनके मंतव्यों और निहितार्थों को अंदर तक पहचानती हैं, इसीलिए एक निश्चित चौखटे में अँटाने की जरूरत के अनुसार रचित और निश्चित दिशा में प्रत्याशित आचरण के साथ बढ़ती जाने वाली मंदा और सारंगनैनी जैसी गढ़ी गई औरतों के ठीक विपरीत बालकिशन, शीलो और अम्मा को उन्होंने उनकी जटिल मानसिकता, कई बार परस्पर विरोधी और उलझी हुई प्रतिक्रियाओं और आचरण के क्षणों में उकेरा है। अम्मा और शीलो की गर्दन का एक-एक खम, भृकुटि का एक-एक संकेत, आवाज का एक-एक कंपन वे देखती और उनके पीछे से बोलने वाली भाव-तरंगों को पहचानती हैं। इन पात्रों को वे उनकी चाल-ढाल, हाव-भाव तथा मुद्राओं-भंगिमाओं के बारीक निरीक्षण और चित्रण द्वारा जीवंत और साकार करती हैं और दृश्यों को एक प्राणवंत नाटक-शृंखला में बदल देती हैं। समूचे दृश्य को यहाँ उद्धृत करना असंभव है और संदर्भ से कटकर उद्धरण पूरा आनंद भी नहीं देता। लेकिन मैत्रेयी पुष्पा पाठक की बुद्धि पर पूरा भरोसा करके अपना अभिप्राय अस्पष्ट कभी नहीं छोड़तीं। दृश्यों के बाहर भी चरित्र के अभिप्राय स्पष्ट करते हुए वक्तव्य उपलब्ध हैं। 'शीलो गऊ के चोले में बाघिन की नजर अख्तियार करती जा रही थी। फिर भी अम्मा के अपनेपन में रत्ती-भर भी फर्क न आया था। बात इसके विपरीत भी थी। जैसे अपने मन में फँसी यह फाँस न निकाल पा रही हों कि इस कुरूपा अभागिन औरत के कारण उनका नौकरीपेशा, गाँव में रोब-रुतबा और माया कमाने वाला बेटा छूट गया हो। लेकिन फिर भी वे दोनों सास-बहुओं के नाते से छिटककर दो औरतों की तरह रहती थीं। उस समय यह ज्ञान नहीं था कि एक विधवा है, दूसरी परित्यक्ता। देह के चलते वे एक-दूसरे की व्यथा समझती हैं। ऐसा कोई बिंदु जरूर था, जिस पर अपने-अपने पाँव एक ताल पर रखतीं-उठातीं, बोलतीं-बतियातीं, देर रात तक घुनघुनाती रहतीं।'

प्यार और घृणा, क्रोध और तरस, प्रतिशोध और करुणा के विरोधाभास एक ही पात्र में, एक ही व्यक्ति के प्रति एक साथ पहली बार उनकी किसी रचना में मौजूद

दिखाई दिए हैं और चरित्रों को दुर्लभ रूप से स्वाभाविक तथा विश्वसनीय बनाते हैं। यह बात बालकिशन की दुविधा तथा मतिभ्रम जैसी कठिन व असंभव परिस्थिति के खासे बारीक और बहुपरतीय चित्रण के विषय में भी सच है, जिसे उन्होंने बड़े कौशल के साथ निबाहा है और जिसमें निहित यथार्थ को पचा जाना खासे मजबूत हाजमे वाले पाठक के लिए भी थोड़ा मेहनत का काम ही पड़ेगा, लेकिन बाद की बात बाद में।

शीलो अपने से पाँच साल छोटे देवर की शैयासंगिनी तो बनती है, पर बछिया यानी दूसरे विवाह के संस्कार से इनकार कर देती है। इस इनकार के बावजूद उसका दावा पत्नी के अधिकार का ही है। उसका तर्क अपनी जगह पर सही और एक अस्मिता-संपन्न स्त्री के आत्मविश्वास की अभिव्यक्ति है कि 'रीत रसम लिखा हुआ रुक्का तो नहीं होती।' और 'अम्मा जी सात भाँवरें, अगिन साच्छी और बारातियों के आगे वचन भरकर संगी मुझे त्याग गया तो अछिया-बछिया का क्या विश्वास करूँ?' बिरादरी बाहर का दंड और गाँव-भर में कलंक भी उसकी जिद तुड़वा नहीं पाते। शीलो के चरित्र के इस हिस्से को केंद्र में रखकर देखें तो उपन्यास स्त्री-विमर्श के एक पाठ की तरह उभरता-सा लगता है। लेकिन यह उसके चरित्र का केवल एक ही अंश है और उपन्यास के मंतव्य का बड़ा हिस्सा इस पाठ के बाहर रह जाता है। समर्पण और स्त्री-देह के स्वाद के द्वारा बालकिशन को वह लड़के से मर्द बनाती है और अपना औजार भी। बालकिशन को वह ऐसे वश में करती है कि मर्द को भेड़ा बनाकर खूँटे से बाँध रखने वाली कामरूप कमच्छा की जादूगरनियों की कहानियाँ याद आ जाएँ। बालकिशन का चरित्र जिन रेशों से रचा गया है–बड़े भाई का आतंक, आत्महीनता और भक्ति–उनके अगले विकास की तरह यह वशीकरण और रूपांतरण सहज-स्वाभाविक लगता है, असामान्य नहीं। यानी असामान्यता ही इन संदर्भों में सहज और स्वाभाविक परिणति बनकर उभरी है। द्वंद्व उसके भीतर भी है। शीलो के मोहपाश और मातृभक्ति के बीच द्वंद्व और अम्मा का पक्ष प्रायः कमजोर ही ठहरता है। इसके बाद जो अम्मा इस खुशी को मना लेना चाहती थीं कि उन्होंने बहू की जवानी अकारथ नहीं जाने दी और जो शीलो सास का गुन मान रही थी और दरियादिली भी कि ऐसी सास कौन-सी होगी जो अपने वारे-कुँआरे पूत के सर, छोड़ी-त्यागी बहू मढ़ दे, उन्हीं दोनों के बीच विकट प्रतिद्वंद्विता शुरू होती है और 'बालकिशन दो बटाईदारों की शामिल पूँजी से ज्यादा कुछ भी नहीं' रह जाता। इस दरियादिली और इस कृतज्ञता के भीतर दूसरे कुछ पेच भी हैं, जो स्त्री की दबी-कुचली चिरंतन बेचारी की चिरपरिचित प्रतिमा के विरोध में कुछ अप्रत्याशित-से सत्यों का

साक्षात्कार कराते हैं। सुमेर जब जमीन-जायदाद में अपने हिस्से की माँग करने आता है तो बछिया से इनकार का रहस्य खुलता है। शीलो अब भी कानूनन सुमेर की ही विवाहिता और उसके हिस्से में दावेदार है और दूसरे विवाह के अपराधी सुमेर की नौकरी भी उसी की दया पर निर्भर है। रहस्य अम्मा की दरियादिली का भी खुलता है। 'मैंने अपना अखेल बेटा काए को बाँधा था इस हथिनी के पाँवों में? बस, इसी कारण कि तेरे हिस्सा की धरती न चर जाए।' वही माँ जो बड़े बेटे के भविष्य की चिंता में छोटे की बलि चढ़ाने तक को तत्पर है, जब मामला वर्चस्व का हो तो प्रेम और मातृत्व का दावा लेकर डट जाती है। इस सारे खेल को मैत्रेयी बड़े रोचक ब्योरों में दर्ज करती हैं। इस प्रतिद्वंद्विता की भी अनेक परतें और पैंतरे हैं। प्रतिद्वंद्विता के बीच कभी सहयोग है तो कभी विरोध, कभी सहिष्णुता है तो कभी क्रोध। जगह-जगह इस बात के प्रमाण बिखरे पड़े हैं कि इस जमीन का रग-रेशा सारे अंतर्विरोधों और उलझावों समेत लेखिका अच्छी तरह से पहचानती हैं।

इस बिसात की हर बाजी और हर चाल में बालकिशन जब जैसी जरूरत तब वैसे मुहरे की तरह काम में लाया जाता है, पर सारी स्थिति में उसकी कुल सत्ता शीलो के प्रति दुर्दम कामना में और जितनी ही दुर्दम यह कामना, अम्मा के प्रति उतने ही प्रगाढ़ अपराध भाव में और जितना ही प्रगाढ़ यह अपराध भाव, उतनी ही गहरी भक्तिभावना और कर्मकांड में सिमटकर रह जाती है। हर गुत्थी का हल उसे देवी के समक्ष समर्पण में दिखता है। वही उसका मनोराज्य है—'बंद आँखों में जगर-मगर सपना। सपने में दिपदिपाता संसार। महामाई की आसनी। पास जलती हुई ज्योति को एकटक निहार रहा है। चोंध-मोंध कुछ नहीं। देवी मैया के सत्त की महिमा। सुनहरी उजाले में उतरता जा रहा है बेधड़क।' वही उसका संकल्प भी—'मैं सांग छिदवाऊँगा। अष्टमी के दिन पेड़ भरूँगा। मैया ने चाहा तो मंदिर के द्वारे जमकर खेलूँगा। इतना कि झाँझ-मँजीरा और ढोल बजाने वाले हार जाएँ। फूल-मखानों की वर्षा में साँप जैसी लहरें।' घर-आँगन के भीतर की इस दुनिया में ठेठ जनाने साम्राज्य का अकेला मर्द बाशिंदा सिट्टी-पिट्टी गुम की एक निरंतर मनोदशा में भीत, चकित, चमत्कृत-सा घूमता दिखाई देता है। थोड़े मतिमंद, हीनभावनाग्रस्त और शाश्वत रूप से किंकर्तव्यविमूढ़ बालकिशन के चरित्र में लेखिका ने बड़ी कुशलता से वह जगह बनाई है, जो उसके बेसुध एवं अबोध पापकर्म के लिए एक स्वाभाविक भूमि बनती है और मनः विक्षेप का कारण भी। उसे यह लगता है कि 'देवी मैया के सिवा कोई नहीं। एक वही है माता।' कभी-कभी 'अम्मा की तपस्या को मन में धारण कर वह उन्हें देवी का स्थान देना चाहता है। सारे देवी-देवताओं से बड़ी एक माँ।' लेकिन

शीलो की तपस्या भी तो घटकर नहीं—'भाभी की आँखों में झिलमिलाती पवित्रता देखकर भरोसा बँधा। नियम-धरम वाली दुखी औरत···देखती रह गई अम्मा, बालकिशन भी कम नहीं चौंका, भाभी नहीं, आसनी पर देवी विराजी है।' न सिर्फ बालकिशन बल्कि सारा गाँव-समाज भी इस अभ्यर्थना में शामिल है—'गाँव-समाज के चलते यह सती देवी का सिंहासन है···बालकिशन के मन में कैसा पाप जागा कि सोच बैठा, जिस देवी की ढारना-उपासना करता है, उस पर ऐसी ही विपदा तो नहीं पड़ती थी कभी?' लेकिन यही देवीस्वरूपा भाभी जब पत्नी बनती है तो स्थिति उलट क्यों जाती है? वह सबके विषय में सबकी ओर से सोचता, इसलिए और भी किंकर्तव्यविमूढ़ होता चला जाता है। अम्मा और शीलो उसके मन को लगातार घेरे रहती हैं। कभी-कभी ऐसा भी होता है कि 'बालकिशन ने महामाई का ध्यान किया, लेकिन मन ही मन दो तस्वीरें निहारता रहा—कभी अम्मा, कभी शीलो। हैं···? यह संसारी माया किधर से आई?' भक्ति के भावजगत् के बाहर भी लेखिका ने ऐसे प्रसंगों का संयोजन किया है, जिसमें बालकिशन को शीलो और अम्मा एक-दूसरे में घुलती-मिलती-सी लगती हैं। बालकिशन की अस्वस्थता के प्रसंग में दोनों के मिलकर बालकिशन की सेवा-टहल के प्रसंग में ऐसी समानांतर स्थितियाँ हैं कि 'जैसे दो-दो माँ हों बालकिशन की।' लेकिन यह गुत्थी वह सुलझा नहीं पाता कि ऐसा कैसे हुआ कि 'अम्मा भी वही है, शीलो भी वही, जो सुमेर भैया से एकजुट होकर जूझ रही थी। मैं भी वही हूँ, जो दोनों से मन मुताबिक व्यवहार कर पाता था। पर अब तो जैसे धीरे-धीरे शीलो बढ़ाती जा रही है अपना फंदा···। लगता यही है कि 'यह औरत है या कोई माया?' तथा 'कहीं यही तो संहारिणी देवी नहीं, जो हमारे ऊपर सवार हो गई है? यह एक को ताकत से पछाड़ रही है, दूसरे को प्यार से।'

बालकिशन की मानसिकता के अनुकूल शब्दावली में यह स्थिति की ऐसी समझ है जो उत्तरोत्तर चरितार्थ भी होती है। एक आदिम सरलता और भ्रांत अन्यमनस्कता में सामाजिक दबावों और नैतिक निषेधों की तहों और परतों की जटिलताएँ पार कर वह केवल नर-मादा मात्र की अस्तित्वगत आदिम सचाई की गिरफ्त में होता है। अम्मा, शीलो और देवी का फर्क उसके लिए मिट जाता है। देवी और अम्मा के भीतर भी उसे सिर्फ शीलो ही दिखाई देती है। और जो अकल्पनीय वह वस्तुतः कर बैठता है वह शीलो के प्रति अपनी भावना को अम्मा और देवी के प्रति निवेदित कर देता है। नींद और स्वप्न की बेखुदी में वह अम्मा के और भक्ति के आवेश की बेखुदी में देवी के वक्ष में दाँत गड़ा बैठता है और सार्वजनिक लानत-मलानत का शिकार होता है।

स्त्री के समक्ष अपनी बेबसी के अहसास से उत्पन्न आक्रामकता और संतों व भक्तों समेत सामान्य पुरुष समुदाय के नारी-द्वेष का रहस्य बालकिशन की इस अनुभूति में उद्घाटित होता है। वात्सल्य में शृंगार और शृंगार में वात्सल्य की संपृक्ति की जटिल अनुभूति भी बालकिशन की इस हरकत में अभिव्यक्त होती है। इस स्खलन से होश में लौटने के बाद बाकी रह जाता है एक अक्षम्य अपराधबोध, जो मनःविक्षेप तक जाता है। इस दुर्दशा तक उसके पहुँचने की प्रक्रिया और उसमें बालकिशन की प्रिय दो स्त्रियों की कारगुजारी का बहुत विश्वसनीय चित्र मैत्रेयी ने खींचा है।

पूछा जा सकता है कि बालकिशन क्या एक अनैतिक व्यक्ति है? हाँ, है। सवाल यह भी है कि शीलो क्या एक अनैतिक स्त्री है? हाँ, वह भी है। नैतिकता के प्रतिमान व्यक्ति की अंतरंग, अचेतन उलझनों के दायरे के बाहर और बावजूद होते हैं, परंतु एक विशेष अर्थ, यथार्थवादी साहित्य का होना ही अनैतिक है, क्योंकि उसका काम रूढ़ और जड़ हो चुकी उन स्थितियों और मानसिकताओं पर प्रहार करना है, जिन्हें प्रायः नैतिकता के स्वीकृत नियम मानकर बिना प्रश्न के ही छोड़ दिया जाता है। जहाँ ऐसा नहीं होता, वहाँ भी उन स्थितियों व प्रक्रियाओं की जाँच-पड़ताल तो करता ही है, जो किसी पात्र को इस हद पर ला ढकेलती हैं। इसलिए पात्रों के अनैतिक होने से रचना अनैतिक नहीं हो जाती। पात्रों को कठपुतली की तरह अपनी अँगुलियों पर नचाने का अनिच्छुक लेखक एक बार उनका आंतरिक छंद पहचान लेने के बाद उन्हें खुला छोड़ देता है और स्वयं उनके पीछे-पीछे चलता है, फिर वे चाहे जहाँ तक जाएँ, चाहे तो अंधे कुएँ में भी। वह अपने मंतव्य के अनुकरणीय उदाहरणों की स्थापना से नहीं, यातना के उद्विग्न और उद्वेलनकारी चित्रों के माध्यम से ज्यादा प्रभावपूर्वक संप्रेषित करता है। पुरुष-वर्चस्व की व्यवस्था में सुमेर के हाथों जिस अन्याय, अपमान और तिरस्कार की पात्री शीलो को बनना पड़ता है, वह सुमेर से उसके चतुर प्रतिशोध को एक औचित्य देता है। उन हथकंडों का एक कुशल और जानदार प्रदर्शन भी कहानी को एक रोचक पाठ बनाता है, जिन्हें स्त्री एक विरोधी घिराव के भीतर आत्मरक्षा के हथियार की तरह अर्जित करती है और जिनके सामने लगभग असहाय पुरुष स्त्री को रहस्यमयी, उसके आचरण को तिरिया चरित्र कहता और पार नहीं पाता। परंतु जब वही चतुराई उस अन्याय के विरुद्ध समर्थन देने वाली माँ और तन-मन-धन से समर्पित साथी बालकिशन के विरुद्ध सक्रिय होती और एक को लाचारी व दूसरे को पागलपन की हद तक ले जाती है तो स्वयं प्रश्नास्पद हो जाती है। वह रेखांकित करती है कि वर्चस्व का मूलभूत स्वभाव क्या है और प्रतिकार

का अर्थ केवल प्रतिशोध के औचित्य तक जाकर रुक नहीं जाता, बल्कि स्वयं अन्याय की प्रतिमूर्ति न बन जाने की सावधानी को भी जरूरी बनाता है। शीलो डराती है। पुरुष वर्चस्व की व्यवस्था के आगे एक चेतावनी की तरह और स्त्री-विमर्श के आगे एक प्रश्नचिह्न की तरह खड़ी होती है। इस निष्कर्ष को पा सकने के लिए खुली आँखों से किताब को पढ़ना जरूरी है। शीलो और बालकिशन से किसी आदर्श व्यवहार या हृदय-परिवर्तन जैसे किसी आचरण के चित्रण की माँग करना लेखिका के अधिकार में हस्तक्षेप और अस्वाभाविक चरित्रांकन की माँग है। चरित्र-चित्रण इस कथाकृति की जान है और गौण पात्र भी बड़ी बारीकी से देखे और खींचे गए हैं। गाँव-समाज में अम्मा और शीलो की सखी-सहेलियाँ, उनकी आपसी प्रतियोगिताएँ, एक-दूसरे को पटखनी देने के लिए सोचे गए अनूठे तर्क लगभग उद्धव-प्रसंग की गोपियों जैसी वाग्विदग्धता की याद दिलाते हैं। रीत-रस्म, मनौतियाँ-संकल्प, चुगली-चबाव, पंचायत इत्यादि के चित्रों के सहारे एक भरा-पूरा ग्रामजीवन आकार पाता है।

मैत्रेयी की किस्सागोई अब तक सुपरिचित और विख्यात हो चुकी है। किस्सागोई मूलतः वाचिक संप्रेषण की कला है, जिसके सर्वश्रेष्ठ को लिखित कथा-साहित्य में अंतर्भुक्त करने का काम वे बखूबी कर रही हैं, लेकिन इसके अपने कुछ संभाव्य खतरे हैं। सुनाने की कला में निष्णात लेखक स्वयं अपनी भाषा पर मुग्ध हो उठने के खतरे से हमेशा ग्रस्त रहता है। ऐसी स्थितियों में कई बार भाषा देहविहीन खाली लबादे की तरह खूँटी पर झूलती रह जाती है। अपने हिसाब से रोचक प्रसंगों को वह अनुपातविहीन ढंग से खींचता चला जा सकता है। 'झूलानट' में ऐसा बार-बार हुआ है। वही और वैसी ही स्थितियाँ बिना किसी अर्थांतर के दुहराई गई हैं। रति और शृंगार के ब्योरे वैसे तो बालकिशन के वशीकरण के औजार की तरह कथ्य का अनिवार्य अंग हैं, पर कहानी के विस्तार का वे अनावश्यक ढंग से अनुपातविहीन हिस्सा घेरते हैं। चित्रित जीवन के बहुत-से ब्योरे दैनिक कार्य व्यापार की तुच्छताओं में से चुने गए हैं। गाय, गोबर और रसोई के खटराग जैसे ब्योरे एक हद तक तो साधारण जीवन को साहित्यिक प्रतिष्ठा देने का सैद्धांतिक रूप से प्रशंसनीय काम करते हैं, पर अंततः कथ्य की गंभीरता की तरफ से ध्यान के चूक जाने का खतरा बना रहा है। लेकिन कुल मिलाकर 'झूलानट' साधारण जीवन के रंगोरेशे में हमारे अनजानते ही दूर तक जा समाए शक्ति-विमर्श की कार्य-पद्धतियों पर एक समर्थ वक्तव्य है।

अनुभवों की सजातीयता : झूलानट

सत्यदेव त्रिपाठी

मैत्रेयी पुष्पा देवी ने उधर 'इदन्नमम' व 'चाक' तथा इधर 'अल्मा कबूतरी' जैसे व्यापक फलक वाले बड़े व गंभीर उपन्यास लिखे हैं। और इनके बीच एक अपेक्षाकृत काफी छोटा उपन्यास आया 'झूलानट'। इसे देखकर एक बार लगता है कि एक वृहत् औपन्यासिक चेतना का यह 'फिलर आइटम' है। लेकिन ध्यान से पढ़ने के बाद यह धारणा धीरे-धीरे लुप्त होती जाती है और समझ में आता है कि लेखकीय चेतना में कहीं यह 'बेतवा बहती रही' एवं 'अल्मा कबूतरी' की सजातीय जमीन पर स्थित है। उसकी विविधता का एक सशक्त आयाम है और अपने स्वरूपगत आयाम में यह वैसा और उतना ही (बड़ा) है, जितनी उस जमीन की आवश्यकता थी। यानी समीक्षा की भाषा में 'लघु उपन्यास'। इसकी प्रकृति को निभाता हुआ रचना-कौशल। जहाँ तमाम समानांतर कथाओं को वांछित विस्तार नहीं दिया जाता। उदाहरण के लिए पति सुमेर की शहरी जिंदगी की कथा, जहाँ उसने दूसरी शादी कर ली है। लेकिन पूरा पढ़ने पर एक संतोष मन में उठता है और ऐसी समानांतर कथाओं की अपेक्षा महसूस नहीं होती। इस कथा-अन्विति में सुमेर का चरित्र प्रमुख नहीं बनता, पर किसी भी चरित्र से कम महत्त्वपूर्ण नहीं ठहरता। यानी वह कथा का कार्य बनकर जगह नहीं घेरता, बस कारण बनकर उपन्यास को बना देता है। और यह औपन्यासिक कुशलता ही मैत्रेयी की खासियत बनकर उभरी है। इस प्रकार व्यापक एवं सीमित कथाफलक के दोनों रूपों को वाजिब रचनात्मकता के साथ साधने की कला में मैत्रेयी जी सिद्धहस्त होकर स्थापित हो सकी हैं।

सो, कथा एक स्थान और एक तान में चलती है। स्थानांतरित न करने की ढाँचाबद्धता ने ही कथा को सुमेर के पास यानी शहर नहीं जाने दिया तो कथासंभार की लक्ष्यबद्धता यानी पति द्वारा त्यागी गँवई स्त्री का जीवन वास्तव, इस संपूर्ण उपन्यास-संसार को वहीं गाँव में ही बसाता है, जो झाँसी में चिरगाँव के पास का कोई सुदूर स्थित गाँव है। उस गाँव को संपूर्ण सांस्कृतिक आयामों में चित्रित न करने की सधी योजना इस कृति को आंचलिकता के दायरे से बाहर रखती है, तो नारी-जीवन

की विशिष्ट स्थिति में कारगर कदम उठाने की सीमाबद्ध (लिमिटेड) सोद्देश्यता के तहत प्रयुक्त चरित्रों की खाँटी भाषा एवं उनके टिपिकल स्वभाव 'झूलानट' को ग्राम प्रांतर के आस्वाद में डुबाए भी रहते हैं। यह कलाकर्म भी महत्त्वपूर्ण रूप से उल्लेख्य है।

और एकतानता तो जगजाहिर है—स्त्री-जीवन। यहाँ वही कथा का मकसद है। वैसे 'चाक' में मैत्रेयी जी ने अपने को उस लेबल से काफी हद तक मुक्त कर लिया था कि नारी सिर्फ नारी-जीवन पर ही लिखती है। वहाँ नैनी सारंग के माध्यम से नारी को वह उत्कर्ष तो मिला ही, जहाँ पहुँचना प्रगति का इष्ट हो सकता है, परंतु अपनी सबसे अधिक प्रगत अगुवाई से वह पूरे ग्राम समाज की प्रगति की कर्णधार भी बनी थी। 'इदन्नमम' में भी यह स्वरूप चचा गालिब के उस रूप में उभरा ही था कि 'उस दरपे नहीं बार, तो काबे को ही हो आएँ...' परंतु यहाँ स्त्री ही पुनः केंद्र में है और एक हद तक निजता की जद में केंद्रित भी। उन उपन्यासों में स्त्री-विमर्श के कई आयाप भी थे, परंतु यहाँ विमर्श का कोण भी एक ही है और उसे भी नारी द्वारा सीधे-सीधे साधा नहीं गया है। कहा जा सकता है कि यह एकतानता एककोणीय भी है और एकआयामी भी। लेकिन इकहरा नहीं है यह सब कुछ। इसकी सतहें और परतें कई-कई रूपों में कई-कई स्तरों पर विन्यस्त हैं। इसे जरा विस्तार से समझना होगा।

कथा की नायिका शीलो जब ब्याहकर ससुराल आती है, तब से ही उपन्यास शुरू होता है और धीरे-धीरे पता चलता है कि जिस सुमेर से वह ब्याही गई है, उसने रस्म-भर निभाई है, क्योंकि यह ब्याह उसके स्व० पिता तय कर गए थे, लेकिन इस रस्म का पालन करने को वह किसी भी कीमत पर तैयार न हुआ। फलतः शीलो ब्याही जाकर भी अनब्याही ही रही। उसके कठोर व्रत-उपवास-पूजा एवं चंपादास वैद्य के तंत्र-मंत्र भी सुमेर के दृढ़निश्चय को डिगा न सके। ढेरों प्रायोजित शृंगार-पटार भी सुमेर को पिघला न सके। सारे जी-तोड़ तरछुंतों-प्रयत्नों के बावजूद माँ जब सात साल तक भी सुमेर को समझाने-राजी करने में सफल न हुई और शहर में दूसरी शादी करने से उसे रोक न सकी, तो थक-हारकर अपने दूसरे बेटे बालकिशन के साथ शीलो को लगा दिया। 1999 में छपा 'झूलानट' इस समस्या को डील कर रहा है, जो पचास सालों से अप्रासंगिक हो गई है। लेखिका ने समय का कोई निश्चित संधान नहीं दिया है। अतः मान भी लेते कि यह बात पचास साल से पहले की है, परंतु माँ का इस बात से डरना कि कहीं बहू ऐसा कुछ न कर दे कि बेटे की पुलिस की सरकारी नौकरी छूट जाए, इस पूरे कथा-प्रकरण को अपने आप मानने लायक

नहीं रहने देता। इसे यूँ भी मान लिया जाता कि सुदूर देहात के पात्र इन शादी-ब्याह के कानूनों से अनभिज्ञ हैं, परंतु माँ का डर ही दूसरी पीढ़ी की बहू की अनभिज्ञता का भरम नहीं रहने देता। जानबूझकर भी गाँव-खेड़े की औरतें वैधानिक कदम नहीं उठातीं, का लगभग व्यावहारिक यथार्थ भी शीलो के आगामी सलूक के कारण यहाँ लागू नहीं किया जा सकता।

शीलो इतनी चालाक एवं बोल्ड है कि देवर के साथ बैठ तो जाती है, परंतु इस संबंध को बिरादरी द्वारा मान्य करने की रस्म नहीं निभाती—बिरादरी को बछिया (भोज) नहीं देती। बिरादरी के बाहर रहना कबूल कर लेती है। और इसी कठोर कदम के चलते सुमेर अपना हक कभी नहीं ले पाता, क्योंकि शीलो उसी की ब्याहता रहकर उसके हिस्से की हकदार बनी है। इस प्रकार शीलो का यह रूप उसे भोली-भाली ग्रामवासिनी भी नहीं रहने देता। यह सारा कथा का सरंजाम पढ़ने में रोचक और शीलो के प्रति पाठकीय भावात्मकता (छली-सतायी पनरी के प्रति सहानुभूति) का वाहक व पूरक तो खूब बनता है, बनकर खूब फबता भी है, परंतु तर्क व यथार्थ के तहत रचनात्मक संगति की तुला पर भहराकर गिर जाता है। कोई यह कह सकता है कि दूसरी शादी की अवैधानिकता का सहारा लेने पर शीलो (जैसी नारियों) का अपना जीवन भी तो एकाकी रह जाता। वह सुमेर का जीवन दुष्कर कर देती, पर सुकर तो अपना भी न कर पाती। अस्तु, अपना जीवन बनाकर सुमेर से बदला भी ले लेने का यह कथा-विधान ज्यादा कारगर है। परंतु तब रचनात्मक स्तर पर व्यंजकता खत्म हो जाती है। यह आयाम कोई संकेत नहीं बन पाता। कृति मात्र शीलो कथा बनकर रह जाती है। इसीलिए कहा गया कि बात विमर्शरहित है। सीमाबद्ध है। एक कोणीय एवं एकआयामी है। शीलो का कृत्य विरोध का सही वाहक भी नहीं है। यह हक हड़पने, बदला ले पाने और अपना जीवन बना लेने की स्वार्थपरता से ग्रस्त हो जाता है। समझौतापरस्त भी हो जाता है। मूलतः यह शीलो का सोचा-समझा किया है ही नहीं। सास के सहयोग के बिना हो ही नहीं पाता। अतः यह होना और इसके बाद कोई कदम उठा पाना ही परमुखापेक्षी क्रिया-व्यापार है। किसी (सास) की दया-माया पर टिका बना है। और यह दया-माया मानवीय है। स्त्रियोचित है। साथ ही वचननिभाऊ कुलीनता एवं सामाजिक मर्यादा को बनाए रखने वाली भी है। लेकिन नितांत तह में जाएँ, तो बेटे की नौकरी बचाने, उसके सुख-संसार को बनाए रखने की मंशा से प्रेरित-संचालित भी है। यानी पुरुष (बेटा ही सही) के हित में किया गया एक 'नारी बहलाऊ' चरण है। नारी संचालित अवश्य है, पर नारी के लिए नहीं है—इदम् पुरुषाय, इदन्नमम। और इसी को कहा गया है

कि यह विधान इकहरा नहीं है। कई-कई सतहों और परतों में विन्यस्त है।

इस प्रकार दृष्टि के तहत शीलो की जानिब से कृति काफी कुंद है। माँ की तरफ से पुरुषापेक्षी एवं निहायत पारंपरिक है। पुरुषाश्रितता शीलो की तरफ से भी है। वह बालकिशन को वश में करके ही सब कुछ कर पाती है। उसे पति स्थान पर पाए बिना तो निरस्त थी ही, पाकर भी हथियाए रखने की होड़ और हबिश भी पूरी औरताना है। कहा जा सकता है कि उस गँवई परिवेश में इससे अलग कुछ खास प्रगति हो भी नहीं सकती। शायद इसीलिए शीलो के फैसले से परिवेश के दुर्ग को भेदने का जो कार्य कराया गया है, वह भेद तो सका है, पर सधा नहीं है। प्रगतिबोध उस परिमित परिवेश के बीच विरोधाभास बनकर रह गया है। शायद लेखन-प्रक्रिया में रचनात्मक बोध इसे ताड़ गया था। तभी यह तत्त्व बहुत आंशिक स्थान ही घेर पाता है। परिवेश का घनीभूत दबाव इस बोध को तो बगल कर देता है और स्वतः पुंज बनकर चरित्रों की बनावट (निर्मित) में बुनावट बनकर जो उभरता है, तो उन्हें ऐसे-ऐसे विरल व अभिनव तथा जीवंत स्वरूप दे पाता है कि 'झूलानट' कथ्य से अधिक शिल्प के लिए स्मरणीय, पठनीय एवं उल्लेखनीय उपन्यास बन जाता है। और भला हुआ कि लेखिका ने इस परिवेश के साथ बहुत छेड़छाड़ नहीं की। कहीं उसे भेदने की दृष्टिगत अववाली करती, तो चरित्र (एवं अन्य शिल्पायाम) भी क्षत-विक्षत हुए बिना न रह पाते। निश्चित रूप से इस अनजानी नहीं, पर अनचाही घटित प्रक्रिया के दौरान मैत्रेयी का विशाल रचनानुभव ही परिवेश स्वाधीनता की अधीनता को स्वीकार करके रचना को उसकी राहों चलने देने में काम आया है।

एक बार जब सब कुछ का कारक पात्र सुमेर अपने में रमकर और दुबारा यहाँ से दूध की मक्खी की तरह झटका जाकर अलग होता है, तो कथामंच पर बचे तीन पात्र इस रचना को यूँ सँवारते-सहारते हैं कि बस कवि के शब्दों को उधार लेकर कहूँ तो "कहतो न बनै, पढ़तेई बनै, मन ही मन रीति रिझइबो करै।" और यह रीति अनूठे दृश्य-संयोजनों एवं धक्कामार सटीक संवादों में निखरी है। ये सरंजाम बार-बार भी रचे जाकर न दुहराव लगते, न रसहीन होते। वरन् अपनी अभिनवता में ये ही उपन्यास बनते हैं—बनाते तो हैं ही। ये दोनों तत्त्व नाटक (की प्रकृति) के हैं। यहाँ कहना होगा कि इस कथाकृति में पात्रों की जीवंतता नाटक-सी है। नाटकीय अदा से बनी भी है। और इस अदायगी में उक्त दोनों तत्त्वों से संवलित शिल्प में भाषा यूँ संग्रथित है या शिल्प को भाषा यूँ प्रोजेक्ट करती है कि दोनों एक-दूसरे के लिए बने सिद्ध होते हैं। गँवई शब्दों का बेखटक प्रयोग जितना जँचता है, पाठक को बिना खटके उतना ही रुचता भी है। कुछेक शब्द (अठैन, ब्यारू, पिंदोला आदि) बेहद

आंचलिक हैं, पर तुरंत कोष्ठक की जरूरत भी नहीं रखते। इसी क्रम में स्थानीय, पर अनांचलिकता में अर्थवान मुहावरे भी हैं। गरज यह कि ये सब गुर हैं तो भाषा के, पर शिल्प को रचते हैं। इनके खाँटीपन में एक ध्वनिगत एवं उच्चारण के प्रयत्नगत टकराहट पैदा की जा सकी है, जो भाषागत टकराहट से चलकर चरित्रों की टकराहट को उजागर करती है। और यह कृति शीलो और सास के बीच टकराहट के रोचक विधान में बनी-बसी है। उसी से फबी है। मात्र इस विरल प्रयोग से सौंदर्य सुख के लिए भी इसे पढ़ा जा सकता है। इसका एक स्तर तो आजकल सास-बहू पर आने वाले ढेरों सीरियलों की याद दिलाता है और मन पूछता है कि कहीं दूरदर्शनी मोह ने ग्रसकर मैत्रेयी जी से ऐसी रचना कराई तो नहीं है। कराई हो भी, तो यह तौफीक ही हुआ है, कोई गुनाह नहीं। एक ही गाँव-घर की इन दो औरतों की एक-सी भाषा में उम्र-रिश्ते व इनसे बनते भावों के चलते जो चरित्रों की पहचान बनी है, वह भाषा-विधान में भी दोनों को स्वतंत्र इयत्ता दे सकी है। यह भोगे एवं प्रत्यक्ष जीवनानुभव के बिना संभव नहीं।

इन सभी तत्त्वों के सम्मिलित विधान ने पात्रों को व्यक्तित्व व पहचान ही नहीं दी है, उन्हें एक स्टाइल भी बख्शी है। इसमें वह अंचल रचा-बसा है। इसी से छन-बनकर निकली है पात्रों की स्टाइल। यानी स्टाइलिश पात्र, जो जातीय है, आंचलिक एवं स्थानीय मात्र नहीं। फिर पात्रों की अदा-अदायगी से बनती स्टाइल इस कृति को एक स्टाइल प्रधान, स्टाइलिश रचना बनाती है। सब कुछ भूल जाने पर भी शीलो व सास की बोली-बानी, अनुभवों-इरादों से बनी उनकी स्टाइल की एक अमिट छाप चिरस्मरणीय रह जाने के योग्य है। यह लेखिका का सबसे विरल अवदान है, जो फुटकर रूप से मित्र होने के अलावा हिंदी कथा-साहित्य में क्वचित् व कदाचित् ही मिले।

सास-बहू के स्टाइलिश पात्रत्व की जुगलबंदी के लय-ताल तो अपने हैं, पर वे बजते हैं बालकिशन (के वाद्य) पर ही। उनकी तानें छूटती हैं उसी के लिए और टूटती हैं उसी पर। वह उनका आधार भी है और माध्यम भी एवं असधार भी। असल में कर्ता तो ये दोनों ही हैं, पर भोक्ता है मात्र बालकिशन। इन्हीं के बीच कृति का नाम 'झूलानट' सार्थक होता है। कर्ता रूप में पेंगें मारती हैं सास व बहू। दोनों दो सिरों से। और ऐसी कि बस 'पेंग बढ़ाकर नभ को छू लें' चाहे भले झूले पर बैठा नर (बालकिशन) हिचकोले खा-खाकर झूलते-लटकते हुए जमीनदोज ही हो जाए। उनकी पेंगें रुकने वाली नहीं। और सच ही नहीं रुकतीं। दोनों उसे अपने पक्ष में, अपने साथ रखने के लिए जंग छेड़े रहती हैं। दोनों का भोक्ता अवश्य है बालकिशन,

पर नितांत भोक्ता मात्र नहीं। खेती वही करता है। घर उसी के बल पर चलता है। लेकिन इस कमाऊ उपयोगिता से परे उन दोनों का इष्ट है उसे अपनी ओर रखना, बल्कि दूसरे की ओर न रहने देना। वह 'ईगो' की लड़ाई है।

दोनों की खींचा-तानी में टूटता जाता है बालकिशन। इसकी पड़ी किसी को नहीं। हाल यह है कि बीमार बालकिशन को दोनों की दवा खानी पड़ती है। दवा के ओवरडोज से बीमारी बढ़ जाती है। बीमारी से कमजोर हुए बालकिशन को माँ कुछ अच्छा खिला जाती है। तब तक शीलो भी कुछ लाती है। 'ना' कह पाता बालकिशन। वह भी खा लेता है। इस घोर अपनाव व एकाधिकार के ऑब्सेशन की हद तक की होड़ में पिसते बालकिशन का सच यह है कि वह दोनों में से किसी को छोड़ नहीं सकता। किसी एक मात्र को अपना नहीं सकता। दोनों के साथ संबंधों की प्रकृति का बड़ा मारक व बोल्ड, पर प्राकृतिक विवेचन किया है लेखिका ने—दृश्यों-घटनाओं के माध्यम से। माँ से तो इस संबंध की प्रकृति है ही आत्मिक। शरीर से निःसृत बच्चा देह से अलग व ऊपर उठकर आत्मा के सूत्र से गुँथा-जुड़ा रहता है। सब कुछ के बावजूद संस्कारसंपन्न संबंधों में यह बचा रहता है। मैं शहरी बेटों और उत्तर-आधुनिक माँओं की बात नहीं करता। बालकिशन ऐसा नहीं है। इस आत्मिक लगाव कों वह छोड़ नहीं पाता। उधर शीलो से उसका रिश्ता देह में रमा रहता है। मन की सतहों तक उठ गया है, पर उम्र की नियति उसे बार-बार शरीर तक खींच लाती है। शरीर-मन का यह ऐसा आवेग और द्वंद्व है कि जब जिद करके एक दिन वह शीलो के पास नहीं जाता और रात को माँ के पास जमीन पर सो जाता है तो सपने की-सी मोहित अवस्था में शीलो की कल्पना करता हुआ माँ के ब्लाउज के बटन तोड़ने लगता है। धक्का देकर फटकारती है माँ। इस शारीरिकता के रस को नस-नस में भिनने के जरूरी व काफी खुले चित्रण किए हैं मैत्रेयी जी ने। शारीरिकता से बचने का भुलावा या आदर्श दिखावे की अब स्थिति व आवश्यकता रही भी नहीं। इसे कोई कामुकता कह सकता है, मैं प्राकृतिकता (प्रकृति नहीं, प्राकृत भी नहीं) कहूँगा।

देह के बल पर ही हावी हुई है शीलो। देहगंध के नशे में बोरा है बालकिशन को—कुदरतन भी और इरादतन भी। डूबा भी है बालू और दबा भी है। इन दोनों के ये रूप इनके अतीत के दिनों की स्थितियों से बने हैं। इनमें छिपा है इनके वर्तमान विकास का मनोविज्ञान। बालू तो शुरू से ही दबाया गया है। बड़े भाई की मार से डरा रहा है। उसके बड़े होने (बड़प्पन नहीं) के आदर्श तले पिसा है। उसकी योग्यता व नौकरी के समक्ष हीनभाव से ग्रस्त होता रहा है। इस स्थिति व भाव के विकास

को कभी दूसरी लाइन पर चलने का मौका ही नहीं मिला। लेखिका ने दिया भी नहीं। अच्छा ही किया। मनोविज्ञान के दो रूप प्रकट हुए। बालू का दमित हीन भाव बढ़ता ही गया। कभी प्रतिक्रिया नहीं हुई। बड़े भाई की पत्नी को पाया, पर उसके सामने नहीं। आड़ में ही। अधिकार तो कानूनन बड़े भाई का ही बना रहा। यहाँ भी वह भोक्ता (भोगने वाला) तो बना, पर अधिकारी नहीं। फलतः हीनभाव इतना बढ़ा कि भाई के आने पर वह आँख न मिला सका। सामने तक न पड़ सका। कतराता भागता रहा। सो, दब्बूपन व भगोड़ापन उसका स्वभाव बन गया—चरित्र बन गया। पात्रत्व (कैरेक्टरस्टिक) का यही कारक उसे शीलो के समक्ष भी दब्बू बना गया। माँ से तो कभी बोलबाजी न कर सका। बस, प्रतिक्रिया हुई तो शरीर से। इसने भी स्वभाव को पराश्रित ही बनाया। शीलो की मरजी से ही शरीर पा सकता रहा। मँगता ही बना रहा। बस, मौका पाने पर शरीर अवश्य उस वंचितत्व व महरूमियत का बदला लेता रहा। इन दोनों में पिसता बालू, दब्बू भी बना और कामी भी। भोग में तृप्ति तलाशता रहा, पर कैसे मलती—"मिटै न काम अगिनि…"

दूसरा रूप शीलो में आया। पति ने उसकी उपेक्षा की थी। सजाई-सँवारी, आतुर देह और तत्पर मन को बार-बार ठुकराया था। अपमानित किया था। अतः मौका पाते ही शीलो ने इसी भाव व रूप का इस्तेमाल शस्त्र की तरह किया। शास्त्रीय रीति से किया। शास्त्र की सिखावन पड़ोस-पास से प्रच्छन्न रूप में मिलती रही, पर असली 'महामुनिमैन' तो उसका अपना जिस्म ही बना। वह बालू को तरसाती-तड़पाती, अपनी इच्छानुसार तृप्त भी करती। लट्टू बनाए रहती। सास को सौत के रूप में प्रोजेक्ट करने की गाथा भी इसी मनोविज्ञान ने दी। एक को बिलकुल न पा सकी, तो दूसरे पर एकाधिकार जता-बनाकर ही सात सालों का अतृप्त भाव तृप्ति में आराम पाता। सदा की पराजित दयनीय नारी अब परिवार में, गाँव में दिग्विजयी बनकर रहना चाहती—रहती।

माँ में मनोविज्ञान का लवछेवर भी नहीं है। वह पूरी की पूरी समाज सापेक्ष्य है। ग्रामीण समाजशास्त्र की मानक पात्र। घर की इज्जत बनाने के लिए हाथी मारने तक की घटना को राज बनाकर पेट में छिपा लेना। दोनों बच्चों पर काफी दूर तक अधिकार जता पाती। सो, भग्नाश नहीं हुई। इसी क्रम में शीलो को भी शीलवती बनाकर गाँव में प्रोजेक्ट करती। वह थी भी मूक-शिष्ट। समर्थ मायके तक का उपयोग इस अत्याचार में न कराकर लेखिका ने शीलो को समाज-निरपेक्ष ही बनाया— व्यक्तिपरकता वाला रूप सिरजा। वरना वह तो पति की नौकरी के लिए दी जाने वाली घूस लेकर आई थी—दहेज कहो या फिर मदद। इस शीलवती बहू का

इनकार उसे कुंठित कर सकता था। लेकिन उसकी प्रकृति अब तक अकुंठ बन चुकी थी। उसमें दमित कुछ न था। सोद्देश्य छिपाव किया था अवश्य, पर दमन नहीं। इसीलिए वह शीलो के पैंतरे के समक्ष हारी जरूर, पर कुंठित न हुई। हारी भी, पर हार मानी नहीं। हर बात का जवाब अपनी बेलगाम जबान से देती रही। सो, अभिव्यक्ति बाधित नहीं हुई। वह मुक्त (रिलीज्ड) होती रही। बेटे की नौकरी को बचाने के लिए शीलो पर दबाव बनाती रही। दोनों के व्यक्तित्वों की टकराहट चलती रही। एक-दूसरे की काट लगती-बनती रही। सब पर बालू परवान चढ़ता रहा।

और अंतिम मुद्दा बनी वह पैड वाली ब्रा—बकौल 'झूलानट' खसमखोल गाँठ वाली ब्रा। ऐसा भरमाया शीलो ने बालू को कि वह चिरगाँव के बाजार से माँ की दवा भूल गया, और ब्रा ले आया। मचा कुहराम। रात को ब्रा पहनकर शीलो जीती, पर दिन होते ही माँ ने अँगिया को बरोसी की आग के हवाले कर दिया—"मायाविनी औरत, मैंने फूँक डाला तेरा रेशमी जाल, जिसमें मेरा बालकिशन कैद था।" यह प्रतीक और कैद से मुक्ति तो माँ के लिए थी—उसके मन की। असली हाल क्या है इन तीनों का—"दबी, घुटी, सहमी-सी औरत में यह शीलो कहाँ छिपी थी? कि उसका हाथ थामते ही उछलकर बाहर आ गई। इस संग-साथ ने शीलो को ताकत दी। तो उसे निर्बल क्यों कर दिया। हर तरफ से छीजता है वही। छीजते-छीजते कमजोर मर्द में तबदील हो गया और अम्मा के चलते कपूत में।"

"इन दोनों के चलते मुलजिम हूँ मैं। अपराधी हूँ या कि शिकार...? दोनों के चलते टुकड़े-टुकड़े काटा गया बालकिशन। टुकड़ों में से बड़ा हिस्सा झपटने वाली बिल्लियों की तरह दो स्त्रियाँ..."

इस जाल में फँसा जीव (बालकिशन) एक किरन के लिए तरसता हुआ भाग चला...जोगी-संन्यासी बन गया। धर्म-कर्म, पूजा-पाठ से विगलित बालकिशन का चित्र एकाधिक बार फैंटेसी के रूप में किया गया है। बहुत लीन, तीव्र, प्रवाहमय चित्रों में। माँ के लिए मन में श्रद्धा है, तो शीलो के लिए प्रेम का मादन भाव। दोनों में 'झूलानट' बना लटका बालू।...मंदिरों में पहुँचा। सीता माता की प्रतिमा सामने है। भजन चल रहा है। परंतु बालकिशन का मन चंचल है। कभी माँ के पास सपने में शीलो दिखी भी। अब सिया माता की प्रतिमा में से शीलो फूटने लगी। दिखने लगी। गर्भगृह में सीधे प्रविष्ट हो गया बालकिशन...और गालियों की बौछार में जब फैंटेसी टूटी, तो शीलो (सिया माता) अंतर्धान हो गईं। जनता क्या समझे इस भाव को कि शीलो के प्रति लगाव इतना गहन और देह का आवेग इतना प्रबल है कि खुमार के शब्दों में:

माँगेंगे अब दुआ कि उसे भूल जाएँ हम,
लेकिन जो वो बवक्ते दुआ याद आ गया।

और खुमार साहब को क्या मालूम था कि तब जूतों-मुक्कों-लातों की बरसात कर देती है दुनिया···नतीजतन बेहोशी का आलम तारी हुआ। तब भी "एक बार सियाजू की छवि पाने के लिए···एक बार और शीलो को देख लेना चाहता है।··· मंदिर के फाटक पर पटका जाकर लँगड़ाते-कराहते बालकिशन भीतर कोई निश्शब्द बोल रहा है—मैं आ रहा हूँ···मैं जा रहा हूँ।

क्योंकि मंदिर की आस्था और प्रेम तो बेजान है। उसमें प्राण फूँकते हैं माँ व शीलो (जैसे अपनों) के प्रेमभाव। इसी के बीच रहना है। सहकर रहना है। डटकर रहना है। निपटाते हुए रहना है। चाहे कितने भी हिचकोले खाएँ, झूलें, लटकें, पर 'झूलानट' की मुक्ति, संतोष, गति व नियति इसी झूले में है—जीवन का झूला। उस पर झूलते-झूमते-लटकते सभी 'झूलानट'··· । चाहे फैंटेसी हो, चाहे फ्लैश बैक, चाहे नैरेशन—इन सबका प्रस्तोता भी और कौन हो सकता है? सिवा 'झूलानट' के··· ।

कस्तूरी कुंडल बसै : बेटी के दर्पण में माँ

वीरेंद्र यादव

'गरीब किसानिन होती, बेटी बेचने पर मजबूर हो जाती, हाथ में चार पैसे हैं, नाम पर खेती है तो मैत्रेयी के लिए वर खरीदने की बेबसी है।'

(कस्तूरी कुंडल बसै, पृष्ठ 77)

मैत्रेयी पुष्पा के आत्मकथात्मक उपन्यास 'कस्तूरी कुंडल बसै' में माँ कस्तूरी का यह बयान जिस स्त्री-दुःख को रेखांकित करता है, वह प्रायः आज के नारी-विमर्श के हाशिए पर है। कारण यह कि जिनका यह दुःख है, वे मुखर होने की स्थिति में नहीं हैं और जो मुखर हैं वे उस दुःख में सहभागी नहीं हैं। मैत्रेयी पुष्पा के लेखकीय व्यक्तित्व का सर्वाधिक सकारात्मक पहलू यह है कि वे जिस स्त्री-संस्कार को अपने लेखन में केंद्रीयता प्रदान करती हैं, वह कमोबेश उनके अपने अनुभव संसार में शामिल रहा है। कभी-कभी अविश्वसनीय व अतार्किक कहे जाने की जोखिम उठाकर भी वे जिन स्त्री-पात्रों को रचती रही हैं, वे जिस खाद-बीज से निर्मित हुए हैं, उसका पता हमें उनके इस आत्मकथात्मक उपन्यास से मिलता है। मैत्रेयी अपने होने के अर्थ को अपनी माँ कस्तूरी देवी के होने में तलाशती हैं, इसलिए यह जितनी आत्मकथा है, उससे अधिक माँ की जीवन-कथा। यहाँ यह तथ्य उल्लेखनीय है कि मैत्रेयी पुष्पा का यह आत्मकथात्मक उपन्यास पढ़ते हुए तसलीमा नसरीन की आत्मकथा 'मेरे बचपन के दिन' और दलित-मराठी पृष्ठभूमि की लेखिका कौसल्या बैसंत्री के आत्मकथात्मक उपन्यास 'दोहरा अभिशाप' का स्मरण हो आना स्वाभाविक ही है, क्योंकि ये तीनों लेखिकाएँ अपने वजूद को अपनी माँ के व्यक्तित्व में तलाशती हैं। अंतर इतना अवश्य है कि जहाँ तसलीमा नसरीन और कौसल्या बैसंत्री के आत्मवृत्तांतों में पुरुष सत्ता का 'क्रटीक' रचते हुए माँ व बेटी एक-दूसरे की पूरक व सहयात्री हैं, वहीं मैत्रेयी पुष्पा के आत्मवृत्तांत में माँ और बेटी के संबंध कई जटिलताओं से युक्त हैं।

'कस्तूरी कुंडल बसै' की प्रमुख जटिलता माँ और बेटी का प्रतिपक्ष है। यह अजब विरोधाभास है कि दोनों पक्षों का निर्धारण पुरुष वर्चस्ववाद की प्रतिक्रिया का

ही परिणाम है, फिर भी दोनों एक-दूसरे के आमने-सामने हैं। कारण यह है कि 'बेटी के मन का सच माँ के मन का भी सच हो यह जरूरी तो नहीं।' (पृष्ठ 123) लेकिन माँ और बेटी का यह मन मनोगत न होकर जिन सामाजिक परिस्थितियों की देन है, मैत्रेयी पुष्पा उसका खुलासा बखूबी करती हैं। इस प्रक्रिया में मैत्रेयी माँ को भी खोलती हैं और स्वयं को भी। कहना न होगा कि एक स्त्री लेखिका के लिए यह अतिरिक्त नैतिक साहस के बिना संभव नहीं।

मैत्रेयी पुष्पा के इस आत्मवृत्तांत में माँ और बेटी के अंतर्द्वंद्व व टकराहट के कई आयाम हैं, यह टकराहट एक विधवा स्त्री और कुँआरी युवती के भिन्न स्त्री-परिप्रेक्ष्य की भी है। यह नारी-मुक्ति की भिन्न चेतना का भी सवाल है। 'स्त्रीत्व' के नकार और स्वीकार का मसला भी यहाँ दरपेश है। स्त्री-देह को अनुपस्थित मानने के पाखंड के विरुद्ध यहाँ देह-चेतना का विमर्श भी उपस्थित है। मैत्रेयी के विपुल कथात्मक लेखन में जहाँ-तहाँ इन प्रश्नों की भरपूर अनुगूँज रही है। 'इदन्नमम' की बऊ, प्रेमा व मंदा और 'चाक' की सारंग, कलावती और लौंगसिरी सरीखी स्त्रियाँ इसकी निशानदेही करती हैं। ये सारी स्त्रियाँ बुद्धि-पगी (सेरेब्रल) न होकर उसी तरह जीवन-संग्राम में रची-बसी हैं, जैसी माँ कस्तूरी और बेटी मैत्रेयी। जिस ग्राम-समाज में इनकी जड़ें हैं, वहाँ बिकने वाली चीजों में गाय, बैल, भैंस, अनाज और लड़कियाँ हैं। लगान के रुपए जुटाने के लिए भाई बहन को बेचता है। रुग्ण बेटे को ब्याहने के बदले में माँ अपनी बेटी को बूढ़े से ब्याहने का सौदा करती है। आठ सौ चाँदी के सिक्कों में बिककर पति के घर वालों द्वारा 'खरीदी हुई घोड़ी' का दर्जा दिए जाने के बाद स्वयं कस्तूरी को असमय वैधव्य की यातना से गुजरना पड़ता है। विवाह संस्था के इस दंश को झेलती कस्तूरी पारंपरिक विधवा की भूमिका का परित्याग कर नौकरीपेशा स्वावलंबी स्त्री की भूमिका में उपस्थित होती है और बेटी मैत्रेयी को भी इसी भूमिका में ढालना चाहती है। मैत्रेयी को पुरुष लोलुपता से बचाने के लिए माँ उसके बालों को 'छेरी-सा मूँड' देती है, क्योंकि 'स्त्री के लिए बाल शृंगार बताए गए हैं।' वह उसके नाक-कान छेदे जाने की भी विरोधी है, क्योंकि उसकी दृष्टि में यह 'लड़की को छेद-बाँधकर गुलामी करने के लिए तैयार करना है।' (पृष्ठ 48) माँ बेटी को अपनी मूरत में कुछ यूँ ढालती है, 'खादी के कपड़े, सूनी-बिन काजल की आँखें, खुश्क होता चेहरा, फटे-फटे हाथ-पाँव, किसी चिकनाहट का इस्तेमाल नहीं। पेट और पीठ उघाड़ धोती नहीं।' (पृष्ठ 124) लेकिन मैत्रेयी के मन में सवाल है कि 'क्या हक है उन्हें उसके रूप को बरबाद करने का। माँ अपनी ही तरह बेटी को क्यों रखना चाहती है?' (पृष्ठ 124)

मैत्रेयी पढ़-लिखकर भी नौकरी नहीं करना चाहती, वह माँ से कहती है, "माताजी, मेरी शादी कर दो।" उसका कहना है कि 'मेरी स्वाभाविक इच्छाओं को कठोर उपवास में मत बदलो। मैं अपनी इंद्रियों को कसते-कसते दूसरों की हवस का शिकार हुई जाती हूँ।' (पृष्ठ 59) विवाह के अपने इस निर्णय के बारे में मैत्रेयी की यह स्वीकारोक्ति है कि 'मैंने विवाह का फैसला किसी अल्हड़ रसवंती लड़की की तरह नहीं लिया था, खासी प्रौढ़ भावना से लिया गया निर्णय था।...मैंने इसे अपनी मुक्ति का रास्ता मान लिया है।' (पृष्ठ 160)

स्त्री-विमर्श की स्वीकृत सैद्धांतिकी के अतिक्रमण का जोखिम उठाकर भी यदि मैत्रेयी विवाह को अपनी मुक्ति के साधन के रूप में स्वीकार करती है तो उसके मूल में है उसके वे बीहड़ जीवनानुभव जो स्त्री को महज एक देह बनाकर रख देते हैं। यूँ भी उसका 'बचपन पाँच साल की उम्र में खत्म हो गया था और किशोरावस्था नौ वर्ष की अवस्था में विदा हो गई थी।' (पृष्ठ 160) पढ़ाई के दौरान मैत्रेयी 'पढ़ाई से नहीं, रास्ते से डरती थी' क्योंकि स्कूल के रास्ते में जगदीश सरीखे लड़के थे, जिनकी हवस का शिकार होते-होते वह बची थी। घर और माँ की सुरक्षा से वंचित दूसरों की रहवास में पढ़ाई के लिए पनाह लेती मैत्रेयी को कभी संयोजिका जी का बेटा मिला तो कभी वह बूढ़ा जो संयोजिका जी के लड़के से भी बदतर साबित हुआ। इस 'डरी-डरी कमजोर लड़की' पर 'सड़क पर ट्रक चलाने वाले ड्राइवर, गोश्त मंडी का कासिम कसाई और डी०बी० इंटर कॉलेज के प्रिंसिपल से लेकर क्लर्क तक ने हाथ आजमाने की जुर्रत की थी।' (पृष्ठ 91) और माँ थी कि 'पुरुषों की ओट से आए अभद्र हमलों को नजरअंदाज करके अपनी बेटी को सुरक्षित समझती रही।' (पृष्ठ 58)

एक स्त्री-लेखिका की आत्मकथा के रूप में 'कस्तूरी कुंडल बसै' की मौलिकता इसका उस स्त्री-मनोविज्ञान में दाखिल होना है, जो पुरुष-अनुभवों के परे है। यह करते हुए मैत्रेयी पुष्पा जाने-अनजाने स्त्री के जिन गोपन कोने-अँतरों का भेद खोलती हैं उससे कई निषिद्धों से परदा उठ जाता है। माँ के जीवन में सेंध लगाकर बेटी विधवा माँ की जिस दमित यौनाकांक्षा का विमर्श रचती है वह जितना बेबाक है उतना ही अर्थपूर्ण। मैत्रेयी को याद आती है माँ की 'सच्ची साथिन' गौरा की, जिससे माँ के संबंधों को लेकर कलावती चाची का कहना था कि 'खसम-लुगाई हो गई दोनों।' मैत्रेयी को याद है कि 'माताजी की खाट से उसे गौरा ही उठाकर दूसरी खाट पर डाल देती थी। नींद टूटने पर दिखता कि उसकी जगह गौरा माताजी के संग सो रही है।' (पृष्ठ 105) बचपन से ही गौरा मैत्रेयी को साँपिन सरीखी लगती है, तभी तो शादी के प्रसंग में माँ पर आया गुस्सा गौरा पर उतारती हुई वह कहती है, 'माँ

से कौन-सी सीख लूँ? यही न कि मर्द की जगह कोई औरत ढूँढ़ लूँ।' (पृष्ठ 109)

माँ के जीवन के अंतरंग का खुलासा करने वाली लेखिकाओं में मैत्रेयी पुष्पा अकेली नहीं है। तसलीमा नसरीन भी अपने बचपन के दिनों की याद करते हुए उन प्रसंगों का उल्लेख करती है जब 'अमान चाचा प्रतिदिन शाम को हमारे यहाँ आकर माँ के कमरे में बैठकर फुसफुसाते हुए बातें करते थे। माँ उस समय किवाड़ भेड़ दिया करती थीं। एक दिन भिड़े हुए दरवाजे को ठेलकर कमरे में जैसे ही घुसी, अमान चाचा बिस्तर से कूदकर नीचे उतर आए, मसहरी में माँ थी···मैं कमरे से निकल आई···अमान चाचा को माँ की देह से सटकर बैठे देखकर मुझे ठीक से साँस लेते नहीं बन रहा था। जिस आदमी ने सात साल की उम्र में मुझे नंगी किया था, वह आदमी उस अँधेरे कमरे में माँ को भी नंगी कर रहा था, ('मेरे बचपन के दिन', पृष्ठ 284) 'बुरी औरत की कथा' कहते हुए किश्वर नाहीद भी अपनी अम्मा के खाली पलंग का बयान करती है। 'दि गॉड ऑफ स्माल थिंग्स' की अम्मू भी तो अरुंधति राय की माँ मेरी राय ही है। लेकिन तसलीमा नसरीन, किश्वर नाहीद व अरुंधति राय का अपनी माँ को देखना मैत्रेयी पुष्पा के अपनी माँ को देखने से भिन्न है, कारण यह कि इनमें से किसी की माँ से न तो कोई टकराहट है और न ही प्रतिद्वंद्विता। माँ के अंतरंग जीवन में ताक-झाँक करते हुए ये बेटियाँ स्त्री की यौनाकांक्षा का जो विमर्श रचती हैं, उससे सेक्स की पर्देदारी और लुकाछिपी का रहस्यभेदन तो होता है, लेकिन बेटी और माँ के बीच किसी तरह का टकराव नहीं पैदा होता। यहाँ सेक्स को निषिद्ध बनाने के पाखंड का खुलासा अधिक होता है, माँ की दुश्चरित्रता कम।

माँ के बारे में मैत्रेयी के सोच का धरातल भिन्न है। माँ और गौरा के बीच 'सच्ची साथिन' सरीखी अंतरंगता पर वह मन ही मन अपनी खीज-भरी प्रतिक्रिया गौरा पर कुछ यूँ उड़ेलती है, 'मर्यादा समझा रही है। मर्यादा क्या होती है? जो यह सोचती है उसे कहे नहीं, यही न? सिर झुकाकर इनके ऐश देखती रहे। महिला मंगल की वेश्याएँ।' (पृष्ठ 109) माँ और महिला मंगल योजना से जुड़ी उनकी साथिनों के बारे में मैत्रेयी की इस कटूक्ति के ठोस आधार हैं, संयोजिका और सुबोध बाबू के प्रौढ़ प्रेम को परवान चढ़ाने के लिए उसने माँ को उनके लिए अवसर जुटाते देखा है। उसे याद है हेडक्लर्क सारस्वत 'जो माँ की तरक्की की रिकमंडेशन डी०पी०ओ० साहब तक पहुँचाने आया था। साथ ही उसके कमरे में ठहरने का हक भी लाया था।' (पृष्ठ 79) माँ के महिला केंद्र पर आने वाले 'ए०डी०ओ०, बी०डी०ओ० और दफ्तर के क्लर्क मैत्रेयी को मनमाने समय पर तलब करते' क्योंकि 'सारस्वत और बी०डी०ओ० साहब की आकांक्षा, माँ की आकांक्षा से जुड़ती है।' (पृष्ठ 80)

चाँदी के आठ सौ सिक्कों पर तुलने वाली कस्तूरी वैधव्य की यातना से छुटकारा पाने के लिए पढ़-लिखकर नौकरी करने का जो रास्ता अपनाती है, उससे क्या उसे मर्द समाज के चौखटों से मुक्ति मिली? नौकरी की बरकरारी और तरक्की के लिए माँ को यदि मर्दों का ही कृपाकांक्षी होना है तो मैत्रेयी क्यों करे नौकरी? यही वे परिस्थितियाँ हैं, जिसमें वह नौकरी नहीं शादी में अपनी 'मुक्ति का रास्ता' तलाशती है। यह स्त्री-मुक्ति का वह प्रति-विमर्श है जो सिद्धांतों से गढ़ा न होकर पारंपरिक भारतीय समाज की उन सच्चाइयों में कढ़ा है, जहाँ आर्थिक रूप से आत्मनिर्भर होकर भी कामकाजी औरतों की अपनी कोई स्वतंत्र पहचान नहीं है। 'इस समाज में वे मनुष्य तो क्या औरत भी नहीं, राँड़ है, विधवा बस। ऊपर से निपूती...पुरुषों जैसे काम करने से पुरुष जैसी नहीं मान ली जाती स्त्री। सामाजिक कार्यों के चलते उसे किसी पुरुष की जरूरत होती है, भले ही वह पाँच या दो साल का हो।' (पृष्ठ 72) नौकरी-पेशा होकर भी कस्तूरी अपनी बेटी की शादी संबंधी बातचीत खुद करे यह लड़के के पिता को बर्दाश्त नहीं। उसने झल्लाहट-भरी क्रूरता से कह डाला, "रोज-रोज आ जाती है। तूने यह घर खाला का घर समझ लिया है? झोला उठाया और चल दी। हमारी कोई इज्जत नहीं है क्या, कि शादी-ब्याह जैसा मामला लुगाई तै करे। जा यहाँ से, कोई मर्द-मानस हो तो भेजना। बिरादरी के लोग मखौल उड़ाते हैं।" (पृष्ठ 78) माँ अपनी इस हेठी से विचलित है उसे लगता है कि "मैत्रेयी उनके पाँव में पड़ी ऐसी साँकल है कि मौका पाते ही लोग उनकी औकात बता देंगे।" (पृष्ठ 76)

माँ के लिए बेटी साँकल है तो बेटी को भी माँ से क्या उम्मीद! मन ही मन वह कहती है, 'माँ मैं तुम्हारे स्वभाव को जानती थी। बेटी ब्याह कर दामाद लाना, उसका गृहस्थ होना तुम्हारे जीवन का लक्ष्य नहीं।' (पृष्ठ 79) इतना ही नहीं, माँ के बारे में मैत्रेयी गौरा से इतना तक कह डालती है कि 'अपनी बेटी को ब्याह के कारण 'छिः' की निगाह से देखने वाली कस्तूरी स्त्री नहीं हो सकती। तो फिर माँ कैसे हो सकती है?' (पृष्ठ 108)

कस्तूरी की यह अजब त्रासद विडंबना है कि पुरुष सत्ता भी उसे 'स्त्री' और 'माँ' के दर्जे से पदच्युत कर विधवा की कोटि में डालती है और बेटी भी उसे न तो 'स्त्री' मानती है और न 'माँ'। पुरुष सत्ता कस्तूरी की स्वावलंबी स्त्री की नई अस्मिता को मान्यता नहीं देती और मैत्रेयी की निगाह में 'माताजी का शिक्षा अभियान कुछ इस तरह का है, जिसके अंतर्गत नौकरीपेशा माँ संतान के बोझ से मुक्त होती है।' (पृष्ठ 120) माँ द्वारा अपने बचपन की उपेक्षा को लक्ष्य करके वह यह भी कहती है कि 'अकेली निस्सहाय औरत की अपेक्षा अकेला बच्चा कई गुना असहाय होता

है। (पृष्ठ 120)

यहाँ मैत्रेयी पुष्पा अपने आत्मकथात्मक वृत्तांत को एक-रैखिक नारी-विमर्श से बाहर निकालकर उस जटिल स्त्री-यथार्थ से संबोधित होती है, जहाँ 'नई-नारी' होने का अर्थ 'स्त्रीत्व' और 'मातृत्व' की पारंपरिक भूमिका से विलग होना भी हो सकता है। इसलिए तो 'गुस्से में, कोप में कि आक्रोश में मैत्रेयी ने विधवाओं को निस्संतान रहने का शाप दिया है, क्योंकि उन्हें अपनी कातरता और आत्मदया को ओढ़ने-बिछाने का चस्का लग जाता है।' (पृष्ठ 120) लेखिका यहाँ कस्तूरी के व्यक्तित्व के उस अंतर्विरोध को भी उजागर करती है जो पुरुष सत्ता द्वारा प्रदत्त विधवा इयत्ता के प्रति तो अपना आक्रोश व्यक्त करती है, लेकिन विधवा जीवन की सारी कठोरताओं को अपने व्यक्तित्व में आंतरिकृत कर लेती है। इसी के चलते 'स्त्री की ज़िंदगी में पुरुष आते ही वे (कस्तूरी) खूँखार हो जाती है।' (पृष्ठ 108) ग्राम लक्ष्मी नर्मदा को महिला मंगल छोड़ने के लिए कस्तूरी देवी ने इसीलिए तो विवश किया था कि 'वह परित्याग की हुई लड़की उस गाँव के ग्रामसेवक से घनिष्ठता रखने लगी। महिला मंगल में किसी पुरुष का समागम कस्तूरी देवी के हिसाब से अपराध था, बदनीयता थी।' (पृष्ठ 59) नर्मदा के उस प्रणयदृश्य की चश्मदीद गवाह थी मैत्रेयी जब 'भवभूति के क्रौंचावस्था में रति युगल थे कि माताजी ने नर्मदा के बाल पकड़कर उसकी गर्दन घसीट ली। खटिया पर युग प्रलय आ गया।' (पृष्ठ 108) लेकिन लगभग इन्हीं परिस्थितियों में कस्तूरी का अपनी सखी गौरा के प्रति भिन्न व्यवहार है। गौरा के कमरे में मर्द की उपस्थिति का सुराग मिलते ही कैसे 'माताजी का साँवला चेहरा बिगड़ने लगा। गौरा से मिलने का चाव उड़ने लगा। सच्चा साथ लड़खड़ाया, विश्वासघात ने ऐसी ठोकर मारी।' (पृष्ठ 107) मैत्रेयी को तो लगा था कि 'माँ गौरा की सूरत देखने वाली नहीं। इस महापाप को चाल-चलन के खराब खाते में डालकर उसकी अस्थायी नौकरी छुड़वा देंगी। उनके हिसाब से गौरा जैसी ग्रामसेविका महिला मंगल में कलंक है।' (पृष्ठ 107) लेकिन "ताज्जुब कि मैत्रेयी की आशंकाएँ निरर्थक निकलीं और यह फिर प्रमाणित हो गया कि गौरा उनकी 'सच्ची साथिन' है।" (पृष्ठ 108)

कस्तूरी और गौरा के 'सच्ची साथिन' होने के देह-रहस्य का खुलासा करके मैत्रेयी विधवा जीवन के उस पाखंड को भेदती है, जहाँ देह की उपस्थिति पर कड़ा पहरा है। विधवा के जीवन में देह के दमन तथा देह की उपस्थिति के इस द्वंद्व को मैत्रेयी इस आत्मकथात्मक वृत्तांत में यूँ विन्यस्त करती है, 'विधवा को प्यास नहीं लगनी चाहिए तो क्या लगती भी नहीं? भूख-प्यास अच्छे कपड़ों की ललक सब

निषेध है। निषेध तोड़ने की इच्छा नहीं हुई?' (पृष्ठ 140) वैधव्य की वर्जनाओं को तोड़ती माँ को बेटी के देह-मन पर पहरेदारी के अधिकार से तो वंचित होना ही था। माँ और बेटी के बीच रही-सही पर्देदारी भी तब टूट जाती है, जब नंदकिशोर के साथ प्रणयलीन मैत्रेयी का माँ और गौरी से आमना-सामना होने पर वह गौरा की हैसियत का आकलन 'माँ की रंडी' के रूप में करती है।

दरअसल कस्तूरी और मैत्रेयी का यह टकराव माँ और बेटी का टकराव न होकर दो स्त्रियों की अस्मिता का टकराव है। गौरा इस टकराव का केंद्र-बिंदु इसलिए है कि उसने मैत्रेयी के बचपन को 'अनाथ' कर ही दिया था 'अब उसकी इस अवस्था को भी वीरान करने पर तुली है, जिसमें वह सँभल सकती थी। भटक-भटककर उजड़ती जाती मैत्रेयी कभी ठहराव न पाए, यही इन दोनों की साजिश है, क्योंकि वह आगे उनके लिए सोने के अंडे देने वाली मुर्गी सिद्ध होगी। ढलती उम्र में बुढ़ापे का बाघ जैसा डर है जो उनके सारे साधनों को भँभोड़ खाएगा।' (पृष्ठ 109) अन्य पुरुष में लिखित मैत्रेयी पुष्पा का यह निस्संग बयान यह जटिल निहितार्थ लिए हुए है कि घर-परिवार की जिस कैद को तोड़कर कस्तूरी की 'नई नारी' के रूप में व्यक्तित्वांतरण हुआ है, वह रास्ता मैत्रेयी को अपनी आजादी का नहीं, बल्कि कैद का रास्ता लगता है। कारण यह कि माँ को वैधव्य की यातना से बाहर निकलना था, जबकि 'जवानी का लाव लश्कर' लादे बेटी को जिस स्त्री-रूप में पूर्णता प्राप्त करना था, वह विवाह व परिवार के रास्ते से होकर गुजरता था। 'मैत्रेयी की साध तो किसी निजी कुनबे की माँ बनने की रही है, क्योंकि माँ ने कुनबा नहीं बनाया।' (पृष्ठ 329)

मैत्रेयी पुष्पा के कथा-साहित्य की ही तरह उनके आत्मकथात्मक वृत्तांत में भी 'फीमेल सेक्सुअलिटी' का विमर्श बिना किसी लाग-लपेट के उपस्थित है। उनकी दृष्टि में स्त्री-पुरुष की समानता देह की समानता के बिना निष्प्रभावी है। स्त्री-देह की मुक्ति को वह पुरुष दासता से मुक्ति का साधन मानती है। वैवाहिक जीवन में भी वह इस बात से सहमत नहीं कि पति ही स्त्री-देह का नियंता और नियामक बने और स्त्री निष्क्रिय सहभागी। इस विमर्श को अपने वैवाहिक जीवन के प्रारंभिक दिनों की याद करते हुए वे अपने आत्मकथात्मक वृत्तांत में यूँ विन्यस्त करती हैं, 'यह पुरुष (पति) उस मिट्टी का नहीं बना, जो स्त्री की स्वाभाविकता समझे।' (पृष्ठ 254) और इसकी निगाह में 'पत्नी का मन मारते रहना ही पति का अभीष्ट है।' (पृष्ठ 253) इस स्थिति से उबरने के लिए वह स्वयं ही पहलकदमी करती है और पति से यह पूछने का साहस रखती है कि 'मर्द की कुबत नहीं थी तो ब्याह क्यों किया?'

(पृष्ठ 251) इतना ही नहीं वह पहले ही देह-संसर्ग में पति को अपनी 'स्त्री व्यावहारिकता और विपरीत रति' के कौशल का परिचय देती है।

महिला लेखिकाओं के कथा-साहित्य के 'सेक्स' और 'इनसेस्ट' के प्रसंगों में लेखिका के अंतरंग जीवन के सूत्र तलाशने वाले पुरुष-रतिकों के लिए मैत्रेयी पुष्पा अपने आत्मकथ्य में कुछ भी गोपन नहीं छोड़तीं। यहाँ तक कि विवाह की सुख-सेज से 'साफ-सुथरी उठने के कारण' पति के मन में अपने कौमार्य को लेकर उठे शक-सुबहे को भी वे नारी-विमर्श का मुद्दा बनती हैं। सतमासी बेटी के जन्मने पर बेटी के पितृत्व को लेकर पति के मन में उठे संशय पर मैत्रेयी की टिप्पणी है कि '''''अन्य पतियों की तरह मेरे पति भी अपने वंश और पीढ़ियों के प्रति खुद को 'सत्यानाश' का अपराधी मान रहे हैं।' इस समूचे मुद्दे पर तर्क-वितर्क करते हुए मैत्रेयी का स्त्री-पक्ष की ओर से प्रति-प्रश्न है 'जो पुरुष स्वयं इस बच्ची का पिता होने में हिचक मान रहा है, उसे वह पति भी कैसे माने?' (पृष्ठ 314) स्वीकार करना होगा कि अधिक संश्लिष्ट अर्थों में मैत्रेयी पुष्पा का यह आत्मकथ्य 'बोल्ड लेखन' की बानगी मात्र न होकर स्त्री-विमर्श से जुड़े मुद्दों की 'बोल्डनेस' का सवाल है। इस 'बोल्डनेस' की धार कभी पति पर वार करती है तो कभी माँ को ही कठघरे में खड़ा करती है।

माँ और पति के बीच पेंडुलम की नियति को प्राप्त मैत्रेयी को 'पति मनुष्य मानकर बराबरी नहीं देना चाहता।' (पृष्ठ 256) यहाँ तक कि माँ की नजरों में 'मैत्रेयी के विवाहित होने का मतलब नहीं कि वह स्त्री-पुरुष के मिलन की छूट पा जाए।' (पृष्ठ 271) विधवा स्त्री के जीवन में दमित यौन से उपजी इस 'पुरुष ग्रंथि' का समाहार मैत्रेयी विधवा के मन में पुरुष की जिस चाहत से करती हैं वह स्त्री मनोविज्ञान की नई जटिलताओं से साक्षात् कराता है। माँ की यौन कुंठा और अपनी स्त्री-चाहत के द्वंद्व को जिस नैतिक प्रामाणिकता के साथ मैत्रेयी ने अभिव्यक्ति किया है, वह 'कस्तूरी कुंडल बसै' के स्त्री-विमर्श को नया अर्थगांभीर्य प्रदान करता है। 'पुरुष से मुक्ति' से लेकर 'पुरुष के अधिग्रहण' तक का विस्तार लिए कस्तूरी का व्यक्तित्व विधवा जीवन की कुछ उन अदृश्य व ओझल मनःस्थितियों का साक्षात् कराता है, जिसका बयान कमोबेश आज के नारी-विमर्श में अनुपस्थित है।

मैत्रेयी पुष्पा का आत्मकथात्मक वृत्तांत यह स्वाभाविकता भी लिए हुए है कि मैत्रेयी अपने जीवनानुभवों का खुलासा करते हुए प्रायः 'पोलिटिकली करेक्ट' होने की चिंता से स्वयं को मुक्त रखती हैं। यही कारण है कि समस्त 'स्त्री-उत्पीड़न' को पुरुषसत्ता के खाते में डालकर स्त्री बनाम पुरुष का विमर्श रचने की बजाय वे

स्त्री-दुःख को अधिक संश्लिष्टता के साथ उजागर कर पाती हैं। एक आत्मकथा लेखिका के रूप में मैत्रेयी पुष्पा की सफलता यह भी है कि वे अपने जीवन के अंतरंग से लेकर बहिरंग तक के सारे अनुभवों व घटनाओं का निर्वैयक्तीकरण (डिपर्सनलाइज) करके उसे सामाजिक विमर्श में ढालती हैं। संभवतः आत्मकथा को आत्मकेंद्रीयता से बचाने की आवश्यकता का ही परिणाम है इसकी वह औपन्यासिक संरचना जो इस वृत्तांत को आवश्यकतानुसार आत्मीय व निःसंग बनाने की सुविधा प्रदान करती है।

दरअसल 'कस्तूरी कुंडल बसै' मैत्रेयी पुष्पा का जीवन-वृत्तांत मात्र न होकर एक ऐसा साहित्यिक दस्तावेज है, जिससे एक गँवई लड़की के एक महत्त्वपूर्ण लेखिका के रूप में व्यक्तित्वांतरण के 'फेनामेना' को समझा जा सकता है। स्वीकार करना होगा कि मैत्रेयी के लेखकीय व्यक्तित्व के निर्माण में उनके वंचित बचपन व अभावों से भरी-पूरी असुरक्षित किशोरावस्था की वह विपुल संपदा रही है, जो किसी भी लेखक के लिए ईर्ष्या का विषय हो सकती है। मैत्रेयी पुष्पा की लेखिका के लिए प्रच्छन्न वरदान यह भी रहा कि वे ब्राह्मण माता-पिता की संतान होकर भी झांसी के खिल्ली गाँव के प्रधान अहीर चिमन सिंह के घर पली-बढ़ी, जिससे 'उसके भीतर जाटनियों व अहीरनियों की बेधक आत्माओं का वास हो गया।' मैत्रेयी की स्वयं की स्वीकारोक्ति है कि 'मैं जन्म से ब्राह्मण, जाटों, अहीरों के अक्खड़पन में उतरती चली जाती हूँ।' (पृष्ठ 262) अहीरनियों व जाटनियों की छत्रच्छाया ने जहाँ उन्हें ब्राह्मणवादी 'कुलशील परंपरा' व 'नैतिक परंपरा' से मुक्त रखा वहीं उस 'कैरेक्टर कोड' को भी उन पर नहीं लागू होने दिया, जिसके रहते वे 'स्वतंत्र प्रकृति की दबंग औरत' नहीं हो सकती थी।

यहाँ यह तथ्य भी विचारणीय है कि मैत्रेयी पुष्पा के पूर्व ग्राम्य पृष्ठभूमि की स्त्री-कथा की देशज अभिव्यक्ति किसी स्त्री-लेखिका द्वारा क्यों नहीं हो सकी थी? क्या इसीलिए कि 'सबाल्टर्न कैन नाट स्पीक' (हाशिए के लोगों की आवाज नहीं होती) कहना न होगा कि 'कस्तूरी कुंडल बसै' की लेखिका के रूप में मैत्रेयी पुष्पा ने स्त्री के उस 'सबाल्टर्न' (निम्नवर्गीय) पक्ष को वाणी दी है, जिसकी सहभोक्ता वे स्वयं रही हैं। लेकिन देखना यह है कि अपने स्त्री अनुभवों की संपूर्ण संपदा को इस आत्मकथ्य में कलम बंद करने के बाद क्या कुछ शेष बचा है उनके कहे जाने के लिए! कहीं यह मैत्रेयी पुष्पा की स्त्री-कथा का 'इत्यलम' तो नहीं?

कस्तूरी कुंडल बसै : हलचल मचाती एक आत्मकथा

कांतिकुमार जैन

आज से शताब्दियों पहले जब कबीरदास ने यह दोहा लिखा था कि

कस्तूरी कुंडल बसै, मृग ढूँढ़े बन माँहि।
जैसे घटि घटि राम हैं, दुनिया देखे नाँहि।।

तो उन्होंने कल्पना भी नहीं की होगी कि इक्कीसवीं शताब्दी की कोई आत्मकथा लेखिका नितांत आध्यात्मिक अर्थ देने वाले दोहे की कोई मनोभौतिक व्याख्या भी करेगी और उसके सामाजिक-मनोवैज्ञानिक निहितार्थों के तानों-बानों से एक औपन्यासिक आत्मकथा या आत्मकथात्मक उपन्यास लिखकर अपने जीवट, अपने दुस्साहस और अपने आत्मस्वीकार से अपने समय, समाज और साहित्य के रोते हुए जल में भँवरें उठा देगी। लड़की यादवों की होती, जाटों की होती तो भी कोई बात थी। ब्राह्मण परिवार के उपाध्याय गोत्र की सनाढ्य लड़की, वह भी खिल्ली-सिकुर्रा जैसे पिछड़े क्षेत्र में पली-बढ़ी, वह ऐसी हिम्मत करेगी—सोचा भी नहीं जा सकता।

फिर लड़की कोई हूर भी नहीं। मामूली सूरत की साँवली, दुबली-पतली, बिना बाप की—केवल अपने साहस, अपने विवेक और अपने सपनों के सहारे उलटी धारा में बह रही है। यह सख्त जान केवल अपनों को ही हलाकान नहीं कर रही, अपने पाठकों को भी परेशान कर रही है। कभी अपनी माँ के ढकोसलों की पोलें खोलती हुई, कभी अपने नंदकिशोरों के आख्यान कहती हुई, कभी अपने प्रिंसिपल की कुत्साओं की धज्जियाँ उड़ाती हुई, कभी अपने पति की पहले दिन की (या रात की) विफलता के किस्से सुनाती हुई। हम ज्यों-ज्यों मैत्रेयी पुष्पा की आत्मकथा के सतपुड़ा के घने जंगलों में धँसते हैं त्यों-त्यों हमें समाज के ऊँघते अनमने बियाबानों और बीहड़ों का आभास मिलने लगता है, मुँह पर फैले हुए रूढ़ियों के बाल आँखों को चुँधियाते हैं और मकड़ी के जाल पैरों की बेड़ियाँ बन जाते हैं। तब कबीर के दोहे से हटकर 'कस्तूरी कुंडल बसै' का एक नया पाठ सामने आता है। उपन्यास या आत्मकथा लेखिका मैत्रेयी की उस माँ का, जिसका नाम संयोग या दुर्योग से कस्तूरी

है और जो मनोवैज्ञानिक और सामाजिक कुंडलों से जकड़ी हुई है। समाज में अपने वैधव्य और लुगाई होने की नियति से अभिशप्त, एक बेटी की माँ होने से त्रस्त उसकी जकड़बंदियाँ और भी कठोर होती जाती हैं जब वह ग्रामसेविका होते ही स्त्री के ब्रह्मचर्य को जीवन का सबसे वरणीय मूल्य मानने लगती है। उसकी बेटी मैत्रेयी इस पुरुष विद्वेषिनी, परिणय जुगुप्सु माँ के विधि निषेधों और स्त्री के लिए खींची गई लक्ष्मण रेखाओं का उल्लंघन करने को सदैव लालायित दिखती है। वह अपनी माँ कस्तूरी के कुंडल से मुक्त होने के लिए निरंतर सचेष्ट है, पर कस्तूरी और उसकी बेटी मैत्रेयी तो कैंची के दो पल्ले हैं, जिनका अस्तित्व और उपयोगिता एक-दूसरे को काट सकने में ही है। न कस्तूरी मैत्रेयी को छोड़ पाती है और न ही मैत्रेयी कस्तूरी से मुक्ति पाने में सफल होती है। कस्तूरी अपने पुरुष विद्वेषी कुंडलक से जकड़ी हुई है तो मैत्रेयी अपनी माँ की गुंजलक से। प्रेम और घृणा का संबंध पास खींचता भी है और दूर ढकेलता भी है। आत्मकथा का दूसरा अध्याय खत्म होते-होते कबीर के मूल आध्यात्मिक पाठ से आगे पुस्तक नया अर्थ देने लगती है। माताजी से 17 वर्ष की बी०ए० में पढ़ने वाली लाली ने ज्यों ही कहा, 'माताजी, मेरी शादी कर दो' कि पुस्तक के नाम का एक नया अर्थ पाठकों के सामने अनावृत्त होने लगता है—एक ऐसी लड़की की उपस्थिति की बेचैनी जो अपनी माँ के गुंजलक से मुक्त होने के लिए छटपटा रही है और जो इस गुंजलक के निकलने के प्रयास में ज्यों-ज्यों अकृतकार्य होती है, त्यों-त्यों वह और अधिक बंड, उद्दंड, विद्रोहिणी होती जाती है। लोगबाई, हुड्ड बनती जा रही मैत्रेयी की अपनी माँ कस्तूरी से मुक्ति का प्रयास करने वाली लड़की की आत्मकथा है 'कस्तूरी कुंडल बसै'। पाठक आत्मकथा की इस नई अर्थवत्ता के लिए तैयार होता ही है कि 'कस्तूरी' माँ-बेटी के केर-बेर के संग से आगे बढ़कर केवल विशिष्ट माँ और उसकी विशिष्ट बेटी की कथा नहीं रह जाती। वह इक्कीसवीं शताब्दी की दहलीज पर खड़ी भारतीय मध्यवर्गीय स्त्रियों की प्रतीक गाथा भी हो जाती है जो स्वामी दयानंद, महात्मा गांधी, स्त्री-शिक्षा, महिला मंगल, स्वतंत्रता आंदोलन जैसे घाटों-किनारों से होती हुई स्त्री-मुक्ति के कगार को छूने को लालायित है। यहाँ कस्तूरी अपनी सारी क्षमताओं के बावजूद स्वयं से छल करती हुई परंपराबद्ध नारी है और मैत्रेयी इस छल-पोषित परंपरा से मुक्त होने के लिए विद्रोह करती हुई नई पीढ़ी की सुशिक्षिता युवती। इस विद्रोह में रूढ़ियों के, परंपराओं के, लांछन के, लोकाचार के कुंडल टूटते हैं। इनके टूटने में बहुत समय लगता है। 'रामायण' में वाल्मीकि ने लिखा है कि राजा जनक के यहाँ जब पहली बेटी सीता ने जन्म लिया तो उनके मुखमंडल पर चिंता की रेखाएँ झलक आईं। राजपुरोहित ने जब इस

चिंताकुलता का कारण जानना चाहा तो जनक जी ने कुछ छिपाया नहीं, साफ ही कहा कि जब परिवार में बेटी का जन्म हो तो उसे पिता की चिंताओं का प्रारंभ समझना चाहिए। भारतीय परिवार की इस चिंता के कारणों में अभी तक कोई विशेष परिवर्तन नहीं हुआ है। तिरिया जनम झन देहु, नारी अघ की खान, 'नारी की छाया परै अंधो होत भुजंग' कहने वाला समाज आज भी मानता है कि अबला जीवन की कहानी आँचल के दूध और आँखों के पानी से ही लिखी जाती है। बहुत कम ऐसे प्रसंग आते हैं जब कोई यह कहने की तेजस्विता दिखाता है–"एक नहीं, दो-दो मात्राएँ, नर से भारी नारी।" 'कस्तूरी' की लेखिका मैत्रेयी भी उसी तेजस्विता का प्रमाण देती है। एक नहीं, अनेक अवसरों पर वह स्वयं के लिए अबला, ललना, प्रमदा, रमणी, भोग्या जैसी संज्ञाएँ अस्वीकार करती है। उसका नाम भले ही मैत्रेयी पुष्पा हो, उसकी वास्तविक पहचान मैत्रेयी दुर्गा की है। मैत्रेयी अपनी आत्मकथा में परंपरा पोषित सारी रूढ़ियों, आशंकाओं, अविश्वासों, कुत्साओं और मनु द्वारा प्रवर्तित स्त्री-संविधान को नकारती हुई आधुनिक स्त्री बन जाती है, जिसके पास यदि वक्ष है तो मेरुदंड भी है, जिसके सामने यदि जकड़न-भरा दृश्य है तो उसको भेद सकने की लेज़र दृष्टि भी है, जो कमलादास की तरह केवल सेक्स प्रतीक नहीं, जिसको जो चाहे बिस्तर तक ले जाए, वह अमृता प्रीतम की तरह सेक्स कुड़ी भी नहीं है, जो दिमाग की अपेक्षा दिल से अधिक सोचती है। मैत्रेयी अपनी जैविकता से आक्रांत नहीं है, वह अपनी जैविकता को स्वीकार करती है। अपनी स्त्री जैविकता को सकारने, समझने और प्रतिष्ठित करने की अदम्य जिजीविषा ने मैत्रेयी पुष्पा को हिंदी उपन्यास लेखिकाओं में अद्‌भुत जीवट प्रदान किया है–रचनात्मक भी और व्यावहारिक भी। मैत्रेयी ने अपनी आत्मकथा का नाम ही कबीर से उधार नहीं लिया है, उसके अध्यायों के नाम भी उसने कबीर से उधार लिए हैं–रे मन जाह, जहाँ तोहि भावै; उलट पवन कहाँ राखिए; जिउ तरसे तुम मिलन को, मन नहीं विसराम; तुम्ह पिंजरा मैं सुअना तोरा; हम घर साजन आए; दुलहिन गाओ री मंगल चार; कैसे नीर भरै पनिहारी; पानी में अगन जरै; जो घर जारै आपना जैसे नाम कबीर अभिप्रेत आध्यात्मिकता के स्थान पर चिंतन कालानुमोदित समाज और साइकी में व्याप्त विधि निषेधों को चुनौती देते हैं। रवींद्रनाथ ठाकुर अनूदित Hundred Poems of Kabir की भूमिका में मिस अंडरहिल ने लिखा है कि काव्य में आत्मा-परमात्मा के संबंधों की उत्कटता प्रकट करने के लिए दांपत्य प्रतीकों से बढ़कर कोई दूसरे प्रतीक नहीं होते। मैत्रेयी ने इन अध्यात्म प्रतीकों को भी अपने रहस्यवादी कुंडलों से मुक्त किया है और सिद्ध किया है कि घोर सामाजिक और दैहिक संबंधों की अभिव्यंजना के लिए

आध्यात्मिक संबंधों के लिए रूढ़ हो गए प्रतीकों से ज्यादा अनुकूल और कुछ नहीं हो सकता। रहस्यवाद को परिभाषित करने के लिए हमारे पुराने मर्मी कवियों ने दांपत्य क्रियाओं का जो सहारा लिया था, मैत्रेयी ने उस क्रिया-चक्र को पूरी परकम्मा लगवा दी है।

मैत्रेयी इस आत्मकथा में भगवानदास माहौर, प्रो० दरबारी जैसे अपने अनेक गुरुओं का स्मरण करती हैं, पर जो गुरु गोविंद की तरह उनके तन-मन-प्राण और लेखनी पर छाया हुआ है वह है कबीर। अपनी पूरी अक्खड़ता और फक्कड़ता के साथ। मैत्रेयी भी इस आत्मकथा में किसी की परवाह नहीं करती, न लोक की, न वेद की, न गुरु की, न शास्त्र की। यदि मैत्रेयी की आत्मकथा का D.N.A. test करवाया जाए तो मुझे पूरा विश्वास है कि उसमें कबीर के गुणसूत्र निकलेंगे।

फ्रायड का मनोविश्लेषण शास्त्र पढ़ाते हुए विश्वविद्यालय के हमारे प्राध्यापक राय साहब ने बहुत पहले हमें बताया था कि कुछ पुरुष ऐसे होते हैं, जिन्हें स्त्री-विद्वेषी कहा जाता है—Misogynist। मेरे यह पूछने पर कि उन स्त्रियों को क्या कहते हैं जो पुरुष-विद्वेषी होती हैं—उन्होंने हँसकर बात टालते हुए उत्तर दिया था कि शायद ऐसी स्त्रियाँ होती ही नहीं हैं। उन्होंने यूनानी मिथकों से स्त्री-विद्वेषी पुरुषों के उदाहरण भी दिए थे। तब तक मैत्रेयी का आत्मचरित्र 'कस्तूरी कुंडल बसै' प्रकाशित नहीं हुआ था, अन्यथा वे पुरुष-विद्वेषी स्त्रियों के उदाहरण में कस्तूरी का नाम अवश्य लेते। कस्तूरी पुरुष-विद्वेषी है। वह विवाह-विद्वेषी भी है। उसके दांपत्य के अनुभव और वैधव्य का लांछन उसे स्त्री-पुरुष के बीच पनपने वाले सहज रत्याकर्षण की मुहलत देने से गुरेज करता है। बकौल मैत्रेयी 'स्त्री-पुरुष मेल की दुश्मन है मेरी माँ।' 'misogynist' और तो और, अपनी बेटी और उसके सात फेरों वाले पति-परमेश्वर के बीच भी वह जब देखो तब रति-गति-अवरोधक का काम करती है। यदि मैत्रेयी पति के साथ चाँदनी रात में ताँगा विहार का कार्यक्रम बनाती है तो माताजी दोनों के बीच ठँस जाती है—सशरीर। पतिदेव चाहते हैं और नवविवाहिता मैत्रेयी की भी कामना है कि ताँगे के हिचकोलों का लाभ उठाकर पति उसे परस का सुख भी दे, पर माताजी सन्नद्ध हैं। भवानी मिश्र की उस कविता की तरह 'छोटी-सी एक पहाड़ी है एक नगर, है एक गाँव, वे दोनों मत मिलते पाएँ, इस उपवन के सुमन नहीं, उसके खेतों खिलने पाए, इसलिए बीच में आड़ी है।'

पति-पत्नी को वे अपनी परिणय-जुगुप्सा के कारण स्त्री और पुरुष नहीं बनने देना चाहती—मैत्रेयी ने बड़े परिताप से लिखा है कि डॉक्टर बहुत दिनों बाद अपनी

पत्नी को लिवाने आया हुआ है—दिन तो कट गया, पर रात दिन से बदतर बीती—कमरे में बिस्तर बिछे हैं—माताजी यहाँ भी अपने मिशन से गाफिल नहीं हैं—इधर भूखा-प्यासा डॉक्टर पति है, उधर मैत्रेयी है—वह भी कम भूखी-प्यासी नहीं है, पर बीच में माताजी रति-अवरोधक की तरह अपनी खटिया पर पौढ़ी हुई हैं—अपनी सखी गौरा के साथ निःशब्द मौन नहीं, बाकायदा खाँसते हुए। खाँसियों में अंतराल पड़ते ही डॉक्टर पति गति-अवरोधक को लाँघकर अपनी पत्नी के बिस्तर पर पहुँचता भी है। माताजी को लगता है कि वह अपनी सतवंती बेटी को राजनारायण बिसारिया की कविता दुहराने की याद दिला दें :

नदी के पार से मुझको बुलाओ मत
कि हमारे बीच में विस्तार है जल का
कि इन गहराइयों को भूल जाओ मत

मैत्रेयी की माँ उस निषाद की भूमिका में है, जिसने काम मोहितम् क्रौंच में से एक का वध कर दिया था। सत्यानाश हो उस बहेलिये का—वाल्मीकि ने कहा था। दुहरा सत्यानाश हो कुमाता का—कुपुत्री कही जाने वाली मैत्रेयी कहती है। इन्होंने तो एक नहीं, क्रौंच-क्रौंची दोनों को अवसन्न कर दिया है। Misogynist। अकेली औरत होने की कुंठा की अभिव्यक्ति, जीवन-भर समाज से लांछित किए जाने का प्रतिशोध। हिंदी कथा-साहित्य में मैत्रेयी पुष्पा को पहला परिणय विद्वेषी चरित्र गढ़ने का श्रेय दिया जाना चाहिए। हिंदी में मिसोजिनिस्ट के विलोम के लिए कोई शब्द नहीं है। कस्तूरी ग्रंथि कैसा रहेगा?

ब्रज-बुंदेलखंड जनपद (और स्त्री जनपद की भी) मनो-सामाजिक सच्चाइयों का मिजाज जानने के लिए लेखिका ने तीन मौसम अवलोकन केंद्र खोल रहे हैं—एक केंद्र की प्रभारी माँ कस्तूरी है, दूसरे का उत्तरदायित्व बेटी मैत्रेयी के पास है और इन दोनों के अवलोकनों का तुलनात्मक परीक्षण करने और उनमें सामंजस्य का काम मिला है कस्तूरी के दामाद और मैत्रेयी के पति डॉक्टर को।

ब्रज और बुंदेलखंड जनपदों के समा-सांस्कृतिक और स्त्री मौसम की रिमझिम, बूँदाबाँदी, ओलावृष्टि, आँधी-तूफान, भूकंप के झटकों, कभी-कभार चमकीली धूप, शारदीया चाँदनी की जितनी जानकारी हमें इन तीनों मौसम केंद्रों से मिलती है, उतनी न तो किसी समाजशास्त्र की पुस्तक में मिलेगी, न भूगोल या मनोविज्ञान के विश्वकोश में। उपन्यास-लेखिका सुनी-सुनाई बातों के आधार पर गर्जन-तर्जन और वर्षण की सूचनाएँ नहीं देती, वह मौके पर उपस्थित, पानी से लथपथ और आँधियों

के थपेड़े झेलती रिपोर्टर की तरह हमें राई-रत्ती आँखोंदेखा हाल बताती है।...उसके पास कलम भी है और कैमरा भी। मैत्रेयी आत्मकथा लेखिका के रूप में अनुभव उस दुर्घटनाग्रस्त रोगी की तरह करती है जो ऑपरेशन कराने के लिए बिना ऐनेस्थीसिया लिए ऑपरेशन टेबल पर लेटा हुआ है। कभी-कभार कोई आह या उफ निकल जाए तो निकल जाए अन्यथा वह अपने होंठ कसकर भींचे रखती है। ऑपरेशन टेबल से उठने पर वह सारा अनुभव एक रिपोर्टर की तरह डिस्पैच करती है। उस डिस्पैच के लिए उसके पास एक कवि की कलम है। वह शब्दों के चित्र खींचने में पारंगत है। कस्तूरी क्या करती है, क्यों करती है, कैसे करती है, कब करती है, यह जानना और बताना उसके लिए महत्त्वपूर्ण है। अपनी मीनार पर खड़ी होकर मैत्रेयी को तो अपने भीतर-बाहर का सब कुछ दिखाई पड़ता ही है। वह अपना तो अपना, अपने मित्रों, सहेलियों, गुरुजियों, पुरापड़ोसियों को भी अंदर-बाहर से जानती है। जानती है, कौन कितना विश्वसनीय है, कौन कितना मेरुदंडविहीन है और कौन कितना चालू है। एदल्ला, मदन मानव, नंदकिशोर, शिवदयाल, हेतराम, भोले बब्बा जैसे पुरुषों और गौरा, विद्याबीबी, सल्लो, लीलावती, सूर्यकिरन, राजकुमारी शर्मा, विभा, शकुन जैसी स्त्रियों के माध्यम से मैत्रेयी अपने जनपद के सामाजिक, सांस्कृतिक तथा मनोवैज्ञानिक जीवन को खँगालती है, वह खँगालने से निकलने वाली मलिनता की ओर भी सजग और सावधान है। ऐसे मौके पर वह मुझे बुंदेलखंड के कस्बों-खंडों में अपनी टुकनिया-झाड़ू लिए उस नरक सफाई करने वाली हलालखोर की तरह लगती है, जिसे न गंदगी से परहेज है, न बदबू से। किसी बड़े उद्देश्य के लिए यह सब तो झेलना ही पड़ेगा। मुक्तिबोध ने आखिर कहा ही था :

जो है उससे बेहतर चाहिए
दुनिया को साफ करने के लिए मेहतर चाहिए

मेहतर यानी महत्तर। महत्तर यानी वह, जो ऐसे काम करता है, जो दूसरा नहीं कर सकता। मैत्रेयी का दर्जा समाज में भी महत्तर का है और साहित्य में भी। जो उससे परहेज करें या उसे देख-पढ़कर अपनी नाक पर रूमाल रख लें, रखते रहें।

कस्तूरी और मैत्रेयी की देखरेख में चलने वाले मौसम अवलोकन केंद्रों में तालमेल बैठाने का काम डॉक्टर के जिम्मे है। काम बड़ा कठिन है, पर डॉक्टर भी बड़ा कर्रीजान है। कस्तूरी जैसी नाठ स्त्री की बेटी मैत्रेयी जैसी मुँहफट, बिगड़ैल लड़की से, खिल्ली सिकुर्रा जैसे पिछड़े गाँवों की बिन्नी से कौन शादी करेगा? डॉक्टर करता है—वह हिम्मती है, समझदार है, विवेकसंपन्न है। बेदाग और गौर कांतिरूप,

विद्या वैभव से जगमगाता। आत्मकथा में उसका पदार्पण ठीक वैसे ही होता है जैसा सिकंदर का अपने पिता—मेसीडोनिया के राजा फिलिप—के दरबार में हुआ था। बिन ब्याही मैत्रेयी लड़की नहीं रह गई है, सींग लड़ाती, मरखंडी बछेड़ी हो गई है—बिदकने वाली घोड़ी। उस पर उसकी माँ की छाया पड़ रही थी, ठीक वैसी ही जैसी मेसीडोनिया के राजा फिलिप के दरबार में लाई गई नई घोड़ी के सामने पड़ रही थी। उस घोड़ी को कोई सँभाल ही नहीं पा रहा था। सारे शहसवार पटखनी खा चुके थे। सिकंदर ने कहा—इस घोड़ी को मैं सँभालता हूँ। बड़े-बुजुर्गों ने बहुतेरा मना किया, पर सिकंदर भी जिद्दी था। उसने समझ लिया कि घोड़ी अपनी छाया से बिदक रही है। उसने घोड़ी का मुँह फेरा, उस तरफ किया जहाँ से उसकी छाया उसे दिखती ही नहीं थी, सो माताराम कस्तूरी की छाया मैत्रेयी को नहीं दिखनी चाहिए। मरखंडी लड़की निहाल। अब उसे बिना भाइयों की बहन होने का रंज नहीं, बिना बाप की बेटी होने की शिकायत नहीं, अपने सुंदर न होने का कोई शिकवा नहीं, अपने मुँहफट होने का कोई अफसोस नहीं। उसे अपना सिकंदर मिल गया—सुंदर, स्वस्थ, गोरा, समझदार और हिम्मती।

साहित्य में कुत्सा की क्या जगह है? अश्लीलता, फूहड़ता, भदेसपन, कुत्सित प्रसंगों पर हमेशा से ही नाक-भौं चढ़ाने वालों की कमी नहीं रही है। हमारे काव्यशास्त्र में काव्य के जो दोष गिनाए गए हैं, उनमें अश्लीलता के साथ ग्राम्यत्व की भी गणना की गई है। यानी सभ्य समाज में, अभिजनों की उपस्थिति में जो बात कहने योग्य न हो, जिसको कहकर कहने वाले की संस्कारहीनता प्रकट हो, वह ग्राम्यत्व है। गँवारूपन, ग्राम्यत्व को अभी तक क्षम्य नहीं माना जाता था—न कथ्य के ग्राम्यत्व को, न कथन के ग्राम्यत्व को। पर हमारे जिस लोकतंत्र का 90 प्रतिशत लोक ग्रामीण हो, उसकी बोली-बानी, कथनी-करनी को ग्राम्य कहकर त्याज्य कैसे माना जा सकता है? हमारे समकालीन दौर में ग्राम्यत्व को लोकतंत्र के नाभिकीय केंद्र में स्वीकृत किए जाने के, सहन किए जाने के उदाहरणों की कमी नहीं है—लालू और फूलन दो प्रतीक मात्र हैं। अतः लोकतंत्र के दौर में लिखे गए साहित्य में ग्राम्यत्व का संधान करना वदतो व्याघात ही कहा जाएगा। जब साहित्य केवल धीमताम के लिए ही न हो, वह विनोद ही न हो, 'टाइमपास' से बढ़कर उसे सोशल-साइकॉलॉजिकल-इंजीनियरिंग की भूमिका भी अदा करनी पड़ रही हो, जब दलित लिख ही नहीं रहे हों, अपने लिए अलग काव्यशास्त्र भी रच रहे हों, तब ग्राम्यत्व को दोष मानना अप्रजातांत्रिक है, काल विरुद्ध है। मैत्रेयी न तो धीमंतों के लिए लिख रही है, न काव्यशास्त्रियों के लिए।

वह ए०सी० में बैठकर भुने हुए नमकीन काजू टूँगते हुए टी०वी० देखने वाले अभिजनों के लिए भी नहीं लिख रही है। उसकी आत्मकथा कलाकृति से बढ़कर जीवन की घुटन है, जो जिंदगी के धूल-धक्कड़ से लड़ते हुए गिरती है और गिरकर फिर उठने का हौसला रखती है। वह पिछड़े हुए रूढ़ि जर्जर, पुरुष अनुशासित भारतीय समाज में अपने औरत होने का भागमान बता रही है—'जो कहूँगी, सच कहूँगी' के हलफिया बयान के साथ, 'तिरिया जनम झन देहु' की कातर प्रार्थना को नकारते हुए। वह स्त्री होने की अपनी जैविकता से न तो क्षमा-याचना की मुद्रा में है, न ही अपनी जैविकता को लेकर भगवान् को कोसती है। यदि मैं स्त्री हूँ तो मैं अ-स्त्री क्यों बनना चाहूँ? स्त्रियों के स्वाभिमान के लिए क्यों न लड़ूँ? जो स्त्री को केवल क्रीड़ा कला पुतली मानते हैं, जिनके लिए मानवी योनि मात्र रह गई है, उनके मुँह पर क्यों न थूकूँ? अपनी जैविकता को स्वीकार करने का साहस मैत्रेयी को अन्य स्त्री उपन्यासकारों से विशिष्ट बनाता है। 'कस्तूरी कुंडल बसै' में मैत्रेयी अपने स्त्रीत्व को लेकर सजग है। वह उन सभी स्त्रियों की ओर से भी मोर्चे पर डटी हुई है, जो उसे अघ की खान मानते हैं और जो उसकी साड़ी के पिछले हिस्से पर लाल स्याही के दाग लगाकर उसे संकुचित करना चाहते हैं—फिर वे लोग चाहे सहपाठी हों, भाई हों, मामा हों या पति ही क्यों न हों।

जुगुप्सा में भी घनघोर संवेदना भरने के कारण मैत्रेयी की आत्मकथा के थू-थू, छी-छी प्रसंग गहरे मानवीय सरोकारों से लबरेज हो जाते हैं:

"यहाँ औरतें ही आती हैं बिन्ना"
क्यों
उनके आदमी लाते हैं
क्यों
नौकरी पाते हैं
कैसे
उनकी करिहाई में दम पर क्लीनर बनते हैं, कंडक्टर बनते हैं।
जब न तब इस कोठे से चीखें उठती हैं
मैत्रेयी चुप है।

एक दिन कसकर चीख उठी कि घर हिल गया। फिर हमने पंजों के बल खड़े होकर देखा, कुछ नहीं दिखा।

दूसरी बार हमने दीवार में एक छोटा-सा छेद बना लिया। ईंटें रख लीं। चढ़कर

फिर जो देखा—पाँव पीटती औरत के पाँव खटिया के पायों से बाँध दिए थे। हाथों को डोरी से कस दिया। उसका आदमी ही उसके मुँह में कपड़ा ठूँसे बैठा था। और मालिक लोग बारी-बारी···" कहते हुए वह हाँफने लगी, छाती पर हाथ रखकर झुकती हुई धरती में बैठ गई।

"मैत्रेयी काठ मारी-सी···। धक से रह गई।"

महाभारत में भी पाँच-पाँच कंडक्टरों और क्लीनियरों के रहते दिनदहाड़े भरी सभा में द्रौपदी के साथ ऐसा ही कुछ हुआ था। उस चीरहरण के लिए आज तक किसी ने वेदव्यास पर दोषारोपण नहीं किया। इस कुत्सित प्रसंग के लिए भी आत्मकथा लेखिका मैत्रेयी जिम्मेदार नहीं है। समाज है। मैत्रेयी का समाज, आपका और हमारा समाज। मैत्रेयी इस समाज को बदलना चाहती है। मैत्रेयी लुआठी लिए समाज और साहित्य के बाजार में खड़ी है। देखें, किस-किस में उसके साथ चलने का साहस है?

अज्ञेय कृत 'शेखर : एक जीवनी' पहली बार पढ़ने के बाद अमृतराय ने तब के 'हंस' में लिखा था कि 'शेखर : एक जीवनी' अपनी कथा के अलावा हिंदी भाषा के सौंदर्य के लिए भी पढ़ी जानी चाहिए। 'कस्तूरी कुंडल बसै' पढ़ने के बाद मैं कहना चाहता हूँ कि मैत्रेयी की यह कथा कस्तूरी की वर्जनाओं, प्रवंचनाओं, कुंठाओं और मैत्रेयी के आप्लावनकारी साहस के अतिरिक्त हिंदी भाषा के सामर्थ्य के लिए भी पढ़ी जानी चाहिए। 'शेखर' की भाषा स्त्रीत्व से भरी हुई शालीन, सुष्ठु और शोभामयी है। 'कस्तूरी' की भाषा साहसिक, साझा और परुष है। कहते हैं कि शरबती गेहूँ की उपज जब कम होने लगती है तो अनुभवी किसान इसके साथ कठिया मिलाकर बोते हैं। इससे गेहूँ की उपज बढ़ जाती है और उसका स्वाद भी। मैत्रेयी ने अपनी हिंदी में चतुर किसानिन की तरह ब्रज और बुंदेली की कठिया मिलाई है। कबीर की दीवानी मैत्रेयी को भी कबीर की तरह दौंदरा देकर भाषा से अपनी बात निकलवाने की कला आती है। और वे अपनी परुष भाषा से वह सब कहलवा लेती हैं, जो पुरुष के हाथों पड़े तो फूहड़ हो जाए और स्त्री के हाथों पड़े तो काकु से ही सब कुछ कह दे। मैत्रेयी ऐसे प्रसंगों में न शरमाती हैं, न रूमाल से पसीना पोंछती हैं।

गाँव की लड़कियाँ सासरे से पहली बार मायके आने के बाद अपनी गुइयों से सारी भेद-भरी बातें जिस आसानी से कहती-सुनती हैं, उसी आसानी से मैत्रेयी अपने पाठकों से बोलती-बतियाती हैं। उनके पास पौराणिक मिथकों की अशेष स्मृतियाँ हैं, हिंदी के नए-पुराने कवियों के ढेर सारे उद्धरण हैं, सिनेमा के लोकप्रिय गीत हैं और

गाँवों की टटकी कहलाते हैं। वे कथारस केवल गल्प से ही पैदा नहीं करतीं, गल्ल से भी करती हैं। पंजाबी का गल्ल संस्कृत गल्प का ही विकसित अर्थांतरण है। हिंदी गप्प भी उसी कुल का है। गल्प, गल्ल और गप्प का काकटेल बनाने में माहिर मैत्रेयी इस काकटेल की 'किक' को जानती हैं। यदि न जानती होतीं तो अपने संक्षिप्त-से प्राक्कथन में वे यह न कहतीं—"हो सकता है, जो घटा हो, वह कहानी में न हो, और जो हो, वह जीवन में न घटा हो, मगर यादों में जो मुकम्मल तस्वीरें जिंदा हैं, वे ही कहानी का आधार हैं, भले वे किसी और से सुनी हों, या अपने परिवार की किंवदंतियाँ रही हों।"

सर्जनात्मक कल्पना के कारण यह कृति जितनी उपन्यास लग सकती है, उतनी ही अपनी आँखों के आगे और अपने साथ घटित हुए के कारण आत्मकथा। मैत्रेयी जानती है कि उपन्यास फिल्म की तरह एक कंपोजिट विधा है। नाटकीयता से उसका आकर्षण भी बढ़ता है और चरित्र भी खुलते हैं—बिना किसी आयास के। बेला फूले आधी रात की तरह। मैत्रेयी नाजुक प्रसंगों की अवसर पर उपन्यास लेखिका की तरह झीने पर्दे की ओर चली जाती है और ठेलकर पात्र को पर्दे के बाहर ढकेल देती है। जो कहना उन्हें कठिन लगता है, उसे वे संवादों को सौंप देती हैं, जितने और जैसे पात्र, उतने और वैसे संवाद। इसीलिए उनके संवादों में न तो एकरसता है, न ही बोझिलता। बेचारा गाँव का आदमी जैसे बोलता है, वैसा ही तो बोलेगा। बहनचोद, ठठरी के बँधे वाली भाषा। मैत्रेयी ने स्वीकार किया है कि उसके भीतर से जाटनियों, अहीरिनियों की बेधक आत्मा बोलती है—उन्हीं की बोली में। मैत्रेयी के यहाँ पुरुष स्त्रियों का आगा-पीछा खँगालते हैं, स्त्रियाँ एक-दूसरे के पिछले जीवन को दाँतेदार यादों के बीच गन्ने-सा पेरती हैं, गँबट्टो, कढ़ी खाए जैसी गालियाँ उनकी जुबान पर रहती हैं, पत्नी पर शंका करने वाले पुरुष करेला चबाए-सा मुँह बनाए रहते हैं, उनके होंठ चिरी लकड़ी से फट जाते हैं।

अभिव्यक्ति के टटकेपन के अतिरिक्त मैत्रेयी की आत्मकथा के आकर्षण का एक बहुत बड़ा कारण, उसकी विश्वसनीयता का एक बहुत बड़ा आधार उसकी कथोपकथन प्रणाली भी है। मैत्रेयी ने अपने प्रिय कवियों का उल्लेख तो किया है, पर अपने प्रिय नाटककारों का नहीं। शायद जीवन के मंच पर जीवित पात्रों के रूप में खेला जाने वाला नाटक ही मैत्रेयी को सर्वाधिक प्रिय है। वह इस नाटक की दर्शक भी है और चरित्र भी। निर्देशक भी। मैत्रेयी के दृश्य स्थिर नहीं हैं, वे गत्यात्मक हैं। बिहारी के दोहे की उस नायिका और नायक के क्रियाकलाप की तरह जो;

कहत सुनत रीझत खिझत, मिलत
खिलत लजियात
भरे भौन में करत हैं, नैनन ही सौं बात।

मैत्रेयी आँखों से बात करने की कला में पारंगत हैं। सीता की तरह वे तिरीछे नयनों से काम लेना जानती हैं, वे आँखों से बात करती हैं तो वे देखती काहे से हैं? देखती वह कैमरे की आँख से हैं—एपर्चर एडजस्ट करते हुए और यह तय करते हुए कि शॉट कौन-सा ठीक रहेगा—लॉन्ग, शॉर्ट या मिड।

यहाँ परिनिष्ठित हिंदी के शरबती गेहूँ में क्षेत्रीय बोलियों का कठिया मिलाने की बात का खुलासा करना जरूरी है। स्वतंत्रता के बाद हिंदी में जो उल्लेखनीय उपन्यास लिखे गए, वे संकर हिंदी में लिखे गए। संकरत्व में ऊर्जा भी होती है और जीवट भी। ताजगी भी। रेणु के 'मैला आँचल' से मैथिली की रंगो-बू निकाल दीजिए, वह बेरौनक हो जाएगा। राही के 'आधा गाँव' का यथार्थ गंगौली के बुनकरों की बोली से ही संभव हुआ है। अमृतलाल नागर अपनी कथा से नहीं, अपनी भाषा से भी 'बूँद और समुद्र' में लखनऊ के चौक की सैर कराते हैं, मनोहर श्याम जोशी 'कसप' में पहाड़ों के घुमावदार रास्तों पर हमें वहीं की 'भिसूड़ी' बोली-बानी में जो 'चौक-चापड़' नहीं कही जा सकती, गाइड करते हैं। कृष्णा सोबती 'दिलोदानिश' में देहलवी हिंदी के चटखारे पैदा करती हैं। जगदंबाप्रसाद, जगदीशचंद्र जैसे अनेक उपन्यासकार हैं, जो अपने उपन्यासों में हिंदी के बेसन में कभी प्याज के, कभी आलू के, कभी भटे या गोभी के कतरे फेंटकर कुरकुरे, सौंधे पकौड़ों का खजाना पेश करते हैं। हिंदी के साथ स्थानीय अंचलों की छौंक भाषा को नया स्वाद देती है और नया विस्तार भी। यह हिंदी का नया लोकतांत्रिक रूप है। जैसे लोकतंत्र में अब एकल दलों का वर्चस्व नहीं रहा, गठबंधन की सरकारों का युग आ गया है, वैसे ही हिंदी के उपन्यास तंत्र में साझा भाषा भी अपना स्थान बना चुकी है। मैत्रेयी पुष्पा की 'कस्तूरी' भी इसी साझा भाषा का नव्यतम उदाहरण है। प्रेमचंद अपने उपन्यासों में आमफहम हिंदुस्तानी का, जैनेंद्र बोलचाल की पछाँह का, अज्ञेय सच्चरित्र हिंदी का, हजारीप्रसाद द्विवेदी संस्कारित हिंदी का दोहन कर चुके थे। हिंदी के स्वतंत्रता परवर्ती उपन्यासकार जिस जनपद से आए, अपने उपन्यासों में वहाँ की अभिव्यक्ति शैली भी लाए। वे उस मिट्टी को नहीं भूल पाए, जहाँ उनका बचपन बीता था। न वहाँ की उस बोली को, जिसमें अन्न प्राशन के समय बड़ी-बूढ़ियों ने उन्हें आशीर्वाद दिया था। हिंदी की बोलियों में विशिष्ट जीवनानुभवों का जो रस है, उनमें कहने-सुनने का जो अद्वितीय सामर्थ्य

है, वह परिनिष्ठित कही जाने वाली हिंदी में नहीं है। परिनिष्ठित कही जाने वाली हिंदी का कोई मैदानी क्षेत्र है ही नहीं, वह एक अर्जित भाषा है, छठी के दूध के साथ मिली भाषा न होकर पाठशालाओं में गुरुजी की छड़ी के साथ सीखी साधु भाषा। इसीलिए उसमें न तो उर्दू की तरह जीवंतता आती है, न ही बोलियों का कर्रापन। प्रेमचंद की सफलता का एक रहस्य उनका नवाबराय होना भी है। अब उपन्यास केवल शालीन और सावधान जीवन-प्रसंगों को ही चित्रित नहीं करते, वे भदेस, ग्रामीण, पिकरेस्क, कुत्सित, भ्रष्ट के बखान का भी हौसला रखते हैं। इस हौसले को रचना बनाने के लिए जैसी कथा, वैसी ही कहन भी। यदि मैत्रेयी की 'कस्तूरी कुंडल बसै' को आप अज्ञेय या निर्मल वर्मा या शिवानी की भाषा में रूपांतरित कर दें तो उरागें रो कस्तूरी की गंध उड़ जाएगी। जैसा देश, वैसा भेष, जैसी कथा, वैसी भाषा।

मैत्रेयी पता नहीं, कविता भी लिखती हैं या नहीं, (याद आया, लिखती हैं, 'बाड़े की औरतें' शीर्षक कविता तो उनकी आत्मकथा में ही है) 'कस्तूरी' का गद्य तो बराबर उनके कवि होने की चुगली खाता चलता है। कविता का उनका प्रिय अस्त्र है स्थानांतरित रूपक। पश्चिम में अभिव्यक्ति का उसे बड़ा मनोरम रूप माना गया है, जहाँ दो विभिन्न इंद्रियों के संवेदन आपस में गुँथ जाएँ। 'मैं तुम्हारे रंग का संगीत सुनता हूँ' जैसी अभिव्यक्तियाँ 'दिनकर' जैसे कवियों को भी प्रिय रही हैं। स्थानांतरिक रूप की इस प्रक्रिया को स्वायत्त करने के लिए मैत्रेयी ठेठ जनपदीय समाज के पास जाती हैं, जहाँ जीभ लकड़ाने लगती है, रंग चहचहाने लगते हैं और माहौल धधकने लगता है। बिंब संधान की इस काव्यात्मक चेष्टा के कारण मैत्रेयी का गद्य कविता के स्वाद वाला है।

मैत्रेयी पर यह आरोप लगाया गया है कि वे अपने उपन्यासों का मॉडरेशन नहीं करतीं, लिखनी-अनलिखनी सब लिख डालती हैं और उसे पुस्तक में भी जाने देती हैं। मैत्रेयी विदा के समय पति के गले लगकर रो रही हैं। यह उलटी रीत है। देखा है ऐसा कहीं। मैत्रेयी सोचती हैं—ऐसा नहीं देखा, माना, पर होता ऐसा ही है। वह करो पर कहो मत में विश्वास नहीं करतीं। वह जो कहती हैं, उसे करने का भी दम रखती हैं। सुहाग सेज पर वह जो करती हैं, वह हिंदी उपन्यास में किसी ने नहीं किया। बिहारी की नायिका ने किया था। काव्यशास्त्र में ऐसा लिखा है इसलिए बिहारी नायिका से ऐसा करवा रहे हैं। Second hand information की तरह। पर मैत्रेयी का बयान तो साहित्य के थाने में FIR की तरह है। सुहाग सेज पर पिया का आनंदलोक में खींचने का विपरीत कौशल संपन्न किया दुल्हन ने। हाय-हाय! लज्जा को नारी का गुण मानने वालों और स्त्री को छुईमुई-सी देखने वालों के लिए

कित्ती शरम की बात है, मैत्रेयी की यह स्वीकारोक्ति। हिंदी के किसी उपन्यासकार ने ऐसा नहीं लिखा। आत्मकथा में तो कतई नहीं। मैत्रेयी, तुम क्या नए काव्यशास्त्र के समानांतर नया कामशास्त्र भी गढ़ रही हो। सचमुच, अब नए काव्यशास्त्र की तरह बहुत सारे शास्त्रों के नए संस्करण आ जाने चाहिए। अभी तक इन शास्त्रों की रचना पुरुषों के लिए की गई थी। अब स्त्री के भी मैदान में आने के दिन आ गए हैं। उसके एक्टीविस्ट होने के दिन। सुना है, अमेरिका में कोई महिला वात्स्यायन के कामसूत्र का स्त्री-पाठ तैयार कर रही है—उसने स्त्री-देह में कोई जी प्वाइंट तलाश भी किया है। असल में मैत्रेयी अपने 'आदिम' दोष के प्रक्षालन का कोई अवसर नहीं चूकतीं—"मेरा दोष यही रहा कि मैं औरत के रूप में भयानक खूँखार माहौल में डटी रही।" मैत्रेयी के शत्रु पुरुष ही नहीं, स्त्रियाँ भी हैं। शादी के बाद मैत्रेयी की बातों से ही अलीगढ़ की औरतें 'शक-भरे रेशे' निकाल लेती हैं। मैत्रेयी लड़कियों पर लागू 'कोड ऑफ कंडक्ट' को नहीं मानतीं। 'कस्तूरी कुंडल बसै' स्त्री के हक में, स्त्री की जैविकता के हक में मैत्रेयी का एक अविश्रांत युद्ध है—जीवन का मेनीफेस्टो। मैत्रेयी पुरुष से मुक्ति की कामना नहीं करतीं। वह पुरुष से समकक्षता का दावा करती हैं। उसकी कस्तूरी गंध पुरुष और स्त्री की समकक्षता की नाभि में निवास करती है।

आचार्य महावीरप्रसाद द्विवेदी ने वृद्धावस्था में एक पुस्तक लिखी थी, जिसका नाम 'बहूरानी को सीख' या ऐसा ही कुछ था। सुहागरात को पत्नी को क्या करना चाहिए और क्या नहीं—Don't और Dos की पूरी फेहरिस्त। जब उस पुस्तक का विज्ञापन होता था तो यह अनिवार्यतः उल्लेख किया जाता था कि नवविवाहिताओं को यह पुस्तक दहेज में जरूर दी जानी चाहिए। मैत्रेयी की 'कस्तूरी कुंडल बसै' को समीक्षकों ने इस दृष्टिकोण से शायद नहीं पढ़ा। नए जमाने की लड़कियाँ जो स्कूटर चलाती हैं, टेनिस खेलती हैं, वेटलिफ्टिंग और पर्वतारोहण करती हैं, अपनी दादी या नानी के जमाने की लड़कियों जैसी नहीं रह गई हैं—न तन से, न मन से। इन लड़कियों को ग्लानि या अपराधबोध से बचने के लिए मैत्रेयी की यह आत्मकथा बड़ी शिक्षाप्रद होगी—एक भुक्तभोगी और अनुभवी सीनियर के मार्गदर्शन की तरह। इससे उन्हें अपने पति को और स्वयं को भी सँभालने के बहुत-से गुर मिल जाएँगे—कांता-सम्मत उपदेश का नया पाठ। मैत्रेयी-सम्मत उपदेश।

'कस्तूरी कुंडल बसै' अंत तक आते-आते अभी तक की सारी कस्तूरियों और सारे कुंडलों को पीछे छोड़कर आत्मकथा का नया अर्थ देने लगती है। मैत्रेयी की बेटी हुई है यानी कस्तूरी की नातिन। वह बोल तो नहीं सकती, पर सपने में हँसती है। यह

हँसी मैत्रेयी को और पाठकों को भी नए संकेत देती लगती है। 'कस्तूरी कुंडल बसै' भारतीय स्त्री की दो पीढ़ियों की कारागार कथा है। कारागार की कई सामाजिक दीवारें कथा-लेखिका की माँ कस्तूरी तोड़ती हैं, पर अपने वैधव्य से आक्रांत वह अपने लिए अनेक मनोवैज्ञानिक दीवारें खड़ी कर लेती हैं और उनकी जद में वह अपनी बेटी मैत्रेयी को भी खींच लेना चाहती हैं। मैत्रेयी को दो-दो कारागार तोड़ने पड़ते हैं—अपनी माँ का बनाया हुआ कारागार और अपनी स्त्री जैविकता का कारागार। वह अपना साहस, सामर्थ्य और स्वातंत्र्य सिद्ध भी करती हैं। इस अभियान में उन्हें अपने पति का सहयोग भी मिलता है। कथा का अंत बेहद प्रतीकात्मक है। अपनी बेटी को बाँहों में साधे मैत्रेयी सध-सधकर सीढ़ियाँ चढ़ रही हैं। छत पर पहुँच रही हैं और आकाश का अनंत विस्तार अपनी बच्ची को दिखा रही हैं। उसे लगता है, 'घर का कारागार टूट रहा है।' केर-बेर के संग रहने की नियति से मुक्ति, अपने कुंडल तोड़ फेंकने का आह्लाद। नई पीढ़ी को एक नया खुला आकाश दे सकने की आश्वस्ति। कस्तूरी अब किसी कुंडल में कैद नहीं रहेगी। स्त्री की कस्तूरी अब उसकी शिक्षा, उसके स्वाभिमान, उसके सामर्थ्य, उसके स्वातंत्र्य और उसके साहस में है। मैत्रेयी कहना चाहती हैं कि स्त्री की मुक्ति पुरुष से मुक्ति में नहीं; उसकी आत्मदया की भावना, पुरुष से स्वयं को हीन आँकने की ग्रंथि, उसके मनुष्य से एक दर्जा नीचे रहने की साइकी से मुक्ति में है।

कस्तूरी कुंडल बसै

धरती की रंगत और गंध वाला विमर्श

मधुरेश

किसी के मन में उठ सकने वाले एक बेहद जरूरी और स्वाभाविक से सवाल का उत्तर भी स्वयं मैत्रेयी पुष्पा ने ही देने की कोशिश की है—अपने से यह पूछकर कि उनकी इस रचना को उपन्यास माना जाए या उनकी आपबीती? इसके प्रायः सारे ज्ञात-अज्ञात प्रसंग उनके जीवन से मेल खाते हैं, वे उसी का अविभाज्य अंग हैं। व्यक्तियों और स्थानों के नामों से लेकर समूचे परिवेश तक। फिर वे अपनी आत्मकथा या आपबीती कहने में संकोच क्यों बरतती हैं? इसके पीछे शायद एक आड़ या बचाव की मंशा हो सकती है—आगे कभी किसी चरित्र, घटना और प्रसंग के संदर्भ में जरूरी होने पर एक उपन्यास के रूप में उसे प्रस्तुत कर अपने बचाव का तर्क गढ़ने की अपनी प्रकृति के कारण उपन्यास यह छूट देता भी रहा है—अज्ञेय से लेकर उन अनेक लेखकों को, जिन्होंने अपने जीवन को अपनी रचना में बहुत उदारता से कच्चे माल की तरह इस्तेमाल किया है। लेकिन घोषित रूप से लिखा गया कोई भी आत्मवृत्त इसकी छूट नहीं देता। ऐसी कोई आशंका मन में न होने पर भी, बचाव का एक सहज-सुलभ तर्क उपलब्ध होने पर, हो सकता है, लेखिका ने उसका लोभ लेना चाहकर उसे आपबीती कहने से बचना चाहा हो। लेकिन अपनी संक्षिप्त-सी भूमिका में—इसे 'उपन्यास कहूँ या आपबीती⋯?' वे उन शिल्पगत कारणों का उल्लेख भी करती हैं जो, उनके हिसाब से, उसे आत्मकथा से हटाकर उपन्यास के दायरे में ले आते हैं। इसे वह 'हमारी' अर्थात् अपनी और अपनी माँ की कहानी कहती हैं—सारे आपसी प्रेम, घृणा, लगाव और दुःख के साथ वे लिखती हैं, "⋯बहुत-सी बातें ऐसी हैं, जो मेरे जन्म से पहले घटित हो चुकी थीं, मगर उन बातों को टुकड़ों-टुकड़ों में माताजी ने जब-तब बता डाला, जब-जब उन्हें अपनी बेटी को स्त्री-जीवन के बारे में नए सिरे से समझाना पड़ा। अपनी बाल्यावस्था की बहुत-सी घटनाएँ याद रहीं, बहुत-सी विस्मृत हो गईं और बहुत-सी ऐसी थीं, जिनका छोर तो अपने पास था, मगर वे किसी दिशा की ओर नहीं ले जाती थीं। कालांतर

में ऐसा भी हुआ कि सब कुछ अपनी आँखों के सामने घटित हुआ, लेकिन फिर भी क्रम टूटता था। जगह खुली रह जाती थी। वहाँ कल्पनाओं-अनुमानों से सूत्र जोड़ने पड़े''फिर वे इसी में कुछ और रचनात्मक कठिनाइयों का उल्लेख करती हैं—जैसे माँ पूरी तरह खुलती नहीं थीं और उनके बहुत-से आसंगों को लेखिका अनुमान से ही समझ सकती थी। यह प्रक्रिया बहुत कुछ छूटी हुई खाली जगहों को भरने जैसी थी। बहुत-सी बातें सुनी-सुनाई हैं या फिर हर परिवार की तरह कुछेक किंवदंतियों में ही सुरक्षित हैं। माँ उसके लिए एक व्यक्ति से अधिक एक संस्कार, एक सिस्टम, का प्रतीक रही है, जिसे अपने से बाहर निकालने-पछीटने की प्रक्रिया में यह रचना संभव हुई है। अपनी इस रचना को आत्मवृत्त से भिन्न कुछ मानने का जो तर्क, भले ही स्वयं भी अनिश्चय की स्थिति में बने रहकर, मैत्रेयी देती हैं, वैसा तर्क तो जीवनी-संस्करण जैसी भी साहित्यिक विधा के संदर्भ में दिया जा सकता है। सारे होमवर्क के बावजूद किसी जीवनी या संस्करण में जो भी लिखा जाता है, वह एकदम वही नहीं होता, जो संबद्ध व्यक्ति या फिर स्वयं लेखक के साथ घटित हुआ है। जब आप अपने से अलग और बाहर अन्य व्यक्तियों को उनके ब्योरों और संवादों के साथ अपनी रचना में उतारते हैं, वहीं से अनुमान, कल्पना और किंवदंती की सीमाएँ शुरू हो जाती हैं। यानी वहाँ आप बहुत कुछ एक घुसपैठिए होते हैं। जीवनी में भी बहुत-से प्रसंगों, घटनाओं और व्यक्तियों की व्याख्या अनुमान और कल्पना पर आधारित होती है। उसमें आए संवाद तो प्रायः हमेशा ही कल्पित होते हैं। इसीलिए बड़े फलक वाले जीवनी के लिए फिक्शनल बायोग्राफी कहे जाने का चलन शुरू हुआ, इसमें लेखक का बचाव तो है ही, शायद इस तथ्य को रेखांकित करने की विनम्रता भी शामिल है कि यहाँ जो कुछ जिस रूप में है, उससे भिन्न उसके किसी आत्मरूप की संभावना से भी इनकार नहीं किया जा सकता है। लेकिन फिर भी उसे संबद्ध लेखक की प्रामाणिक जीवनी या संस्करण की तरह ही पढ़ा जाता है और जरूरत पड़ने पर इसे साक्ष्य के तौर पर इस्तेमाल भी किया जाता है। इस तरह 'कस्तूरी कुंडल बसै' मैत्रेयी पुष्पा की आत्मकथा ही है। उनके जीवन के संदर्भ में उसके प्रकट अधूरेपन के कारण उसे आत्मवृत्त भी कह सकते हैं। चाहे गांधी, नेहरू और बर्ट्रेंड रसेल की नैतिक, राजनीतिक और दार्शनिक आग्रहों वाली आत्मकथाएँ हों या फिर गोर्की, राहुल, बच्चन और उग्र की साहित्यिक आत्मकथाएँ, यह अपूर्णता उन सबकी एक अनिवार्य नियति है। कोई कारण नहीं है कि 'कस्तूरी कुंडल बसै' को उपन्यास माना जाए, यह मैत्रेयी पुष्पा की आत्मकथा ही है। जिन रचनात्मक प्रविधियों और उपकरणों के कारण वे इसे ऐसा कहने में संकोच बरतती हैं, वे तो

वस्तुतः जीवन को सीधे आधार बनाकर लिखी गई हर रचना में होते हैं। इसी तरह वे यहाँ भी हैं।

मैत्रेयी पुष्पा की इस आत्मकथा के केंद्र में स्वयं उनसे अधिक उनकी माँ हैं—कस्तूरी। मर्दों की दुनिया में स्त्री की हैसियत का बोध मैत्रेयी को उसी से होता है। मैत्रेयी स्त्री-विमर्श की देशज प्रकृति को विशेष महत्त्व देती हैं। अपना परिवेश और उसमें रहते बहुत निकट के लोग। जैसे कस्तूरी हिरन की नाभि में बसती है और वह उसकी गंध में मदमाता दुनिया-भर में उसे ढूँढ़ता भटकता फिरता है, वैसे ही मैत्रेयी को भी इसे समझने में थोड़ा वक्त लगता है कि स्त्री की अस्मिता, उसकी पहचान, संरक्षण और विकास के लिए उसे कहीं दूर नहीं जाना है। कस्तूरी दो भाइयों के बीच की बहन है। लगान के डर से जिसका बाप घर छोड़कर भाग चुका है। उसकी सहेली रामश्री ही उसकी गुरु है। किताब की लगन उसे उसी से लगी है। 'पढ़ो, सोचो और अपने पाँव पर खड़ी हो जाओ।' का जो गुरुमंत्र वह आगे चलकर मैत्रेयी को देती है, उसके मूल में कहीं न कहीं रामश्री ही है। उसकी और उसकी किताबों की संगत में ही कस्तूरी धीरे-धीरे मर्दों की इस दुनिया में खड़े होने के लायक बन सकती है।

कस्तूरी एक कड़ियल और बेहद जिद्दी किस्म की औरत के रूप में सामने आती है। भले ही वह अभागिन सतमासी होकर जन्मी हो, वह ऐसी मिट्टी से नहीं बनी है, जिसे कोई रूँध ले। उसके पैदा होते ही उसका बड़ा भाई मर गया। होश सँभालते ही उसने कानों से यही बोल टकराते हुए सुने हैं—गाय मरे अभागे की, बेटी मरे सुभागे की। लेकिन वह यह सौभाग्य भी अपने माँ-बाप को दे नहीं सकी। घोर गरीबी और अभावों से घिरे एक मुखियाहीन परिवार में जब बड़े भाई का कहीं ब्याह नहीं होता तो उसे बदले में देकर बड़े भाई को ब्याहने की योजना बनाई जाती है। लेकिन उसकी जिद है कि चाहे कुछ भी हो जाए, उसे ब्याह नहीं करना है, औरत की जिंदगी का सच्चा सार, रूठकर दो बरस मायके में रहकर लौटने वाली भाभी उसे समझाती है, 'लाली, किताबों में क्या पढ़ती हो? उनमें यही लिखा है कि जिंदगी अनब्याहे ही काट दो और भारी सिल की तरह भइया की छाती पर लदी रहो। यह कहीं नहीं लिखा है कि बेटी धान का पौधा होती है, समय से दूसरी जगह रोप देना ही अच्छा होता है। बखत निकल जाता है, पौधा मरने लगता है, जड़ें सूख जाती हैं। कड़ा पड़ता जाता है और उखाड़कर फेंक देना पड़ता है। किताबों में यह नहीं लिखा तो किताबें झूठी हैं। औरत की जिंदगी का सच्चा सार नहीं है उनमें।' (पृष्ठ 16) दुनिया-भर की लानत-मलानत और तानों के आगे कस्तूरी की जिद हार जाती है और वह विवाह

करके ससुराल आ जाती है। वहाँ आकर ही उसे पता चलता है कि वह आठ सौ रुपए में खरीदी गई घोड़ी है। भाभी के झाँझन...कड़ों का रहस्य तभी उसके आगे उजागर होता है। गाँव के साहूकार की दूकान पर कलथिया गिरवी रखे जाने पर यही सुदर्शन-सा आदमी, जो अब उसका पति है, उसने बद्री साहूकार की दूकान पर देखा था—खादी की कमीज, लंबा-गोरा, बालों में तेल और कायदे से तराशी गई मूँछें।

कस्तूरी जल्दी ही विधवा हो जाती है और उसका संसार निखालिस औरतों का संसार बनकर रह जाता है। कान की बाली की टूटी हुई किर्च की तरह जैसे कोई 'सूई' है, जो उसके पूरे शरीर को छानती हुई, कभी कहीं तो कभी कहीं, टिक जाती है। वह उसे बुरी तरह परेशान करती है। काम लायक पढ़-लिखकर, संतान के रूप में एकमात्र बेटी को पालने-पोसने के लिए वह नौकरी करती है—मर्दों की इस दुनिया में एक दबंग, कड़ियल और बेहद जिद्दी औरत के रूप में। स्कूल में किशोरी बेटी के साथ हेडमास्टर द्वारा घटित हादसे के बाद वह बेटी को समझाती है, 'कोई बुरी नजर न डाले, इसलिए ही मैंने तेरे बाल काट दिए थे। नाक-कान के छेद मूँदने को कहा था, जेवर भी आदमी की बुरी निगाह को न्योता देते हैं। सामना करना सीखना होगा, ऐसे ही जैसे विधवा औरतें किया करती हैं। यह बात गाँठ में बाँध ले कि मर्द की जात से होशियार रहकर चलना होता है, भले ही वह साठ साल का बूढ़ा हो।...' (पृष्ठ 52/53)

मैत्रेयी को रोज साइकिल पर बिठाकर स्कूल ले जाने वाला लड़का जानकीरमण हो या फिर आगे चलकर मामा, सारस्वत और बी०डी०ओ० जैसे लोग—ये सब कहीं न कहीं मैत्रेयी से कही गई कस्तूरी की बात को ही सच साबित करते हैं। माँ की भागदौड़ वाली नौकरी और औरतों वाली अपनी दुनिया में मैत्रेयी की पढ़ाई और सुरक्षा का सवाल एक समस्या बनकर सामने आता है। परिचितों और संबंधियों के यहाँ जहाँ उसे रखा जाता है, वे लोग उसे यह बताने में कोई कसर नहीं छोड़ते कि वह लड़की है और यह दुनिया मर्दों की है, जिसमें ट्रक ड्राइवर कासिम कसाई और डी०बी० इंटर कॉलेज का प्रिंसिपल एक अभेद्य दीवार बनकर खड़े हैं।

मर्दों के विरुद्ध कहीं मोर्चा लेते रहने के कारण ही शायद माँ उनके प्रति अनेक प्रकार की कुंठाओं की शिकार है। वह उनसे सिर्फ उतना ही संबंध रखना चाहती है, जितना नौकरी और सामाजिक व्यवहार की दृष्टि से जरूरी है। युवा होते ही बेटी के लिए ऐसी सारी वर्जनाएँ विरोध के लिए उकसाती हैं। कस्तूरी के ही साथ काम करने वाली गौरा से उसके संबंधों का अनुमान लगाने में मैत्रेयी को अधिक देर नहीं लगती, उसे दूसरी खाट पर लिटाकर माँ के साथ गोरा को लेटते देखकर उसे ईर्ष्या

होती है। जब यही गौरा मैत्रेयी से अपनी माँ से सीख लेने की बात कहती है तो जैसे उठती हुई लपटों के बीच वह पूछती है—"माँ से कौन-सी सीख लूँ? यही कि मर्द की जगह कोई औरत ढूँढ़ लूँ।" (पृष्ठ 109)

संबंधियों और परिचितों के घरों में मैत्रेयी के अपने अनुभव भी माँ की उस चेतावनी से मेल खाते हैं, जिसमें वह लड़की के जनमते ही उसके 'औरत' हो जाने की बात कहती है। कहीं मकान मालिक का जवान बेटा उसे भाँग की पकौड़ी खिलाकर उसकी शलवार का नाड़ा खोलने की योजना बनाता है तो कहीं उसका अपना मामा ही उसे चार सौ रुपए में बेच देना चाहता है। चिकने बर्तन माँजने पर भी मालकिन गिलास उसके माथे पर मारकर जख्मी कर देती है। बाद में जख्म ही भरता है, निशान बना रहता है। इसी घटना के बाद वह छिपकर लोगों की बातें सुनकर बचाव की अपनी रणनीति तैयार करने की आदत डाल लेती है, जिसकी वजह से जब तक गौरा और माँ के ताने उसे सहने होते हैं कि वह छिपकर उनकी बातें सुनती है।

निषेध, वर्जनाओं और कुंठाओं वाले माँ के ढर्रे पर चलने से इनकार करके वह मुँह खोलकर खसम माँगने वाली लड़की के रूप में अपनी पहचान बनाती है। सब कहीं रिश्ते की बात करने माँ ही जा सकती है और वही जाती भी है। लेकिन मर्दों के बीच वह अजूबा बन जाती है। कहीं न कहीं इसमें उन्हें अपनी हेठी भी दिखाई देती है। खाट या मूढ़े पर साथ बैठकर ब्याह-शादी की बात करने वाली औरत से पहले उनका सामना ही नहीं हुआ। पुरुषों की दुनिया में औरत की दबंगई व्यभिचार मानी जाती है। मैत्रेयी इस जमीन पर खड़े होकर ही आगे की अपनी लड़ाई के लिए सारी ऊर्जा ग्रहण करती हैं।

यदि नोच-खसोट और चील-झपट्टे वाले बहुत सारे अनुभवों को छोड़ भी दिया जाए, उनके बाहर भी मैत्रेयी पुष्पा ने प्रेम के नाम पर साँप के बिल में हाथ डालने या बाघ की गुफा में घुसने की कोशिश न की हो, ऐसा नहीं है। जानकीरमण तो किशोरी मैत्रेयी के लिए सचमुच ही मस्तानी का बाज बहादुर बन जाता है। राघव अपनी घरेलू मजबूरियों में फँसकर, स्कूल छोड़के, बाप का दर्जीगिरी का काम सँभाल लेता है। शिवदयाल से उसका रिश्ता उसकी जाँघ पर हाथ फिराते हुए रोटी खाने का था। बाद में वह फौज में भरती होकर चीनी युद्ध में मरकर शहीद हो जाता है। अपने विवाहित अध्यापक नंदकिशोर के साथ बंद कमरे में उसे पकड़कर लोग शोर मचाते हैं और तमाशा करते हैं। अपने अंदर और बाहर बेहिसाब निषेधों और वर्जनाओं वाली दुनिया में गहरे तनाव में जीती मैत्रेयी लिखती हैं, 'उन दिनों बार-बार

मन में सवाल उठता था, वह कौन-सा संसार है, जहाँ लड़की अपनी इच्छा से जीवनसाथी चुनती है? विश्वास अर्जित करने का अवसर पाती है? हम तो इस अंधी-बहरी दुनिया के बाशिंदे हैं, जहाँ उम्र आने पर एक पुरुष का हाथ थमाकर कह दिया जाता है कि यह तुम्हारा पति है, परमेश्वर है।' (पृष्ठ 132)

स्त्री की सामाजिक हैसियत की पहचान मैत्रेयी पुष्पा अपने उसी परिवेश से करती हैं, लड़की की नियति यहाँ सब कहीं निशि और शकुन जैसी ही है। निशि तीन बहनें हैं, बाप की सामाजिक हैसियत और आर्थिक सीमाओं के कारण उसका विवाह, उसे बेहोश करके एक दुहाजू से कर दिया जाता है, बाद में वह आत्महत्या कर लेती है। अपने संभावित डॉक्टर पति को ठहराने के लिए मैत्रेयी जो कमरा तय करती है, ऐन वक्त पर वह उसे नहीं मिलता। पता चलता है कि बस का मालिक उधर है, फिर अपने 'औरत' होने के रिश्ते से शकुन मैत्रेयी को प्यार से 'बिन्ना' कहकर जो कुछ बताती-सुनाती है, वह सब औरत की जिंदगी का एक भयावह सच है। आदमी ही अपनी औरतों को वहाँ लाते हैं और उनकी करिहाई के दम पर क्लीनर और कंडक्टर बनते हैं। औरतों के बेहिसाब दुःखों के आगे माँ का घूँघट-पर्दे का विरोध या शिक्षा के पक्ष में खड़े होना उसे बहुत कम लगता है। इस पर न घी के चिराग जलाए जा सकते हैं, न ही इतराया जा सकता है। अपनी बस्ती उसे एक बहुत बड़ी कब्र में तबदील हुई-सी लगती है—इस कब्र में कैसे सौ बरस तक जिंदा रहा जा सकता है?

साहित्य की भूमिका मैत्रेयी पुष्पा के लिए वस्तुतः यहीं से शुरू होती है। स्त्री-विरोधी दृष्टि और व्यवहार के विरुद्ध वे साहित्य के रचनात्मक उपयोग की ओर प्रवृत्त होती हैं। शुरुआत वे अपने बाड़े के लोगों पर कविता से करती हैं। अंग्रेज चले गए हैं, लेकिन 'हत्यारे' हमारे घरों में ही छिपे हैं। बाड़े के लोगों के विरुद्ध सक्रिय प्रतिवाद की जिद यहीं से पैदा होती है। फिर और नए मोर्चे भी बनते हैं। अंदर और बाहर के गहरे संघर्ष के बाद जिस डॉक्टर के वरण का अवसर अंततः उसे मिलता है, वही गुफा के सँकरे द्वार पर बैठे पहरेदार जैसा व्यवहार करते हैं। मोहल्ले-बस्ती के लड़कों के बारे में वह उससे कुरेद-कुरेदकर पूछता है। पति द्वारा पत्नी का इस तरह आगा-पीछा खँगालना उससे बर्दाश्त नहीं होता। अपनी कसमसाहट के बीच पति उसे 'सभ्यता का पुतला' जैसा लगता है, जो बिना ब्रा वाले ब्लाउज में किसी आदिवासी लड़की की तरह उसे देखकर अपना गुस्सा रोक नहीं पाता। कहीं कुछ छिपाने की बात पर पहली रात में ही अपनी उग्र प्रतिक्रिया व्यक्त करती हुई वह कहती है, 'क्यों छिपाऊँगी? तुम्हारा डर लग रहा है क्या? मुझे तुमसे ज्यादा ताकतवर

और तंदुरुस्त लड़कों से डर नहीं लगा।' (पृष्ठ 246) रिश्ते के भाई युवराज के बारे में खोद-खोदकर पूछे जाने पर उसे चंदना की कथा याद आती है, जिससे कुँवर जी ने सकल के बारे में पूछा था और फिर उसके दो टुकड़े कर डाले थे। सिर अलग, धड़ अलग। अपने संदर्भ में वह सोचती है, 'काटे तो सही यह डॉक्टर। मैत्रेयी इसको काट देगी, क्योंकि वह चंदना नहीं है।'···(पृष्ठ 247) लेकिन इसी पति ने अपनी पहली भेंट में उसे सैफर्स का सेट दिया था, जैसे माँ ने बिदा में संदूक-भर किताबें दी थीं। सिंगार-पटार, बिंदी-महावर से बचकर उसने उसे अपनी नई राह गढ़ने की हिदायत भी दी थी। इस राह का सूत्र थमाते हुए जैसे उसने कहा था, 'सौ बातों की एक बात, अपना आना-जाना अपनी इच्छा से करना। पति तो अपनी सुविधा से भेजेगा और लिवाने चला आएगा।'···(पृष्ठ 242) अपने ग्राम्य और पति के अभिजात संस्कारों के बीच उसे एक गहरी खाई दिखाई देती है। करेला का रस पिए जैसा मुँह बनाकर वह जब-जब उसे यह समझाने की कोशिश भी करता है। मायके में पति की उपस्थिति से बने तनावों, पति के साथ बेटी के 'व्यभिचार' पर माँ की प्रतिक्रिया और अपनी ईर्ष्या आदि के प्रसंगों को मैत्रेयी पुष्पा ने बेबाकी से अंकित किया है।

अंत में वहीं लौटा जा सकता है जहाँ से बात शुरू हुई थी। मैत्रेयी पुष्पा ने अपनी यह आत्मकथा प्रथम पुरुष की शैली में न लिखकर तृतीय पुरुष की शैली में अपने को 'मैं' के बजाय वह के रूप में रखकर क्यों लिखी है? यह वस्तुतः आत्मकथा में आत्मतत्त्व के निषेध की शैली है, जो उन्हें 'आत्म' से निकालकर एक वृहत्तर 'लोक' से जोड़ती है। इसके लिए मैत्रेयी के अपने तर्क का उल्लेख शुरू में ही किया जा चुका है। यहाँ ऐसे अनेक प्रसंग हैं, जो उसके जन्म के पहले के हैं। इसमें ऐसे ही अनेक प्रसंग हैं, जिनकी वास्तविक साक्षी वह नहीं हैं। माँ और हेतराम मामा के बीच के अनेक प्रसंग, संवाद, हेतराम मामा का बैल-प्रसंग, अपाहिज बाबा की भूमिका आदि के अनेक प्रसंग इसी तरह के हैं। परिवार में बाबा ने हमेशा कस्तूरी का पक्ष लिया है। बहनों के भाइयों पर कुर्बान कर देने वाली रीति-नीति की उन्होंने हमेशा आलोचना की है। ऐसे प्रसंगों को आत्म-वृत्तांत की शैली में नहीं लिखा जा सकता था। 'कस्तूरी कुंडल बसै' मैत्रेयी पुष्पा की व्यवस्थित और क्रमबद्ध आत्मकथा के रूप में लिखित नहीं है। लेकिन वह उनके जीवन और परिवेश में हमें गहरे तक ले जाती है। वह हमें यह भी बताती है कि स्त्री-विमर्श कैसे अपने परिवेश में अपनी जड़ें रोपकर शक्ति और ऊर्जा प्राप्त करता है। मैत्रेयी पुष्पा तसलीमा नसरीन और किश्वर नाहिद की तरह अपने परिवेश की परतें खोलकर ही पुरुष वर्चस्व वाले समाज की असलियत सामने लाती हैं। लेकिन पुरुष के विरोध में खड़ी होकर वे कहीं ऐसा

नहीं करतीं। वे अपने इसी परिवेश से अपनी शैली का सँवार-संस्कार करती हैं। इसी से वे अपने रचनात्मक उपकरण जुटाती हैं। इसे उनकी उपमाओं–चिरी लड़की जैसे होंठ, जुआर की खील की तरह पैर में पड़े छाले आदि से समझा जा सकता है। प्रसंगों के शीर्षक–रेन जाह, जहाँ तोहिभा वे, उलट पवन कहाँ राखिए, हम घर साजन आए, दुलहनिया गाओ री मंगलचार, कैरो नीर भरे पनियारी?, जो घर जा रै आपनो...आदि लोक-संस्कृति और लोक-संवेदना के उस अक्षय-स्रोत का संकेत देते हैं, जिसमें मैत्रेयी पुष्पा का औपन्यासिक संसार-सा बसा है। चामुंडा की मूर्ति में कमल लक्ष्मी का जो दर्शन उसने अपनी माँ कस्तूरी में किया है, वही उसकी स्त्री-चेतना का सार बनकर उभरता है। यह चेतना अपनी मिट्टी में अपनी जड़ें कैसे और कितनी गहरी रोपती है। इसे इस आत्म वृत्तांत में आए पात्रों–खेरापतिन दादी, लौंगश्री, कलावती चाची आदि–की वास्तविकता में देखा जा सकता है। ये जीवन से उठकर ही उनकी रचना में चले आए हैं। इसी रास्ते इस विमर्श की मूल प्रकृति को समझा जा सकता है।

गुड़िया भीतर गुड़िया : एक स्त्री बनने की कथा

राजकिशोर

सिमोन द बोउआ का यह कथन दुनिया-भर में उद्धृत किया जाता है कि स्त्री पैदा नहीं होती, बनाई जाती है। यानी आज हम जिस स्त्री को जानते हैं, वह जैविक से अधिक सांस्कृतिक इकाई है। क्या सिमोन भी इसी तरह बनाई गई स्त्री थीं, या उन्होंने खुद को वैसा बनाया था, जिस रूप में हमने उन्हें पाया? मैत्रेयी पुष्पा भी एक ऐसी ही स्त्री हैं, जिन्हें समाज ने जितना बनाया, उससे अधिक उन्होंने अपने आप को बनाया। 'गुड़िया भीतर गुड़िया' इसी बनने की रोमांचक कथा है। अगर यह किताब अंग्रेजी में छपी होती तो अब तक इसे ऐतिहासिक महत्त्व की कृति घोषित कर दिया गया होता। हिंदी की आँख जरा देर से खुलती है। जब आँख खुलेगी, तो यह तय है कि इस 'भितरघाती' लेखिका को शाबाशी कम और पत्थर ज्यादा मिलेंगे। खासकर लेखिकाएँ और ज्यादा तिलमिलाएँगी। लेकिन जो नहीं है, उसका गम क्या, जैसे समझ।

मैत्रेयी पुष्पा के निंदकों को उनकी रचनाओं में जिस चीज की तलाश रहती है, वह लेखक की आत्मकथा के इस दूसरे खंड में (पहले खंड का नाम था—'कस्तूरी कुंडल बसै') भरपूर मिलेगी। क्या यह मैत्रेयी की ढिठाई है कि उन्होंने अपनी इस महत्त्वाकांक्षी कृति में खुद को कुछ ज्यादा ही उड़ेल दिया है? या हमारी एक और स्टार लेखिका अनामिका के शब्दों में—"मैत्रेयी पुष्पा सचमुच वह दरवाजा बन चुकी हैं जिसे जितना अधिक पीटा जाता है, वह उतना ही ज्यादा खुलता जाता है?" सच शायद इन दोनों से अलग है। मैत्रेयी ने अपने पहले महत्त्वपूर्ण उपन्यास 'इदन्नमम' में जहाँ से प्रस्थान किया था, 'चाक' और 'अल्मा कबूतरी' से होते हुए उन्हें यहीं पहुँचना था। 'गुड़िया भीतर गुड़िया' बताता है कि वे बचपन से ही इसी दिशा में चलती आ रही हैं। रचनात्मकता वही है, सिर्फ विधा बदली है। अपने उन अनुभवों और विश्वासों को, जो उनके शरीर और आत्मा पर खुदते आए हैं, उन्होंने अपनी कृतियों में उन्हें अभिव्यक्ति-भर दी है। अगर कोई कलासिद्ध लेखक होता या होती, तो यह साहसनामा और अधिक सुगढ़ता लिए हुए होता। लेकिन जो अनगढ़ता या खुरदरापन मैत्रेयी पुष्पा के लेखन की पहचान बन चुका है, उसका भी अपना स्वाद,

औचित्य और सार्थक है। मुहावरे में कहा जाए, तो मैत्रेयी पुष्पा हिंदी साहित्य में धूल का फूल हैं।

यह सिर्फ मुहावरेदारी नहीं है, क्योंकि धूल-मिट्टी से ही मैत्रेयी पुष्पा का अनुभव-संसार बना है और उसी के बल पर उन्होंने ऐसी सचाइयाँ खोली हैं, जिनसे हिंदी का पाखंडी परिवेश बाप-बाप चिल्ला रहा है और जिनके कारण वे हजारों पाठिकाओं-पाठकों की महबूब लेखक बन गई हैं। इसी धूल-मिट्टी से मैत्रेयी पुष्पा ने जिन कसौटियों का विकास किया है, वे हमारे देश की नगरीय सभ्यता को मुँह चिढ़ाती हैं और जितने उद्वेग के साथ, उतनी ही सिधाई से स्त्री-मुक्ति की सात्त्विक घोषणा करती जाती हैं। 'गुड़िया भीतर गुड़िया' सभ्यता में निहित असभ्यताओं का एक ऐसा दर्दनाक दस्तावेज है, जिसके पन्ने 'सदाचार' के खून से लाल हैं, लेकिन जिसकी लाली (मैत्रेयी को उनका गाँव इसी नाम से पुकारता है) एक नए सूर्योदय की अरुणिमा की ओर इशारा करती है। यह हमारा बड़प्पन होगा अगर हम इन उद्घाटनों के तर्क को समझने और उनके आधार पर संबंधों की नई नैतिकता के विकास में सहयात्री होने का प्रयास करें।

स्त्री का इतिहास पुरुष के इतिहास से अधिक जटिल और घुमावदार होता है। 'गुड़िया भीतर गुड़िया' में मैत्रेयी पुष्पा ने अपने कैशोर्य, वैवाहिक जीवन और लेखक बनने की कथा लिखी है। सपूत की तरह प्रेमियों के पाँव भी पालने में ही दिखाई देने लगते हैं। मैत्रेयी ने बचपन में ही प्रेम किया—उसका उल्लास जाना, दुःख झेला, उसकी बेवफाई का दंश सहा और जब पढ़ने के लिए गुरुकुल गईं, तो तथाकथित ब्रह्मचर्य के अंतःपुरों के किस्से देखे-सुने। वे लिखती हैं, 'शुरुआत में मैं साहित्य की दुनिया में पुरुषों से इतना ही झिझकती (डरती) थी, जितनी कि 1960 में किशोरावस्था में कदम रखने के बाद सहशिक्षा और पुरुष शिक्षकों के चलते डी०बी० इंटर कॉलेज, मोंठ (झाँसी) में डरा करती थी। वहाँ मैंने यह तजुर्बा किया कि साथ पढ़ने वाले लड़कों से कई-कई गुना खतरनाक शिक्षक और प्रिंसिपल थे। मैंने मुठभेड़ें भी कीं, लेकिन हर समय की मुठभेड़…मैं स्कूल में कब तक रह पाती? अतः मैं ऐसे मौकों से बचती, जहाँ मर्द के साथ एक कमसिन लड़की अकेली पड़ जाए। ऐसा करते-करते यह बात मेरी आदत में शुमार हो गई।' लेकिन अनुराग से अनुराग बना रहा (पति के सहकर्मी डॉ० सिद्धार्थ का प्रसंग), जिसके चलते विवाह के बाद ताने सहने का सिलसिला शुरू हुआ। मन करे तो इस हिम्मत पर दाद दें कि यह 'बेशरम' लेखिका आज भी उस दोस्ताने को बिना किसी झिझक या अपराध भाव से याद करती है।

गाँव की इस किशोरी को विवाह के बाद दिल्ली के एम्स अस्पताल के क्वार्टरों में रहने की जगह मिली, क्योंकि पति डॉक्टर थे। यहाँ प्रियतम की ओर से उन्हें मॉडर्न बनाने की तंज-भरी कोशिश की गई, जिसने लेखिका के जीवन में पहला उलझाव पैदा किया। वे पी-एच०डी० करना चाहती थीं, पर हर नाजायज तरीके से इसे रोक दिया गया। बाद में इस डॉक्टरी परिवेश से शालीनता और नैतिकता की जो अधजली लाशें निकलीं, उनकी चिरायंध से त्रस्त अपनी उस समय की मानसिकता के बारे में मैत्रेयी पुष्पा बताती हैं, 'शायद इसलिए ही मेरे आसपास ड्राइंगरूमों में, बरामदों में और सामने वाले लॉन में मुश्किल हालात की ऐसी बेकसी पैदा हुई है कि मुझे इस माहौल से नफरत होने लगी है। तुमसे भला-बुरा कहकर मैं इस नतीजे पर पहुँची हूँ कि इस कैंपस का कोई न कोई घर बलात्कार का सुरक्षित कोना छिपाए हुए है। अस्पताल के एकेडमिक विभाग भी औरतों के लिए बिस्तर तैयार किए हुए हैं और हमारे पुरुषों को ऐसी बातें पचाने की आदत पड़ गई है।' इसी खर माहौल में लेखिका की मुलाकात इल्माना नाम की प्रखर स्त्री से हुई—उन मुखौटों की कड़ी में इक कोई चेहरा तो था, जिसने उसे झकझोर दिया—'मैंने इल्माना के दायरों में बँधने की बात पूरे मन से स्वीकार कर ली कि उनके विचारों को पूरी तरह ग्रहण करूँगी, जो असलियत में मेरे ही विचार हैं। मैं धीरे-धीरे उन विचारों के विकास और जिंदगी के बदलाव की ओर बढ़ सकूँगी।' तभी पति शाप देता है, 'ठीक है, चलो, तुम उसी के कहने पर। एक दिन भाग जाना किसी बदमाश के साथ।' आगे के पन्ने बताते हैं कि यह एक नाराज बल्लेबाज का ओपनिंग शॉट था।

इसके कुछ ही दिनों बाद हमें डॉक्टर साहब की महानता का सबूत मिलता है। जब मैत्रेयी ने एक के बाद एक तीन लड़कियों को जन्म दिया, तो उनकी वही गति हुई जो आम तौर पर ऐसी स्त्रियों की होती है। गाँव जाने पर उन्हें पता चला कि डॉक्टर साहब की वंश-परंपरा को बचाने के लिए उनकी दूसरी शादी की सामूहिक तैयारी चल रही है। पहला विरोध लेखिका की माँ की ओर से आया और निर्णायक प्रतिवाद डॉक्टर साहब की ओर से—'यार, तुम्हारा गाँव है यह? मूर्खों का झुंड।' यह एकमात्र मौका था, जब मैत्रेयी को उनके प्यारे गाँव ने हक्का-बक्का कर दिया। इसके बाद अवसाद तेजी से लहराता हुआ आया उस रेतीले ढूह पर, जहाँ मैत्रेयी अवसन्न खड़ी थीं। अगर हताशा के उस माहौल में उनकी बेटियों, नम्रता और मोहिता ने उनका हाथ पकड़कर उन्हें उठाया न होता और लिखने की सबल प्रेरणा न दी होती, तो शायद हम एक अनोखी लेखिका से वंचित हो जाते।

आगे चकराहटें और थीं, लेकिन हिंदी के पुरुष, खासकर प्रौढ़, संपादकों की

यौन-तृष्णाओं से जो परिचित हैं, उनके लिए ये किस्से नए नहीं हैं कि किस संपादक या सह-संपादक ने उन्हें किस-किस तरह नचाया। हर किसी को उनमें दिलचस्पी थी—पहाड़ी संपादकों को भी और गैर-पहाड़ियों को भी—पर माइनस उनकी कहानियों के। गलाजत के इन्हीं कुलियों में से एक ने मैत्रेयी पुष्पा की पहली कहानी छापी और साहित्य जगत् का वीज़ा दिया। लेकिन अपेक्षित प्रतिदान के अभाव में उन्होंने जल्द ही अपना 'रेशमी अंगवस्त्र' खींच लिया और उदीयमान लेखिका की महत्त्वाकांक्षाएँ मुँह के बल गिर पड़ीं। इस विकट घड़ी में एक सज्जन संपादक ने उनकी कहानियाँ लगातार छापकर उन्हें उनकी रचनाशीलता के प्रति आश्वस्त किया। फिर क्या था—सामने विस्तृत मैदान था और बेतहाशा दौड़ते हुए दो छोटे-छोटे मुलायम पैर। अतीत ने लेखिका को जितना रुलाया था, भविष्य उतना ही उदार निकला, हालाँकि यहाँ भी चक्रवातों की कमी नहीं थी।

इसके बाद दो मुख्य प्रसंग ये हैं कि 'हंस' के संपादक राजेंद्र यादव ने प्रारंभिक उपेक्षा के बाद कैसे मैत्रेयी पुष्पा के लेखन को विकसित करने में सहयोग दिया और कैसे कदम-कदम पर डॉक्टर साहब इस आगंतुक और उससे मैत्रेयी के बढ़ते हुए सामीप्य की धज्जियाँ उड़ाते रहे। मेरा खयाल है कि हिंदी के जिज्ञासु पाठक-पाठिकाएँ इन प्रसंगों को ज्यादा रस लेकर पढ़ेंगे। खुर्दबीन लगाकर यह खोजने की कोशिश तो की ही जाएगी कि मैत्रेयी कहाँ-कहाँ फिसली हैं और राजेंद्र यादव ने कहाँ-कहाँ दबाने की कोशिश की है। ऐसे सभी जासूसों को 'और अंत में निराशा' हाथ लगना निश्चित है। कौन अपराधी अपनी आत्मस्वीकृतियाँ बिखेरता फिरता है। मैत्रेयी पर यह आरोप लगना ही लगना है कि राजेंद्र यादव प्रसंग में उन्होंने जितना बताया है, उससे अधिक छिपाया है।

प्रश्न यह है कि दो व्यक्तियों के, खासकर जब वे स्त्री-पुरुष हों, संबंधों की छानबीन की ही क्यों जाए। ये न तो जोधा-अकबर हैं और न ही नेहरू-एडविना। इस छानबीन से न तो यह सिद्ध किया जा सकता है कि राजेंद्र यादव बुरे संपादक हैं और न ही यह कि मैत्रेयी पुष्पा कमजोर लेखिका हैं। बेशक राजेंद्र यादव ने मैत्रेयी का भरपूर मार्गदर्शन किया, लेकिन यह तो हर संपादक का फर्ज है कि वह नई प्रतिभाओं को खोजे और उन पर सान चढ़ाए। 'हंस' के संपादक ने और भी कई प्रतिभाओं को उभारने की कोशिश की है, पर कोई कितना भी बड़ा संपादक हो, वह टट्टू को घोड़ा नहीं बना सकता। दूसरी तरफ, मैत्रेयी पुष्पा ने एक ही रचना के दस-दस ड्राफ्ट लिखे, तब जाकर उनमें चमक आई। राजेंद्र यादव ने मैत्रेयी से अपने संबंध को

सखा-सखी भाव की संज्ञा दी है—'रही बात मेरे और तुम्हारे संबंध की, बहुत सोचा अपने रिश्ते को क्या नाम दूँ? क्या हम आपस में ऐसे ही नहीं, जैसे कृष्ण और द्रौपदी रहे होंगे? बहुत आत्मीयता, बहुत भरोसा और सेक्स का लेशमात्र भी नहीं'''।' राजेंद्र यादव ने अपनी जैसी धज बना रखी है, उसके मद्देनजर यह लग सकता है कि शैतान बाइबल के उद्धरण दे रहा है। लेकिन हमें क्या हक है—और गरज भी—कि हम किसी की नीयत पर शक करें? इसकी शिकायत अगर किसी को होनी चाहिए थी, तो वे स्वयं मैत्रेयी हैं। पर उन्होंने भी अपने रिश्ते को कुछ इसी तरह परिभाषित किया है। बंद कमरे में डॉक्टर साहब किसी चोट खाई हुई पत्नी की तरह पूछते हैं—'कसम खाती हो, उनसे तुम्हारा यही रिश्ता है?' मैत्रेयी का मरदाना जवाब गोली की तरह दनदनाता है—'गंगाजली उठाऊँ और कोई विश्वास भी करे, ऐसी मुझे दरकार नहीं।'

मेरी चिंताएँ दो हैं। लेखिका ने अपने पति का जो चरित्र-चित्रण किया है, क्या वह जरूरी था? इस पूरी कहानी में मैत्रेयी गुड़िया या गुड़िया के भीतर गुड़िया की तरह प्रस्तुत नहीं होतीं, पर डॉक्टर साहब खासे जल्लाद नजर आए हैं, अगरचे वे मैत्रेयी की भावनाओं का सम्मान करते हुए जगह-जगह झुकते भी हैं। अंत में तो लगता है कि उनका हृदय-परिवर्तन हो गया है। पति के साथ घटित अंतरंग प्रसंगों को लिखने का एक ही औचित्य हो सकता है कि उससे कुछ बड़े मूल्य उभरें। 'गुड़िया भीतर गुड़िया' में ऐसा होता है। फिर भी मेरा कशमकश ज्यों का त्यों है। चिंता का दूसरा विषय लेखिका का यह जीवन-दर्शन है—'जिंदगी जो थी तन और मन से घिरी हुई। मेरे लिए उसको दो भागों में बाँटकर देखना कठिन था। जब शरीर और मन को काटकर देखने की बात होती, मैं बहुत उदास और खिन्न हो जाती।' इसके पहले वे अपने कहानी-संग्रह 'गोमा हँसती है' (1998) की भूमिका में यह घोषणा कर चुकी हैं—'हमारा मन जो कहता है, पाँव जहाँ ले चलते हैं, इंद्रियाँ जिस सुख की आकांक्षा करती हैं, मनुष्य होने के नाते वे हमारे कुविचार-कुचेष्टाएँ नहीं, जन्मसिद्ध अधिकार हैं।' यह सीधे-सीधे विवाह संस्था को विदा करने की माँग है। मैं इस माँग से पूरी तरह सहमत हूँ, पर इसके लिए बहुत सारे पहलुओं पर विचार करना होगा। इनमें सबसे अहम पहलू है, निजी संपत्ति का भविष्य। 'गुड़िया भीतर गुड़िया' का सारभूत निष्कर्ष भी यही है—स्त्री पुरुष-समाज की निजी संपत्ति है। लेखिका ने अगर तन-मन-कर्म से इस रूढ़ि का प्रतिवाद करने का जोखिम नहीं उठाया होता, तो यह सर्वथा पठनीय पुस्तक लिखी ही न जाती।

उसे तो अपने हिस्से का लोकतंत्र चाहिए

विजय बहादुर सिंह

मैत्रेयी कुछ लिखें और उस पर तूफ़ान न मचे, यह संभव नहीं। इतने दिनों में उनके शत्रु और मित्र काफी हो चुके हैं। विवाद उनके लेखन की नियति बन चुका है। अफसोस किंतु यह कि यह उनकी सृजनशीलता को लेकर कम, लेखिका के व्यक्तित्व, जीवन व्यवहार और निजी संबंधों को लेकर कहीं ज्यादा है। कुछ लोगों को लग रहा है कि मैत्रेयी एक मर्यादाहीन और व्यवस्था-बिगाड़ू लेखिका हैं। उन्हें किसी भी सामाजिक शील की परवाह नहीं है। कुछ ऐसे भी हैं, जिन्हें वे लेखिका ही नहीं जान पड़तीं। इसका कारण भी वे गिनाते हैं—मैत्रेयी, तुम्हें लिखना तो आता नहीं, फिर लिखती क्यों हो? जैसे कि ये सब या तो भरतमुनि, अभिनवगुप्त या आनंदवर्द्धन हों या फिर प्लेटो और अरस्तू। और मैत्रेयी हैं कि क़बीर के फक्कड़ाना अंदाज में बगैर किसी परवाह के लिखती ही चली जा रही हैं जैसे कि किसी संहारक शस्त्रागार से वे भरी हुई हैं।

मैत्रेयी के विरोधियों को यह सब उस यथार्थ से काफी दूर लगता है, जिसे वे अब तक पालते-पोसते और प्रचारित करते चले आ रहे हैं। इसलिए उनका बेचैन होकर और असंतुलित, असहज हो उठना स्वाभाविक है।

मैत्रेयी ने इधर एक और नया कदम रख दिया है। उपन्यासों और कहानियों की राह से चलकर वे आत्मकथा-लेखन की कठिन पगडंडी पर आ खड़ी हुई हैं। चार-पाँच साल पहले जब वे पहले खंड के रूप में 'कस्तूरी कुंडल बसै' लेकर आई थीं, कोई बहुत शोर नहीं मचा था। इसका एक आधारभूत कारण शायद यह रहा हो कि इस खंड में माँ और बेटी की तनावपूर्ण द्वंद्व गाथा ही केंद्र में रही। चूँकि यह कहानी स्मृतियों, कल्पनाओं और किंचित् अनुमानों की मदद से रची गई थी, इसलिए भी इसे आत्मकथा प्रचलित अर्थ में उतना नहीं माना गया, जितना कि चाहिए था, गो कि यहाँ भी ठोस जीवन-सत्य केंद्र में था। मैत्रेयी यहाँ उन संस्कारों के संघर्ष का इतिहास लिख रही थीं, जो उन्हें भीतर ही भीतर नए सिरे से ढालने में लगे थे। माँ कस्तूरी मैत्रेयी को जिस रूप में रचना चाहती थीं—एक आत्म स्वाधीन स्त्री और वे

बार-बार जिसे समझने में चूक कर बैठा करती थीं।

माँ-बेटी के इस किस्से में भला क्या रस? हो सकता था, इसलिए पहले खंड की लगभग अनदेखी-सी ही की गई। इधर जब आत्मकथा का दूसरा खंड 'गुड़िया भीतर गुड़िया' आया तो माहौल में जैसे आग-सी लग गई है। मैत्रेयी यहाँ अपने समूचे समय और उसे रचने या विकृत करने वाले चेहरों के साथ हैं। तब यह स्वाभाविक है कि उन्हें चारों तरफ से घेरा जाए और दंड की व्यवस्था की जाए।

याद करें तो जब कमलादास ने अपनी आत्मकथा 'माइ स्टोरी' लिखी थी, काफी हंगामा मचा था। आत्मकथा थी तो अंग्रेजी में पर हिंदी की 'सारिका' आदि पत्रिकाओं में विरोधी टिप्पणियों का जोर ज्वार अंबार देखते ही बनता था। बच्चन की आत्मकथा से एकाध मुकदमों की नौबत आई थी। पर इन आत्मकथाओं के दायरे उतने विस्तृत नहीं थे, जिनके आधार पर कोई बुनियादी बहस खड़ी हो पाती और व्यवस्था की चूलें हिलने लगतीं। मैत्रेयी ने आत्मकथा के बहाने यह हिमाकत-सी कर दी है। और यही उनका अपराध है, जिसके लिए साहित्य और समाज के व्यवस्थापकों और सूत्रधारों ने लगभग हाँके की भाषा में कहना शुरू कर दिया है—दागो/मारो स्साले को, उसने हमें अँधेरे में नंगा देख लिया।

यों मैत्रेयी यह अपराध पहले भी करती रही हैं, पर आत्मकथा में नहीं, अपने उपन्यासों और कहानियों में, लेकिन तब उन पर शहरी बौद्धिकों और अपने ही जड़-मूल से उखड़ चुके आलोचकों ने अविश्वसनीय, धोखा और झूठ का आरोप लगाया। वे सब मानने को राजी ही नहीं थे कि गाँवों में ऐसी स्त्रियाँ भी होंगी। जिस किताबी यथार्थ से वे सब परिचित थे, मैत्रेयी का कथा यथार्थ उससे मेल ही नहीं खाता था। वे यह भी कहाँ मानने को राजी थे कि ग्रामीण स्त्रियाँ इतनी उद्यमी और हिम्मती होती हैं। उन्हें न तो 'इदन्नमम' की मंदा समझ में आती थी, न 'चाक' की सारंग, न 'अल्मा कबूतरी' और 'कही ईसुरी फाग' की अल्मा और रजऊ या फिर गंगिया। आश्चर्य तो यह कि यही लोग 1857 के इतिहास की पुनर्रचना करते हुए ऐसी ही दुस्साहसी और जाँबाज स्त्रियों को नए सिरे से इतिहास में उनकी जगह देने की पेशकश कर रहे थे। फिर भी मैत्रेयी की स्त्रियाँ उन्हें कल्पित और मनगढ़ंत लगती थीं। यही वह जगह थी, जहाँ मैत्रेयी ने महसूस किया--"जो काम मुझे उपन्यास लिखने से पहले 'आत्मकथा' लिखने का करना था, उसे टालकर मैंने कितने इल्जाम और लांछन सहे हैं, तिरस्कार पाया है, बहिष्कार के कगार पर खड़ी हूँ। मुझसे ज्यादा समझदार तो दलित लेखक निकले, जिन्होंने पहले आत्मकथाएँ लिखीं और दिखा दिया—हमारा जीवन ऐसा रहा है, आप हमें अपनी समीक्षा के शिष्ट, सभ्य,

संस्कारवान और निजी जीवन-मूल्यों की व्याख्या पर न घिसें। घिसेंगे तो हमारा वजूद वही (धूसर) रहेगा और आपका रंग उतर जाएगा।"

अपने उपन्यासों में मैत्रेयी से भी पहले कृष्णा सोबती ने ऐसे स्त्री-चरित्रों की कहानी कही है, जो व्यवस्था को अँगूठा-सा दिखाती हुई जीवन की ठोस माँगों और सच्चाइयों का वरण करती हैं। निस्संदेह ये वे देवी अथवा शीलवती स्त्रियाँ नहीं हैं, फिर भी वे हैं और अपनी उपस्थिति से हमें अचकचाहट में डाल देती हैं।

महाकवि प्रसाद की कविता 'प्रलय की छाया' की रानी कमला की तरह यह कहती हुई—जीवन सौभाग्य है, जीवन अलभ्य है, इसे छिन्न करने का किसे अधिकार है। यही प्रसाद अपने नाटक 'चंद्रगुप्त' में विवाहिता स्त्रियों को लेकर सवाल उठाते और सुवासिनी के मुँह से जवाब दिलवाते हुए लिखते हैं—"धनियों के प्रमोद का कटा-छँटा हुआ शोभावृक्ष। कोई डाली उल्लास से आगे बढ़ी, कुतर दी गई। माली के मन से सँवरे हुए गोल-मटोल खड़े रहो।" सुवासिनी के मुँह से ऐसा जवाब सुन प्रश्न करने वाली कार्नेलिया कहती है—"वाह! ठीक कहा, यही तो मैं भी सोचती थी।"

प्रसाद के मन में ये विचार बीसवीं सदी के तीस-बत्तीस में आए। रामायण पर लिखते हुए विवेकानंद ने लिखा—'सीता स्टैंड्स ऐज द आइडियल ऑफ सफरिंग।' निराला 'तोड़ती पत्थर' वाली कविता में ये पंक्तियाँ लिखते हैं, 'कोई न छायादार, पेड़ वह जिसके तले बैठी हुई स्वीकार···देखते देखा मुझे तो एक बार···देखकर कोई नहीं, देखा मुझे उस दृष्टि से, जो मार खा रोई नहीं।···सुनी मैंने वह नहीं, जो थी सुनी झंकार···।'

इसलिए जब मैत्रेयी और उनकी अंतरंग सखी इल्माना एक साथ इस नतीजे पर पहुँचती हैं कि 'सनदों की एवज शौहर जिंदगी में क्या आया, जिंदगी रेहन हो गई।' मैत्रेयी लिखती हैं—'मेरी सखी को पुरानेपन का अहसास साल रहा है कि सीने में समय ही बरमा चला रहा है···हमारा यह जीने का सलीका हमें रास नहीं आ रहा। सबके लिए प्रिय और अच्छे हम, अपने दुश्मन और बुरे हैं। हम अपनी संस्कृति के किन महान् मूल्यों को जी रहे हैं, समझ में नहीं आता।' और यही बोध, इसी से जुड़ी चुप्पी आगे की तूफानी राह खोजती रही।

यह आत्मकथा उसी राह का दस्तावेजी इतिहास है, जिसे एक स्त्री पहले पुरुष-वर्चस्वी, स्त्री-विरोधी, घर-परिवार और दांपत्य के अन्यायों को दर्ज करती हुई, प्रतिवाद के रास्ते चल देती है, वहीं उन नई परंपराओं की माँग भी करती है, जो उसकी स्वाधीनताओं के सौंदर्य की रक्षा कर सकें। पृष्ठ एक सौ सत्तानवे पर दांपत्य की वास्तविकताओं को उजागर करती हुई मैत्रेयी लिखती हैं—'पति के साथ असलियत

में पत्नी का वह रोल नहीं जो फेरों के समय वचनों के रूप में बताया जाता है। वादे होते हैं, सहभागिता और एक-दूसरे की इच्छा और जरूरत का सम्मान निभाने के कौल किए जाते हैं। सब झूठ। सब फरेब। असलियत में हमारा रोल पति की खादिमा, दासी और गुलाम होना है।'

इसलिए जब उनकी बेटी ने कहा···कमॉन मम्मी, आप 'राइटिंग' शुरू कर दो। मैत्रेयी जवाब देती हैं—'बेटा, हमें गौर से देख, हमारी जैसी औरतें भूल जाती हैं अपना नाम, कुल गोत्र और जाति, यही नहीं, अपनी नस्ल भी भूलने लगते हैं हम···मैं मिसेज शर्मा के सिवा क्या हूँ बेटा? तेरे पिता की पत्नी···न औरत हूँ, न मनुष्य, केवल पत्नी। इसी रूप में तेरे पिता के परिवार में शामिल हूँ।' मैत्रेयी भीतर ही भीतर सोचती हैं—'धीरे-धीरे मेरे वजूद पर डॉ० शर्मा की पत्नी हावी होती गई और मैं कमजोर हो गई बबली···बस, तेरे डैडी ही मेरी पहचान।'

मैत्रेयी ने इस संदर्भ को मार्मिक विस्तार देते हुए लिखा—'यह परिवार उस समाज का हिस्सा है बबली, जहाँ औरतें केवल शरीर-रूप में होती हैं, जो पुरुषों की सेवा-सुविधा के लिए श्रम कर सकें। इसके अलावा वे योनि रूप में रहती हैं कि पुत्रवती होकर वंशबेल बढ़ाएँ···। मेरी जिंदगी की लय किसी मातमी जुलूस-सी··· जिसमें लोग बिना दाएँ-बाएँ देखें बस सिर झुकाए चले जाते हैं···'

सार यह कि 'हमारी जिंदगी की बागडोर तो उस घर की चौखट से बँधी है, जिसमें हम स्त्री की तरह पनाह पाए हुए हैं।' यों कहने को ढेर सारा सुख मगर घुटन उससे भी ज्यादा।

मैत्रेयी का समूचा लेखन सबसे पहले इसी घुटन से दो-चार होता है। फिर उस बुनियादी सामाजिक इकाई को तरह-तरह से घेरता है, जिसे 'परिवार' कहते हैं। यह तो मैत्रेयी भी मानती हैं कि स्त्री को घर भी चाहिए और परिवार भी। उनका स्त्रीवाद इन संरचनाओं का विरोधी नहीं है। किंतु मौजूदा रूप में ये जिस तरह स्त्री के वजूद को न केवल नकारती बल्कि नेस्तनाबूद करती हैं, उन्हें उस पर घोर आपत्ति है। इसीलिए वे न तो करवाचौथ को मंजूर करती हैं, न मंगलसूत्र और बिछुए को तथापि वे किसी भरोसेमंद जीवनसाथी के रूप में पति को पाना भी चाहती हैं। लेकिन उनकी क्या किसी की भी ऐसी चाह इतनी आसान तो होती नहीं। आपके चाहने मात्र से सामाजिक हकीकतें बदल जाएँ तब तो कहना ही क्या? अंततः मर्दों का दिमाग भी एक दिन का तो बना हुआ है नहीं। उसमें भी सदियों का कूड़ा-कचरा रूढ़ियों और खाजों के रूप में बगैर किसी कोशिश के भरा और जमा है। मैत्रेयी के डॉक्टर पति शर्मा की सोच और प्रतिक्रियाएँ इसी सदियों से बने-बनाए चले आते रेडीमेड मार्ग

की देन हैं। आत्मकथा में इसीलिए उन्हें कहीं भी सौ प्रतिशत शत्रु के रूप में चित्रित नहीं करतीं। पति के रूप में उन्हें एक सत्ता और वर्चस्ववादी मानती हुई—यहाँ तक कि जलकुक्कड़ आदमी कह उन्हें लगभग गरियाती हुई भी, यह कहे बगैर भी कहाँ रह पाती हैं कि डॉक्टर शर्मा मुझे 'क्रिटिकल टाइम' के आसपास सँभाल लेते हैं। शास्त्र चाहे साहित्य का हो या फिर समाज का, परिभाषाओं में बँधा होने के कारण उस सूक्ष्म मनोगतिविधि को पकड़ नहीं पाता जो बदलते हुए ऐतिहासिक समयों की बनती-बिगड़ती सच्चाइयों से निरंतर द्वंद्वसंवाद करती रहती है। इसका परिणाम यह कि जाने-माने साहित्य शास्त्री ही नहीं, उत्साही समाजविज्ञानी ऐसी स्थितियों में गच्चा खाते देखे गए हैं। वे बने-बनाए नियमों के बल पर स्थूल सामाजिक गतियों को तो पकड़ लेते हैं, किंतु संक्रमणशील उन गतिविधियों और स्थितियों को नहीं ही सूँघ पाते जो प्रायः ऐसे समयों में प्रकट होती रहती हैं।

'चाक' में सारंग और श्रीधर का प्रसंग चित्रित कर चुकने के बाद वो आत्मकथा में यह सवाल उठाती हैं—'यह कैसा रवैया है। महीने, साल और ऋतुएँ बदलते हैं, रिवाजें नहीं बदलतीं, क्या स्त्री और पुरुष में प्रेम की आकांक्षा एक-सी नैसर्गिक भावना नहीं? अगर कुछ अलग-अलग दिखता है तो वह संस्कारजन्य अहंकार का नतीजा है कि पुरुष का प्रेम पराक्रमी दिखता है जबकि स्त्री अहंकार से मुक्त होकर प्रेम करती है। वह विपरीत स्थितिय़ों का सामना अगर शिलाखंड की तरह करती है तो वर्षा की तरह बहना उसका स्वाभाविक गुण है। मैंने हावी होकर कभी प्रेम नहीं किया, शायद तभी मेरे उपन्यास की नायिका सारंग अपने प्रेम को समाज, धर्म और जातिगत खाँचों में ढालने को उत्सुकता नहीं दिखाती। वह तो ऐसे नियमों-कानूनों से प्रेम को बचाती हुई आगे बढ़ती है, व्यक्ति से समाज तक।'

यह प्रेम उसके लिए पाप नहीं है, उसकी भावसत्ता का विस्तार है। मैत्रेयी शुरू में ही जिस डॉ० सिद्धार्थ की कथा कहती हैं, वहाँ एक विशिष्ट पारिभाषिक पद का प्रयोग भी वे करती हैं—'भावात्मक खालीपन'। अपने रेडीमेड पति को संबोधित करती हुई वे डॉ० सिद्धार्थ के साथ नाचने वाले प्रकरण पर कहती हैं—'तुम नहीं सुन पाओगे कि डॉ० सिद्धार्थ ने मेरे भावात्मक खालीपन में प्रवेश किया।' स्त्री मनोविज्ञान का परिचय-सा देती हुई वे आगे लिखती हैं—'सोचा करती—मेरा मूल्य बढ़ा है, लोग मानें उसे लंपट, समझते रहें आशिक। मुझे हीन भावनाओं के गर्त से बाहर खींचने वाला चरित्रहीन कैसे हुआ?' मुझे उस संघर्ष में शामिल कर दिया, जो मुझे अपने लिए लाजिमी था, फिर उनका अपने आप से यह पूछना—'मैं किसी से सामान्य तौर पर बातें क्यों नहीं कर सकती?'

इस सबके बावजूद परिवार उनके लिए एक सुरक्षित जगह है। इसलिए वे परिवार तो चाहती हैं, किंतु कैसा परिवार—जिसमें बुनियादी लोकतांत्रिकता हो। जिसमें स्त्री भी एक गुलाम और दासी न मानी जाए। जहाँ सारे कायदे-कानून और धन सिर्फ स्त्रियों के अस्तित्व को नास्तित्व में बदलने के लिए न हों। 'चाक' के हवाले से वे फिर लिखती हैं—'यह कथा एक ऐसी स्त्री की आत्मस्वीकृति का आख्यान है, जो रिवाजों को स्त्री के लिए स्त्री की तरह बदलना चाहती है, वह भी स्त्री के उद्धार के लिए नहीं, उसके कर्मक्षेत्र के विस्तार के लिए।'

बारह जनवरी उन्नीस सौ चौंतीस को जैनेन्द्र को लिखे अपने पत्र में प्रेमचंद के विचार हैं—'नारी केवल गृहिणी क्यों हो, गृहिणी से अलग भी उसका जीवन है। अगर उसमें गृहणीत्व से आगे बढ़ने की सामर्थ्य है तो वह क्यों न आगे बढ़े!' आज यह कोई असंभव सोच नहीं रह गई है। महादेवी वर्मा, अमृता प्रीतम के बाद तो अब संख्या गिनने की जरूरत नहीं रह गई है। इधर के दस-पंद्रह बरसों में तो मैत्रेयी का यह सोचना भी काफी पीछे का लगता है। जिस सह-नागरिक दर्जे की माँग वे परिवार की सीमा में रहकर कर रही हैं, उसे चरितार्थ होने में यद्यपि देर है, किंतु सह-जीवन को ही परिवार जीवन मानकर जीने वाले पात्रों की भी कोई कमी नहीं है। अलका सरावगी के उपन्यास 'शेषकादंबरी' में कादंबरी सहजीवन ही तो जी रही है, अपने साथी, फ्रेंचकट दाढ़ी वाले गौतम के साथ। इसी उपन्यास में एक ऐसे दांपत्य का चित्रण भी है। जो नारकीय है, जिसे रूबी दी के इस वाक्य से महसूस किया जा सकता है—'अरे विधाता, तूने औरत को क्या सिर्फ पीड़ा झेलने के लिए बनाया।' आगे के संवादों में अपनी नानी रूबी दी से एस०टी०डी० पर बात करती हुई कादंबरी कहती है—'वर्तमान के प्रति उसकी ईमानदारी इसमें है कि वह अपनी भावनाओं से कन्नी न काटे, किन्हीं मानी हुई धारणाओं के तले। वह जिए अपनी भावनाओं को पूरी तरह। बिना डरे।' आत्मकथा में मैत्रेयी लिखती हैं—'जो लोग इलजाम लगा रहे हैं, उन्हें जाकर बता दो कि शादी के बाद मुझे मेरे हिसाब से कारावास मिला है, जिसके लौह-कपाट मैं तभी से तोड़ने में लगी हूँ और देखना चाहती हूँ कि इस दुनिया के अलावा भी दुनिया है? पति के अलावा कितने लोग हैं बाहर? वैसे पति से वैरभाव नहीं पाला, मगर उनके किसी खूँट से बँधना?...मैं भी अपने अंदर गहरी भावनाएँ रखती हूँ।'

यह कौन-सी स्त्री है, जिसको पति-केंद्रित दांपत्य जीवन का एक आधा-अधूरा यथार्थ लगता है? क्या इसी का नाम मैत्रेयी है? लेकिन वे सारे पतिगण जब अपनी पतिव्रताओं के बावजूद कभी संपादक, कभी प्रबंधक, कभी निदेशक, कभी ऑफिस-बॉस

के रूप में, दांपत्य की प्रतिज्ञाओं को एक तरफ फेंक नित नई नूतन सहेलियों का संग-साथ करते हैं, क्यों मैत्रेयी की ही तरह अपराधी माने नहीं जाते? एम्स के वे सारे डॉक्टर, जो इल्माना के रूप के नशे में उस पर लट्टू हो छत्तीस हजार का कालीन भेंट करना चाहते थे। अपनी चाहतों की असफलता के बाद इल्माना को एक बदचलन औरत घोषित कर रहे हैं। मैत्रेयी ही क्यों, इल्माना भी मर्दों के इस छद्म और पाखंड को समझती है। नैतिकता तो इनके लिए दिखावा मात्र है और पुरुष यह हमेशा से करता आया है।

लेकिन इल्माना ही क्यों? सिकुर्रा की खेरापतिन दादी, जिनका परिचय देती हुई मैत्रेयी लिखती हैं—दादी अपनी तरह से गीत की व्याख्या करती—'छोरियो, जलवायु और आकाश के संग धरती की इच्छा-अभिलाषा रखने वाली औरत किसी की मोहताज नहीं हो सकती। छोरियो, इतना सब था सीता के पास तभी तो लछमन-रेखा लाँघ गई। रावण आया, संग चली गई, सोने की लंका देखने की लालसा कौन-सी बैयर को नहीं होगी?'

खेरापतिन की यह व्याख्या सांस्कृतिक अपराध भी हो तो हो, पर याज्ञवल्क्य जैसे ऋषियों का लोभी मन जनक द्वारा दान में दी गई गायों के सींगों में मढ़े सोने से डिग जाया करता था। सीता भी तो सोने के हिरन पर मर मिटी थीं।

आत्मकथा में इन खेरापतिन दादी को अपना शक्ति-स्रोत और मार्गदर्शिका मानती हुई मैत्रेयी दर्ज करती हैं—खेरापतिन दादी गायिकाओं की कमांडर, अपनी बात को गीतों में सबकी बात बनाकर पेश करती हैं...व्यथा-कथाओं की करुण प्रस्तुति जिसके लिए चुने हुए अपने ही निजी शब्द...जिसको घुटनभरी गुलामी के अहसास में समझा गया है। और भय का प्रतिरोध अपने ही मुहावरों में। मैत्रेयी अपने लेखकीय संकल्पों को उजागर करती हुई यहीं सामने आती हैं—'मैं लिखूँगी, सिकुर्रा की स्त्रियाँ न मीरा हैं, न महादेवी, वे हैं चंदना और कलारिन गीत कथाओं की स्त्रियाँ...वे अदृश्य के आलंबन रच पाईं न ईश्वर की अदृश्य सत्ता का सहारा लिया।' लेकिन 'मामूली मगर जबरदस्त स्त्रियाँ', मैत्रेयी आज अगर पहचानी और जानी जाती हैं तो अपने इन्हीं स्त्री-चरित्रों के चलते। आजाद भारत में जहाँ संसद और विधान सभाओं में स्त्रियाँ अपने संवैधानिक प्रवेश के लिए पिछले साठ सालों से दरवाजे पर खड़ी हैं, मैत्रेयी उन्हें समूचे लाव-लश्कर के साथ हिंदी उपन्यास में चमत्कारी सामर्थ्य के साथ ले आई हैं। इतनी सारी विश्व अप्सराओं और इंद्रधनुषी आभा वाली स्त्रियों के बावजूद गाँव-गँवई की इन स्त्रियों का यह मैत्रेयी-संसार यों ही नहीं बन गया है। और कहानी एकदम इतिहास की तरह सच्ची।

आत्मकथा में मैत्रेयी ने एक प्रसंग सोनपाल पटवारी और गाँव के नंबरदार का स्त्रियों की शिक्षा के संदर्भ में लिखा है। सोनपाल नंबरदार से कहते हैं—'गाँव वालों के बारे में तो बहुत सोचते हो आप''बस औरतें रह जाती हैं, आपकी चिंता से बाहर। इसमें कोई अचंभा भी नहीं, उनके बारे में सोचता भी कौन है। यह भी एक परंपरा है। नंबरदार परंपरा आप भी क्यों तोड़ना चाहेंगे?' नंबरदार के यह कहने पर कि औरतों की खुशहाली वस्तुतः उनके घर-परिवार की ही खुशहाली है, उन्हें और क्या चाहिए? पटवारी पलट-तर्क करते हैं—'आपको तो कुछ नहीं चाहिए उनके लिए, लेकिन उनसे भी कभी पूछा है कि उन्हें इस 'सुक' के अलावा क्या चाहिए?' नंबरदार सोचते हैं—'पटवारी मर्द है या औरत? इसने औरत का मन कैसे, थाह लिया?'

याद आता है, नागार्जुन अकसर कह उठा करते थे—'विजय बाबू! पाँच साल के लिए मैं स्त्री होना चाहता हूँ।' मैं कहता—'यह कैसे संभव है बाबा?' तो वे कहते—'तो फिर यह चाहता हूँ कि अगला जनम स्त्री का मुझे मिले।' मैं पूछता—'क्यों?' वे मुझे समझाते—'पुरुष होकर स्त्री की पीड़ा को समझा नहीं जा सकता।' स्त्री ही स्त्री को ठीक समझ पाती है, बाकी तो सब अनुमान वगैरह हैं। यह वही नागार्जुन थे, जिन्होंने 'रतिनाथ की चाची' जैसा मार्मिक और करुण उपन्यास लिखा था। बाद में विधवा दुगनी पर उग्रतारा जैसा साहसिक विचारों और कल्पनाओं वाला। यह जब एकाध विश्वविद्यालय में रखा गया तो आंदोलन खड़ा हो गया और उपन्यास पाठ्यक्रम से बाहर कर दिया गया।

जानने वाले जानते हैं कि मध्यकाल में स्त्री की सामाजिक दशा क्या थी। वो तो भला हो ज्योतिबा फुले, सावित्री देवी फुले और उत्तरी भारत में आर्यसमाज के प्रवर्तक स्वामी दयानंद का, स्त्रियाँ स्कूल जाने लायक भी समझी गईं और विधवा हो जाने पर विवाह करने कीं अधिकारिणी भी।

मैत्रेयी अपने लेखन में औरत के इस आदिम मन और उसके चकित कर देने वाले पौरुष को लेकर आईं—अपने जबरदस्त स्त्री-चरित्रों के साथ। सोचती-विचारती, मन ही मन संकल्प-सी करती—'मैं क्या हूँ? ग्रामीण मिट्टी की सजीव छवि।' कहते हैं, 'हिम्मत देखो तो औरत को देखो, आदमी से छह गुनी ज्यादा''माताजी ऐसी ही औरत थीं, मानती थीं कि जब मर्दों के हौसले पस्त हो जाते हैं, औरत बेझिझक आगे आ जाती है। वह दो ही हालातों में हिम्मत दिखाती है, दुश्मन के हमले के समय और अपने पुरुष की कमजोरी के वक्त।' मैत्रेयी को जाने क्यों याद नहीं रहा दुर्गा का अवतरण देवताओं की शक्ति के निष्प्रभावी होने पर हुआ। पुराणों में भी स्त्री ही अधिक शक्तिरूपेण संस्थिता मानी गई है। व्यवस्थावादी चालाक पुरुषों ने उसे

मर्यादाओं से नाथ कर अपने हिसाब से विकसित कर लिया। अपने स्वार्थों के लिए। जॉन स्टुअर्ट मिल के अनुसार तो जिसे आज स्त्री का स्वभाव कहा जाता है, वह एक नकली चीज है और कुछ दिशाओं में अप्राकृतिक फैलाव का परिणाम है... । उनके ही शब्दों में, आज स्त्री की 'स्थिति उस वृक्ष जैसी है, जिसकी आधी शाखाओं को भाप-स्नान दिया जा रहा है, जबकि बाकी आधी बर्फ में ढकी हैं।' मैत्रेयी ने अगर कुछ किया है तो यही कि बर्फ में ढके इस हिस्से को अपने असाधारण बौद्धिक तेज और साहसपूर्ण पहल से एक ऐसे जीवन-प्रवाह में रूपांतरित कर दिया है, जिसे स्त्री का भविष्य कहा जाना चाहिए। प्रेमचंद के यहाँ होरी से कहीं अधिक धनिया है। रेणु तो मैत्रेयी के प्रिय प्रेरणास्रोत और आदर्श लेखक हैं, जिनके यहाँ एक से एक रसवंती और जीवंत स्त्रियाँ हैं। मैत्रेयी का जरा आभार-कथन तो पढ़ें—'इनके अलावा हावर्ड फॉस्ट, दोस्तोएवस्की, टॉलस्टॉय, रांगेय राघव आदि शामिल हैं। पुस्तकें, उत्साह, लगन, श्रम और चुनौती का बराबर-बराबर अंश मिला दिया जाए तो मेरी लेखकीय खुराक का संतुलन बनता है।' लेकिन मैत्रेयी को इसके लिए कितने पापड़ किन-किन रूपों में बेलने पड़े हैं, यह कहानी भी आत्मकथा में खूब ही दर्ज है। पत्र-पत्रिकाओं या अखबारों के दफ्तरों में आती-जाती मैत्रेयी को जिन स्थितियों से दो-चार होना पड़ा है, वे किस्से पाठकों के मन में वितृष्णा ही पैदा करते हैं। 'मैत्रेयी लिखती भी हैं कि कहानी या कविता लेकर ऐसे दफ्तरों में जाने वाली स्त्री कोई प्रेम करने नहीं जाती, पर टेबल के उस तरफ बैठा आदमी प्रथमतः यही समझता है और एक सधे हुए शिकारी की तरह शुरू हो जाता है। कविता-कहानी से कहीं अधिक वह लिखने वालियों को तौलता और नापता है। लेकिन लिखने वाली अगर मैत्रेयी जैसी हो तब—'तू डार-डार हम पात-पात'। चरम तो तब जब संपादक पहली ही मुलाकात में यह कहे कि मैं साहित्य के मामले में काफी हरामजादा हूँ और मैत्रेयी सोचना शुरू कर दें—आप किस मामले में नहीं हैं। आखिर मैत्रेयी तो मैत्रेयी हैं। वे कहाँ उस लोहे की बनी हैं, जिसे कोई आसानी से मोड़ ले। पर दूसरी तरफ भी कहाँ इतनी आसानियाँ—'साहित्य का क्षेत्र गुलामों के अड्डों और आपसी अखाड़ों से ज्यादा क्या है? मैं चिड़िया की तरह उड़ान के लिए आकाश खोजने आई थी, जगह-जगह पिंजरे रखे हैं। मेरे पंखों का क्या होगा?'

साहित्य के इन अड्डों और अखाड़ों का हाल-चाल मैत्रेयी ने विस्तार से लिखा है। अपनी उन गॉडमदर का भी जिनके साथ उन्होंने यह समझा और अनुभव किया कि लेखन स्त्री-जीवन में बदलाव लाने के लिए किया जाए। और उन्होंने मन ही मन यह तय किया कि इसके लिए जितनी जरूरत ईमानदारी, सच्चाई और साहस

की है, उतनी ही एक बेबाक शैली की भी, भले ही जिसमें मध्यवर्गीय चिकने-चुपड़े अभिजात लेखकों का रेशमी परदे वाला शील न हो, तदर्थतावादी तथाकथित सोच न हो, पर अचकचा डालने वाला तेज और आक्रामक सच्चाई जरूर हो, जिससे ऐसे सबों की इज्जत खतरे में पड़ जाए जो सरेआम औरत की इज्जत इसलिए उतारते रहने के आज तक आदी रहे हैं, जिससे उनकी इज्जत बनी रहे।

यह मैत्रेयी ही हैं, जो लिखती हैं—'मेरे पात्र थोपी गई नैतिक शर्तों को मानने से इनकार कर रहे हैं।' तब आखिर क्या चाहती हूँ मैं?—कुछ नहीं, सिर्फ अपनी आजादी के आदिम गीत-सा कथानक—अब तक अनुपस्थित रहे पात्रों का अनुपस्थित-सी मान ली गई भाषा में खरा बयान। और दूसरी ओर से पुरुष-वर्चस्वी गाँव-समाज की ये हिदायतें—मैत्रेयी जी, लोक परंपरा को मत छोड़ो…रीति-रिवाज इसी तरह कायम रहते हैं। बदलाव करने के बहाने दखल मत दो,…खेरापतिन बूढ़ी तो अब पका आम है, आज नहीं तो कल टपक जाएगी। किंतु मैत्रेयी, जिनकी बचपन से ही आदत बनी है रायफल, पिस्तौलों, देशी कट्टों को लेकर बीहड़ों में चलने की, वे भला इन हिदायतों से क्योंकर खौफ खाएँ? विपरीत इसके अपने अनुभवों के सच के लिए पहले से कुछ अधिक ही कठोर-परंपरागत गुड़िया वाला बाना त्याग यह अनुभव करते हुए कि मुक्ति के रास्ते फूलों से सजे नहीं हुआ करते, वे अटूट साहस और अनथक संकल्प की माँग करते हैं। मैत्रेयी सोचा करती हैं—'न्याय नहीं कर पाऊँगी तो लिखती क्यों हूँ…तब फिर जो लिखूँगी, सच ही लिखूँगी, बेशक जिसे देखकर खुद ही सन्न रह जाऊँ और सजा भी मिले।' मानव-परंपरा और संस्कृति का इतिहास गवाह है, सजा हमेशा ही सच बोलने वाले को मिली है। चाहे सुकरात हों, मीरा बाई या फिर गांधी। झूठ की हाँ में हाँ मिलाने वाले पहले भी मौज मारते रहे हैं। मुक्तिबोध की कविता—'भूल-गलती' में भी यही लोग मार रहे हैं। उस तमाम लेखन को करके भी जिससे सामाजिक अन्याय की चट्टानें तो जहाँ की तहाँ रह जाती हैं, किंतु यथार्थ के हत्यारों का जुलूस किसी शोभा-यात्रा-सा बढ़ा ही चला जा रहा है। मैत्रेयी का उथल-पुथलकारी लेखन भी आज इनकी जद में है। उनके हिसाब से उन्हें कला नहीं आती, वे अहीर-कथा लिखा करती हैं और इस तरह सुसंभ्रांत, सुप्रतिष्ठित राष्ट्रभाषा हिंदी को अपने गँवार स्पर्शों से निरंतर मैली करती जा रही हैं और कहने वाले? वही सब हैं जो मजदूरों और किसानों की रामनामी (?) ओढ़े हुए एक वर्णमुक्त और वर्गहीन समाज की रचना करना चाहते हैं। लफ्फाजों के लिए कब ये मुश्किलें आसान नहीं रहीं।

आत्मकथा में मैत्रेयी ने इन छद्म बौद्धिकों, कलावादियों और यथार्थ के हत्यारों

को कुछ यों याद किया—'जो ग्रामीण शहर में जगह मिल जाने पर गँवई धरती के संघर्षों को नजरअंदाज करता है, क्योंकि उसने इनसे बचने के उपाय तलाश लिए हैं, वह गाँव की याद आने पर, अंतरात्मा के छटपटाने पर वातानुकूलित कक्ष में जाकर सो जाता है और फिर तरोताजा होकर एलीट वर्ग की कलात्मक कहानी लिखता है, वह कला का पुजारी नहीं, अपने गाँवों के यथार्थ का हत्यारा है।' इस इबारत ने मुझे चुनौती दी कि मैं ग्रामीण क्षेत्र के लिए समर्पित हो गई। मैं कला का ध्यान भूल गई। ...इंद्रनाथ मदान को लिखे 26 दिसंबर, 1934 के अपने पत्र में प्रेमचंद कहते हैं—'मैं सामाजिक विकास में विश्वास रखता हूँ। हमारा उद्देश्य जनमत को शिक्षित करना है...मेरा आदर्श समाज वह है, जिसमें सबको समान अवसर मिले।' यही प्रेमचंद काशीराम सब्बरवाल को 1929 के अपने पत्र में लिखते हैं—'भावना जितनी ही प्रबल होती है, कृति उतनी ही शिक्षापरक हो जाती है...हमारी सामाजिक और राजनीतिक परिस्थितियाँ हमें विवश करती हैं, जहाँ भी हमें अवसर मिले, हम लोगों को शिक्षा दें।' मैत्रेयी के लेखन में यही भावना उनकी कला है। आत्मकथा में इसका अबाध प्रवाह सतत महसूस किया जा सकता है। अपने उपन्यास 'अल्मा कबूतरी' के बीहड़ों के जीवन को याद करती हुई बीहड़वासी मैत्रेयी तमाम कलावादियों और यथार्थवादियों को जवाब-सा देती हुई लिखती हैं—'जिस धरती से हमेशा मेरा अनुराग रहा, उसी के लिए मैं लज्जित होती रही, यह मेरे स्वभाव की क्षुद्रता थी या शहर का डर?' काश! उन्होंने आत्मकथा लिखते हुए मुक्तिबोध का यह सोचना भी याद किया होता—'कुछ साहित्यिक समाजशास्त्री अपने ढर्रे के बाहर के क्षेत्र में प्रचलित नई काव्य-समृद्धि में विद्रूपता के अतिरिक्त कुछ नहीं देखते।' जड़ीभूत सौंदर्य-अभिरुचिवादियों की यह हमेशा की दिक्कत है कि वे जिस 'क्लोज्ड सिस्टम' में रह रहे हैं। उसी के निर्वाह की अपेक्षा वे नए आने वालों से भी करते हैं। मुक्तिबोध लिखते हैं—'मनुष्य-जीवन का कोई अंग ऐसा नहीं है, जो साहित्याभिव्यक्ति के अनुपयुक्त हो।' इन्हीं मुक्तिबोध ने यह भी लिखा—'बंजर काले स्याह पठार में भी सौंदर्य हो सकता है। अगर मैत्रेयी स्थापित और प्रचलित कथा-क्षेत्र और मूल्य-कोष से भिन्न अनुभव-क्षेत्र और मूल्य-चिंतन लेकर आ रही हैं तो उसे न तो अहीर-कथा कहा जा सकता है, न उपद्रवी और विध्वंसक विचारधारा। पर हम यह कैसे भूल जाएँ कि आलोचना और लेखन का क्षेत्र भी तो ऐसे ही मर्दों से अँटा पड़ा है, जिन्होंने विचारों को बैनर की तरह पकड़ तो रखा है, पर हैं वस्तुतः घनघोर सामंती।'

रघुवीर सहाय अपनी कविता 'बलात्कार' में लिखते हैं—'औरतों के चेहरे समाज के दर्पण हैं...।'

कोई शरीर नहीं जिसके भीतर उसका दुःख न हो। तुम उसमें जब प्रवेश करते हो और वह नहीं मिलता, वही है बलात्कार। मैत्रेयी अपने समय के इन लेखकों, आलोचकों के बारे में, गाँव के पंच-परमेश्वरों के बारे में कहती हैं—'ये लोग जिसे अपराध कहना चाहिए उसे जीवन-मूल्य समझ रहे हैं, आज नहीं तो कल अगली पीढ़ी इनसे जरूर पूछेगी—'तुम लेखक थे या बलात्कारी?' '

आत्मकथा में मैत्रेयी उस स्त्री-वंश की चर्चा चलाती हैं, जिसका पराक्रमी इतिहास उनके पिता की नानी से होता हुआ, स्वयं उनके पिता को अकाल मौत के बाद बाईस वर्षीया कस्तूरी (माँ) तक अपना दुर्वह बोझ लिए चला आया था। वे इस वंश-परंपरा को याद करती हैं और अब मैं···माँ के बाद उनकी बेटी···हमारे यहाँ दुःख आता है···लेकिन उससे पहले आ जाती हैं चुनौतियाँ···पिता कर्ज में डूबे मरे थे। मेरी माँ रोती रहतीं तो उस ऋण को कौन चुकाता···दुःख करने की मोहलत इस वंश को मिलती ही नहीं।

'गुड़िया भीतर गुड़िया' के पन्ने-पन्ने पर दुःखों की ये गठरियाँ-सी खुलती चलती हैं, चुनौतियों के रूप में, पर मैत्रेयी हैं कि न थमना जानती हैं, न मुड़ना। अपनी बेटी को संदेश देती हैं वे—'रानी बेटी, मैं मरूँ तो तुम भी मत रोना। तुम माताजी की नातिन हो, उन्हीं की तरह साहस की कोई बात करो। हौसले का नाम था कस्तूरी, जो हमारे स्त्री-वंश की अब तक सबसे ज्यादा ऊर्जावान, दूरदर्शी, गतिशील, प्रगतिकामी कड़ी साबित हुई।' खेरापतिन दादी और···चर्चा के साथ यह आत्मकथा तत्त्वतः अगर किसी की है तो उन्हीं कस्तूरी की है, न कि मैत्रेयी पुष्पा की—'माँ, जिसको मैं हर मोर्चे पर मात देना चाहती थी, लिखते हुए मैंने पाया कि वह मेरी कलम के जरिए ही मुझे पछाड़ रही है···मैं कस्तूरी की बेटी···मैंने खुद को इस आत्मकथा की नायिका चुना था, रचनात्मक दायरों में आने के बाद 'कस्तूरी' इसकी नायिका हुई। आगे चलकर इस पुस्तक ने मेरा जीवन-संसार ऐसे खोला, जैसे माँ ने मेरे लिए इस दुनिया की राहें खोली थीं। और अब? यह जो गुड़िया, भीतर की गुड़िया है उन मंजरों को खोलेगी, जिन पर मुझे शारीरिक रूप से बेइज्जत किया गया और मानसिक प्रताड़ना दी। यही साक्षी बनेगी कि मैंने स्त्री का जीवन संपूर्ण रूप से खोलकर क्यों किताब के पन्नों पर फैला दिया। बस, इसलिए कि पुरुषों ने मुझे जैसी जिंदगी दी थी, उसके चलते लाज-शर्म के पर्दे फट गए। तन के साथ मन चिथड़ा-चिथड़ा···।'

आत्मकथा की इन पंक्तियों को पढ़ते हुए 'माई' उपन्यास (गीतांजलिश्री) की ये पंक्तियाँ न जाने कैसे सामने आ खड़ी हुईं—'हमारे तजुरबे ने, गहरे चिंतन ने,

भरी-पूरी सोच-समझ ने हमें सिखा दिया था कि माई एक खोखल है, क्योंकि एक समाज उसे खोखला बनाके अपने हित के लिए रखे हुए था। उसमें इंसान हम भरेंगे, उसे पनपने का मौका हम देंगे, ताकि सदियों से जुल्म सहता वह खोखल सरक जाए और माई, माई नहीं होकर भरपूर लहलहाए।' उपन्यास में सुबोध (भाई) और सुनैना के वार्तालाप मैत्रेयी के अनुभवों की जैसे साखी में पहले से खड़े हों। उपन्यास के आखिरी पन्नों पर सुबोध अपनी बहन सुनैना से कहता है—'यहाँ मर जाओगी। इस समाज में जी नहीं सकती।'...तब मैत्रेयी नए सिरे से समझ में आने लगती हैं अपने इन कथनों से—'यह मेरी जिंदगी का रूप है। यह संबल है। यही जीवन का आधार 'त्रियाचरित्र' कहो तो कह सकते हो। इस पौराणिक शब्द को मैंने गाली नहीं माना, इसे मैं 'सर्वाइविल ऑफ फिटेस्ट' मानती हूँ। जिंदगी को बचाकर रखने का तरीका। ...मान लीजिए, यह हमारी खरगोश-वृत्ति, ताकतवरों से भिड़ जाने का या। अपने ही जैसों को बचाने के नुस्खे...नहीं जानती कि क्या हैं, लेकिन जो है फिलहाल यही हमारा उद्देश्य...मेरे स्त्री-जीवन को यह तस्वीर अपनी मासूमियत, चालबाजियों और संवेदना के नुस्खों को लेकर हाजिर...नाजिर...हाँ, मेरा बेनकाब चेहरा आपके सामने है, क्योंकि जीवन में बंधन बहुत हैं। हमदर्दी पर सौ-सौ पहरे...मन की यह भावना आगे बढ़ने के लिए शरीर का सहयोग माँगती है और मेरे शरीर पर पतिव्रता का कब्जा है। क्या मैंने खुद को इसलिए ही कभी पत्नी नहीं माना? क्या मैं जान गई थी कि संवेदना और प्यार बहुत सुंदर भावनाएँ हैं, मगर इनको व्यावहारिक रूप से अपनाने के लिए स्त्री को पूरा का पूरा युग बदलना पड़ेगा।'

शायद कुछ व्यवस्थावादी गुस्से से पूछ बैठें—युग-परिवर्तन या फिर यौन-स्वच्छंदता? वाणी प्रकाशन में अरुण माहेश्वरी, उनकी पत्नी अजित राय (पत्रकार) के साथ मैत्रेयी भी बैठी थीं। तभी मैंने सारंग और श्रीधर का प्रसंग (चाक) छेड़ दिया। मैत्रेयी ने जो कहा, उसका आशय था—यौन-स्वछंदता नहीं, यौन-स्वाधीनता। किंतु इसे ही वे युग-परिवर्तन मानती हों, ऐसा भी नहीं।

इधर जो आत्मकथाएँ आई हैं, उन पर निगाह डालते हुए मैत्रेयी के बारे में कहा गया है कि 'उनके पास न बगावत की किताब थी, न ही बगावत के कोई साधन। इसलिए उनकी बगावत किताबी किस्म की नहीं हो सकती थी। वह धीमी आँच पर खदबदाती जिंदगी की तरह पकती रही...इस धीमी गति के कारण उन्हें भी प्रौढ़ावस्था तक प्रतीक्षा करनी पड़ी।' बात जबकि ठीक उलटी है। मैत्रेयी के पास वे किताबें उनके बचपन से ही उनके साथ थीं—रामश्री चाची, कलावती चाची, खुद माँ कस्तूरी और खेरापतिन दादी, इसलिए यह आत्मकथा, अकेले मैत्रेयी की नहीं, इन सबकी

है, एक और अर्थ में समूची स्त्री-जाति की। किंतु जैसा मैंने पहले कहा है, इसे कैसी भी वैज्ञानिक और शास्त्रीय पदावली में समझने की कोशिश इसके अर्थों को सीमित करेगी। हमें यहाँ एक और निगाह से काम लेना होगा, जिसके मूल में पूर्व निर्धारित शास्त्र नहीं, वे युगांतरकारी संवेदनाएँ होंगी, जो एक दिन में अकस्मात् नहीं पैदा हो जाया करतीं। इसलिए यह चौथेपन का मामला नहीं है। इसकी जड़ें बचपन और कैशोर्य के उन संघर्षों में हैं, जो सिर्फ वैचारिक अथवा मानसिक नहीं थे। बल्कि ऐसी ठोस सामाजिक वस्तुस्थितियों में थे, जिनके बगैर मैत्रेयी के साहस और सोच को समझा ही नहीं जा सकता। मैत्रेयी आज अगर साहित्य की लक्ष्मीबाई बनने की कोशिश कर रही हैं तो उन्हीं स्थितियों के बल पर। अपने उन्हीं यातनादायी अनुभवों के आधार पर। यह भी मानना संगत न होगा कि मैत्रेयी अपने असंतोषजनक संबंधों के चलते ऐसा सोच और कर रही हैं। वे तो उस जड़बद्ध ढाँचे को तोड़ने में लगी हैं, जहाँ स्त्री की नागरिकता ही दर्ज नहीं है, मानवीय उपस्थिति तो फिर बहुत बड़ी बात है। इस रूप में यह आत्मकथा स्त्री-विमर्श के संदर्भ में दिशांतर-सा उपस्थित करती है, जहाँ पुरुष का निषेध नहीं, एक शेयरर के रूप में निरंतर उसकी आकांक्षा है, फिर वे कोई ऐसी अराजकता की भी माँग नहीं करतीं जहाँ चीजें पाशविक कहलाने लगें। वे तो एक ऐसे सामाजिक लोकतंत्र के लिए कटिबद्ध हैं, जिसमें स्त्री को भी स्पेस मिले। असली चरित्रों के मार्फत उन्होंने धार्मिक सीमाओं का अतिक्रम करते हुए समस्त स्त्री-जाति को अपनी इन पीड़ाओं और संघर्षों में बेखटके शामिल कर लिया है।

उत्पीड़न, यातना, वेदनानुभूति, अपमानबोध, लाचारी, जिद, हौसला, आत्मविश्वास, यथार्थ का पुनर्साक्षात्कार, गुस्सा, चतुराई, कठोरता और कोमलता, पलायन और मुठभेड़, आक्रामकता और संधि, स्वाभिमान और समर्पण, विश्वास और घात के इतने सारे ठौर-ठिकानों को लिए हुए यह कथा हमें बार-बार हमारे अपने ही जड़ीभूत और वर्चस्ववादी मानस को घेरती, छोड़ती और जब तब झकझोरती है। मैत्रेयी के पति डॉ० शर्मा के बहाने पुरुष-मानस और सत्ता की उन मिथ्या प्रतिष्ठाओं से हमारा सामना कराती है, जो ऐसे उदारों के लिए भी परेशानी का सबब बनी हुई हैं। मैत्रेयी सचमुच कितनी साहसी और बेखौफ हैं, यह उनके बेबाक वर्णनों से स्वतः सिद्ध है, ठीक अपने पति और बेटियों, दामादों के बीच पत्नी, माँ और नानी होकर भी। यही वह ठोस देशी और सच्चा यथार्थ है, जो उस शास्त्रीय किताबी यथार्थ को मुँह चिढ़ा रहा है, जिसके पास भारी-भरकम विचार और सिद्धांत तो है, पर अनुभवों की आँच फेंकता और धधकता जीवन नदारद। परंपरा कहती है, विस्फोटक सर्जना को कभी

शास्त्र से नहीं तौलना। करोगे तो शास्त्र का डंडा तो तुम्हारे हाथ रह जाएगा, या फिर तुम भी नहीं, सिर्फ डंडा।

अपनी समूची प्रबल स्वाधीनता, विस्फोटक सृजनशीलता व साहसिक बौद्धिकता के बल पर मैत्रेयी ने शब्दों की जिस इबारत को रचा है, वह आक्रामक होते हुए भी संवाद मुखर है, उन्होंने अपने अँधेरों को छिपाया नहीं है, न दूसरों के उजालों को कहीं से ढकने की कोशिश की है। बावजूद इसके जो उनके लेखन में मल्लिका शेरावत और बिपाशा बसु की तलाश में बेचैन हैं या लंपट किस्सों को ही आत्मकथा का बीज तत्त्व मानते हैं, उनका इलाज शायद राखी सावंत के यहाँ हो।

कौन नहीं जानता, आत्मकथा आत्मा की शल्य-क्रिया है। यह तब वे ही लिख सकते हैं, जिनकी आत्मा किसी बाजारू उत्पाद में तबदील नहीं हुई है। आज साहित्य के सामने सबसे बड़ी चुनौती यही है कि वह इस आत्मसंवाद की रक्षा कर सके। मैत्रेयी ने अगर कुछ किया है तो बस यही। उनका यह संवाद स्थूल है या सूक्ष्म? हो सकता है, थोड़ा-थोड़ा दोनों हो। जो भी हो, आलोचकों, समाज-विज्ञानियों, टिप्पणीकारों और पत्रकारों को इसने जिस तरह एक साथ बेचैन और व्यस्त कर रखा है, उससे यह तो साफ जाहिर है कि मैत्रेयी ने जो पत्थर आकाश में उछाला है, उसे पूरी 'तबीयत' से उछाला है।

खंड 4

ठहरे नारी-समय में प्रतिरोध की दस्तक

वीरेन्द्र यादव

"मेरे पिता जमींदार के विरुद्ध खड़े होकर कोड़ों की मार मारे गए। उनका अपराध था गरीब होकर स्वाभिमान से जीना, ये लगान न देने के कसूरवार थे, सख्त से सख्त सजा के पात्र थे। ऐसे ही दंडित लोगों का समूह गाँव कहलाता था या गाँव का दूसरा नाम था दरिद्रता और लाचारी। हम ऐसे ही लोगों के बीच पल-बढ़ रहे थे।"

"स्त्रियाँ तो मनुष्य की गिनती में ही नहीं थीं···चढ़ती वय और उसके तकाजे! स्त्री होने के रास्ते में लड़की को इतिहास का शिकंजा जकड़ने लगता था। स्त्री-पुरुष के शारीरिक तंतुओं में लहरें मारते आवेग-संवेगों की प्राकृतिक माँग का विभाजन पक्षपात के साथ हो रहा था। शाबाशी और दंड-विधान के बँटवारे की प्रक्रिया में मुझे हलका किया जाएगा। यह सत्य मुझे मेरा समय समझाने लगा। और मैंने पाया कि मैं धीरे-धीरे अपने नैसर्गिक अधिकारों के स्तर से नीचे धकेली जा रही हूँ। खुले हुए रास्तों के मुहाने रोके जा रहे हैं, आकाश पर पर्दा टाँका जा रहा है और धरती का वह खंड, जिस पर मैं खड़ी हूँ, काटकर छोटा किया जा रहा है···।"

ये अंश हैं मैत्रेयी पुष्पा के 'समय : मेरे संदर्भ में' शीर्षक से उस आत्मकथा के, जो उनके नवीनतम कहानी-संग्रह 'गोमा हँसती है' में संकलित हैं। इस आत्मकथा के आधार पर यह सहज ही समझा जा सकता है कि जिस कहानी को लेकर वे हिंदी कथा-संसार में दाखिल हुई हैं, वह उनके पूर्व अनकही क्यों थी! नगरीय मध्यवर्गीय सरोकारों व जीवन-स्थितियों तक सीमित अधिकांश महिला लेखिकाओं से अलग मैत्रेयी पुष्पा के कथा-सरोकार उस ग्रामीण समाज से उपजे हैं जो सामंती भाव-भूमि पर पुरुष वर्चस्व की मनुवादी अवधारणाओं के बीच आज भी जी रहा है। बिना किसी सैद्धांतिक आरोपण के ग्राम्य समाज का जो नारीवादी विमर्श मैत्रेयी पुष्पा अपनी कहानियों के माध्यम से प्रस्तुत करती हैं, वह पश्चिमी 'फेमिनिज्म' से मुक्त नारीवाद का भारतीय परिप्रेक्ष्य है। नारीवाद का यह भारतीय परिप्रेक्ष्य सरल व एक रैखिक न होकर जटिल व चक्रीय है, क्योंकि यहाँ आदि धर्मग्रंथों की संस्तुतियाँ एवं आधुनिक संविधान व विधि के नियम एक साथ लागू

हैं। भारतीय परिप्रेक्ष्य में नारी-मुक्ति के रास्ते की सबसे बड़ी पग-बाधा नारी मन-मस्तिष्क में पुरुषवादी मूल्यों का वह अनुकूलन है, जो उनके शोषण को सहज, स्वाभाविक व उचित ठहराकर नारी दासत्व को परंपरा, मर्यादा, शील, कुल-सम्मान व पतिव्रत जैसे 'पवित्र-मूल्यों' के आवरण में प्रस्तुत करता है। मैत्रेयी पुष्पा अपनी कहानियों के माध्यम से पितृ-सत्तात्मक समाज के इस मर्दवादी छद्म को पारंपरिक समाज के ही बीच से रचनात्मक चुनौती देती हैं। 'गोमा हँसती है' संग्रह की कहानियाँ एक साथ नारी-दासता और मुक्ति की चाह की कथा कहती हैं। ग्राम कथा-भूमि के कारण यह कार्य कठिन और नाजुक अवश्य है, क्योंकि थोड़ी भी मनोगत रचनात्मक छूट लेने से कहानी पर कृत्रिम और निष्कर्षवादी होने का खतरा सदैव मौजूद रहता है, लेकिन मैत्रेयी अपनी अधिकांश कहानियों को इस फिसलन का शिकार होने से बचा ले जाती हैं।

मैत्रेयी पुष्पा का कथा-मुहावरा सहज ही रेणु की याद दिलाता है। रेणु की ही तरह उनकी कहानियों में भी लोकतत्त्व महज भदेस के रूप में उपस्थित न होकर संपूर्ण सामाजिक परिप्रेक्ष्य के साथ उजागर होता है। कई बार तो कहानी में लोकतत्त्व ही निर्णायक भूमिका निभाता है। 'रास' इस संग्रह की ऐसी ही एक यादगार कहानी है। प्रारंभ से अंत तक लोक-मुहावरे में लिखित यह कहानी लोककथा की ही तर्ज पर स्वयं लोककथा में रूपांतरित होती-सी लगती है। लेकिन मैत्रेयी पुष्पा का लोक सार्वकालिक व सार्वदेशिक होकर 'फोक' में नहीं तबदील होता, क्योंकि उसकी जड़ें सामंती ग्राम्य समाज की कुरूप सच्चाइयों व ठोस सामाजिक स्थितियों में हैं। रेणु की 'रसप्रिया' और स्वयं मैत्रेयी पुष्पा की अपनी कहानी 'ललमनियाँ' का स्मरण कराती इस कहानी की विडंबना के मूल में कहानी की केंद्रीय चरित्र जैमंती का लोक-संस्कृति में पूरी तरह सराबोर होना है। गौने की पहली रात ससुर की वासना का प्रतिरोध करने पर सास का यह ताना कि "काहे को गाया था रमढोल? हमें इलम है कि हमारा बच्चा छोटा है। मरद-मानस क्या सोचे-समझे? यही कि तेरी ज्वानी⋯।" और भागकर मैके आने पर माँ द्वारा बेटी को यह ताड़ना कि "रंडी, वो ही गीत बचा था। ज्वानी दिखा रही थी। वो मरद-मानस की जात, रोक-बाँध तो करता ही।" नारी को 'घोड़ी-बछेड़ी' के स्तर पर गिराती जैमंती की माँ और सास, पितृसत्तात्मक समाज में नारी के मन में आभ्यंतरीकृत उस पुरुष वर्चस्व को रेखांकित करती है, जहाँ नारी स्वयं नारी के शोषण में एक इच्छुक कारक बन जाती है, लेकिन जैमंती इस पारंपरिक स्त्री-विमर्श को अपने इस संकल्प से चुनौती देती है कि 'नाऊ की बेटी हूँ, टहल-चाकरी करके पेट भर लूँगी।' यहाँ लेखिका आर्थिक स्वावलंबन के

जरिए पुरुष-दासता से मुक्ति की राह तलाशते हुए जैमंती को मनुवादी धारणाओं के चौखट से बाहर ला खड़ा करती है। यद्यपि इसके बावजूद वह प्रेम के बहाने पुरुष-छल का शिकार होने से स्वयं को बचा नहीं पाती। यह भी अजीब विडंबना है कि दूसरी बार भी उसके ठगे जाने की पृष्ठभूमि में उसकी गायकी ही है। लोकगायकी के ताने-बाने में रची-बसी यह कहानी 'रास' और नौटंकी का अंतरंग जिन सूक्ष्म ब्योरों के साथ अनावृत्त करती है, वह चकित करने वाला एवं पाठकों को नितांत अजाने अनुभव संसार से गुजारने वाला है।

मैत्रेयी पुष्पा कई बार अपनी कहानियों में प्रचलित स्वरूप से अलग नया कथा-मुहावरा गढ़ती हैं। 'राय प्रवीण' इस संग्रह की एक ऐसी ही महत्त्वपूर्ण कहानी है, जिसमें इतिहास, किस्सागोई, प्रेम-गाथा और समसामयिक संदर्भ एक साथ गुंफित होते दीखते हैं। एक साथ कई स्तरों पर चलने वाली यह कहानी नारी-दासता व प्रतिरोध का जटिल व मार्मिक आख्यान है। शील, सतीत्व, पतिव्रता तथा स्त्री-धर्म सरीखे सनातन 'मूल्यों' के छद्‌म को उधेड़ती यह कहानी युगों-युगों से नारी-शोषण की दास्तान को अद्यतन संदर्भों के साथ उद्‌घाटित करती है। धर्म और जाति के दुहरे कठघरे में कैद नारी-नियति का यह एक स्तब्धकारी बयान है। लेखिका जहाँ इस कहानी में नारी की दलित नियति को रेखांकित करती है, वहीं दलित नारी की दुहरी यातना का खुलासा भी करती है। 'राय प्रवीण' का कथा-कौशल कथ्य की संश्लिष्टता के साथ इसकी उस किस्सागोई में है, जो अंत तक कहानी को खुलने नहीं देती और कहानी अपने अंतिम वाक्य द्वारा जब खुलती है, तो संपूर्ण कहानी नई अर्थ-संभावनाओं से युक्त हो जाती है।

मैत्रेयी पुष्पा की कथा-नायिकाएँ तिल-तिलकर समाप्त होती, सुबकती, शरतचंद्री भावुकता में सराबोर दम तोड़ती नायिकाएँ न होकर हाड़-मांस की ऐसी स्त्रियाँ हैं, जो पारंपरिक समाज की कैद में रहते हुए भी अपना अलग रास्ता तलाशती हैं। चाहे वह 'रास' की जैमंती हो, 'राय प्रवीण' की सावित्री हो या कि 'गोमा हँसती है' कहानी की गोमा ही क्यों न हो! नारी-मुक्ति की यह चाह अकसर स्वीकृत नैतिक मानदंडों का अतिक्रमण करती हुई 'विवाह' तथा 'परिवार' जैसी सामाजिक संस्थाओं की सीमाओं का अतिक्रमण करते हुए अपना नया रास्ता तलाशती है। गोमा अपने बेमेल विवाह की विवशता का प्रतिकार बली सिंह से विवाहेतर संबंध बनाकर करती है। यह कहते हुए वह 'परिवार' और 'विवाह' दोनों ही संस्थाओं के छद्‌म को उनके भीतर ही रहकर तोड़ती है। पश्चिमी नारीवाद से भिन्न यह देशज नारीवाद है जो इन संस्थाओं की जकड़न को उनके भीतर से ही उद्‌घाटित करता है। 'बछिया-पड़िया की

डंगर से भी गई-गुजरी' गोमा की यह व्यक्तित्वांतरण कथा मैत्रेयी जिन अजाने व गोपन प्रसंगों के साथ रचती हैं, वह भारतीय ग्राम्य जीवन की कुरूप सच्चाइयों का अंतरंग साक्षात्कार कराती हैं।

मैत्रेयी पुष्पा अपनी कहानियों में प्रेम-संबंधों को नारी-व्यक्तित्वांतरण के सकारात्मक मूल्य के रूप में प्रस्तुत करती है। 'राय प्रवीण' और 'गोमा हँसती है' कहानी है, लेकिन इस अंतर के साथ ही जहाँ 'राय प्रवीण' की सावित्री और 'गोमा हँसती है' की गोमा प्रेम-संबंधों के माध्यम से विवाह-संस्था की नारी-विरोधी परिणतियों को रेखांकित करती है, वहीं 'ताला खुला है पापा' कहानी की बिंदो किशोरवय प्रेम के माध्यम से पुरुष के उस दोहरे मापदंड को बेपर्दा करती है, जो युवावस्था में अपनी प्रेमिका को तो घर से भगा ले जाने का हौसला रखता है, लेकिन अपनी बेटी को 'घर की इज्जत-आबरू और माता-पिता की नाक' के तर्क पर ताले में बंद रखकर प्रेम से वंचित करता है। कहानी में प्रेम-संबंधों के बीच ऊँच-नीच, गरीब-अमीर व जाति-भेद का विमर्श भी मौजूद है। सामान्य जीवन-स्थितियों के इर्द-गिर्द रची-बुनी इस कहानी का अंतिम वाक्य 'ताला खुला है पापा' किंचित् नाटकीयता के बावजूद स्थितियों के विद्रूप का स्तब्धकारी अहसास कराता है। बिंदो विद्रोही तेवर न अपनाकर यथार्थ स्थिति के स्वीकार द्वारा भी नारी-विरोधी स्थितियों का मार्मिक उद्घाटन करती है।

'ताला खुला है पापा' कहानी की बिंदो की ही तरह यथास्थिति को स्वीकारती 'बिछुड़े हुए' की चंदा स्त्री-यंत्रणा का दूसरा छोर थोड़े भिन्न संदर्भों में प्रस्तुत करती है। यह कहानी उस ठहरे हुए नारी-समय की कहानी है, जो पति-प्रतीक्षा में बीतता हुआ इतने छलावों से गुजरता है कि पति के सामने होने पर भी पति को पहचानने में असमर्थ रहता है। शापित शकुंतला के विपरीत इस कहानी की चंदो द्वारा पति को पहचानकर अपने धैर्य व जीवट के सहारे जीवनयापन नारी की आंतरिक शक्ति और प्रच्छन्न प्रतिरोध का परिचायक है।

'गोमा हँसती है' संग्रह की कहानियों की नारियाँ वैयक्तिक न होकर सामाजिक हैं। संभवतः इसीलिए कभी वे पितृसत्तात्मक मूल्यों को चुनौती देती हैं। कभी उसका शिकार होती हैं तो कभी स्वयं नारी के ही विरुद्ध पितृसत्तात्मक हथियारों की वाहक होती हैं। 'बारहवीं रात' शीर्षक कहानी नारी मन-मस्तिष्क में पितृसत्तात्मक मूल्यों के अनुकूलन की सशक्त अभिव्यक्ति है। बहू को आत्महत्या के लिए विवश करने के बाद बेटे की रिहाई के लिए पुनर्विवाह द्वारा दहेज के रूप में धन का जुगाड़ करने वाली माँ के चित्रण द्वारा लेखिका जहाँ पुरुष-प्रधान समाज में नारी अनुकूलन को

रेखांकित करती है, वहीं इस लड़के से लड़की का शादी से इनकार करना नारी की प्रतिरोधी चेतना की अभिव्यक्ति है।

मैत्रेयी जीवन की अनगढ़ता की कथाकार हैं, जीवन की यह अनगढ़ता कभी-कभी उनकी कहानियों की अनगढ़ता के रूप में भी अभिव्यक्त होती है। 'साँप और सीढ़ी' और 'प्रेम भाई एंड पार्टी' अनगढ़ जीवन की ऐसी ही अनगढ़ कहानियाँ हैं। यद्यपि पितृसत्तात्मक समाज के मूल्य और नारी-चेतना की टकराहट यहाँ भी उपस्थित है। आज के बदलते गाँव में बाजार का प्रवेश, उपभोक्तावादी मूल्यों की पैठ एवं अपराध के राजनीतिकरण व राजनीति के व्यवसायीकरण की छलकन इन कहानियों में मौजूद है। पारिवारिक संबंधों के आर्थिक स्वार्थ में बदलने का जो सूत्र 'साँप और सीढ़ी' कहानी में उपस्थित है, उसका राजनीतिक विस्तार किंचित् सरलीकृत ढंग से 'प्रेम भाई एंड पार्टी' कहानी में होता है। भारतीय ग्राम्य समाज के ठहरे हुए नारी-समय में कितना कठिन है पुरुष आधिपत्य से मुक्ति पाना, इसका खुलासा पंचायत चुनाव में महिला आरक्षण की निरर्थकता को रेखांकित करती 'शतरंज के खिलाड़ी' कहानी में बखूबी हुआ है। इस कहानी में उपस्थित दलित शोषण का अंतर्सूत्र ग्रामीण जीवन पर उस सामंती जकड़न को उद्घाटित करता है, जिसकी गिरफ्त में नारी और दलित दोनों ही हैं। इस संग्रह की अधिकांश कहानियों की ही तरह प्रतिरोध की नारी-चेतना दलित जाति में जन्मी दुरगी सरीखी मुखर नारी-पात्र के रूप में यहाँ भी उपस्थित है।

मैत्रेयी अपनी कहानियों में प्रतिरोधी चेतना की मुखर अभिव्यक्ति द्वारा स्वतंत्र नारी-अस्मिता की जमीन तैयार करती हैं। वैधव्य की यातना से गुजरती 'उज्रदारी' कहानी की शांति द्वारा 'लाज-लिहाज और मरजाद' को त्यागकर स्वतंत्र रास्ते की तलाश नारी की प्रतिरोधी चेतना की स्वाभाविक परिणति है। शांति की इस विद्रोही चेतना के मूल में मर्दों का बनाया हुआ वह सामंती ढाँचा है, जो हिंदू परिवार की विधवा को 'बेगार' का दर्जा देकर सारे अधिकारों से वंचित कर देता है, 'ये विधवा स्त्री नहीं···ढोर-पशुओं में मिला दी जाती है—मुद्दीका (मुँह ढकने की जाली) बाँधकर बैल की तरह काम करने का साधन।' मैत्रेयी पुष्पा की कथा-नारियाँ अपनी इस दुर्दशा के विरुद्ध मुखर ही नहीं होतीं, बल्कि वे पुरुष-सत्ता को चुनौती देते हुए इससे मुक्ति की नई युक्तियाँ भी तलाशती हैं। कभी इसकी अभिव्यक्ति विवाहेतर संबंधों (गोमा हँसती है) में होती है, तो कभी स्वतंत्र आर्थिक-सामाजिक भूमिका में (रास), कभी प्रेमी के साथ पलायन करते (राय प्रवीण) तो कभी सीधे-सीधे विद्रोही मुद्रा अपनाकर (बारहवीं रात)। पुरुष-सत्ता को चुनौती देने के उपक्रम में नारी की दैहिक

पवित्रता के 'मूल्य' को महत्त्वहीन मानते हुए अकसर वे देह को भी अपनी मुक्ति का एक साधन मानती हैं। इस संदर्भ में मैत्रेयी पुष्पा का स्वयं का यह तर्क कि "हमारा मन जो कहता है, पाँव जहाँ ले चलते हैं, इंद्रियाँ जिस सुख की आकांक्षा करती हैं, मनुष्य होने के नाते वे हमारे कुविचार-कुचेष्टाएँ नहीं, जन्मसिद्ध अधिकार हैं," उनकी कई कहानियों ('उज्रदारी', 'गोमा हँसती है', 'राय प्रवीण') में उपस्थित हैं।

'गोमा हँसती है' संग्रह की कहानियाँ नारी की नई नैतिकता का सवाल भी उठाती हैं। यूँ तो नारी की नई नैतिकता के प्रश्न जैनेन्द्र व यशपाल से लेकर इधर की कई कथा-लेखिकाओं के लेखन में उठे हैं, लेकिन मैत्रेयी पुष्पा इन प्रश्नों को खेत-खलिहान की जिन सच्चाइयों व जिस ग्राम-मुहावरे में प्रस्तुत करती हैं, वह संभवतः किसी लेखिका द्वारा हिंदी कहानी में पहली बार है। उचित ही होगा यह कहना कि उनकी कहानियाँ भारत की ग्रामीण नारी का 'मैग्नाकार्टा' (अधिकार-पत्र) है। इस संग्रह की कहानियों के साथ यदि उनका आत्म-वक्तव्य 'समय : मेरे संदर्भ में' को भी पढ़ा जाए तो यह बात कुछ अधिक पुष्ट होगी। शायद इसीलिए उनकी कहानियों पर विचार के लिए कहानी की अभिजात पदावली से अलग एक भिन्न पद्धति वांछित है। संभवतः विचार की यह भिन्न पद्धति ही हिंदी आलोचना में 'फेमिनिस्ट क्रिटिसिज्म' का नया द्वार खोलेगी।

स्त्रियों का त्रासद संसार

ज्ञानप्रकाश विवेक

मैत्रेयी पुष्पा की कहानियाँ पुरुष-सत्ता के बरक्स स्त्री की वेदना और यंत्रणाओं का मार्मिक वृत्तांत प्रस्तुत करती हैं। ठगा जाना स्त्री की नियति है। वह इस नियति को चुनौती देती है। पराजित होती है। पराजित होना उसे स्वीकार नहीं। वह पुरुष-समाज के अँधेरों और उसके खोखलेपन को समझती है। गोमी बनकर हँसती है। गोमा का हँसना पूरी स्त्री जाति का हँसना है। यह हँसना अपनी विडंबनाओं पर हँसना है और मनुष्य की चालाकियों पर और उसके भोथरेपन पर भी—आखिर अजल से दौरे-हाजिर तक पुरुष की मुख्य चिंता स्त्री पर काबिज होने की रही। विचित्र बात यह कि स्त्री को साध नहीं पाया पुरुष। कभी शंकाएँ तो कभी क्रूरताएँ। 'किड्डा' जैसा ठाड़ा जवान (गोमा हँसती है) भी उसी शक की आग में जलता है। राख-राख होता है। गोमा तब भी हँसती है। हँसी अर्थवान है। हँसना विडंबनामूलक है और त्रासद भी। दो पुरुषों के बीच गोमा की हँसी सांकेतिक, मर्मभरी और जटिल है। इस हँसी में दुःख की तान है।

दुःख की तान सभी कहानियों में है। दुःख विराट् हैं। दुःख कौन-सा चेहरा लगाकर आ खड़ा हो, इसका पता नहीं चलता। मैत्रेयी पुष्पा के नए कहानी-संग्रह 'गोमा हँसती है' में बुंदेलखंडी अंचल की स्त्रियाँ हैं। बेशक कहानियों में व्यक्त ये दुःख नए नहीं। ग्रामीण स्त्रियों की भूमिकाएँ, देवर, ग्राम-प्रधान आदि का व्यवहार भी नया नहीं, लेकिन यहाँ स्त्रियाँ अपने दुःखों को महसूस करने और पुरुष-समाज के निरंकुश व्यवहार को समझने की चेतना जरूर है। 'उज्रदारी' कहानी आत्मकथात्मक शैली में लिखी गई कहानी है। कहानी की सतह पर स्त्री का पापबोध और बचाव की मुद्राएँ दिखाई देती हैं। यह स्त्री के भीतर का द्वंद्व है। असुरक्षित और विधवा स्त्री का यह सरल-सा बयान दुःख की निरंतर कथा है।

'बिछुड़े हुए' कहानी में पुरुष (पति) का विचलन है। सांसारिकता अथवा संन्यास। माया—अर्थात् 'नहीं' और 'है' के बीच का द्वंद्व। पति का संन्यासी होने के बावजूद अस्थिर होना किंतु पत्नी घर में रहकर दुविधारहित है। वह जीवन को

समझती है संघर्ष और दुःख उसका जीवन है। उसका तप भी।…तप 'राय प्रवीण' कहानी में सावित्री का भी है। 'राय प्रवीण' कहानी लंबी कहानी है।

मैत्रेयी पुष्पा की कहानियों में देसी ठाठ, ठसक और बतकही है। शब्दों की ओट में व्यग्रता है। लहजा विनम्र। कातर। निहितार्थ जटिल। कथ्य आजमूदा लेकिन दर्द की सान पर चढ़ा, तराशा हुआ। लेखिका के पास अनुभवों की गहराई है। छोटी-छोटी स्मृतियाँ। वे इन स्मृतियों को गँवातीं नहीं। इन्हीं में से कहानियाँ तलाश कर लेती हैं। कहानी के लिए किसी कहानीपन का उत्पाद नहीं करतीं। स्मृति को खोलती हैं। पात्र जी उठता है। 'ताला खुला है पापा' की बिंदो, 'गोमा हँसती है' की गोमा, 'उज्रदारी' की शांति तथा 'राय प्रवीण' की सावित्री। सभी पात्र लेखिका के संपन्न अनुभव और संवेदना से छनकर आए हैं।

'ताला खुला है पापा' एक ऐसी छात्रा की डायरी कथा है, जिसे पिता ने बंधक बना रखा है। ताले में बंद युवा लड़की के सपने हैं। प्रेम की उद्दाम इच्छाएँ हैं। डायरी में प्रेमकथा है। प्रेमकथा में युवा पुत्री की डायरी की तहरीर में संवेग हैं, दूसरी ओर पिता की निर्ममता। यह निर्ममता जाति-भेद से पैदा हुई है।

संग्रह में 'शतरंज के खिलाड़ी', 'प्रेम भाई एंड पार्टी' तथा 'साँप-सीढ़ी' भिन्न प्रकार की कहानियाँ हैं। यहाँ स्त्रियाँ हैं, लेकिन पक्षेःपर्दा। वस्तुतः लेखिका ने इन कहानियों के जरिए पुरुष-समाज की पतनशीलता को अनावृत्त करने का प्रयास किया है।

यहाँ वे विचलित करते मंजर उत्पन्न नहीं कर पाईं। स्त्री-पात्रों की भावनाओं, मुद्राओं और मनोविज्ञान को जितना शिद्दत से लेखिका ने समझा है, (चूँकि वे स्वयं भी स्त्री हैं) उसी हार्दिकता और एकाग्रता से उसे व्यक्त भी किया है, लेकिन 'शतरंज के खिलाड़ी' जैसी कहानी जिसका आदि-अंत, किसी फॉर्मूले की भाँति पहले से तय था, एक सामान्य स्तर की कहानी बन जाती है। 'साँप-सीढ़ी' में पिता विवश और बीमार है। पुत्र चाहता है जमीन बिक जाए और वह उन पैसों को बतौर रिश्वत देकर नौकरी हासिल कर ले। पिता-पुत्र के बीच यह द्वंद्व भी नया नहीं, चिरपरिचित है।

दरअसल, लेखिका के पास जो बेचैन भाषा और मार्मिक लहजा है, वह स्त्री-पात्रों के दर्द को अभिव्यक्त करने में लेखिका का कुशलपूर्वक साथ देता है। लेकिन जहाँ कहीं वे राजनीतिक संबंधों को तथा अन्य घरेलू मुद्दों को उठाने का प्रयास करती हैं, कहानियों में कथा-तनाव टूटने लगता है। कथा-लेखिका की यह एक 'आदत' है कि वे चीजों को विस्तार से लिखती हैं। बाढ़ की विभीषिका का वृत्तांत हो अथवा 'किड्डा' का बल्लीसिंह को कैरियर पर लादकर गाँव में ले आने के

दृश्य—यहाँ इमेजरी गजब की है। दृश्य जीवंत हैं। लेकिन कथा-सूत्र छूटने भी लगते हैं। 'राय प्रवीण' कहानी में, बेशक कहानी का विन्यास जटिल है, लेखिका के हाथ से कथानक छूटता हुआ महसूस होता है। कथा-विस्तार के बावजूद 'राय प्रवीण' की सावित्री, 'उज्रदारी' की शांति, 'ताला खुला है पापा' की बिंदो, 'गोमा हँसती है' की गोमा ऐसे स्त्री-पात्र हैं, जो ओझल नहीं होते। कहानियों के ये स्त्री-पात्र उस दरिद्र स्त्री-समाज का प्रतीक चेहरा है, जो हाशिए पर है। हाशिया संभवतः एक ऐसा हिस्सा है, जो गैर-जरूरी बेशक हो, नकारे जाने लायक बिलकुल नहीं। ऐसे हाशिए पर रखी स्त्रियाँ, पुरुष के छद्म पर हँसती हैं। स्त्रियाँ दुखी बेशक हैं, लेकिन वे सजग हैं। सजगता का विमर्श इन कहानियों में है, जो पठनीय हैं, मार्मिक और भावुक भी हैं।

कहानी और स्त्री

रमेश तैलंग

मैत्रेयी पुष्पा थोड़े ही समय में अपनी अलग पहचान बनाने वाली नई पीढ़ी की चर्चित हिंदी कथा-लेखिका हैं। उनकी कहानियों में अंचल विशेष की बोली और परिवेश की प्रधानता होने के कारण उन्हें आंचलिक कथाकार के रूप में स्थापित करने की कोशिश भी की जाती रही है, फिर चाहे इस कोशिश को उनकी सीमा समझा जाए या एक इतर लाभ (एडेड बेनिफिट)। हालाँकि सच यही है कि उनकी कहानियों का परिवेश एक मिश्रित परिवेश है, यानी ग्रामीण भी है और नगरीय भी; पर एक कथा-लेखिका के रूप में जो छवि मैत्रेयी पुष्पा ने अर्जित की है, उस पर आंचलिकता की मोहर तो लगी ही है।

'चिन्हार' के बाद आए उनके दूसरे कहानी-संग्रह 'ललमनियाँ' की दस कहानियाँ भी यही साबित करती हैं। विषय-वैविध्य के बावजूद इन कहानियों में एक साम्य है कि एक-दो को छोड़कर लगभग सभी कहानियाँ स्त्री को केंद्र में रखकर लिखी गई हैं। 'फैसला' की बसुमती और ईसुरिया, 'सिस्टर' की डोरोथी, 'सेंध' की बोहरी उर्फ कलावती, 'रिजक' की लल्लन, 'अब फूल नहीं खिलते' की झरना, 'पगला गई है भागवती' की भागो, 'छाँह' की बतासो और 'ललमनियाँ' की मोहरो—सभी स्त्री के अलग-अलग चरित्रों का प्रतिनिधित्व करती हैं। 'फैसला' की बसुमती और ईसुरिया तो दो पात्र होते हुए भी मुझे एक ही स्त्री के दो रूप लगे हैं जैसे बसुमती शरीर हो और ईसुरिया उसकी आत्मा। बसुमती द्वारा अपने 'ग्राम्य प्रमुख' पति क़े अनाचार से क्षुब्ध होकर लिया गया फैसला उसकी आत्मा की आवाज का ही परिचायक है, जैसा कि वह स्वीकार करती है—'लेकिन मैं क्या करती, अपने भीतर की ईसुरिया को नहीं मार सकी।' इसमें संदेह नहीं कि स्त्री सहनशीलता की प्रतिमूर्ति होती है, पर जब उसकी सहनशीलता की हर सीमा टूट जाती है तो उसके अंदर की विद्रोही आत्मा जाग उठती है। ईसुरिया बसुमती की अंतरात्मा ही है, जो जब जागती है तो बसुमती का चरित्र ही बदल देती है। तब वह राजनीतिक छल-छद्म और हर तरह के अनाचार के विरुद्ध खड़ी एक भीरु स्त्री नहीं, एक शक्तिवान स्त्री दीखती

है, जो अपने विवेकाधिकार का इस्तेमाल अपने ही पति के विरुद्ध करने से नहीं हिचकिचाती।

यों मैत्रेयी पुष्पा ने इस संग्रह की शीर्ष कहानी होने का श्रेय 'ललमनियाँ' को दिया है, पर न जाने क्यों मुझे इस संग्रह की सबसे अच्छी और सशक्त कहानी 'फैसला' ही लगी है। इसका एक कारण तो यह है कि इसके सरोकार 'ललमनियाँ' से बड़े हैं। दूसरे, इसमें बसुमती का अंतर्द्वंद्व अपनी चरम सीमा पर उभरा है और तीसरे, इस कहानी में एक छिपा संदेश भी है, जो दूरगामी है। हालाँकि यह अलग बात है कि इसमें तथा संग्रह की अन्य कुछ कहानियों में एक आकस्मिक संयोग की आश्चर्यजनक उपस्थिति है, जिसकी ओर वरिष्ठ कवि एवं समीक्षक अजितकुमार अपनी एक टिप्पणी में पहले ही इंगित कर चुके हैं। (संदर्भ : 'हंस', अगस्त, 1996, पृष्ठ 84)

मूल्यों के टकराव को ही उभारती दूसरी कहानी 'सेंध' है, जिसकी नायिका बोहरी उर्फ कलावती, 'फैसला' की बसुमती के बरक्स एक 'कंट्रास्ट' चरित्र के रूप में सामने आती है। बसुमती जहाँ राजनीति की गंध में भी मूल्यों की रक्षा के लिए अपनी अंतरात्मा को सर्वोपरि रखती है, वहीं बोहरी अपनी स्वार्थसिद्धि के लिए सबसे पहले अपनी अंतरात्मा को ही मारती है। इसे बोहरी की धन-शक्ति और शतरंजी चालों के शिकार हुए गंगासिंह के आत्मपीड़ा तथा व्यंग्य-मिश्रित संवादों में स्पष्ट रूप से देखा जा सकता है।

'सिस्टर' सेवानिवृत्त नर्स डोरोथी के एकाकीपन के बीच एक नया रिश्ता बनने की क्षणिक खुशी (जो अंत में मृगतृष्णा साबित होता है) और उस खुशी की अकाल मृत्यु को दर्शाती मार्मिक कहानी है। प्रौढ़ावस्था में एकाकीपन की धूप सबसे तीक्ष्ण लगती है, पर इस तीक्ष्णता को सहते रहना ही डोरोथी की नियति है–'इकेला न रहे तो क्या करे, फेमिली कहीं से किराए पर तो नहीं ला सकता।'

संबंधों की बेल प्लास्टिक के गमलों में नहीं पनपती। उसकी बढ़त के लिए तो आत्मीयता की उर्वर जमीन का होना सबसे पहली जरूरत है। अगर वह न हो तो पेटजाये संबंध भी बेमानी हो जाते हैं, क्योंकि तब निहित स्वार्थ और खोखली मान्यताओं का ही वर्चस्व होता है, जिसकी एक झलक 'छाँह' कहानी में मिलती है।

दो भिन्न कथ्यों पर बुनी गई 'सिस्टर' और 'छाँह' कहानियों की मनोभूमि करीब-करीब एक-सी है, क्योंकि दोनों में रिश्तों की सुगबुगाहट, तिलमिलाहट और गर्माहट मौजूद है, हालाँकि 'छाँह' कहानी में अंतर्द्वंद्व और भी हैं। वहाँ दो संप्रदायों के बीच का टकराव भी है और अर्थ खोतीं मान्यताओं के प्रति विद्रोह भी।

इन दो-तीन कहानियों तक आते-आते एक बात बिलकुल साफ हो जाती है कि मैत्रेयी पुष्पा 'किचन राइटर' या 'काउच राइटर' तो कतई नहीं हैं। उनकी दृष्टि निजी सरोकारों को अतिक्रमित करने वाली दृष्टि है, जिसमें समाज के दोमुँहे मानदंडों के प्रति खुला रोष भी है और शोषितों के प्रति प्रच्छन्न सहानुभूति भी।

शोषण सिर्फ मनुष्य ही नहीं करते, परिस्थितियाँ भी करती हैं। 'रिजक' की निम्नवर्गीय लल्लन अपनी परिस्थितियों की ही शोषिता है। पर अपने पति आसाराम की तरह वह किसी स्वप्निल दुनिया में नहीं रहती। वह अपनी बसोर जाति के यथार्थ और अपनी नियति दोनों को जानती है। इसीलिए आसाराम का तथाकथित क्रांतिकारी रास्ता उसे पसंद नहीं आता। आसाराम के गिरफ्तार होने के बाद भी जब उसे छुड़ाने के लिए बिरादरी/गैरबिरादरी का कोई व्यक्ति आगे नहीं आता तो वह अपना सारा रोष आसाराम पर ही निकालती है–

'बिंड़ा रह हवालात में। बड़ा मरता था बिरादरी के लिए। सगे-खास अब कहाँ अलोप हो गए? हत्यारे, सब अपने स्वारथ के हैं। गुड़ देखते के चींटे।'

लल्लन की पीड़ा सिर्फ यही नहीं है कि उसका पति छद्म राजनीति का शिकार हो गया है, उसकी पीड़ा यह भी है कि प्रशिक्षित और हुनरमंद दाई होने के बावजूद उसका पुश्तैनी जातकर्म ठप्प पड़ गया है और उसके परिवार के सामने जीविकार्जन के बड़े सवाल मुँह बाकर खड़े हो गए हैं। सारी मानसिक ऊहापोह झेलने के बाद लल्लन का मोदी की बहू का चीत्कार सुनकर अपने जातकर्म पर लौट आना उसकी मजबूरी को भी दर्शाता है और उसकी वांछा को भी। दलितों से जुड़ी अनेक समस्याओं को संश्लिष्ट रूप में उठाती 'रिजक' संग्रह की अच्छी कहानियों में से एक है।

आज का ग्रामीण और नगरीय समाज एक संक्रमण काल से गुजर रहा है, जिसका असर बरसों पोसी हमारी मानसिकता और संस्कारिता पर भी पड़ रहा है। बदलते वक्त के साथ एक मिश्रित संस्कृति जन्म ले रही है, जिससे अनेक समस्याएँ भी उत्पन्न हो रही हैं। ग्रामीण संस्कृति में नागर संस्कृति के प्रवेश से 'ललमनियाँ' जैसे विख्यात पारंपरिक लोक-नृत्य नए जमाने की वस्तु होते जा रहे हैं और मोहरो जैसे लोक-कलाकार या तो जीविकार्जन के लिए कुछ और काम करने के लिए विवश हो गए हैं या फिर उनके भूखे मरने की नौबत आ पहुँची है। नगरीय समाज में शिक्षा संस्थान, छात्र राजनीति और अनाचार जैसी बुराइयों के अड्डे हो चले हैं और मध्य-उच्च वर्गीय परिवारों, जहाँ माता-पिता अनेक दबावों के चलते अपने बच्चों को क्रेच में डालकर मुक्त हो जाते हैं। एक अर्द्धविकसित, चिड़चिड़ी और बिगड़ैल स्वभाव वाली नई पीढ़ी तैयार हो रही है। एक कथा-लेखिका के रूप में मैत्रेयी पुष्पा इन सभी सवालों

और समस्याओं को अपनी कहानियों में उठाती हैं। 'अब फूल नहीं खिलते' शिक्षा जगत् की गंदगी का पर्दाफाश करती है, तो 'बोझ' एक बच्चे के प्रति नौकरीशुदा माँ-बाप के असामान्य व्यवहार तथा 'क्रेच' के शुष्क वातावरण में उस पर लादी जा रही मानसिक यंत्रणाओं को मनोवैज्ञानिक ढंग से प्रस्तुत करती है। 'तुम किसकी हो बिन्नी' रूढ़ समाज में कन्या के प्रति पारंपरिक रूप से चले आ रहे संकुचित दृष्टिकोण की परिचायक है, पर यह विषय अब इतना सामान्य हो चुका है कि इस पर अनेक कहानियाँ लिखी जा चुकी हैं। संग्रह की अंतिम कहानी 'ललमनियाँ' अपनी वस्तु और शिल्प दोनों स्तरों पर प्रभावित करती है और जो ब्रज की संस्कृति से भावात्मक रूप से जुड़े पाठक हैं, उनके लिए तो इस कहानी को पढ़ना एक अलग ही रोमांचक अनुभव है। कभी-कभी ठूँठ में भी कोई हरा पत्ता अटका रह जाता है। इसलिए आश्चर्य नहीं कि ब्रज की किसी गली-कूचे में आज भी 'ओ कारी जुल्फन वारे तू देख ललमनियाँ! ओ बाँके नैना वारे, तू देख ललमनियाँ।' की गमक और धमक सुनाई दे जाए।

मैत्रेयी पुष्पा के इस कहानी-संग्रह को पढ़ना आधी दुनिया के अँधेरे-उजालों के बीच से होकर गुजरना है।

Redefining Feminine Space and Aesthetics A Study of Maitreyi Pushpa's Edennmam And Chaak

Anita Vashishta

In the sixties, Krishna Sobti's *Mitro Marjani* created waves in the world of Hindi literature because never before had a common housewife, a daughter-in-law to be precise, appeared in such a bold delineation within the four walls of a traditional Indian family. Mitro's reception could be explained by the fact that even though there was no dearth of women's portraits in Hindi fiction, there had been few women who carried on their struggles within a rigid family hierarchy, with little or no knowledge of feminist agendas, progressive ideas, or intellectual aspirations. And this perhaps, is precisely the point about Maitreyi Pushpa's protagonists too; they express their sexuality, their identity, and their power at crucial stages in their lives, poised between either/or situations and obsessed by colossal passions and emotions. In a sense they are like the mythological women on India's primal past, reclaiming their place within the family, the community and the society through an unswerving commitment to their own instinctual judgements, through an assertion of their rights and often a re-interpretation of the ambiguous Hindu/Indian attitude towards women.[1]

In many ways Maitreyi Pushpa's work represents a turning point in the history of women's writing in Hindi. For one, she strongly challenges the notion that all writing is fundamentally art, not male or female writing. Both through her occasional public utterances and statement as well as through her creative work, she has struggled steadily to emphasise the difference between the status and standpoint of women and men. In an article entitled 'Nayika se Muthbhed' ('A Confrontation with the Heroine') the artist, she asserts, is a not a mere craftsperson fabricating lifeless figures on a potter's wheel, but a woman or a man with a distinct gender bias and perspective, creating characters who are painfully living and breathing, demanding justice and fair representation. Not content with merely asserting difference, she has further questioned the ability of men to represent the battered female psyche, its conflicts and needs. In her assessment, and man portraying the predominantly deprived and exploited life-story of the Indian woman, as akin to a male character (*Katha kram* 46-50)

In both the novels discussed in this essay, that is *Edennmam* (1994) and *Chaak* (1997), the novelist portrays marginalised women—oppressed, ostracised, abandoned or deprived—and importantly, she details their process of growth from victims to survivors and thereafter into strong tenacious rabels who question and sometimes reject an environment bound by unfair patriarchal norms and values. In both these novels the two protagonists symbolically gather up all woes, as it were, championing the cause of their sisters and moving inevitably into a political arena to assert themselves and act on behalf of uninformed, illiterate and oppressed masses of people. Firmly grounded in a rural milieu, it is significant that these women refuse to renounce home, family or marital status while seeking to wage war against sexist biases, socio-cultural prejudices and violent strategies of stratification and control. Community roots are important in the world of the novelist and individual identity outside of the community holds hardly any meaning in the network or relationships that make up the dense social fabric of her fiction. Both Sarang, the protagonist of *Chaak* and Manda, the young revolutionary of *Edennamam* find their power base on their own soil and within their own homes.

Thus, the struggle turns more intense, more bitter and more uncompromising as these protagonists search their *Nirvana* within remote villages and within domestic interiors. A shared space where in the woman had remained hemmed in by the Elder, the Male or the empowered higher caste, begins slowly but surely to be reappropriated as women learn about each other's exploitation across class and caste barriers. Maitreyi Pushpa's women-narratives gain plausibility for the reader as she has often used meaningful interventions from her own deprived past to enrich the network of associations between women's oppression, caste, politics, and a predominantly male-centred culture.

As part of her new aesthetics, Maitreyi Pushpa has criticised the tendency of writers to draw limits of genteel behaviour for their women characters. The liberalised woman, the questioning woman, or the woman in search of self-actualisation, is always pulled back from the brink at the crucial moment of self-discovery, so that unpleasant, unpalatable realities may be banished and hidden from the public view. In an article entitled 'Chaukhaton Se Bahar' ('Beyond the Portals') the novelist protests that living within the periphery of patrirchal norms and values, woman has often been frightened and terroised with labels that proclaim her as morally lax or indecent, the moment she tried to step outside her gender roles and asserts her individuality as a thinking, feeling human being. In a predominantly patriarchal establishment, fear and domination have throttled and quelled the voice of genuine protest and rebellion. However, women's invisibility is, in the novelist's sexual politics, a powerful source of struggle and indeed, a reservoir of muted voices, suppressed bodies and shrill cries that could expose the bloody history of women's oppression (*Katha Kram* 33-35).

Maitreyi Pushpa's feminist aesthetics is, as I will endeavour to illustrate, predominantly *desi* (Home-grown). Her women are rural woman without any overt self-consciousness or pretensions to being rebels. However rebets they are, along with a particularly acute sense of responsibility, choice and freedom. Their rebellion brings them back home to their communities for here identity is never tied up with a divorce from community, as it is in Western Feminist aesthetics.

Significantly, Maitreyi's novel 1997, *Chaak* (*The Potters' Wheel*), is prefaced with the lines or a Red Indian Poetess proclaiming her freedom from fear and a new identity with a new beginning. This daring, this defiance, so prominently present in her protagonists is exactly what sets them apart from other women and men around them. This theme of snapping the bond with fear is a major theme in all her novels but this freedom from fear is not a facile attitude or stance. It is for real, and its genesis goes back to the novelist's own rural past, her ancestry, childhood and youth. Writing about her own deprived past, the novelist has described her father's death in the following terms :

> My father stood up against the *Zamindar,* and was flogged to death his only crime poverty and the assertion of self-respect. He was the perfect candidate for the severest possible punishment for his inability to pay his dues. The village was then, nothing but a community of such suffering persecuted individuals. Meantime, we were studying, learning, growing in the midst of this humiliation, this misery.[2]

Much like this scenario of struggle and injustice, the novel *Chaak* opens against a background of murder and brutality, the perpetrators of crime standing outside the rule of law and common human decency. Resham, a young, attractive widow yearning for love and motherhood, continues to carry the child growing within her womb, in spite of repeated requests from the mother-in-law to abort the foetus. Resham will not reveal the name of the father, she will not adopt her brother-in-law was her husband and she will not leave her dead husband's home for her parental village. For, legally she has a right over her dead husband's land and property while her father's home is no longer her own. For her defiance of the male-dominated family structure she is trapped in an old dilapidated storehouse and dies along with the child growing within her body.

Her fault, as Sarang the protagonist sees it, is merely that she has, instead of accepting the traditional frailty of her sex. dared to recognise her own abilities and has mistakenly, 'reposed faith in herself'. The storm has now to be faced and borne by Sarang, Resham's cousin and a soulsister who is married in the same village— Atarpur—and is by virtue of being the elder of the two, a sort of guardian and godmother. Sarang is completely broken, completely inconsolable. She sees the murder as the repression of the archetypal Desire, a complete a annihilation of woman's natural right to motherhood.

in order to understand Sarang's acute sense of violation at this juncture, it is necessary to explore her deprived and cruel childhood. Considered too difficult, Saran has been banished from home and sent to a boarding school on the insistence of her step-mother. Hardly able to sustain thc insecurity of the separation from her father, she is severely disciplined in the *Gurukul* (school), where the lessons of austerity and asceticism are taught to the girls by keeping them underfed, terrorised and closeted in the company of female teachers and attendants. Strongly reminiscent of Charlotte Brotne's intense portryal of Jane Eyer's school days in a charity school, this account shows how Sarang carries the fearful burden of her past experiences into her adult lifc. The severe punishment and consequent suicide of a fellow student involved with a young male teacher is an indelible past of her inherited past just as much as is her knowledge of the reformist *Arya Samaj* movement, *Vedic shlokas* of Dayanand Saraswati's *Satyarth Prakash.* As mother, wife and rural woman, she has totally dedicated herself to the chores and duties of day to day living and is for a while unable to recognise her own past. That Self which had learnt to take in its stride the vicissitudes of life, and had witnessed the complexity of diverse man-woman relationships, is incredibly lost now, and lost far on the horizon from where it is impossible to retrieve it. There is no relief as old wounds are touched again, no changes, as another woman is forced to die, to bury her desire beneath the earth. Turning to the community, she finds little solace as she hears the trembling tear-soaked ballads of the old village bard singing of the woes, the internal, inevitable misery of women from time immemorial. Her husband Rajit, perplexed by her sleepless nights and the intensity of her overwrought mind can only say, "Read the *Bhagwat Gita.* it will give you strength." Fearing for her sanity, Sarang turns around to watch the world which goes on, as it were, shutting its eyes to the gruesome daylight crime, dismissing cheaply the worth of the dead woman and her child.

Importantly, Saranag, like other Maitreyi Pushpa characters, is the repository of suffering, carrying within her collective unconscious, centuries of exploitation, of blame, of distraught emotions and feelings. The repetitiousness of life and its rituals suddenly turn meaningless, as she painfully gains consciousness of the enormity of her personal truth. No longer can she accept her condition through recourse to the age-old concepts of destiny, fate or female frailty. She shudders to think of her collective past in the village, a past that is full to the brim with instances of women's woes, tragedies and narratives of deprivation, cruelty or shame. In her moment of severe existential and social questioning, Sarang finds a total sterility in the hitherto unquestioned authority of tradition, folk-wisdom or woman-narrative as it has been handed down to her through the community of women who surround her. The old minstrel of the village, everybody's grandaunt who is an expert at narrating the misfortunes of womankind, wipes her tears as she sings and blames it all on fate. To be a woman is another name of vulnerability. The story of the woman who harbours a passion, or the woman who chooses her own love is bound to come to grief, so goes the saying, the folk-tale and the unwritten history of woman's existence. Sarang suddenly feels suffocated by the little ceremonies, songs, social and cultural rituals which keeps women tied to the mill, to hearth and home. She even detects poison and pretence beneath their normal smiles, and clam exteriors. She finds that fear has bulldozed them into a sort of deliberate refusal to recognies the truth. She reminisces the history of the village and finds that :

> every tragic episode of the past is begging to be heard, to be listened to—Rukmani dead with a noose round her neck. Ramdei who leapt—into the well. Narayni who found her coffin in the river, Karban and many, many more who like Sita, found their peace within the womb of mother Earth... (*Chaak 7*)

Change does not, however, come easily in the world of the novelist, emerging slowly from the painful ferment of indignation, self-analysis and self-awareness. Distracted to near-madness by her sense of outrage, Sarang begins to assess the meaning of the silence and callous attitudes around her. Most of the women in her environment are unquestionably moulded into the male-centred society and the patriarchal value-systems, having internalised the sole responsibility of carrying the burden of family respectability, regardless of what men do to compromise it. She also questions the response of all the Elders of her own family, of the village, and those in responsible positions within the village *Panchayat.* When she finds them no better than sceptical onlookers, her sense of rejection turns painfully defiant. From the beginning Sarang's decision to go to court against the culprit Doriya, her sister's murderer, is viewed with trepidation by he entire village and whe is dissuaded by her own husband who cautions her against complicating her own life for a sister who, after all, wal too bold, too unreasonable and altogether too aggressive in demanding a place for her illegitimate child. In the almost compulsive conjunction of corruption and crime, the accused manages to escape being evicted through bribery and political clout. Thereafter, Sarang, suffering guilt and remorse for the vulnerable position she has placed herself and her family in, decides to send her only child, Chandan, away from the village, as the brother of Doriya, the accused, threatens to kill him. Living precariously, on edge, as a result of this running feud, the relationship between Sarang and her husband begins to turn bitter as Ranjit fails to appreciate Sarang's resolve to avenge her sister's death. For Sarang, the principles of truth and justice are importans and she only emerges stronger after she is physically attacked by the monstrous Doriya, and is determined to deal a blow to this self-proclaimed goon and wrestler.

The portrayal of Sarang's consciousness—her pain as a mother on the forced separation from her son, her deep concern for her old father-in-law and her constant guilt vis-a-vis her husband—are all internal dialogues with the Self, mapping the contours of ther lonely mind as she goes about her household chores, visits the homes of other women or participates in the social activities of the village. As her loneliness and sense of violation is appreciated and understood by no one else, she slowly begins to grow attracted to the idealistic school master Shridhar, who is as persistent as she is in the face of opposition and unfair practices in the village community. The burning of Gulkundi, a low-caste girl for her marriage to a man outside her own community, and the attack on the village school master Shridhar by Sarang's own husband and others for his refusal to sign papers falsely involving him in obtaining illegal public grants for the school, are events that further turn the environment into a living hell for Sarang. Finally, therefore, Sarang's decision to step out of the portals of her nome to fight the village *Panchayat* elections is an expansion of the space that whe allows herself and a blow that sends the corrupt of the village staggering for breath. Threatened by violence by her own husband, and troubled by thousand vacillations, Sarang is, now tied to the Potters's wheel and cannot resist the change and contingencies of life. Maligned for her deep attachment to Shridhar, and accused of infidelity, Sarang is supported by her community of women who turn out in large numbers to condole the death of Gulkundi, but really to relieve their own aching hearts, and to show solidarity for forces within the village that promise to turn the tide of misrule and criminality. Ther entire life story of Sarang is marked by mile-stones that measure her freedom from fear—the fear of being thrown out of her own home, fear of her husband's bitter taunts, fear of defamation, and most of all the fear, guilt and terror of bringing her own family into a circle of vulnerability. Finally, persuaded by her father-in-law Gajdhar Sing, her own husband's cousin and friend Bhanvar, as well as Shridhar her soul-mate and lover, whe crosses the threshold of fear and decides to contest the *Panchayat* election. The path however, is not an easy one, as she carries within her the guilt, despair and trepidation of undermining her husband's self-esteem and the fear of reprisal in her blood and bones. She does move ahead nevertheless, and knows that there is no turning back.

In *Eddenmam (This is Not for Me)* Mandakini or Manda, is only ten when she is forced to flee her village Sonpura, situated in the Vindhyachal hills and alond with her grandmother has to seek refuge, with relatives in a distant village, Shyamali. Her father has been the village *Pradhan,* working to build a government hospital in the village but is brutally murdered on the eve of the inauguration. Her mother re-marriage, and is then used, by her politician husband Ratan Yadav, to fight a prolonged legal battle for the custody of the young daughter the sole legal heir to the agricultural property. Manda, yearning for her village, and constantly on the run at the same time, suffers the stigma of being an abandoned child—the child of a mother who could not keep alive the family traditions nor the memory of her recently dead husband. Forced to adjudicate between social judgements and personal ties, Manda manages to reassess her own worth and her mother's. Against all odds she returns to her native Sonpura and finds solace in her friendship with Sugna, a childhood friend whom she protects against being exploited by her own drunker father and Abhilakh, the corrupt womaniser of Sonpura. Left without much land and Manda earns her livelihood by reciting from the *Ramayan* and the *Bhagvad Gita* in the neighbouring villages. She also manages to collect money from poor farmers and with the *Pradhan's* help, forms a co-operative through which she buys a tractor for the poor peasants. She uses this tractor to obtain a loading contract at the village quarries and thereby ensures some compensation for those who have lost their agricultural land and occupations.

Caught between Bau, her grandmother and Prem her mother, Manda learns early in life to accept the burden of understanding both. Bau can only curse the daughter-in-law who has cared little for the name of the family, the feelings of her child and the *Dharma* of a widow. Herself a widow, for long year Bau has lived never ever thinking of another life with another man, nor even abandoning, house and hearth. Traumatised at first by the flight from one place to another and by the imagined rejection of her by her mother, Manda can do little but tear herself apart in sorrow and self-pity. But as she reaches adolescence, the accepts her mother's need to marry and while she listens to the bitter curses of her grandmother, she feels the need to patch up with her mother. Stradding between two worlds and appreciating the perspectives of both, Manda grows in maturity, taking decisions and accepting responsibility early in her life.

Chaeated of their property by their own relatives the young girl returns home with her grandmother to find the home and village in shambles. The farmers have lost their lands to the quarrying contractors, and poverty is rife as the peasants lose their livelihood. The central scence of the novel is the meeting between the loca MLA and Manda along with an ordinary young girl whom he would otherwise scoff at, and who could hardly stand against the rough and commercialised equations of a political scenario. But it is election time and Manda, as he is informed, has a hold over the quarry labourers as well as the population of the surrounding villages where she often arranges readings from the *Ramayan* and other religious texts. The incredibly low-profile young girl not only bargains with the MLA but also fights to the end when she discovers that votes are being bought and that the village hospital—her father's dream—will never have a government doctor. The other two important episodes, the revolt of the quarry workers against Abhilakh as well as the latter's murder by Sugna and her subsequent suicide are scenes that illustrate Maitreyi Pushpa's belief that oppression can only result in an ineviatable break-out of violence.

The growth of Manda parallels the pattern of evolution found in the life story of Sarang. Raped by relative during her adolescence, and cheated out of property by another, Manda is given an agenda by a social worker turned *Swami,* who persuades her to organise the villagers and demand adequate compensation for a land acquired b Abhilakh and other contractors for the purpose of quarrying. Manda, reclaiming her dead father's role, is threatened, beaten and terrorised by Abhilakh Singh and his political cohorts. The police, a symbol of corrupt authority, in all of Maitreyi Pushpa's novels, humiliate her and bring false cases against her, ostensibly for provoking riots among the quarry labourers who live on the outskirts of Sonpura. Manda, supported by the *Pradhan,* the poverty stricken peasants, and the village elders stands precariously on a difficult path when the novel closes. The dead Sugna's old mother had been falsely accused and arrested and the local police Inspactor has vowed to arrest Manda to teach her a lesson. The village groans under the heavy burden of injustice and is grief-stricken as Manda courageously boards a bus to reach the police station in order to negotiate the relese of Sugna's old mother.

perhaps it is pertinent to ask if the transformation of both Sarang and Manda into raw but tough political leaders is a little too idealistic, or even implausible? The answer is not easy because there is no certain victory here nor an organised, sustained movement. There is an awakening certainly, and a firm refusal to accept meaningless injustice. In search of self-esteem, both Manda and Sarang draw their strength from a community of oppressed men and women, who look for a leadership which will not exploit them, cheat them or abandon them after an election. They look up to a Sarang or a Manda who grow from within their own ranks and understand their despair. In so doing the small village communities described in these two novels, give viability to these women and Maitreyi Pushpa thereby creates a new space for her rural rebels. In an autobiographical reminiscence, Maitreyi had spoken about her own youth. As she puts it,

> Women were not even counted as existing at all...
>
> The road into womanhood was as though hemmed inby tradition and history...
>
> I had begun to be aware that in the apportioning of blame and rewards my side of she scale would always be imbalanced...
>
> I had ever begun to sense the loss of my individual rights...[3]

In a way both the novels discussed in this essay initiate a new aesthetic, a new space where the loss of 'individual rights' turn into the revolt of a small community. Thus, in this newly emergent aesthetics woman's personal identity is inextricably tied up with her social self. The woman finally becomes the member of an extended family—the village—and remains as integrated an individual as before.

NOTES

1. Women were held inthe highest esteem in Indian society or treated as chattel. Neither of these two interpreatations would be entirely wrong because there is evidence to support both views. The texts that scholars usually cite are the *Arthshastra* and the *Manusmrity,* both of which belong to the period between BC 400 and AD 500.
2. Quoted by Virendra Yadav, 'Thaire Nari Samya Mein Pratirodh Ki Dastak', Hans, September, 1998, 96. Translations mine.
3. Ibid, 96-97.

REFERENCES

Maitreyi Pushpa, *Edennmam* (Hindi), New Delhi, Rajkamal paperbacks, 1994

______ *'Chaak'* (Hindi), New Dehli, Rajkamal Prakashan, 1997.

______ *'Nayika Se Muthbhed'*, *Katha karm*, November, 1998.

______ *'Chaukhaton Se Bahar'*, *Katha Karm,* January-March, 2000.

Yadav, Virendra 'Thaire Nari Samay Mein Pratirodh Ki Dastak', *Hans*, September, 1998

खंड 5

जिंदा रहने की कहानी संसार में सबसे बड़ी कहानी होती है

विजय बहादुर सिंह

कुछ लेखक अपने ही समय में मिथ बन जाते हैं। निराला अपने समय में ऐसे ही मिथ थे। समकालीन बाँग्ला साहित्य में महाश्वेता देवी और तसलीमा नसरीन आज मिथ बन चुकी हैं। हिंदी में अगर कोई ऐसा एक ही नाम समकालीन परिदृश्य पर ढूँढ़ें तो वह कथा-लेखिका मैत्रेयी पुष्पा का होगा, अज्ञेय भी किसी समय इस आसन को पा चुके थे।

मिथ के बारे में कहते हैं कि यह जितना सुंदर है, उससे भी कहीं ज्यादा ताकतवर होता है। या फिर ताकतवर होने के कारण ही सुंदर होता है। कारण शायद यही कि इसमें मनुष्य का ऐतिहासिक कर्तृत्व और उस पर पॉलिश-सी लगी हमारी कल्पना उसे काफी दिलचस्प और उत्तेजक बना देती है। मानव-पुरुषार्थों की संघटना और उसमें उसके रोमांचकारी खयालों का संयोग ऐसी सृष्टि कर दिया करते हैं कि अगल-बगल प्रतिपल घटने वाले तथ्य और उनसे जुड़े हमारे अनुभव बेमानी-से हो उठते हैं। मिथ इस तुलना में हमारे अनुभवों के वंश को बढ़ाता है, हमारी कल्पनाओं की धार को तेज कर देता है, हमें एक ऐसे मनोलोक में जीने का अवसर देता है, जिसका संबंध न सिर्फ वर्तमान से होता है, न सिर्फ उस यथार्थ-जगत् से जो कार्य-कारण श्रृंखला से बँधा रहता है।

मिथ को लेकर इतनी बातें मैंने इसलिए कीं कि एक बार हिंदी की एक युवा कवयित्री ने मुझसे कहा, 'मैंने सुना है, मैत्रेयी का सब कुछ तो राजेंद्र यादव लिखते हैं।' मैं उसकी बात पर हँसकर रह गया। एक और ने दूसरे अवसर पर कहा तो मुझसे रहा नहीं गया और क्षोभ में मुँह से निकल गया—'राजेंद्र यादव पहले अपना तो लिख लें। आप नहीं जानते कि बरसों से 'हंस' का संपादकीय लिखने के अलावा वे कुछ नहीं कर पा रहे हैं।' लेकिन यह बात फिजाँ में है कि मैत्रेयी खुद नहीं लिखतीं। फिर भी जो कुछ उनके नाम से है, उसकी अपराधिनी वे ही हैं।

पर यह भी हकीकत है कि मैत्रेयी के नाम से छपी किताबें और उन्हें पढ़ने

वाले कभी भी इस साहित्यिक अफवाह पर कान नहीं देते, न ही कभी वे मैत्रेयी की एवज में राजेंद्र यादव को खत लिखते हैं, न ही मैत्रेयी के लेखन से उठे सवालों के लिए मैत्रेयी की जगह राजेंद्र यादव को घेरने या पकड़ने जाते हैं। तलब तो हमेशा मैत्रेयी ही की जाती हैं, वे ही कठघरे में खड़ी हो अपने जवाब भी देती हैं। राजेंद्र यादव क्या, कोई भी अन्य चाहे तो वे जवाब नहीं दे पाएगा, क्योंकि वे किताबी जवाब नहीं हैं। बच्चन की पंक्ति से मुहावरे जैसा काम लूँ तो कहूँ—'हैं लिखे मधुगीत मैंने हो खड़े जीवन समर में।' मैत्रेयी ने भोगा पहले है और लिखा बाद में। वह उनके जीवन और समय का सच है। साहित्य इससे कम पर साहित्य होता भी नहीं। सत्य कहउँ लिखि कागद कोरे।

आज इस सच की ऐसी-तैसी और मिट्टी पलीद करने वाले लेखकों की बाढ़ री आ गई है। लिखो वही जो पिया (अब इसमें वे सारी नियामक सत्ताएँ आ जाती हैं, जिनमें अनुकूलन की ताकत भी खूब होती है) मन भाए। लिखने से पहले ही अनुभवों की आग पर थोड़ा-सा पानी डालने की समझदारी/या कला।

काफी पहले मुझे कवि श्री नागार्जुन ने ऐसे ही एक 'समझदार' का किस्सा सुनाया था। वह उनका सीनियर लेखक था और रेडियो के लिए नागार्जुन से एक उपन्यास लिखवा रहा था। कहानी में कथाकार ने एक दृश्य रचा—पंद्रह अगस्त की चाँदनी रात में किसी चौक पर तिरंगा फहरा रहा है और तभी एक कुत्ता कहीं से घूमता-फिरता आता है और टाँग उठाकर नीचे उसकी पड़ती छाया पर मूत रहा है। सीनियर लेखक साथी ने नागा महोदय से कहा—'अच्छा, तो तुम हमें बेवकूफ समझते हो। तुम्हारा यह सीन मैं काट दूँगा, पैसे तो तुम्हें उतने ही मिलेंगे। तुम हमारी नौकरी के लिए सिरदर्द क्यों पैदा कर रहे हो।'

नागार्जुन ने मुझसे उदास और चिंतित होकर कहा—'विजय बाबू! अब यही लोग अभिव्यक्ति के खतरे उठाने का नाटक करते हैं। ऐसे पाखंडियों से तुम्हारा साहित्य भरा पड़ा है।'

सुरक्षित सच, निस्तेज यथार्थ और कर्मकांड हो चुकी विचारधारा के फॉर्मूलों से भरा हुआ हमारा जगमगाता हिंदी साहित्य ढेर सारे मध्यवर्गीय साहित्यिक पुंगवों से अँटा पड़ा है। ब्राह्मण-काल के जाने-माने यज्ञजीवी पुरोहितों की तरह, मध्यवर्ग की चिकनी-चुपड़ी ड्राइंगरूमी भाषा और समकालीनता की रूढ़ियों से ग्रस्त विचार-सरणियाँ आपस में इस या उस पुरस्कार, पद और प्रतिष्ठा के लिए खुलेआम हाथापाई और मारा-मारी कर रही हैं, उसमें साहित्य का तेजस्वी चेहरा धूमिल और दागदार हो उठा है। कथित प्रतिभाघर अपने चारों ओर विरुदगीत गाने वाले आलोचकों का

मजमा जुटा लेना चाहते हैं। आलोचकों की भी एक प्रजाति ऐसी उठ खड़ी हुई है। निस्संदेह एकाध टिप्पणीबाज भी हैं, जिनसे जब-तब जायका बदलता है, पर ऐसा कि हम विचारों और मूल्यों का नैसर्गिक स्वाद ही भूल जाएँ, गोकि वे इस पर भी कह उठेंगे–'ये नैसर्गिक क्या होता है?' अब कौन उनसे जबान लड़ाने जाएगा। कबीर होते तो ताल ठोंक जरूर पूछते–'जौ तू बाँभन-बाभनी जाया आन बाट काहे नहि आया?'

अफसोस, इस मध्यवर्गीय भीड़ में मैत्रेयी की स्थिति सचमुच 'ब्राह्मण समाज में ज्यों अछूत' जैसी है। याद दिलाने की जरूरत है कि अपने जमाने में चाणक्य की, तुलसीदास की, राममोहन राय की और दयानंद की भी ऐसी ही थी। 'अपने-अपने राम' में भगवान सिंह ने ठीक बहस उठाई है कि संस्कृति का सच क्या है? क्या वह जो शास्त्रबद्ध और परिभाषाबद्ध हो चुका है या फिर वह जो इस तमाम फॉर्मूले को ताल ठोंक ललकार रहा है। कह रहा है कि संस्कृति को महनीय किताबों से नहीं, जीवन के प्रश्नों और उनके उत्तरों की तलाश में निकल पड़े पुरुषार्थी विचारों से पहचानने की कोशिश करो। संस्कृति को अगतिशील और शाश्वत कहो और मानोगे तो अनजाने ही तुम उस यथास्थितिवाद का समर्थन करने लग जाओगे, जिसे तुम मानव सभ्यता के विकास के लिए खतरनाक मानते हो। संस्कृति के केंद्र में तुम्हारे समय की वह मनुष्यता है, जिसके अनुभवों में संस्कृतियों का सच लहरें ले रहा है।

मैत्रेयी की दिक्कत ही यही है कि वे बुनियादी सवालों को उठाने की पहल कर चुकी हैं, वह भी पूरे साहस के साथ। कुछेक लोगों की भाषा में कहूँ तो लगभग 'हया बेचकर'। आचार्य हजारीप्रसाद द्विवेदी होते और मैत्रेयी उनके पास अपने इन तमाम 'विरुदों' के साथ आशीर्वाद के लिए जा खड़ी होतीं तो जरूर वे अवधूत की भाषा में कह बैठते–'जानती हो मैत्रेयी, सारा संसार अपने मतलब के लिए ही तो जी रहा है।' लेकिन यही कह वे चुप नहीं हो जाते, आगे की बातें भी जरूर कहते–'जीना चाहते (ती) हो? कठोर पाषाण को भेदकर, पाताल की छाती चीरकर ...वायुमंडल को चूसकर, झंझा-तूफान को रगड़कर अपना प्राप्य वसूल लो...कुटज का यही उपदेश है। किंतु व्यक्ति की 'आत्मा' केवल व्यक्ति तक सीमित नहीं है, वह व्यापक है। अपने में सब और सबमें आप–इस प्रकार की एक समष्टि-बुद्धि जब तक नहीं आती, तब तक पूर्ण सुख का आनंद भी नहीं मिलता। अपने आप को दलित द्राक्षा की भाँति निचोड़कर जब तक 'सर्व' के लिए निछावर नहीं कर दिया जाता, तब तक 'स्वार्थ' खंड सत्य है।' आचार्य आगे भी कहते हैं कि यह एक मलिन दृष्टि है।

मैत्रेयी के संदर्भ में यह बात कहीं जरूरत से ज्यादा बड़ी न लगे, इसलिए रामायण के बारे में सीता के दुःखों का अनुभव कर विवेकानंद की कही यह उक्ति उद्धृत कर रहा हूँ—'सीता का जीवन यातना का चरम प्रतिबिंब है।'[1] अब जरा मैत्रेयी को सुनिए। वे अपनी डॉक्टर बेटी से इन यातनाओं के बारे में 'शेयर' कर रही हैं—'यह परिवार उस समाज का हिस्सा है बबली, जहाँ औरतें केवल शरीर के रूप में होती हैं, जो पुरुष की सेवा-सुविधा के लिए श्रम कर सकें। इसके अलावा वे योनि रूप में रहती हैं कि पुत्रवती होकर वंशबेल बढ़ाएँ, बेटी पैदा करें तो अगली पुरुष पीढ़ी के काम आएँ।' कहते-कहते मेरी रग-रग टीस उठी है···आज कराह का रूप होती गई···आगे अपनी बेबसी और पारिवारिक शासनदारी के किस्से कैसे सुनाऊँ? आत्मकथा—'गुड़िया भीतर गुड़िया' में खेरापतिन दादी को याद करती हुई वे लिखती हैं—'खेरापतिन दादी के अपने बदले हुए गीत दूसरे गाँव की औरतों को रास नहीं आते थे।' मगर दादी कहतीं—'गीत नए नहीं करोगी, उनमें फफूँद लग जाएगी।'

गीत कथाओं में ही परिवर्तन नहीं किया, त्रेतायुग की राम कहानी को बदलते हुए संदर्भों में देखा। बाबा तुलसीदास की परवाह नहीं की। सीताकथा से जोड़कर एक ढोल रचा। 'मैंने माँग्यौ अजुध्या कौ राज, गंगाजी माँगी नहाइबेकूँ'···सीता अयोध्या का राज माँगती है और साथ में गंगा नदी चाहिए उसे।

खेरापतिन दादी के हवाले से मैत्रेयी आगे लिखती हैं—'दादी अपनी तरह से गीत की व्याख्या करतीं। छोरियो, जलवायु और आकास के संग धरती की इच्छा अभिलाषा रखने वाली औरत किसी की मोहताज नहीं हो सकती।'

छोरियो, इतना सब था सीता के पास तभी तो लछमन-रेखा लाँघ गई। रावण आया, संग चली गई। सोने की लंका देखने की लालसा कौन-सी बैयर को नहीं होगी? बैयर तो सोने-चाँदी के कील-काँटे से ही बहलाई गई हैं। सीता में कभी रानी तो कभी मामूली औरत प्रकट होती। लो, सालोसाल वह लंका में रही। हमारे जानें लछमन-रेखा लाँघने वाली को राम भी लिवाकर न लाना चाहते होंगे। बहाना था, सीता पर पहरा है। हम पूछते हैं, पहरा किसका? कि बैयरों का। औरत को औरत का डर? सुरसा ताड़का राक्षसिनी थीं, पर थीं तो बैयरवानी ही।

'रावण रोज आता था, हमसे बोलता-चालता था' यह सीता ने ही तो बताया होगा, नहीं तो देखने-बताने वाला यह कौन था रामजी को? हौसला देख लो कि रामजी 'परनारि' न हेरने की कसम खाते रहे, और सीता ने रावण की तसवीर बनाकर

---

1. 'Seeta stands on the ideal of suffering', Vivekanand, Indian Inheridance, p.42

सास-ननद को दिखा दिया कि अपने भइया को दिखा दे। अपने पति के दुश्मन रावण से ऐसी जान-पहचान तो लछमन-रेखा लाँघने वाली ही कर पाती है, क्योंकि वह प्रेम-प्रीति पर भरोसा रखती है मार-काट पर नहीं, जैसा कि पुरुष रखता है।

'दादी, सीता की अग्नि परीक्षा?'

' बेटी, साँच को अग्नि में न तपाया जाए तो झूठ जिंदा कैसे रहे? बस, यही अग्निपरीक्षा थी। नहीं तो आग की लपटों में बैठकर कोई जिंदा बचा है? हम तो यह जानते हैं कि या तो वह आग नहीं थी या फिर हाड़-मांस की सीता नहीं थी। वैसे भी रामजी को सोने की सीता बनवाकर रखने की लत थी। अपनी महिमा और मर्दानगी की खातिर सोने की सीता आग में उतार दी हो और सोने की काया कुंदन हो गई हो।

' साँची बात तो यह है कि खिसियाकर रामजी ने सीता की अजुध्या छीन ली। गंगाजी हथिया लीं। पत्नी को देसनिकाला दे दिया। लो, इसी बात पर रामजी से लव-कुस लड़े। नाइंसाफी करने वाला उनका बाप था भी या नहीं? सीता ने ऐसे पति का मुँह नहीं देखना चाहा। भूमि समाधि लेनी पड़ी। सो देख लो कि लव-कुस ने रामजी को जलसमाधि दे दी। तुम बेटों को अपना अंस नहीं मान पाए तो बेटा तुम्हें बाप कैसे माने? '

'वाह री, खेरापतिन दादी''तुम औरत की कितनी-कितनी भूमिकाओं को बदलने की गुनहगार''गाँव के चरनसिंह बौहरे तुम्हारी पुरोहिताई छुड़वाने के लिए पंचायत करवा रहे थे तो ताज्जुब किस बात का?'

हिंदी और हिंदीतर वृहत्तर भारतीय समाज में एक लेखक के रूप में अपनी जो पहचान मैत्रेयी ने रेखांकित की है, वह प्रतिवादधर्मी है। ठीक तसलीमा नसरीन की तरह। राममनोहर लोहिया आज होते तो कितने खुश होते कि उन्हीं की मातृभाषा में साहित्य की द्रौपदी का अवतरण हो चुका है। उन्होंने ही तो सोचा, देखा और कहा था कि सीता नहीं, इस समाज को अब द्रौपदी चाहिए। सीता तो अपने प्रति किए जा रहे अत्याचारों का कोई प्रतिवाद नहीं करतीं। वाल्मीकि की स्त्री का यह रूप संभवतः इसीलिए कृष्ण द्वैपायन व्यास को रास नहीं आया, तभी तो उन्होंने द्रौपदी जैसे स्त्री चरित्र की कल्पना की।

यह हिम्मत वे तमाम स्त्रीवादी लेखिकाएँ जानें क्यों अब तक नहीं ही कर पाई हैं। वे चाहें तो इसे मैत्रेयी का दंडनीय दुस्साहस भी कहें। किंतु मैत्रेयी ही हैं, जो पुरुष वर्चस्वी भारतीय समाज और उसकी कथित संस्कृति के सांस्कृतिक अत्याचारों पर अपने लेखन में गहरा विमर्श करती हैं। उनका यह विमर्श आधुनिक समाज

विज्ञानों और पुरातन वाङ्मयों के उस संधिबिंदु पर घटित होता है, जहाँ से सामाजिक इतिहास की प्रस्थानकारी करवटें साफ-साफ दिखाई देती हैं।

इसलिए मैत्रेयी का लेखन उस लेखन से सर्वथा भिन्न है, जिसमें लेखक स्वयं अपनी छवि का निर्माण करता है। यह तो वह लेखन है, जो परंपरागत सामाजिकताओं के अत्याचारों को कठघरे में खड़ा कर उनके स्त्री-विरोधी चेहरे को बेनकाब करता है, किंतु मैत्रेयी यहीं रुक या थम नहीं जातीं। वे स्त्री के उस पौरुष और सक्रिय प्रतिवाद को भी दर्ज करती हैं, जिसके बगैर नई सामाजिक संरचना एक लेखिका की कोरी बकवास भर बच रहेगी। प्रति सामाजिक और सांस्कृतिक चरित्रों का यह नवनिर्माण हिंदी उपन्यास क्षेत्र में दुर्लभ, अविस्मरणीय और योगदानकारी है।

ध्यान रखना होगा—मैत्रेयी सिर्फ खेरापतिन या कलावती चाची के मार्फत ही सारा किस्सा नहीं कहतीं, मंदा और सारंग के हवाले भी कहती हैं और इस ऐतिहासिक घोषणा और दमदार दावे के साथ—'शहरी स्त्रियों से पहले ग्रामीण औरत को अपनी गुलामी का अहसास हुआ है?' और ये स्त्रियाँ कौन हैं? लीजिए, गिनिए ...मेरे पास किसान-पत्नियों के साथ ग्रामीण नाइन, धोबिन के अलावा गड़रिया स्त्रियों के जद्दोजहद भरे किस्से हैं...एक गँवार स्त्री। जंगली औरत।' ये ही जानती हैं कि 'मुक्ति फूलों से सजे रास्ते से नहीं आती। कोई मंदा, कोई मुनिया ही बनाएगी इस राह को, जिन्होंने प्रेम और साहस को अपना स्थायी भाव बना लिया है।' (पृष्ठ 239) ये ही माँग कर रही हैं, उस सहजीवन की, जो दूल्हे-दुल्हन की सप्तपदी में अमिट प्रतिज्ञाओं-सी बैठी हैं। यह सहजीवन आज एकाधिकारवादी, वर्चस्ववादी पुरुष की अन्यायपूर्ण ज्यादतियों और षड्यंत्रों का शिकार हो चुका है। मैत्रेयी फिर भी हार मानने को तैयार नहीं। न 'इदन्नमम', न 'चाक', न 'अल्मा कबूतरी', न 'कही ईसुरी फाग' में।

सच तो यह है, उनके आख्यान का चरित्र ही कुछ और है—'नहीं, यह कथा एक ऐसी स्त्री की आत्म-स्वीकृति का आख्यान है, जो रिवाजों को स्त्री के लिए, स्त्री की तरह बदलना चाहती है। वह भी स्त्री के उद्धार के लिए नहीं, उसके कर्मक्षेत्र के विस्तार के लिए।' यह विस्तार हमें 'इदन्नमम' की मंदा के संघर्षों में साफ दिखता है। इस प्रकार के विस्तार और संघर्ष के लिए स्त्री की पुरुष-निर्मित छवि को अलविदा कहना होगा। मैत्रेयी लिखती हैं—मैंने अपने भीतर की भोली-भाली औरत का खात्मा इस तरह किया। नाजुक भावनाओं को नष्ट कर डाला। मुझे पाँवों में महावर लगाकर, बिछिया पहनकर चलना बिहारी की नायिका की याद दिलाता था। यदि मैंने अपने भीतर सुकुमारता को तोड़ न दिया होता तो सचमुच मैं आज मनमोहिनी गुड़िया का

अनुपम रूप होती''' लेकिन मैं सोचकर आश्वस्त होती हूँ कि गुड़िया की छवि तोड़ डालने से ज्यादा मुझे कहीं मुक्ति नहीं।'''

मैं खुद को तरह-तरह से सांत्वना देती हूँ कि मैंने स्त्री के लिए मनुष्य के स्तर पर जीने की स्थिति ही तो खोजी है कि मैंने पुरुष के समकक्ष अपनी भावनाओं को बराबरी से रखा है, कि मैंने अपने समाज में लोकतांत्रिक विधान की घोषणा की है कि 'औरत को हर तरह से सहनागरिक का दर्जा चाहिए।' इसका चित्रण 'इदन्नमम' में भी है, 'चाक' में भी; कहने की जरूरत नहीं। इस दृष्टि से मैत्रेयी का स्त्री-विमर्श विशाल और व्यापक लोक-जीवन की ठोस जमीनों पर है, जो हमारे लिए या हमारे बने-बनाए, सुविधाजनक दिमाग और उससे जुड़ी सोच के लिए परेशानी खड़ा कर देता है। इसलिए और भी कि मैत्रेयी द्वारा चित्रित लोक-समाज हमारा जाना-पहचाना है, अपने सारे नातों-रिश्तों के साथ। शहरी पाठकों को भी, जिनकी पृष्ठभूमि ग्रामीण है, निर्मित मनोलोक भी लगभग वैसा ही है, मैत्रेयी के कथा-प्रसंग, बेहद वास्तविक, अपने किंतु परेशानीपूर्ण लगते हैं।

साहित्य के बारे में यह बात तो कही ही जाती है कि वह सौंदर्य की अभिव्यक्ति है। किंतु रावण, कंस या दुःशासन और दुर्योधन आदि को चित्रित किए बगैर राम या युधिष्ठिर का चित्रण कोरा आदर्शवाद है। मैत्रेयी बगैर किसी घोषणा के सद्-असद्, न्याय-अन्याय की कथा रचती हैं। अब इसमें उनका क्या अपराध कि अन्यायी सामाजिक शक्तियों को मैत्रेयी की यह रचनात्मक पहल अपराधपूर्ण लगती है।

मैत्रेयी का स्पष्ट आरोप है—विवाह संस्था पूर्णतः पुरुषवादी है। वे पूछती हैं—'कोई बताए, विवाह की इस धाँधली-भरी मर्यादा में स्त्रियाँ अपना जीवन आँखें मूँदकर क्यों झोंकें? अब तो मान लीजिए कि विवाह की पवित्रता जिंदगी का सबसे बड़ा धोखा है। पुरुष के लिए तो यह अनिवार्य है ही नहीं, स्त्री भी इससे गुरेज क्यों न करे? अतः व्यभिचार शब्द हमारे लिए बेमानी है।' (पृष्ठ 71-72) 'सुनो मालिक, सुनो'। मैत्रेयी का सोचना है—'बदलाव नहीं आता तो व्यवस्थाएँ सड़ जाती हैं। विवाह दो व्यक्तियों का सम्मिलन है, विवाह संस्था को अपने दायरे विस्तृत करने होंगे, क्योंकि हर संधि का विग्रह होना लाजिमी है। वे मानती हैं कि विवाह स्वर्ग में बँधी गाँठ नहीं, मन का बंधन है। यह दीगर बात है कि स्त्री को अब तक विवाह की पवित्र मगर गलत व्याख्याएँ समझाकर पुरुष की गुलामी कराई जाती रही है। वरन् वह तो जहाँ भी जाती है, घर बना लेती है और जहाँ से आती है, वह घर नहीं रहता।' (पृष्ठ 73) 'सुनो मालिक, सुनो'।

सवाल हो सकते हैं—तब मैत्रेयी का भरोसा किस प्रकार की व्यवस्था में है? है भी या नहीं? ऊपर के उद्धरणों से समझा जा सकता है कि वे विवाह को मन का बंधन मानती हैं। इस बंधन को उसी मानसिक गहराई से परिपुष्ट करना होगा। अंततः यह सोशल कॉन्ट्रैक्ट है, इसलिए पुरुष को भी छूट लेने का सुअवसर हरगिज नहीं। मैत्रेयी अपने सारे चित्रणों और बयानों में ऐसे सारे शब्दों की चर्चा करती हैं, जो सदियों से सामाजिक जीवन के खूँटे बने हुए हैं। अब ये एक ऐसी अंध-आस्था में बदल चुके हैं कि शायद ही कोई इनके अंतर्वर्ती अर्थों पर सवाल उठाए। उदाहरण के लिए मर्यादा। मर्यादा घर-परिवार की। पुरुष अब तक जिसकी धज्जियाँ उड़ाता चला आ रहा है और स्त्री दंडनीय अपराधिनी मानी जाती रही है। मैत्रेयी सवाल उठाती हैं—लेकिन क्यों? यहाँ लिंग-समानता का पालन क्यों नहीं?

मैत्रेयी का यह सवाल उठाना ही उनका सबसे बड़ा अपराध है। लेकिन अपने इन्हीं सवालों के बल पर वे हमारे समक्ष एक प्रचंड बौद्धिक सत्ता के रूप में प्रकट होती हैं, क्योंकि ये उधार के सवाल नहीं हैं। ये सामाजिक जीवन की रोजमर्रा की वास्तविकताओं और सांस्कृतिक इतिहास के जाने-माने उदाहरणों से उठे हुए सवाल हैं। मैत्रेयी अपने लेखन से इन दोनों ही क्षेत्रों को जिस ताकत से खँगालती हैं, वह विरल है। परंपरागत भारतीय जीवन, समकालीन लोक-समाज और शहरी मध्यवर्ग की उनकी समझ और पहचान किंतु कोरी सैद्धांतिक और औपचारिक नहीं है। इसे उन्होंने अपने जिए गए अनुभवों से प्राप्त किया है। इसीलिए उनके तर्क अकाट्य होते हैं और उनकी माँगें न्यायपूर्ण। वे सारे लोग जो स्वयं को बौद्धिक प्रजातियों का मानते हैं, किंतु मौजूदा सामाजिक प्रवाह की तमाम असंगतियों से अभ्यासपूर्वक समझौता कर चुके हैं, अपनी सुरक्षित और कथित तौर पर भद्र उपस्थिति के लिए मैत्रेयी जैसी प्रखर सत्ताओं को खतरनाक मानते हैं। इसमें खुद स्त्रियों के समूह भी कोई कम नहीं हैं। कल जब ऐसी स्त्रियों की बौद्धिकता का विश्लेषण और विवेचन होगा, इस निष्कर्ष पर ही आना होगा कि ये सब बौद्धिक स्तर पर पुरुष-छायाएँ हैं, अन्य कुछ नहीं। अफसोस! ये छायाएँ पुरुषों की हाँ में हाँ मिलाकर सड़ चुकी व्यवस्था को मजबूती देने में लगी हुई हैं। स्त्री इनके लिए सृष्टि की स्वतंत्र सत्ता नहीं, पुरुष वर्चस्वी सामाजिक व्यवस्था की एक महत्त्वपूर्ण उत्पाद और जरूरी माँग की खूबसूरत पूर्ति भर है। मैत्रेयी इसे सिरे से नामंजूर करती हैं।

कुछ लोग फिर भी यह कह सकते हैं कि वे तो अपना घर-परिवार जी चुकी हैं और लगभग उन्हीं पुरानी मर्यादाओं और शर्तों के साथ तब अन्यों को वे किस मुँह से ललकार रही हैं और उनका सामूहिक आवाहन कर रही हैं, क्या यह पाखंड

नहीं है? इसका एक ही उत्तर हो सकता है कि मैत्रेयी सर्जक हैं, लोकनायक नहीं। उनकी पहचान हमें उन विचारों और सपनों से करनी पड़ेगी, जो उनके लेखन के साथ पैवस्त हैं। लेखक का सत्य और उसका असत्य (अथवा पाखंड) उसकी रचना में निवास करता है। मैत्रेयी के शब्द अगर इतना तूफान उठा रहे हैं तो मानना होगा कि उनके पाठक उनके कथनों से विचलित और आंदोलित हो रहे हैं। और यह किसी भी ताकतवर लेखक की सबसे बड़ी सफलता है। मुझे संदेह नहीं कि मैत्रेयी हमारे समय की एक प्रचंड प्रतिभा और प्रखर बौद्धिक सत्ता हैं। उनके द्वारा रचे गए स्त्री-चरित्रों और खड़े किए गए सवालों का जवाब देने के लिए न केवल वाल्मीकि, वेदव्यास, कालिदास, कबीर, सूर, तुलसी तथा मीरा बल्कि मनु सहित तमाम उस परंपरा को चलकर आना होगा, मैत्रेयी ने अपने लेखन में जिसे जगह-जगह कठघरे में खड़ा कर दिया है। समकालीन हिंदी आलोचना का एकांगीपन तो इसमें स्वयं को सक्षम ही नहीं पाएगा, क्योंकि पिछले कई दशकों से वह खुद अपनी जमीन पर नहीं है। सुखद यह कि मैत्रेयी ने अपनी जमीन छोड़ी नहीं है, ठीक प्रेमचंद, रेणु और कृष्णा सोबती की तरह। यह जमीन ही तो सच मानें, उनकी सबसे बड़ी ताकत है। वे जहाँ खड़ी होकर बोलती हैं, वह जगह न केवल सुनाई बल्कि एक-एक को दिखाई देती है, बशर्ते वह खुद भी जमीन पर हो।

लेखन की सच्चाई और उसका सौंदर्य यही है कि लोक-अनुभवों का चेहरा पहचाना जा सके और लेखक के शब्द संदेहरहित हों। ऐसी स्थिति में सहमति-असहमति बड़ी.बात नहीं। बड़ी बात है—लेखक और पाठक संवाद। मैत्रेयी अपने लेखन से यह संवाद बखूबी कर पा रही हैं, खास तौर से उस उत्पीड़ित मनुष्यता के पक्ष में, जिसे दलितों का भी दलित कहा जाता है और जो वस्तुतः है। यद्यपि अपनी कर्मठता, साहसिकता, सृजनशीलता और उद्योग-कुशलता में जो अब भी लाजवाब हैं। शहरी और ग्रामीण किसान स्त्रियों की तुलना अगर कभी की गई तो यही निष्कर्ष हाथ आएँगे कि ग्रामीण किसान स्त्रियाँ न केवल अपनी अनथक उद्यमशीलता वरन् लोक-ज्ञान और व्यवहार में भी शहरी स्त्रियों से ज्यादा जुझारू और जीवन-बोध में कई कदम आगे हैं। भले ही वे अक्षर न चीन्हती हों, पर जीवन, समय और सृष्टि-चक्र को वे जितना समझतीं और सराहती हैं उतना अन्य वातावरण में जीने और रहने वालियाँ तो एकदम नहीं। शहरी स्त्रियों के उठने-बैठने, चलने-फिरने में जीवन की वे कर्मशील सुगंधें बहुत कम हैं, जो मैत्रेयी की स्त्रियों के यहाँ हैं। गौर करें तो मैत्रेयी की स्त्रियाँ अपनी सोच-समझ, कर्मशीलता, दृष्टि-विकास, प्रतिरोध-सामर्थ्य और साथीपन में आत्मविश्वास से भरी हुई और असाधारण हैं। खुद मैत्रेयी की माँ कस्तूरी और

खेरापतिन दादी इस अध्ययन के संदर्भ में बहुत उत्तेजक और दिलचस्प परिणामों की ओर ले जा सकती हैं। कस्तूरी अपनी बेटी के लिए जब वर खोजने निकलती हैं तब उनके झोले में उसकी अंकसूचियाँ हैं। खुद मैत्रेयी ससुराल जाती हैं तो 'कामायनी' वगैरह किताबों को कीमती गहनों की तरह साथ लेकर। स्त्री की सोच, उसकी संवेदनशीलता और लोक-व्यवहार यहाँ दिग्दर्शनकारी है। 'गबन' में प्रेमचंद जिस तरह की स्त्रियों की कल्पना करना चाह रहे थे, मैत्रेयी ने उन्हें सचमुच जमीन पर उतार दिया है। सो भी गाँव-कस्बे की जमीन पर।

ये स्त्रियाँ अपने वृहत्तर सामाजिक जीवन, रीति-रिवाज, चली आती प्रथाएँ, कुप्रथाएँ, लोकमर्यादाएँ और लोकबंधन के बीच जिस तरह जीती-मरती, जूझती और भिड़ती हैं, उसे वे ही तसदीक कर पाएँगे, जिन्हें वास्तविक लोकजीवन का बोध हो। अन्यथा तो ये स्त्री-चरित्र बेहद मनोरचित और कल्पित जान पड़ेंगे।

इस निगाह से मैत्रेयी का स्त्री-विमर्श उस सैद्धांतिक विमर्श से शायद ही मेल खाता हो जो आयातित और लफ्फाजीपूर्ण है। विपरीत इसके मैत्रेयी का यहाँ कुछ भी आयातित नहीं है, न अनुभव-स्रोत और प्रकार, न जीवन-पद्धति और न जीवन-संबंधी सोच और विचार। इसलिए बहुत सारे समकालीनों—जिनगें सर्जक और आलोचक सब आते हैं—के लिए मैत्रेयी का लेखन कथित मुख्य धारा वाले लेखन से न केवल अलग-थलग और दूर, बल्कि एक हद तक हिमाकतपूर्ण और अपराधपूर्ण भी लगता है। उन समकालीन लेखिकाओं को भी जिनकी दिमागी बनावट में वर्चस्वी पुरुष छायाओं का योगदान गहरा है।

इन लेखिकाओं के स्त्री-चरित्रों का अगर कभी समाजवैज्ञानिक और मनोवैज्ञानिक अध्ययन किया गया तो यह स्पष्ट होते देर नहीं लगेगी कि बुनियादी तौर पर ये चरित्र पुरुष चिंतन व्यवस्था की ही प्रतिच्छायाएँ हैं। उस स्त्री-मन की उपज तो कदापि नहीं, जो किसी भी पुरुष-लेखक की पकड़ में शायद ही कभी आ पाता हो। 'प्रेमचंद घर में' यह प्रसंग शिवरानी देवी ने उठाया और कहा है कि स्त्री को केवल स्त्री ही समझ और पकड़ सकती है। वहीं एक प्रसंग है कि म्युनिसिपैलिटी ने रंडियों (वेश्याओं) के निकाले जाने का प्रस्ताव पारित कर दिया, जिससे उन्हें बेहद पीड़ा हुई—"मैं सोचने लगी कि आखिर ये जाएँगी कहाँ और इनका पेशा क्या होगा। ये ऐसी घृणास्पद हैं कि दुनिया में रहने के लिए इनको जगह नहीं है। आखिर ये हमारी ही बीच की तो हैं। मैं इन्हीं चिंताओं में मशगूल थी। पाप करने में क्या इन्हीं का हिस्सा होता है? पुरुष-समाज क्या इससे बाहर है? यह अत्याचार तो उन्हीं लोगों की प्रेरणा का फल है।" आप उसी समय मेरे कमरे में आए और मुझे उदास देखकर

बोले–"कैसी तबीयत है?"

मैं बोली–"स्त्रियों की तबीयत होतीं ही क्या है?"

बोले–"आखिर बात क्या है?"

मैं बोली–"पूछकर क्या कीजिएगा? ईश्वर ने पुरुषों को स्त्रियों की जिम्मेदारी दी है। वे चाहें जो कर सकते हैं। मेरी समझ में बिलकुल नहीं आता कि परमात्मा स्त्रियों को क्यों जन्म देता है। दुनिया में आकर वे क्या सुख उठाती हैं। मेरी समझ में नहीं आता। शायद पुरुषों के पैरों तले रौंदी जाने के लिए ही वे संसार में आती हैं और हमेशा उन्हीं सबकी वे सेवा भी करती हैं। अगर मेरा वश होता तो मैं स्त्री मात्र को संसार से अलग कर देती। न रहता बाँस, न बजती बाँसुरी।"

आगे की बातचीत में प्रेमचंद कहते हैं–'सदियों से बिगड़ा हुआ जमाना इतनी जल्दी कैसे सुधर जाएगा।×××स्त्रियों के साथ भगवान् ने भी अत्याचार किया है।' शिवरानी जी सवाल करती हैं–'जाने कब कौन होगा। शायद इस युग में कुछ सुधार हो।' प्रेमचंद समाधान खोजते हुए कहते हैं–'गांधीयुग में भी इसका सुधार न हुआ तो फिर सौ वर्ष के लिए इसे गया ही समझो।' (पृष्ठ 134-35)

मैत्रेयी का लेखन इन बुनियादी सवालों से उलझने की पहल करता है। व्यवस्था-परिवर्तन की ठोस जमीनों की ओर इशारे करता हुआ। 'चाक' में एक यह प्रसंग है–रेशम अपनी सास से कहती है–'मइयो! तुम मेरे पीछे क्यों पड़ गई हो। मेरे चाल-चलन की झंडी फहराना जरूरी है? बिरथा ही छानबीन करने में लगी हो। आज को तुम्हारा बेटा मेरी जगह होता तो पूछतीं कि तू किसके संग सोया था? अब उसकी बाँह गह ले। मेरे मरे पीछे तेरहीं तक का भी सबर न करता और ले आता दूसरी। तुम खुश हो रही होतीं कि पूत की उजड़ी जिंदगी बस गई। पर मेरा फजीता करने पर तुली हो।' सास दाँत घिसती हुई जवाब में बोली–'तू लुगाई की जात होकर मर्दों जैसा हौसला जुटा रही है?'

इसी उपन्यास में–सारंग और श्रीधर के संबंधों को लेकर काफी लोगों की भृकुटियाँ तनी हुई हैं। सिर्फ इस कारण कि कहानी सारंग की ओर से कही गई है। अगर यही श्रीधर या अन्य किसी के मार्फत कही जाती तो प्रेम कहानी कही जाती। प्रेम करने का हक या उसकी पहल करने का हक इस व्यवस्था में सिर्फ पुरुष को है। स्त्री ने अगर कभी यह पहल की तो उसे अपनी नाक गँवानी पड़ी। व्यवस्था का यह वह सामंती ढाँचा और चरित्र है, स्त्री जिसमें दूसरे दर्जे की नागरिक है। मैत्रेयी इसे लोकतांत्रिक और मानवीय बनाने की माँग करती हैं और शुक्र है कि अभी उनकी दशा अहल्या और शूर्पणखा जैसी नहीं की गई है। प्रेमचंद द्वारा अनुमानित सौ सालों

में से आधे से अधिक साल निकल भी तो गए हैं।

तथापि उनकी कहानियाँ एक नई स्त्री को लेकर आती हैं, जिनका पूर्वाभास हमें रेणु और कृष्णा सोबती में मिलने लगता है। ये वे लोग हैं, जो कला और उसकी बँधी-बँधाई लीक को छोड़कर एक नई राह बनाने की कोशिश करते हैं। ऐसी राह जो अधिक गतिशील और स्वच्छंद है। कदाचित् अधिक नैसर्गिक भी। कहने की जरूरत नहीं कि इस नैसर्गिकता का चरित्र उस प्रकृतवादी यथार्थ से भिन्न है, जहाँ प्रकृत और पाशविक लगभग करीब आ खड़े होते हैं। उस सेक्सवाद से भी भिन्न, जहाँ मनुष्य-सत्ता एक पदार्थ भर बची रह जाती है। या फिर यथार्थवादी फॉर्मूले का गुणनफल भर।

यह वह नैसर्गिकता है, जिसमें सहज मनुष्यता एक उदार और मानवीय ढाँचे की माँग करती है न कि किसी ऐसे वर्चस्वी ढाँचे की, जिसमें कोई एक प्रजापिता और शेष सब भोग्याएँ या प्रजाएँ हों।

मैत्रेयी अगर अपनी कथाओं में सहजीवन की माँग करती हैं तो वह यही है। वे जड़ कानून-कायदे नहीं जो वल्गाओं की तरह किन्हीं पुरुषों की मुट्ठियों में उनके इशारों के अधीन हों।

2

यह भी कहा जाता है कि मैत्रेयी की अभिव्यंजना बेहद स्थूल अकलात्मक और सपाट है। किंचित् गँवई और फूहड़ भी। स्वभावतः अशोभनीय। पहली बार जोती गई जमीन में जैसे बड़े-बड़े ढोके और ढेले हुआ करते हैं, मैत्रेयी का लेखन कुछ इसी प्रकार का है। उसमें शालीन किस्म की अभिव्यक्तियाँ प्रायः हैं ही नहीं। सर्वत्र एक दुस्साहसिक अशालीनता। जैसे कि वे इसी के मार्फत अपनी पहचान बनाना चाहती हों। विद्वज्जनों की आधुनिक काशी दिल्ली में मैत्रेयी के लेखन को लेकर यह राय कल किस औकात को प्राप्त करेगी, कहा नहीं जा सकता। 'तू बाम्हन मैं काशी का जुलाहा' वाले तेवर की याद करें तो आज काशी का जुलाहा ही साहित्य का प्रतिमान बना हुआ है। काशी के जाने-माने पंडितों का वह समाज आज परिदृश्य से स्वतः बाहर हो चला है। कारणों की खोज में जाऊँ तो जो पहला नजर आता है वह यही कि मैत्रेयी ने वह 'लीक' मंजूर नहीं की, जिस पर चलकर प्रतिष्ठा पाई जाती है। इस तरह मैत्रेयी का लेखन प्रतिष्ठा की माँग नहीं करता। विपरीत इसके वह ऐसी पहलकदमियाँ करता है, जिनसे समकालीन कथा-लेखन को अपनी रूढ़ सीमाएँ

साफ-साफ समझ में आने लगती हैं। वे ठस्स यथार्थानुभव भी जो ठोस वस्तु-सत्यों के रूप में प्रचारित किए जा रहे हैं। मैत्रेयी ने इस ठोस और ठस्स को दरकिनार कर उस प्रबल और जीवंत को अपना कथा-सत्य बनाया है, जो समकालीन मध्यवर्ग के अभिजातोन्मुख मानस की निगाह में अनगढ़ या रफ और टफ है।

एक विद्वान् मित्र से बातचीत हो रही थी। मैंने जिज्ञासा की—'मैत्रेयी के लेखन के बारे में क्या राय है?' उसने गंभीर भाव से कहा—'उनका कॉन्टेंट तो बहुत पोटेंशियल और पावरफुल है। एक हद तक जेनुइन भी।' इतना कह जब उसने चुप्पी साधने की भूमिका बाँधी—'और'''?' वह किंचित् चिंतामुख हो कहने लगा—'वे जिस तरह उसे पुटअप करती हैं, मैं उससे सहमत नहीं। उनके ढंग में जरूरत से ज्यादा उत्साह और उत्तेजना प्रवाह है। इस हद तक कि कभी-कभी ऐसा लगता है, जैसे चीजें दायरे से बाहर चली जा रही हों।'

जब वो ये बातें कह रहा था तभी मुझे लग रहा था कि मैत्रेयी ही हैं, जो अपने प्रचंड कथ्य को उस दायरे से बाहर ला पा रही हैं, जिसे 'ढर्रा' कहते हैं। गोकि इतना बाहर भी नहीं कि वह साहित्य ही न लगे, विपरीत इसके समाजशास्त्र का कोई अकादमिक विमर्श जान पड़े।

मैत्रेयी हों या कोई और, जब भी ऐसे जीवन-बोध से होकर गुजरेंगे, वे ढाँचे और शैलियाँ स्वतः चरमरा उठेंगे, जो सुविधाजीवियों के लिए बेहद उपयोगी और सेहतमंद माने जा रहे हैं। बेचारे साहित्य के सधे-बँधे व्याकरण के महीन उत्पाद।

मैं यह नहीं कह रहा कि मैत्रेयी ने आख्यान या गल्प के चले आते ढाँचे में कोई सचमुच की तोड़-फोड़ की है। इस दृष्टि से तो शायद उन्होंने कुछ भी न किया हो, पर उनका लेखन हमारी उस स्थायी बुनियादी दृष्टि को झकझोरता और बदलता है, जिसे हमने पीढ़ी दर पीढ़ी अपरिवर्तनीय और निर्विवाद मान रखा है। यह उस अंतर्वस्तु के बगैर संभव ही नहीं, जिसे क्रांतिकारी या मौलिक कहते हैं। मैत्रेयी में यह मौलिकता भरपूर है। उनके कथ्य में भी और कहन के ढंग में भी। मौलिकता और होती भी क्या है?

उनका यह ढंग उन अनुभवों की कमाई है, जिन्हें उन्होंने निजी जीवन के भी अनेक स्तरों और रूपों के बीच प्राप्त किया है। इन जीवन-रूपों और स्तरों का प्रतिरूपण वे लगभग उस भाषायी मुहावरे में करती हैं, जो हमारा हाथ पकड़ उस 'वातावरण' में ले जाता है, जहाँ वे सचमुच घटे या घट रहे होते हैं। महानगर दिल्ली में बैठकर ग्राम-संवेदना का मुखिया बने संवेदकों की भारी भीड़ में मैत्रेयी के संवेदनों का संसार सचमुच बहुत खलल पैदा करता है। स्थिति, मुहावरे में कहूँ तो रेशम और

पशम जैसी हो उठती है। मैत्रेयी का यही गँवई खाँटीपन उन सारे लोगों के लिए असुविधाकरक हो उठता है, जो बरसों से यथार्थ की ठेकेदारी करते चले आ रहे हैं।

3

उदय प्रकाश और मैत्रेयी हमारे समय के दो ऐसे कथाकार हैं, जिनकी सर्जना गंभीर और विचारोत्तेजक है। संभवतः यही कारण है कि ये दोनों बहुत पढ़े जा रहे हैं। उन लोगों द्वारा कुछ अधिक ही जो ठेठ और शुद्ध साहित्यिक दायरे के उस पार के हैं।

श्रेष्ठ और सच्चे लेखन की यही पहचान है कि वह नए सहृदयों की तलाश करे। उस विदग्धता की भूमिका रचे, जिससे साहित्यिक दायरे लचीले और व्यापक हों। मैत्रेयी ने अपने सर्वथा नए अनुभवों से इस विदग्धता की सृष्टि की है। हमारे जीवन-बोध और उसकी अवधारणाओं में उथल-पुथलकारी संयोग घटित करती हुई वे जो नया कथा-आस्वाद हमें परोसती हैं, वह सिर्फ उन्हीं के द्वारा संभव था। अब यह कहना बेमानी है कि मैत्रेयी ने ये समर्थताएँ जिन स्रोतों से अर्जित कीं, वे ही कर सकती थीं, क्योंकि उन्होंने अपनी माँ कस्तूरी और खेरापतिन दादी के द्वारा खोजे गए रास्तों को चुना, उन्हें अपना माना और उन तमाम अभिजात-पथों को नकार दिया निर्विवाद रहकर, जिनसे तरह-तरह की अभिशंसाएँ और प्रतिष्ठाएँ सहज ही पाई जा सकती थीं। सच्चा लेखन शायद ही कभी इन मंशाओं से किया जाता हो।

4

हिंदी उपन्यास का एक संबंध भूमि-समस्या से है। यही कथाभूमि प्रेमचंद की भी है, रेणु की भी। पर इस समस्या का संबंध उन सारे लोगों से है, जो सदियों से उस पर काबिज हैं और आज उनसे, उन सबसे हैं, जो इस कब्जे को उखाड़ फेंकना चाहते हैं। मैत्रेयी के लेखन की अगर कोई ऐतिहासिक भूमिका हो सकती है, तो यही होगी।

मैत्रेयी के दो पत्र : विजय बहादुर सिंह के नाम

नोएडा
12 मार्च, 2007

आदरणीय डॉ० विजय बहादुर जी,

फोन पर कितनी-कितनी बातें होती हैं, लेकिन लगता है कि बातें अभी खत्म नहीं हुईं। तब महसूस होता है कि दूरसंचार के इस जमाने में कलम और कागज से संवाद करने की अपनी अलग और अनिवार्य जगह है, जो हमें संतोष दे सकेगी।

सो पत्र लिख रही हूँ। लिख रही हूँ कि आप मेरे लेखन को लेकर जो नए झरोखे खोलते हैं, उनमें मैं फिर-फिर झाँकती हूँ और विस्मित होती हूँ कि क्या मेरे अनुभवों से निकली कथाओं में स्त्रियों का जीवन ऐसे झाँकता है, जैसे वह स्त्री जाति के तजरबे हों! यदि ऐसा है, जैसा आप कह रहे हैं, लिख रहे हैं तो सच मानिए, दिल्ली में जबरदस्त विरोध और तथाकथित बदनामी को झेलते हुए मैं अपनी कलम फिर से उठाने का साहस पा जाती हूँ। नहीं तो दुःखद आश्चर्य में डूबी रह जाती कि गाँवों और कस्बों की जिंदगी जीने वाली स्त्री इसलिए साहित्य के पन्नों पर नहीं आनी चाहिए कि उसके पास विद्रूपताओं को छिपाने वाले रेशमी पर्दे नहीं होते, या कि मखमली चतुराइयाँ नहीं होतीं। निश्चित ही वे सुनहरी या साफ-शफ्फाक चालबाजियाँ नहीं होतीं कि अपनी स्वाभाविकता को नैतिकता के खाँचों में ढालकर पेश कर दें और मर्यादा की सिरमौर होकर किसी शास्त्रीय रचना में तत्सम शब्दों द्वारा 'सुधी समीक्षकों' का मन मोह लें।

'आउटलुक' वाले लेख में से आपने उन वाक्यों पर 'विशेष' टिक कर दिया, जिन्हें मैंने अपने आप को बिना सँभाले-साधे लिख दिया था, एकदम हृदय से जोड़कर। आप थे कि उनको सार्थक रूप में सिद्ध करते हुए रेखांकित किया, उस समय, जब दिल्ली का साहित्यिक माहौल ही नहीं, देश के कोने-कोने में साहित्य से जुड़े लोग मेरे लिए लिखे गए लानत-भरे पर्चों और मेरी समकालीन लेखिकाओं के वक्तव्यों का भरपूर लुत्फ उठा रहे थे। बाहर निकलती तो लगता, वह पर्चा मेरे माथे पर चिपका है। सोचती, जवाब में कड़ी से कड़ी भाषा में कुछ लिखूँ। दूसरे ही क्षण

लगता, आपने जो कुछ समीक्षा या टिप्पणी के बहाने लिखा है, वह भी तो कुढ़े हुए लोगों के लिए करारा जवाब ही है या और भी कुढ़ाने वाला है। फिर सोचती, अपनी ओर से कुछ न कहने का ही यह नतीजा है कि आपने कहा, गिरिराज किशोर ने लिखा। यदि ऐसा है तो मुझे झंझटों में न उलझकर आगे बढ़ जाना चाहिए।

आपने उस दिन मेरा ध्यान 'प्रयोग' या 'शैली' की ओर आकर्षित किया था। आपको बताऊँ कि लखनऊ के कथाक्रम में एक बार डॉ० नामवर सिंह ने भी शैली पर जोर दिया था और शैली-प्रधान उपन्यासों को ही उत्कृष्ट उपन्यासों की श्रेणी में रखा था। हो सकता है कि साहित्य को बेहतरीन रूप देने के लिए यह जरूरी हो। लेकिन मेरी बात यह है कि अभी फोन पर जो 'दुल्हन की मौत' और तेरहवीं से पहले नई दुल्हन बनाने का जोर, इसके लिए लड़की को घेरने की कामुक और जबरदस्त दाँव-पेचों वाली शृंखलाएँ, उन दहशतनाक शृंखलाओं को तोड़ न पाने की मजबूरियाँ, मजबूरियों के बरक्स तड़पन और फिर भीतरी आग की चिनगारियाँ-सी फूटती-छिटकती छटपटाहट लेकर शृंखलाओं को ही जाल की तरह लेकर सहपाठी की साइकिल पर बैठकर उड़ जाने वाली लड़की··· । बताइए, मैं शैलीगत प्रयोग कब सोचूँ, कब अपनी लेखकीय सजावट सिद्ध कुशलता दिखाऊँ? मेरा समय अभी तक मुझे इतनी मोहलत नहीं दे सका कि मैं साहित्य की तमीज-तहजीब के साथ सौंदर्यशास्त्र पर विचार कर सकूँ। जब-जब ऐसे सवाल खड़े होते हैं, मेरी समझ में यही आता है कि स्त्री ने कथा की राह चलकर दी गई दमघोंटू स्थितियाँ, तथाकथित महान् संस्कृतियाँ और बताए गए धर्म में मानक सतियाँ···इन सबसे इनकार करते हुए, स्त्री के लिए धर्म और संस्कृति एवं समाज के बदलाव का जो रूप दिया है, वही नया कथा-धर्म भी है और बदलती जाती संस्कृति भी। अतिक्रमण की बात बाहरी तौर पर लागू हो, उससे ज्यादा जरूरी है अंदरूनी बाड़ों को लाँघने के प्रयोग करना।

साहित्य के नियमों के अनुसार मेरी बात गलत भी हो सकती है, लेकिन देश के लोकतंत्र में 'बराबरी का जज्बा' प्राणों की तरह जरूरी है। आधी दुनिया का जीवित सच उजागर करने के लिए मैंने न जाने कितने नियमों और नैतिकताओं का उल्लंघन किया है, आप इसे पुराना ढर्रा मानें या नया तेवर, मैं आपकी मान्यता का आदर करती हूँ। बहरहाल, प्रयत्न, कोशिश या अपनी कलम के साथ जबरदस्ती करके मुझसे कुछ नया न होगा। कारण कि सहजता ही मेरी शैली है, क्योंकि अनुभव मेरे विचारों के स्रोत हैं।

—मैत्रेयी पुष्पा

2

5 मई, 2007

आदरणीय डॉ० विजय बहादुर जी,

'वसुधा' का अंक 72 मेरे पास आ गया है। मैंने पढ़ा। साक्षात्कार तो मेरा ही था, आपका लेख पढ़कर मैं अचंभे में पड़ गई। मुझे साहित्य के फलक पर इस तरह उतारा आपने! बात यह नहीं कि जो कुछ मेरे बारे में लिखा है, वह सब और लोग नहीं कहते। कहते हैं, कान में टेलीफोन द्वारा कि उनके विचारात्मक उद्‌गार मैं ही सुन सकूँ। वे सोचते हैं कि अपनी प्रशंसा सुनकर मैं खुश हो जाऊँगी। लेकिन यह बात मुझसे ज्यादा आप जानते-समझते होंगे कि साहित्य का क्षेत्र व्यक्तिगत सुख-दुःखों के लिए नहीं है, इसमें तो व्यक्तिगत भी जब सार्वजनिक बनता है, तभी वह साहित्य की तरह पहचाना जाता है। इसलिए 'चतुर सुजान' लोग फूँक-फूँककर कदम रखते हैं और जिस बात को वे सच की तरह जानते हैं, उसे सबके सामने मानते नहीं।

कितने वाकये हुए हैं ऐसे, जिनमें दिग्गज चिंतनशील समीक्षकों का पाखंड मैं चुपचाप देखती रही हूँ। यहाँ तक कि कुछ निजी और साहित्यविहीन गोष्ठियों में (साहित्यिक माहौल से दूर) मेरे लिखे उपन्यास-कहानियों पर ऐसे अहो रूपं अहो ध्वनि वाले भाषण दिए गए कि जिन्हें सुनकर मैं हतप्रभ रह गई। बाद में सोचा, क्या ऐसे वक्तव्य दिल्ली के किसी सभागार में दिए जा सकेंगे? संभावना ने वहीं दम तोड़ दिया, दिए जा सकते तो दूरदराज दबा-छिपा यह कोना 'सुअवसर' की तरह क्यों चुना जाता?

इसलिए ही कहती हूँ, मुझे साहित्य के क्षेत्र में आजकल कदम-कदम पर चकित होना पड़ता है, छद्‌मों पर भी और आपके जैसी साफगोई पर भी।

बहरहाल, जितना कुछ आत्मविश्वास बचा पाई हूँ, उसके सहारे आगे और-और लिखने के लिए तलाश जारी है। खुशी यही है कि मैं खिल्ली (अपने गाँव) में पली-बढ़ी थी तो ऐसे संस्कार लेकर महानगर में रहती रही कि दिल्ली वालों का आतंक अपनी चंबल-बेतवा के दुस्साहस के आगे इससे ज्यादा न लगा कि बस कभी मैं चकित हो जाऊँ और कभी उन पर हँस दूँ, जो समझ रहे हैं कि मैं उनकी चालें जानती नहीं। आप भी समझते होंगे, ग्रामीणों को शुद्ध शहर वालों पर अकसर हँसी आ जाया करती है, उनकी बनावट और बुनावट पर। बात यह है कि अपनी बनावट और बुनावट हम भी लाए हैं, जिससे वे परेशान होते हैं। पसोपेश में पड़ जाते हैं, अंत में तौहीन से गुजर जाते हैं।

लगता है, दोष किसी का नहीं, न उनका, न हमारा, बात इतनी है कि वे साहित्य की हवेली के पहरुआ, अपने दरवाजे बंद करें और हम उन बंद द्वारों को तोड़ने की हद तक खोलने की जुगत में रहें। रहते रहेंगे विजय बहादुर जी, तो कोई न कोई सहयोगी आपकी तरह साथ आएगा ही। है न?

—मैत्रेयी पुष्पा

□□